三民叢刊158

流香溪

季仲著

三民書局印行

流香溪

目次

幻滅

多少年後，程光華回想起當年「沿江吉普賽人」從流香溪撤退的情景……就會想起岳家軍撤出朱仙鎮，全軍上下既灰心喪氣又激憤滿懷。

如果程光華得天賜福長命百歲，又如果他患了老年健忘症，他可能忘記自己的列祖列宗，忘記自己姓甚名誰，甚至忘記自己的頭殼長在自己的脖頸上，但是，他永遠不會忘記二十多年前那次悲壯慘烈震驚全國的大坍方。那次猝不及防的大坍方發生在一九六二年六月十七日上午九時三十七分，故而又稱為「六一七」工傷事故。

那一年程光華剛滿五歲，跟隨一支水電建設大軍來到閩北大山深處的流香溪。那時候水電建設工人長年累月在深山溝裡搭棚為家，攔河築壩，被人們稱作「沿江吉普賽人」。這個頗有幾分浪漫色彩的稱號，從何年何月開始流行，到底是水電工人的自嘆自嘲，還是外人充滿敬意的戲謔，現在已無可稽考。但程光華揣測，這和五六十年代在中國風靡一時的電影《卡爾曼》很可能有某種聯繫。因為水電建設工人的生活，與那個不斷遷徙到處流浪的古老民族，確實十分相似。程光華記得，他父母所在的南方水電工程局，在閩中山區剛剛建成一座中型水電站，便接到立即轉場的命令。那是一個寒風呼嘯的冬天，他穿著鼓鼓囊囊的棉衣棉褲，戴著一頂豎起兩只貓耳朵的風帽，被母親安置在一輛雞公車上，由黑鐵塔一般強壯的父親推著，在迷迷糊糊的睡夢之中，聽著沒有盡頭的吱吱咯咯的歌聲，便來到這窮鄉僻壤的流香溪畔。溪南岸有百十戶人家，叫香溪村；溪北岸是幾十里長的山溝溝，不聞雞鳴狗叫，不見炊煙裊裊。但是，僅僅三五天工夫，叔叔伯伯們砍下許多毛竹，在山腳下搭起一座緊挨一座的竹棚茅舍，那就是水電工人新的家。

程光華至今鼻尖上還貯留著毛竹清新的芳香。因為二十多年前他住過那種竹棚茅舍，往後就不斷嘆息這個世界上大概再沒有一個地方有流香溪那樣清新純淨的空氣了。竹棚前前後後都是翠生生的毛竹林，搭建竹棚的大柱橫梁和檁條，又全是剛剛砍下的粉嫩嫩的新竹，四周再豎起竹籬笆牆，整日裡吸進他的鼻子浸潤他的肺腑的空氣，就馥郁甜蜜得不可言狀。光棍漢們住的是大棚子。棚子裡打上幾根竹樁，再架上竹籬笆，鋪上茅草蘆席，那就是工人們的大床，大熱天一個個往上一躺，很像穀席上晾曬著許多紅薯乾。程光華的父親那時已是有家有小的老工人，擁有單獨一間小竹棚。父親在籬笆牆上抹上一層摻著稻草的紅泥巴，搪得平直溜光，既可遮風蔽雨，又能擋住光棍漢們的視線。但是隔音功能等於零。程光華的童年甜夢，幾乎都在水電工驚天動地的鼾聲中度過。也正因為如此，他父母夜間的必修功課，就做得小心翼翼，像兩隻躲在黑暗中的土撥鼠相親相愛得悄沒聲息。

程光華記得，那一年他年齡太小還沒有上學的資格，但他父母為了讓他有個玩耍的地方，就向水電職工子弟小學校長求情，讓他提前上了學。小學離職工營區有兩里來路，設在青龍橋頭的楊公祠裡。香溪村大都姓楊，這祠堂裡供奉著楊姓祖宗。楊公祠不知有多少年頭，不過他記得是相當破敗古老。祠堂的上下廳堂用杉木板隔成好幾個小房間，再裝上明亮的玻璃窗，在當時的閩北山區算得上一所相當講究的小學。

程光華記得，那一天天氣晴好，他從教室窗口向外望去，看見灌木林裡有許多山雀子相互追逐，像一片片雲彩飄來晃去。蟬不知疲倦地叫著，那聲音像一把鈍刀刮著鐵鍋底的鍋灰，難聽得叫人齒酸牙痛。幸好年輕漂亮的女教師的歌聲動聽而甜蜜，把幾十個鼻涕囝仔緊緊吸引著。

小燕子，
穿花衣，
年年歲歲來到這裡。

我問燕子為啥來？
燕子說，
這裡的春天最美麗，
……

女老師剛剛唱到這裡，歌聲戛然而止。她的櫻桃小嘴兒張成一個大大的「O」字，再也發不出聲音。原來她看到教室窗外的馬路上，有一大群嬸嬸阿姨嘩啦啦向工地跑去，同時大聲驚叫：「工地上坍方囉，快去看看喲！」學校裡有些教師開始往外走。不等女老師發話，一年級的小學生也紛紛站起來，像放出羊圈的小羊羔，撒開腳丫子跟著大人們往工地跑。

水電工地上長大的孩子，坍方事故早聽說過，但是到底恐怖到何等程度，卻不甚了了。光華跟著人流往前跑的時候，心頭還難免湧起一點好奇的興奮。那山溝裡的日子畢竟過得太單調，任何一點小風波，都不能不叫孩子們欣然雀躍。可是，一會兒工夫，他的興奮感就被恐懼感所代替。他發現人流中有一位瘋狂跑著的女人是他的阿媽。阿媽身後還跟著他們家的一頭小花狗。小花狗以為是進山打獵哩，蹦蹦跳跳跑得歡勢十足。阿媽只顧一個勁往前猛跑，沒有看見他。小花狗好像屁股後頭也長著眼似的，猛地回過頭來，衝他汪汪叫了兩聲，還奔過來嗅他的小腳踝。阿媽也就看見了他，上氣不接下氣對他說：「阿華，快，快跑！看看你阿爸怎麼樣了！」

這時他才把大坍方和自己的父親聯繫起來，隨之心頭一陣緊縮，便跟著阿媽和小花狗狂奔猛跑起來。

光華的阿媽王玉英是工地上的分篩工。那個年代整個南工局還沒有一臺分篩機。分篩工們就靠原始的鋼篩像篩糠一樣來篩沙篩石子。好幾里長的流香溪溪灘上擺開了沙石料場，站著一長溜年輕女工，雙手緊握著一頭懸掛在三角支架上的鋼篩的把手，不斷地震抖，不斷地搖晃，那許多婀娜細腰便在溪灘上晃動成一排風中的楊柳。光華覺得阿媽那苗條而挺拔的身材，是柳樹林中最為柔軟而堅韌的一株柳樹，她操著鋼篩的把手掄著圈兒不住搖晃，小半天工夫竟不彎一彎腰，歇一口氣，讓小光華看得迷迷怔怔，蟋蟀兒不去逮，沙蟹兒忘了掏。人人都說他媽是嬸嬸阿姨中最為能幹的分篩能手。這會兒，光華阿媽和許多年輕女工，在沙石路上發瘋似地猛跑著，那許多圓圓的臀部，在陽光下扭成一朵朵旋轉的怪異的花兒，在他童稚的心裡留下永不磨滅的印象。

光華跟著阿媽猛跑猛跑，把許多嬸嬸阿姨甩在後面。他整個少年時代，除了寒冬臘月，幾乎都不穿鞋著襪，那一雙精瘦卻得到自由發育的光腳丫子，在河灘、田塍和山野上，練成了飛毛腿鐵腳板，在坑坑洼洼的施工公路上飛跑時，並不感到沙子碎石硌腳。他事後想，當時前面即使是刀山火海，他也會光著腳丫子這麼蹚過去的。

出事地點在香溪北岸的一條山溝溝裡。開挖工們要在山腳下開一條一百米長的導流隧洞，剛剛掘進十來米，那座有幾十米高的山坡卻突然坍塌下來。亂七八糟的黃泥碎石灌木雜草，在溪岸邊堆成另一座高高的小山。搶險的工人和家屬從四面八方擁來了，那狹長的山溝就變得十分擁擠而混亂。在一陣汽車的喇叭聲響過之後，小光華看見南工局的局長程東亮、副局長龍紹雲和局長秘書方雲浦，急急慌慌地從車子上跳下來。程東亮原是工程兵部隊的一名師長，他奉命組建南方水電工程局的時候，兵團司令員撥給他一部美國產的小吉普嘎斯六九，那是十兵團解放福州時繳獲的戰利品，後來成為南工局頭頭們的專用「坐騎」。程東亮站在小車旁聽取中層幹部們的簡要匯報。小光華看見他高大的身材微微彎曲著，目光冷峻，臉色鐵青，密匝匝的絡腮鬍堅挺得像刺猬的鋼針，神態威嚴得像寺廟中的黑臉金剛。他聽完匯報，把幹部們分成幾撥，帶領工人分頭搶險，工地現場哭爹喚娘亂亂哄哄的局面立刻終止，人們分成好幾個長隊，刨土的刨土，抬石的抬石，一場向死神爭奪生命的戰鬥進行得急迫緊張而秩序井然。

一堆堆稀泥紅土被扒開了，一棵棵連根拔起的大樹被抬走了，一塊塊斷岩碎石被扛走了。一會兒工夫，人們就發現好幾具面目全非的屍體：有的頭殼開花腦漿迸濺，有的斷胳膊少腿，有的被擠壓成一塊肉餅一團肉泥，連鐵石心腸的硬漢子都不敢多看一眼，婦女和孩子們一見那慘狀就放聲慟哭嘔吐不止。偶爾也有幾個倖存者，那也是遍體鱗傷奄奄一息，就由救護人員抬到一邊包紮搶救。幾位來回奔忙的醫生的白大褂上糊滿髒兮兮的血污，一個個神色嚴肅而沮喪。

蒙難者屍體被迅速撤離現場，安置在一間工棚裡一字兒排開。家屬們跪在一旁呼天搶地嚎啕大哭，一些大男人則抽抽泣泣幾乎憋過氣去。酷日當空天氣燠熱，工棚裡就散發開猶如屠宰場中的那種難聞的氣息。嗜血的紅頭蒼蠅們紛紛飛來，向著那些不幸的犧牲者發起集團俯衝；一旁有許多工人折下樹枝驅趕這些趁火打劫的惡棍。

緊張的搶險進行了五個多小時，從亂石中挖掘出十三具屍體，搶救出十七名傷員。一個幹部模樣的漢子向程東亮等人報告說，這天在導流隧洞裡打鑽清碴的工人共三十一人，還有一人至今找不到蹤影，這人就是光華的阿爸開挖隊長陳大坤。

程東亮一聽咆哮如雷：

「既然找不到屍體，我就向你們要個活人！你們還站著幹啥？還不快快給我去找！」

許多幹部工人又緊張地行動起來。光華的小手被媽媽緊緊攥著，再次撲向那堆斷岩亂石。母子倆在絕望中懷著一丁點兒希望，一邊尋找一邊呼喊：

「陳大坤，你在哪裡？」

「阿爸，你在哪裡？」

這悲傷絕望的聲音，在整個工地上久久回蕩，遮住陽光遮住雲彩，流香溪畔頓時天昏地暗。小花狗也彷彿明白了事態的嚴重性，耷拉著腦袋，一臉沮喪，跟在光華母子身後，這裡嗅嗅，那裡聽聽，也在焦急萬分地尋找它的主人。

這種徒勞的尋找又進行好一會兒，光華看見人們扶著一個頭上紮著繃帶的工人來到現場。待他開口說話，光華才認出他是阿爸的小徒弟游金鎖。他說，他們的洞中作業已經進到十來米深處。有個人忽然喊了一聲：「隊長，聽，洞子上頭好像在瀉肚子哩！」陳師傅這時正扛著一臺手風鑽，用全身力氣頂著鑽把往石壁上打洞，四周岩粉亂飛機聲隆隆，他就等於一個瞎子加聾子，要他聽到這個警告是萬萬不可能的。可離鑽機遠點兒的工友們卻聽到了。人們好像聽到了警報聽到了喪鐘，洞子裡一下子亂了營，立馬就有人往外逃命。聽人說陳師傅是被人家在屁股上狠狠踹了一腳，他才把鑽機關上的。當他聽到五米多高的洞口頂部果然沙啦沙啦瀉肚子的時候，他就下令大伙兒趕快往外撤。說來我真孱頭，我真該死！游金鎖滿臉羞慚痛罵自己，遭到程東亮的一聲呵斥才繼續往下訴說。那會兒我竟慌了神拔腿就往洞子深處跑，是陳師傅攆了上來給我狠狠摑了一耳光，我才清醒過來轉身往外跑，要不，我早被大石頭砸成一團肉餅了……他媽的，我是孬種！我是軟蛋！是我耽誤了陳師傅，害他搭上一條命啊！

年輕的工程師、局長秘書方雲浦搖頭嘆息一聲說：「唉，陳師傅怕是沒有命了！」

他粗粗估算一下，就知道坍塌的土方量達兩三萬立方，幾乎是一個小山頭往前移動了二三十米，大坍方刮起的氣浪相當於十二級颱風，把在溪邊吃草的一頭老黃牛沖了一個大筋斗，一頭栽下深潭就沒再起來。陳大坤即使有一百條命也沒有一絲兒活的希望了！

光華看見阿媽立時成了個瘋子，又撲到亂石堆上聲嘶力竭地叫喊：

「陳大坤，死鬼，你在哪裡？」

這回忽然出現奇蹟，石頭縫中似乎有人輕輕地應了一聲：「喂，我在這裡！」

光華和媽媽幾乎不相信自己的耳朵，又齊聲大叫一聲：「喂，你到底在哪裡？」

石頭縫裡又說話了：「哎喲，我被關在石頭窟裡囉，快來搭救我呀！」

小花狗的耳朵比人靈得多，一下子就向發出聲音的那堆亂石頭奔過去，欣喜若狂地汪汪大叫，把人們都吸引到這裡來。陳大坤居然還活著，這是多麼不可思議的神話。局長程東亮一邊琢磨那堆亂七八糟的巨石斷岩，一邊跟石窟窿中的陳大坤說話：

「唉喲喲，陳大坤，你到底在哪裡？你還活著呀！你傷得厲害不厲害？」

陳大坤說：「我只碰傷一點兒皮，不大礙事的。就是又餓又渴，快給我弄點吃的喝的吧！」

人們這才想起大坍方已經過去一天一夜，一個大活人滴水未進能不又餓又渴？搶險現場吃的喝的早有準備，就叫人送來饅頭花卷和茶水。但是，陳大坤關在那個石窟裡根本無路可進。年輕的工程師方雲浦繞著亂石堆走了一圈，終於琢磨出來：在大坍方發生的剎那間，有幾塊先落下的大石頭恰好把後落下來的一塊其大無比的巨石支撐住，築成一間天衣無縫的「石屋子」，把陳大坤保護得嚴嚴實實，任後來再有什麼大石泥沙灌木雜樹砸下來，也不能傷及他一根毫毛了。但也正因為如此，陳大坤怎麼也不能從裡面鑽出來了。人們費了好大的勁兒，才在「石屋子」頂部找到一條巴斗大小的石縫，就像人們在許多風景區看到的「一線天」。於是就爬到上頭，用繩子把饅頭茶水慢慢吊下去。光華由工人叔叔托著屁股蛋兒，也爬到石窟頂上，趴在「一線天」往下瞅。石窟中黑古隆冬，啥也瞅不見。但是，他聽到父親吃饅頭喝茶水的聲音唏哩嘩啦，像一頭牛牯犁了一天水田狼吞虎嚥拌著粗糠的米湯，那響聲在淚中共鳴回蕩驚心動魄而讓他一輩子也不能忘記。

光華又看見局長、副局長等滿臉烏雲緊蹙眉頭在一起商議著什麼。後來他才弄明白，搶救阿爸的事情又遇到了新的麻煩。方雲浦說，壓在石窟窿頂部的那一塊巨石少說也有二十噸，當時的南工局沒有一臺大吊車，運送大件機械都是靠起重工們的扛棒和鐵肩，這會兒要移動這二十來噸的巨石，而且不能傷著陳大坤的一根毫毛，那簡直是蚍蜉撼大樹！

人們都把急切的目光投向局長程東亮：這可怎麼辦呀？

程東亮抓著獅子鬃毛一般粗硬的頭髮，想了片刻，說：「我馬上給省委發電報，請求省委支援。」那年月流香溪還不通長途電話，電報就算是最快捷的通訊工具。

程東亮跨上他的「坐騎」嘎斯六九，一陣風走了。光華和他媽等了半個時辰，就好像等了半個世紀，才看到局長返回工地。他說，省委立即復電來了，他們已經從工程兵部隊調來一臺起重三十噸的大門車，三天工夫準能趕到。程東亮聲色俱厲地對幾個幹部說：

「現在你們的任務，就是保證讓陳大坤吃好、睡好、休息好，三天之後，我向你們要一個大活人！若有一點點差池，唯你們是問！」

至此，人們才紛紛散去，但人人心裡惦著關在窟窿中的陳大坤和喪生負傷的工友們，工地上空好像壓著一塊沉重的陰雲。

光華記得，媽媽把他緊緊抱在懷裡，結結實實親了一口：「囝呀，這下你阿爸可是有救了！」說完就抽抽泣泣哭起來，把眼淚鼻涕塗得光華滿頭滿臉，他才第一次分辨出，原來母親的乳汁是那麼香甜，而淚水卻是如此苦澀。

接下來三天，南工局對陳大坤的照顧可謂無微不至。那是商品愈來愈少票證愈來愈多的年頭。購買東西除了鈔票，還得附加糧票、油票、肉票、魚票、蛋票、豆票、糖票、煙票、酒票、火柴票、豆腐票……連在食品店買兩塊狗也咬不動的油麻餅，也得掏出兩張餅票。然而，那些日子，從四面八方匯集到光華家裡的東西，簡直可以開一爿小小的雜貨店。光華和他阿媽就挑選香的辣的好吃的往那個石窟窿裡搬運。為了不讓阿爸感到孤單冷清，王玉英帶著光華沒日沒夜地守在那「石屋子」頂上，用一根棕繩拴著一只小籃子，不斷給阿爸吊下吃的、用的、穿的、蓋的，還陪著他東拉西扯談天說地。想到山區的夏夜天氣寒冷，阿媽給阿爸送去草墊、棉襖、棉絮；看見一陣陣山蚊子向石窟窿衝擊，阿媽給阿爸送去蚊香和清涼油；想到阿爸吸煙嗜酒，阿媽每餐給阿爸溫一壺水酒每天送一包烤煙（請讀者鑒諒，長年累月在野外作業的水電工，幾乎沒有不貪杯不抽煙的）……在三個燠熱的白天和沁涼的夜晚，這個三口之家在流香溪畔的曠野上度過了一段終生難忘的時光。

一個月朗星稀的夜晚，光華和媽媽坐在高高的大石頭上，聽阿媽和阿爸有一句沒一句地說著話。山風輕輕地吹過來，夜霧悄悄地洒下來，山區的夏夜很有幾分秋夜的涼意，他禁不住打了個響亮的噴嚏。阿媽趕忙把他抱在懷裡，解開寬大的列寧裝的紐扣，把他緊緊地貼胸裹著。母親的體溫頓時傳遍他的全身，母親的愛頓時傾注於他每一條血管。此時此刻，即使漫天飛雪他也一點兒不覺冷。一個孩子沒有父親母親，那真是不可想像呵！阿爸關在那石窟窿裡已經快三天了，明天他們就能等到那臺救命的大門車，他又能投入阿爸溫暖的懷抱了。想起這他就興奮異常淌下淚來。

光華細細回味，阿爸對他的愛比起阿媽來，可是不少一分一毫。他牙牙學語的時候，阿爸一下工，工裝來不及換臉也來不及洗，就把他馱在肩上在整個工區游來逛去。他是阿爸舉世無雙的傑作，阿爸常常把他當作品舉辦巡迴展覽。他滿三歲時，阿爸給他用棗樹根雕了一把木頭手槍，刷上一遍烏煙拌桐油，就像真的勃朗寧，對著阿爸叭、叭放兩槍，阿爸不是應聲倒下就是舉手投降。最難忘的是四歲那年「五一」節，省裡派了個電影放映隊來電站工地慰問，工地的空坪上擠滿了上千號人，光華騎在阿爸的脖子上，高人一等，那當然是最佳的寶座。記得那天放映蘇聯的一部老片，說的是在西伯利亞修鐵路的故事，工人們都頭戴安全帽，腳蹬大皮鞋，在暴風雪中揮鏟掄鎬，那種既艱苦又豪邁的生活情景與新中國的水電工很相像，「沿江吉普賽人」就看得特別帶勁。而小光華的小雞雞卻不合時宜地翹了起來，一泡尿憋得他十分難受。但這時廣場上的觀眾密密匝匝水泄不通，別說騰出一塊地方給孩子拉尿，就是在原地轉轉身子也是不可能的。阿爸叫他忍著，只要能堅持到放完電影，一定獎他一粒高級水果糖。那個年頭一粒高級水果糖對一個懵懂未開的小郎哥可有吸引力了，小光華真的就那麼咬緊牙關堅持著。可是，只一會兒工夫，他的小雞雞愈加堅挺，膀胱裡的尿憋得他的小肚子疼痛難當。他說，他不想吃糖了，他想拉尿。阿爸一是捨不得好看的電影，二是根本就無法衝出重圍，就氣呼呼說，你實在忍不住，就坐在我的脖子上拉吧！小光華長這麼大，還沒有在阿爸頭上屙過屎拉過尿，怎麼也拉不出來，小雞雞反而軟塌塌的了，可肚子的疼痛卻有增無減，不由得哇的一聲哭了起來。阿爸一氣之下，在光華的小腿上狠狠擰了一把。光華一陣劇痛之後，胯下的水龍頭突然打開，一泡尿急如泉湧。他感到一股熱浪沿著自己雙腿的內側迅速漫到阿爸的脖頸和肩背上，旋即有一種令人難堪臉紅的騷臭味沖天而起。這真是驚天動地的一泡尿啊，他也不知拉了多長時間，只記得全身每一根汗毛都舒服無比的時候，心口卻堵上一團棉花，眼睛也被淚水蒙得迷迷糊糊的，銀幕上的圖像怎麼也看不清了。

多少年後程光華回憶起這件小事，還常常潸然欲淚。呵，這就是我的阿爸，這就是我的父親！

那三天時光，光華陪著阿媽守在大石頂上。阿媽的眼睛總是盯著遠處的車輛，耳朵總是聽著遠處的聲音。阿媽實在支撐不住迷迷怔怔的時候，常常突然驚醒，起身驚呼：「是大門車來了吧？哦，大門車來了！」可是等那一溜塵煙撲到跟前，卻是一輛滿載石料水泥的大卡車。阿媽頹唐地跌坐在大石頭上，只剩下一聲接一聲的嘆息。

三天焦灼的等待，彷彿過了三個漫長的世紀。到了第四天清晨，傳來的消息卻是一個空洞的安慰：大門車已經過了H市，遇到一座古老的公路橋，那橋的載重量只限三十噸，而這臺大門車的自重就有三十五噸，所以大門車就不能按時到達。但是南工局已經派出一支小分隊前去搶修加固，估計再過一兩天大門車總是可以開來的。你們就盡心把陳師傅照看好吧，局領導正不惜一切代價要把他搶救出來。

這個意外的打擊無疑是五雷轟頂。光華覺得阿媽忽然老了十幾歲。她的滿頭黑髮綻出許多枯萎的蘆花，光鮮的臉龐扯起一張細細的魚網，漂亮的眼珠子失去了昔日的神采。她已經從希望的頂峰跌入失望的深谷，可她還佯裝笑容，編出許多可信的理由，讓阿爸相信那輛救命的大門車很快會來，一定會來。

關在那小小的石籠子裡的阿爸，為了寬阿媽的心，原來整日裡有說不完的話，現在忽然沉默了，有時還會發出一兩聲水牛長嘯一般的嘆息。估計阿爸也是猜到大門車不可能順利到達了，他不願戳破這個神話，是不忍心失去照耀妻兒心頭的短暫的光明。阿媽顯然發覺這不是好兆頭，每餐就給阿爸多溫一點酒。

這一天，阿爸卷著大舌頭衝洞口上喊：「玉英，玉英！你趴到洞口上來，我想瞅瞅你！」阿爸顯然是喝醉了，話都說不清楚，一股濃烈的酒氣從洞底直衝洞口。

阿媽就撅起圓臀趴在洞口上。一柱手電光從洞底打上來，照得阿媽眯起眼睛。阿爸在洞子裡連聲嘆息說：「哎咳咳，玉英，我真是把你害苦了……」一會兒又嚷嚷：「你把阿華叫過來，我要看看我兒子！」阿媽讓開來，把兒子牽到洞口。

光華也撅起屁股趴在那巴斗大的石窟窿上。白晃晃的手電光照射上來的時候，他聽到阿爸聲音顫抖地說：「孩子，你……要聽……阿媽的話，你……要照顧……好……你阿媽！你要好好……念書，長大以後……也像阿爸……一樣建……電站……」

光華發覺阿爸的話中有一種從未有過的傷感，聲音悲悲切切。他說：「阿爸，你把手電筒撳滅了吧，我也很想很想看看你！」

阿爸把手電筒撳滅了，光華手中的電筒光柱把三四丈深的石窟窿照得一片明亮。那個洞子小得可憐，阿爸佝僂著身子只露出大半個臉。光華看見阿爸髒兮兮的頭髮像一蓬亂草，臉有些浮腫，鼻溝上似乎掛著兩行淚珠，他心裡一酸，也想掉淚，屁股蛋上就被阿媽打了一下，被阿媽撥拉到一邊去。阿媽撅起圓臀對著石窟窿說：「大坤，你怎麼啦？」但是阿爸聽到阿媽的聲音，很快把腦殼收了回去。阿媽的手電打了很久很久，阿爸總不肯把臉再露出來。

阿媽用吊繩收回碗筷菜碟和酒壺的時候，阿爸打著飽嗝說：「今天這一頓飯呵，真夠我飽一輩子了，明天你們就不必再給我送飯了……」

這是阿爸臨終前的最後一句話。程光華為了當時沒有聽懂這句話後悔了一輩子。

第五天清晨，光華和阿媽提著籃子給阿爸送飯的時候，沒有叫應阿爸。母子倆以為他昨日喝得太多，不易醒來，就沒有再叫。但是，他們中午仍然沒能把阿爸叫醒，晚上也仍然沒能把他叫醒。阿媽哭著跑工程隊，跑工程局，可是隊長、局長除了安慰還是安慰，拿不出一點辦法。直到第六天正午，那輛救命的大門車終於慢慢騰騰爬到流香溪工地，全局上下才又燃起一線希望。局長程東亮等局領導也坐著嘎斯六九趕來了。他親自指揮那臺救命的大門車的起重操作。光華是第一回看見世界上還有如此龐然大物。它的車身有三四臺大卡車那麼長，起重臂折成一個多邊形高高地擎在車頭上。駕駛員是個穿黃軍裝的小伙子，坐在高高的駕駛臺上像古代的將軍坐在戰車上指揮他的軍隊。他把大門車開到一個結實的地面上，把那曲裡拐彎的起重臂慢慢伸展開來，竟像一隻鋼鐵的巨手伸到老遠老遠。這隻巨手很快把早就裝在那塊大岩石上的吊鉤抓住了，巨手向上用力的時候，鋼絲繩一邊痛苦地叫喚一邊繃得筆直；那塊巨大的岩石實在太重，像生了根似的一點兒也挪不動。年輕的駕駛員便發起狠來，突然加大馬力，大門車怒氣衝天地吼叫著，鋼絲繩咯啦啦地慘叫著，那塊巨大的岩石終於被拎了起來，搖搖晃晃地在空中蕩著秋千，然後放落在地面上。

程光華現在已經記不起是誰第一個衝向最後一堆亂石頭的。他撲向關著阿爸的那個石窟窿的時候，那裡已經擠滿了人。他是從人縫中，不，嚴格的說，他是從大人們的褲襠縫縫裡，看見了阿爸。剛瞟一眼，他就被一股濁臭難聞的氣息熏得倒退好幾步。他忍住嘔吐再擠向前去，這才看清楚，阿爸斜靠在一塊大石頭上，髒髮蓬亂的大腦殼耷拉下來，身上這裡那裡都是傷口，黃綠色的膿水在潰瘍的皮膚上湧流。他只覺得一陣天旋地轉，什麼也看不見了……

許多年後，人們談起阿爸的慘死，還禁不住要作種種猜測：他很可能是被山蚊子活活叮死的，盛暑時節的山蚊子又多又凶又毒，一個大活人關在石頭縫裡正好成了蚊子們的美餐；他也很可能是被毒蛇咬死的，流香溪一帶氣候溫濕，是蛇的王國，響尾蛇、青竹蛇、五步蛇遍地都是，到處出沒，只要被毒蛇咬一口，就足以叫他死於非命。還有人猜想，他很可能是絕食身亡的。三天之後，救命的大門車卻遲遲不見到來，他開始絕望了；那不見陽光不能走動又任憑蟲豸蚊蚋欺凌的日子實在熬不下去，同時他也不願再這樣驚動組織拖累妻兒，於是，他寧願早早結束自己的生命。

程光華記得，阿媽使勁撥開人群看了阿爸一眼，僅僅是短暫的一眼，立時暈倒在地，不省人事。局長程東亮叫來幾個工人叔叔，把阿媽和他架上局長的「坐騎」嘎斯六九，一溜煙開走了。人們把他和阿媽分別安置在兩個房間。他看見房裡牆壁雪白，床鋪雪白，被褥雪白，連進進出出來看護他的叔叔阿姨也穿得一身雪白。若干年後，他才知道那是醫院。他在這裡只住一天，叔叔阿姨也給他穿上白衣服白褲子白鞋子，說是要帶他去看阿爸阿媽。他怎麼也沒有想到，他看到阿媽和阿爸一樣，靜靜地躺在一副白木棺材裡，不會張眼不會開口不會說話。在同一天，他失去了兩個最親最親的親人。

葬禮空前隆重。全工地上千號職工和附近村子的村民們都來了，在青龍崗一片向陽的山坡上站得密密麻麻。這裡已經有一溜兒新墳，那是前幾天才到此地安息的「六一七」的其他死難者，光華的父母成為這個陰間小村落的第十四和第十五位居民。男男女女老老少少面容悲戚，慨嘆唏噓。光華覺得，這山上的草呀樹呀都站得畢恭畢敬，莊嚴肅穆；整個世界彷彿睡過去似的，連樹上的小鳥兒也不敢吱聲。局長程東亮下令放炮（據說以前沒有這個規矩，自「六一七」之後，局黨委為因公殉職的水電工的葬禮立下了這一項特殊的殯儀）。在山腳下大坍方那個地方，一連放了三炮，響聲震天動地，山下有三朵蘑菇雲冉冉上升，然後彌漫、擴散，滾滾濃煙遮住日頭遮住白雲遮蔽了萬里晴空，這流香溪青龍崗就塗抹上一片抑鬱悲壯的色調。

副局長龍紹雲致悼詞。鄉親們的代表、香溪村的老族長楊弗染先生朗誦祭文。山風吹動這位長者胸前的一把花白的大鬍子，像山崖下的蘆花颯颯有聲。他滿臉戚容，老淚涕零，念得古腔古調，聲音拖得長長的，光華一句也聽不懂。若干年後，他在一份局史資料中見到了這份祭文：

巍巍乎高山，蕩蕩乎流水；為國捐軀，日月同輝；為民造福，春雨霏霏。祭我英魂，哀哉尚饗！

光華的父母入土後，局長程東亮在墓前莊嚴宣告：「陳大坤和黃玉英同志死了，他們是為了建設流香溪水電站而犧牲的，他們死得很光榮。現在，他們的小兒子沒有父母了。」他把光華抱了起來，洪亮而激動的聲音一下子提高八度。「從現在起，他就是我的親兒子，也是我們南工局全體職工的親兒子……」

程東亮把光華的小腦袋擱在鬍子絡腮的下巴下磨蹭著。光華感到兩顆豆大的淚珠打在他的臉上，灼痛他的臉頰溫暖他的心坎。他的眼淚奪眶而出，一會兒，一老一少的淚水像兩條河流交匯在一起。

時過半載，流香溪水電站建築工程像一匹陷在爛泥潭中的驢子，幾乎寸步難行。首先是糧食供應大大減少，一個五大三粗的棒小伙子，一天還吃不上一斤大米，手中的洋鎬鐵鍬還沒掄幾下，就舉不起來。其次是鋼材、水泥和機械都供應不上，程東亮就跨上他的「坐騎」嘎斯六九，在偌大的省城四處奔波，這個大門進那個大門出，給人家叩頭作揖叫苦求援，像一個高級乞丐似的要這個討那個，可是，他幾乎每一回都是空手而去空手而歸（那年代人們還沒學會大車小車給一些實權部門送禮，隨後換回貸款、批文、份額和種種物資）。工程這樣不死不活地拖了好幾個月，終於接到「工程立即下馬，全局轉場閩西」的命令。光華看見架子工含著熱淚把親手搭起的腳手架和模板拆卸下來，看見炮工班罵罵咧咧把親手築起來的上游和下游圍堰放炮炸毀。當討論到要不要炸毀溪流中的五座混凝土橋墩時，局頭頭們傷心得幾乎落淚了。為了建成這座必不可少的施工大橋，在急浪飛湍的溪流中倒下幾千噸鋼筋水泥，只因為優質工字鋼供應不上，大橋一時還無法建成。現在要把這幾座橋墩炸掉，那是剜他們的心頭肉呵，他們不能不有一種犯罪感！光華看見養父程東亮、副局長龍紹雲和局長秘書方雲浦在溪岸邊走來走去徘徊許久，最後，養父甕聲甕氣地說了一句：

「還是留著吧，反正也不會妨礙通航。」

就這樣，這五座光禿禿的橋墩就長久地屹立在流香溪的激流中，像五位飽經風霜的歷史老人，不斷向人們訴說五六十年代發生在流香溪極其艱苦而悲壯的故事。

在一個秋風蕭瑟的季節，「沿江吉普賽人」開始陸續撤出流香溪工地。僅有的十多輛解放牌大卡車載著一些簡陋的機械和老弱病殘在前頭走了，年輕力壯的小伙子徒步行軍。他們或扛著钁頭鐵鍬，或挑著行李家什，還有不少人推著南方特有的獨輪雞公車，載著不會走路的孩子，載著鍋碗瓢勺衣服被褥，一路上灑下伊伊呀呀的歌聲，唱著人們心頭的抑鬱和悲涼。多少年後，程光華回想起當年從流香溪撤退的情景，不知怎麼的，就會想起並未吃過敗仗的岳家軍，無可奈何地撤出朱仙鎮，全軍上下既灰心喪氣又激憤滿懷。

局長程東亮、副局長龍紹雲坐嘎斯六九，程光華的座位則更加高級——養父結實的雙腿和溫暖的懷抱。當嘎斯六九從流香溪畔徐徐駛過的時候，他們又看到屹立在激流中的五座光禿禿的橋墩。

程東亮感慨萬千地說：「看來這五座橋墩留下來是對的。我相信，我們國家決不會讓流香溪水永遠這樣白白流走。總有一天，我們還要回來，這五座橋墩還用得上。」

程光華覺得有什麼東西堵在養父的嗓子眼裡，嗓音沉鬱而蒼涼。

龍紹雲也聲音顫抖地說：「對的，總有一天，這裡還要建電站，我們一定要再回來！」

後來程光華回憶起這些話，覺得老人們當時不僅作出了準確的預言，而且還是心對上蒼的明誓。

第一章　新的流浪

〈沿江吉普賽人之歌〉唱道：「當一座攔河大壩高高升起，水輪發電機喚醒沉睡的土地，我們又帶上新的藍圖」，開始新的流浪……

彈指之間，二十多年過去，程東亮等人的預言終於應驗：流香溪水電站工程重新上馬。然而十分遺憾，南工局第一代領導人死的死，老的老，都無緣親身參加這項全國重點工程的建設。如今在第一線埋頭苦幹、衝鋒陷陣的，是「沿江吉普賽人」的第二代和第三代。

一九八九年初秋，一個天高氣爽的日子，從南工局的後方基地——水電職工家屬聚居的「水電村」——開出一輛豪華大巴，車上坐滿了水電工人和技術人員，他們是奔赴流香溪參加水電站工程建設的。前排挨窗坐著個年輕人，就是老局長程東亮的養子程光華。他已經從一個黃黃瘦瘦的鼻涕哥長成個英俊剽悍的小伙子，從一個懵懂初開的小學生變成個精明能幹的工程師。

這會兒，他微微蹙起濃黑的雙眉，彷彿在打量窗外迎面撲來的層層梯田和莽莽叢林，其實他什麼也沒留意看。他正沉湎在往事的回憶中，「六一七」悲壯而慘烈的景象，像過電影似的，一幕一幕在他眼前閃過……

他記得，在三聲驚天動地的炮聲把他的阿爸阿媽送進深深的墓穴地府後，老局長和他的老伴沈雅韵把他抱回了家。失去原有的竹棚小屋而置身於一個完全陌生的「家」，他怎麼也忘記不了他的老家還有一籠子戰鬥力很強的蟋蟀，還有一頭與他形影不離的小花狗（後來他聽說，這頭可愛的小花狗趴在父母墓前，不吃不喝絕食身亡），更忘不了長眠地下的親生父母，眼淚就像淫雨季節的檐頭水不斷線。沈雅韵把他攬在懷裡，擰了一把熱毛巾給他拭擦眼淚，一邊細聲細語說：「別哭別哭，孩子，你阿爸阿媽去了，再哭也不能把他們哭轉來，反而會把身體哭壞的。從今以後，這個家就是你的家，我和你老程伯伯就是你最親最親的親人，一定會像你的阿爸阿媽一樣愛你、疼你的。」

她找來一些舊衣服，改製成兩套學生裝，還給他縫了一個小書包，把他打扮得煥然一新，漂漂亮亮。每天下班回家，她總是記著給他買點糖果、蜜餞或別的零食。晚飯後，她收拾完飯桌碗筷，總忘不了檢查他當天的功課。遇到不會不懂的作業，她啟發他輔導他，非到他開竅不肯罷休。養母沈雅韵是南工局技術處處長，滿肚子學問就像他生母吸吮不盡的乳汁，餵養他好奇好學的腦瓜子是綽綽有餘的。但是，光華對於養母的愛和愛的方式，一時仍然不能適應。他的生母是農村出來的分篩女工，艱辛的命運和粗活重活給她一副火爆潑辣的性子。她疼起兒子來，是又親又抱又啃又咬，她生起氣來，是又罵又擰又刮又敲。而養母是上海出來的高級工程師，一個斯斯文文的知識婦女。她說起話來細聲細氣，那種吳儂軟語有一種特別的溫柔。她從來不打人不罵人，甚至連一句重話也不會說。她似乎有一種潔癖，飯前要他洗手，睡前要他洗腳，隔一天兩天就要他洗澡換衣服。還特地在他的小衣兜裡放一條小手帕，一見他鼻孔下爬出兩條鼻涕蟲，就教他如何用小手帕捏住消滅乾淨。於是他就想，養母不肯隨便像親阿媽那樣親他抱他，是否嫌他整天滾成一頭泥猴兒？小光華心頭有這麼一塊小疙瘩，雖然覺得養母千好萬好，卻總有幾分陌生和疏遠。

養父程東亮則是和養母性情相反的剛毅豪爽的男子漢。他把光華抱回家那天，就指著養母對他說：「她叫沈雅韵，從今天起，她就是你的母親；我叫程東亮，從今天起，就是你的父親。不過，我和你不是一個姓，你原來姓的是耳東陳，我姓的是工程師的程，你在學校裡學過這兩個字嗎？」養父在一張白紙上寫了一個「陳」字和一個「程」字。他十分納悶，一個讀音怎麼有兩種寫法，卻又聽養父接著說，「哦，你還小，沒有學過。往後呵，你姓原來的陳也行，改姓我這個程也行；不管怎麼樣，我們是親親的一家人了。」

養父是個山東大漢，臉龐上有一圈黝黑黝黑的絡腮鬍子，目光冷峻而犀利，不怒而威，要是發起火來就更嚇人；再加上他是有資格坐嘎斯六九小車的大人物，像一個威風凜凜的將軍，指揮著流香溪工地的千軍萬馬。小光華對他有一種說不出的敬畏。

也許就是這些緣故，有很長一段時間，小光華對養父養母不知稱呼什麼才好，既不叫他們爸爸媽媽，也不叫他們伯伯阿姨。一反往日活潑頑皮的性格，變得有些拘謹，老老實實，沉默寡言。

他是什麼時候跨越與養父養母之間感情的鴻溝的？

他記得「六一七」大坍方後，全國性的大飢荒就開始威脅南工局。每次吃飯，他一上飯桌，養父養母就給他盛來一碗夯得結結實實的大米飯，而他們自己吃的卻是照得見人影的稀飯湯或是地瓜湯。一頓兩頓，他照吃不誤；頓頓如此，天天如此，他便不好意思享受這種特殊恩惠。他說：「我也愛喝地瓜湯。」養父和養母不讓他吃，說：「你是小孩子，幼苗嫩瓜的，正長身體的時候，不經餓，你只管吃乾的，不能喝稀的。」光華畢竟是個孩子，也不再推讓。但是沒有過多少天，他發現了一個令他又憤怒又傷心的秘密。那天晚上，他做完功課上床睡覺，在將睡未睡的迷迷糊糊中，聽到隔壁房間傳來吧噠吧噠吃東西的聲音。還聽到養母輕聲嗔怪養父：「瞧你，不能輕點聲嗎？」養父咂嘴咂舌吃得更來勁了：「沒關係的，光華已經睡了哩！你也來一點吧，蠻好吃的。」隔壁房間吃東西的聲音更響了，養母肯定也享用這秘密的宵夜。剎那間，小光華覺得肚子裡有許多螞蟻啃嚙，心頭有許多蜜蜂叮螫。囉，原來是這麼回事，你們在飯桌上盡喝些湯湯水水，原來夜間有點心吃哩！阿爸阿媽呀，你們真不該扔下我，現在我成了無依無靠的孤兒了。這個世界上還有誰來疼我愛我呀？他記得他那時是緊緊咬著被頭，才沒有放聲慟哭。

第二天，他在飯桌上更加沉默了。養父養母給他端上滿滿一碗米飯時，他三下兩下就扒進嘴裡填入肚內，他的食欲和食量陡然劇增。他一上桌就狼吞虎嚥，吃了一碗又一碗。對他來說，吃飯不僅僅為了填飽肚子，為了好好地活下去，而且是為了獲得一種報復的快感。

這樣又過了一些日子。一天，任課老師因為家裡有事，提前給孩子們放了羊。小光華回到家裡，覺得肚子餓，想找一點東西吃。他這時的嗅覺特別靈敏，忽然聞到一股奇異的香味；那股香味引導著他，第一次跨進養父養母臥房的門檻。他發現房間旮旯裡擱著一個木炭爐子，爐子上臥著一個不大不小的鋁鍋。鋁鍋叭噠叭噠響著，冒出一股白氣，那股奇異的香味無疑是從這只鋁鍋裡鑽出來的。小光華懷著一種好奇的衝動，向那只鋁鍋靠近，又毫不遲疑地掀開了鍋蓋，就看見裡面蒸著幾個扁圓狀的黑餅子。他撮起一個，吹了吹風，急慌慌咬了一口。旋即，他又連呸幾聲，把嘴裡的食物全吐出來。這玩藝兒又硬又苦又澀還有一種怪味，餵畜生肯不肯張嘴還不知道哩，人怎麼能吃？他把黑餅子認認真真研究一番。從黑餅子上掉落下來的屑末碎粉看，和飼牛餵豬的粗糠穀皮沒有兩樣，而摻雜其中的一些黑不溜秋的東西，顯然是一種野生植物。於是，他就想起附近村子有許多農民吃的苦菜糠餅。天呀，養父養母天天夜裡背著他秘密享受的點心，就是這種玩藝兒！

第二天吃早飯的時候，養父養母照常給他盛了一碗滿得能夠碰到鼻子尖上的大米乾飯，而他們自己的碗裡照舊是照得見人影的稀飯地瓜湯。他發現，兩位老人近些日子明顯地衰老了許多，臉上有些浮腫，出現落葉似的枯黃。他木呆呆地坐著，老半天沒有動筷子。養母細聲細氣問他：「怎麼啦？哪裡不舒服？是不是病了？」一隻柔軟溫熱的手撫摸他的前額試著溫度，一道暖流汩汩流進他的心頭。霎那間，愧疚、感激和至親至愛的情感波濤，在他胸中激蕩奔騰，終於衝決他眼眶的閘門，淚水化作兩道飛瀑淩空而下。他撲通一聲跪在兩位老人跟前，泣不成聲：

「爸爸，媽媽，我不吃大米乾飯，我要喝稀飯湯！我要吃糠餅子！」

這是他第一次叫程東亮和沈雅韵為爸爸媽媽。他說話的那種口氣，那種聲調，那種撒嬌中帶一點任性、任性中帶幾分天真，跟自己的親爹親媽說話沒有一絲一毫差別。

就在這一天，他請求老師把他的名字由「陳光華」改為「程光華」。

從此，他和這個家庭的情感就像血肉一樣不可分割了。前半個小時，他將上車再出遠門的時候，許多職工家屬聚在南工局門口為親人們送行。他的老母親沈雅韵把他拉在一棵濃蔭如蓋的梧桐樹下，輕聲細語叮嚀再叮嚀。他看見飽經滄桑的母親可是真的老了，臉上布滿皺紋，花白的頭髮在晨風中飄著。咳，我這一走又是好幾年，老父親早在「文化大革命」中被折磨死了，家中只剩下老母一人，雖然現今南工局在H市北郊建起後方基地——一個住著幾千戶水電職工家屬的「水電村」，母親也分到一套三居室的單元房，而且有一份不薄的退休金可以安度晚年了，但是，她孤老一人，看個病呀，買個煤呀，都不方便。親生爹媽在「六一七」事故中殉難後，是養母辛辛苦苦把自已拉扯大的。可是自己總是東奔西跑，很少有時間在母親身邊略盡為子之道……想起這些，他就心裡酸酸的。他眼裡掛著淚花兒說：

「媽，我已經連著建了七八年電站，按說也有條件輪換到局本部機關工作，留在媽身邊，也好照顧照顧您，可是……」

母親攔住他的話說：「嘿，瞧你，既然選擇了水電事業，哪個不像『吉普賽人』一樣到處流浪，公事家事哪能兩全呀！我現在身體還好，不用你操心，要操心的倒是你自己。媽跟你說過多少回了，你不要總是當耳邊風！」

光華知道母親指的是自己的婚姻大事。在「文化大革命」中因為無書可念，他十六歲就外出當兵，後來又上了三年大學，回到南工局，在山溝溝裡建了八年水電站，既沒有閑工夫談戀愛，又沒有機遇碰上中意的好姑娘，至今還是光棍一條，母親每回見面總要和他嘮叨這件事。人家常說「成家立業」，你三十出頭的人了，還不成家怎麼立業？母親雖然六十多歲了，鄉音難改，那種細聲細氣的吳儂軟語，絮絮叨叨的叮嚀，總是叫光華十分感動。

「程光華！喲，是你呀？我的天，老半天也沒把你認出來！」程光華正在沉思中，有誰在他肩上拍了一下，把他從回憶的天際召了回來。

程光華扭過頭，見後排坐著一個墩墩實實的後生哥和一個水蔥似鮮嫩的大姑娘。他們是誰？他一時竟想不起來。

「看看，官做大了不是，把老朋友都忘光了吧？」那姑娘見程光華木呆呆地愣著，就故意搖晃著漂亮的臉蛋兒再湊近了些，笑眯眯地戲謔著說，「再看看，真的不認識我了？」

「哦，怎麼能呢？」程光華很快想起來了，打著哈哈掩飾自己的窘迫。「是長根和春英呀，你們什麼時候鑽上來的？」

「我們從小龍門就上車了，你真的沒看見我們？」

大巴從南工局開出後，途經好幾個小電站，每一站都有水電工人上車和下車，程光華只顧悶聲不響地想心事，確實沒有留意從小龍門水電站工地上來的丘長根和游春英。但他的回答卻以攻為守。

「我的後腦勺沒有長眼睛，怎麼看得見你們？可我就坐在你們的眼皮底下，你們不理不睬，誰的架子大？」

游春英一時語塞，和丘長根一道放聲大笑起來。

程光華和丘長根、游春英同屬於第三代「沿江吉普賽人」，一塊兒在工地的隆隆炮聲中出生，在不斷遷徙的搖籃中長大，小時候既是近鄰又是好友。到了告別童年的時光，程光華外出當兵、上學，他回到南工局後，已經是一名得力的技術幹部，而丘長根和游春英卻是普通的運輸工和軋石工，又總不在一個工地，天南地北，很少見面，今天在這裡碰在一起，分外親熱，這一路上聊個沒完。

「光華，實在對不起，我們一上車只顧說話，沒想到前頭坐的就是你！」程光華覺得丘長根還是那麼老實巴交的，一開口就不好意思地道起歉來。

「不怪你！不怪你！二位一路上不停不歇說悄悄話，哪有閒工夫瞟我一眼？」程光華知道丘長根和游春英是青梅竹馬的好朋友，兩人長期在一個工地幹活，又聽說他們的關係已經逐步升級，就有意取笑他們。

游春英不好意思地笑了笑：「哎嘿，你真是冤死人了，你聽見了，我們哪兒有說悄悄話呀？我們談的都是國家大事，我敢對全世界廣播。」

「看看，看你急的！這不是不打自招麼？」程光華開心地笑了起來。「說正經的，你們的事情快了吧，什麼時候請我喝喜酒？」他嫌一直扭著脖子說話不方便，就站起身，在他們兩人那一排擠了個空位落了座。

丘長根只顧拿眼睛盯著游春英，笑而不語。他對老朋友發現他們的秘密而且開這一類玩笑，不僅不生氣，還頗有些洋洋自得。看得出，後生哥對游春英那份愛戀是毫無保留的。許多痴情的初戀者都恨不得早早公開自己的秘密，既可讓好友分享自己的幸福，又能夠得到某種輿論的支持。但是，游春英卻紅著臉辯解道：

「喝什麼喜酒？八字還沒有一撇哩！」

程光華瞥了游春英一眼，好像看見一顆掛在枝頭的紅蘋果，已經到了成熟收穫的季節，要是讓長根娶了去，那真是豔福非淺。程光華記得，他們小時候家裡都很窮。長根三歲那年，他父親在「六一七」大坍方中被砸得血肉模糊，在醫院折騰兩天沒有搶救過來，往後就靠當砸石工的母親把他拉扯大。春英的父親游金鎖是「六一七」大坍方中的一名倖存者，就是那個被陳大坤摑了一個耳光而揀了一條命的學徒工。他大難不死，果真有了後福，僅隔一年，就娶了一位吃農業糧的老婆，沒有參加工地生產勞動的權利，卻有極強的生育能力，幾年工夫，就生下一大窩囡囡。春英是頭胎長女，要肩負著超重的家務擔子。光華記得，童年的春英面黃肌瘦，胳膊腿兒細得像黃麻稈，衣服也很破舊，膝蓋、肩膀和屁股等等部位，總是補釘疊補釘。不管是上學還是玩耍，她背上總是背著比她小一兩歲的小妹妹。在踢毽子、抓石子和跳格子等等童年的游戲中，她大都是一名熱心的觀眾，從來沒有資格充當主角。這時候，戇頭戇腦的長根就會悄悄走到她的身邊，替她照看一會兒小妹，讓她也有機會享受一下童年的樂趣。這些童年的情景，像童話一樣在光華記憶中留下深刻的印象。幾年不見，長根和春英都長成後生哥大姑娘了，光華既希望兩位童年的朋友成為幸福的一對兒，心中又有幾分酸楚，一絲兒羨慕。

游春英被程光華打量得不好意思，匆匆地掉過目光，轉換一個話題：「光華，你不是在金溪電站當總指揮麼，怎麼也想跑到流香溪去湊熱鬧？」

程光華說：「金溪電站已經竣工發電了，局裡的頭頭們就叫我去流香溪。」

丘長根問道：「聽說那裡只缺一些技術工，要的是賣苦力的，你一個大工程師，去那裡幹什麼？」

程光華笑道：「誰說工程師不能幹活呀？開車就開車，放炮就放炮，打鑽就打鑽，澆搗就澆搗，哪一樁技術活兒我拿不起來，還愁沒有活幹？」

丘長根點點頭：「這倒是實話，我早聽人說過，你這個工程師和別人不同，能文能武，工地上沒有什麼技術活難得倒你的。」

「你聽他說得好聽，誰不知道他是大學生，是工程師，生來就是當幹部的命。你瞧吧，到了工地，準會封個大小官兒給他做。那些重活髒活苦活，嘿嘿，對不起，就等著我們倆啦！」游春英說著，就有些垂頭喪氣。

「春英，別這麼洩氣！」程光華安慰道，「你們倆都是技術尖子，聽說在流香溪幹活，只要肯攢勁賣力，技術工拿的工資比工程師還要高。」

「真有這樣的好事，你不會蒙我們吧？」一說起工資，游春英和丘長根都來了興趣，就纏著程光華問這問那。

程光華解釋說，流香溪水電站是個機械化程度很高的中日聯營工程，日本人特別重視技術工人。在他們看來，再好的設計圖紙和再好的施工方案，都必須通過技術工人的艱苦勞動才能變成現實。所以，他們就用種種獎勵辦法來調動技術工人的積極性。除了基本工資，還有工時獎、節約獎、質量獎、周末獎、月末獎、季度獎、年終獎、超產獎……七七八八加起來，一個技術工一個月可以拿到六七百塊人民幣。

聽到這裡，游春英高興得叫了起來：「啊哈，一個月能拿這麼多，夠我們在南工局幹小半年哩！」她側過頭對丘長根說：「傻瓜頭，我們那幾百塊錢的禮呀，總算沒白送了。」

程光華詫異地問道：「怎麼？你們為了上流香溪，還走後門呀？」

「別說它了，春英……」丘長根腳下的回力球鞋踩了一下游春英的平底布鞋。

「這有什麼關係喲，光華又不是外人！」游春英不聽丘長根勸阻，像放連珠炮似地一個勁說下去，「有什麼辦法？我們前門進不了，只好走後門。實話對你說吧，光華，要是論技術，論表現，我和長根都是人尖中的人，上流香溪是完全夠條件的。可是就衝著流香溪是中日聯營的工程，有一份高工資，有多少人爭著要去呵。上面派人到我們小龍門工程處挑選技術尖子，一共才要十二名，可是報名的年輕人就有一百五十人，把我們處長、書記的家門都快擠癟了。我和長根看看這事太玄乎，要是不肯出點兒血，根本連門都別想摸到哩！」游春英壓低聲音，俯在程光華的耳畔唧唧咕咕：「他媽的，這回啊，我們可是豁出去了，把我們倆的小存摺幾乎掏個空，又是紅菇又是白木耳，又是蓮子又是靈芝草……」

程光華聽了很是氣憤，輕聲問道：「局裡不是派人到各個工程處去考核選拔技術尖子嘛，怎麼弄成這個樣子？」

「咳！」丘長根深深嘆了口氣。「考核，選拔，那只是做做樣子，這年頭沒後門還想辦成什麼事哩！」

程光華大不以為然：「事情也不會都是這樣吧，我們金溪工程處可是嚴格按照規定進行考核選拔的。就說我自己吧，也是局裡點名要我去的，我可沒有走誰的後門呀！」

游春英笑笑說：「你當然不一樣。你是幹部，我們是工人；你是第一世界，我們是第三世界。」

程光華突然沉默了。他陷入深深的苦惱。他知道，游春英這個說法，在南工局已經流傳相當廣泛。也不知是哪一位聰明的業餘理論家、思想家，很有創造性地把毛澤東七十年代分析世界形勢的理論，用來分析南工局各種職工的生存狀況：幹部世家、幹部子弟和生活比較富裕的職工，被劃為「第一世界」；家裡勞力強收入多已經擺脫貧困並走向富裕的是「第二世界」；家裡人口多卻收入少無權無勢無依無靠依然在貧困線上掙扎的職工，屬於「第三世界」。程光華無法判斷這種分析是否科學與正確，但是他閉起眼睛想一想，覺得南工局這個自成體系的小世界，確確實實發生著這樣的變化。令他有些傷心和遺憾的，是他自己在人家的眼中已經成了「第一世界」。他的養父養母雖然是老幹部和高級工程師，屬於南工局的上層人物，但他父母當權的時候，可是兩袖清風，家徒四壁，沒有給他積攢下什麼財產。更何況，父親早在「文化大革命」中被迫害死了，母親那點退休金，也只夠溫飽，哪夠得上「第一世界」？要說他的親生父母，為著搶救遇險的工友，把命都搭上了；再說我自己吧，自幼生活在「沿江吉普賽人」這個勤勞、勇敢的群落裡，和小兄弟小姐妹們一起玩耍，一起上學，一起幹活，一起成長，怎麼幾年不見，你們倒把我劃出了圈外……光華本來想向長根和春英傾吐心中的委屈，可這種事三言兩語怎麼說得清楚？他轉念一想，便把心中的怨憤對準了導致人與人的隔閡、冷漠的社會腐敗。他輕聲問道：

「你們小龍門工程處真不像話，是誰收了你們的禮，告訴我，我替你們出出這口鳥氣！」

丘長根的回力球鞋再次使勁地踩著游春英的平底布鞋。春英就支支吾吾說：「算哩，算哩！事情都過去了，說它幹什麼？再說，我們花的錢也不算多，好在碰到一位小學同學，幫了我們的大忙……」

「喲，有這樣的好事，誰呀？」

「你可能還記得的，就是龍經天呀！」游春英說，「他好像比你高兩三班，不過小時候我們常在一起玩，你們這些大點的孩子當山寨王，我們這些小蘿蔔頭就當小嘍囉兵，你們做老虎做豺狼，我們就做小羊羔小豬崽。」

「哦，你還記得這些呀！」程光華笑了起來，腦子裡現出龍經天小時候大頭大腦的模樣。

「你是說龍大頭吧，聽說這小子挺走運，在南茂公司當工程部副部長了。」

「對呀，就是他當技術尖子選拔組組長，到我們那裡選拔技術尖子。嘿，要是沒有他呀，我們還別想去流香溪。」

程光華說：「哦，這麼說，他這回可是腰包塞滿了！」

「不，不，千萬不敢這麼說，他一個子兒也沒有收我們的。」丘長根說著，把臉都憋紅了。

「別人怎麼的，我不知道，他對我們總算幫了大忙的。」游春英接著說，「不過，我們心裡總有些不服氣！小時候，你們是孩子王，我們是你們的小兵喇子；現在呢，你們又是高高在上的頭頭，我們又是大大的賣苦力。你說，這個世界公平嗎？哈哈！」春英說著，自己先笑了起來。

三個久別重逢的兒時朋友，一路上說說笑笑，都有些口乾舌燥，丘長根從挎包裡掏出一個行軍壺，遞到光華和春英面前：「你們，喝點兒水吧！」

程光華這才想起，自己的挎包裡有許多武夷山礦泉水、可口可樂和蘋果、香蕉、梨，便全都搬出來請兩位好友共享。丘長根還一如從前那樣老實拘泥，三請四請才吃一根香蕉，一個勁說從來吃不慣水果，就愛喝水，而且，他這是從小龍門帶來的真龍泉，那味道比可口可樂、礦泉水要強百倍。游春英可就不客氣了，一邊大吃其蘋果，一邊發表評論：

「看看，『第一世界』和『第三世界』過的日子就是不同嘛！我的天，你可以在車上開一間水果鋪囉！」

程光華不好意思地分辯說：「都是我媽給我買的，好傢伙！我也不知道她給我挎包裡塞了這麼多。」

「你多稱心呀，有個這麼好的媽！」游春英自小就認得沈雅韵，一想起她那斯斯文文白皙慈祥的臉龐，心裡就湧起一股羨慕敬仰之情。

汽車開始爬一座陡峭的大山，像是一個人使出了全身的勁兒，呼啦呼啦喘著大氣，卻仍然走得相當緩慢。在車子左旋右轉一會兒後，游春英開始覺得有些眩暈，眼睛扯起一片霧靄，一會兒微微合上了，腦殼兒雞啄米似地點了好一陣，一傢伙便靠在程光華的右膀子上。程光華肩膀上的肌肉感到了一個女性臉頰的細膩柔軟，鼻尖下有淡淡的汗香味悠悠飄來，脖子根下有絲絨一樣的細髮梢兒若有若無地拂拭著，這些感覺都在程光華心頭引起癢絲絲的騷動。母親的再三叮嚀看來是不能漠然置之的，是到了該找女人的年齡了。我怎麼都碰不到一個像春英這樣可人漂亮的姑娘?可是人家已經明珠有主了……程光華心猿意馬的時候,偷覷一下丘長根的臉色,還好，老實的小伙子渾然不覺，側臉看著窗外的風景。但他覺得這樣時間長了總是不妥。他既不好把游春英突然弄醒，又不便讓她這麼一直依偎著。他感到燥熱，感到氣喘，一會兒便汗流浹背。他第一次覺得讓一個姑娘這麼靠著，比馱著一筒樹筒還要累。不，這麼說也許不準確。如果換一種環境呢，比方說，不是在眾目睽睽之下，特別不是在丘長根的視線之下，讓一個妙齡女子這麼心無芥蒂地依偎著，這是不是一種幸福？一種享受？這麼想著，程光華嚇了一跳。理智畢竟是能管束本能的。程光華的身子不知不覺向左傾斜、傾斜、再傾斜，游春英的身子也跟著慢慢傾斜、傾斜、再傾斜，直至傾斜到最後的極限，一下子猛然驚醒了。她把腰直了起來，捋了一下鬢髮，衝著程光華嫣然一笑，十分自然地把身子倒向右邊，又毫無顧忌地把紅潤好看的臉頰擱在丘長根粗壯結實的左膀子上。

程光華既如釋重負，又若有所失。他驀然想起離家前夕，母親嘮嘮叨叨跟他說的那件事，成家立業，成家立業，嘿，我整天東奔西跑的，到哪裡找個適合的人兒來成家呀！丘長根倒好，把個小時候要好的姑娘一直守到如今，順順當當，瓜熟蒂落。程光華這麼想著，心裡就有些空落落的感覺。

大巴喘著大氣，加大馬力，繼續盤旋而上。也許因為高山缺氧，空氣稀薄，再加上汽車左拐右彎連續旋轉，好幾個坐不慣長途車的女工開始眩暈嘔吐。吐得最厲害的是一個身子單薄的姑娘，坐在程光華他們前頭的一排座位上，程光華把她那死去活來的狼狽相看得一清二楚：小姑娘一上車就像多愁善感的林黛玉那樣，一手捂著胸口，雙眉微微蹙起，沉默不語，難受得小臉變了色。大巴開始上山時，她就不斷嚼口香糖，含青橄欖，耳朵裡還塞上耳機聽音樂，竭力想用種種辦法轉移對於暈車的恐懼症。但是，這一切努力都徒勞無益。車子開到半山時，她終於猛一下撲到車窗口嘔吐起來。她吐得臉色蒼白，涕淚滿面，吐得雙肩顫抖，幾乎回不過氣來。就在她苦不堪言痛不欲生的時刻，程光華把一聽雪碧遞到她跟前。她有氣無力地搖搖頭。程光華啪的一聲掀開了易拉罐的鐵皮蓋子，姑娘只好接過去喝了幾口。接著，程光華叫游春英從那姑娘挎包裡掏出一條毛巾，他又慷慨犧牲一瓶武夷山礦泉水，讓那姑娘洗了一把臉，於是那姑娘彷彿死而復生，臉上有了血色，眼裡有了精神。程光華、游春英、丘長根和她談天說地，神侃海聊，她居然忘了暈車，一路上有說有笑。

「妹子，你叫什麼名字？」游春英問道。

「黃京芝。」姑娘回答道。

程光華笑笑說：「我說呢，金枝玉葉麼，怎不暈車？」

姑娘就笑著解釋：「黃是草頭黃的黃，京是北京的京，芝是靈芝草的芝。」

「這麼說，你是在北京出生的吧？」程光華用詢問的目光打量著黃京芝。這小姑娘很斯文很清純。

「是的，早先我父母在北京工作，就給我起名黃京芝。」

「一個多麼文縐縐的名字！」游春英說。「小黃呀，我看你這身子骨像嫩豆芽似的，到了水電站工地能幹什麼活？」

黃京芝回答道：「我是學自控專業的。」

丘長根忍不住笑道：「製孔，是不是打鑽孔？你這個身子骨怎麼行？」

程光華笑道：「人家是說學自動化控制專業，比如，管理電腦什麼的，對不對？」

黃京芝抿嘴笑著，點了點頭。

丘長根鬧了個笑話，不好意思地低下頭，不吭聲了。

游春英趕忙給他打圓場：「真看不出來呀！小不點兒的，就大學畢業啦，你只有十七八歲吧？」

「還有這樣的好事？二十二啦！」

「嘖嘖，不管怎麼說，你還比我小兩歲，只配做我的小妹子。」

程光華有機會為女士效勞，感到十分暢快，又問了黃京芝許多事情。當他知道黃京芝剛剛跨出大學校門，對「沿江吉普賽人」的生活一無所知，就隨口給她朗誦了一首詩：

到處流浪
到處流浪
我們是沿江吉普賽人
浪跡天涯尋找夢中的故鄉

走遍了黃河大渡河
走遍了長江金沙江
驚濤駭浪激蕩著我們的豪情
藍天白雲抒寫著我們的理想

有了我們
嚴冬像春天一樣溫暖
有了我們
酷暑像秋天一樣陰涼
有了我們
生活更加美好
有了我們
世界充滿希望

人們歡歌狂舞的時刻
誰會想起我們默默無聞的名字

豪華酒吧的霓虹燈下
誰能看見我們漆黑如墨的臉龐
可我們無時無刻伴隨著你
像和煦的風
迷人的霧
像絢麗的雲霞
燦爛的陽光

當一座攔河大壩高高升起
水輪發電機喚醒沉睡的土地
我們又帶上新的藍圖
沿著那彎彎曲曲的河流
奔向遠方
奔向遠方
去尋找夢中的故鄉
去創造一個新的太陽

聽罷程光華的朗誦，黃京芝讚嘆說：「哇！這首詩很有意思，很有氣魄，是誰寫的？」

「是我胡謅的。」程光華不無得意地笑笑。

「喲，你還是個詩人呀！」黃京芝細長的眼睛驚喜地亮了一下。

游春英也驚嘆道：「好傢伙！幾年不見，你真出息了呢！」

「不，我不是詩人。」程光華有些不好意思，趕快聲明，「我僅僅是一個文學愛好者。」

第二章

誓約會

茂林太郎說：「我們必須要有統一的意志，才能築成鋼鐵的長城……所以，我們必須面對我們公司的標誌，宣誓！」

下午一時許，運送南工局職工的大巴抵達流香溪水電站工地。程光華等人匆匆吃過午飯，南工局局長、南茂水電工程公司副董事長兼副總經理方雲浦立即接見他們。

「光華呀，真對不起！金溪工程剛剛結束，也沒讓你喘一口氣，就把你拉到這裡來，沈工不會怪我吧？」方雲浦和新來的職工們一一握手時，在程光華面前停下來，輕聲對他說。沈工是指程光華的養母、高級工程師沈雅韵。方雲浦過去在沈雅韵負責的技術處當過多年的工程師，他總是這樣尊敬地稱呼他的老前輩。

「哪能呢？這麼大的工程，多少人想來還來不了哩。」在方雲浦面前，程光華又是更年輕的晚輩，他從小就叫他方叔叔，關係非同一般。

「沈工身體還好嗎？我有好多日子沒見到她了。」方雲浦又關切地問道，「她老人家不會捨不得你來流香溪吧？」

「還好，還好，我自己有些放心不下，我媽倒是很支持我到這裡來的。她說，既然選擇了水電事業，哪個不是要東奔西跑的。」

「那就好，那就好，你媽畢竟是上年紀的人了，又一身病痛，往後有機會就常回家去看看吧！」

程光華也好久沒見到方雲浦了，很想和他多聊兩句，但方雲浦只在他跟前停留片刻，就去和別人逐一握手寒暄，他也就適時地退回到自己的座位，不想顯出與自己的頂頭上司有什麼特殊關係。

如果說程光華在南工局有什麼崇拜者，方雲浦無疑是他崇拜的偶像之一。他還記得，「六一七」大坍方後的緊張搶救中，有個不離左右地跟在他養父、老局長程東亮身邊的年輕人，就是這個清華大學畢業的高材生方雲浦。那年頭，南工局科班出身的技術人員少得可憐，方雲浦自然就成了局裡相當器重的一塊寶。程東亮不管是下工地還是到福州、北京去開會，都常常把他帶在身邊，成了得力的助手。同時他又是母親的小老鄉，都是上海人，就常常到家裡來走動。那時候，他愛留一個當時罕見的大背頭，愛穿當時很少人敢穿的茄克衫，總是打扮得瀟灑倜儻，非同一般，吸引過工地上許多姑娘的目光。也許就是這個原因，「文化大革命」一開始他就挨了許多大字報，被人家罵做「修正主義的苗子」、「程東亮的走狗」，但是他非但不起來「反戈一擊」，揭發局長的「罪狀」，還常常在夜深人靜的時候，悄悄溜進程光華家裡，嘰嘰咕咕地給養父通風報信。於是，他又被打成「鐵杆保皇」。有一回養父被押上批鬥臺批鬥，方雲浦也被拉上去陪鬥。程光華看見別人胸前都掛著各種各樣的牌牌，而方雲浦胸前卻抱著一大捆稻草，這種滑稽可笑的懲罰，到底意味著一種什麼罪名，他到許多年以後才弄明白——那是一種戲謔，一種嘲弄，把方雲浦看成一個只會奉迎拍馬而且在大難臨頭的時候撈取救命稻草的小人物。造反派喝令方雲浦揭發和控訴父親。方雲浦一言不發，像啞巴似的；臺下一迭連聲地呼口號：「造反有理，保皇有罪！一保到底，死路一條！」造反派要他向毛主席請罪，可他直挺挺站著，像一根電線杆。有幾個彪形大漢過來按他的腦殼；人家一按，他就低頭，人家一鬆手，他立即又抬頭。低頭抬頭，反反覆覆，他那細長的脖頸支愣著的腦殼，像是裝著一個彈性極好的彈簧似的，惹得全場轟然大笑。

程光華對方雲浦的欽佩，更在於他對流香溪工程的重要貢獻。他選拔到局長崗位上不久，國務院批准了流香溪水電站工程重新上馬的計劃。方雲浦得知這個消息，立即四處奔走，八方聯絡，選定了日本茂林建築株式會社作為自己的最佳合作夥伴。又經過一年多的努力，編制出一份最科學的標書，在有中、美、英、法、德、日、意、韓等二十一個國家的七十多家建築公司參加的國際招標中，戰勝眾多強手，一舉奪魁。捷報傳來的那一天，南工局和它下屬的幾十個工地，無不鞭炮齊鳴，歡聲雷動。「沿江吉普賽人」四分之一世紀的宿願，由於有了方雲浦而眼看將要變成現實。眨眼之間，他的名字傳遍了千里閩江，像一顆希望之星照耀著整個南工局。

方雲浦正在給新來的職工介紹流香溪電站工程的情況。程光華看到，經過這些年的奔波勞累，他可是有些老態了。才五十掛零的人，他的雙鬢染上了星星點點的白霜，黧黑瘦削的臉頰上，刻上了幾道頗深的皺紋。唯有那一對稍稍深陷的眼睛，依然炯炯有神，閃爍著智慧、剛毅的光彩。他今天穿著一件白的確良的短袖衫，下擺扎在筆挺的淺灰色西裝褲裡，腳下是一雙棕色的尖頭皮鞋，瀟灑倜儻的風度，仍不減當年。程光華想，他可能是南工局第一個最有專業知識的領導者，舉手投足，談吐應對，衣著穿戴，無不顯示出一種高級知識分子的文化修養。難怪許多人在背後評論：方雲浦不像官員，更像學者。就是把他推到統率千軍萬馬的崗位，他也擺不出高官大員的架子，充其量，他只能是一名儒將。

程光華聽到會場上一片椅子響動的聲音，人們紛紛站起，方云浦簡短的講話已經宣告結束。他說，這麼大的工程，就是說上一天一夜也說不清楚，要想對這個工程有個大體的了解，還是到工地上去走走吧。他就帶著三十名新職工上了一輛豐田大巴，直奔水電站工地。

一過了青龍渡施工大橋，二三公里寬十多公里長的電站工地，在新職工眼前鋪展開來。程光華覺得，同是一個流香溪河谷，二十多年前和二十多年後，真有天壤之別！當年「沿江吉普賽人」從這兒撤退的情景又飛快掠過他的腦海。那時候，滿山滿谷都是炸得百孔千瘡的岩石和土坑，公路上和工地上，到處扔著撬斷了的杠棒、挖禿了的鐵鍬和破破爛爛的麻袋、土筐，流香溪兩岸的許多毛竹工棚傾斜成棱形、梯形或是多邊形，有的乾脆放火燒光，只留下一片黑古隆冬的廢墟。那種蒼涼衰敗的景象，令人想起滿目瘡痍、一片焦土的古戰場……然而，一聲震天撼地的炮響，一下子又把程光華拉回到現實的流香溪工地。他看見一條鋼鐵巨龍，沿著流香溪的溪岸蜿蜒北去，那是一條長達十多華里的沙石料自動傳送帶，千千萬萬其大如碗如斗的河卵石，在傳送帶上排列成隊，嘩嘩啦啦直奔遠方的沙石料罐。他看見巨大無比的軋石機張開鋼鐵的虎口，把大如籮筐的岩石吞下去咀嚼片刻又吐出源源不斷的碎石碴兒；他看見小火車在沿溪的小鐵路上隆隆運行，把一車車的鋼梁鐵柱運往指定的工作面。他看見橫跨溪面架起高高的空中索道，一個個大吊罐像空中飛人似的在白雲藍天下滑行。忽然，他的目光停在一臺巨大無比的大門車上，又引起隱隱作痛的記憶——時光倒退二十五年，當時的流香溪工地，如果有這麼一臺大門車，能夠輕而易舉地抓起幾十上百噸巨大的岩石，他的父母又何至死於非命？歷史的前進，付出了何其沉重的代價！

豐田大巴嘎地一下停在一座鋼鐵大山一樣的機械設備跟前。程光華看見山腳下有一座高高的拌和樓。這真是一個龐然大物呀！他擔任總指揮的金溪工地使用的拌和樓，或是別的工地見到的拌和樓，和這座拌和樓一比，真是小巫見大巫了。它曲裡拐彎的鋼梯至少有兩百多級，它牢牢扎在地上的十來根鋼柱，粗大得像河中的橋墩。大家抬頭仰望它直指雲天的尖頂時，都下意識緊緊抓著頭上的安全帽。

「這是日本日立公司出產的超級巨型拌和樓，進料、出料、加水、降溫和攪拌運轉，全都由電腦自動化裝置控制，在這裡工作的技術人員只有九個人，三班倒日夜運轉，一個小時可以攪拌三百立方混凝土。像這樣超級巨型拌和樓，目前中國只有一臺，就在我們流香溪！」方雲浦作這番介紹的時候，程光華能看出他從內心到臉上的表情，都有一股得意而自豪的勁頭直往外冒。

程光華在心中盤算了一下：每小時攪拌三百立方米混凝土，每天的生產能力是七千二百立方米。我的天，這麼一臺大傢伙，足足頂得上三千多個勞動力呀！這項工程機械化程度之高令人瞠目結舌。難怪在這個工地上，很少看到在露天曠野幹活的工人，到處是機器的轟響，帶皮機的運轉，推土機的吼叫。連當年屹立在溪水中流的五座光禿禿的橋墩——那五位飽經滄桑的歷史老人——也不見了。那上面鋪上了寬闊的施工大橋，一輛接一輛的大卡車、小卡車、載重車在上頭來往奔馳。

父親，你可以安息了！程光華在心裡對早已作古的老局長程東亮說，你的預言終於實現了，那五座橋墩也果真派上了用場。一個渴望科學的時代到來了。只是它的步履多麼沉重，何其蹣跚，整整走過四分之一世紀！這方面的過錯該由誰來負責？我們許多身居高位的領導者，常常愛用「錯誤總是難免的」，「交一點學費總是必要的」，與其說是輕描淡寫的自我批評，還不如說是文過飾非推諉責任的一種辯解。說得多麼輕鬆呀，「交一點學費」，可那是怎樣的「一點」？動不動就是幾億幾十億！而最為無可挽回的損失，是錯過了發展的機遇，耽誤了長達四分之一世紀寶貴的時光，我們的祖國被世界列強拋開了多遠的距離！

程光華稍稍年長開始懂事的時候，就從叔叔們的嘴裡得知，他的父親可是最早從「六一七」大坍方的教訓中深悟到科學技術的重要性。此後，他重用了大批有真才實學的科技幹部，像方雲浦，年僅二十五歲就提升為技術科長；他還大聲疾呼要從國外進口先進的機械設備，讓職工從笨重而危險的原始勞動中解放出來。可是在「文化大革命」中，這一切都成為他執行「修正主義路線」的罪狀，而為此付出生命的代價。從某種意義上說，他們的死，和伽利略、布魯諾一樣，是一種為崇高的科學信仰的壯烈獻身；但是，在「大化大革命」中為自己認定的真理而自戕身亡的中國知識分子數不勝數，也就見怪不怪，習以為常了。

然而，時代畢竟是大大前進了，即使前進的腳步如此緩慢而沉重，程光華還是為此感到歡欣鼓舞。

初秋的閩北，天氣還是相當炎熱，時近黃昏的太陽依然火一樣烤人。方雲浦向大家招招手，把新來的職工們攏到高高的拌和樓的陰影下。他一邊取下安全帽吹吹風，一邊說：

「你們都看見了，流香溪的機械化程度是相當高的。我們不得不承認，人家日本的科學技術實在了不起。我們南工局和日本茂林建築株式會社結成聯營體不過一年多時間，人家就把當代建築施工上最新最先進的大機械運送進來了。但是，人家買得起這些新機械，我們還用不起這些新機械。茂林公司雖然也來了一些技術工人，可人家那個工資高得嚇死人，而且還不安心幹，所以，我們就急著要有自己的技術工人來頂班。我為何十萬火急把你們要來，現在都明白了吧？」

「哦！」大家輕輕噓了口氣，似乎掂出了肩上擔子的份量，臉上的表情頓時嚴肅起來。

這時候，有一輛大本田摩托車從遠處風馳電掣駛來，在拌和樓前停住了。騎車的人也不下車，只用一隻腳踮在地面，舉起手來跟方雲浦打招呼：

「啊哈，方先生，您好！」

這是何方人士？這是什麼腔調？怎麼這個樣子說話？程光華有些兒納悶，就定定地盯著他。方雲浦走過去和那個人說了幾句話，那人朝大家友好地笑笑，然後向大家揮揮手，一踩油門，騎著大本田一溜煙開走了。

方雲浦對大家說，這個小老頭就是日本茂林建築株式會社社長茂林顯治的大公子茂林太郎，是茂林的對外部部長，南工局和茂林聯合中標後，老茂林就派小茂林來中國當董事長兼總經理。這個小老頭很有點怪，派小車給他不坐，就愛騎一輛大本田，一天總有大半天在工地上東游西轉。發現什麼問題就記下來，該返工的就命令返工，一點也不含糊。

程光華心裡就有些感慨：這年頭七品八品九品十品的芝麻官兒，誰不願坐著小車滿天飛？一個日本大企業家竟能如此，實在難得！

游春英提了個很天真的問題：「方局長，在我們中國建水電站，你不當董事長兼總經理，還當個副的，你不是有點謙虛過份了嗎？」

方雲浦被問得哈哈大笑起來：「不是我想當什麼就能給我當什麼呀！人家是大股，占六成；我們是小股，只占四成。財大氣粗嘛，國際上經濟合作也是這樣，人家大股就當正的，我們小股就當副的。但是，這絕不是說我們肩上的擔子輕，畢竟是在我們中國土地上建電站嘛，我們是主人，人家是承包商，幹得好不好，主要還看我們自己啊！」

大家都被方雲浦說得笑起來。丘長根在後面扯了扯游春英的衣袖，同時瞪她一眼，似乎說，就你好出風頭，這有什麼好問的。游春英才不怕你丘長根，也反瞪他一眼，似乎說，膽小鬼，看你猥猥瑣瑣的，真沒出息！她又回過頭問方雲浦：

「方局長，到底要我們幹什麼，你就快下命令吧！免得這心裡呀，總是七上八下的。」

方雲浦又笑了：「看看，剛說的，你又忘了，這裡是中日聯營的南茂建築公司，不是我們的南工局，不是由我一人說了算，什麼事情都得和人家一起商量著辦。記住了吧，小姑娘，你叫什麼名字？」

游春英並不覺得難為情，大大方方說出了自己的名字。

程光華補充道：「她爸爸叫游金鎖，是『六一七』大坍方中活下來的老工人；她媽叫大奶媽……」

游春英狠狠地頓了頓腳，瞪著程光華吐出一個字：「你……」程光華在大庭廣眾叫她媽的綽號，她臉上就有些掛不住。

然而，方雲浦立時異常親熱地過去拉了拉她的手，說：「哎呀，太好了，你爸你媽和我都是老熟人，過去常在一個工地上幹活。難怪哩，我看見你就覺得很面熟，你長得多像你媽！」游春英一肚子氣全消了，紅著臉笑起來。大家都注意到她長得很好看：個子高挑挑的，臉頰紅噴噴的，眼睛亮晶晶的。長年累月在曠野上幹活的女工中，這樣出眾的姑娘是不多的。

在超級巨型拌和樓前逗留一會兒，方雲浦又帶著大家驅車前往開挖工地。這裡正有十多臺推土機、挖掘機進攻一座小山包。推土機像小坦克似地衝上緩坡，緩坡上雜草灌木即刻搖搖晃晃倒下來，沙土碎石像漩渦似地翻起紅褐色的浪花。挖掘機的馬力大得驚人，遠遠伸出的正鏟和反鏟，張開老虎嘴，一口就能啃下兩三個土石方，往載重大卡車上一甩，大卡車吼叫一聲就開走了。也就是一會兒工夫，那座小山包就被推開一個大缺口。這機聲隆隆轟轟烈烈的場面，讓這些新來的「沿江吉普賽人」看得目瞪口呆。說實在的，他們前不久建的那些小水電站，移山填壑的時候，還是使用古老的人海戰術，靠最原始的鋤頭、钁頭和肩頭呀！

程光華等人一邊看一邊交流觀感的時候，看見一個頭戴安全帽的小個子日本人，把手中的紅旗子一揮，一輛載重大卡車在路邊停住了。小個子又向大卡車招招手，車上跳下一個高個子駕駛員，用小跑的速度跑過來，老老實實在小個子跟前站著。小個子開始訓話，一邊罵罵咧咧，一邊指指腕上的手錶。那意思大概是說他耽誤了時間。大個子就不服氣地申辯。當然，這些話程光華等人聽不懂也聽不見，在這十多輛推土機、挖掘機和大卡車同時吼叫的工地上，要聽到十多米外兩個人的爭吵，那除非有一對順風耳。他們僅僅是根據那兩個日本人的手勢猜想發生了什麼事情。兩個日本人吵著吵著，那個小個子的火氣越燒越旺，最後竟掄圓了胳臂要甩大個子的耳光。大個子身個太高，至少有一米八幾，小個子則身個太矮，還到不了人家的下巴，第一記耳光摑了個空；小個子更加惱羞成怒，吼叫得臉上的五官都挪了位。大個子不敢動彈，站得筆挺挺的；小個子像彈簧似地蹦了起來，短胳膊再掄一個圓，啪！這一下夠著了，大個子吃了一個又脆又香（響）的大燒餅。小個子這才解了恨，揮揮手。大個子捂著臉，爬上車，急慌慌開走了。

這場驚心動魄的好戲，把程光華們鎮住了，一個個全傻了眼，弄不清到底是怎麼回事。方雲浦解釋說，那個小個子日本人叫雄田幫明，是工地現場總指揮；那個大個子叫牛部春房，是載重車駕駛員。牛部春房大概違反了勞動紀律，惹火了雄田幫明，就摑了他一個大耳光。

大家七嘴八舌議論開。黃京芝臉色都嚇白了，捂著胸口說：「天呀，把我快嚇死了！」

程光華憤憤說道：「就算是違反勞動紀律，也不能打人呀，這簡直是法西斯嘛！」

方雲浦說：「日本人的等級觀念是非常強的。下級要無條件服從上級；下級有了什麼錯，上級訓斥打罵下級是常有的事。」

丘長根怯怯地問道：「他們也敢打罵中國工人？」

「那倒是不敢的。中國工人主要由中國工地指揮來管理。」方雲浦接著又強調說：「但是，對於中國工人，勞動紀律是一樣嚴格的，遲到、早退、無故曠工、挪用公司財物、損害公司名譽等等，都將受到警告、罰款、直至開除處分。開工一年多來，我們南工局已經有三名職工被炒了鱿魚。」

新來的職工們面面相覷，都說，他媽的，知道這幾個錢這麼難掙，也就不來流香溪了；真的，就是能撿到金元寶銀菩薩，也不一定要來受這份洋罪呀！在咱們南工局自己人管理的小型電站工程幹活，雖然工資不高，可是上自總指揮，下到班組長和小小學徒工，混得像哥們一樣，幹起活來，大忙時節拚死拚活；活兒不緊的時候，還可以躲在樹蔭下抽抽煙，甩甩老K，多麼清閒自在！

跑了大半個工地，日頭漸漸西沉，夜幕從青龍山上傾瀉下來，流香溪便由澄碧變成黛青而後染成墨汁一般的深黑。工地上的大燈小燈弧光燈探照燈相繼亮了起來，大放光明，如同白晝。工地上的夜是不眠的夜、喧騰的夜。大車小車穿梭奔馳，推土機挖掘機較著勁兒吼叫，皮帶機載著石料不停不歇地奔跑，巨型拌和樓轟隆隆不住旋轉，在狹長的流香溪河谷奏響夜的交響曲，聲部重疊，旋律飛揚，氣勢磅礴，有一種撼人心魄的力量。

然而，參觀者在歸途中已經無心欣賞工地上燦爛輝煌、恢宏壯闊的夜景。小個子雄田幫明摑大個子牛部春房大耳光的情景，成為他們議論的話題，在他們腦中攪起一串串問號。

當晚，南茂公司總部為新職工舉行誓約大會。

程光華與游春英、丘長根、黃京芝等人早早就走進會場，在一排人造革沙發椅上落了座。這是一間不大的會議室。幾管輕聲蜂鳴的日光燈，把裝著吊頂貼著牆紙的房間，照耀得一片明亮。主席臺正中的牆壁上懸掛著一個圓桌面般大小的金箔做的圖案模型：一雙巨大的手掌高高並舉，呈英文字母的Y字形，托起一座大壩，大壩上空點綴著幾顆星星。程光華只瞄那麼一眼，便明白其含義是中日合作的象徵，是南工局和茂林株式會社誓志同心協力建設流香溪水電站的一種標誌。半個世紀前，日本法西斯發動的那場侵略戰爭，像程光華這一輩人自然未曾經歷，但是，戰爭狂人在中國土地上犯下的滔天罪行，留在每一個中國人心上的陰影卻是世世代代難以磨滅的。程光華心想，從刀光劍影，戰火紛飛，到握手言歡，聯合起來建電站，這無疑是一個值得高興的人類進步。然而，聽說日本人都是鬼精鬼靈的，好不好合作共事呢？他心裡又難免有些惴惴不安。

游春英看見主席臺的牆壁上掛著一條紅布白字的橫幅：新職工誓約大會。她問程光華：「光華，什麼叫誓約大會？」

程光華說：「這也是日本人發明的新花樣吧，從字面上解釋，誓，就是宣誓的意思；約，就是簽訂合約。他們把兩種風馬牛不相及的事情聯在一起，便使公司與雇員之間的雇佣合同，變得莊嚴而神聖了。聽說，這玩藝兒還是蠻管用的，管起人來呀，就像唐僧套在孫悟空頭上的金箍兒。」

游春英說：「日本人真會玩花樣，幹活就幹活唄，還要宣什麼誓，訂什麼約，我們不是賣給人家了嗎？」

丘長根說：「這中日聯營的企業，規矩真多，也不知怎麼搞的，一看這架勢，我心裡就有點兒哆嗦。」

游春英撇了撇嘴：「就你沒出息！日本人還不是和我們一樣，一個鼻子兩個眼睛，能把我們怎麼樣？」

正說著話，南茂公司的董事長兼總經理茂林太郎和副董事長兼副總經理方雲浦，一前一後走進會場。程光華看見茂林太郎果然是一位五六十歲的小老頭，個子不高，稀薄的花白頭髮梳理得整整齊齊，黃皮膚黑眼睛和中國人沒有兩樣，如果不是鼻子下面多了一撇仁丹鬍，很容易把他看成中國的中學老先生。也不知怎麼回事，那一霎間，程光華腦屏上閃過《平原游擊隊》

中的松井、《紅燈記》中的鳩山，以及在許多影片中看到的侵華日軍劊子手的猙獰可怕的形象，一回過神來，他看見眼前這個茂林太郎，金邊眼鏡後面的目光倒有幾分和藹慈祥，掛在微黑清癯的臉上的笑容也很是親切，那些晃動在腦屏上的日軍頭像就慢慢模糊而很快淡出了。

大會開始了，方雲浦把董事長兼總經理茂林太郎向大家作了介紹，並請他講話。茂林太郎從座位上緩緩站起來，清了清嗓子說：

「各位女士，各位先生，從今天起，你們就是中日聯營的南茂工程公司的一名成員了，我代表公司總部熱烈地歡迎你們！」

會場上響起一陣不算熱烈的禮貌性的掌聲。程光華忘了鼓掌。他萬分驚詫，這位日本小老頭居然講得一口相當流利的中國普通話。

茂林太郎接著說：「新來的職工都要召開誓約大會，這是我們南茂公司的規矩。為什麼要召開誓約大會呢？為了我們的南茂公司有鋼鐵的意志、鋼鐵的紀律，形成一股鋼鐵的力量，才能築成鋼鐵的大壩，建成世界一流的大型水電站。」他稍稍停頓一下接著說：「各位都知道，貴國有一個成語叫『眾志成城』。我們公司兩千多名職工，必須要有統一的意志，才能築成鋼鐵的長城——高程一百米的攔河大壩，和裝機容量一百八十萬千瓦的大型水電站。所以，我們必須面對我們公司的標誌，宣誓！」

會場上又響起一陣掌聲，這一回相當熱烈，不是出於禮貌，而是發自內心。程光華也使勁地鼓掌。他沒想到這個日本小老頭居然還懂得中國成語「眾志成城」，而且，他的講話是如此簡短、精彩而有力。

茂林太郎講完話，方雲浦站了起來，向大家抬了抬手，全體新職工嘩啦一下站了起來，面向主席臺牆壁上的公司標誌，表情都顯得沉靜而嚴肅。霎時間，程光華覺得那個金箔製作的公司標誌模型，像一輪月亮，像一輪太陽，輻射出一圈耀眼的光輝。這個公司的形象是誰創造的，竟像芸芸眾生頂禮膜拜的某種神靈、某種圖騰，具有一種至高無上的權威感。程光華就想起十八歲那年，他在東北邊陲的坑道裡，連指導員領著他和幾名戰士舉行入黨宣誓的情景。真沒有想到，他這輩子還將舉行第二次宣誓，而且是這樣一種想也想不到的宣誓。

方雲浦莊嚴渾厚的聲音在小會議室裡回響起來：「我自願成為南茂公司的一名職工。」

三十名新職工的喉嚨立即以更大的音量作出回應：「我自願成為南茂公司的一名職工。」

多麼奇怪呀，一刻鐘前，人們對這個公司，對這種宣誓，還有著種種議論呢，這會兒他們臉上的表情和喉嚨裡發出的聲音，都是真誠而堅決的。

「我願以誠實的勞動為南茂公司服務。」

「我願以誠實的勞動為南茂公司服務。」

「我願服從南茂公司一切鐵的紀律。」

「我願服從南茂公司一切鐵的紀律。」

……

宣誓結束，從過道裡走進幾個娉娉婷婷的禮儀小姐，給每個新職工發放兩套南茂公司統一的服裝——一套是上班穿的淺色滌卡工裝，一套是節假日穿的藏青色毛料西裝。隔著一層透明的塑膠紙，能看到工裝和西裝的前胸繡著南茂公司的標誌——兩隻平舉的巨手托起一座巍巍大壩。多麼奇怪呀，新職工們捧著這兩套質地頗佳的新服裝，對這個剛剛加入的公司立即有一種親切感。但是他們很快正襟危坐靜下來，等候著茂林太郎和方雲浦還有什麼話講。

然而，大會卻突然宣告結束。全過程只有十五分鐘。

這次大會過後好久好久，男工們還在興沖沖議論：「這是我參加過的最短最有效的一次大會！」

而那些新來的女工們，則迫不及待地穿起南茂公司發下來的毛料西裝套裙，在鏡子前左照右照，在人堆裡擺來擺去，比起在晨光曦微中醒來的花喜鵲聒噪得還要歡騰：「喔，多麼漂亮的衣服，我這輩子還沒穿過哩！」

第三章

中日「大比武」

雄田幫明和程光華兩個正副工地總指揮，一路看來，一路上擺弄傢伙，慢慢就較上勁兒，好像是擺擂台「大」比武似的。

三天後，南茂公司給新來的職工分派了工作。丘長根和游春英還是幹他們的老本行：一個開載重大卡車，一個看管軋石機和分篩機；黃京芝在拌和樓自動控制室擔任微機管理操作員。程光華果然不出游春英所料，給了他一個不大不小的官兒——工地現場副總指揮。程光華聽到這個任命，心中很有些犯難，流香溪畢竟是一個大工程，兩千多號人，而且有不少日本工程技術人員，還擁有許多最新最先進的大機械，他年紀輕輕的，能不能挑起這一副重擔？心裡可是七上八下的。

方雲浦就安慰他說，這有什麼了不起？你父親像你這個年紀，早當工程兵師長哩！再說，茂林太郎很看重你。他把你們的檔案材料都看過了，說在新來的職工中，只有你有大學學歷，又是工程師，還在金溪電站工地幹過總指揮，而現在工地現場正缺一名副總指揮，你是最合適不過的。末了，方雲浦又提醒說：日方的工地現場總指揮雄田幫明可是一個脾氣古怪的傢伙，他的前幾任合作者，和他共事都不超過三個月就不歡而散，被他攆走氣走。方局長這麼一說，程光華胸口像是灌下一錠鉛，心情就更加沉重。

這天一大早，程光華跨著公司發給的一輛摩托車去上班。到達工地現場指揮部門口，他看看手錶，才七點五十分，可是指揮部辦公室裡已經坐滿了人。一個矮矮墩墩的日本人立即站起來，邁著軍人的步伐敏捷地迎到跟前，一個九十度的鞠躬後，就哇啦哇啦開，隨後有一個年輕的翻譯員小劉跟在後面翻譯說：

「程先生，歡迎，歡迎！我叫雄田幫明，您願意來和我合作，我感到不勝榮幸！」

這是程光華第一次和外國人打交道。他急忙在腦子裡搜尋從電視電影和書報上學來的一些外交辭令，彆彆扭扭地說：

「雄田先生，您好！我叫程光華，有機會和您在一起工作，我感到非常高興。請多多關照！」

雄田也微笑說：「哆卓喲羅希古（請多多關照）！」

兩人親切友好握手的時候，程光華明顯地感到，雄田幫明那隻手指很短手掌寬大手背厚實的手，像老虎鉗一樣堅硬而有勁。好在程光華比對方高出一個頭，手掌大得像蒲扇似的，握手時他把虎口一插到底，一下子就把對方的手掌置於自己的掌握之中，使對方也感到自己的力量，並未占去什麼便宜。這當兒，程光華臉對臉地把對方打量了一下：這個矮個子日本人有四十來歲，盡管他穿著一雙厚底大皮鞋（程光華後來注意到，他一年四季不分場合都愛穿這種坡跟大皮鞋，顯然是想拔高自己的高度），又挺胸突肚站著，其高度還不到自己的下巴。大頭，方臉，小鼻子，小眼睛，短胳膊，短腿，短脖子，短下巴，人說五短身材，雄田六短七短也不止，但他寬肩厚背，肌肉發達，結實得像一顆炮彈，一看就知道是一條精力充沛、孔武有力的漢子。此人給他的第一印象並不壞，可他對待他的部下怎麼那麼蠻橫而兇狠？程光華想起前三天親眼看見他摑人家的大耳光，心裡不由打了個哆嗦。

工地現場指揮部是一間相當寬敞的青磚簡易平房。八張寫字桌分為兩行排列得整整齊齊，分別為總指揮、副總指揮、質檢員、統計員、聯絡員、翻譯員和兩名工程師的座位。程光華與他的同事們一一握手相識時，從他們眼裡看見幾分驚訝的意外的表情，就揣測人們無非是嫌自己略微年輕了些吧？幾位過去就和他相熟的工程師和技術員，還用中國話悄悄對他說：

「好傢伙，程光華，是你呀，雄田這個小日本可不好對付！」

初進這個既十分正規又頗感陌生的現場指揮部，程光華真有些像關雲長單刀赴會一般緊張，但他臉上始終掛著不卑不亢的笑容，言談舉止也不見一絲一毫驚慌。說話間，他還從容不迫地把指揮部的布置瞄了一眼，四周牆壁上掛著各種圖表：有工區劃分圖、機械分布圖、交通線路圖、機構系統表、職工出勤表、工程進度表、流香溪歷年氣候雨量水文記載表……等等，指揮部正中，有一張長方桌擱著一個很大的沙盤，用小木片和塑膠片制作成未來的流香溪水電站的模擬圖，大壩、廠房、開關站、變電站、導流明渠、升降船閘以及一片汪洋的人工湖面和包括由商店、學校、醫院、圖書館、影劇院組成的新街道、新城市，都一目了然，讓人歡欣鼓舞。程光華不得不在心中暗暗讚嘆這個現場指揮部管理得有條不紊，井然有序，而且把近期與遠期的奮鬥目標，都生動形象地向員工們昭示得清清楚楚，明明白白，讓每個勞動者時時刻刻都有一種明晰的責任感。僅僅這一粗淺的印象，程光華就不能不在心中佩服這個雄田幫明。

程光華一一見過指揮部的員工後，雄田幫明把他領到各種圖表前，向他介紹目前工程的進展情況。他從工裝小口袋裡掏出一支三五牌香煙，吸兩口就哇啦哇啦一陣子。日本人沒有敬煙的習慣。吸煙有害，他們寧可害己，決不害人。當然他們也由此而節省了不少人際交往方面的開支，顯出與中國人迥然有別的冷漠和慳吝。程光華也掏出一支香煙吸著，中國人本來就煙酒不分家，更何況吸的是「友誼」，便遞了一支給翻譯小劉。三個人各自把一支香煙吸完的時候，雄田幫明已經把整個工程的進展情況介紹完畢。應該說，雄田對工程瞭如指掌，介紹起來又能提綱挈領，不枝不蔓，程光華對工程的全局很快有了一個大概的印象。

雄田幫明捺滅手中的煙蒂，把它扔進煙灰缸裡。這件小事他做得細致而認真，似乎是給新來的副手一種示範：他的工作環境是異常重視整潔和秩序的。程光華把偌大房間的地面飛快掃了一眼，果然看不到一個煙頭，一張紙屑。每一張辦公桌上都壓著一塊玻璃板，上面除了圓規、三角板、計算器和公文紙張，再看不見別的物件。在這麼整潔的環境裡，再不拘小節的人也會管束好自己的。程光華下意識地仿效著雄田把煙頭捺滅在煙灰缸裡，然後接著與雄田幫明侃侃而談。他很快發現與外國人談話並不太難，插在中間的翻譯小劉忙著兩頭翻譯傳話，給他留下許多思考的時間，他還對付不了這個小日本！

雄田幫明哇啦哇啦說：「作為一個工地現場總指揮，就是前線的指揮員。他不能關在房子裡指揮，而必須到前線去看看陣地，看看士兵，看看武器。我們，現在，到工地上去走走，程先生，您不會反對吧？」

程光華點點頭：「好，很好！」

一個相熟的工程師就跟在程光華後面悄聲說：「光華，你得留心點，這傢伙可能是要考考你，給你顏色看哩！」

程光華不動聲色地笑笑：「哦，好嘛，他到底有多大能耐？我也想摸個底兒。」

他們大步邁出指揮部的時候，一輛嶄新雪白的馬自達小旅行車已在門口的空坪上恭候。

雄田幫明把手一攤，笑笑說：「請上『馬』吧，這是剛從我們日本購買來的「白馬」，大大的好的！」

小劉把以上的話翻譯出來，程光華愣愣的不明白是什麼意思。小劉再作解釋：日本人把他們馬自達汽車公司出產的轎車、旅行車都簡稱為「馬」，白的叫「白馬」，紅的叫「紅馬」，黃的叫「黃馬」。不難聽出來，日本人在這種戲稱中，有一種自鳴得意的味道。

「哦！」程光華尷尬地笑了一下，一低頭上了車。只有他自己知道，這笑聲中含著怎樣的苦澀。他瞟了雄田幫明一眼，見那小子臉上的笑容彷彿永遠也不會消失。他覺得這得意的笑容中能夠擰下一大把餿水和酸水。他媽的！有什麼了不起？再過十年八年，最多二三十年，夠了吧，也該讓老外們看看：呶，這是咱們中國人自己生產的小轎車、大卡車！那時候，我要建議我們的小轎車、大卡車叫什麼什麼「豹」，比如花豹、黑豹、金錢豹，難道我們的「豹子」還跑不過人家的「馬」？

雄田幫明陪著程光華看了機修廠、電工隊、炮工隊和材料倉庫。令程光華萬分驚訝、讚嘆不已的，是這些單位的乾淨整潔和井井有序。機修廠所有的車床、刨床都擦拭得亮亮堂堂；材料倉庫裡頭的鐵線、鐵釘、馬蟥釘、皮管、水管、鍁、鍬、钁、鋤以及膠鞋、手套和安全帽等等，都分門別類堆放，並且標上牌號、型號、用途和庫存數量。程光華一邊看，一邊就想起十多年前在部隊的生活：武器排成行，鞋子排成線，被子折成方方正正的豆腐乾。眼下這流香溪工地的嚴格管理，幾乎可以和軍營相媲美了。南工局各個工地那種亂糟糟髒兮兮的情況，在這裡幾乎很難看到。這一條功勞，可是不能不歸功於日本人了。

「白馬」奔進一個小山坳的時候，程光華遠遠看見那裡趴著一座碉堡式的小平房，就知道那是炮工隊的火藥庫。他看見一個老頭兒坐在門口打盹兒，心裡既生氣又高興：「他媽的，總算給我逮著一點碴兒了，看管火藥庫怎麼這樣大意！」可他還沒把話說出口，一頭大狼狗猛地一下從老頭身後竄到他跟前，把他嚇得驚叫一聲，倒退數步，卻見那個老頭叮鈴哐當抖響手中的鐵鏈，一下把那兇猛的狼狗拽了回去。爾後，他鐵板著臉，向雄田幫明等人伸出一個大巴掌，雄田等人一一出示通行證，老頭這才咧開滿嘴黑牙嘿嘿一笑，把大家放了進去。程光華就在心裡讚嘆說：「我的媽呀，這裡簡直比得上部隊的特級保衛！」

接著，雄田幫明陪著程光華看了分篩機、軋石機、水壓廠、液壓鑽等等生產施工情況。這傢伙有個窮毛病，就是有極強的表現欲，看到什麼機械，都愛露兩手。作為一個工地總指揮，他是十分稱職的，十八般武器，無所不能，無所不通。好在程光華是一個從工人幹到班長、從班長幹到隊長、從隊長幹到工程師的總指揮，水電站工地上的技術活兒，幾乎沒有一樣拿不起來的。這樣，兩個正副工地總指揮，一路看來，一路上擺弄傢伙，慢慢就較上勁兒，好像是擺擂臺比武似的。程光華已經把雄田幫明的心思揣摸得透透的，他準以為自己是個正職，又是建了多少電站的老把式，今天就要讓你瞧瞧真功夫，好叫你往後附首貼耳地服從我。聽說前面三個副總指揮，就是過不了他這一關，吃不了他這一套，幹不了多久，就捲起鋪蓋走人的。程光華這麼想著，心裡就憋著一股氣：好你個日本佬，你以為個個中國人都是好捏的柿子哩！我今天就跟你玩兩手吧，是騾子是馬咱們還是拉出來溜溜看！

他們來到運輸隊的停車場。這裡停泊著近百輛大大小小的卡車和大型載重汽車。雄田幫明走到一輛大型載重汽車前，用手指骨在車頭鋼板上噹噹噹敲了三下：

「程先生，這個大傢伙，也是我們日本豐田汽車公司出產的。載重四十五噸，抵得上貴國十五輛解放牌卡車的工效。可是，開這種大傢伙，必須是非常優秀的駕駛員，我一路上看你各種大車小車都開得很熟練，這種載重車不知道有沒有玩過？」

程光華不卑不亢說：「我還沒有機會開過這種車，但是，我願意學習。」

雄田幫明說：「小車大車的性能都是一樣的，會開小車，就會開大車。但是，玩這種大傢伙有一個困難：車身太寬，而工地上一般的道路都比較窄，像是人走在獨木橋上，既要膽大又要心細。程先生，我們是不是來玩一玩？」

程光華點點頭：「願意奉陪！」

雄田幫明說：「我們畢竟不是駕駛員，也不必到窄窄的小路上去兜一圈。我看這樣吧，就在前面的公路上，擺上兩排石頭做標記，比載重車寬兩米，車子能夠安全順利通過，就再沒有什麼小路能夠難倒我們了。程先生，您看行不行？」

程光華開過轎車卡車吊車和中巴大巴，就是沒開過這種載重幾十噸的巨型載重車。別說沒開過，連看到也是第一回。這載重車起碼有五輛大卡車的長度，兩輛大卡車的寬度，三輛大卡車的高度。他站在車子跟前，用力踮起腳尖，伸長胳膊，才能摸到車輪上頭的擋板。面對這個龐然大物，他心裡真有點兒發怵。他看著自己的腳尖沉思著，本來想說：這種車我還沒有開過，是否改天才陪你玩玩？但這話鯁在他喉嚨裡半天吐不出來。一抬頭，他瞧見雄田幫明直愣愣地瞪著他，嘴邊掛著的笑容有幾分輕蔑，不覺有一股怒火從胸中升起。

他一頓腳一咬牙扔出一句話：「行呀，雄田先生，您愛怎麼玩，我就陪您怎麼玩。」

幾十個汽車駕駛員這時剛好幹完活，都圍過來看熱鬧。有的幫著在公路兩旁擺上兩排小石頭，作出兩溜路標。有的則在一旁聒噪起鬨。丘長根等幾個中國駕駛員站在程光華一邊；牛部春房等幾個日本駕駛員自然站在雄田幫明一邊。各自用自己的語言為他們鼓勁加油。一向老實憨厚的丘長根也變得激憤慷慨，臉色黑沉沉地對程光華說道：

「光華，上，沒啥好怕的，我已經侍弄過這玩藝兒，跟開大卡車一個樣，你眼睛正視前方，一個勁朝前開就行了。他媽的，你看小日本那個狂勁，不壓壓他呀，他要爬到我們頭上屙尿屙屎哩！」

程光華說：「有什麼要領，你給我點撥點撥吧！」

趁幾個工人在公路上擺弄石頭路標的工夫，丘長根拉著程光華在一個地角落頭蹲下來，拿一根樹枝在地面上比比劃劃，跟他嘰咕了好一陣，前頭長達一公里的路標也就擺好了。雄田幫明搖晃著鴨子步踱了過來，對著程光華攤了攤手，像是請女舞伴跳舞似的彬彬有禮：

「程先生，請吧！」

程光華則雙手抱拳拱了拱手：「雄田先生，還是您先請吧！」

雄田幫明不再客氣，搖晃著鴨子步跨到一臺載重車前。他攀著安裝在車頭左側的鋼梯，一步一步登上去，開啟車門，鑽進車頭坐上駕駛座。看得出來，這傢伙幾乎是個老司機油子，插鑰匙，開油門，打火發動，倒車，再倒車，左彎，右拐，右拐，左彎，這一系列動作完成得順順溜溜，無可挑剔。車子一上路，他扳到二檔又立即加到三檔，車子一溜煙開走了。到了一公里盡頭，他把車子兜了個圈，又一陣風開了回來。一路上，兩旁的石頭一塊也沒有碰著。充當這場比賽裁判員的翻譯小劉，看了看手錶大聲宣布道：

「剛好兩分鐘。」

鑽出車頭的雄田幫明，掩飾不住一臉得意的微笑，一步一步從鋼梯上爬下來。十幾個日本駕駛員向雄田劈劈啪啪鼓掌。

現在輪到程光華了。他扯開大步邁向那輛載重車。他個兒高腿兒長，兩格一步兩格一步就躥上那架五六米高的鋼梯。坐進駕駛室後，他讓車子畫了一個盡可能小的半圓，把車頭掉轉了方向，慢慢地開上公路。一上路，他陡地心慌起來。原來這載重車太高，他的眼睛左顧右盼，壓根兒就瞧不見擺在公路兩側的石頭路標。好像車子兩旁真是萬丈深坑，他的車子像蝸牛爬行似的，遲遲疑疑，小心翼翼。丘長根一看急了，追了上去，大聲喚道：

「眼睛不要向兩邊瞧，只管看著路面中線，一個勁向前猛開猛開，出不了事的。」

經丘長根這麼一點撥，程光華心裡篤定多了。他撇開兩旁不瞧不看，只顧死死盯牢公路的中線，同時猛踩油門換上二檔三檔，載重車便飛快奔馳起來。跑完一公里掉頭往回跑的時候，他更是信心十足，以每小時八十公里的速度狂奔起來，回到停車場才戛然剎住，十個一人多高的巨輪還向前滑行了好幾米。他不慌不忙鑽出車頭跳下鋼梯的時候，翻譯小劉大聲宣布：

「也正好兩分鐘。」

停車場上響起一陣熱烈的掌聲。

雄田幫明搖晃著鴨子步像一頭大企鵝走到程光華面前，高高地豎起一個大拇指：「好！好！程先生！」

他依然滿面笑容。而那笑容中，欽佩的成分已明顯多於傲慢。

下一站，雄田幫明和程光華等人乘坐的那匹「白馬」，奔向開挖工地，也就是前三天方雲浦帶領新職工參觀過的開挖現場。小個子雄田幫明掄圓了短胳膊摑大個子牛部春房耳光的情景，一下子又從程光華腦子裡閃出來，不覺心有餘悸而且有些厭惡。雄田幫明這小子又想在這兒玩什麼新花樣呢？程光華不聲不響，拭目以待。

和三天前一樣，這裡有十多輛推土機和挖掘機在開山劈嶺，平整土地。僅僅三天工夫，這兒已經推出一個相當寬敞的小廣場。這些大傢伙功效之神速，實在令人驚嘆。

此時酷日當空，已到了正午時分。一輛箱式大卡車開到工地，給職工們送來了午餐和茶水。雄田幫明和程光華與大家一樣，一人領了一份快餐和一瓶礦泉水，蹲在樹蔭下吃起來。正午有一個小時歇息，工人們聽說新來的副總指揮程光華一上任，就和總指揮雄田幫明較上勁兒，一路上打擂比賽來到這裡，便三人一群五人一伙直往這裡擁來，都想看個熱鬧。

這會兒，在拌和樓自動控制室看管電腦的黃京芝，剛吃罷午飯，踱到玻璃窗旁看看風景。三十多米高的拌和樓鶴立雞群似地矗立在流香溪畔，可以俯瞰工地全景。黃京芝工作間隙，總愛臨窗眺望，看看山，看看水，再看看工地上奔馳的車輛，讓看久了儀表的眼睛得到片刻的休息，讓繃得太緊的腦子稍稍放鬆放鬆。她這麼一瞧，就看到開挖工地上簇擁著一大堆人。正納悶著呢，剛從樓下上來的一位姑娘向她說明下面發生了什麼事。黃京芝自從在車上認識程光華，就頗有好感，這些天時不時會想起這個熱心腸的人，一聽說程光華和日本人擺上了擂臺，一顆心就躥上了嗓子眼。她看看錶，還有四十多分鐘，整整衣服，掠掠頭髮，匆匆下了拌和樓。往開挖工地奔去時，她突然又踅了回來。她覺得一個人去湊熱鬧有點兒不便。要是被程光華、丘長根看到，人家會怎麼想呀？於是就拐到石料工棚找游春英。她們倆住在一間宿舍，幾天工夫，已經好得像姐妹似的。游春英在這兒管理軋石機和分篩機。這會兒，游春英剛剛塞下一盒快餐，正在漱口、洗手、抹臉，看見一個穿白褲白褂戴著白布帽子的小姑娘站在面前，一時竟沒有認出是誰來。黃京芝笑彎了腰：

「怎麼樣?春英姐，半天不見，就不認識啦!」

游春英一聽聲音才認出了黃京芝，笑罵道：「哎呀呀，死囡子，我還以為是哪裡來的小護士哩，怎麼認得出呀!」

黃京芝撮著白褂子的下擺在游春英跟前搖晃炫耀：「春英姐，我這身衣服好看嗎?」

「好看好看!」游春英嘖嘖讚嘆道，「我的天!你是來這兒幹活，還是來這兒做客哩!瞧你，穿得這麼白白淨淨，漂漂亮亮，跟醫院的護士也差不離嘛!」

「我們拌和樓的儀表室，是全封閉裝空調的工作室，誰進去都得換上乾乾淨淨的衣服和鞋子。有什麼辦法，這是工作需要嘛!」

「妹子，沒得說，你命好!你瞧瞧，我幹的是什麼活?」游春英說著，拍打著身上的石粉土灰。

黃京芝看到石料工棚中的這份活真是夠累人的。那些籮筐大小和巴斗大小的石頭，被一臺巨大的軋石機咀嚼得粉身碎骨，然後，由不斷流動的鋼篩，把粉碎了的大骨料、中骨料、小骨料和細沙碎石分送到不同的傳送帶上，再運送到不同的骨料場。機器運轉時，鏗哐轟隆的巨響震耳欲聾，漫天飛揚的石粉塵土像冬天清晨的濃霧。難怪游春英工裝和工帽上都落滿了白蒙蒙的石粉。黃京芝不無同情地說：

「春英姐，這真是一份苦活。瞧你都成了灰姑娘、白毛女了。」

黃京芝把程光華與雄田幫明較上勁兒事情說了一遍，要拉游春英去看熱鬧。

游春英釘在原地不肯動：「我不去，我這一身像個土豬子，那裡那麼多人，去丟人現眼呀！」

黃京芝拿起工作臺上的一把毛刷子，不由分說地刷著游春英身上的石粉塵土：「你看，拾掇拾掇，不是很漂亮嗎？人家程光華還是你的哥們哩，你還不去加油加油？再說，咱們中國人再怎麼樣，也不能讓日本人占了便宜呀！」

游春英脫去工裝工帽，從小兜兜裡掏出一面小鏡子照了照，見頭髮和工裝上的石粉灰塵已經讓黃京芝拍打乾淨，剛洗抹過的臉蛋兒依然光鮮可人，便攏了攏頭髮抿嘴一笑，和黃京芝手牽手地走了。

在一個剛被推土機推開的小空坪上，雄田幫明與程光華最後一個回合的比試，正拉開序幕。雄田指著一臺嶄新的推土機說：

「這種大型推土機，是美國卡特比勒公司的新產品，五百馬力，大大的厲害，四五十度的山坡，呼呼啦啦就能衝上去。非常遺憾，貴國的駕駛員技術不過硬，膽子又很小，稍稍高一點的小山都不敢爬，開挖進度就受到大大的影響。程先生，我們兩人都是前線指揮員，給大家作一次示範表演，你看好不好的？」

前一回合的勝利，給程光華增添了勇氣和信心，這次他回答得非常乾脆：「行呵，雄田先生，你愛怎麼玩，我就陪你怎麼玩。」

雄田幫明說：「這回也不必來什麼比賽了，你我各開一輛推土機，到前面那座小山頂上兜一圈，也就足夠讓駕駛員們長見識了。程先生，您看怎麼樣？」

程光華說：「行呵，雄田先生您是老手，請您在前頭先走，我在後頭跟著，好嗎？」

兩位正副總指揮的對話，幾十百來號圍觀的職工都聽得清清楚楚。大家舉首望望前頭的小山，都悄悄地噓了一口氣。那座小山雖然不算高，可是坡度也夠陡的，有經驗的駕駛員只要拿眼睛那麼一瞄，就能看出那座小山至少有五六十度的坡度；山上無路可走，長滿灌木芒草，推土機要開到山頂上兜那麼一圈，可是有點兒玩命。游春英和黃京芝這會兒已經擠到圍觀群眾的裡圈，就輕聲叫著程光華：

「光華，你有把握？」

程光華看見兩個姑娘關注地瞅著自己，心頭不覺湧起一股暖流。他輕鬆地笑笑說：

「有什麼辦法？人家想給我一個下馬威哩，我只好捨命陪君子了。」

「你不會就別逞能呀！」游春英衝著程光華大聲喚。

可是程光華好像沒有聽見，跟著雄田幫明大步向兩臺推土機走去。雄田幫明跨上駕駛室，鑰匙一擰，打火發動，一臺卡特比勒大型推土機搖搖晃晃向前開走了。半山以下，雄田幫明開足馬力，推土機嗷嗷吼叫，爬行得相當快速；一上了半山，坡度陡地增大，雄田幫明再不敢直線而上，開始繞著山頭打圈圈，小心翼翼盤旋而上，速度就大大減慢了。緊隨其後的程光華，即使上到半山，面對陡峭壁立的山坡，一點也不膽怯，反而更加威風抖擻。他駕駛的似乎不是一輛推土機，而是一輛衝鋒陷陣的坦克，兩條鋼鐵履帶把山體緊緊咬住，鴨嘴似的鋼鏟平平抬起；油門已經開到最大，發出獅吼虎嘯一般的嗥叫，只見芒草灌木向兩旁紛紛倒下，履帶碾軋過的地方，留下兩道寬寬的車轍。說話工夫，程光華的推土機已經到達山頂，而雄田幫明的推土機則像一隻畏畏縮縮的小甲蟲，還在半山上慢騰騰地爬行著。程光華攀上山頂時，從容不迫地歇息了好幾分鐘，取下頭上的安全帽，高高地站在推土機的駕駛臺上，在藍天白雲下使勁地揮舞著，山下看熱鬧的人群發出雷鳴般的歡呼聲。

但是，掌聲歡呼聲戛然而止，山野間忽然變得異常寂靜。人們看見程光華駕著推土機從山頂下來，又都為他屏聲斂息，提心吊膽。黃京芝嚇得心兒怦怦跳著，快從胸口蹦出來。她好像要向誰求助什麼似的，一把抓攥住游春英的手。她發現游春英手掌冰涼，眼睛發直，臉色煞白，渾身打擺子似地顫抖不止。這種顫抖還帶有傳染性，黃京芝也身不由己簌簌顫抖起來。

其實，人們為程光華操心有些多餘。他既從容不迫，又不掉以輕心。他沒有垂直而下，卻非常聰明地走上雄田幫明已經開出的車轍，兜了幾個圈圈就回到山腳下。而雄田幫明駕駛的那隻「小甲蟲」則更加膽怯氣餒，還在半山上一步一步往下挪。

程光華回到原地時，從推土機上跳下來，舒坦愜意地點上一支煙。游春英、黃京芝和丘長根一擁而上，都說：

「真棒！真棒！沒想到，你還有這一手！」

程光華彈彈手中的煙灰，輕描淡寫地說：「這算什麼？我在部隊當兵那年頭，水陸兩用坦克常常開著爬山越嶺哩，小小的推土機，能難倒我？」

黃京芝不由肅然起敬，問道：「這麼說，你是個老革命囉？」

程光華回道：「不敢，不敢，保衛珍寶島那一仗我差點兒沒趕上；要是再早出生個三五年，我還真有可能當烈士或者當英雄。」

游春英也充滿敬意說：「哦，我記起來了，你參軍那一年，我上小學三年級，你戴上大紅花，嘿，那個神氣呀！我們還敲鑼打鼓去歡送你哩，記得不記得？嘿，看你這一身汗呀，來，我給你擦一擦吧！」

游春英掏出一方潔白的手絹，要給程光華擦汗，程光華閃一閃身子躲過去了，一邊撂起襯衣的下擺擦汗一邊說：「不，不，我這不是很方便嗎？」

黃京芝看見春英和光華那麼親熱，那麼隨便，心裡就有些兒不自在，把頭扭到一邊去。

程光華手中的香煙燒到只剩下一丁點兒的時候，雄田幫明才把推土機開了回來。那個鋼打鐵鑄的龐然大物，已經威風掃地，氣息奄奄，還沒有完全爬回原位，就趴在那兒了，像一隻自慚形穢的臭屁蟲，躲得遠遠的排放著難聞的柴油廢氣。雄田幫明從「臭屁蟲」肚子裡鑽出來，臉色灰白，大汗淋漓，大口大口直喘粗氣，累得一時說不出話，只向程光華高高豎起兩個大拇指。

工地上掠過一陣暴風雨般的掌聲。游春英和黃京芝把自己的小巴掌都拍紅了，猶覺不能完全表達她們的喜悅，不能完全發洩心頭的悶氣，當然，更不能完全表達她們對程光華暗暗的愛慕……

雄田幫明咕嚕咕嚕灌下一瓶礦泉水，才慢慢緩過神來。他把翻譯小劉拉到程光華跟前，畢恭畢敬得像一個很懂禮貌的小學生。他第一次遞給程光華一支三五牌香煙說：

「程先生，我太高興了，今天，我認識了您！您，是優秀的工程師，真的大大的優秀！」

這會兒，程光華反而顯得平靜而謙和了：「不，我很普通。中國像我這樣的工程師多的是。您才是一名優秀的總指揮，我要好好向您學習！」

「不，您優秀，很優秀！」雄田幫明心悅誠服地豎起大拇指。「我聽說，中國的工程管理人員，只會動嘴，不會動手，您不同，您，技術，優秀，非常，優秀！」

停了片刻，雄田幫明又說：「我，不是爭強好勝的人，我，不是，真的不是要和您比賽。我們日本人，看重技術，凡是要和我合作的人，我都要看看他的技術。工地總指揮，就是前線指揮員，要精通各種各樣武器，我們的士兵，才不敢偷懶，不敢耍滑，不敢使壞，才不敢作弄我們……程先生，您明白我的意思嗎？」

「明白，明白！」

程光華雖然不能完全相信雄田幫明這種表白，但他以為雄田幫明對工地總指揮的這種要求卻是絕對必要無可爭議的。他開始有些喜歡這個矮矮墩墩的日本漢子，滿臉春風地說：

「我有機會和您一塊兒工作，非常高興！」

雄田幫明伸過手來和程光華緊緊握著：「阿琳阿哆苦查咦嗎斯（謝謝）！」

程光華也跟著說道：「阿琳阿哆苦查咦嗎斯！」這是他學會的第一句日本話。

第四章

夜間行動

丘長根和游春英從工地上拉了一板車磚瓦水泥往回走。一輛摩托車在他們跟前戛然剎住，……他們就像被當眾拿住的小偷，手足無措，腦子裡只剩下一片空白。

丘長根和游春英第一次從勞工課財務室領到那個沉甸甸的紅紙包時，胸口好像揣著一頭小兔，怦怦怦地跳得厲害。他們不敢急於知道紅紙包中的祕密，一前一後地走著，來到青龍橋下的柳樹林裡，看看四周悄無一人，便在流香溪畔的一塊大石頭上坐下來。

青龍橋下的柳樹林，是上帝為青年男女談情說愛專設的好去處。這兒南面臨溪，北面依山，溪邊有好幾排柔枝飄然綠葉成蔭的柳樹，給情人們造成天然的屏障。林子裡一大片綠茵茵的草地，像天鵝絨似地鋪展開來，令人賞心悅目；草地上還點綴著一朵朵一叢叢的野菊花、山茶花和金櫻子花，空氣中總是充溢著清新而芬芳的氣息，令人醺然欲醉。柳樹下有許多被溪水洗刷得圓渾潔淨的大石頭，為年輕人提供別有情致的情侶座。溪中流水潺潺，林子裡鳥音婉囀，勝似播放著舒伯特的小夜曲。

長年累月在野外建電站的「沿江吉普賽人」，把找對象叫做「山雞鑽窠」。君不見山雞發情求偶的時候，都是咕古咕古叫著鑽到灌木叢柴草窠裡去嗎？山溝溝裡有的是茂林豐草，年輕人當然知道利用這種自然優勢。丘長根和游春英來流香溪後，已經到流香溪畔的林子裡鑽過好幾次「窠」了。他們找了塊乾淨的大石頭坐下，游春英就給丘長根下著親切的命令：

「快，先看看你的。」

丘長根嘶啦一下拉開牛仔褲上的拉鍊，用兩個手指從小兜兜裡鉗出那個紅紙包。紅紙包做得十分精緻。橘紅色的油光紙糊成一個小信封，封面上印著三行鉛字：上端是丘長根先生，下端是南茂公司事務部勞工課，都是五號楷體。中間一行祝您好運！是三號燙金宋體，印得又醒目又漂亮。紅紙包沒有封口，丘長根在大腿上啪啪打了幾下，一大疊挺括嶄新的人民幣便從小紙包裡蹦了出來。丘長根像玩撲克牌似地攤成一個小扇面，數了數，一共十二張，七張「四老頭」，五張「大團結」，整整七百五十元。丘長根不放心，再數了兩遍，準確無誤，是七百五十元！

丘長根又驚又喜輕聲叫起來：「我的天！這麼一大把票子，我這輩子還沒有掙過哩！快，瞧瞧你的。」

「不就在這兒嗎？」姑娘家大熱天衣服穿得單薄，小兜兜淺，游春英把那性命攸關的紅紙包一直攥在手裡。她簡直把它當成一隻會飛的小鳥，攥得很緊很緊，就捏出一把大汗，把那紅紙包渥得爛吱吱的。游春英翹起指甲尖尖的小指兒，把那些爛紙頭一點一點剔開來，抽出一疊也是呱呱響的人民幣，數了數，是六百七十元。

游春英也喜笑顏開：「哇！我也從來沒有掙過這麼多錢！」

丘長根和游春英來流香溪幹活，頭一個月就拿到一大疊人民幣，讓他們激動得久久不能平靜。倒回去五六年，他們剛剛當上學徒工，每月工資五十六元；苦熬苦幹兩年後，轉為正式工，每月出工二十六天一天不漏，也只能拿到八九十元，一年到頭累死累活，再加上獎金，也不過掙個千把塊呀！可是，就是這樣一份工作，這樣一份收入，已經足以讓那些沒有資格當上工人的農民哥羨慕得心裡癢癢了，已經足以讓把他們辛辛苦苦拉扯大的父母大人心裡開花臉上微笑了。

「你說，怎麼辦？長根哥！」游春英手上捏的好像不是鈔票，而是一疊發燙的金屬片，燙得她的手顫抖。錢，真是個好東西，游春英一高興，竟像小時候那樣，把丘長根叫做「哥」了。

「讓我好好想想！」丘長根神情嚴肅，在心中盤算著。「先算我的開支，再說你的花銷，你看好不好？」

「行呀，行呀，你先說吧！」

丘長根伸出右手寬大的巴掌，首先扳起大拇指：「第一項開支，給我媽我妹每月寄五十塊生活費，這不算多吧？」

「不多，不多！」游春英認真地點點頭。她腦中現出長根媽頭髮花白、滿臉淒惶的形象。長根阿爸在「六一七」大坍方中犧牲後，長根媽怕找個後夫委屈了兒女，一直未曾改嫁，憑她一雙手，在工地當砸石子小工掙幾個錢，好不容易把兩個孩子拉扯大。生活的重擔壓彎了她的腰背，熬乾了她的精血，她那一張早衰的憔悴的臉龐，像一片秋後枯萎的落葉。一個苦了大半輩子的女人呀，讓她老年過幾天舒心日子，有什麼不應該？

「第二項，是我的伙食費，」丘長根扳起食指繼續盤算他個人的「經濟計畫」：「早餐六角，中餐九角，晚餐九角，一天花去二塊四角錢，三二六，三四十二，一個月的伙食費是七十二塊錢，這不算多吧？」

「不多，不多。你開載重大卡車，那可是重活，再說你向來是個大飯桶。」游春英忍俊不禁笑了起來。丘長根揚起大巴掌佯裝要摑春英的耳光，春英縮起脖子嘻嘻笑著說：「我可不是罵你呀，你們男工就是飯量大，哪個不是大飯桶呀！我說，你一定要吃好吃飽，千萬不能虧待了自己。你這一項開支是不是打得太緊了？我看，你一天起碼要吃三塊錢，你每月的伙食最好加到九十塊。」

「好吧，好吧，九十塊就九十塊，偉大領袖毛主席教導我們，製定生產計畫，一定要留有餘地。我們過日子當然也得留有餘地。」丘長根平常極少開玩笑，今天心情忒好，居然有了幽默感。他接著扳起中指說：「第三項，我一天一包煙，好的我們抽不起，『牡丹』、『前門』不敢想，我就專抽我們閩西龍岩出產的『乘鳳』，一包三角六分錢，十天三塊六角錢，一個月十塊多一點，再加上買幾盒火柴，大概要花十一二塊，我想你不會反對吧？」

游春英撇撇嘴：「錢倒不算多，可是我討厭抽煙，瞧你，滿嘴黃牙，臭烘烘的。」

丘長根就故意齜牙咧嘴，把混雜著煙氣、汗氣和男人氣味的頭顱往游春英豐滿的胸脯拱過去，春英身子一閃，又順手在他腦殼上一拍，丘長根才老實下來，嘿嘿笑道：

「這你就不懂了，蘿蔔白菜，各有所愛。你們女工呀，就愛穿件好衣服，買點化妝品，我們男工一天累下來，有誰不想抽支煙喝杯酒的？」

「好吧，好吧，這也算一項，看你還有什麼錢要花的？」

丘長根笨拙地扳起無名指：「俗話說，在家靠父母，出外靠朋友。誰都有幾個肝膽兄弟，少不了來往應酬。還有呢，一個月請你看一兩次電影，上一兩次館子，總不好意思讓你掏錢吧！瞧，你笑了，我就知道別指望揩你的油。這筆零花錢，一個月打十五塊，不算多吧？」

「好吧，這個也算上，你看還有什麼好花的？」

「沒了，沒了。寄阿媽五十塊，吃飯九十塊，抽煙十二塊，零花十五塊，總共是一百六十七塊。呵哈，還有五百八十三塊，存在銀行裡生利息，雞生蛋，蛋再生雞，如果把我們兩個人攢的錢合到一堆來，一年下來，準能積攢八九千到萬把塊哩！」丘長根為自己的美好前景所陶醉，黝黑的臉膛被樹蔭裡斑斑駁駁的陽光鍍上一層金燦燦的光澤。

游春英笑了：「瞧你美的！你積攢下這麼多錢幹什麼？想當資本家？」

丘長根傻乎乎地笑道：「幹什麼？你不是說過的？有了錢就可以辦喜事。」

游春英明知故問：「你跟誰辦喜事？」

丘長根依舊傻乎乎地笑著：「這還要問哩？當然是我和你呀！」

游春英把頭搖得像撥浪鼓：「不行，不行！我可不想這麼早結婚。」

丘長根緊張地盯著游春英：「你自己說的麼，我們攢夠了一萬塊就結婚。我們求爹爹告奶奶，又送禮又走後門，拚著小命兒來流香溪掙錢，不就是為了這個嗎？你怎麼變卦哩？」

游春英拉過丘長根的一條胳膊，輕輕地撫摸輕輕地拍著說：「看把你急的！」

丘長根像一隻溫順的貓，游春英溜一溜他光滑的皮毛，他立即顯得平靜而服帖了：「是你自己說的，不辦喜事啦。」

游春英扯下一綹細髮，輕輕地抿在紅紅的嘴皮間，靜靜地思忖著，一時不肯說話。丘長根看見，那一縷烏黜黜的柔髮從春英的雲鬢傾瀉下來，像一片漆黑的絲帶，貼在她那白裡透紅的臉上，是那麼嫵媚而動人。他覺得，他這輩子，挑得起二三百斤的擔子，扛得起二三百斤的大包，開得動四五十噸的載重大卡車，可是，要違拗這樣一個小女子，卻是絕無可能的。

游春英想了一會兒，慢悠悠地說，「說真的，我也不是什麼變卦不變卦，也不知怎麼搞的，我近來老覺得當姑娘還沒有當夠，我不想過早當媳婦。」

「哎喲喲，都二十四啦，你還以為是十七八的小姑娘！」

「二十四算什麼大呀，現如今，三十大幾的大齡姑娘多的是。」游春英繼續慢悠悠地說，「我最近讀了一本書，是同房間的黃京芝借給我的，叫《圍城》，可有意思啦！」

「《圍城》，是講打仗的吧？」

「什麼呀！」游春英橫了丘長根一眼，「我說你這個人什麼都好，就有一條大缺點，不讀書，不學習。」

丘長根委屈地申辯：「你不知道我開載重車有多累呀！你在機房裡看機器，當然舒服啦，下了班沖沖澡，洗洗衣服，還有興趣看看書；可我們跑車運大件的，哪一天不累得像一頭死豬？」

「算啦，算啦，我跟你說吧，《圍城》是人人搶著看的一部長篇小說，是講男女談情說愛的，可好看啦！裡頭有一個人物說：婚姻像是一座城，在裡頭的人想衝出來；在外頭的人想衝進去。你看看，結了婚的人就像被困在一座城裡，自由都失去了，一直想衝出來，這多可怕！我們幹嘛要那麼早結婚？」

「你是中了邪怎麼的？把結婚看得那麼可怕？」

「對你們男人當然沒什麼，對我們女人婚姻確實是一種負擔。你想想看，如果我們今年結了婚，明年就得生孩子，我就得在家餵奶當保姆，這一個月五六百塊的工資到哪去掙？」

「有流香溪這一份活幹，我不愁養不活你。」丘長根甕聲甕氣說，陰鬱的眼裡就汪上一片亮晶晶的淚花兒。

「好了，好了，長根哥，我和你都好到這個份上，你還怕我跑了不成？」游春英移了移屁股，讓裸露的光潔如藕的胳膊輕輕碰觸丘長根粗壯的胳膊，像哄三歲孩子似地哄著他。

「我曉得，你心裡瞧不起我。」丘長根彈落一串委屈的眼淚。

「哎喲喲，長根哥，你這是怎麼啦？其實，我不想這麼快結婚，也不止是害怕結婚，我的家裡也有難處呀。」

「什麼難處？」

游春英說，她家裡託人帶了口信來說：他們走了不久，小龍門水電站工地就開始搞什麼「優化組合」，把她年老力衰的父親給「優」掉了，一個月只能拿幾十塊生活費，她下面還有三個妹妹，靠父親那幾十塊工資和母親不停不歇的一雙手，實在無力糊住那五六張嘴巴。於是，這裡的包工頭路路通就給她父母出了個主意，要他們來流香溪開一爿小酒店。這個小鎮人來人往，職工們腰包都是脹鼓鼓的，一個月掙它千兒八百是十拿九穩的。可是，本錢呢？本錢在哪裡？搭兩間小茅屋，做一張小櫃臺，再進一些煙酒糖茶可口可樂飲料和杯盤碗盞，起碼也得好幾千塊呀……

丘長根是苦菜缸裡醃大的孩子，對游春英家裡吃了上頓沒下頓的苦日子，不僅十分了解，而且充滿同情，還沒等游春英把話說完，便急急忙忙打斷她：「哎呀呀，你有這個難處，怎麼不早說？嘿，你爸你媽那個想法是個好主意。這流香溪的工人可不比那些小電站工地的工人，掙錢像彎腰拾麥，花錢像小河流水，你看青龍橋頭那些小鋪子，哪天的生意不是紅紅火火？我們就這麼說定了——從今往後，我每個月拿到這紅紙包，除了給我媽寄去五十塊，再給我留下飯錢、煙錢和零用錢，其餘都交給你。」

丘長根說罷，從自己的紅紙包裡抽出兩張「四老頭」，其餘的票子都交給了游春英。游春英一時不肯接：「這，這怎麼行？我看是不是這樣，就算我先手向你借個一年半載的？」

「還客氣什麼的？算我給你媽那爿小酒店的灶頭送一捆柴，加一把火吧！」

游春英見丘長根一片真誠，就接過那一大疊人民幣，在手心裡掂了掂，眼裡湧起一片晶瑩的淚光：「這樣好不好？就算是你給我們家那個小酒店入的股，等我阿媽阿爸賺了錢，自然也有你的份。」

「瞧你說什麼呀！一家人說兩家人的話！」

「我的傻瓜頭，誰跟你是一家人啦？」游春英說著，那隻裸露的光潔如藕的胳膊便慢慢移上來，繞到丘長根的脖子上，輕輕一勾，就把丘長根帶到自己的胸前。丘長根鐵塊似的胸脯一接觸游春英那柔軟而富有彈性的胸脯，全身像觸電似地發熱發麻，血管裡血液洶湧澎湃，他感到氣喘感到眩暈。他的一雙粗壯有力的大手，捫到游春英的腰背上，一邊輕輕地撫摸她細膩光滑的身子，一邊像箍桶似的把她緊緊地擁抱著。游春英輕聲呢喃著：

「哎喲，哎喲，快把我勒死囉！」

丘長根稍稍鬆開手，勾下頭來尋找游春英的小嘴巴。

游春英抬起頭來，飛快地在長根唇邊印了一下，又驚慌慌地用胳膊撐開丘長根的胸脯：「聽，有人來哩！」

丘長根吃了一驚，四下覷了一眼：「誰？哪有人呀？」

他們這一聲喚，驚嚇了林子裡一對禾雀子，「逢」地一聲飛起來。

游春英站起身，拉扯著短袖衫笑道：「看你急的？還沒到那個份上哩，就動手動腳。」

丘長根也站起身，臉孔紅紅的，很是尷尬。

「走，回去吧，還愣著幹什麼？」游春英腰擺細柳，晃動著兩條細長的胳膊在前頭走了。

丘長根怏怏不樂地在後頭跟著，心裡想道：哼，她真是一隻不易逮住的畫眉鳥！

幾天後，游春英的阿爸阿媽收拾簡單的行囊家雜，果然來流香溪工地開酒店。

一個天氣晴好的星期天，丘長根幫著游春英和她的父母，在流香溪畔的青龍橋頭，選了一塊荒地，砍樹的砍樹，割草的割草，填坑的填坑，七手八腳平整出一塊屋基地。

游春英和她父母的盤算相當美妙。但亦工亦商不是他們的創舉。自從南工局在閩西北大山區建築第一座水電站的年代起，就有些職工家屬在工地營區擺攤設點開小店。不過隨著商品大潮的湧起，流香溪工地的商店景象更加蔚然可觀。早在游春英和她父母想到這個點子之前，「沿江吉普賽人」的家屬、流香溪一帶村民和一些外來的謀生者，已經看中青龍橋頭這一塊風水寶地。這青龍橋是方圓十來公里的電站工地和有二百來戶村民的香溪村的交通樞紐，也是村民們趕墟易貨的古墟場。所以，從流香溪工程破土動工那一天起，就有人陸續來到青龍橋頭兩旁的土坡上開出一片片荒地，搭起一家家鋪子：有飲食店、雜貨店，有成衣鋪、中藥鋪，有理髮店、鐵器店……在沿溪三百米的混凝土馬路上，形成一條相當熱鬧的小街道。游春英的阿爸阿媽不過是姍姍來遲的拓荒者。他們選擇的那一塊荒地已經是這一條小街的末尾。然而，生意的好壞，也不會完全由商店的位置來決定；游春英和她的父母對未來還是充滿著美好的憧憬。

一整天開荒掘地的重活幹下來，游春英她爸游金鎖已是精疲力竭，氣喘吁吁。他把鋤頭一扔，就坐在那鋤頭把上歇氣，咕咚咕咚喝涼茶。五十不到的游金鎖未老先衰，精瘦精瘦，臉無血色，看去像是六十大幾的老頭。「六一七」大坍方後，有許多開挖工都把自己看成酆都城的候補臣民，只要判官小鬼招招手，他們立即得邁過奈何橋，到另一個世界去落戶。就有不少人要求換工種，還有些人逃離南工局。游金鎖不僅在開挖隊待下來，而且還幹他的風鑽工。他總是牢牢記著是師傅陳大坤摑他一個耳光救了他一條命，他要是丟下手中的手風鑽，怎麼有臉去見九泉之下的陳師傅？那年頭，開挖工真是在死亡線上討生活。不止常常要提防坍方滑坡的危險，更要命的是打乾鑽。所謂乾鑽就是只送風不送水，鑽頭在鑽孔裡高速旋轉時，帶出的石灰粉塵滿天飛揚，天日不見，雲遮霧罩。半天風鑽打下來，鼻孔耳窩裡都可以摳出一大團一大團黑疙瘩；咳嗽一聲吐口痰，好像從嘴裡射出一顆子彈，能把泥地砸個坑。兩三個水電站幹下來，他們這一批風鑽工全都得了矽肺病。重一點的早已一命嗚呼，稍輕一點的關在矽肺病醫院苟延殘喘。游金鎖算是最輕的一個，可也成了不可救藥的老肺癆。早七八年，游金鎖就扛不動手風鑽，只能拉拉水管，換換鑽頭，做些風鑽工的下手活。捱到這個改革開放的年頭，南工局開始搞什麼「優化組合」，他被毫不留情地「優」到編制以外，只好跟著老婆來流香溪擺攤開店。

「我的老爺子，你真是不中用了，走走走，給我一邊歇著去吧！」大奶媽看見老公累成一架破風箱，既疼他又煩他，像打發一個不招人喜歡的孩子，朝他揮了揮手。

大奶媽倒是身強體壯，愈幹愈勇。她穿著一件男式圓領衫，把短袖捲到胳肢窩下，露出粗壯的胳膊和兩撮濃黑的腋毛；一雙碩大的乳房，僅僅裹著一層薄薄的輕紗，隨著鋤起鋤落，像兩隻小白兔毫無顧忌地歡蹦亂跳。

游金鎖並不離去。他坐在鋤頭把上喝水歇氣，瞥一眼老婆胸口上的兩隻小白兔上跳下躥，心裡也跟著忐忑直跳。多麼壯實的一個女人，多麼驃悍的一匹母馬！咳，如今可是馴不了她了，要是倒退二十年……游金鎖想起二十三歲那年，他情不自禁地笑了一下。那一年，他在一條深山溝裡建電站，正碰上前所未有的大饑饉，他用積存下來的一百斤糧票，換來一個十六歲的山妹子，這就是他如今的老婆。年輕的妻子得了春英之後，她原本就豐滿堅挺的一對乳房，忽然變得碩大無比奶如泉湧。她背著娃子幹活的時候，娃子哭了，她竟不放下娃子來餵奶，而是解開大襟鈕扣，從胸脯掏出一個奶子，往後背上那麼一甩，一條白玉瓠瓜似的乳房柔柔軟軟地搭在肩膀上；她的另一隻手再把娃子的屁股蛋兒往上托一托，小娃子就趴在她的肩背上舒舒服服地吮起奶來。這時候，她刷鍋洗碗，飼雞餵豬，鋤地澆菜，割草挑擔，不管幹什麼活兒，那是一點也耽誤不了的。凡是見過金鎖婆娘子餵奶的人，不管老的少的男的女的，都眾口一聲地稱讚她的大奶子是見所未見聞所未聞的一大奇觀，便都叫她大奶媽，而漸漸忘了她的本名。

游金鎖愣愣盯著婆娘子活蹦亂跳的大奶子，心裡就熱烘烘的有一種死灰復燃的感覺。他想起二十多年前，他一天風鑽打下來，累得抬胳膊挪腿都沒有力氣，可是夜裡一上床，他就精神抖擻。婆娘子一對碩大、柔軟、細膩的大奶子，總能激起他無窮無盡的生命力，他撫摸，他咂吮，他依偎，他像一個乖孩子在婆娘子懷抱裡漸漸安睡。唉，可是現在，堅硬的粉塵填滿了他的肺葉，女人的奶子掏空了他的精血，真是黃土快要埋到脖子根了，面對女人那對白玉瓠瓜一樣迷人誘人的大奶子，他只有垂頭嘆息的份兒了。

大奶媽統率丘長根和游春英，風風火火幹了一整天，劈盡了荊棘，鋤淨了雜草，夯實了地腳，一塊四五十平方的屋基地便平整出來了。當他們準備砌牆鋪瓦的時候，卻碰到了麻煩。以往在南工局單獨管理的電站工地，職工家屬要建兩間小屋，蓋一間鋪子，從沒有自己掏錢的道理，什麼磚瓦石料、木柱檁條、鐵釘鐵線以至整根鋼筋和成包水泥，工地上到處可見，你想用多少就搬多少，甚至有人用籮筐挑著到集市上去賣，也無人過問。可這流香溪不同，南茂公司是中日兩家聯營的企業，管理嚴格，在工地一枚鐵釘一根鐵絲你也休想撿到；就算能夠撿到，誓約會上一條一條誓詞，還在游春英和丘長根耳畔響著，字字句句串成鋼鐵的鎖鏈，捆綁著他們的手腳，他們怎敢以身試法呢？他們說，在南工局幹部面前栽了面子，那倒是小事一樁，若是被日本人逮住，砸了這個滿蕩蕩油晃晃的金飯碗，那可是再也沒有地方去找了。

但是，大奶媽一再堅持要他們來一次「夜間行動」。她嘴巴一撇，柳眉一揚，給兩個年輕人打氣鼓勁：

「哎呀呀，你們兩個才在這裡吃了幾天飯，幹了幾天活，怎麼就變得膽小如鼠哩！你們想想，日本佬就那麼幾十個人，能管得了這方圓幾十里的大工地？我已經給你們打聽好了，一到夜間，日本佬不是在酒店裡喝酒，就是關在房子裡看電視，他們怕死，他們壓根兒就不敢在工地上走動。」

游春英經不起阿媽的死說活纏，只好答應晚上到工地去「看看」。游春英點了頭，丘長根自然沒有搖頭的份兒。

其實，游春英說的「看看」，就是一次有預謀有計劃的「夜間行動」。吃過夜飯，沖過涼換過衣服，又聊了一會兒天，眼看一彎如鉤的上弦月慢慢向西墜去的時候，游春英和丘長根硬是在大奶媽的催逼下出發了。

水電站工地的夜晚，夜夜都是最沒有夜幕掩護的夜晚。安裝在高高的拌和樓上的探照燈、安裝在電線桿上的大燈泡、安裝在施工大橋上的弧光燈，把方圓十多里的工地照得一片明亮。丘長根推著一輛大板車在前頭走，游春英一手扶著車屁股的擋板在後面跟。板車上擱著兩挑畚箕，一擔水桶。要是路上碰到什麼人，就說去村子裡收兩桶豬飼料呀，去山邊挖兩擔黃土呀，自自然然，臉不變色心不跳。旁人也就深信不疑，不再盤問。長根卻有些怯陣，走著走著，腳步就踟躕緩慢了，游春英在後頭催他：

「怎麼啦？你餓了三天沒吃飯是不是？」

丘長根在前頭甕聲甕氣說：「春英，這事我總覺得心裡不踏實，要是被日本人逮著，可不是玩的！」

游春英說：「你放心！我媽不是打聽過了，日本人從來不值夜班的。你想想，人家大老遠飄洋過海到中國來，一個月大幾千塊工資，會在工地上守夜看管材料嗎？」

「就是被中國人看見也不好呀。」

「這工地上的中國人，還不都是南工局的人，低頭不見抬頭見的，人家敢把我們怎麼樣？」

游春英說著，按在板車後擋板上的雙手加了把勁，車軲轆兒哧溜溜飛轉著，在前頭拉車的丘長根就身不由己地撒開腳丫子大步奔跑起來。

一路無事，他們順順當當到了水泥磚瓦倉庫。兩人在一株烏臼樹的陰影下停下來。游春英做了個手勢，要丘長根在原地待著，她自己前去探探情況。溪風冷不丁地吹過來，她感到山區秋夜的寒氣，才走幾步又踅回來拎起搭在板車上的一件綴花夾襖披在身上。或者，她並不僅僅感到寒冷，而是為了偽裝的需要。因為這樣打扮，更像一個趕夜路的女子。她很從容，或者佯裝很從容，走得不快也不慢，居然還哼著流行歌曲：「澎湖灣呀澎湖灣，我童年記憶裡的外婆的澎湖灣……」一支歌還沒有唱完，她已經把水泥倉庫的前前後後看個明白，運氣不壞，這裡並無看守人員。她向丘長根招了招手，丘長根把板車拉過來。兩人以極快的速度，往車上扛了八包水泥，再搬了些磚頭瓦片蓋個嚴嚴實實，拉著板車回到原路。

也不知是過於緊張，還是板車上的水泥磚瓦太重，丘長根和游春英一人在前面拉，一人在後面推，還是覺得相當吃力。他們都想走得快一點，但雙腳踩在地面上，好像踩在雲朵上，有點兒浮，怎麼也快不了。他們似乎真正理解「作賊心虛」這四個字的含義了。不就是拿了一點不該拿的東西嗎？平常拉起幾千斤的板車一路小跑，今天板車上不過是八包水泥加些方磚瓦片，了不起才一兩千斤，拉起來像螞蟻搬骨頭，竟累得滿頭大汗。事後他們想想也怪：幹這檔子事，在他們都不是頭一回。以往在南工局管轄的小電站工地，摸兩把鐵釘螺釘回家打家具，扛幾塊木板回家墊床鋪，那可是家常便飯，見怪不怪。可是在流香溪卻大不相同。他們戰戰兢兢往回走的時候，不約而同想起頭天參觀時看見雄田幫明摑牛部春房耳光的情景，想起參加誓約會時舉手宣誓的情景，於是就意識到這是一樁極不光彩的勾當。可見小偷小摸這一類行徑，在公的也是私的你的也是我的這種大背景下，那是壓根兒不當回事的；只有在公的和私的、你的和我的涇渭分明的時候，只有在財產的所有權以法律的條文規定得十分明晰的時候，梁上君子們才會產生心理壓力，才會有恥辱感和犯罪感。游春英和丘長根隱隱約約模模糊糊意識到這一點，便覺得心跳失控、腳脖子抽筋，踉踉蹌蹌一路跑來，像是兩個酩酊大醉的醉漢。

萬幸，萬幸，丘長根和游春英一路上沒有碰到幾個人。有兩三回，遇到下夜班或是上夜班的工人迎面而來，他們坐在敞篷大卡車上，一個個睡眼朦朧，根本不會注意這兩個夜行者有什麼不軌。於是他們的心跳漸漸恢復平靜，力量和信心慢慢回到他們的肌體。他們拉著板車一路瘋跑起來。當他們快要回到青龍橋頭的時候，心裡更是篤定了。這兒已經走出純屬工地營區的範圍，是外來小商小販與民工交相雜居的地盤，就是有人發現他們，也抓不了他們的贓，定不了他們的罪。

可是，就在他們抵達勝利目的地還有五百來米的時候，一個人騎著一輛摩托車從遠處飛快駛來。他們急忙閃到一邊躲避，摩托車在他們跟前戛然剎住，兩道白晃晃的燈柱利劍似地直刺他們的眼睛，根本看不清騎車的是什麼人。他們就像是在超級市場被當眾拿住的小偷，手足無措，腦子裡只剩下一片空白。

「咿！你們兩個，這是幹什麼呀？」

丘長根和游春英聽出這是老朋友程光華的聲音，快躥到嗓子眼上的心臟，立即回到原來的位置。

「嘿，這麼晚了，你還在工地上轉轉悠悠幹什麼？」游春英反問程光華，就像平常大街上碰到打個招呼，隨隨便便。

程光華稍稍提高了嗓門：「我在問你哩，你倒反過來問我。」

游春英支支吾吾地說，她父母在小龍門沒法待下去，到流香溪來找一條活路，想在青龍橋頭開一家小酒店，屋基已經整出來，就缺點水泥磚瓦石料……她敘述這一切的時候顯得很輕鬆，說到後頭還笑著罵起來：

「我的天，我還以為是日本人，差點嚇死哩！光華，也不要你賠不是了，還有里把路，你就幫我推推車吧！把摩托車交給我，讓我也來過把癮！」

程光華把摩托車支架好，走過來翻了翻板車上的磚瓦石料和水泥，無可奈何地搖搖頭：「嘖嘖，你們也真是膽大包天，就不怕日本人砸了你們的飯碗？」

丘長根說：「我們摸過底，日本人不肯值夜班。」

程光華說：「日本人不值夜班，中方的管理人員也都在睡大覺？」

游春英冷笑一下：「中國人還會卡中國人？哪有胳膊肘往外拐的？」

程光華氣呼呼地跳著腳：「哎呀呀！你說的是什麼話？」

游春英說：「你還聽不懂？我說的是中國話。」

程光華怒氣沖沖吼了一聲：「你呀，你有多糊塗！這電站明明白白是我們中國人的，日本人只是個建築承包商。」

游春英卻一點兒不著急：「承包商既然是日本人，我們要點兒磚頭水泥，也礙不著你程光華呀，看你急成……急成個啥樣子？」

程光華強抑著怒火說：「別再囉唆了，快快把東西拉回倉庫去。」

丘長根拿眼睛徵詢游春英的意見，游春英卻站著不肯動：「程光華，我就不信你能忍心看著你的小兄弟小姐妹活不下去！」

一句話，把程光華噎得差點兒憋過氣去，半天沒有吭聲。

雙方像犄角頂犄角的水牛牯，對峙了好一會兒，游春英在後頭推了推車說：「長根，我們不敢耽誤程總指揮的時間，我們走我們的。」

丘長根勾下身子，拎起套繩套在肩膀上，同時攥起兩根車把，稍稍往前拱了拱，板車開始往前滑行。這種滑行當然帶有試探性，看看程光華站在原地一動不動，丘長根和游春英才放膽地奔跑起來。但是，板車才跑出二三十米，程光華又忽然追了上來，死勁抓住車幫不讓走：

「不行，不行！我求求你們了！千萬不能丟中國人的臉呀！」

丘長根說：「光華，你也不要太死心眼了！我們這一路走來，神不知鬼不覺，除了你看見，誰還能知道？」

「不！不！」程光華斬釘截鐵說，「日本人的管理是十分嚴格的，別說少了這一板車水泥，就是少了一磚一瓦，他們也會發現的。」

游春英說：「這工地上幾千號人，他們能斷定是我們幹的？」

「可是，他們能夠斷定是中國人幹的。他們日本人絕不會從日本跑到中國來偷這一車磚瓦水泥。」程光華萬分懇切地哀求道，「春英，長根，算我求求你們好吧！快把板車掉轉頭，我們一起把這些水泥磚瓦送回倉庫去。」

「哎呀呀，算我們瞎了眼了，真沒看出你是這號人！」游春英一甩膀子說，「長根，走走走，我們走我們的獨木橋，人家走人家的陽關道，這一車水泥就留給程大總指揮向日本人領償去吧！」游春英說完，蹭蹭蹭大步往前走去。

丘長根也扔下板車往前走了幾步，被程光華一聲喝住：「站住，長根！你跟我一起把東西送回倉庫去！」

程光華用的是命令的口氣，顯示著一個工地副總指揮的權威，丘長根一點也不敢違拗，拉起板車往回走。他聽到程光華跟在車後的腳步聲，而且感到他在後頭推車用了很大的勁，便不由自主地在馬路上飛跑起來。

程光華回頭看了看，在相反的方向，朦朦朧朧的月色和燈光下，一個孤零零的女子，躊躇片刻，也發瘋似地飛跑起來。她那件綴著細花的小夾襖，在夜風中颯颯響著，像一隻驚惶逃遁的黑蝙蝠向遠處飛去。

第五章 吉普賽酒店

「我能像阿慶嫂可太好了！阿慶嫂在沙家浜開茶館，靠的是胡司令；我大奶媽在流香溪開酒店，全靠在座的各位朋友、各位領導、各位老闆了！」

游春英和丘長根空手而歸，對游春英的阿爸阿媽無疑是五雷轟頂致命一擊。大奶媽當即怒氣衝天罵罵咧咧：你程光華算什麼東西？當一個綠豆芝麻官，就來欺負老百姓。這工地上的一磚一瓦，一木一石，哪一件不是姓「公」呀？而且日本人還占著大股呢！用得著你程光華抖威風來卡我們的脖子？中國人幫著日本人來管卡壓我們中國人，你這不是當漢奸嘛？今天要是栽在日本人手裡我也沒有話說，要是栽在別人手裡也情有可原，偏偏就栽在你程光華手裡，我實在嚥不下這一口氣！別人不知道我大奶媽，你程光華還能不認識我大奶媽！「文化大革命」那陣子，我家和你家貼隔壁住著，你爹娘都成了「牛鬼蛇神」關進了牛棚，你孤苦伶仃一個鼻涕哥兒，那段日子你是怎麼熬過來的？你衣衫襤褸遮得住雞巴遮不住腚，是誰給你縫縫補補？你被褥睡出油來臭氣薰天，是誰給你拆拆洗洗？逢年過節，我們家蒸糕烙餅打糍粑，哪一回忘記你小子呀？就是我們家裡磨上一鍋油珠多幾滴的鼎邊糊，也從沒敢忘記你這嘴饞的小崽子呀……好，好，到頭來，你倒整治起老娘來了，你這忘恩負義的烏心賊呀，不找你算清這筆帳，我一輩子不甘心……

大奶媽這一番咒罵和訴說，是斜靠在打在地角落的地鋪上發作的。四周睡著上百號民工，正大夢沉沉，鼾聲如雷。滿腔怒火無處發洩，只能捏著嗓子眼兒低聲數落低聲詛咒，更是把她憋悶得喘不過氣。

游金鎖和大奶媽來到流香溪開店，一時尚無立錐之地，又住不起旅店招待所；儘管工地上的住宿費相當便宜，那也不是「第三世界」人士住的。好在把他們引薦來的老朋友路路通，是這裡的包工頭，此人神通廣大，把他們安置在青龍橋頭的楊公祠裡歇腳。楊公祠裡奉祀的是南宋的清官大儒楊時先生。經歷多次政治運動的掃蕩洗劫，楊老先生早已魂飛魄散，不知所之，連一尊畫像一座神龕也沒有留下。但祠堂很大，上下兩個大殿，東西兩條長長的廡廊，總共有兩三千平方米。流香溪工程重新上馬的時候，這裡就成了南來北往的民工的臨時棲身之所。在中國遼闊的土地上，建築工地上的民工（大都是離開了土地的農民），也許是最能吃苦最能將就的一個群落。他們把潮濕的散發著霉氣的地腳掃掃乾淨，再向農民討來一些麥稈和稻草，往地上一鋪，就算有一個安身立命的窩。天井上有好些三塊石頭壘起的通天灶，是他們燒水做飯的場所；長廊上拉起縱橫交錯的尼龍繩，張掛著他們糊滿泥漿的衣褲，散發著濃烈嗆人的汗臭味。在上殿偏僻的一隅，懸掛著紅的綠的塑料布，隔開一些稍稍隱蔽的角落，那是女性民工的住所。大奶媽和游金鎖，也仿效女民工的做法，用三張藍色的塑料布搭起一塊屬於自己的小天地。

這會兒，大奶媽夫妻倆軟塌塌地斜倚在牆角落裡，怎麼也無法闔眼。游春英和丘長根因為深更半夜，回不了工地營區，也坐在地鋪上陪著他們。半路上殺出一個程咬金——不，是程咬金的後代程光華，把他們搭屋開店的一盤棋全打亂了。他們七借八挪，總共才湊上兩千多塊錢，要開一爿小酒店，總得做幾張桌椅板凳吧，總得添置一些鍋碗瓢勺吧，幾個老本兒也差不多浪蕩光了，哪裡還有錢買磚瓦水泥搭建鋪子呀？四個人左算右算，這個小店怕是開不起來了，就不斷唉聲嘆氣。

好容易熬到天色蒙蒙亮，大奶媽霍地站起來，臉不洗，頭不梳，神神顛顛地往外走。

游春英急慌慌攔住她：「媽，你幹什麼去？」

大奶媽咬著牙根說：「我找那忘恩負義的烏心賊理論理論去。看他還讓不讓我們活？」一邊說著，一邊蹭蹭蹭來到廟門口。

游金鎖也三步併作兩步跟出來，一把拖著老婆的一條胳膊：「哎呀呀，你還嫌不夠丟人現眼是不是？」

游春英拽著媽媽的另一條胳膊：「人家沒來找你，就算手下留情哩，你還想讓我和長根去自投羅網？」

大奶媽被老公和女兒架著，一個腳門外，一個腳門裡，還是一個勁往外拱：「你們不要攔我，讓我去和程光華爭個高低，論個輸贏！」

春英哭泣著說：「媽呀，你鬧吧，鬧吧，鬧到我和長根丟了工作砸了飯碗，你就高興了！」

「你還有臉在這裡幹什麼活？快快跟我回去！我們游家再沒出息，這輩子也不跟他姓程的頭頂一片天，腳踩一塊地！」

大奶媽尖利的吼叫戛然而止，像一只飛得太高的風箏突然扯斷了線，霎時不見蹤影，鴉雀無聲。怎麼回事呀？正罵著程光華，程光華這小子就站在眼前。他那一頭黑髮被露水打得濕漉漉的，臉色蒼白，甚是疲憊，一隻腳踮在地上，一隻腳跨在摩托車上，彷彿聽一個有趣的故事，看一場有趣的好戲，那麼專注地笑眯眯地盯著大奶媽。

大奶媽用手背揉了揉眼睛，待看清眼前站的確確實實是那個忘恩負義的烏心賊，一根食指好似一把五四手槍，顫巍巍地直戳他的鼻子尖：「呵哈，你還有臉來見我？」

程光華依然笑眯眯地說：「金鎖叔，大奶媽，你們搭鋪子不是需要磚瓦水泥嗎？我給你們送來了。」

游金鎖、大奶媽、游春英和丘長根全愣住了，誰也不能信程光華的話：「什麼？什麼？你說什麼？」

程光華再說了一遍，一字一板地咬得清清楚楚：「你們要的磚瓦水泥都拉來了，車子停在你們剛開的屋基地前面，你們快快去卸車吧。我馬上要去上班，有些事一時跟你們說不清楚，以後再慢慢聊吧！哦，長根，春英，你們也得在八點前趕回工地，要不，你們這一周的獎金就泡湯。」

程光華說完，也不等人家回話，猛踩兩下踏腳，摩托後輪的排氣筒放了兩個響屁，旋出一股黑煙，呼地一聲開走了。

新開的屋基地前，果然停著一輛載重兩噸半的豐田小卡車，車斗裡滿載著磚瓦水泥。開車的小師傅大概還沒有睡過癮，這會兒趴在方向盤上打盹，游金鎖把他搖醒的時候，他迷迷怔怔地嘟嘟噥噥：

「吵吵什麼呀？折騰得人家一晚沒睡好覺。」

游金鎖問道：「小師傅，這車磚瓦水泥是不是程總指揮叫送來的？」

小師傅伸了伸懶腰：「我可不知道誰叫送來的，只知道一個傢伙半夜三更騎了一輛摩托車來我們建材廠，催命鬼似地催著要磚瓦要水泥，你們是不是要砌墓送葬埋死人？」

大奶媽一聽又火冒三丈，高門大嗓一聲斷喝：「呔！你這個人，嘴巴怎麼這樣不乾淨？」

「什麼乾淨不乾淨？通天下滿世界，哪有半夜三更把人叫起來買磚瓦水泥的？」

游金鎖也幫腔說：「你沒看見我們要搭房建屋嗎？就不能說兩句吉利話？」

小師傅再不開腔，把車頭上鎖匙一擰，車子就徐徐往前開動。丘長根追了上去，又遞煙又說好話，小師傅才罵罵咧咧停下車，放下車斗的後擋板，讓他們卸車。

十來天工夫，大奶媽的小酒店就搭建好了。一間大店堂、一間小廚房和一間小臥房，總共五十來平方米，四周的磚牆用石灰刷得雪白亮堂，地面上用三合土夯得結實溜光。比起「沿江吉普賽人」五六十年代住的竹棚茅房和乾打壘泥屋要堂皇舒適多了。

小酒店開張前，要辦一桌酒席，宴請親朋好友。這天夜裡，大奶媽和老公女兒湊在一起，商量客人的名單。一盞一百支光的大燈泡，照得店堂耀眼明亮，如同白晝。游金鎖眼睛眯眯的，顯然不習慣這種奢侈和浪費，就隨手關了這盞大燈，又開了另一盞小燈。在昏黃的燈光下，他那困倦無神的眼睛彷彿較為適應了，就坐在一張竹椅上嘘哩嘘哩喝茶。一個水電建築工長年在野外風吹雨打，幾乎沒有不抽煙不喝酒的。但是游金鎖自從診斷為三期矽肺病，便被迫戒了煙忌了酒，唯一的嗜好只剩下一壺清茶。那一把拳頭大小的德化白瓷茶壺，很有些年頭了，燒製在外殼上一叢墨竹被主人粗糙的手掌摩挲得所剩無幾，內壁則積滿了厚厚的茶垢。醫生說，茶可以潤肺清火。要想潤肺，他已不抱什麼希望。他知道他的肺葉、肺脈以及千絲萬縷的毛細管裡，全都塞滿了石灰粉塵，稍稍用力，就胸悶氣喘，肺部一陣陣疼痛。人家說什麼狼心狗肺，他可成了鐵心石肺。兩片有血有肉的肺葉，慢慢地變成兩塊硬梆梆的石頭，再怎麼潤，也潤不出一個原來的柔軟而有活力的肺呀！然而，清火於他卻是非常之必要，生活待他太不公平，他對生活有太多的不滿足，就需要一壺又一壺的清茶來清火降火和滅火。一個人如果已經看到墳墓近在咫尺，還有什麼能夠再度燃起他對生活的熱情呢？工程隊看他幹不了活，已經把他列入編外人員；家裡精明能幹的老婆，早把他看成個窩囊廢，雖然她從未這樣說，但他從她不屑的眼神不敬的表情和不耐煩的一舉一動，已經充分明白這一點。這會兒，他完全像一個旁觀者，聽著老婆女兒的商議，他只顧噓哩噓哩品他的清茶。

大奶媽和春英坐在圓桌旁商議客人名單，一個動嘴一個動筆。第一位嘉賓當然是程光華。要不是這個曾經被她罵得狗血淋頭的「烏心賊」，那麼慷慨仗義地掏出一千多塊錢，像及時雨似地給她買了一卡車磚瓦水泥送來，這間小店至今還不知道在哪裡呢！第二位嘉賓是龍經天。且不說春英和長根來流香溪做工全仗他一句話，光說人家是南茂公司的工程部副部長，往後能介紹多少食客和酒徒，也是不得不供奉好的土地爺呀。第三個客人排上黃京芝，她和春英同住一間宿舍，兩人已成為無話不談的小姐妹。第四個客人排上丘長根，為這間小店他既出錢又出力，這十多天來，他一下班就來這兒砌磚鋪瓦，透夜透夜的忙活，憨厚的大臉龐累瘦了一圈。

說到丘長根的時候，大奶媽側過臉看看老公。游金鎖已經伏在椅背上打盹了，兩道渾濁的口涎從打皺的下巴上淌下來。大奶媽就放低嗓音問女兒：

「你和長根到底好到什麼份上啦？」

游春英臉色緋紅低下頭：「媽，你還不知道嗎？我們從小就是玩在一塊兒的好朋友。」

大奶媽說：「小時候是小時候，現在是現在。二十幾歲的大姑娘了，選對象可得相了又相，挑了又挑，千萬別像你媽……咳！」下面的話她沒說出來，深深嘆了口氣。

游春英問道：「媽，你看長根這個人怎樣？」

大奶媽想了想說：「論做朋友，那是滿世界都難找的好人；論過日子，就怕他太老實。」

不知怎麼的，這句話偏偏讓游金鎖聽進耳朵裡去。他齉聲齉氣地應了一句：「老實有什麼不好？耍奸使壞才好？」

「咦，你怎麼裝死呀，還以為你睡著了哩！」大奶媽和女兒都忍不住笑起來。

游金鎖說：「我睡著也睜隻眼睛，我怕你給英英灌壞水。」

大奶媽的聲音一下子提高八度：「咦，咦，你放的什麼屁？你整天就知道老實老實，『老實實在老，辦事沒頭腦。』今天是什麼世界了，像你這樣的老實大王，有什麼出頭日子？」

游春英撅著嘴把耳朵捂了起來：「好了好了，你們都少說兩句好不好？」

游金鎖夫妻只好偃旗息鼓。接著又提到幾個朋友，大體湊滿了一桌。

大奶媽瞅著春英說：「你們再想想，還該請些誰？這一桌酒雖然沒有山珍海味，可斤兩重如石臼，一要還卻人情債，二要鋪平關係路，少了誰漏了誰可不好。」

游春英想了想說：「我看該請的都請到了，沒有少誰漏誰了。」

大奶媽說：「我看就漏了一個人——你的路路通阿叔也該請的。你想想，沒有他通的風報的信，沒有他穿的針引的線，我們能來流香溪開酒店？再說，搭建這間小店，他派了多少民工來幫忙呀！」

「好吧，寫上寫上。」游春英在稿紙上寫上「路路通」三個字，寫得歪歪扭扭的，鋼筆把紙張都戳破了。

大奶媽說：「好吧，客人都點齊了。春英，你負責去請客人，明天是星期天，酒席就定在明天晚上。」

游金鎖就有些悶悶不樂，端著小茶壺屁股一顛到馬路上去逛蕩。

這晚游春英回工地營區，夜已經很深了。她在冰涼如水的月光下走著，想起阿爸那張黝黑不快的臉色，八成是因為阿媽點了路路通這個客。這會兒，她的腦子裡現出一張由淡眉毛、闊嘴巴、小鼻子、小眼睛鬆鬆散散勾畫出來的扁平臉，好像吞了一隻金蒼蠅，打心眼裡討厭鄙夷這個人。

路路通原名陸祿通，早先也是南工局的開挖工。一九六二年「六一七」大坍方，他也正在洞子裡打洞。多虧他有一對比貓還靈的耳朵，一聽到有人說：「糟了，洞子頂上好像瀉肚子哩！」他即刻拔腿就跑。儘管在一兩分鐘內崩塌下幾百萬土石方，儘管有十三名工友葬身於黃泥亂石，儘管有十多人斷胳膊斷腿終生致殘，他陸祿通可是毫髮無損皮肉無傷。但是，他從此嚇破了膽，他一想起「六一七」事故，就膽汁外溢浸透五臟六腑，就苦不堪言渾身顫慄直想嘔吐。他只好給局長程東亮遞上退職報告，回到閩南故鄉務農。二十年後，他再次回到南工局，已經是一個包工頭。從此，他成為編外的「沿江吉普賽人」。南工局到哪裡建電站，他便跟著到哪裡包工；帶領一支幾十上百人的民工隊伍，砌護坡、鋪馬路、挑土方、築圍堰，什麼活都幹。他像攀附在大樹上的一根野藤，像附吸在船底的一窩海蠣，借助其他龐然大物的力量，吸取其他龐然大物的營養，居然躥高養肥發財致富成了名噪一方的百萬富翁。

陸祿通在社會上混的年頭久了，三教九流無人不熟，上上下下無門不通，人們就給他起了個綽號「路路通」。叫他的本名也好，叫他的綽號也好，反正他已經成為南工局無人不知無人不曉、神通廣大的一個「大人物」。

如果路路通僅僅是一個腰纏萬貫的包工頭，游春英還不至於心存芥蒂，問題在於他和他們家有一種扯不清掰不開的糾葛。路路通和游金鎖原來是一個班組裡的師兄弟，又是共同經歷過「六一七」而大難不死的患難之交，路路通回到南工局做包工頭，就常常到游金鎖家走動走動。

路路通口袋裡有的是票子，過年過節給他們家拎來幾瓶酒，割來幾斤肉，或是摔下三五十元，那是常有的事；給孩子們買幾件衣服扯幾尺布，對他來說也輕而易舉。游春英叫路路通「阿叔阿叔」就叫得比親叔叔還甜；路路通也常逗游春英說：「給阿叔做乾女兒好不好?」春英當時也沒有說個「不」字。時間一久，他和他們廝混得親如一家。

那件不可與外人道的醜事發生在一個悶熱的初夏時節。那一天，大奶媽叫游春英上山去討豬草。大奶媽是個養豬能手，不管工程隊遷到哪個工地，她都能在哪裡攔起一個豬圈，捉來幾隻豬崽，率領著閨女們上山討豬草，走村挑餿水，在工地上拾菜葉，八九十來個月，總能用一頭滾瓜溜圓的大肥豬換來一大疊人民幣。所以，孩子們上山討豬草總是滿心歡喜的。但是，這天忽然下起雷陣雨，游春英又忘了戴斗笠，匆匆割了一筐山芋葉和菊菊草，就提前回家。現在，她已經想不起是怎樣撂下豬草，又是怎樣走進家門的，因為接下來的事情實在是驚心動魄天塌地陷叫她永世難忘。她記得她正在小廚房裡捧著個葫蘆瓢兒咕咚咕咚喝涼水，就聽見一個男人的淫聲浪氣說：「哎唷唷，你這一雙大奶子又肥又白，真是疼死人哩！我恨不能一口吞到肚裡去！」接著聽見阿媽咯咯地笑。那個男人又說：「讓你這丘水汪汪的洋田長年拋荒，實在可惜！可惜！」這是誰呀?不像阿爸的聲音，再說，阿爸這會兒一準在工地上幹活。他是全局有名的「老黃牛」，不到病倒趴下從來不無故曠工。一種好奇的衝動把游春英一下子推向黃泥糊起的籬笆牆，透過一個拇指大小的窟窿，她窺見了一輩子也在後悔不該看到的一幕：一個壯實得像水牛牯一樣的黑屁股高高撅起，把阿媽騎在身下，他一邊撫弄著阿媽白生生的大奶子，一邊折騰得阿爸用四根木椿釘紮起來的木板床咯吱咯吱響……

這個水牛牯一樣壯實的傢伙，就是路路通阿叔！

游春英像一個拋擲出去的皮球又飛快反彈回來。她在風雨交加的曠野上茫然走了很久很久，全身上下的衣服淋得不剩一片乾布。但是，涼風冷雨澆不滅她心頭的火燄。即使是多年以後——比如現在——一想起此事，她也是心有餘悸心如火焚心頭顫慄。如果地下裂開一條縫，她當時準會立即鑽到地下去；如果身上忽然長出一對翅膀來，她一定會毫不猶疑地飛上藍天。她想，她應當快快逃離這個不乾不淨的世界。

阿媽與這個路路通阿叔怎麼樣了呢，還是藕斷絲連嗎？他到底是要阿媽來流香溪開酒店，還是要阿媽來這裡斷弦再續舊情重敘？游春英這麼神神顛顛地胡思亂想，一頭撞上路旁的電線杆，額頭上倏地鼓起一個小疙瘩。

星期天午飯過後，大奶媽就開始吆五喝六，撥拉著老公、女兒和長根忙活開。

「金鎖哪，你把這兩條魚拎到溪埠頭去宰一宰。」

「長根呀，你快把這隻童子雞的毛褪一褪。」

「英英哪，快把這些戲子畫片都貼上，店堂收拾得好看不好看，就看你的啦！」

大奶媽是今天晚宴的總指揮，還是掌勺的大師傅。她雙手操刀切菜剁肉，把砧板敲打得像鼓點一樣歡快而熱烈。

大奶媽今天上身穿月白夾衣，下身穿青布褲子，腰間繫一條天藍色的圍裙，把衣褲扎得緊緊繃繃的，豐滿的胸脯更是顯山露水，像平原上的高峰突兀而偉岸。一個陌生人乍一見她，決不會相信她是一個四十來歲而且有四個孩子的母親。

「大奶媽，你怎麼不會老呀！」人們常常這樣誇獎。

「有什麼辦法，這是武夷山的水土養的。」大奶媽總是這樣笑著回答。她決不以為人們在恭維她，而是一個恰到好處的評價。

俗話說：「高山有好水，好水養好花。」年輕時候的大奶媽就是武夷山的水土養出的一枝好花。她的老家在武夷山大竹嵐密林深處一個僅有十來戶人家的小村寨。父姓梁，母王氏，家極窮，可是愈窮愈生，愈生愈窮，她父母接二連三生下七個女兒，她排行第三，就叫梁三妹。一家九口就靠著十來畝山壠田過日子。五荒六月青黃不接的時候，總要挖些山芋、葛粉填肚子。梁三妹在山壠里挖禾兜的時候，常常餓得肚子咕咕叫，她就用鋤頭柄頂著肚子；頂著還不管用，還餓還叫還痛，她就拚命灌泉水。武夷山的泉水清洌、甘甜，還有一股幽幽香味，是怎麼喝也不會嫌夠的；梁三妹常常一口氣能灌下滿滿一竹筒。也許就是武夷山的清泉水，把梁三妹澆灌成一枝水靈靈香艷艷的山茶花。皮膚是那種日頭怎麼曬也曬不黑的皮膚，眼睛是那種怎麼熬也不會失去光彩的深潭一樣的眼睛，身材是那種怎麼做也累不彎怎麼吃也脹不圓的高挑身材，再加上胸脯高聳，臉如滿月，就出落成一個活觀音一樣的小美人。

也是游金鎖前世積德，今生有緣。那一年，他們工程隊在大竹嵐修建一座小電站，開機發電前一天，隊長偏偏叫游金鎖到各個小村子檢查線路，他走進那個小村子的時候又偏偏口渴難耐想討一口水喝。當他東張西望的時候，一隻汪汪狂吠的小狗又偏偏把他領進一戶柴門虛掩的人家。他看見一位上了年紀的老阿伯，渾身浮腫奄奄一息躺在一張竹躺椅上。他一時動了惻隱之心，從兜裡掏出他貯金藏銀一樣掖了許多日子的一百斤糧票，給這戶人家解救斷炊之危燃眉之急。老阿伯感激涕零，一迭連聲：我怎麼報答你呀？我怎麼報答你呀？他想了半天，終於想出一個辦法。他叫出七個同樣餓得有氣無力的女兒，在茅草屋前，像「1、2、3、4、5、6、7」音階似一溜兒站著。說，後生哥，我看你年紀輕輕的，準是沒有成家，要是不嫌棄，我這七個妹子任你挑一個！游金鎖連連說這樣使不得，這樣使不得。老阿伯說，你帶走我一個女兒就是救下一條命呀，救人一命勝造七級浮屠呀，你就不肯再發發善心麼？游金鎖想想也是，恭敬不如從命，他像老牲口販子在牲口市場挑牲口，聚精會神地眯起眼睛，把七個山妹子從左到右又從右到左瞄了三遍。這七個山妹子雖然衣衫襤褸臉黃肌瘦，卻是一個賽似一個的標緻，而游金鎖以他男性本能的目光，一眼就相中了梁三妹。

後來梁三妹再沒有回過大竹嵐。她從她的鄉親那裡打聽到，她下山不久，她的父母姊妹一家八口，終於陷入虎口一樣飢餓的黑洞而全家覆沒。

梁三妹和游金鎖成了親，和和美美過日子。一年後，他們有了第一個孩子。梁三妹一對豐乳奶如泉湧。她餵奶還有一種不同尋常的怪癖，儘管孩子長到會趴會站會走還捨不得斷奶，而且喜歡讓長出乳齒的孩子含著奶頭拉拉扯扯地逗樂，慢慢地，一對大奶子就拉扯成一對「布袋奶」，雪白雪白的像一對白玉瓠瓜。於是，梁三妹就成了大奶媽。大奶媽百分之百繼承她父母的遺傳基因，連著生下四個女兒，一個比一個水靈。游金鎖那幾個工資很難養家糊口。艱難的日子就把大奶媽磨練得格外精明能幹。工地大忙時節，挑土就挑土，扛包就扛包，沒有什麼髒活重活難得倒她的；工地上休閒時節，她就養豬種菜，賣酒販煙，還會蒸糕、烙餅，做鼎邊糊，在小茅草房裡開一間小吃店，掙幾個小錢拉扯一大家子兒女。慢慢的，她無師自通地學會鍋前灶頭和紅案白案的許多絕活。這會兒，她煎、炒、熏、汆、炸、炖、煲，像變魔術似的，變出一盤又一盤色香味俱佳的美食佳肴。

店堂裡，游春英搬著一張凳子爬上爬下，把劉曉慶、宋佳、林青霞、瑪麗蓮・夢露和黛安・蓮恩等等海內外電影明星都請到堊白的牆壁上來，展示她們的明眸皓齒酥胸玉臂綽約風姿。春英還借來一臺收錄機，正播放著風靡一時的流行歌曲，張明敏、齊秦、蔣大為、李雙江、李谷一、彭麗媛，都為這家小酒店的開張熱情賣力地放聲歌唱。馬路上過往行人都扭過頭來，向這家新開的小酒店投來驚詫的目光。

落日時分，客人們腳跟腳地來了。游春英和丘長根、程光華、龍經天自幼都在「沿江吉普賽人」群落中一塊兒長大，見了面甚是親熱。但她對路路通因為心存芥蒂，一見他走進店來便想躲進伙房去，可是路路通對她卻格外黏糊格外親昵，大大咧咧叫住了她：

「英英，過來，過來，讓阿叔瞧瞧！」

游春英不冷不熱地走到路路通身邊：「有什麼好瞧呀，還不是一個鼻子兩個眼睛。」

「嗚呀呀，真是女大十八變，我們英英可是愈變愈漂亮了！」

路路通乜斜著眼瞅游春英，把她瞅得很不好意思，走開不禮貌，不走開又受不了，好在這時黃京芝走進店來，她就乘機過去招待她的女伴。

游金鎖沒有多少事可做，又不大會說話，見著客人嘿嘿笑兩聲，算是他致的歡迎詞。路路通問了問師兄的身體如何，程光華和龍經天也過來問了問安，他又是尷尬地笑了笑：「還好，還好！」便彎著蝦公腰，進伙房去拎來一壺滾水，給客人沏茶。

路路通啜著清香四溢的山茶，萬分感慨地對程光華和龍經天說：「這日子過得飛快。我在南工局當開挖工那會兒，你們兩位都穿開襠褲哩，嘖嘖，一晃眼，一個成了工地總指揮，一個成了工程部長，都是頂大梁扛大旗的角色囉！」

「還有，你路路通，一霎眼，成了百萬富翁。」龍經天說，「比起你來，我們一個芝麻小官算什麼呀！」

「哎喲，龍部長千萬不敢這樣說。」路路通謙卑地笑道，「你們好比是大樹，我是一個在樹下乘涼的叫化子，你們好比是拉犂的水牛，我是跟在後面撿食草籽的八哥兒。從今往後，還得仰仗二位老侄子多多關照！」

片刻工夫的接觸，程光華覺得眼前這個口齒伶俐的包工頭，和往年那個窩窩囊囊的開挖工真有天壤之別，便笑笑道：「你老陸叔變化更大了。記得嗎？頭一回在流香溪建電站那會兒，你老陸叔煙癮忒大，買不起煙抽，就叫我們這些鼻涕哥們，到處去拾煙頭；你買了許多一分錢一粒的水果糖，放在兜裡，那種水果糖硬梆梆的，黏糊糊的，糖紙掰也掰不開，你呢，一粒水果糖還要換我們二十個香煙頭，把我們這些鼻涕哥們鼓動得滿工地上跑。」

路路通哈哈大笑：「哎喲喲，有這回事，有這回事！三年困難那陣子，差點沒有把我這個大煙鬼饞死哩！」他把游金鎖遞過來的牡丹牌香煙放在嘴邊聞了聞，又悄悄地放回桌上的煙盒裡去。他從兜裡掏出一包三五牌洋煙，用黑而且粗的中指在煙盒上的一端彈了彈，遞到程光華、龍經天和其他幾位客人面前，然後又掏出一只鍍金的打火機，「啪」地一聲撳亮火苗子，在圓桌上巡了一圈，大家都點著煙，店堂裡便飄起一圈套一圈的煙霧，瀰漫著帶有尼古丁的洋煙味。

程光華乜著眼把路路通打量一下，想起二十多年前，他路路通像隻老瘦猴，長年穿一身螞蟻布的髒兮兮的工裝，比起叫化子也好不了幾分。今天呢，他穿著一套藏青色西裝，前襟有幾滴明顯的汙垢和油跡，而左袖口上一塊醒目的商標卻依然不肯揭去，因為那上頭有一串洋文，是洋貨的一種標誌，是真是假倒全無關係。一條猩紅的領帶繫得不成章法，像一個自縊者在布條上打了個死結，又匆匆忙忙套在自己的脖子上。程光華不由心裡暗暗發笑：中國民眾的趨時跟風真是無可救藥！「文化大革命」，學習解放軍，不管軍人非軍人，全都穿軍裝；如今對外開放，工農兵學商，一律穿西裝。可是，路路通這號人，就是披金掛銀穿上最新潮的好衣服，只要他一開口說話，一抬腿走路，就是活脫脫一個土老冒！實在沒有辦法，猴子穿上花衣服會在鏡子面前自我欣賞自鳴得意，然而只要它們一撅屁股，人們就能一眼認出來，猴子永遠還是猴子。

黃京芝是客人中唯一年輕的女性，和老「沿江吉普賽人」又不太熟，便靜靜地坐在一旁聽人家閒聊。她在心裡把酒桌上的客人們都掂了掂份量，覺得路路通和程光華顯然不是一個層次上的人物。前者雖然西裝革履，口袋裡揣著一隻價值萬元的大哥大，一伸出手來，五個指頭有三個指頭戴著金戒指；但是，他說起話來唾沫四濺高門大嗓張牙舞爪總是脫不了粗俗；後者雖然臉龐黝黑一身工裝，舉手投足談笑風生，總有知識分子的一種風度一種氣質。而龍經天和程光華同是工程人員，似乎又略有差異。龍經天的一頭黑髮梳理得紋絲不亂，小肚子微微地腆了出來，談笑中自覺不自覺流露出少年得志的輕浮；而程光華卻一頭亂髮鬍子拉茬，他顯然沒有工夫修飾自己。這樣看看，那樣掂掂，她就愈加覺得這個程光華討人喜歡。自從那一回程光華與雄田幫明打擂比武為中國人爭了光，這個年輕的工程師就在她腦裡紮了根。在她看來，不管什麼場合，這個英俊的男子漢總是光彩照人，鶴立雞群。

整個酒筵間，一向夸夸其談的龍經天倒是一反常態，言語不多。這個「秘密」只有游春英心裡有數。

早先幾個月，龍經天到小龍門電站工地選拔技術尖子的時候，就對游春英一見鍾情了。可是，那回龍經天公務在身，在小龍門不能多待，和游春英只有短短的接觸，卻未能把這俏女子勾上手，便做了個順水人情，把她招到流香溪來，想圓了這個美夢。沒想到游春英來到流香溪後，總是推三托四的，好幾回請她看場電影散散步，也不肯給個面子。今晚總算有機會在一起了，那顆一向不大安份的心便暗暗地敲開了小鼓兒。入席時，他推推托托，表面上是講客氣，內心裡是瞄準一個和游春英肩挨肩的位子。人們七嘴八舌和敬酒夾菜的當兒，他一會兒和春英說著悄悄話獻殷勤；一會兒又偷偷踩她的腳，摸她的腿，弄得游春英躲又沒處躲，叫又不敢叫，脖子上好像鑽進一條毛毛蟲，心裡發毛渾身難受。好在媽媽在廚房裡大叫忙不過來，她就乘機抽身去端菜溫酒了。

身旁留下一個空缺，看著游春英像一隻花蝴蝶在灶間和店堂裡飛來飛去，龍經天就有些心神不定，怏怏不樂。

游春英幫著媽媽在伙房裡忙乎，四碟八盤三燉三煲三湯的全套菜肴都上齊了，大奶媽便騰出空來給客人們一一篩滿一盅酒，然後高高舉起酒盅說：「各位領導，各位老闆，你們今天光明我的小店，真是看得起我大奶媽囉……」

游春英在身後扯了扯媽媽的衣襟：「不是光明，是光臨。」

「去去去！」大奶媽不高興地把女兒的手撥拉開。「光臨和光明還不是一個樣？各位客人到我們店裡一光，我們的小酒店就很有名了嘛！」

一陣哄堂大笑。游春英笑得彎了腰，龍經天笑得噴出一口酒，連忙掉過了頭；路路通笑得肆無忌憚，霍霍連聲，抖動著襯衫裡一堆富裕的肉；黃京芝掩著嘴捂著肚子輕輕地笑，同時悄悄偷覷程光華。程光華還能把持住自己，笑著替大奶媽打圓場：

「你們笑笑什麼呀？這是大奶媽發明的新名詞，一點兒也沒有錯。」

大奶媽毫不介意。要會介意要知道介意就不是大奶媽了。她像男子漢那麼豪爽痛快地與客人們一一碰杯，說一聲：「乾！」一仰脖子，一杯又一杯「朱子家釀」咕咚咕咚下了肚。

路路通已經有幾分醉意，色迷迷瞟著大奶媽：「各位，你們看看，今天大奶媽風風光光，漂漂亮亮，像個什麼人？」

「我早看出來了，」龍經天那像鷹隼追逐小雞一樣的目光，從游春英身上滑到大奶媽身上，接著路路通的話茬道，「大奶媽把圍裙這麼一紮，酒壺這麼一拎，這副精明能幹的作派，這副笑口常開的模樣，多麼像《沙家浜》裡的阿慶嫂！」

大家把大奶媽上上下下這麼一瞅，也都說：「像，像，太像了，活脫脫一個阿慶嫂！」

大奶媽得意非常滿臉生花：「是嗎？我能像阿慶嫂可太好了！人家阿慶嫂在沙家浜開茶館，靠的是胡司令；我大奶媽在流香溪開酒店，全靠在座的各位朋友、各位領導、各位老闆了！那個戲文怎麼唱的？」大奶媽竟捏著嗓子眼兒來了這麼幾句：「『壘起七星灶，銅壺煮三江，相逢開口笑，招待十六方』……」雖然不倫不類，卻又把客人們逗得哄堂大笑。

大奶媽又接著說：「各位領導，各位老闆，他游金鎖和我大奶媽，跟隨南工局東顛西跑也有二十多個年頭了，算是老『沿江吉普賽人』了，各位和各位的父母，誰不和我們家親得像一家人呀！俗話說，『一個好漢三個幫，一個籬笆三個樁』，現如今我們開了這爿小酒店，就全靠各位多多關照了！各位有什麼親朋好友，來往客戶，請多多光明小店，保管吃香喝辣，價錢便宜，人人滿意！來，再乾了這盅酒！」

程光華喝完一盅酒，問道：「大奶媽，你這個小酒店叫個什麼呀？總得有個招牌店號，我們也好給你們廣為宣傳呀！」

「對啦對啦！」大奶媽說：「我怎麼把這個要緊事忘了？我們請各位來這裡會一會，也是想請各位幫這個忙。各位都是滿肚子墨水的人，就現時現刻給起個店號吧！」

大家圍繞這個話題討論開。

路路通想了想說：「我看叫『九一八酒店』，『九一八』用福州話說，是『就要發』，圖個吉利，大奶媽一定能發大財。」

程光華搖搖頭：「太土！太土！」

龍經天接著說：「我建議叫『八面風酒店』。如今是改革開放時代，起個店號，也該有點改革開放的意思。『八面來風』你們看，有多好！四面八方的客人都來光顧，生意興隆通四海，財源茂盛達三江！」

程光華說：「不妥，不妥！不太好懂，人家還以為是『八面威風』哩，嚇得鬼都不敢來。」

客人們不由一陣大笑。游春英眼睛瞟著一直很少講話的黃京芝：「我們的大學生來一個吧，讀了那麼多書，一定能想出一個好的店號。」

黃京芝推讓了一會兒，只好說出一個「流香溪酒店」來。她說，這個店名好叫好記，將來流香溪電站名揚全國，這個小酒店也能全國聞名。

程光華說：「叫流香溪酒店，比前面幾個都好，但是，這個招牌也太多了，什麼流香溪百貨店啦，流香溪理髮店啦，流香溪茶館啦，叫的人多了，也就一般化。」

大家的目光集中在丘長根身上，就剩下他沒開口。丘長根有些緊張，腦門上沁出一片豆大的汗珠。他想了好一會兒，囁囁嚅嚅說：「叫『春威夷酒店』，你們看好不好？」

龍經天問道：「什麼什麼？『春威夷』是什麼意思？」

丘長根搔了搔腦瓜子說：「美國不是有個夏威夷麼，我們就叫個春威夷酒店，也有一點洋味。流香溪現在是洋人常來的地方，人家看到春威夷就會想起夏威夷，吊一吊老外們的味口……」

丘長根還沒說完，黃京芝就抿著嘴笑起來。龍經天則連連說了兩個「扯蛋」。程光華耐著性子等長根說完，然後和和氣氣對他說：

「長根，你誤會了，夏威夷是美國在太平洋上的一個群島，是世界聞名的旅遊勝地。可這個夏威夷是個翻譯地名，夏是一個譯音，不是夏天的夏。所以，叫春威夷酒店會讓人笑話。」

丘長根臉上紅一陣，白一陣，頭低低的很不好意思。

游春英心裡就有些懊惱，放下臉來說：「這也不行，那也不好，你老先生起一個呀！」

程光華早已成竹在胸，不假思索說：「你們看，叫『吉普賽酒店』好不好？這個酒店是『沿江吉普賽人』開的，在流香溪工地來來往往的又大都是水電工——『沿江吉普賽人』。這個店號又新鮮又別致，又貼切又親切，一定能喚起水電工人的懷舊情緒，一定能讓水電工人有一種賓至如歸的感覺，誰不想來這裡領略領略『沿江吉普賽人』的風味哩！」

除了龍經天，大家都拍掌叫好。

游春英給程光華飛了一個媚眼：「還是我們的總指揮的腦瓜子靈，要不要給你發一個店號徵稿大獎呀！」

程光華說：「好的，好的，我就等著你來頒獎。」

黃京芝以她女性特別敏銳的目光，逮住了游春英拋給程光華的那個媚眼，心裡就有些酸溜溜的感覺。

龍經天聽說游春英要給程光華頒獎，心裡更是不服，大聲叫道：「不好，不好！什麼『吉普賽酒店』，不是水電工，不是『沿江吉普賽人』，誰進這個酒店呀！」

程光華說：「你怎麼這樣鑽牛角尖？難道叫『北京酒店』、『上海酒店』的，非得北京人上海人才會去光顧麼？」

大家都說程光華說得有道理，龍經天被頂到南牆不吭聲了。

大奶媽也覺得這個店號很有意思，就欣然同意。她說：「這簇新亮堂的店堂裡，總得有一幅紅對聯呀，各位各位，也請幫著想想吧！」

這回別人都不肯搶先說話了，要程光華來想副對子。程光華也不推託，想了想說道：「去年我到南昌出差，在街上逛街，看到一家小酒館門前貼著一副對聯，我覺得蠻有意思。那副對聯的上聯是：『人升我升慢慢升』，下聯是：『人降我降快快降』。你們看看怎麼樣？」

大家一時沒有聽懂，大奶媽和游金鎖更是莫名其妙，都要求程光華再說一遍。

程光華就耐心解釋道：「這一副對聯引起我極大的興趣，我後來就打聽了一下，才知道這家酒店的店主，原來是『文化大革命』中一個造反派的大頭頭，在『三結合』中曾經爬到很高的位職，後來犯了大錯誤，栽了大筋斗，坐了十年牢，出來開了這家酒館，就挖空心思想了這副對聯，原來是想總結總結自己的人生經驗——一輩子也別想出風頭，冒風險，有野心了。你看，『人升我升慢慢升』，這不是說，他當年當造反司令的時候，像坐火箭似的一個勁往上躥，結果栽了大筋斗麼？往後呀，就是有什麼好機遇，也不能快快升，而要慢慢升。『人降我降快快降』，那意思是說，看到政治上有了什麼風險，人家開始往後縮了，他就應該比人家逃得更快。他過去沒有悟到這個道理，所以栽了大筋斗。坐了十年牢，換來這個刻骨銘心的人生經驗，寫成對聯貼在店門口，原來是想告誡自己這一輩子別再出風頭了，別再犯錯誤了。沒有料到，這樣一副夫子自道的對聯，用在他那家酒館的店門口，卻非常貼切，成為他獨一無二的經營之道，等於明明白白告訴人家：我這家酒館的價錢是最公道、最便宜，而且最實惠的，人家抬價暴利的時候，我比人家要便宜；人家殺價降溫的時候，我比人家要更便宜。這副對聯又別出心裁，誰看到誰都覺得新鮮，這酒館的生意就一直做得順順溜溜，紅紅火火，幾年工夫，他就發了大財。我看，大奶媽，你們這家酒店，也不妨借用這副對聯，作為你們的經營方針，以誠待客，薄利多銷，你們看怎麼樣？」

大奶媽支吾一會說：「這是坐過大牢的人想的對子，到底吉利不吉利？」

大家都說，那有什麼關係？這副對聯很有新意，一定能招徠許多賓客，能幫助你們發大財。大奶媽也就高高興興地認可了。

過兩天，在一長串喜炮噼里啪啦驚天動地炸響聲中，一塊白底油漆木製招牌，在小酒店左側的磚牆上高高懸掛起來，招牌上寫著五個紅彤彤的大字：吉普賽酒店。店門兩旁，貼著一副紅對聯。上聯是：人升我升慢慢升；下聯是：人降我降快快降。橫批是：賓至如歸。

第六章

「水妖」出沒流香溪

流香溪因為有這許多妙齡女子游泳，像天上的銀河，更加流光溢彩，生氣勃勃；這些美麗的姑娘，因為有流香溪水的沐浴，像微雨噴灑過的芙蓉，更加水靈、鮮豔而嫵媚。

流香溪發源於武夷山脈南麓海拔一千五百多米的密林深處。起始不過是一泓圓桌面大小的清泉，經年累月永不枯竭咕嚕咕嚕往外冒，便溢成一支細若琴弦的小溪，一路彈奏著歡快的樂曲，邀集著自己的小兄弟小姐妹，慢慢地，就聚合成一支氣勢宏大的樂隊，一匹騰躍奔馳的駿馬，一條水量豐沛的山溪。她的兩岸，養育出蓊蓊鬱鬱的樹林，蔥蔥翠翠的竹林；養育出一壠壠梯田，一座座村寨。於是，流香溪就成為閩北大山區滋潤萬物恩澤一方的母親之河。

流香溪從很遠的地方迤邐走來，穿山過峽，彎彎曲曲，兩岸奇峰聳峙，峭石壁立，林莽疊翠，蘆芒蓊然，真是百里風光百里景致看不勝看。然而，只有開春以後，這條山溪才成為一條名副其實的百里流香的流香溪。這時節，兩岸的樹林竹林吐新枝發新葉，塗抹上深深淺淺濃濃淡淡的綠色，把一溪流水浸染得黛綠如藍墨綠如靛，令人只要瞟上一眼，便癡癡呆呆地醉。你如果有興致到深邃無際的大森林裡走走，那更像是陷入荒蠻遼闊的綠色迷宮。這裡有疏疏朗朗的高大挺拔的喬木，也有密密匝匝的枝繁葉茂的灌木；有亭亭如蓋的香樟，有夏綠秋紅的楓樹，有曲幹虬枝的老楮樹，各呈其態，各臻其美；更為有趣的是那些長了幾百歲的格氏栲，有的兩棵樹同根而生，有的兩棵樹平肩而立，象徵著一種朝朝暮暮長相廝守的永恆戀情，山裡人便叫它「夫妻樹」和「情人樹」。聯想當代年輕人那種像小孩子「過家家」一樣的婚姻，你就不能不感慨萬千，驚詫這大深山裡還有一片愛情的淨土。但是，你的思緒還未及理清的時候，高高的樹梢頭也許有一串雨點兒猝然滴落，剛好打在你的臉上身上，涼冰冰的，香幽幽的，這真是千載難逢的幸運了。因為那是原始森林裡才有的「森林雨」，只要遇上一回，你這一年就沒災沒病平平安安。現代的都市人即使是大款大腕大官們，哪有福分享受得到呢？到了清明，山花奇葩競相開放，百里香溪就鑲上色彩繽紛織錦也似的花邊。一場春雨接著一陣春風過後，清溪裡漂流著斑斑駁駁的落花瓣兒：紅的桃花、白的梨花、橙黃的金針花、猩紅的金櫻子花、赭紅的山茶花、淺黃的羊角藕、姹紫的穿心蓮……還有大如扇面的野菖蒲，細若毛髮的蒲公英，不大不小的艾納香、女貞子、藍蝴蝶……各色各樣的野花瓣兒，像打扮得花枝招展的山鄉女子趕廟會，熙熙攘攘，腳步匆匆。這沉寂了一冬的流香溪頓時歡騰喧鬧起來，在色彩中激蕩著音樂，在音樂中飄逸著芬芳。而那彎彎曲曲鋪滿鮮花澄碧如練的一條溪，又是傍山環峰從彩霧白雲中琤琤琮琮流來，一路上彈撥著舒緩妙曼的樂曲，你簡直就會相信這是從九天宮闕中漂下的一脈仙河。難怪這裡招徠蜂飛蝶舞，百鳥唱鳴，祖居於西伯利亞鏡泊湖的鴛鴦鳥兒，也不遠萬里一伙一伙飛到這裡來歡度蜜月，在高峽清溪成雙成對地交頸憩息，結伴暢遊，又給流香溪增添幾分浪漫的情調。

美麗的流香溪還為人們提供舟楫之便，為交通阻塞的閩北山區開出一條水上通途。大山聳峙層巒疊嶂的武夷山區，在舊社會不僅沒有一條像樣的公路，就是走馬送信傳遞戰報的驛道也殘缺不全，三里一段，五里一截，斷斷續續，無法貫通。而這百里香溪卻水量豐沛，可以放排行船，載人運貨。沿溪一些大的村落成為水路碼頭，鄉間墟場；一些書生學子沿著這條水路，南下建州，北上臨安，參加府試殿試，出過不少舉子進士。地處流香溪中段的香溪村，就是百里香溪沿岸一個較大的集鎮。在香溪北岸的一塊小盆地上，錯錯落落擠擠挨挨地趴著一大片土牆瓦房，居住著二百來戶人家。住戶大都姓楊，據說都是北宋大理學家楊時的嫡傳子孫。青龍橋頭那座占地十多畝的楊公祠，就是楊氏子孫供奉他們留名青史的祖先的。古老的祠堂已經牆坍壁爛，而那歇山式翹脊屋頂上，兩條掉了牙落了甲禿了鬚斷了爪的老眼昏花的老龍，還常常在夕陽殘照中緬懷昔日的顯赫。

流香溪一口氣奔騰一百多里，來到香溪村前時，腳步明顯放慢下來。這兒的溪面豁然開闊，水勢平緩，在青龍橋頭淘出一個清粼粼的深潭，鄉裡人便稱之為青龍潭。往昔年月，村民們在溪埠頭洗菜、浣衣、淘米，更多用場也派不上。五十年代中期，某年某月某日，流香溪突然來了好些穿著灰不溜秋工裝，蹬著踢倒山大皮鞋的工程人員，在溪灘上這裡瞅瞅，那裡看看，這裡敲敲，那裡打打，很快就傳出一個見所未見聞所未聞的消息，老鄉哪，這裡要建水電站嘍！老鄉就問，什麼玩藝兒是水電站？我們祖祖輩輩沒見過。工程人員就說，水電站你們都不知道？就是用水來發電的電站嘛！老鄉又問什麼叫做電？電有多高多大怎麼一個長相？……工程人員費了很大力氣也說不清電是一種什麼東西，卻不厭其煩地宣傳列寧說的「蘇維埃＋電氣化＝社會主義」，到那個時候，「耕田不用牛，點燈不用油」，「樓上樓下，電燈電話」，「溪水自動田裡走，年年迎來大豐收」。鄉親們聽說有這等天大好事，支援水電站的建設可就不遺餘力了。最好的大米糶給工人老大哥，最肥的大肥豬趕給工人老大哥，當工地上人手緊缺的時候，只要老大哥招呼一聲，全村男女老少，都自帶鋤頭乾糧到工地上幫著挖土挑沙，開山運石，一句怨言也沒有的。可是，這麼鬧騰三年多時光，上頭忽然一聲號令傳下來，流香溪水電站不明不白地宣告下馬了。從此，流香溪人像被悶雷嚇呆了的鴨子，重又木呆呆的沒有多少活氣；那百里飄香的流香溪日復一日潺潺地流著，重又走向亘古不變的沉寂。

現在，流香溪水電站工程重新上馬了。山裡人冷卻多年的熱情再次慢慢地燃燒起來，他們用驚喜中挾雜著幾分猶疑的目光，注視著日漸喧騰起來的流香溪。他們發現如今在工地上上場幹活的工人並不多，和當年人山人海的場面簡直不可比擬，但是，那些威力無比的載重車、推土機、軋石機和拌和樓卻叫他們一個個瞪圓了牛牯眼。而更讓他們羨慕不已交口讚嘆的，則是嚇人的工資收入和生活的瀟灑。一個普普通通的開挖工、澆搗工，一個月能掙七八百元，我的天，山裡人累死累活一整年，也休想掙夠這個數呀！他們那個舒心的日子，和頭一回在流香溪建電站時住竹棚吃缽子飯的光景，真是天上地下了！

山裡人還發現，如今年輕的水電工人，和第一代老實巴交的「沿江吉普賽人」也有很大不同。特別是那些女工，一個個花一樣漂亮。這個令人心花怒放心靈震撼的新發現，是在這一年秋天游春英這一批新工人來了之後。

巍峨秀麗的武夷大山，遮擋著和煦濕潤的海洋季候風，也遮擋著早就吹遍大平原大都市的世紀風，這一帶山民們的生活還相當封閉、守舊而保守。五六十年代，你在香溪村走一遭，看見幾個把腳纏得像尖角小粽子一樣的老太婆，和腦瓜子上拖著一根小辮子的老爺子，那是不足為怪的。打自新中國成立以後，男人留辮女人纏腳的習俗雖然漸漸廢除，而這裡女人們的裝束衣著卻還保持著大清時代的老派和古板，上身一律短衫短襖，下身一律褲管寬大的長褲。即使是三伏大暑，也沒有一個女人敢穿著短袖衫長裙子在村街上走一走。現今倒好，南茂公司的女工們，一個個穿著只有一片巴掌大的比基尼，撲通撲通往水裡跳哩，扭著屁股花兒在街上走哩！

敢於冒天下之大不韙而帶這個頭的，就是新來的工人游春英！

「沿江吉普賽人」的兒女，水邊生水邊長，沒有幾個不會游泳的。游春英則是女工中玩水弄潮的好手。她們這一批工人來到流香溪，仲秋時節，閩北大山區天氣相當炎熱，可是，這裡敢下溪游泳的，只有男工，沒有女人。游春英又是個軋石工，天天看管著軋石機和分篩機。機房裡響聲雷動，塵土飛揚，一天髒活重活幹下來，她滿頭滿臉落滿灰塵，衣服褲子盡是沙土，成了一個道地的「灰姑娘」。她一下班，就得在工區的澡堂裡洗澡洗頭。眼前有一條清水粼粼的百里香溪「嘩嘩」流淌，卻沒有一個姑娘敢下溪游泳，這叫她受得了嗎？

有天下了班，她對黃京芝說：「我們去游泳吧，我都快悶死了！」

黃京芝的母校在閩江之濱，也是個游泳愛好者，來到流香溪，早就捺不住那一溪清水的誘惑，經春英這麼一說，正中下懷。可是，她仍有些猶豫不決，說：「這樣適合嗎？這裡可是沒有一個女的敢下溪游泳的。」

游春英把兩撇彎彎的秀眉一挑說：「別人不敢，我們也不敢？沒出息！偏游給他們看看！」

游春英和黃京芝下溪游泳，成為一個特大新聞，很快傳遍南茂公司，傳遍香溪村。許多年輕女工受到鼓舞，紛紛跟著下溪游泳。清波蕩漾的青龍潭，很快成為女工們的極樂世界。

洗澡與游泳，對於勞累一天滿身塵土的女工們來說，好比雌蛇的一次蛻變。一條雌蛇為了尋食、爭鬥、交配和孵化，操勞一夏一秋，不能不變得蒼老憔悴而難看，它們想要新生而徹底改變自己的形象，便蛻去舊殼，換上新衣，成為一條鮮嫩而年輕的美女蛇。不僅游春英、黃京芝迷上了流香溪，那些在工地上弄得大汗淋漓蓬頭垢面的女工們，也很快知道這是一種既不花錢又無比愉快的享受。任憑這一天多累多忙，下了工後她們都得下水泡一泡。當她們半裸著軀體掛著淅淅瀝瀝的水珠兒，爬上溪岸走上橋頭扭到大街上，那真是一條條光鮮白嫩的美女蛇。

這亘古以來靜靜流淌的流香溪，因為有這許多妙齡女子游泳，像天上的銀河，更加流光溢彩，生氣勃勃；這些美麗的姑娘，因為有流香溪水的沐浴，像微雨噴灑過的芙蓉，更加水靈、鮮艷而嫵媚。由三孔半月拱門架起的青龍橋，忽然變得熱鬧非凡。山民們早早收了工吃過飯，擁到橋頭上乘涼觀景。這個封閉了千餘年的小山村，破天荒第一遭出現年輕女子光著膀子裸著大腿下溪游泳，而後又水淋淋忸忸怩怩地招搖過市，少見多怪的山民們哪肯輕易放過如此誘人的今古奇觀呢？

臨溪而建的那些小茶館小酒店，隨著這種奇觀的出現而顧客盈門，生意興隆。吉普賽酒店的老闆娘大奶媽真是聰明絕頂，在臨溪的空坪上又加了幾張竹椅小桌，供人們來這裡歇腳乘涼，品茶飲酒。日本職工下班後，也都衣冠楚楚，紙扇輕搖，來吉普賽酒店品茶小憩。他們不熟悉也不準備熟悉流香溪的水情，有錢人的小命兒似乎和他們所擁有的財富成為正比，那是特別金貴的。他們決不下溪玩水，但是看人家游泳的興致卻經久不衰。這時大奶媽就滿面春風，忙裡忙外，斟酒篩茶，把那些日本佬伺候得滴水不漏。老學究風度的茂林太郎、矮矮墩墩的雄田幫明、武高武大的牛部春房，都是吉普賽酒店的常客。大奶媽知道他們都是些掙工資有如在菜地裡拾蘿蔔一樣容易的傢伙，對他們可不講什麼「人升我升慢慢升，人降我降快快降」這一套生意經，而是漫天要價一點兒也不臉紅不手軟。這些日本佬又都是些既貪杯又量淺的軟蛋，三杯兩盞下肚，便臉紅，便氣喘，便暈暈乎乎胡言亂語。他們一邊喝酒，一邊評論著橋下出沒水中的女工們。

「這個，八十分。」

「那個，八十五分。」

「那個，小小的，短頭髮，多少？」

「很漂亮，可以打九十分。」

「瞧，那個，高高的，白白的，多少？」

「這個，更漂亮漂亮的，像山口百惠，九十五分。」

「哦，真的很像是山口百惠，不！比山口百惠更漂亮，大大的漂亮！一百分！一百分！」

「不！最多只能打九十分，哪裡有十全十美的。」

有一回，雄田幫明和牛部春房竟為評論一個女孩子爭得面紅耳赤。

大奶媽聽出來，不，是猜出來，兩個日本佬評論的正是自己的女兒春英，不由心頭大悅，就比比劃劃告訴他們：那個最漂亮的女孩子是她的女兒！

兩個日本佬無比驚嘆，豎起大拇指：「嗚噢，你有這麼漂亮的女兒，了不起！大大的了不起！」

大奶媽臉上笑成一朵花，心頭灌進一桶蜜。

黃京芝就是那個被日本佬打了九十分的女孩子；游春英的得分更高，被日本佬比成山口百惠，雄田幫明給她打了九十五分，牛部春房則給她打了滿分。

游春英和黃京芝意識到自己的美，而且意識到這種美具有何等價值，具有怎樣的吸引力和震撼力，是在一個暮色四合嵐氣氤氳的黃昏。

游春英和黃京芝天天結伴下溪游泳。工地營區到青龍潭有里把路，她們去溪邊時都穿著平常的工裝，胳膊上吊一只小網兜，裝上些衣服、香皂、小梳子、小鏡子，游泳衣可是早在宿舍裡就換好了的，因而並不引人注目。可是，待到了溪埠頭，她們把灰不吱吱的工裝一脫，只剩下一條緊身的泳裝時，立時吸引住一溪灘的目光。妙齡女子對同齡男子的青睞，是特別敏感的；她們並不需要左顧右盼，全憑第六感覺，就能知道那些看不見的視線是怎樣朝她們身上投射。黃京芝是個膽小腼腆的女孩子，嚇得一頭栽進水裡；游春英卻大方潑辣得多，還在溪灘上做了幾個彎腰踢腿彈跳騰躍的體操動作，才由淺入深一步一步沒入水中。兩人的游泳技術都挺棒，蛙泳、仰泳、自由泳，全玩得相當嫻熟，像兩條美人魚在水中沉浮游動。即時，就有許多後生哥在她們跟前游來游去，把水花濺起半天高，一個偌大的青龍潭頓時熱鬧活躍起來。

奇觀的出現更在游完泳後。

溪灘是個相當開闊空空蕩蕩的溪灘，游泳之後沒有一個稍稍隱蔽的地方可供人們換上乾淨的衣服。男子漢們倒不怎麼當回事，大熱天，袒胸露臂穿一條小褲衩幹活，那是家常便飯，人們也見怪不怪。一上了岸，他們就穿著小褲衩走回去。女工們就成了問題。開初她們只好在水淋淋的泳裝外面再穿上髒衣髒褲，急匆匆趕回女工宿舍。可以想像，沐浴得乾乾淨淨沖洗得涼涼爽爽的身軀，再套上髒兮兮的工裝，自然很不舒服。於是女孩子們就來了一個大膽的革新——穿著泳裝走回宿舍去。在大城市，特別是洋人生活的西方世界，這簡直不當回事。在太陽島的松花江畔，在鼓浪嶼的海濱浴場，有多少穿著比基尼泳裝的姑娘，躺在沙灘上享受日光浴，或是在眾目睽睽之下走來走去？流香溪卻不同。自從盤古開天地，這山溝溝裡哪見過女人光著胳膊裸著大腿滿地跑呀？

有一天，女工們游過泳後，很不情願又不得不再穿上髒衣服的時候，游春英極不耐煩地把一件厚厚的工裝往地上一摜，說：「姊妹們，看人家多痛快，大搖大擺走回去換衣服，我們還有這許多麻煩！」

黃京芝說：「人家是男的，我們是女的呀！」

游春英說：「咳，又是女的女的！女的又怎麼樣？就該比男的低一頭矮一截怎麼的？我們又不是赤身裸體，遮遮蓋蓋比人家男的還要多，怎麼就不敢走回去沖澡換衣服？」

一個女工說：「就你嘴巴厲害，你敢帶這個頭？」

游春英撿起地上的衣服塞進網兜裡：「這有什麼不敢？我在前頭走，你們在後頭跟。」

她趿著一雙「人」字塑料拖鞋，啪達啪達前頭走了，只有黃京芝踟踟躕躕跟在後頭，其他十多個女工原地不動。

游春英回頭撂下一句話：「怎麼還站著呀！誰不敢跟上來，誰就是小孫子！」

游春英胸脯挺挺地在前頭走了。雄糾糾，氣昂昂，義無反顧，衝鋒陷陣。黃京芝等人稀稀拉拉跟上來，慢慢地，集合成一支蔚為壯觀的泳裝娘子軍。

這是日已西沉月未東升將黑未黑的黃昏，而工地上的大燈小燈探照燈卻是全都亮了，把流香溪畔的那條馬路，照得一片通明。青龍橋頭有許多叼著煙袋搖扇納涼的老人，溪埠頭有許多洗衣裳涮馬桶的女人，臨溪的小酒店小茶館裡有許多品茶喝酒的顧客。其中，日本佬雄田幫明、牛部春房也正在吉普賽酒店裡飲茶乘涼。當這一支穿著緊身泳裝的娘子軍穿過馬路時，人群中響起一陣輕輕的喧嘩，一陣低聲的驚嘆，然後是長時間的肅靜。像是一隊外星人猝不及防地出現在地球上，讓人們嚇得目瞪口呆，不知所措，老半天發不出一點聲音。真的，這種忽從天降的出奇的靜謐，既充滿神祕感又略帶幾分莊嚴和莊重，人們除了用目光來欣賞和享受這一份免費的女性人體美，用目光來表達他們的驚訝、讚嘆、豔羨、騷動以及浸透浪漫氣息的想入非非，誰也不敢開口說一句話。其實，又何止於人呢？在那一剎那，踏著暮色歸來走在水泥路上的鵝群、鴨群、羊群和牛群，也全都在公路兩旁默然肅立，向這些天外飛來的美女們行注目禮呢！

游春英目不斜視，如入無人之境。她穿著一件玄色尼龍彈力泳裝，深深的漆黑反襯著光潔白嫩的肌膚，在昏黃的燈光下像雪一樣閃光。一頭濕漉漉的長髮，有如瀑布從頭頂直瀉腰際，在晚風中輕輕飄起；長腿，細腰，圓肩，高高聳起的胸脯，扭達扭達踩著細碎的步子，像一個剛從深潭裡躥出來的水妖，一個非常嫵媚而迷人的水妖。

黃京芝和其他女工穿著橘紅的、金黃的、水綠的等等色彩繽紛的泳裝，也都身姿婀娜娉娉婷婷。開初她們有點心慌，有點緊張，甚至臉頰上冒出細細的汗珠。後來受到游春英的鼓舞，很快沉著而膽壯，腳步也就整齊得多，在沙子路上響起「沙沙沙」的腳步聲。再後來，竟走得像一支訓練有素的舞蹈隊，甩胳膊抬腿都有招有式，而且富有節奏感。

回到宿舍時，游春英和黃京芝也顧不得渾身濕漉漉的，往床鋪上一躺，像癱了一樣。「媽呀，累死我了！」她們都叫苦不迭，第一次覺得這條路是這麼長，也第一次覺得穿著泳裝穿過馬路原來這麼累。

往日春英和京芝游泳回來，沖過澡，洗好衣服，總要看一會兒書，或是到文娛活動室看一會兒電視，才上床睡覺。今晚卻早早上床躺著，兩人都很興奮，既不想看書，也無法入眠。

南茂公司的職工宿舍，是一種公寓式套房。每個房間裡有兩張小床、一張書桌、一間小小的衛生間。與五六十年代「沿江吉普賽人」住的竹棚草房真有天壤之別，比原來南工局職工住的小平房也要舒服得多。黃京芝側身躺在鋪著竹涼席的床鋪上，眯起慵倦的眼睛瞅著游春英。她躺在另一張中間隔著一張書桌的並排的小床上，下身只穿一條緊身三角褲，上身只掛著一對白紗乳罩，豐腴雪白的長腿，高聳豐滿的胸脯，透迤起伏的曲線，勾畫出一個優美異常的輪廓。游春英一轉身，看見京芝正在傻愣愣地打量自己，笑罵一聲說：

「死囡子，你這麼瞅著我幹什麼？」

黃京芝笑笑：「我在欣賞你。」

「去，去，去！我有什麼好欣賞的？」

「我欣賞你，就是欣賞我自己，就是欣賞我們偉大的女性。」

游春英摸不著頭腦：「呵喲，你在胡謅些什麼呀？」

「春英姐，我活了二十二歲，做了二十二年的女人，可是，只有今天我才第一次發現女人的偉大和魅力。」京芝的表情很嚴肅，這些話彷彿是從沉思中提煉出來的，春英聽起來玄而又玄，一時還不能明白其中的含義，便認認真真聽著。

「剛從溪埠頭走上馬路時，天呀，看見溪邊、橋頭、馬路上，到處都是人，都是眼睛，可把我嚇死了！」黃京芝接著說，「我氣喘，我冒汗，我的心差點兒停止跳動。可我很快鎮靜下來。我發現所有人都成了啞巴，所有人都被我們鎮住。我覺得，風兒沒有了聲音，溪水不再流動，月亮失去光輝，星星搖搖欲墜，這都因為流香溪畔突然出現我們這一支娘子軍呀，這都因為我們女人具有非凡的魅力！」

「你呀，是在作詩吧？」

「不！我說的是真實的情況，算不得詩。你要想聽讚頌美女的詩，我倒可以朗頌一首，那是古人寫的。」黃京芝接著朗誦道：「『北方有佳人，絕世而獨立。一顧傾人城，再顧傾人國。』聽說過嗎？」

游春英想了想說：「我上中學時，好像聽老師朗讀過這首詩。世上哪有這樣的大美人，只要叫人家看上一眼，就能把什麼城呀國呀都傾倒了呢？」

「這當然是一種藝術誇張，」黃京芝說，「可我今天看到的卻是一種實在的情況。嘿，你還沒有看出來嗎？我們打大街上走過的時候，不管是男的女的，老的少的，望著我們的目光都發愣發直了呢！」

「你好大膽子，還敢回看他們。」

「不，我沒有回看他們，也不敢回看他們，但我憑我的第六感覺，斷定他們的目光肯定發直、發呆；我還敢斷定，在真正的美女面前，再厲害的男人都會成為一頭哈巴狗，低聲下氣地來舔你的小腳板；再有錢的大貴人，也會變成小奴才，老老實實給你打來洗腳水。」

「你發瘋了吧，死囡子？」

「不，我說的話是有道理的，你很可能就是這樣的女人。」

「你胡說八道。」游春英嘴上這樣說，心裡卻來了興致，便斜斜地坐了起來。

「真的，春英姐，我一點不蒙你。我和你認識有兩個來月了吧，是今晚從溪邊走回來的時候，我才發現你是最具魅力的。」

「胡說，胡說。」

「我一點都沒有胡說。真的，走到一半路的時候，我的膽子慢慢大了，我開始在後面打量你。你身材高挑，胸脯堅挺，那一雙長腿呀，又白又嫩又勻稱。我當時就想，春英姐你生在這山溝溝裡實在可惜。要是生在大城市，你呀，可不得了。」

「什麼呀，我在大城市裡還能幹什麼？」

「瞧，這你又不懂了吧，在現代社會，美，特別是女人的美，也是一種價值，也是一種資本……」

「哎呀呀，死囡子，你是說去幹那種下作事吧？」

「你想到哪兒去了？在現代社會，美麗的女人能幹許多高尚的職業：比如禮儀小姐，凡是有什麼大的節日，舉辦什麼大的慶典，搞什麼大的經貿活動，都要挑一批禮儀小姐，往賓館大堂那麼一站，向貴賓們獻上一個微笑，問一聲好，半天一天站下來，就能掙一百兩百呢！」

「有這樣的好事？」

「我就幹過，不過是業餘的。我在大學念書時，就有賓館來挑選長得標緻的女學生去當禮儀小姐。我也去過兩三回，一回都能拿個大紅包——起碼五六十。」

「我的天，要我在機房裡看好幾天機器哩！」

「還有，當時裝模特兒更不得了，在臺上轉那麼一圈兩圈，就能拿個百把兩百。不過，這份美差還輪不到你。」

「你是說，穿上漂亮的時裝在舞臺上扭來扭去，這有什麼難呀？」

「說難也不難，稍稍培訓，你也會的；臉蛋也不要特別漂亮，你去綽綽有餘。但是，你的高度不夠。」

游春英嘻嘻笑起來：「都怪我媽，小時候我媽老是叫我砍柴挑擔，要不，我準能躥到一米七八。」

「女孩子長那麼高也不好看，像穆鐵柱。」

「你說，我還能幹些什麼活？」

「你呀，還可以當藝術模特兒。」

「剛才不是當過了。」

「那是時裝模特。這回兒是給畫家當模特。」

「哦，我知道了。就是脫光衣服赤身裸體讓人家畫畫。」

「對了。」

「這太可怕，我不敢。」

「這你又不懂了，這根本沒有什麼可怕的。這時候的你，已經不是原來的你，你已經是一件藝術品；畫家們瞅著你根本不會想到別的事，只會把你當個藝術品來欣賞。你的皮膚……雪白……有光澤，你的肌肉結實……有彈性，你身上的線條……有曲線，非常柔和……」

「這活兒工資高嗎？」

「一個課時大約幾十塊……」

「我的天，一天下來不是能掙幾百塊嗎？」

「……」

游春英聽不到回音，黃京芝已酣然入夢，發出輕微的鼻息。春英卻怎麼也睡不著。到底是大城市長大的姑娘，懂得的事情這麼多。京芝簡直給我上了一堂關於女人的啟蒙課！春英上衛生間時，在半身鏡前把自己欣賞了許久，為自己美麗的胴體所陶醉。「天呀，我真的太像我媽，簡直是一個模子印出來的！」她第一次發出這樣的驚嘆。

游春英像一條水蛇蜷曲在小床鋪上。她輕輕撫摸豐碩的雙乳，就感到乳房微微的脹痛；她的手指滑過腿部，就感到雙腿火燒火燎。我真像黃京芝說的那樣是一件藝術品嗎？她不禁對自己倍加珍愛憐惜起來，一個至關重要的問題，一直盤旋在她的腦殼：

我將會屬於誰？我將會跟誰過一輩子？

第一個出現在她腦屏上的當然是丘長根。他是和她一塊兒長大的夥伴。他阿爸在「六一七」事故中喪生後，就靠阿媽當小工把他拉扯大。他和她同屬「第三世界」，家境都極其窮苦。她記得，他小時候總是拖著兩條清鼻涕，光著腳丫子滿工地上跑，揀些鐵釘、螞蟥釘和水泥紙袋，送到十多里外的小城廢品收購站去賣，換回一些油、鹽、醬、醋和鞋襪、文具之類東西，補貼苦煎苦熬的家庭。他似乎有一種天生的自卑感，不敢和家境好一點的孩子在一起玩，總和最窮困的工人子弟玩。她背小妹，他幫她背小妹；她討豬草，他幫她討豬草；他還常常上山採來許多草莓、烏飯子、當蓮子等等野果子，塞進她的小兜兜，讓她吃得牙黑唇紫，像個小花貓似的。孩提時代那種純潔無瑕的情誼，至今歷歷在目，一想起來心裡就熱呼呼的。

他們長到十七八歲，勉勉強強上完初中，都先後到工地當學徒工。他還是像小哥哥似的處處呵護著她。在食堂排隊買菜買飯，他一買就是雙份，而且盡把魚呀肉呀撥拉給她；工地廣場上放電影，他一早搬上兩張小板凳，占上兩個位，一個給她一個給自己。也說不出什麼原因，他總像影子似地跟著她。

有一回，他們下工以後往家裡趕，才走到半路，突然下起傾盆大雨。工地上空空蕩蕩，無遮無擋，他們好容易鑽進一個剛剛砌好還未及通水的涵洞避雨時，已經淋得渾身透濕。閃電一閃一閃撕裂著天空，驚雷連續不斷在峽谷中炸響，狂風捲著暴雨下個沒完，天昏地暗的山溝溝裡一片恐怖。那時候，年僅十七歲的游春英真是嚇壞了。她渾身瑟縮，手腳冰涼，依偎在丘長根懷裡。丘長根畢竟年長幾歲畢竟是男子漢，他從容，鎮定，靠在涵洞的石壁上坐得直直的，敞開胸懷讓春英倚得很舒服，兩條鐵棍似的胳膊把游春英抱得緊緊的。那一刻，她覺得男子漢的丘長根是一座山，是她終身的依靠。大約過了半小時，漸漸風停雨歇，涵洞裡變得悶熱起來，游春英聞到丘長根身上有一股男人特有的汗酸味，同時聽到他胸腔裡有力的心跳。不知怎麼回事，她突然想起前些年她透過木板牆的小窟窿，看見路路通阿叔騎在阿媽身上的一幕，不由渾身像打擺子似地顫抖起來。她的腦瓜子在丘長根胸脯上拱掏著磨蹭著，一邊發出痛苦的呻吟。弄得過分憨厚的丘長根驚慌失措，說，春英，你怎麼搞的，身子這麼熱烘烘的，莫非是病了？這會兒風也停了，雨也住了，我們快回家吧！也不等游春英回話，邱長根已經把她拽了起來。多少年後，春英都在心裡罵丘長根是天下第一大笨蛋，當時他只要稍稍明白女孩子的心思，她也許早就是他的人了。

丘長根來流香溪後，不僅幹活非常賣力，而且在男女情事方面，豁然開竅，大有長進。他不斷約游春英「鑽窠」；「鑽窠」猶不滿足，開始用他滿嘴黃牙煙氣熏人的大嘴，來尋找游春英唇紅齒白香噴噴的小嘴；游春英總是顯得慷慨大方，像給小朋友贈送水果糖似的，每次約會總要送他一個兩個香吻；但是，丘長根吻猶不足，一雙粗壯的大手開始在游春英的身上撫摸磨蹭。這時候，游春英總是非常理智而冷靜地挪開他的大手，又即時脫離敏感區的接觸，讓丘長根渾身急遽奔湧的熱血從沸點一下子降到零度。

事情為什麼會弄成這個樣子？是我變心了？是我懂事了？是我變得更加成熟更加謹慎了嗎？游春英在心裡反問自己。

不是的。

就像一種習慣性條件反射，每當丘長根與自己親昵到了某種極限，游春英就會想起阿媽說的那句話：「論做朋友，那是滿世界難找的好人；論過日子，就怕他太老實。」是的，在游春英看來，丘長根真是過於老實，老實得不像個男子漢，老實得不像個現代人。都什麼年代了？在班組裡有什麼髒活重活，第一個肯定輪到他；誰家裡有了急事或是生病什麼的，第一個頂班的也肯定是他。可是老實又有什麼用？安全行車七八年而且多達三十多萬公里了，那又怎麼樣？還不照舊是個駕駛員，只不過車是愈開愈大了：從兩噸半的小卡車開到現在的四十五噸的載重車，從四個小軲轆開到現在的十個大輪子。票子掙得是愈來愈多了，可人也愈來愈累。有一天傍晚，他和游春英到流香溪畔的柳樹林裡「鑽窠」，游春英正和他講一個香港影片有趣的故事，他老兄竟靠在一棵大樹根上扯起了鼾聲。他的雙眼耷拉下來，一溜口涎流成一條小河。游春英看他累成這個樣子有些兒心疼，掏出一條小手絹，想給他揩一揩口水。但她看到這條小手絹上繡著花兒朵兒，又想起那是一個正在追她的後生哥從福州買來送給她的，馬上又改變了主意。

她捨不得犧牲這條漂亮的小手絹，更不願糟蹋人家獻給她的殷勤。她把手伸到丘長根的上衣口袋，想用他自己的手帕去擦他自己的口水。沒想到，她從他的兜兜裡發現了一張匯款單，是往小龍門水電站他老母那裡寄的，單單上寫著的金額是八十元。游春英給丘長根揩完了口水就心裡納悶：不是商量好的，他每月只給他老母、小妹寄五十元生活費，怎麼又背著她往家裡寄八十元呢？唉，他那個漏斗也似的破家，真是有多少錢也填不滿的。她本來想把長根搖醒了問一問，可她隨即又忍住了。她想，這一問，不止長根會有些尷尬，也顯出自己對他家的困難不夠體貼。人家自己用自己的錢，我管得著嘛！唯一的辦法是慢慢地躲開他，免得一只苦瓜掉在苦水裡，兩個人綁在一起受窮受苦一輩子。

此後，游春英和丘長根「鑽窠」的次數就愈來愈少。

再一個闖進她的腦屏的，是龍經天。這個比她年長十多歲的工程部副部長，一向和她談不上有什麼友誼。他已經是穿上雪白的回力球鞋和猩紅背心而成為水電職工中學大名鼎鼎的籃球隊員了，她游春英還是一個拖著兩條清鼻涕的小學生呢；再說，人家是南工局副局長的大公子，開始像發情的小公狗一樣追逐幾個有些姿色的女同學的時候，肯定連眼角也不會瞟到她的。可是萬萬沒有料到，今年夏天，人家到小龍門電站工地選拔技術尖子，卻非常念舊，不止記得她的名字，而是表示出異常的親熱。那天晚上，大奶媽叫他拎著紅菇、蓮子、白木耳什麼的，到電站工地招待所去看望龍經天，人家一個勁埋怨她把他當外人看待，叫他一千個不過意，一萬個不心安！同是「沿江吉普賽人」的子弟嘛，同是在一個南工局摸爬滾打一塊兒長大的哥們姐們嘛，你要是想去流香溪只要開口說句話，我還能不幫這個忙？幾句熱乎乎的話說得游春英受寵若驚心頭大悅。但她又很快發現，龍經天看人有些不對勁。那一對眼白多瞳仁小的牛牯眼，總是在她臉上掃來掃去，有一股說不清的酸味兒。後來他果然高抬貴手，讓她和丘長根來了流香溪，有事沒事總愛和她套近乎，還邀她遛了幾次馬路鑽了幾次「窠」。然而，她知道他畢竟是有一個兒子上了小學的有婦之夫，而且是尋花問柳的能手，她就敬鬼神而遠之，找出種種藉口躲著他。

游春英腦屏中又閃過幾個年輕朋友，其中有的很英俊，脾氣卻不好；有的脾氣好，可是又長得醜；有的品貌、脾性都滿意，可是家裡又很窮……許多後生哥排成一列縱隊從春英眼前走過，最末一個定格在她腦屏上的大特寫，是一個英氣勃勃風度瀟灑的小伙子，稍稍揚起兩道濃黑的劍眉向她微笑。我的天，這不是程光華嗎？春英呀春英，你的心氣也太高了，人家是全局聞名的最年輕的工程師，是指揮千軍萬馬的工地現場副總指揮，你高攀得上嗎？

游春英在小床上烙著燒餅，翻過來覆過去，怎麼也睡不著。

大約半夜時分，一個個頭高高的後生哥輕輕推門進來，悄悄地摸到游春英床邊，把一雙柔軟溫熱的手擱在她的腿上，慢慢地向上游動，游動，最後落在她的胸脯，呢呢喃喃說：「哎喲喲，你這一對奶子又白又大，這麼荒著真真可惜……」多麼奇怪，這個後生哥模樣兒很像程光華，說話的聲音又像龍經天……他到底是誰？

接著一頭又像狗又像狼又像老虎一樣可怕的畜生騎了上來，在游春英胸口上拱著掏著，嚇得游春英大聲哭喚起來。

黃京芝趕快過來抓起游春英擱在胸口上的一條胳膊：「春英姐，醒醒，醒醒！你怎麼啦？」

游春英迷迷怔怔睜開眼，窗外已經瀉進一片金黃的陽光。她滿臉羞紅說：「好可怕！好可怕！我作了一個怪夢。」

黃京芝細長的眼睛瞪得圓圓的：「你夢見什麼了？」

游春英益發羞赧，臉若桃花：「好可怕！我夢見一頭老虎闖進我們房間！」

第七章

覬覦者

如果茂林株式會社在流香溪打贏了這一仗，就可以向覬覦已久的長江、黃河、珠江、閩江、金沙江、大渡河……進軍；反之，如果他們在這裡栽了筋斗，這家公司的前途將不堪設想。

程光華卻一夜無夢。自從當上流香溪水電站工地現場副總指揮，夢就與他無緣。他的每一次短暫的睡眠，簡直不能叫做睡眠，而是一次無痛的短暫的死亡。他每天走進工地現場指揮部，統計員遞上各種報表，聯絡員向他報告各種情況，好幾位現場工程師等著他分派工作，好幾臺電話機響得像救火的鈴聲，對講機嘟嘟嘟像是求救的呼號。他是一名名副其實的前線指揮員，要調兵遣將，要組織戰鬥，要及時處理各種意外事故，要全力以赴排解各種糾紛，要當機立斷平息各種突發事件……一個工作班幹下來，他累成一頭精疲力竭的死豬，哪有時間和精力作夢？

「沿江吉普賽人」在學會建水電站的同時，幾乎都學會了高效率的睡眠。不管電站工地有多麼寬闊的範圍，食宿營區和施工現場也不可能拉開太大的距離。工地上，開山炸石的炮聲驚天動地，運送沙石料的傳送帶沒日沒夜震天撼地，巨型拌和樓運轉起來像千軍吶喚萬馬奔騰，更別說那些載重車、大吊車、推土機從公路上飛駛而過，山搖地晃，無時無刻都讓人覺得這裡在發生七級地震。但是，在過度勞累之後，只要給程光華一刻鐘，即使就在機聲「隆隆」的軋石機房或是拌和樓裡，他照樣能夠又香又甜地睡上一覺。

昨晚，程光華指揮澆搗隊進行輾軋混凝土新的施工技術實驗，一直搗鼓到下半夜兩點鐘，才騎著摩托車回到宿舍，他臉來不及洗，衣服來不及脫，腦殼一沾枕頭，便鼾聲大作，睡得跟死去一樣。

今天是工地的大禮拜，程光華好容易輪到一個休息日。一覺醒來，迷迷怔怔睜開眼睛，看見窗外的天空已是一片蔚藍；抬手看看手錶，指針正好指到十點半。他媽的，這一覺真是睡死了，連一頓早飯也省下了。這時食堂還不到開午飯時間，可是肚子已經開始鬧革命，他盥洗已畢，從紙箱裡取出兩包快熟麵，放在鋁鍋裡用電爐煮了煮。他長年單身在外，吃快熟麵打發節假日，幾乎成為他生活的一個部分。一會兒工夫，快熟麵就煮好了，再臥上一隻雞蛋，撒上些胡椒粉，營養豐富味道鮮美，唏哩嘩啦吃得滿頭大汗。他正要洗碗刷鍋時，指揮部通信員送來一封信。他拆開信封，信箋上歪歪扭扭地寫著三行字：

程光華先生：

今天，我四十，免上，請你乞反，時，七，地，日本食廳。

雄田幫明

我的天！這是什麼天書呀？程光華反反覆覆看了好幾遍，先把那些錯字別字逐個兒給以考證和訂正，繼而聯繫雄田幫明平時學說的那種結結巴巴的中國話，才慢慢琢磨出那字條的大體意思：今天是雄田幫明的四十歲生日，晚上要請他去吃飯，時間是七點，地點在日本職工小餐廳。

程光華兩道濃黑的劍眉一揚，得意地笑起來。他好像破譯了一份密電碼，心裡很高興。他媽的，小日本就是膽子大。他們學中國話中國字，一點也不拘謹不忸怩。才掌握幾句生活用語，認得幾個常用方塊字，就敢跟你哇啦哇啦對話，就敢給你寫信。雄田幫明、牛部春房這幾個日本佬，吃中國大米喝流香溪水還不到兩年哩，就常常撇下翻譯直接與中國職工談工作。說實在的，工作環境也逼著他們非這樣不可。工地現場指揮部只有一個翻譯，幾十個日本人要面對兩千多中國人，還要常常上街買點日用品、吃飯、品茶、理髮、看電影等等，他們不靠自己胡闖亂蒙怎麼和外部世界打交道？翻譯小劉不在身旁時，程光華和雄田幫明一起交談，只好一邊動口，一邊動手，比比劃劃，在一張紙頭上寫字，畫各種象形圖，做各種記號，於是彼此也就慢慢心領神會。雄田這封天書，程光華就是憑以往的經驗慢慢揣摩出來的。

程光華回憶起和雄田幫明共事兩個多月來，心情很是愉快。雄田幫明那種牛一樣的幹勁和極端負責的精神，是無可挑剔的。輪到他當班時，他像一枚釘子釘在工地上，一分一秒也不懈怠；遇到突然事故和特殊任務，他可以連續兩天兩夜不睡覺，一整天不吃飯不喝水，還像一隻彈性十足的皮球，在工地上蹦蹦跳跳。他對工程質量一絲不苟。凡是他指揮施工澆灌的混凝土工作面，如果出現一丁麻點，一個氣泡，就像在他眼睛裡揉進一粒沙子，他會痛苦得嗷嗷叫；直到推倒重來，把那一塊混凝土板塊抹得像玻璃板一樣平滑溜光，他那黑黝黝的臉上才會由陰轉晴陽光燦爛。

程光華和雄田幫明共事共處的日子多了，從語言的漸漸溝通到情感的慢慢交流，開始建立起頗深的友誼。說實在話，程光華開初很看不慣日本人那一套形式主義的俗禮：一見面就九十度鞠躬，一說話就嘿嘿連聲，像軍營中等級森嚴；而一分手就形同陌路，決無「沿江吉普賽人」那種如兄如弟的豪情俠義。時間稍久，雄田幫明居然從程光華身上學到一些中國人的人情味。他慢慢改掉動輒訓斥工人的惡習，他開始像中國人那樣給人家敬煙，中國工人活兒幹得漂亮，他掏腰包上館子也有好幾回了。而把程光華請到日本小餐廳去吃飯，這還是第一次。

程光華又把那封歪歪扭扭的信看了一遍，沒錯，雄田幫明請他晚上七點去赴宴。他記起來了，雄田幫明前些時候曾對他說過：他今年正好四十歲。這個約是一定要赴的，而且要買一份像樣的生日賀禮。買什麼呢？這窮鄉僻壤能買到什麼好東西？嘿，火燒眉毛，可要抓瞎了。程光華在衣櫃裡抽屜裡翻翻揀揀，想找出什麼現成的禮品。非常遺憾，結果是一無所獲。他這間臨時住所裡，除了幾套散發著汗酸味的衣服，一大摞工具書和文學書，幾乎家徒四壁，哪能找得出適合送人的生日禮物？

程光華正在房裡翻箱倒櫃的時候，聽見門外響起很輕很有禮貌的敲門聲。他匆匆關好衣櫃和抽屜，打開門來，見包工頭路路通笑瞇瞇站在門外。

「是老陸叔呀！你怎麼單獨來找我？有何貴幹？」程光華就站在房門口和路路通說話，沒有請客人進屋坐坐的意思。他這間單人宿舍還從沒有包工頭來過，他不能輕易破這個例。

路路通笑著說：「你放心，老侄子，我老陸絕不會有事麻煩你的，我到外頭辦事，順路來看看你。」

程光華為難地說：「老陸叔，真對不起，我先前說過……」

「說過又怎麼樣？誰不知道呀，我老陸是你親爹的徒弟，是你養父養母的老部下，你小時候，我還抱過你哩，你官當大了，就不認人了？你來流香溪有兩個多月了，我就不能來看看你？」路路通一邊說，一邊從程光華身邊擠了進來。

程光華被說得不好意思，同時也覺得自己是否有些神經過敏，臉上就有幾分尷尬。

在程光華倒水沏茶時，路路通在一張椅子上坐下，同時悄悄把一個尼龍布包放在椅子腳邊。

粗心大意的主人往往忽略這類小小的細節，而程光華卻看在眼裡只是一時不便戳穿。

路路通啜了兩口茶，掏出一包「萬寶路」，抽出一支遞給程光華，一邊把房間裡的擺設用具瞭了一眼，說：「嘿，阿華，你這是過的什麼日子呀！看看，這房間裡，沙發沒沙發，空調沒空調，一張床鋪亂糟糟的，比我們民工住的那狗窩也好不了多少呀！」

程光華說：「我一天到晚都在工地上，晚上回到房裡也睡不上幾個鐘點，要那麼舒服幹啥？」

路路通的目光落在還沒有洗涮的鍋碗瓢勺上，落在那些破碎的快速麵包裝紙上，連連搖頭嘆息，表情和腔調很是悲天憫人：「嘖，嘖，嘖！你看看，你看看，連飯也吃不好，就泡一兩包快熟麵，你怎麼這樣過日子！」

程光華笑笑：「沒辦法，我懶散慣了，禮拜天總是睡懶覺，隨便找點東西騙騙肚子就能過。」

路路通臉色陡地嚴肅起來：「你千萬不能這樣虧待自己。你年紀輕輕的，要是埋下什麼一時看不見的病根，年紀大了都會有報應。就說你老陸叔我吧，年輕時在南工局做工，正碰上三年困難時期，一個月定量三十二斤糧食，還常常吃發黑發霉的地瓜乾，飽一頓飢一頓的，把一個好端端的鋼肚鐵胃餓出了許多窟窿眼，落下個老胃病，一到寒冬臘月，就痛得死去活來，什麼名藥偏方進口藥全吃過了，只能治標，不能治本，一年總要折騰兩三個月。」

程光華應付道：「是嗎？看你紅光滿面，還有這種毛病。」

「胃病就是這樣的，沒犯時生龍活虎，一犯起來像頭死豬。」路路通忽然放低聲音，神秘分分地說：「阿華呵，身體是革命的本錢，更是當官的本錢，你千萬不可大意！你年紀輕輕的，就當上副總指揮，和副局長、局長也只差一級兩級哩。聽說你還在內部排上了『第三梯位』了，離登高樓上青雲還會遠嗎？」

程光華禁不住笑起來。他知道路路通準是把「第三梯隊」錯聽成「第三梯位」了，可他無心予以糾正。叫程光華十分吃驚的是，路路通果然名不虛傳，連這種只有高層領導掌握而自己也一無所知的秘密，他居然也能打聽到。程光華收斂笑容說道：「老陸叔，這種道聽途說的消息是不能亂傳的。南工局職工成千上萬，人材濟濟，局長副局長那位置我想都不敢想。」

路路通說：「也不管這個消息是小道還是官道，你阿華老侄子前途無量，這是傻瓜蛋也能看到的。」說著說著他滿臉悲涼，感慨唏噓。「咳，那一場『六一七』工傷事故真是太慘太慘呀！要是我師傅師母——你那親爹親媽能活到今天，看到你小子這麼有出息，不知有多高興呢！」

程光華被勾起傷心的往事，想起親爹親媽的慘死，眼裡霧蒙蒙的，沉默著不說話。

路路通又把話轉過來：「算了算了，過去的傷心事莫去提了。阿華呀，你莫看老叔我是個粗人，可我不是個忘恩負義之輩。我一直念著你阿爸是我的入門師傅，是他手把手教我開手風鑽，是他教我處世做人。我給你阿爸當徒弟時才十七八歲，你阿爸待我像親兒子，天氣一涼，晚上總要到棚子裡給我掖掖被子，過年過節，總不會忘了把我叫到你家去打牙祭；我的衣褲鞋襪破了，也都是你阿媽給我縫縫補補，你說我這一顆心也是肉做血養的，哪能忘了我師傅師母！」

程光華不是鐵石心腸的漢子，聽著路路通絮絮叨叨訴說許多動情的往事，心裡甚是感動，與他之間的距離感在不知不覺中縮短，目光中流露出一種懷舊情緒，說：「唉，我小時候，我阿爸那些小徒弟，對我們家也是夠好的。我至今還記得，叔叔們一下工，總是搶著把我背著駝著，這個給我糖果，那個給我燒餅；這個給我一件小衣服，那個給我一雙小球鞋。我媽就說，我們阿華是吃百家飯、穿百家衣長大的，日後一定沒災沒病有福氣。」

路路通搶著說：「光華，有你這些話，我們叔侄倆就算心換心、心貼心了。就因為我老記著你親爹親媽——我師傅師母對我的恩典，我可是一直把你老侄子記掛在心的。我知道，這些年，你們家遭了許多難，先是你那父親——我們的老局長活活被人整死了！呸，那些狗屁『造反派』是多麼心狠手辣！我那時沒有在南工局，要在南工局，非和他們拚了不可！這以後，你的母親——我們的老處長，又落下一身病，現今又退了休，靠那幾個退休金是怎麼也不夠花的。老侄子你呢，雖然當上了工地總指揮，工資也不會高，混到三十來歲了，對象還不知在哪裡吧？看這屋子裡，要什麼沒什麼的，吃的又是清湯寡水的快熟麵，叫我看著心裡多不是味！這麼對你說吧，你老叔我這些年托共產黨的福，靠鄧大人的好政策，也多謝南工局老領導們的關照，不能算大發，也是交了好運，枯木逢春，總算是抽出幾條新枝發出一片綠葉了。你老侄子家裡有什麼難處，你千萬不要把我當外人，只要跟我說一聲……」

程光華對包工頭懸著的一根敏感的神經一下又繃緊了。他忽然沉下臉來：「那怎麼行？那怎麼行？」

路路通笑笑說：「你別緊張，你想說什麼我都知道。可我要向你先說明白：一、我絕對無事來求你。你知道，南工局的上上下下頭頭腦腦，我不是吹的，我陸祿通可能比你程光華還要熟，工程上的事不會求到你；二、我如果有機會替你盡點心做點事，也不光是為你，更上心的，是念著我師傅師母那分恩典，也是念著我的老領導老局長老處長的那分恩典……」

程光華依然臉色嚴肅地制止路路通：「老陸叔，對不起！你對我們家的情誼我們會記著。但是，我現在的工作是不允許我多和你們單獨接觸的。」

程光華說這話時，在心裡深深地責怪自己，剛才是不是太過於感情用事了呢？一個包工頭單獨來拜訪工地總指揮，那是不可能沒有目的的。程光華自從走出大學校門，在電站工地上幹了這麼些年，特別是由他負責指揮修建過金溪水電站後，他太清楚不過，一個工程處長、科長和其他管理人員，對於一個包工頭，簡直就是搖錢樹，就是財神爺，就是比親爹親娘還要親萬倍的衣食父母。他們名為公開招標，只要暗地略施小技，給人家一項幾十上百萬的工程項目；所包的工程預算決算時，他們只要把算盤珠兒悄悄往外撥拉撥拉；工程施工時，他們掌握的大型機械，只要悄悄地出動幾回……給包工頭們帶來的利益都是不可估量的。工程人員因此公飽私囊大發橫財者大有人在，當然，因此而栽了筋斗鋃鐺入獄者也不乏其人。程光華為了行得正走得直，為了避免一切閒言碎語飛短流長，他一到流香溪工地，就把十多個大小包工頭找來開了個會，宣布如下幾條規矩：一、凡是工程上的事宜，一律到指揮部辦公室商談，凡是到家裡到宿舍作私下拜訪，概不接待；二、拒絕包工頭以任何名義的宴請；三、拒絕任何理由的送禮。你遞給我一支煙，我抽，你扔給我一包煙，我就把它看成是你對我的侮辱和行賄。路路通記得，程光華說這些話時並不聲色俱厲，而是臉帶笑容，但依然是對包工頭們一個可怕的震懾。因為人們都知道程光華說到做到，他負責金溪水電站建設時，就狠狠給過幾個包工頭的好看。他來流香溪後，包工頭們果然對他敬而遠之，沒有誰敢來碰他這個硬釘子。

路路通看程光華臉色異常嚴肅，話又說到這個份上，已是明白無誤地下逐客令，再待下去也沒意思。但路路通一點兒也不生氣，滿臉笑眯眯地站了起來：

「好，好！阿華，我就敬重像你這樣堂堂正正的好幹部，看不起那些見錢眼開的官兒們，可我也要奉勸你老侄子一句話：你老侄子不要在門縫裡看人把人看扁了，我陸祿通回南工局當包工也有七八年了，你向人家打聽打聽看，我陸祿通什麼時候走過斜門歪道？什麼時候幹過違法亂紀的勾當？我今天來看你，正正經經的是來敘一敘我們老叔侄倆的家常舊情呀。你要是嫌棄老叔我卑卑賤賤落落宕宕小民一個，那好，往後我一定照著你立的那些規矩辦：見面一笑，路上點頭，話不說一句，煙不敬一支，你這官府大門一步不邁，我保你一世清白，塵土不沾，步步高升，洪福齊天，你總該高興了吧！好，好，再見，再見！」

路路通一邊說著一邊往外走，程光華聽出來，他的話說到後頭，已是心裡有氣，明顯帶著諷刺挖苦意味。程光華念著他畢竟是自己親生父親的徒弟，小時候確是抱過背過自己的長輩，不好意思把關係搞僵，便連忙解釋：「老陸叔，你別誤會，別誤會，只要不談工程上的事，往後還是可以來坐坐的嘛。」

路路通幾個大步就奔到走廊盡頭的樓梯口。程光華這才記起他進來時在椅子邊上擱下一個尼龍包，飛快拎在手裡追上去。路路通把樓道前後左右飛快溜了一眼，見沒有別人走動，就沉下臉說：

「阿華，你可不要惹老叔生氣囉！這點小東西，是我的一個朋友從東北帶來的。我聽說你的母親年老多病，她過去是我的老處長，老上級，這點小東西是我捎給她老人家的慰問品，跟你一點沒有關係，什麼時候有人回『水電村』，你給我托人捎去……」

程光華一隻手死死攥著路路通，另一隻手把東西往他懷裡塞。可路路通怎麼也不肯接，兩人在樓梯口展開拉鋸戰，整整相持了十多分鐘。

最後路路通真的來了火氣，鐵青著臉說：「程光華，你真的這麼絕？好！好！東西我拿回去，但是，我醜話說在前頭，從此以後——」他用一隻手掌在空中劈了一下，好像要在彼此之間劃出一道鴻溝。「我們倆，就這樣了！」

程光華好不為難，覺得事情完全沒有必要發展到如此嚴重的地步，臉上便有了尷尬的笑容：

「咳，那又何必！那又何必！」

路路通見事情有點轉機，突然掙脫被程光華像鐵鉗那樣緊緊鉗著他的那隻手，來了個高山滾馬桶，撲通撲通急慌慌蹦下樓梯去了。

程光華回到宿舍，打開那只尼龍布包，裡頭裝著兩盒吉林出產的長白山高麗參。長方形的金屬盒子，紅漆盒面上印刷著一條粗壯的金黃的高麗參，裝幀相當豪華精美，往少裡估摸，起碼也得三五百元。他媽的！這算怎麼回事呀？你開口老處長，閉口老上級，你不到後方基地「水電村」去問候我的老母親，反倒在我跟前大獻殷勤，這是啥意思？可是細細想來，他路路通又不像要耍什麼花招。他承包的工程，早在自己來流香溪任副總指揮之前拿到手，這兩個多月來，也不見他來說一句話，求一件事。他翻來覆去琢磨好一會兒，想不出一個頭緒，只好把東西收到衣櫃裡去。

程光華把那兩盒高麗參貯放好時，猛地又想起雄田幫明晚上的宴請，他那份生日禮物還沒有著落哩，路路通送的這兩盒高麗參不是正好嗎？就是送去一盒，也十分像樣呀！不，不！路路通的禮可不是好收的，何況自己早立下規矩。叫通信員現時就給他退回去吧？不，不！不管怎麼說，路路通總算是自己父輩的朋友，他對自己的父母那麼念舊，說了一大車感恩戴德的好話，雖然記憶依稀，卻又好像真有那麼回事。古人不是說：「水至清則無魚，人至察則無友」，誰沒有個三教九流的朋友呢，事情也不能做得太絕。暫時收著吧，以後找個適當機會，自己來妥善處理。

程光華到青龍橋頭那三百來米長的小街上走了幾個來回，看了好幾家百貨店和雜貨店，沒有看中適合送給雄田幫明作生日禮物的東西，就怏怏不樂地往回走。經過吉普賽酒店時，被游春英叫住了：

「咦，光華，你這是去哪裡？路過我家店門口，也不進來坐坐！」

游春英的話中有一種甜絲絲的怨氣，目光裡卻飽含著火辣辣的熱情。

程光華只好踅進已經好久沒來光顧的吉普賽酒店。大奶媽和游金鎖在廚房裡忙著，一見程光華都笑容滿面地迎出來，嚷嚷著叫春英沏茶待客。

也許是大奶媽人緣極好，見人三分笑，嘴上甜如蜜，一些老「沿江吉普賽人」總愛來她店裡打尖吃飯；而她們夫妻倆又大體遵守著程光華提出的「人升我升慢慢升，人降我降快快降」的經營之道，吉普賽酒店就很快享譽一方，生意一直做得紅紅火火。今天是星期天，更是顧客盈門，店堂裡的三張方桌座無虛席。游春英就把光華領到店後的一個小院子去。有遠見卓識的大奶媽，早在小酒店剛搭建起來的時候，就在這裡栽上兩株葫蘆瓜，如今瓜秧的枝枝蔓蔓已爬滿瓜棚，肥碩嫩綠的瓜葉，扯起一片濃蔭，遮擋住炙人的陽光，開闢出一方陰涼的天地。這裡也擺設著幾張桌椅，原是在黃昏時分，專供客人們納涼品茶和觀賞流香溪風景的，而此時則無人問津，正好讓游春英和程光華談天小坐。

游春英給程光華沏了一盅香茶，笑盈盈地說：「光華，你也真不像話！自從我們小店開張那天來吃過一頓飯，就從沒進過這小店的門。」

程光華說：「咳，有什麼辦法？我從雞叫忙到鬼叫，哪有空呀？」

「星期天總有點空吧！你就是對我們不關心。」

「一星期忙下來，我渾身骨頭都要散架了！我最大的奢望，就是痛痛快快睡一覺。看，我今天一覺就睡到十點多，才上街來轉轉。」

游春英心裡想，你這傢伙倒是睡得踏實，而昨晚我可為你作了一個多麼奇怪的夢。這麼想著，白皙的臉蛋上就飛起一片桃花紅。她趕忙掩飾說：「你還沒有吃早飯吧，我給你弄點吃的。」

程光華說：「別，別，我下了兩包快熟麵，把早飯午飯一起對付了。」

游春英聽著就有點心疼，忙到廚房裡叫媽媽備飯弄菜。

程光華笑笑說：「有你這樣做生意的嗎？客人不想在這裡吃飯，你就強拉硬扯的。」

游春英好看的小嘴兒一撇：「什麼呀？一頓飯我還請不起？何況你是什麼人？我是什麼人？」

程光華說：「說句笑話嘛，看把你急的，臉都紅了。」

游春英在光華火辣辣的目光注視下，臉蛋兒就有些熱烘烘的，禁不住嫣然一笑：「你就愛欺負人！」

頭頂上鋪展開的瓜葉兒水綠水綠，把仲秋正午的陽光也濾出一片綠意，顯得柔和而明媚。游春英今天穿一套湖藍色喬其紗連衣裙，腰間繫一條潔白的圍兜，一片綠色的陽光瀉在她身上，使她更加俏麗迷人，渾身洋溢著一種青春的氣息。程光華思忖著：人們都把俊秀的姑娘形容為美麗的花朵，那大概主要是指姑娘的臉部。瞧，春英今天真是美得像一朵牡丹花。她那白裡透紅的臉頰是嫩生生的花瓣兒，那珠貝般閃光的牙齒是燦爛的花托，被稠密的黑睫毛簇擁著的一對亮晶晶的眸子，則是最動人心魄的花蕊了。

游春英被光華看得不好意思，低下頭說：「我今天穿得怪模怪樣吧，你這麼盯著我？」

「看你這一身打扮，和大賓館服務員小姐一樣好看哩，怎麼會怪模怪樣？」程光華好像被人家看透了心頭的秘密，反而有點不好意思了，便扯開話頭問道：「你星期天都到店裡當服務員？」

游春英說：「星期天生意特別火爆，你看店堂裡坐得滿滿的，要是我不來幫一手，我阿媽阿爸真忙不過來。」

程光華說：「你媽真有戰略眼光，記得嗎？大媽阿叔剛來這裡時，我還潑你們的冷水哩！」

游春英就記起那天晚上，和丘長根去工地偷磚瓦水泥，在半路上碰見程光華，剛剛退潮的臉上又紅撲撲的：「去你的，哪壺不開你提哪壺呀！」

程光華連忙解釋道：「你誤會了，我不是提那回事。我是說，當初我的思想比較保守，而你媽卻大膽開放，現在看這酒店是開對了。要不了一兩年，你們家呀，就要從『第三世界』變成『第二世界』，甚至是『第一世界』了；我們家呢，光拿幾個死工資有什麼用？總要從『第一世界』變成『第三世界』的。」

「哪能呀？小打小鬧的成不了什麼大氣候。」大奶媽正端著一盤菜一壺酒，一陣風捲進來，聽到程光華的議論就插嘴說，「不過，比在小龍門守著那幾塊死工資，可是強多了。春英，你給光華哥篩上酒，慢慢地吃，灶頭上還有好幾個菜哩！」又一陣風捲出去。

一會兒，游春英幫著端來一海碗蛋炒飯，一碗肉羹豆腐湯，一碟油爆蝦仁和一盤炒魚片。程光華也不客氣，埋頭狼吞虎嚥。說實在的，他在工地當班時，吃的都是大伙房送來的饅頭盒飯，有時在大食堂吃飯，也都是大肥肉、紅燒魚這些大路菜，根本吃不到什麼美味佳肴，今天吃大奶媽小鍋小灶做的這幾樣小菜，覺得十分可口。游春英在一旁看著，不光是高興，更有幾分心疼幾分淒涼：一個單身男子長年在工地幹活也實在不容易，瞧他饞的，好像剛從餓牢裡放出來一樣；再看他身上那件白襯衫吧，袖口領子上的油垢污黑一片，白布黑布幾乎分不清楚；頭髮長而蓬亂，唇邊的鬍子也不知多久沒修理了，黑茬茬一圈，人便顯得又黑又瘦，比實際年齡要老好多歲。游春英就想，人家和自己是穿開襠褲的朋友，開這家酒店時又幫了那麼大的忙，而自己作夢都想著他，我怎麼就沒有主動的去關心人家呢？這麼想著，就含情脈脈地盯著光華說：

「咳，這許多日子可把你累苦了，往後如果耽誤了去大伙房吃飯的工夫，你千萬不要再吃快熟麵了，那玩藝兒吃多了不好，有防腐劑，傷肚敗胃。每個星期天，你都到我們小店來，我讓你改善改善！」

「我星期天都要睡懶覺，怕沒工夫。」

「睡懶覺也得填肚子呀，你上街遛達遛達就拐過來了麼，要多少工夫！」

說話時候，程光華把桌上的飯菜掃蕩一空，酒足飯飽，打著嗝兒站起來：「這頓飯吃得真痛快，我來埋單吧！」

游春英微慍斥道：「去，去，去！你存心給我難看怎麼的？」

程光華只好把伸向衣兜的手又收回來：「那我得走了，我還有急事要辦。」

游春英用水汪汪的眼睛勾住程光華：「星期天也有急事，就不能多坐會兒？」

程光華把雄田幫明今天生日要請他吃飯，可生日禮物還不知道在哪裡的事兒說了一遍。游春英說：「這有何難？我們店裡現成的好煙、好酒、好茶葉，你隨便挑一兩件不就成了！」

程光華一想也對，挑了兩罐包裝精美的武夷岩茶，也不管阿叔大媽和春英高興不高興，扔下一張「四老頭」就急匆匆走了。

在流香溪畔的青龍山麓，一片古木參天的林子裡，建起十餘幢玲瓏剔透造型優美的小別墅，是南茂公司專為日本專家和職工準備的舒適住所。因為這些小樓一律刷著雪白的粉牆，在綠蔭如蓋的林子裡顯得十分醒目，職工們便稱之為小白樓。為了尊重日本朋友的生活習慣，小白樓的外部造型和內部裝修，大體上仿照日式建築。每一幢小白樓內除了舒適寬敞的臥室，還有浴室、棋室、娛樂室和健身房，室外有花壇、花圃、射擊場和網球場。但是，日本職工也都被工程任務壓得喘不過氣，休息娛樂的時間極少，以至射擊場和網球場上雜草叢生，一片荒蕪，若不是還拉著一道球網，豎著幾塊射擊靶子，與荒山野地沒有什麼兩樣。日本職工在飲食方面，嘴也很刁，公司就為他們專門開設一間日本職工小餐廳。大師傅是從福州高薪聘請來的特級廚師，不止燒得一手無可挑剔的粵菜和閩菜，做日本料理也十分地道。

晚上七時正，程光華一手捧著一束鮮花，一手拎著兩罐武夷岩茶，來到日本小餐廳時，雄田幫明已經站在門口恭候。他今天穿著一套筆挺的淺灰色西裝，胸前繫著一條猩紅色的領帶，用一枚鍍金胸針別在微微腆出來的白襯衫上；臉部也修整得異常潔淨，黑糝糝的鬍子不見了，從雙頰到下頜泛起一片青光。程光華不由在心裡讚嘆日本人對待自己生日的認真，同時暗暗慶幸自己也稍稍作了修飾打扮。下午從吉普賽酒店回宿舍後，他理過髮，洗過澡，穿上米黃粗呢茄克衫和皮爾卡登西褲。在他來說，這是最講究最高級的衣著了。和雄田幫明緊緊握手的一瞬間，他居然冒出這樣一個念頭：他媽的，下個月拿到工資，可得買一套上檔次的好西裝，要不，遇到什麼外事活動，自己寒磣事小，給中國人丟臉可就事大！

日本職工已經用過晚餐，小餐廳裡很清靜。一張深黑色的大理石小圓桌上，擺滿珍饈佳肴。雄田幫明招呼程光華入席時，程光華疑惑問道：

「您還有其他客人吧，我們一起到門口迎候。」

雄田幫明說：「沒有了，我請的貴客，只有您的一位。程先生，非常感謝！您的願意陪我一起過生日，我的非常高興。」

「十分榮幸！十分榮幸！」程光華說完中國話又加了一句日本話：「阿琳阿哆苦查咦嗎斯！阿琳阿哆苦查咦嗎斯！（謝謝！謝謝！）」

雄田幫明今天真是慷慨解囊。他點的菜都精美可口，既有日本人愛吃的生魚片、鐵板燒牛排和各種新鮮沙拉；又有中國人喜歡的清燉甲魚、田雞之類。雄田幫明酒量不大，不喝烈酒，要了兩瓶金獎名牌沉缸酒。程光華舉杯祝賀雄田幫明的四十大壽，雄田幫明敬酒感謝程光華這許多日子來的關照和合作，兩人說了一番客套話。程光華很快察覺，矮個子雄田幫明眉頭緊鎖，鬱鬱不樂，似乎有什麼心事，但是畢竟是外國朋友，也不好多問。酒過三巡，雄田幫明有些微醉，說話就無所顧忌。他說，今天是他四十歲生日，同時也是他來中國工作最倒霉的一天！程光華問他怎麼回事，他居然破口大罵：

「八格呀路！我今天挨批了！」

程光華問是誰批了他。他用手指在上唇抹了一抹。程光華就知道他是指董事長兼總經理茂林太郎。日方幾個主要人物都有一個中日雙方通用的啞語手勢的代號：茂林太郎上唇留著一撇仁丹鬍子，只要用手指在上唇抹一抹，大家都知道是指總經理；如果用手在胸前比劃比劃，那一定是指雄田幫明，因為他個子矮；如果把手舉過頭頂，毫無疑問是指大個子牛部春房，他是一個身高過人的日本職工。

程光華甚是驚詫：「總經理為什麼批你？」

「他對工程大大的不滿意。」

「怎麼，哪裡的施工有問題？」

「不是質量，是速度，他嫌施工的進度的太慢，他說我這個工地總指揮的不得力。八格呀路！他從北京的打長途電話的來訓我。他說，工程再這麼拖拖拉拉的就要撤了我這個總指揮……」雄田幫明一邊罵罵咧咧一邊頻頻喝酒。

程光華大為吃驚，向雄田解釋說，這幾個月來，每天的開挖量平均一萬五千多土石方，澆搗量每天平均一萬三千多方混凝土，是南工局有史以來的最高施工速度，也是全國同等規模的水電站工程的最高施工速度，怎麼還能嫌速度慢呢？程光華還特別強調，在流香溪工地，我們把輾軋混凝土、預裂爆破、定向爆破等等最新的施工技術都用上了，施工進度還想再快到哪裡去？

雄田幫明說，這個施工速度在日本也算快的，但是茂林太郎有他自己的苦衷：茂林株式會社在日本建築界有許多競爭強手，他們以最低標價參加流香溪水電站工程的國際招標，本身就是一個極大的冒險，在日本輿論界引起很大震動；而茂林太郎又是一個好大喜功的人，已經向日本的新聞界誇下海口——在一九九三年「五一」勞動節（雄田幫明特別強調說，這是貴國政府定的時間），他茂林太郎將在一百米高程的流香溪攔河大壩上，接受中日兩國各大報和各大電視臺的新聞記者的採訪。可是，工程現狀怎麼樣？時間將近過半，開挖工程還沒有全部完成，澆搗工程才完成三分之一。更要命的，是流香溪兩岸還有不少農村民宅古墓祠堂尚未搬遷，一九九三年五月第一臺機組開機發電的希望極其渺茫……

雄田幫明用結結巴巴的華語講述這麼複雜的內容時，不得不借助手勢，再加上在一張紙上寫寫畫畫。程光華邊聽邊揣測，才大體上明白他說的意思。他不由暗暗驚嘆：直是無獨有偶，中國有好大喜功者，而日本也有人喜歡吹大泡。幹水電站工程未知的客觀困難數不勝數，哪能把話說得這麼死？把弓拉得那麼滿？

程光華說，我真不明白，我們中國政府定個工程進度時間，那是為了鼓舞士氣，為了爭取各方面的支援，以保證按時完成工程任務。茂林株式會社是一家私營企業，有什麼必要在國際上大造輿論？

雄田幫明說，茂林株式會社在日本是一家歷史不長的建築公司，三十多年來只在日本和一些小國建過一些中小型水電站，但是茂林父子都是目光遠大的企業家，他們早就想建立自己的跨國公司，想躋身於強手如林的世界建築業，他們已經多次參加世界性建築工程投標，可是屢戰屢敗。這一次，他們以最低標價參加流香溪工程國際投標競爭，簡直是破釜沉舟，孤注一擲。他們如果能按時拿下一百八十萬千瓦的流香溪水電站，那是足以震撼日本乃至世界建築業的一個勝利，就能大大增強茂林株式會社在世界建築行業的競爭實力；說得更加實在一點，如果流香溪這一仗他們打贏了，他們就可以向覬覦已久的長江、黃河、珠江、閩江、金沙江、大渡河……等等中國的大江大河進軍；反之，如果他們在這裡栽了筋斗，這家公司的前途將不堪設想。

程光華聽清雄田幫明說的意思，既為茂林家族的勃勃雄心大感驚詫，又暗暗為他們捏了一把汗。國際上水電建築行業之間的競爭是如此劇烈，流香溪工程的未知因素也不知潛伏著多少，他們竟敢在大江大河上頂風行船！而他們的屬下職員，像雄田幫明這樣的高級工程師，怎能鐵了心為他們賣命呢？程光華甚是惶惑地問道：

「雄田先生，對不起，恕我冒昧問一句：你在茂林公司有沒有股份？」

雄田幫明臉上露出苦笑：「我怎麼可能有股份？我僅僅是一名職員、一名高級職員。」

「那你為什麼對茂林公司的事業如此忠心耿耿？」

「這是日本人的職業習慣和職業道德。我們日本人的幹活，很少跳來跳去的。像我，大學一畢業，就在茂林當技術員，一幹快有二十年了。我們在一家公司幹事，就希望這家公司興旺發達，我們也會跟著大大的有前途。」

「我想知道更具體一點，流香溪工程用得著你這樣著急嗎？」

「程先生，我已經把你看成我的好朋友，我就實話的對你說吧，我來流香溪也是一次大大的冒險！」雄田幫明咕嚕咕嚕灌下一杯酒，用手背揩一揩唇邊的湯汁酒滴，接著告訴程光華：他原來只是茂林株式會社的一名主辦工程師，要奔上茂林株式會社副部長、部長的寶座還差一大截。而流香溪對他卻是一次極好的機遇。因為配當現場總指揮這一級職務的人，大都上了年紀，不大願意遠涉重洋來中國的山溝溝裡受苦；於是他毛遂自薦。老茂林和小茂林都當面給他許過諾：如果這一任的總指揮漂漂亮亮幹下來，他就大有希望在公司的工程部或海外部中擔任一名要職。當然，如果茂林公司在流香溪栽了筋斗，不用說，他雄田幫明也將跟著大倒其霉，前途暗淡。

雄田幫明敘述這一切時，用一種壓抑而低沉的聲調，原來像錐子一樣銳利的眼睛罩上一片愁雲迷霧，可以想見，他心裡是何其苦惱和鬱悶！

程光華終於恍然大悟，雄田幫明原來醉翁之意不在酒。慶祝自己的生日並不重要，他日夜操心的是電站工程的進度，是茂林公司和他自己的前途。對於如此重大的問題，程光華無法給他明確答覆，更不敢給他打保票。他覺得他來流香溪擔任副總指揮後，已經盡最大的努力而且取得有目共睹的成果。他以自己的模範作用和卓越的工作，使中日職工間的磕磕碰碰大大減少，使南工局職工的積極性發揮到最大限度，目前的施工速度是南工局歷史上前所未有的。目前工程上有許多事情拖泥帶水，進展緩慢，那就涉及到我國企業體制上的弊病，涉及到上下左右相互制附的複雜關係，甚至涉及到中國傳統文化對現代化建設的負面影響。比如，雄田幫明說，庫區沿岸還有不少村子不肯搬遷，大大影響施工進度，這就關係到做好群眾思想工作和安置工作的問題，光靠承包公司根本無力解決……程光華說得結結巴巴，滿頭大汗，因為這些十分複雜的問題，憑他的認識能力和語言能力，都無法向雄田幫明解釋清楚。他力所能及的，是一再表明，他程光華將會全力以赴支持雄田幫明的工作，而且一再給雄田幫明打氣，中國人一定有能力有辦法按照預定期限建成流香溪水電站。說這話時，程光華覺得自己竟然有點兒像外交官，他使用一種不著邊際的外交辭令，這和一個工程人員實實在在的作風已經相去甚遠。他意識到這一點，便在心裡暗暗苦笑。

這一餐飯吃了兩個多小時，雄田幫明還哇啦哇啦沒個完。兩個長相美麗而素質欠佳的女服務員，早已不太耐煩，便拉出一條長長的皮管，放出嘩嘩啦啦的自來水沖洗瓷磚地面。要在平常日子，程光華一定會對這種不成體統的行為提出批評，甚至找她們的頭頭理論，而今天她們的做法卻正好幫了他的忙。要是讓雄田幫明這麼左一杯右一杯喝下去，他非得濫醉如泥不肯罷休。

走出小餐廳時，程光華看見雄田幫明搖搖晃晃，有八分醉意，只好陪送他回小白樓。雄田幫明住在二層樓一間相當寬敞的單人房。房內空調、電話、彩電、冰箱一應俱全，一切設備至少比得上三星級賓館。雄田幫明又是沏茶又是敬煙，要留程光華多坐會兒聊聊天。程光華說時候不早，他今天喝得不少，勸他早點兒休息。雄田幫明卻拉著他不讓走，從書桌上取下一張鑲在鋁合金小鏡框中的彩色照片給他看。這是一張合家歡，照片上有雄田幫明和他的妻子以及一子一女，妻子端莊秀麗，兒女活潑可愛，看得出雄田幫明的家庭挺美滿如意。彩照又放在書案上面對床頭的位置，想像得到，雄田幫明每晚入眠之前和早晨醒來剛睜開眼睛，都要對著照片思念並祝福遠方的親人。真沒想到，這個健壯得像牛牯一樣的漢子，還有這樣一份柔情蜜意。

雄田幫明向程光華一一介紹自己的妻子和兒女，那紅紅的醉眼裡便流出濃濃的愛戀和深深的思念。他說，他已經半年多沒有回日本度假了，他媽的，這段時間特別想念老婆和孩子，夜裡睡覺，常常夢見他們。

程光華說，你應該回去看看的，日本職工不是每半年有一次假期嗎？

雄田幫明懊惱地說，我怎麼回得去？茂林太郎把我抓得這麼緊！

程光華說，這麼說，你只好常常給家裡寫信打電話了。

雄田幫明說，信也很少寫，沒有時間呀！電話倒是不少打的。家裡記著今天是他的四十歲生日連著來了三個電話，妻子打一次，兒子打一次，女兒打一次，光電話費也得花三四萬日元！

再聊了一會兒，程光華起身告辭，雄田幫明又把他按在沙發上，神秘兮兮說，再坐會兒，我給你放電視錄像，是我們日本的帶子。

程光華看見擱置電視機和錄像機的矮櫃上，果然擺著高高一大疊錄像帶。雄田幫明抽出一盒，裝入錄像機，一會兒，二十五吋大彩電的熒光屏上，便現出幾個妖妖冶冶的裸體女人和色迷迷的男人，幹起那不堪入目的勾當。程光華才看幾個鏡頭，就渾身燥熱不安，下體有一種異樣的感覺。他想起前不久南工局黨委書記曾在一次黨團員大會上說，茂林公司從日本購了許多錄像帶進來，不但讓日本職工自己關起門來看，還勾引我們的青年女工去他們的宿舍悄悄「欣賞」。南工局的黨委書記嚴肅指出：這是一場「無聲的戰鬥」，是「爭奪下一代的鬥爭」，黨團員一定要站穩立場，不准看黃色錄像。他還聲色俱厲地強調：我們大膽地打開門窗，是為了讓一切外國科技文化有益的春風吹進來，同時又要拉起一道鋼鐵的紗窗，不能讓外國的蒼蠅蚊子飛進來。否則，我們的國家就會改變顏色。當時，程光華覺得黨委書記有些神經過敏，小題大作，沒想到這小白樓的高級寓所裡，還真藏著「蒼蠅蚊子」。當然，就具體事情來說，他沒有像黨委書記看得那麼嚴重。他雄田幫明一個日本工程師，有什麼必要來「爭奪」我程光華？我程光華看一場日本錄像，就會被日本人俘擄過去？但是，縱使如此，程光華仍覺得在這裡再看下去也不適合。他這人一貫表裡如一，絕不陽奉陰違。何況他過去在一些高幹子弟那裡也看過這類帶子，那是些什麼狗屁臭玩藝兒呀，又沒有什麼故事情節，無非是不厭其煩的性行為和性表演，和鄉下的公雞踏母雞、公狗騎母狗也差不離，供二賴子們閒來無事時解個悶兒還可以，一個有文化的中國人在日本人面前看這破玩藝兒，他就覺得有些兒掉份。這麼想著，他的熱血冷卻燥熱消退，毅然站起正色道：

「雄田先生，實在對不起，我晚上要去看一個朋友，不能在這裡陪你，這就告辭了！」

雄田幫明看出程光華心頭不悅，也不敢強留，就訕笑著問道：「你覺得不好看嗎？」

程光華回道：「沒有什麼意思，我們一般不看這類電視。」

雄田幫明說：「呀稀，呀稀，是沒有的意思，在日本的我的也不愛看。但是，在這山溝溝裡，聽音樂的沒有，看電影的沒有，跳舞的也沒有，日子的難過，心情不好的時候，總得找一點什麼什麼的刺激刺激的，輕鬆輕鬆的，程先生，你說對嗎？」

程光華說道：「H市有好幾家卡拉OK廳和歌舞廳，一到周末和節假日，許多日本朋友都去H市逛逛，你也可以去解解悶。」

雄田幫明用奇怪的目光瞅著程光華，一個勁搖頭：「嗚噢！那種地方的不衛生，不衛生！」他驚訝的表情和語調，好像是提到一個十分齷齪的茅廁。

程光華甚是不解，寬慰說：「不會的，不會的，那是些裝修得相當高級的卡拉OK廳。」

雄田幫明還是神秘而固執地搖頭：「那裏的不好玩，不衛生，我不去，我不去！」

過了好些日子，程光華才悟出雄田幫明奇怪目光和神秘語調中的特殊含義。這時候，作為一個中國人，他心中燃起熊熊的怒火，感到那是一種莫大的恥辱。

第八章　鍾靈毓秀

香溪村歷史悠久，原野沃碩，山環水匯，既有青龍山聳峙而鍾靈秀，又有流香溪回環而煥文光，真乃少有的風水寶地呀！

繁忙喧鬧的工地白晝即將過去，夕陽的餘暉把流香溪鍍上一片金光，水面上漂浮著金秋鮮紅的楓葉，和斑斑點點的野花瓣兒。一陣陣涼爽的秋風，吹送著艾草和山花芬芳的氣息。許多幹了一天重活的工人，這時候常常敞開胸襟，大口大口享受深山老林裡清新的空氣。從夕陽終於下山的一瞬間開始，氤氳的水氣旋即從溪面上升起，由淡而濃，由乳白色變幻為青灰色，很快讓青龍山戴上薄薄的面紗，工地上的大燈小燈也就亂紛紛地睜開睡意矇矓的眼睛。

這時候，一輛寶藍色皇冠3.0飛快駛過施工大橋，駛過大壩工地，在南茂公司辦公大樓前戛然停下。車門打開，南工局局長兼南茂公司副總經理方雲浦從車上走下來，又回過頭與仍然坐在車上的茂林太郎打了一聲招呼：

「再見！」

茂林太郎從車窗伸出半個腦袋，彬彬有禮地回了一聲：「莎喲哪啦！」

寶藍色的大皇冠就呼地一聲，向日本專家住地小白樓駛去。

方雲浦和茂林太郎去北京向水電部匯報工程進展情況，今天才飛回福州，坐上前往機場接站的皇冠3.0就逕直趕回流香溪。方雲浦在公司總部辦公樓裡有一個大套間，裡間是臥室兼書房，外間排著兩排皮沙發，是供開個小會或是接待來訪人員用的。方雲浦坐了一天車，滿身塵土渾身酸痛，正準備洗個澡，然後下兩包快熟麵填填肚子，就舒舒服服睡一覺。他連日光燈也不敢開，只開了一盞桌上的小臺燈。他怕立即有人跟蹤來找他談工作。他比不得人家茂林太郎。那位日本老先生上班時間兢兢業業，一絲不苟，可一下了班，就躲進小白樓聽音樂，看電視，品香茗，誦佛經，有時還練練中國書法，那日子簡直和神仙過的一樣。然而，羨慕歸羨慕，他心裡卻明白，茂林太郎那種活法是無論如何也學不來的。茂林株式會社是他父子的私人企業，他和他的部下純屬勞資關係，給工人按月發了工資，就沒有他的事了；而南方工程局，卻是一個血肉相連的大家族，五臟俱全的小社會，他和他的工人是同志加兄弟，他這個局長就好比家長和族長。更何況，在中國土地上，茂林株式會社是客，南方工程局是主，大到工程上的難題，小到所有工人的衣食住行、婚喪嫁娶、生孩子死人、夫妻吵架鬧離婚等等雞毛蒜皮的事，許多人都會找上門來要他拿主意。他這個副總經理的工資是茂林太郎的百分之一，而他所承擔的工作和責任卻要超過茂林太郎一百倍。這就是目前中國許多中方總經理與外方總經理有天壤之別的生存狀況！

方雲浦今天實在太累，他早早關上門，找好衣服，打開熱水器放好了熱水，正想進衛生間洗澡，門外卻突然響起敲門聲。他嘆了口氣，咳，今晚想早早安歇的計畫又將落空了。

走進房來的是工地副總指揮程光華。後生哥看見方總只穿著背心褲衩準備洗澡，覺得來得不是時候，猶豫著想退出房去，方雲浦卻叫住了他：「咦，怎麼不坐會兒，就走啦？你準有什麼事吧？」

程光華說：「也沒有什麼了不起的事，我明天再找你匯報吧。」

「不！」方雲浦用機敏的目光盯著程光華，「我前腳剛進門，你小子後腳就跟來，還能沒事呵？這樣吧，我先洗個澡，只要十分鐘，你呢，自個兒在這裡看看電視，行吧？」

「好吧，」程光華在沙發上坐下來，一邊吸煙一邊看電視。中央電視臺第一套節目正在播放新聞。但是流香溪山高地僻，南茂公司雖然自己出資在青龍山上安裝起一座電視轉播臺，收視效果還是很不理想。屏幕上的圖像不清晰不穩定，一會兒像刮風下雨，一會兒歪來扭去，兩個漂亮端莊的男女播音員就變得像妖怪似的。程光華興味索然，關上電視，從書架上抽出一本書來瀏覽。書上已經積滿灰塵，程光華拿在手上拍了拍。工地上總是整天飛沙走石塵土滾滾的，方總走了才一禮拜，沙發上桌面上都蒙上一層厚厚的灰塵。程光華便拿起掃把抹布幫著收拾房間。他發現地角頭有一個電熱壺正在燒開水，滋啦滋啦冒熱氣，眼看水要開了；茶几上放著兩包快熟麵，那大概就是方總的晚餐。程光華不由大為感慨：方總呀，方總，你當的官兒，在南工局也算天字第一號了，可你的生活，和我這個光棍漢也差不了多少呀！「到處流浪，到處流浪！」這就是「沿江吉普賽人」的命呀！

一會兒工夫，程光華把房間收拾好了，給方總下了兩包快熟麵，這時方總換好衣服從衛生間走出來。

「哎呀呀，你怎麼給我當炊事員，讓我自己來吧！」方總洗盡一身風塵和疲勞，顯得精神多了。

「我坐著也沒事。」程光華說，「你怎麼連一點佐料都沒有，清湯寡水怎麼吃？我去給你買幾粒雞蛋吧！」

「罷了，罷了，陪茂林太郎去北京匯報工作，住了一個禮拜高級賓館，吃了一個禮拜高級伙食，體內的脂肪堆積，足夠消耗好些日子了。上了年紀的人，還是吃清淡點好。」方雲浦一邊吃著快熟麵一邊說，「現在講吧，你像克格勃一樣跟蹤我，不會沒有要緊事的。」

程光華把上個星期天，雄田幫明請他去吃生日酒，雄田幫明發了一大通牢騷，說他怎麼挨茂林太郎的批，怎麼擔心工程進度，特別是現在庫區移民搬遷拖著工程後腿，讓雄田幫明如何焦慮不安的情況說了一遍。

方雲浦三下兩下把一大碗快熟麵扒下了肚子，用毛巾抹淨嘴巴說：「哦，這事我早就知道了。」

「喲，你怎麼早知道？」

「茂林太郎和我一起去北京開會，一路上，他不斷向我嘮叨這件事。」

「你怎麼對他說？」

「有些事情解釋得清楚：比如，工程進度問題，我們只要把勞力組織得更加合理些，挖掘和澆搗的工效都是可以進一步提高的。有些卻解釋不清楚，比如庫區的移民搬遷問題，農民遲遲不肯搬遷，不肯離開破破爛爛的老村子，不願住進青磚洋房的新村子，跟日本人就怎麼也無法解釋。」

程光華給方總和自己各點了一支煙，問道：「我看這裡的主要問題，是不是農民太保守，太頑固，不肯拋棄舊的生活方式和生活習慣？」

方雲浦說：「問題也不那麼簡單。這裡有觀念問題，有思想問題，也有安置政策落實得好不好的問題。但就我們工程局這一方來說，最頭痛最要命的問題，是我國的市場經濟發育還很不完備，把我們這樣一個國有工程局推到市場上去自由競爭，去當承包商，許多相關方面卻不能配套，社會上關卡重重，許多經濟活動有法不依或者根本無法可依，工程之外的難題，要比工程本身的難題多上千倍萬倍！」

「這話怎麼說？」

「給你舉個例子說吧，工程剛剛上馬那一年，那時你還沒來流香溪，公司要在溪南岸建三座水泥貯料罐，占地三畝五分，而且那是根本不能種莊稼的荒坡地，我們不用時幾百幾千年在那裡誰也不去問，可是，我們一旦把那片土坡推平了，農民就紛紛來向我們要買地錢了。開頭我們不想給，他們就動蠻的，工人白天把木樁埋下去，農民夜裡就把木樁刨起來，我們再埋，他們再刨，像打拉鋸戰似的，整整折騰了十三天。去他媽的蛋，我們只好自認倒霉，給錢給錢，三萬不行給五萬，五萬還不行給六萬，為了那從來無主的三畝半荒地，整整花了六萬五千塊，才算把那三座水泥貯料罐建起來。」

「我的天，現在的農民怎麼這麼貪？」

「也不僅僅是農民！工人怎麼樣？企業怎麼樣？各級管理機關和執法機關怎麼樣？再給你舉個例子吧，工程剛剛開工的時候，我們到江蘇一家造船廠訂購兩艘挖泥船，每艘三百五十萬，先付訂金一百五十萬，講好八個月交貨。可是，整整過去一年三個月，船還沒有動工。公司只好派人去催，前前後後去了十幾批，大把大把塞錢，這筆開支，少說也可以再買半條船了。一直等了一年半，船總算造好了，可以交貨起運了，從長江到東海，從東海到閩江，從閩江到流香溪，又走了三個月，一路上碼頭、船檢、稅務、警察，七捐八稅和買路錢，又足夠再買半條船。」

「我的天，如今建個電站怎麼這樣難！聽說五六十年代，要在哪裡建個電站，哪裡的群眾就發揚共產主義風格，自己打著鋪蓋捲兒來支援。」

「嚴格地說，那不能叫共產主義風格，那叫刮『共產風』，叫無償平調。」方總糾正道，「這一套『共產風』，造造氣氛，搞搞熱鬧，湊效一時還可以，要想長期堅持，靠這一套來搞四化建設，也是不行的。」

「老的一套不行，新的一套又不靈，這四化建設怎麼個搞呀？」程光華覺得困惑而迷惘。

方雲浦耐心解釋說：「也不能說新的一套不靈，只能說新的一套還不夠完備，也就是說目前中國的市場經濟還不夠完備。就拿購買挖泥船這件事來說吧，就是我國目前的造船廠還不多，廠家沒有競爭意識，也就不信守合同。如果中國造船廠多了，你看他們還敢不敢這樣對待客戶？同樣，如果各種法規健全了，一路上的重重關卡也就不敢為難我們。」

程光華又問道：「那許多不合理的開銷，到哪裡去支出呢？」

「這許多複雜的難題，我怎麼也向日本人解釋不清楚的。」方雲浦伸了個懶腰打了個哈欠說，「為了維護中國改革開放的形象，為了不讓外國人把中國人看得那麼醜陋，我們南工局只好打落牙齒往肚裡吞，自己認了吧！」

「哎呀呀，方總呀方總，這個家真叫你太難當了！」程光華望著方雲浦比前些時候又清瘦蒼老了些的面容，深表同情地搖頭嘆息。「說來說去，還是怪現在的社會風氣比過去糟多了！」

方雲浦深深吸了一口煙，眯著眼沉思片刻慢慢悠悠地說：「事情也不能這麼一概而論。解放初期，我國基本上是個農業國，商品經濟很不發達，大家都過著一種低標準的窮日子，人們對金錢還不那麼熱衷，那麼關心。這種社會狀況的好處是，能夠比較好地保持傳統美好的道德，人們都比較清心寡欲，善良淳樸；而另一方面，又容易培養懶漢，整個社會缺乏活力。現在改革開放了，商品大潮席捲全國，金錢才顯出金子一樣的光芒，把人們搞得眼花繚亂。一方面，它成為社會最主要的腐蝕劑，叫許多人的心靈變黑，變狠，變毒，使社會道德淪喪，使社會風氣敗壞；而另一方面，金錢又成為這個社會最主要的潤滑劑，把每一個人的積極性調動起來，讓每一個環節高效地旋轉起來，生產力才能夠高速發展……唉，反正這是一個相當複雜的理論問題，它的正面和負面，許多理論家說了許多廢話至今沒有說清楚……」方雲浦又禁不住打了個長長的呵欠，把沒說完的話打住了。

程光華聽了方總這一番深入淺出的話，茅塞頓開，深受啟發。他真想這麼一直聊下去，能夠大長見識。但他看見方總連聲呵欠，臉帶倦容，便起立告辭。

方雲浦也站了起來說：「怎麼這就走了？你不是為庫區移民搬遷的事很著急麼？總不能把情況擺完就走呀，我們得商量出一個解決辦法。」

程光華回過身來說：「我能有什麼辦法？這應該是地方政府的責任。」

方雲浦說：「不錯，這是地方政府的責任，但是，我們應該去關心關心，看看能幫上什麼忙。」

程光華用徵詢的目光望著方雲浦：「公司總部那麼多頭頭腦腦，你派一名得力幹將去唄！」

方雲浦說：「我叫龍經天去跑過幾趟的，可是毫無結果。我現在一時又派不出更適合的人，就請你去跑一趟，怎麼樣？」

程光華沒有吱聲。工地上那一攤子已經把他折騰得頭昏腦脹，他哪有工夫去管這些閒事？

方雲浦蹙起眉頭說：「咳，國際銀行的專家小組組長約翰遜，已經給我們出示黃牌警告，說工期這樣拖延下去，國際銀行將停止為流香溪提供貸款。我記得你過去在金溪電站，也和地方上打過交道，挺有一套的，你是不是抽點時間，把這項任務兼顧一下？」

程光華見方雲浦把這事說得如此重要，而且用信任、期待的目光盯著他，他不忍心再討價還價，只好點頭應允了。臨走，他又說起雄田幫明曾經談起，工地上文化生活單調，年輕職工特別是日本人已經寂寞難耐，他建議是否辦一個交誼舞廳，讓大家周末也能輕鬆輕鬆？方雲浦連聲說好，當即同意撥給他們一筆錢，要他發動一批年輕人，盡快把工地的工餘文化生活活躍起來。

這個星期天，程光華又一覺睡到近午時分。游春英把他的房門敲得像擂鼓似的，他才迷迷怔怔從夢中醒來。他一個鯉魚打挺蹦下床，急忙穿上長褲襯衫，趿著拖鞋去開門。

游春英一進屋，聞到一股年輕男子特有的汗酸味，又瞥一眼程光華沒有繫上扣子的襯衫裡頭，那發達的胸脯鼓得像鐵塊似的，就有些臉紅，有些頭暈，啐了一口說：「呸，你真是一條大懶蟲，能睡到這個時候！我叫你星期天都到我家店裡去吃飯，你怎麼忘記了？」

程光華不好意思地笑笑：「咳，有什麼辦法？昨晚方總開會剛回來，我去匯報工作，一談就談到十點來鐘。回到屋裡剛想睡覺，通訊員又突然來通知，說工地上一個日本佬和中國工人吵架，要我去處理。我趕到工地，七勸八勸，一直磨到淩晨五點多，回到宿舍，抹抹臉，洗洗腳，這才上床。請你算算看，我這一覺能睡多少工夫？」

「咳，當官也有當官的難處！不像我們工人，一下班，誰也管不了我們。」春英說著，把多層手提飯盒放在桌子上，一層一層打開來，裡頭盛滿了餃子、煎包、發肉湯。

光華聞到一股香味撲鼻而來，喉結上下蠕動一下，嚥下一口口水：「你這是怎麼啦？還送貨上門，服務到家囉！」

春英瞪光華一眼：「我不是對你說過嗎，要你星期天和節假日，都到我們店去吃飯，可左等右等不見你來，怕你還是用快熟麵騙自己的肚子，只好給你送了來。」

「哎呀，你們店裡不是忙著嗎？你怎麼走得開？」

「沒事，長根在那兒幫忙。」游春英覺得程光華彷彿在琢磨自己的表情，一低頭，趕忙躲過他含意不明的眼光。

程光華連聲謝謝，去衛生間打來一盆水，盥洗已畢，就坐下享受這一頓豐盛的午餐。

程光華吃飯的時候，游春英把床頭床尾床上床下的髒衣服臭鞋襪都找了出來，抱到衛生間去清洗。程光華只說了幾句客氣話，並不阻攔。游春英來幫程光華洗洗刷刷也不是頭一回了。開初，當游春英把那些藏掖在席子下面或床角落裡的褲衩、襪子搜羅出來的時候，程光華還會過來搶搶奪奪，好像什麼隱私被人家抖了出來，臉上紅紅的，說話結結巴巴，後來慢慢就習慣了。他覺得游春英長相和脾性都像她媽，待人既熱心誠摯，又潑辣大方。小時候，他們兩家貼隔壁住著，他的父母關「牛欄」住醫院的日子，游春英的母親大奶媽也是常常過來照料他。自從春英父母來流香溪開店，特別是光華墊上一大筆錢，給他們拉來一卡車磚瓦水泥，讓她們的吉普賽酒店如期建起來，這一家人對他更是感激不盡。程光華的工作總是忙得不可開交，房間總是亂得一塌糊塗，游春英常來幫著拾掇拾掇，他就看成是鄰里間一種關照，朋友間一種互助，也沒有更多的往深處去想。

而在女孩子的內心感覺上，事情卻要複雜微妙得多。游春英是南工局「第三世界」窮苦家庭的孩子，自小就要幫著帶妹妹洗尿布，洗洗鞋襪衣服根本不算回事。問題在於以往在家做家務事也好，在工地幹技術活也好，那都是一種汗水的揮灑體力的支出；給光華洗洗刷刷卻感覺不同。她搜羅那些髒兮兮的工服工褲時，心裡既好奇又緊張，很想窺探到什麼秘密又擔心真的發現甚麼秘密；她給程光華的汗衫、短褲抹上肥皂輕輕搓揉的時候，許多浪漫的幻想隨同彩色繽紛的肥皂泡沫一塊兒冒出來，便像喝醉了酒有些暈暈乎乎；她折疊那些洗淨晾乾散發著太陽氣息的衣物時，心裡頭禁不住蕩起一股春風，享受到一個小主婦一樣的快慰。因而，程光華這間邋裡邋遢的房間，對她有著愈來愈大的吸引力，她來這裡跑動得更加勤快了。

程光華吃完午餐，抹抹油嘴，游春英把一盆子衣服也洗好晾好了。程光華收拾碗筷準備洗刷，游春英過來搶在手上說：「我來吧！你歇著。」

程光華只好退到一邊笑著：「哎呀，你是存心要把我培養成二流子怎麼的？」

「我嫌你洗得馬虎，你洗的那個碗呀，哪一塊都能刮下二兩油。」

程光華點了一支煙，吐著煙圈兒悠悠地說：「春英，你真能幹，真麻利，將來長根娶了你，可要享福一輩子。」

程光華萬萬沒有料到，過去這類常常開的玩笑，今天卻惹得游春英生了氣。

她沉下臉說：「光華，請你以後對我嚴肅一點好不好？不要和我開這種玩笑。」

程光華吃了一驚：「怎麼啦？你和長根鬧意見了？」

「我們好好的，鬧什麼意見？」

「哦……」程光華想了半天也想不明白，幾乎是自言自語地輕聲說：「我怎麼一直以為，你們是很要好很般配的一對？」

「那是你以為，可是，你從來不問一問，人家是怎麼以為的？」

「哦，那你以為長根有什麼不好？」

「看看，你說到哪兒去了？我說過長根不好了？他從小和我一起長大，我們一直好得像親兄妹一樣，可是，要好是要好，談對象是談對象，這是兩碼事！」

「哦，我明白了！」

「你明白？你一直不會明白！」游春英立即覺得這話也說得過分明白了，停了停，又臉上緋紅地補充道：「你今年都三十出頭了，我今年才二十四，就准許你挑挑揀揀，不允許我慎重選擇？」

與其說程光華從這話裡聽出了什麼暗示，不如說他是從游春英火辣辣水盈盈的目光中捕捉到一種意味深長的信息，不由暗自吃了一驚，便埋下頭狠狠吸煙，不再說什麼。

這事來得實在太意外！程光華一直以為游春英和丘長根是青梅竹馬十分般配的一對兒，哪知道她竟把一顆心兒悄悄地放在自己身上。游春英那有幾分嗔怪的聲音和目光，叫程光華既有些兒欣喜又十分惶惑。要說對游春英這個姑娘的印象，除了文化低了點兒，論相貌論能幹，那是無可挑剔的。有那麼短短的幾分鐘，他偷覷游春英那有些兒嬌羞幽怨的神態，心裡不能沒有幾分憐惜和感動。但是，他很快把持住自己，在心裡說：呸，你想到哪兒去了？丘長根是你從小一塊兒長大的好朋友，人家和游春英是青梅竹馬一對兒，你膽敢對游春英有一點點非份之想，怎麼對得起自己的鐵哥們?哪還有臉見所有的「沿江吉普賽人」?

兩人這麼沈默著，房間裡的空氣就有些悶熱。程光華隨手把房門敞得更大一些，既是為了讓戶外的涼風無遮無擋地撲進來，也為了讓房間更無遮無擋地對外敞開著。這種有意無意的動作，過去可是從來沒有過的。

游春英低著頭收拾好多層手提飯盒，拎在手裡說：「我要走了。」可雙腳釘在原地沒有挪動。

程光華忽然想起一件事，說：「哎呀，差點忘了哩！昨晚我向方局長匯報工作，我們談到，工地的文化生活實在太單調，下了班，玩也沒有地方玩，現在的電影又沒什麼看頭，那些日本佬哩，還常常躲在小白樓看黃色錄像。方局長就要求我們把周末舞會辦起來，大家跳跳交誼舞，工餘時間也好打發一點。可我們南工局的職工都是土包子，從來沒跳過舞，後來我就想到你，你是不是來帶個頭?怎麼樣?你找幾個活躍分子，下星期就把它搞起來。」

游春英有些為難，說:「哎呀呀，你看見我什麼時候跳過交誼舞?還能帶這個頭?」

「你可別推辭了，你是方局長親自點的將。」程光華拿著雞毛當令箭，順口撒了個謊:「他說你過去是局裡的文工隊員，什麼白毛女啦、李鐵梅啦都演過——可惜那陣子我外出當兵去了，沒有眼福——他說你唱唱跳跳很活躍，很有名，局長大人親自發了話，你就大膽幹起來吧!」

程光華給游春英戴上一大摞高帽子，春英心裡就美滋滋的，半推半就答應了。

星期天下午，程光華記著局長方雲浦交待的任務，去香溪鄉了解移民搬遷的情況。庫區村民的搬遷安置，這本來不是工程公司的任務，H市早就成立起流香溪水電站庫區移民搬遷辦公室，簡稱庫區辦，負責組織動員庫區的移民搬遷工作。但是這項工作一直進展緩慢，別的不說，緊挨著水電站而且位於大壩上游的香溪村，至今巋然不動！兩百多戶人家的一個村子，還像一枚釘子一樣釘在那裡，大壩怎麼升高？茂林太郎、雄田幫明等日本朋友為此急得吃不下飯，睡不好覺，程光華已經充分理解，對這件份外的工作，一點也不敢掉以輕心了。程光華到流香溪就任後，一頭栽在工地上，從沒工夫到香溪村去逛逛。這一回倒好，讓他有機會好好認識一下這個古老的小山村。

他一踏上青龍橋，便發現這座古老的三孔石板橋，從建築學和建築史的眼光來考察，是很有意思的。矗立在溪水中的四座石砌橋墩，連成三個拱形橋孔，像三座半月形的城門，橫跨在平靜的溪面上，又與水中的倒影合在一起，構成三個渾圓的圓圈，故而這裡老百姓又把青龍橋叫做三圈橋。顯然，我們的祖先很早就摸透了某些深奧的力學原理，不用水泥，不用鋼筋，甚至連一根鐵釘也不用，就用這些大青石按照一定的角度砌成拱形橋墩，竟能經受住幾百上千年山洪巨浪的沖擊。橋面上鋪著青石板。那些石板又按照不同的顏色、不同的形狀拼成各種圖案，好似一條錦帶從橋的這頭鋪到橋的那頭。橋上建有長廊式的橋亭，可供村民避雨、歇息、聚會和擺攤設點做些小買賣。橋亭上的欄杆和長凳，都已破損腐朽，搖搖欲墜。但是，僅僅從這座三孔石橋恢宏的結構和莊嚴的氣派，程光華不難想到這個村子早年的輝煌。

程光華悠悠晃晃地摸到了鄉政府辦公樓。他萬萬沒有料到，負責移民搬遷工作的竟是一位年輕姑娘。他猜她最多只有二十六七歲，瓜子臉，月牙眉，桂圓眼，紮著一根長長的辮子，像個大學生那麼秀麗而清純。程光華心裡暗暗納悶：她也許是個跨出校門不久的大學生吧，怎麼擔負得起繁重的庫區工作？那姑娘是個機靈不過的人，一下子就從客人眼裡看出對自己的不信任，便拉開抽屜，取出一張名片遞過來：

「認識一下吧，我叫楊淨蓮。」

程光華看見名片上除了印著楊淨蓮的名字，而且還印著她的頭銜：H市政府庫區移民搬遷辦公室副主任。他不由尷尬地笑了笑：「喲，還是市庫區辦的楊副主任呀，失敬！失敬！呵哈，真抱歉，我沒有帶名片。」

「不敢，不敢！」楊淨蓮落落大方微笑著，「你還要名片嗎？大名鼎鼎的程副總指揮，誰不知道？」

「咦，我們哪裡見過面？」程光華眨巴眨巴眼睛，想從記憶裡搜尋何時何地見過這個姑娘。

「我帶H市的幹部到工地上參觀，還是你給我們介紹情況呀！」

「哦，對不起，對不起！我接待的參觀客人實在太多，一時竟記不起來。」程光華對這個姑娘竟沒有留下什麼印象，很有些尷尬。

「當然，你忙，貴人多忘事！」

程光華覺得對方的語氣和目光都有點譏諷的意思，臉上更有些熱辣辣的，連忙轉換話題問道：「楊主任，您來這兒工作多久了？」

「我叫楊淨蓮，請叫我的名字。」姑娘佛佛特別看重自己的名字，把「楊淨蓮」三字咬得又清晰又響亮，接著才回答道：「我來這裡不久，也就是一年多。」

「移民搬遷是一項非常複雜的工作，市裡把這項任務交給你一個女同志，真是太為難你了。」

「怎麼？女同志就做不了庫區工作？」楊淨蓮有一種受到輕蔑的感覺，兩道彎彎的月牙眉倏地豎了起來。「你們工地上不也有許多女工程師麼？」

程光華連忙解釋道：「不，不，我不是這個意思。我是想，做庫區工作，不止要懂水利工程，還整天在山溝裡跑跑顛顛的，男同志更適合些。」

楊淨蓮也覺得自己太富挑釁性了，這才友好地笑起來：「我在大學是學中文的，畢業後在省城當了三年編輯，又調回H市政府當了兩年秘書，對水電水利可是一竅不通的。市裡的頭頭們看中我的老家在香溪村，就把我派回來負責這項頭痛的工作。這一年多來，真把我整得焦頭爛額，忙得不亦樂乎。我能當什麼庫區辦的破主任呀，不過是下鄉來玩玩罷了。程工，希望您往後多多關照。」

楊淨蓮這番話說得很誠懇。接著就向程光華簡要地介紹情況。她說，H市對香溪鄉的移民搬遷工作是十分重視的。早在去年年頭就撥下五百萬元，作為這個鄉的搬遷經費。經過一年多的努力，已經在壩址下游南岸的山坡下建起一個香溪新村。楊淨蓮問程光華有沒有到那裡去看過。

程光華說，路過香溪新村的時候，專門去看過，他以為那是相當新式而實用的農民新村，比起老村子要強上十倍百倍，真不明白村民們怎麼不願搬遷。

「熱土難離嘛！」楊淨蓮說，「這裡是我們楊姓祖先的發源地，世代相傳，繁衍不息，已經七百多年。都說是世上難尋的一塊風水寶地，老人們捨不得離開。」

「哦，這個村子原來這麼古老！」

「我們的祖先是宋代的理學大師楊時，南宋末年，楊時的第五代後裔，從將樂龜山搬遷到這兒來，到我這一輩已經第三十五代。」楊淨蓮臉上有一種難以抑制的得意。

「哦，你們家原來是楊時的後代，楊時是宋朝非常有名的大官呀！」程光華生在閩北，長在閩北，自幼聽過許多關於朱熹、楊時、游酢等理學大師的民間故事，一聽說楊淨蓮是楊時的第三十五代後裔，不由肅然起敬。

楊淨蓮說：「我們的先祖楊龜山，在歷史上官並不大，位並不高，只做過宋徽宗的諫議大夫，和宋高宗的工部侍郎，用現在的官位來套，不過相當於中央的副部長。他的主要貢獻，不在為官，而在學術。他是理學鼻祖程頤、程顥的真傳弟子，是福建理學——也稱閩學的奠基人……哦，對不起，你看我扯到哪兒去了。」

「不，不，這些歷史知識聽起來挺有趣的。」程光華說，「我明白了，也許正是因為香溪村歷史悠久，有許多老古董，動員搬遷就更加困難。」

「對了，對了！你算是說到點子上了！」因為故鄉得到人家的理解和讚譽，楊淨蓮談話的興致更高了。「你只要在村子裡走走，就能發現許多古老的石碑、石牌樓和古居民宅，這都是很有歷史價值的東西。老人們已經在這裡生活了一輩子，對這裡的一草一木都有感情，要他們離開這一片土地，還真不容易。」

程光華用徵詢的目光瞅著楊淨蓮：「我們能不能去拜訪一些老先生，聽聽他們對移民搬遷的意見？」

「當然可以，你想見見誰呀？」

「誰是這裡最有權威的代表人物？」

「我的爺爺，他是村子裡輩分最高年齡也最大的老人。」

「哦，你爺爺……」

「我爺爺叫楊弗染，建國初是H市第一中學校長，後來當過H市的政協副主席。」

「哦，一位大名鼎鼎的老先生！」

「你見過？」

「我很小的時候見過。那時我只有四五歲吧，工地上發生『六一七』大坍方……哦，你知道『六一七』工傷事故嗎？」

「哪能不知道呀，在家鄉上小學的時候，每年清明節，老師們都要帶著我們去給『六一七』殉難職工掃墓。」

「哦，二十多年前，就在我父母埋葬那一天，你爺爺楊老先生也來參加，還在墓前念過一篇祭文。」

這一回輪到楊淨蓮肅然起敬了：「哦，原來你還是『六一七』殉難職工的後代，你的父母是……」

「我的父親叫陳大坤，母親叫王玉英，都是在『六一七』大坍方中犧牲的。」

「哦，你的父親是陳大坤陳隊長吧，我早在上小學時就聽老師講過他的故事。」楊淨蓮開始用敬慕的目光打量程光華。

兩個人談來談去，找到許多共同的語言，兩顆陌生的心很快溝通和貼近，竟是一見如故。

末了，楊淨蓮站起來說：

「我帶你去看看我爺爺吧，但你必須有思想準備，他很固執，很可能叫你大失所望。」

楊淨蓮陪著程光華穿過狹窄的鋪著鵝卵石的村街，從村頭向村尾走去。行三五百步，程光華看見前頭迎面矗起一座高高的六柱青石牌樓。六根合抱粗的青石柱子上頭，支起一排厚重的石雕斗拱，斗拱之上再安裝著重檐屋頂脊飾，正中高懸著一塊石刻牌匾。因歷經風雨剝蝕，牌匾上的字跡已經模糊不辨，但那是一塊功德坊肯定無疑。楊淨蓮說，這是明朝永樂皇帝賜給楊氏家族第十七代祖先的功德坊，此人當過江淮巡撫，為官如何清廉，德政如何卓著，云云。

程光華對楊淨蓮的介紹未予注意，倒是對面前這座牌樓興趣特濃，正面看了看背面，背面看過又繞著牌樓上上下下巡視一圈。他知道，保存得如此完好的明代青石牌樓，已不多見。他彷彿打開了香溪村這部史書的扉頁，看到一幅古雅樸素的環襯，預想這部史書一定內蘊豐富，真是值得認真一讀。

穿過牌樓，村街豁然開朗，遠遠地看見前頭有一棵濃蔭蔽日的古樟樹，古樟樹的對過，是一幢相當恢宏的古宅大院。

楊淨蓮說：「我家到了。」

程光華未及邁進楊府大宅，先為宅前一片半月形的荷塘吸引住。時值仲秋，荷塘裡已經見不到荷花，荷葉亦是新殘相間，紅綠離披；塘水卻甚是豐盈而清澈，映出一片翠綠翠綠的色調，無論是在視覺上還是在心情上都給人一種高潔的享受，一時竟愣在那裡。

楊淨蓮見程光華被門前的荷塘所吸引，便矜持地說：「我們楊家的歷代祖先，都酷愛荷花，這裡頭有個典故。」

程光華頗有興致地問道：「哦，什麼典故？」

楊淨蓮反問道：「你在中學讀過一篇古代散文〈愛蓮說〉麼？」

「記得讀過的，那是宋代散文家周敦頤寫的。」

「對啦，周敦頤是北宋理學的開山祖。我們的先祖楊時是他的三世傳人。周敦頤愛蓮，崇尚理學的楊氏子孫也都愛蓮，房前屋後，總要闢一方荷塘，種上一片蓮花。」

「哦！」程光華十分專注地聽著。

「還記得周敦頤在〈愛蓮說〉中怎麼說的嗎？」楊淨蓮眨巴眨巴眼睛就背誦一段：「水陸草木之花，可愛者甚蕃。晉陶淵明獨愛菊。自李唐來，世人甚愛牡丹。予獨愛蓮之出污泥而不染，濯清漣而不妖，中通外直，不蔓不枝。香遠益清，亭亭淨植，可遠觀而不可褻玩焉……」

程光華看見楊淨蓮琅琅上口地背誦著〈愛蓮說〉，一個頓兒也不打，不由打心眼裡欽佩：「呵呀，真不愧是文學學士，這篇古文你記得一字不漏！」

楊淨蓮嫣然一笑：「我的名字就叫淨蓮，能不記得這篇〈愛蓮說〉？」

「哦，你的芳名就是從這篇古文中來的？」

「周敦頤不是說『予獨愛蓮』嘛？我們家祖上的許多人名都和荷蓮有些關係：我的爺爺叫楊弗染，弗染，就是『出污泥而不染』，我爸爸的名字叫清漣，就是『濯清漣而不妖』；我叫淨蓮，也是這個意思。哎呀呀，又扯遠了，請進，請進！」

程光華走近楊家古宅門前又站住了。他調動起關於建築史的一點知識，觀察這幢年代久遠的古宅大院。這是一幢懸山頂式的五進二落水的古宅大院，正面的屋脊上裝飾著花卉鳥獸的圖案，久經風雨剝蝕，已依稀難辨；四角屋脊的頂端，則長長地挑出大象鼻子一樣的鈎狀翹脊；更令人矚目的，是門斗上層層疊疊氣勢恢宏的磚雕：有人物，有瑞獸，有花卉，層次分明，結構勻稱，極富立體感。由此可以想見，早在明末清初，閩北的雕塑藝術和陶瓷燒製藝術，已經達到何等輝煌的高度！跨進其高及膝的門檻時，程光華看到兩扇厚重的大門上，釘著兩個圓形的鋪首，為兩個簡潔的虎頭裝飾圖案，虎口上銜著一枚金屬門環，當年準是鎦金鍍銅的，現已剝蝕殆盡，鏽跡斑斑，但一種莊嚴肅穆的餘威，仍隱隱可見。

程光華沉吟半晌說：「小楊，」他已經在不知不覺中開始用親暱的稱呼來叫楊淨蓮，「如果我沒有猜錯，你們家這幢老屋，至少也有三百多年了。」

楊淨蓮詫然問道：「何以見得？」

程光華說：「我也沒有絕對把握，只覺得這門環，這照牆，這磚雕，都帶有明末清初南方民居建築的某些特徵。」

楊淨蓮更加詫異：「還真被你說對了。聽我爺爺說，這幢老厝，是明末崇禎年間建的。沒想到，你是搞水電的，對古建築也很內行。」

程光華說：「不敢，不敢，我不過是在大學裡選修過古代建築史，後來一直有這方面的業餘愛好，略略知道一點皮毛罷了。」

兩人邊看邊聊，就邁進了高高的門檻。程光華看見一進和二進一些廂房和偏房，住滿農戶，房檐屋角，堆滿犁耙籮筐，住戶們顯然已經把這幢古宅破壞得相當厲害，但院內合抱粗的柱子，雕花的窗屏，天井裡用鵝卵石鑲崁的圖案，處處都顯示著昔日輝煌的殘痕遺跡。退役的將軍還是將軍，蒙著灰塵的珍珠還是珍珠，這幢破破爛爛的明代古宅，其考古價值還是不容低估的。

穿過兩進大廳和兩個天井，來到第三進東廂房前，楊淨蓮輕輕敲了敲虛掩著的房門：「爺爺，有客人來了！」

房門開時，楊淨蓮向爺爺介紹說：「爺爺，這是流香溪水電站工地現場指揮部的程副總指揮，為我們鄉移民搬遷的事，特地來看望你！」

楊老先生滿臉堆著慈祥的微笑：「豈敢，豈敢！唷，這麼年輕的總指揮，真是年輕有為呀！」說著，把程光華讓了進去。

程光華在恍惚間，想起二十多年前，在親生父母墓前誦讀祭文的那位老先生，和眼前這位老先生比較起來，最大的變化，只是一蓬花白的大鬍子變成了一部雪白的長髯，其他方面，幾乎看不出什麼差別，臉色還是那麼紅潤，手腳還是那麼矯健，聲音還是那麼洪亮。程光華不由心中讚嘆：時光對這位老人可是厚愛有加。更令人驚異的，是老人的書櫥堆滿了線裝書，床頭也堆滿了線裝書，此時書桌上打開一本厚厚的線裝書和一本康熙字典，還有一把放大鏡和一枝脫了筆帽的毛筆。顯然，當他們走進這間書房的前一秒鐘，這位老人正在伏案寫作。

程光華不安地說道：「楊老先生，晚輩前來打擾，實在對不起了！您老正在著書立說吧？」

「不，不！這麼一大把年紀了，還著什麼書，立什麼說呀？」楊老先生朗聲笑道：「老朽是清末光緒三十一年生的，今年整整八十四歲了，大事業不敢奢望，只想在有生之年，撰寫一部香溪村志。」見程光華臉上有些茫然，老人又接著說，「歷朝歷代，只有修縣志、州志、府志和省志的，從來還沒聽說有人修村志。一個山村小寨，也有志好修的？小同志，我不說，你也許不知道，香溪是一個歷史悠久的村莊，自先祖龜山先生的五世孫於南宋嘉熙年間遷至香溪建村立業，迄今已經七百七十餘年。這裡原野沃磧，山環水匯，既有青龍山聳峙而鍾靈秀，又有流香溪回環而煥文光，真乃少有的風水寶地呀！這七百多年間，我們香溪村出過三個進士、七十七個舉人和一百三十三個貢生；解放以後，又出過二十五個大學生，三個碩士生，一個博士生。這香溪村真稱得上山鄉鄒魯，文化名村，值得子孫後代研究的東西實在不少。」

老人十分健談，程光華只有在他喝茶停頓的間歇，才插上話說：「老先生，你的工作是非常有意義的，我不僅能夠理解，而且非常欽佩。」

老人也許是第一次獲得人家的理解和尊重，大有高山流水之感，情緒更是高漲。「是嗎？小同志，你真這樣看，我太高興了！我給縣裡、市裡不知打了多少次報告了，要求撥一點經費給我修村志，要求把我們的楊公祠搬遷重建，要求保存村子裡一些有價值的歷史文物，他們不是對我諷刺挖苦，就是敷衍塞責，更有甚者，還有人在背地裡罵我頑固不化，倒退復辟哩！罷、罷、罷！他們不給錢拉倒，我上H市、福州市的圖書館，借來了這許多縣志、府志，借來了許多有關的古籍，作為依據和參考，已經把香溪村志撰寫泰半，再有大半年時間，估計可以寫完初稿。」

「楊老先生，您做這項工作真是功德無量，將來子孫後代都會感謝您的。」程光華不由肅然起敬，說道：「我想請教您老，有您撰寫的這部村志，將來大壩截流，村沉湖底，這個村子的古老文化，是否能夠保存下來傳之後世呢？」

楊弗染說：「我撰寫的這部村志，只能部分的保留香溪村的歷史文化；而且這種保存僅僅是在文字上的保存。有許多重要文物，比如嘉慶年間的牌樓，康熙皇帝的親筆御書，乾隆年間的古墓，保持完好的明末清初的南方風格的古宅民居……這裡的歷史珍寶多著哩，都需要一一搶救，任它沉沒水底，上對不起祖宗，下對不起子孫呀！」

「老先生言之有理。別的不說，僅僅就府上這幢古宅，在建築學和建築史上也是一件極好的活教材呀！可是，電站又不能不建，依老先生高見，有什麼對策？」

「依我愚見，上策是低壩建站。像五八年那回，大壩定在七十米，裝機容量定在一百萬千瓦，既建起電站，又保住一個文化村，這就是上策，那時我們村有誰反對的？」

程光華說：「但是，這樣低水頭的水電站，裝機容量就要減少八十萬千瓦，那可是大大的浪費了水力資源。」

楊老先生說：「正是考慮到這點，我們也擁護建高壩電站呀，所以我就提出一個中策——一些重要的古建築要原拆原遷，在香溪新村建一個小小的歷史博物館，把一些古墓碑、牌坊、磚雕、木雕等等歷史文物，搬遷到那裡去長期保存和展出。這樣，老香溪村的文化和歷史，就能大體得到搶救而傳之後世。」

程光華說：「老先生如此好的建議，有沒向H市提出來？」

「咳，休要提它，休要提它！」楊弗染只顧搖頭嘆息，不願往下說。

楊淨蓮一直在一旁靜靜聽著，這時才插上話：「提過的。我爺爺不知給市委市府的領導們寫過多少信，我也向書記和市長們當面匯報過多少次，可是，市裡也有市裡的難處，現今全面開放，全面發展，哪條戰線哪個部門都爭著要錢，市長口袋裡就那麼一點錢，好鋼只能用在刀刃上。頭頭們提出一個原則：移民搬遷工作，先把活人安置好，死人古人只好委屈一下了！」

「瞧，瞧！說這種話的人，還像個領導？還像個有文化的人？」楊老先生痛心疾首地搖頭。「要是我們國家真的都窮到只夠養活活人的地步，我也就什麼也不說了。可我們現在是一邊叫窮，一邊又窮奢極欲，大吃大喝。你到縣、市招待所和一些賓館去看看吧，哪一天不是頓頓酒宴，夜夜笙歌？難怪人家說，光是這樣窮吃窮喝，全省一年就要吃掉一個流香溪水電站哩！要請他們拿出一點錢來，搶救歷史文化，可是怎麼也拿不出來。」

程光華一聽就有些著急：「楊老先生，這可怎麼辦？如今大壩已經澆灌到五十米高了，一九九三年『五一』節前，一定要關閘蓄水，你們這個香溪村，總不能一直拖著不搬遷呀。」

楊弗染老人用食指和中指悠悠捋著雪白的鬍子，凜凜然正色道：「我和幾位族中老人已經商議好了：只要上頭不答應我們的合理要求，村存人存，村亡人亡！讓我們這些老朽和村裡的老古董，一起葬身湖底吧！」

話講到這個地步，也就不便再往下說了。程光華對老人撫慰幾句，並表示要將香溪村老人們的要求，向市裡反映，向省裡呼籲，便起身告辭。

楊淨蓮送程光華走出大門時，問道：「怎麼樣？我爺爺夠倔的吧？」

程光華笑笑：「倔，倔！真是一個倔老頭，但是很可愛！」

第九章　人忽為魚鱉

楊弗染老人看見，他爸他爺爺和他爺爺的爺爺以及爺爺的爺爺的爺爺直到老祖宗楊龜山老先生，全都變成魚不像魚人不像人的怪物……

那天程光華和游春英提起辦周末舞會的事，游春英開頭心裡沒個底，還有些為難，當晚她和京芝一說，黃京芝竟大包大攬說：「這有什麼難的，小菜一碟，凡是會走路的也會跳交誼舞，我三天兩天就能把你教會。」說著，就把書桌上的收錄機打開，播放起節奏明快的流行歌曲，然後自己權充男的，左手抓起春英的右手，右手摟著春英的細腰，在門口長長的走廊上操練起來。她叫游春英注意聽著音樂的節奏，嘴裡「碰——恰恰，碰——恰恰」地打著拍子，同時教游春英怎樣出左腳，邁右腳，怎樣前進、後退，怎樣九十度轉身、一百八十度轉身和三百六十度大旋轉。女工宿舍的長廊上立即招徠許多姑娘，嘻嘻哈哈圍著看熱鬧。

黃京芝八十年代中期上的大學，那個年頭校園文化已相當活躍，她的交誼舞早就跳得十分出色。分配到遠山僻壤的流香溪工地，好久不上舞場，已經有些寂寞難耐了，今天逮著一個游春英，正好過一過舞癮，教得特別認真。那游春英原來就是南工局的文娛活動積極分子，「文化大革命」中跳過「忠」字舞。後來普及樣板戲又跳過《白毛女》和《紅色娘子軍》。這兩個舞劇的藝術水平，應當說，在當時都是全國一流的，但這種高難度的芭蕾舞用行政命令強行在全民中普及，許多就被搞成一種不土不洋不倫不類的舞蹈怪胎。可游春英畢竟受過一段舞蹈訓練，加上本身的文藝天賦甚高，如今再有黃京芝的悉心指點，操練這麼幾回，交誼舞就跳得很像個樣子了。

有一天，跳過幾支曲子後，黃京芝對游春英說：「行了，你可以出師了。」

游春英揩著額上汗珠笑笑：「是嗎？」

黃京芝說：「是的，你完全可以畢業了，可以當老師了。」

游春英說：「那我們就向公司正式提出來，要他們裝修一個舞廳，我們開始辦周末舞會，怎麼樣？」

黃京芝高興地說：「早就該辦舞會了，待在這山溝溝裡，快把人悶壞了。」

又一個星期天，游春英照例提著多層飯盒給程光華送去菜肴豐盛的午餐。程光華埋頭扒飯時，游春英說：「你不是叫我帶頭辦舞會嗎？舞廳在那裡？總不能叫大家在廣場上跳，在馬路上跳吧！」

程光華疑惑地把游春英打量幾眼：「咿，你不是說不會跳嗎？怎麼就想辦舞會了？」

游春英笑笑：「不會跳，還不會學嗎？」

程光華說：「你跟誰學？這麼快就學會了？」

「這有什麼難，還不就是那兩下子。」游春英說著，就抬起手，扭著腰，「碰——恰恰，碰——恰恰」走了兩圈。

程光華看得目瞪口呆，驚異地叫起來：「啊呀，還真跳得不賴！行呀，舞廳的事就交給我了，我給你打保票，叫事務部盡快把舞廳裝修好，下一個周末就辦一次舞會。」

程光華吃飯的時候，游春英照例開始給光華洗滌這一周積存下來的髒襪子、髒衣服。

程光華就過來說：「不，不，春英，你還是讓我自己來吧！」

「咦，今天怎麼見外起來了？」游春英已經把衣服浸在水池裡，袖子挽得高高的，裸露著兩隻藕白粉嫩的胳膊，轉過身來，甩著手上的水花。

程光華說：「我、我、我又不是斷胳膊少腿的殘疾人，這樣怎麼好呀？」

自從上回游春英在程光華面前傳遞了帶有進攻性的信息，他的心頭引起過一陣小小的騷動，睡前或是醒後，腦屏上常常會出現游春英那俊美可人的臉蛋兒，又想起她自幼手腳勤快，要是有了這麼個姑娘，那真是也不枉做一輩子男人了。可是，他把游春英想得稍久，腦子裡就一定會蹦出丘長根黝黑憨厚的臉龐，而且他不難想像得到，一旦失去游春英，丘長根一定會痛不欲生。這一來，他胸中的熱情就急速退潮，心頭的騷動就立即平息。經過一番痛苦的思索，他拿定了既定方針——往後可不能和游春英太親熱了，要不，怎麼對得起丘長根？

游春英納悶地問道：「怪了，我以前給你洗衣服，總是好好的，今天怎麼突然感覺不好呢？」

程光華支吾半天說：「讓長根看見，他心裡會怎麼想？」

游春英刷地沉下臉：「我是我，他是他，我願做什麼，他管得著嗎？」

程光華更為他們的事情掛心了，問道：「怎麼啦？你們最近總是彆彆扭扭的，到底出了什麼事？」

游春英坦然笑道：「我們好好的，什麼事也沒有。」

「真的？」

「你要不信，到我店裡去看看，這會兒長根就在我店裡，一有空閒，他總愛到我店裡幫我媽幹活。」

「長根真是個大好人！」程光華心裡一塊石頭落了地，可又尷尬地笑了一下說，「要讓別人看了，也……也……」

「也什麼呀？」

程光華忽然覺得沒有什麼話能夠表達他想說的意思，就胡謅一句來搪塞：「也許有人要說我剝削你的勞動力呢？」

「笑話，笑話！」游春英噗哧一聲笑起來，「你小時候，造反派把你爹媽都關到『牛欄』裡去，都是我媽給你縫縫補補洗洗刷刷的，你怎麼不怕人家說你剝削我媽的勞動力呀？」

程光華也嘿嘿傻笑起來：「我那時還不懂事呀！」

游春英低頭默神片刻，紅著臉說：「我那時比你還小，大概只有六七歲吧，可是已經懵懵懂懂懂點事了。那時候，你常常來我家吃飯，你知道我心裡怎麼想？」

「怎麼想？就怕我搶了你們家的飯碗，害你姐妹們餓肚子是不是？」

「去，去，去！我會那麼小氣？」

游春英三下兩下已經把衣服鞋襪全洗好了，程光華就過來幫著擦竹竿晾衣服。

游春英把衣服抖開，捽平，說：「那時候，我媽已經一連生下三個女兒，我是老大，我下面還有兩個妹妹，我整天要洗尿布，討豬草，帶妹妹，累得我連玩的工夫都沒有，我就想，唉，怎麼說呢，」游春英鮮嫩的臉頰就泛起一片玫瑰紅，「我就想……我要是有你這麼個哥哥就好了！」

程光華聽了很感動，說：「哎喲，你那時沒有認我做哥哥；有認，我準是求之不得的。」

「鬼，你會瞧得起我？」游春英用滴溜溜的黑眼睛盯著程光華。

「我正好和你相反，上無哥哥姐姐，下無弟弟妹妹，孤孤單單一個人，有誰願來做我的弟弟妹妹，我還有不高興的？」

游春英高興地叫起來：「我現在認也不遲呀！」

程光華心裡格登了一下，想，這算怎麼一回事呀？是不是游春英一種新的進攻姿態？中國自古以來，許多年輕人談情說愛，總是走一條迂迴曲折的路，先來什麼哥呀妹呀，爾後才昇華到另一個更高的層次。可是，游春英已經明白無誤地提出這個要求，有拂人家美意，是會傷害人家的自尊心的，怎麼辦？他旋即又想，有這麼個妹妹也不賴！也許這樣更能斷了游春英那分痴情，在丘長根面前也好有個交代，於是就順水推舟說：

「好呵，好呵，這真是我的福氣！」

「真的，可不准反悔呀！來，拉勾，拉勾！」

程光華和游春英彷彿回到童年時代，各伸出一根食指互相拉勾，一邊還嘻嘻哈哈唱道：「拉勾拉勾，結成金鉤，你好我好，一好到頭！」

游春英開心得又笑又叫：「好，哥！我以後就這麼叫你了。有個什麼事兒，你都該護著我呀！」

程光華誠摯說道：「這還用說嗎？你是我的親妹妹了，我是你的親哥哥了，我一定會負起做哥哥的責任的。」程光華非常明確地強調這一點，想把他們的友誼就定格在這種既非骨肉親情又勝似骨肉親情的關係上。

「嘿，我們小時候，生活雖然苦一點，可是過得蠻痛快的。」游春英可聽不懂程光華的弦外之音，激動得像個孩子似的，又想起童年時代的許多趣事，不由大發感慨，「哥，瞧，瞧，你又笑了，是不讓我這麼叫吧？我卻偏偏這麼叫：哥，哥咿，你記得嗎，小時候，你是我們的孩子王，你去哪裡玩，常常帶著我們。上山採草莓我跟著，下田拾田螺我跟著，整天玩得像個泥猴似的。你記得嗎？有一回，你帶我們到一條小水圳去玩。那條小水圳有一丈來寬，一尺來深，從山溝溝裡跌落下來，剛好瀉下一道小瀑布。你和長根他們就用草皮築起一道堤壩，還用黃麻稈做了個大水車，壩上的水滿了，小瀑布就流得更有力更兇猛，把安在壩下的小水車打得嘩啦啦轉，老遠老遠都能看到，旋轉成一團雪白的光圈兒，讓我們這些孩子高興得不得了，一伙一伙去參觀。那一天，你父親剛好坐著小車打圳邊經過，還專門停車下來看了好一會，聽說是你帶頭築的草壩做的水車，就誇你小子有出息，說你將來一定能當水電工程師，一定能建大電站。瞧，這不是被你父親說中了，如今不是果真當上水電工程師啦！咳，可是你父親在『文革』中被人整死了，要能活到今天，見到你這麼有出息，你父親不知該有多高興哩！」

「啊哈，你的記性真好，我小時候還築過草壩，做過水車嗎？」程光華聽呆了，他明亮的雙眼眯了起來，顯然也在記憶深處尋覓童年的故事。事情的始末是否全像游春英說的那樣，程光華腦子裡已經沒有什麼印象，但是，有一點是絕對肯定的，那就是「沿江吉普賽人」的孩子，自幼的天真幻想和常玩的游戲，和建水電站總是分不開的。

「一點不假，我記得清清楚楚。」游春英用毋庸置疑的口吻強調說，「我記得，那天我和長根都跟在你的後頭團團轉，有的挖草皮，有的搬石頭，一個個衣服都濕透了，像個土豬子似的。」

「時間過得真快！」程光華不由長嘆一聲，「嚯，轉眼之間，我都老啦！」

游春英笑道：「去，去，去，你老什麼呀？」隨後又補充一句，「哥，不過你也老大不小了，你什麼時候給我找個嫂子呀？」

「我太忙，哪有工夫顧得了這個？」

「南茂公司這麼多姑娘，你難道就沒有看上什麼人？」

程光華猶豫一下說：「暫時還沒有。」他本來想向她提起香溪村那個楊淨蓮，也不知怎麼的，他對她似乎有些一見鍾情；可是，又覺得那也僅僅是一種淡淡幽幽的好感，朦朦朧朧的願望，離開花結果的季節還相當遙遠，於是話到嘴邊又止住了。

游春英試探說：「我就不信，工地上漂亮的姑娘多的是，女大學生也不少，你難道就沒看上一個？要不要我給你穿穿針，引引線？」游春英用美麗的大眼睛大膽而放肆地盯著程光華，足足有半分鐘一眨也不眨。

光華被她盯得有些心慌，有些臉紅，結結巴巴申辯說：「真的，暫時還沒有，暫時還顧不上。不過也不至於要人家幫忙，這種事誰能幫上忙？愈幫愈亂。」

游春英看見光華一個大男子漢談到男女方面的事，居然還會臉紅，就更加喜歡，心中大樂。「好了，好了，哥，我不逗你了！不過，我得有言在先，你不管找個什麼對象，可都得先徵求徵求我這個小妹的意見呀！」

程光華笑笑：「這還用說嗎？我交了好運，找到了女朋友，第一個要報告的，就是你，誰叫你是我的親妹妹呀！」

程光華一聲「親妹妹」，把游春英叫得心裡甜滋滋的，更是撒起嬌來說：「對了，你第一個就得告訴我，聽聽我這小妹的意見，要不，我說不定就不肯認那個嫂子哩！」

程光華一迭連聲說：「你放心，你放心！我要是看上誰，一定先告訴你，請你給我當高參。」

游春英再說笑了一會兒，高高興興地起身告辭。臨走，又把辦舞廳的事叮囑一遍，便蹦蹦跳跳下樓走了。

程光華看著游春英像一隻花蝴蝶翩翩飛走，不由輕鬆地吹起口哨。他今天心裡暢快極了。說實話，他打心眼裡喜歡這個兒時的小伙伴。和楊淨蓮相比，游春英的容貌不在楊淨蓮之下，要論文化修養和氣質風度，游春英自然差了許多，但這有什麼關係。我程光華是個苦命人，自幼失去親生父母，長到十多歲，連養父也過早的含冤死去了，上無兄姐，下無弟妹，有游春英這麼個既能幹又靈秀的姑娘做小妹，那真是天上掉下來的一大好事呀！

游春英走後，程光華想起下午和楊淨蓮有約，背起從公司宣傳部借來的萊斯勞士高級相機，又到香溪村去。

程光華自從去了一趟香溪村，結識了楊淨蓮和她的老爺爺，參觀了許多世所罕見的古建築和歷史文物，對於香溪村父老熱土難離的心情就有了充分的理解。他把這些情況向方雲浦作了匯報，引起南工局領導的興趣和重視，就答應給香溪鄉一百萬元無息貸款，作為楊公祠的拆遷重建和保護其他歷史文物的專項經費。他們相信，水電站建成後，高山之上出現一個浩浩渺渺的人工湖，流香溪必將成為一個具有得天獨厚的自然景觀和文化景觀的旅遊區，鄉政府償還這筆貸款是不成問題的。程光華把這個信息通知香溪鄉後，楊淨蓮爺孫倆真是高興無比。今天，程光華就是要和楊淨蓮一道，去把楊公祠和祠內的歷史文物一一拍攝下來，為這座古建築的拆遷重建作好準備。

程光華邁著輕快的步子過了青龍橋，就開始走進深邃幽遠的歷史，禁不住浮想聯翩，有一種懷古的激情溢滿胸間。同時，又在心裡為這座即將沉沒的古老村子而深深惋惜。

他在大學裡就曾經痴迷地閱讀過梁思成先生的《中國建築史》，對作者的淵博知識和詩人一般的想像力，欽佩得五體投地。雖不敢說已經從這本傳世之作中悟到多少建築學的精髓，但作者對傳統文化的熱愛確實深深感動他。在這個幾乎被人遺忘的小山村裡，他找到了過去書本上讀過卻從來未曾見識的珍寶：比如，南宋閩北土窯燒製的青瓷和磚雕，元代按照蒙古馬雕刻的剽悍雄健的石馬，明代帶有宮庭意味的特別精細的木雕窗花，民間建築上幾乎瀕臨失傳的古代斗拱、額枋、門簪、雀替和花牙子，等等。這些中國古代建築史上的活標本、活化石，對當代建築的學術價值和實用價值，都是難以估量的。他一向有一個近似偏執的看法：西歐的古建築過於講究繁瑣華麗的外形裝飾，而中國的民居古宅則更重視豐富的內涵，講究「平康正直」，有庭有院，空氣暢通，居住格外舒適。如果由他來設計的電站廠房和廠區，不一定都是西式的建築，既可以中西合璧，也可以純粹的中國風格。這個神奇而古老的香溪村呀，彷彿夢境中的一個奇遇，在長滿青苔的小徑，在爬滿青藤的古屋，尋覓到偉大祖先一鱗半爪的遺跡，都令他萬分陶醉而神往。

當然，對他更有吸引力的還是那位庫區辦副主任楊淨蓮。不知怎麼的，他看到楊淨蓮的第一印象，便有「眾裡尋伊千百度，卻在燈火闌珊處」的感覺。論文化，他倆都是大學畢業，談起話來很是投機。論知識，她的文學和歷史知識都頗為豐富，談吐間常常引經據典，讓程光華自嘆弗如；論氣質，她既落落大方又溫婉嫻靜，一顰一笑，舉手投足，都讓人看得特別順眼；論為人處事，她既質樸誠摯又不乏現代的開放意識。總之，她有如初春的雨，三伏的風，寒冬的火，沙漠的泉，程光華與她相處時總是感到無比舒心而愉悅。

這樣想著，程光華的腳步就在無意中加快了。

楊淨蓮已經在鄉政府辦公樓等候多時。一見面，她就嗔怪道：「怎麼這會兒才來？我還以為你要失約哩！」

「對不起！對不起！」程光華一邊道歉一邊抬起手腕看看錶，「咦，才一點五十分嘛，我們是約定兩點鐘見面的，我還早到十分鐘哩！」

楊淨蓮也看了看錶，果然才一點五十分，卻強詞奪理說：「按照實際時間，你沒有遲到；按照心理時間，你還是大大的遲到了。」

「為什麼？」

楊淨蓮笑道：「男士和女士約會，哪有叫人家先到久等的？」

「哎呀呀！我該死！我檢討！」程光華就使勁地拍著自己的腦袋瓜。

兩人說說笑笑，不覺到了楊公祠。楊公祠是清初康熙年間的古建築。不僅具有明末清初南方寺廟的建築風格，而且有許多匾額、木雕、楹聯是世所罕見的傳世之寶。弗染老人要他們把這些資料一一拍攝下來，將來楊公祠拆遷重建時，才能大體保留原貌。所以，他們把此事辦得相當認真。

程光華和楊淨蓮來到楊公祠前，見到這座住著幾百民工的老祠堂已經相當破敗，許多有歷史價值的文物積滿灰塵。他們請幾個民工清掃一遍，才一一現出歷史的光輝。最為引人注目的，是祠堂大門門斗上高懸著一塊紫檀木橫匾，上書「程氏正宗」四個端莊穩重的朱紅大字，楊淨蓮說，那是清聖祖玄燁帝的親筆御書。程光華細細辨認，見匾額的左上方果然是有一方「康熙御筆之寶」的金色篆體陰文。

邁進二門時，程光華抬頭看見半圓的拱門的青石柱上，用莊重如山的魏體鐫刻著一副楹聯：左邊是「程門立雪」，右邊是「載道南歸」。

程光華問道：「這『程門立雪』，就是講楊時去拜程頤為師的故事吧？」

楊淨蓮說：「對了，正是這個故事。北宋末年，河南學者程顥、程頤兄弟倆，繼承孔孟之道，開創程、朱理學之先河，人們稱之為『伊洛之學』或『洛學』。先祖楊時四十歲那年，和建陽學者游酢一起去河南洛陽拜見理學鼻祖程頤老先生。這是一個大冬天，程頤看書看累了，正坐在椅子上打盹兒，楊時和游酢既不敢貿然叫醒他，又不肯就此離去，便靜靜地在一旁侍立恭候。待程頤醒來，只見門外積雪已經一尺多深。這個故事，後來就成為尊師重道代代相傳的佳話。」停了片刻，淨蓮有意要考考程光華，問道：「這後一句話——『載道南歸』，是什麼意思，你知道嗎？」

程光華茫然搖了搖頭：「在下才疏學淺，不知道這個典故，請小姐繼續賜教。」

「哎唷唷，別這樣酸溜溜的好不好！」楊淨蓮不由笑彎了腰。笑後，才娓娓道來：「這也難怪，後一個典故，知道的人就比較少了。這個故事講的也是游、楊兩人求學的事情，比『程門立雪』還要早十二年，游酢和楊時一起去河南穎昌拜訪另一位理學大師程顥，跟從程顥學習了好一段時間，游、楊兩人要南歸福建時，師生惜別，依依不捨，程顥送兩個學生到了大路口，望著他們漸漸遠去的背影，又高興又感慨地說了一句：『吾道南矣！』後來事情的發展果然不出程顥所料。因為當時的北宋江山，受到異族步步入侵，已是岌岌可危，儒學面臨後繼無人的局面。游酢和楊時的一大貢獻，就是把『洛學』傳往南方，傳往福建，為『閩學』的創建打下了基礎。到了宋王朝偏安臨安的南宋時期，楊時和游酢，已經培養出一大批理學大家，如羅從彥、李侗、呂本中等等，朱熹則是他們的三世弟子。到了朱熹時代，閩北地區辦了許多書院，從學弟子達三千多人，集儒學之大成，把孔孟之道推到一個新的高峰，創建了輝煌的『閩學』派或稱『考亭學』派。這就是『載道南歸』這個典故的大體意思。」

「啊呀！真是聽君一席話，勝讀十年書。」程光華聽得一愣一愣的。

楊淨蓮接著解釋道：「『閩學』和武夷文化，在中國歷史上的地位是很高的。前不久，在武夷山開了一次朱熹學術研討會，著名的歷史學家蔡尚思老先生題了四句話：『東周出孔子，南宋有朱熹；中國古文化，泰山與武夷。』」

程光華不由從心裡發出真誠的慨嘆：「武夷山這塊土地，原來有如此深厚的文化傳統呀！難怪你爺爺和許多鄉親父老，是那麼不願離開這個古老的村子，是那麼竭力要保存這座楊公祠！」

兩人邊走邊說，不覺邁進祠堂大殿。光華看見許多合抱粗大的圓柱上，懸掛著出自名家手筆的楹聯，有「斯文上續三千載，吾道南來第一家」；「漢室清節高千古，宋代儒家冠四賢」；

「立雪程門傳時道，分支香溪啟人文」等等，有了楊淨蓮方才一番解說，這些楹聯的含義便一目了然。

楊淨蓮領著程光華看完楹聯看壁畫，看完上殿看下殿，又環繞東西廡廊走了一周，花去一個多小時。楊淨蓮說，程朱理學在南宋時曾被攻擊為妖言邪說，未能為世人所理解，但到了元、明、清三代，統治者則對程朱理學推崇備至，更把閩學也就是朱子學奉為經典。自元代延佑之後，恢復科舉，重興儒學，把朱熹的《四書集注》作為人人必讀的教科書，把李侗、楊時、真德秀、朱熹等閩學大家都列入孔子聖廟的先賢大儒神位，供萬民景仰，享國家祀典。所以，後世為龜山先生建的這座楊公祠，才配享有如此宏偉的氣魄。

程光華懷著對歷史的濃厚興趣，和對古代先賢的深深崇敬，把楊公祠的飛檐翹脊、照牆門拱、窗櫺磚雕以及各類歷史文物，全都一一拍攝下來，不覺日近西山，天色向晚。這時，站在祠堂東邊廊沿的楊淨蓮，被落日餘暉鍍上一片柔和的金黃，身後又襯著廂房門前一排古色古香的隔扇雕花，就更顯出一種古代仕女般典雅端莊的氣韻。程光華忽然被一種難得的靈感觸動了，剛要收起的相機又掏了出來，說：

「小楊，你站好，別動，別動！」

楊淨蓮愣愣地站在原處：「幹嘛呀，你？」

程光華已經把相機的鏡頭對準了她：「站好，別動！這是多好的一處景致！」

楊淨蓮果然就自然然站好，臉上逸出怡然可人的微笑。

程光華手上的相機咔嚓一下，得意地說：「這可能是你有生以來最好最美的一張照片，我的標價不多不少，一百塊，你準備著吧！」

楊淨蓮笑笑說：「看你吹的，你真的能照得那麼好？」

程光華說：「背景是難得的古代建築，又投上柔和適度的夕陽，那效果肯定很好，你等著瞧吧！」

後來的事實證明，程光華果然稱得上一個出色的業餘攝影愛好者。他在極其繁忙的工地現場總指揮的施工生活中，沒忘記忙裡偷閒，為他心愛的人拍下許多精美的照片。這些照片以流香溪的激流飛瀑、奇峰怪石和機聲隆隆的建設工地為背景，把人物融入秀美奇偉的大自然山水之中，融入熱火朝天的時代激流之中，充滿熱愛自然和熱愛生活的情趣。程光華和楊淨蓮往後一一瀏覽這些照片的時候，便有如重遊留下他們共同足跡和汗水的電站工地，重溫他們那一段愛得死去活來的日子。在鬢髮蕭然皺紋滿臉的歲月，他們又彷彿追回許多青春年少的舊夢。

但是，這會兒的楊淨蓮卻信不過程光華的攝影技術。她莞爾一笑道：「一百塊我還出得起的，如果照得不好，浪費我的表情呢？」

程光華的犟勁兒呼地一下就上來了：「我賠你一千塊！」

「你記著，你記著，到時候可不能耍賴呀！」淨蓮咯咯地笑起來，「好了好了，我們也玩夠了，鬧夠了，時候不早，該回去了！」

程光華把相機收進挎包，跟在淨蓮後面往回走。

楊淨蓮意味深長地誇獎說：「嘿，我發現你這個人，對自己的生活非常粗心，對工作倒是非常認真的。」

「何以見得？」

「別的不說，就說對香溪村這些歷史文物吧，你來來回回跑了多少趟了？一件一件尋找，一件一件考證，一件一件拍照，簡直著了迷！」

程光華傻乎乎笑著說：「嘿嘿，愛屋及烏，愛屋及烏！」

楊淨蓮一時不解：「這是什麼意思？」

「因為這裡是你的老家，是你的故鄉，你和你爺爺對這裡的一草一木，是那麼一往情深……我能不愛上這裡一切嗎？」

楊淨蓮漸漸聽出程光華話中的弦外之音，臉上泛起一片微紅，啐了一口道：「去，去，去！你怎麼繞來繞去，老扯到這件事上去呀！」

程光華偷覷楊淨蓮的臉色，看出她不是真的生氣。不，她那眼皮低垂的明眸裡，甚至流瀉著難以掩飾的喜悅。程光華逮住了這種言語以外的信息，不由心花怒放。

兩人說說笑笑，不覺走到青龍橋頭，楊淨蓮站住了，向程光華揮手告別。程光華健步跨過拼砌著八卦圖案的青石橋面的時候，憑他的第六感覺，知道背後有一對深情送別的眼睛注視著他。他猛地回轉身，果然看見楊淨蓮還靜靜地佇立在青龍橋頭。他激動地向著楊淨蓮揮揮手，像野馬似地在橋上狂奔起來，心裡一邊想著：

「我的天，我這個一向流浪慣了的『吉普賽人』，現在可是套上一個擺脫不了的籠頭了！」

楊淨蓮回到家門口，看見爺爺正在門前的荷花池畔撫掌移步活動筋骨。數十年來，老人堅持演習「太極氣功十八式」，每天兩次，晨昏各一，雷打不動。因而他總是鶴髮童顏，紅光滿面，精盛氣旺，手腳矯健，全然不像八十多歲老翁。

楊淨蓮怕驚擾爺爺練功，在荷池對面的一棵老樟樹下站住了。有一位如此年高望重的爺爺，楊淨蓮總是感到很幸福。她看見在淡淡晚霞映照下的爺爺，穩穩地站著馬步，一雙厚實柔軟的手掌，在胸前緩緩地有節奏地推、搡、撫、壓、回、旋、舉、托，作「撈海觀天」、「推波助浪」、「飛鴿展翅」、「大雁飛翔」等等套路，一招一式，一動一靜，如蒼龍盤纏，若游蛇探路，柔中有剛，剛柔相濟，活絡得像一團鋼絲編紮的麻花兒，讓站立一旁的小孫女都看呆了。弗染老一直做到站莊斂息，功收太極，大氣不喘，微汗不出，倒是更見神采奕奕，精神抖擻了。

弗染老早就看見小孫女站在荷池對岸的老樟樹下，但老人練功從來是專注於心，眼無旁騖的，待做完了全套「太極氣功十八式」，他才招呼楊淨蓮一道進門歸家。

晚飯已由楊淨蓮的一位寡居孀孀早做好了。弗染老奉行佛家的「飲食取節便身」，桌上只擺著一盤炒青豆，一碗燒黃瓜，一碟腌辣椒。老人只扒了兩碗稀飯便放下筷子。他相信佛說：「人當自繫念，每食知節量。是則諸受薄，完消而保壽。」雖屆耄耋之年，仍脾清胃健，無病無災。

晚飯後，弗染老照例要到門前荷池畔樟樹下，圍著一張青石圓桌，坐在抱鼓石凳上，和鄉鄰族親們聊一會兒天，殺幾盤棋。弗染老不僅是年高德劭的一族之長，經綸滿腹的一方名士，而且積德行善，廣種福田，深受鄉親父老的愛戴。二十多年前，他還是H市第一中學的校長，「文化大革命」剛剛發動，他就在劫難逃，被打成「漏網地主」和「前清遺老」而被關進「牛欄」，受盡人身侮辱和皮肉之苦。一天深夜，H市忽然來了一批舉紅旗、戴紅袖章的農民造反大軍，打開了一中「牛欄」，搶出了楊弗染，同時留下一張借條，上面寫著：「為了進一步掀起香溪村造反運動新高潮，茲向一中造反司令部借到逃亡地主楊弗染一名，批鬥十日，用後奉還，立此為據。」弗染老被綁架回到故鄉，一沒批，二沒鬥，父老鄉親把他奉為上賓，這家吃一頓，那家住一宿，倒是把他養壯養胖了。城裡的紅衛兵們後來得知楊弗染在香溪村過著悠游自在的日子，多次派遣大隊人馬前來搶奪這個「漏網地主」，可是都被香溪村的楊家子弟用鋤頭扁擔和長矛大刀轟了回去。從此，弗染老人在故鄉安度晚年，種種菜，養養花，看看書，寫寫字。香溪村家家戶戶的廳堂裡，幾乎都有他那莊重如山的顏體墨寶，讓那些屋前牛欄屋後豬圈的農家民舍，多少增添一點古老文化的色彩；許多有志讀書的年輕子弟，都聽他講過四書五經、唐詩宋詞，因而以優異的成績考上高等學校，當上作家、記者的也不乏其人。

村子裡炊煙散盡、戶戶掌燈時分，那些彎腰屈背、少牙癟嘴、留著山羊鬍、八字鬍或不留鬍子的老人們，三三兩兩陸陸續續來到楊家大宅前的老樟樹下。這是一種無人號召無人組織的聚會，比起城裡機關開會，甚至比起某些不太像話的黨團組織生活會，還要來得整齊。老人們有的坐在抱鼓石凳上，有的坐在老樹根上，有的倚著荷池的石砌欄杆，有的蹲在地角頭，或吸煙，或品茶，或閒嗑，或迷迷糊糊打著盹兒，長幼不分，尊卑不論，那種親密無間和諧協調的氣氛，在秋夜清冽的星月輝映下，在陣陣飄來充溢著芳草氣息和山花幽香的秋風中，是那麼令人心醉而神迷。

這大半年來，老人們閒聊的熱門話題是移民搬遷。祖祖輩輩在香溪村住了幾百上千年了，一塊多好的風水寶地喲，現在說搬就要搬，這到底是怎麼回事喲？把老人們折騰得飯也吃不香，覺也睡不好，有些人一提起此事就禁不住吸鼻子抹眼淚。

「蓮蓮，是不是上頭派了考古隊來了？」一個留著山羊鬍子的老人問楊淨蓮。

楊淨蓮回答道：「沒有呀，你聽誰說？」

山羊鬍子說：「今天跟著你這裡看看，那裡瞧瞧的那一個呀，背上挎著一架照相機的。」

楊淨蓮笑笑說：「哦，他呀，是建電站的，流香溪工地的副總指揮。」

一個留八字鬍的說：「是他呀，呵哈，要知道他是個建電站的，我要當他的面，操他祖宗十八代！」

弗染老人正色呵斥道：「呸，我們香溪人，怎可出言無禮！」

八字鬍說：「還不是建電站的害了我們？」

楊淨蓮說：「流香溪電站建起來，我們都能用上電，怎麼是害了我們？」

「咳，整條流香溪一百多里長，上不建，下不建，怎麼偏偏要在香溪村建？」

遇到這類胡攪蠻纏的問題，楊淨蓮就得費許多口舌來向老人們解釋：這裡的地質情況良好，河床下面都是花崗岩，最適合建築水庫大壩，等等。這半年多來，楊淨蓮動員村民們移民搬遷，很少開群眾大會，她在走家串戶與納涼閒聊的時候，一遍又一遍地解釋建築流香溪水電站的重要性和必要性，宣傳應當如何對待即將發生的歷史性大變遷。

楊淨蓮今天堪可告慰鄉親們的，是南工局同意給香溪鄉一百萬元無息貸款，用於楊公祠的拆遷重建和保護歷史文物。那個年輕的工地副總指揮，對香溪村的搬遷工作非常關心，對村裡的古老文化極其珍惜，他拍攝許多照片，就是為今後香溪新村建一座歷史博物館用的。

父老鄉親們就七嘴八舌議論開，有高興激動的，也有憂心忡忡的。

搬遷搬遷，難道能把什麼都搬走嗎？

我家後院那口水井，是十里八鄉有名的千年古井，冬暖夏涼，燒茶茶香，煮飯飯香，這口井也能搬遷走嗎？

我家後門山上那片毛竹林呀，是正當盛年的豐山茂林，春春竹生筍，年年筍變竹，每年收成幾千上萬元，這片毛竹林也能搬遷走嗎？

我家門口那丘平洋田呀，久雨不澇，久晴不旱，春下一斗穀，秋收十擔糧，這也能搬遷走嗎？

青龍山上，有我爹我媽和我爺爺奶奶以及爺爺的爺爺奶奶的奶奶的祖墳，我們年年清明節要給他們上香燒紙掃墓祭奠，而如今一湖無情的清水，要把他們永生永世埋下龍王府，浸在水晶宮，從此就要和水底的魚、蝦、蟹、鱉做鄰居，叫我們怎麼對得起列祖列宗呀？

……

所有這一切，不過是一種無奈的慨嘆，一種失落的宣洩，一種對故鄉故土深深的眷戀，每天都要說成千遍上萬遍，否則，他們就不是香溪村的村民，就不是宋代理學大師楊時的嫡傳子孫了！

楊淨蓮就說起新建的香溪新村有許多老村子所沒有的優點：比如村子裡的道路又寬又直，而且直接連著公路，可以通汽車、拖拉機；一式的青磚樓房，玻璃窗戶，又亮堂又通風，住著很是舒服；一戶都有一間衛生間，安上抽水馬桶，辦完公事一放水，嘩嘩啦啦沖涮得乾乾淨淨

……

就有人問道：牛欄在哪裡？難道那小洋房裡也有一間房間關牛養豬嗎？

楊淨蓮說：牛欄和豬圈都另闢一塊地方，人畜分開更合衛生道理。

那人又說：這不行，我晚上怎麼給牛餵草呀？聽不見牛吃草的聲音，我怎麼也睡不著。

又有人十分激烈地攻擊新式小洋樓。說那是火柴盒，是鳥籠，一家一戶關得緊緊的，想找鄰居說句話，借個火，也不容易，那日子叫人怎麼過呀？

這樣一些議論都是在聊閒天拉家常中進行的，樟樹下不時爆發出陣陣笑聲。而令眾人大吃一驚、黯然失色的，是一位老者突然提出這樣一個問題：

「別的也還罷了，我最怕最怕沒有的，是這棵老樟樹。」

眾人沒有聽清，問道：「你說什麼？」

那位老者聲音輕輕地說：「就是我們頭上這棵老樟樹呀！」

好像突然從高空扔下一顆尚未引爆的炸彈，把眾人嚇得魂飛魄散，便都抬頭仰望濃蔭匝地遮星蔽月的老樟樹，誰也說不出一句話。

這棵老樟樹不僅是香溪一寶，而且是聞名整個閩北山區的樟樹王。據說，是楊時文靖公第五代孫，移居香溪那一年親手種植的，迄今已七百五十一歲。老樟樹主幹直徑一丈三尺三，五個男子漢手拉手也抱不攏。高達十丈有餘，油綠稠密的濃蔭鋪展開來，遮蔽著三畝多場地，在村中心高高隆起像一座蒼翠的小山包。至於它在地下穿岩過壠的異常發達的根系，就更是走得無邊無際了。據老人們說，從村頭走到村尾，竟有十多戶人家的廳堂和灶間裡，不知什麼時候突然從地下冒出一大截樟樹根，有的就把它鋸鋸平，成為天然的凳子，有的就把這樹根和祖宗牌位供在一起，成為這家人祖祖輩輩供奉的神明。慢慢地，這一棵年代久遠的老樟樹成了樟樹精，樟樹精又修練成了樟樹神，也不知始於哪朝哪代，人們在疙疙瘩瘩的老樹根上設一神龕，祀奉為「樹神樟王護佑萬民大將軍」，供山裡人燒香獻祭，頂禮膜拜。這老樟樹也真是神通廣大，有求必應。歷朝歷代，帶給村夫山民的福祉鴻運那是書不勝書的。

這棵神奇的老樟樹還是香溪一景，夏日供人乘涼，雨來供人避雨，清晨供人習拳，夜間供人聚會。多少大事在這裡籌劃，多少糾紛在這裡平息，多少民間故事在這裡誕生，多少鄉間小曲在這裡傳播。那些少牙癟嘴的老人們，在這裡流失了童年，在這裡流失了青春；在這裡重溫舊夢，在這裡苦捱歲月。他們哪能沒有「樹神樟王護佑萬民大將軍」？

「怎麼辦？這棵老樟樹也能搬遷走嗎？」

沒有人能回答這位老者提出的難題。

在老樟樹下坐了一會兒，弗染老由小孫女楊淨蓮攙扶著，回到自己的書房去。他得夜以繼日地編寫香溪村村志，無暇和其他老人窮聊下去。

這一年多來，為了編寫香溪村村志，弗染老已經做了大量準備工作。他查閱了縣志、府志、通志和許多有關古舊書籍，摘錄了數千張卡片；他訪問了當地的許多老人，做了好幾本筆記；

他還踏遍方圓五十來里山山水水，繪製了好多張香溪流域山川地形圖。他按照編年史的寫法，列下了建村六百多年來的大事記；現在，他已經按照「山水志」、「物產志」、「農事志」、「人物志」、「藝文志」、「教育志」等等篇章，列出了大綱和細目。

自從擔任市府庫區辦副主任的楊淨蓮回到故鄉做移民搬遷工作，這可愛的小孫女就成為弗染老的得力助手。爺爺白天寫下一二千字初稿，孫女兒晚上就校正和謄抄一遍。爺孫倆這樣流水作業，編志的速度可是大大加快了。

弗染老人伏案披閱了一會文稿，忽然抬起頭來，從老花眼鏡鏡片的上沿盯視著孫女兒，問道：「蓮蓮哪，今天那個年輕的工程師又來找你了，你們都談些什麼來著？能夠給爺爺透一點秘密嗎？」

楊淨蓮在自己的書桌上抄寫著文稿，轉過臉來答道：「怎麼不可以？又不是軍事秘密。我剛才不是說了，人家又來忙了一個下午，幫我們村拍了許多文物照片。」

爺爺笑眯眯問道：「除了談工作，你們就不談點別的？」

「這個呀，暫時保密，無可奉告！」楊淨蓮淘氣地衝爺爺一笑，又趕快伏案抄稿子。

「蓮蓮哪，你對那後生哥的印象，到底怎麼樣？」爺爺卻是窮追不捨。

楊淨蓮就輕聲應付道：「還好，還好。」

「僅僅是還好還好？」爺爺神色認真地說，「蓮蓮哪，我看這後生哥談吐不俗，才貌出眾，又愛好文學，和你一定有共同語言，你還看不上他？再說，你看他年紀輕輕的，已經是調兵遣將的工地總指揮了，這樣的對象你哪兒找去！我說蓮蓮哪，你的眼睛再高，也不敢高到喜馬拉雅山上去呀！」

「爺爺！」楊淨蓮甜甜地叫了一聲，臉頰刷地紅了。「你老人家操這份心幹什麼？我們已經是好朋友了。」

「哦，你們已經是好朋友了！好極了，好極了！」爺爺取下了老花眼鏡，兩撇長壽眉下深陷的眼睛，流溢出無限欣喜的光芒。停了片刻，又笑呵呵說道：「蓮蓮哪，你是不知道呀，光華的父親程東亮，是我的莫逆之交。二十多年前，你還沒有出生的時候，南工局就來我們流香溪建電站，那時我和程東亮就認識了，可惜，他還正當盛年，在『文革』中被人家整死了。如今，你們如果有緣，結成百年之好，我到了九泉，見了我的老朋友，兩個老頭子不知有多高興呢！」老人說得很動情，眼裡竟閃出一片淚光。

「爺爺，你看你，」淨蓮臉上愈發紅了，帶著幾分嬌憨地說，「操這份心幹什麼？我還想在你老人家身邊多待幾年，好照顧你呀爺爺！」

「我知道，我知道，你們的事，我看是八九不離十了！」弗染老舒心開懷地笑著，怎麼也靜不下心來寫他的村志。

弗染老近年來心頭掛著兩件大事：一件是撰寫一部香溪村村志；另一件是孫女的婚事。老人的兒子和兒媳都是頗有成就的科學家，年輕時就在大西北一個保密科研單位工作，他們對事業的投入到了廢寢忘食不顧家小的程度，楊淨蓮斷奶不久就抱回老家請人撫養，一直和爺爺一塊兒生活。聰穎活潑的小孫女是醫治老人孤寂心靈的一劑良藥，是映照老人晚景的一道彩虹，弗染老對楊淨蓮的疼愛遠遠勝過自己的生命。他看見小孫女一天天長大，像門前荷池裡的一莖荷花，由一粒不甚起眼的小花蕊，到綻出嫩黃的花骨朵，眨眼就燦然怒放，風姿綽約了。老人不能不想到女孩子家在所難免的歸宿。而楊淨蓮卻偏偏不緊不慢，左挑挑右揀揀，差不多成了個老姑娘，還捨不得離開爺爺去尋找屬於自己的一方樂土。當楊淨蓮在跟前端水送茶時，爺爺眼裡的笑意裡就常常透露些許憂慮。現在可好了，楊淨蓮交上這位男朋友，要才有才，要貌有貌，無論從哪方面看，都是百裡挑一的，怎不叫弗染老大喜過望，心花怒放！

這一高興，一激動，老人夜裡就沒睡好覺。好容易熬到雞叫頭遍，昏昏然合上眼，又作了一連串怪夢。恍恍惚惚的，他看見他爸他爺爺和他爺爺的爺爺以及爺爺的爺爺的爺爺直至老祖宗楊時楊龜山老先生，全都變成魚不像魚人不像人的怪物。說他（它）們像人吧，他（它）們的下巴上都長著兩根長長的彎彎的鬍子，走起路來都橫過身子，搖頭擺尾的，像魚兒在水裡游著。說他（它）們像魚吧，可認真一看，他（它）們又都穿著衣服，有的穿著長袍馬褂，有的頭戴烏紗帽，身穿大蟒袍，腳下蹬著朝靴，有的手上拿著書本，有的手上端著算盤，有的手上擎著玉笏，都整整齊齊排著隊列，真是名副其實的「魚貫而行」了。他（它）們一會兒興高采烈，手舞足蹈，載歌載舞；一會兒又悲悲戚戚，哭哭啼啼，哀聲動地。這到底是怎麼回事呀？他正想向老祖宗們打聽個明白，只聽得空中炸響一個可怕的驚雷，他自己也忽然變成一隻千年老鱉。他嚇出一身冷汗，連忙摸摸自己的身體，還是柔軟的肌膚，嘴下一蓬長及胸間的大鬍子還在，兩條胳膊一雙腿也安然無恙，而且並未長出老鱉那樣的硬殼，心裡又篤定了許多。但是，他覺得自己是個溺於深潭中的人，氣悶得幾乎死過去，便趕緊沿著一道長滿水草和青苔的絕壁往上爬。他一使勁兒，胳膊腿兒忽然又長出銳利的趾甲，成了老鱉魚那樣的爪子。管他呢，做鱉魚就做鱉魚吧，只要能躥出水面，登上岸去就好了！我的媽呀，我是多麼嚮往陽光明媚和風拂面的陸地，我是多麼留戀山環水繞風光如畫的香溪村！謝天謝地，我終於爬上岸來了……咦，我的小孫女怎麼頭戴鳳冠，身披霞帔，莫不是要出嫁了？果然，吹吹打打的鼓樂聲響起來了，大花轎也抬來了。老人昏花的眼裡就彈落幾滴淚水，目送花轎出了二門，出了大門，繞過荷花池，花轎在老樟樹跟前停下來，轎夫們撩起花轎的布帘子，請新娘子下轎拜祭「樹神樟王護佑萬民大將軍」。可是，新娘子才拜了三拜，那棵老樟樹卻轟然傾倒，摧枯拉朽，驚天動地，好似發生了七級地震……

弗染老從惡夢中驚醒，嚇出了一身冷汗，再也睡不著。便披衣起床，占了一卦，又找出黃六庵的《周易譯注》翻閱著，反覆琢磨那一條卦爻辭蘊含著什麼意思，那個怪夢到底是個吉乩，還是個凶兆？

第十章　誰是第三者

一位權威女士說，漂亮女人的一根頭髮絲，就能牽動一個大男人。

南茂公司職工的業餘舞廳，經過一周緊張的裝修，終於開張了。舞廳設在公司辦公大樓五層樓上。原來是一間相當寬敞的會議室，事務課花了一點錢稍事改造，水磨石的地板上撒上一些滑石粉，天花板上安裝起幾盞球形大吊燈，再買了一臺先鋒音響，應該說，作為一個企業的娛樂場所，很夠氣派的了。五層樓的磚牆上，高高挑出一塊鋁合金框架的霓虹燈燈牌，上面書寫著「吉普賽舞廳」五個大字。這個別致浪漫的名字也是程光華起的。他對這個沿江流浪飄泊的群體似乎有一種特殊的感情，時時事事都喜歡聯繫上神秘的「吉普賽人」。可是舞廳開張那天，他出差在外，未能參加第一次舞會。燈牌上的字是那種新潮的變形的美術體，線條流暢而飄逸，被色彩繽紛、飛快流瀉的霓虹燈光環襯托著，宛若幾個身著鮮紅裙裾的舞女，在湛藍的夜空中跳迪斯科，老遠老遠就能望見，對少男少女們有著撩撥心弦的誘惑力。難怪第一個周末舞會的參加者就異常踴躍。但是，真正能下舞池跳幾步的人不多，而圍在場外看熱鬧的人卻站得密密匝匝。舞會中最活躍的積極分子當然要數游春英和黃京芝。她們兩人受程光華之託，在工餘時間已經進行過多次操練，而且帶出好些個徒弟，今晚要在舞場上來一次真正的演習，無論興致和熱情，比起別人來都要高漲得多。

黃京芝畢竟是從大城市來的姑娘，又在高等學府受到現代文化的薰陶，交誼舞本來就跳得十分嫻熟。上舞場的全套行頭也齊全不缺。上身是一件米黃色的彈力T恤衫，下身是一條質地很好的綴花長裙，腰間束一條黑色的麂皮皮帶，小小的腳上蹬一雙高跟皮鞋，那嬌美的模樣兒就更加楚楚動人了。游春英為了今天的舞會，可是花了一個月的工薪，把自己精心裝備了一番：上身穿一件湖藍色的短袖衫，下身是一條藏青色的綢裙；裙長及膝，套著肉色褲襪的兩條健美的長腿，便得到若隱若現的展示。她的腳很大，一時還沒有買到合適的高跟鞋，好在她身材高挑，穿著平底皮鞋也可以與任何一個小伙子配對起舞而不致於比例失衡。

今天舞場上的男主角不能不首推龍經天。他雖然是三十多歲、體態發福開始向中年過渡的男子，但他畢竟常常在上層社會活動，原來在南工局任工程科長的時候，已經是H市頗有名氣的「舞林高手」，在這個小小的業餘舞會上，簡直可以充當教練。而對絕大多數「沿江吉普賽人」來說，這麼男男女女摟摟抱抱翩翩起舞，還是大姑娘上花轎——有生以來頭一回，不要說跳出個樣子來，敢主動向姑娘發出邀請的勇敢分子也寥寥無幾。這麼一來，龍經天便格外活躍，鶴立雞群了。他跳了一曲又一曲，年輕漂亮的女舞伴換了一個又一個。但他一點兒不累，眼含笑意，臉閃紅光，心裡想著：我今天是唐僧落在女兒國裡了，我才不像那個既迂又傻的老和尚，此時不逍遙，更待何時樂？我真他媽的一輩子也沒有這麼快活過！

知道今晚辦舞會的日本職工並不多，而且他們口袋裡有的是錢，一到周末，許多人都坐上專車直奔H市找那些高級歌舞廳尋歡作樂去了。今晚到場的只有雄田幫明和牛部春房等少數幾個日本佬。跳交誼舞於他們簡直是家常便飯。他們在今晚的舞場上，不僅僅是不可缺少的男性舞伴，更多時候還充當業餘舞蹈教練。

龍經天一上舞場，自然就向游春英發出邀請。他來流香溪工作兩年多了，這山溝溝裡，文化荒漠所造成的文化飢渴，幾乎叫他犯上跳舞饞癆症，他今晚是非在這裡過把舞癮不可了。當擴音器播放出一支三拍子的流行歌曲的時候，他把眼鋒一瞟，看見游春英正在一邊撥弄音響，便迫不及待地走過去，彬彬有禮地向她兩手一攤，微笑著點點頭，向游春英發出熱情的邀請。

游春英心裡格登地緊縮一下，又很快鎮定下來，笑盈盈地跟著龍經天走下舞池。她明白，對這個上有靠山下有地盤的實權人物，雖然不大喜歡，也不可輕易得罪。

隨著舞曲剛邁開步子的時候，游春英悄聲說：「我剛學的，你要多多指點呀！」龍經天應道：「沒問題，我來教你。」其實，游春英經過十多天的業餘操練，已經大體上記熟了三步、四步的基本步法，踩著曲子進進退退那是不成問題的。龍經天輕聲指點著：「眼睛千萬不要盯著自己的腳，只管用耳朵聽拍子。對啦，碰——恰恰！碰——恰恰！對，就這麼走下去，跳得很好嘛！」游春英不斷得到龍經天的指點和鼓勵，緊張的神經鬆弛下來，對樂曲的節奏感也就敏銳而準確了，一步一步都分毫不差地踩在點子上。

跳第二輪時，龍經天輕聲對游春英說：「我來教你左轉，右轉，能跳一些花步，就更好看了！」這一來，游春英的步子就開始有點亂，該左轉時，她偏偏向右轉；該右轉時，她又偏偏向左轉。龍經天說：「不要看腳，抬頭，對啦！現在，注意我右手手指發出的信號。」游春英感到了龍經天的手指在她腰際發出暗示性的命令。「對啦——左轉！對啦——右轉！看看，你轉得多漂亮！」游春英受到鼓舞，嘴邊掛著微笑，眼裡閃著流星，愈加青春煥發，像一隻美麗的天鵝在藍天上翱翔。

跳第三輪時，游春英幾乎無需龍經天口中念念有詞，也無須他的手指發出暗示，她微微偏著腦袋，凝神地聽著舞曲，兩隻腳尖本能地在地板上畫出各種優美的曲線。兩個人的四條腿，彷彿是由一個腦袋指揮著，進進退退左旋右轉，都配合默契，分毫不差。游春英醺然如醉，跳得更加瀟洒自如了。她兩條白藕似的玉臂輕輕晃動，纖纖蜂腰如風擺細柳。三百六十度大旋轉的時候，她那藏青色的半短裙綻放成一朵碩大墨黑的喇叭花，兩條勻稱健美的長腿展露無遺，牽動無數小伙子心猿意馬的目光。

跳第四輪時，龍經天把游春英摟得愈來愈緊了，兩個人幾乎臉貼著臉，胸靠著胸。游春英聞到男人呼出來的鼻息，既帶著濃濃煙氣又帶著刺鼻的香氣。毫無疑問，龍經天身上顯然洒過不少香水，說不定還是進口的高檔貨。她同時感到胸間有些發熱發麻，像通電似的，因為龍經天那幾個多肉而騷情的手指，在她腰間背上騷動得很是殷勤，輕輕地撫摸，輕輕地撩撥，再加上龍經天直勾勾地望著她的眼睛，像可怕的蛇信子一樣一寸一寸地舔她的臉頰，舔她的嘴唇，舔她的胸脯。她覺得他那貪婪的目光，正在把她身上的衣服一寸一寸剝去，就有些害怕起來。腳下也就失去了節奏感，一雙玉臂變得挺直而僵硬。

但是龍經天一直死纏著她。一曲終了，游春英走到哪裡，他跟到哪裡；游春英坐下，他坐下；游春英站著，他站著。下一支曲子的第一個音符剛剛飛出擴音器在舞廳上空飛揚的時候，他總是不失時機地再次向她發出邀請，幾乎要把她壟斷著。

「不！不！我太累了！我要歇一歇！」游春英終於鼓起勇氣婉言拒絕了龍經天。

黃京芝也很忙。她完全不圖自己的快活逍遙，她在充當舞蹈教練的角色。她姿勢之優美，動作之準確，風度之高雅，在這一大群剛剛受到舞蹈啟蒙的女工中，還無人堪與匹敵。能和她配舞的，也只有龍經天、雄田幫明、牛部春房那麼幾個人，但她不願老陪他們跳。她寧願把那些臉龐黧黑、滿身汗味的青年工人一個個拖下舞池。她心裡好笑，這些幹起活來生龍活虎的小伙子，在舞場上，在姑娘們跟前，卻那麼靦腆而膽怯。教過幾個小伙子後，她的眼睛盯住了丘長根。她覺得他是特別羼頭的老實疙瘩，在一邊至少站了個把鐘頭了，始終沒有勇氣邁進舞池。她同時還以女性的敏感，發現丘長根的眼睛裡有些許憂鬱。他一直盯著游春英和龍經天，這可能就是引起他不大愉快的原因。在又一支曲子奏響的時候，黃京芝猝不及防地走到丘長根跟前了。丘長根卻嚇得一直往後退縮。但是黃京芝不肯放過他，一把抓住他的手拽下了舞池。

丘長根作為一名汽車駕駛員，那是絕頂總明的。他參加過全省駕駛員技術大比武，在黑燈瞎火的情況下，用一刻鐘時間，把已經卸下來的三十個重要的汽車零部件，一絲不苟的全部安裝上去，奪得了全省的技術標兵稱號。可是在舞場上，卻笨拙得像一頭大黑熊。盡管舞曲的節奏十分明快，盡管黃京芝嘴上不停地給他數著拍子，而且還抓著他的大手推來搡去，他還是一次又一次踩痛了黃京芝嬌小玲瓏的腳。黃京芝這才發現，他腳下穿一雙硬梆梆的塑料涼鞋，於是便想到，他目前不僅沒有舞蹈的細胞，而且沒有娛樂的欲望，這樣點撥起來就特別費勁。你看那些初上舞場的小伙子吧，雖然跳不出像樣的舞步，人家起碼是衣冠楚楚，沒有三節頭皮鞋，也穿鯰魚頭皮鞋，沒鯰魚頭皮鞋，也得穿一雙乾淨的白球鞋，哪有穿著硬梆梆的塑料涼鞋上舞場的？丘長根第五次踩痛黃京芝小腳時，黃京芝禁不住「噯唷」叫了一聲，丘長根頓時滿臉通紅，說一聲「對不起」，就倉皇退出舞池。

雄田幫明、牛部春房等幾個日本人倒玩得很快活。他們不是來這裡表現自己的舞姿和舞技，而是來這裡打發工餘的時光，來這裡尋找心靈的放鬆。H市的豪華歌舞廳他們也去過幾回，雖然有涼爽的冷氣和柔和的燈光，有舒適的沙發和柔軟的地毯，有頻頻送來的香檳酒和飲料，有許多年輕漂亮的歌女和舞女，但是，那一切快樂都是一種金錢的交換，與這裡淳樸真誠的氣氛，不能同日而語。雄田幫明和那些天真的年輕女工結伴而舞時，不由想起遠在日出之國的女兒，勾起一縷縷鄉思之情，心理上獲得一種別處無法獲得的補償。

舞會一直開到十一點鐘，參加者才陸續散去。

雄田幫明邁著羅圈腿走出舞廳時，對舞會的主持人游春英和黃京芝豎起一個大拇指：「很好！跳舞，大大的好！」

吉普賽舞廳辦過幾次周末舞會，招徠愈來愈多的「沿江吉普賽人」。舞場上的氣氛也愈加歡騰熱烈。漸漸的，圍觀者少，參加者眾。原來那些羞羞答答忸忸怩怩的小伙子和姑娘們，大都鼓起勇氣步入舞場「開拖拉機」。這一比喻，用在這裡實在生動而貼切。這些在工地上幹起活來有如生龍活虎的開挖工、澆搗工、分篩工、測量工、機修工、安裝工、管道工、架子工、沖洗工、起重工、潛水工、電工、木工、炮工和駕駛員，雖然在工餘時間進行過多次操練，但他們的腳步大都還踩不到點子上，一男一女那麼摟著抱著，不像是輕鬆愉快地翩翩起舞，更像是揪著扭著的格鬥摔跤。那種拉拉扯扯走走停停彆彆扭扭的勁頭，實在像一個新手在坑坑洼洼的田間公路上駕駛一臺老爺拖拉機。

丘長根比起別人來還要狼狽而糟糕。首先，他沒有音樂的耳朵，分不清樂曲是三拍還是四拍，聽不清是強拍還是弱拍，因此他的鯰魚頭大皮鞋（謝天謝地，他終於發現穿著塑料涼鞋不適合而換了鞋子）老是踩著對方的腳。其次，他有一種天生的「異性恐懼症」。他活了大二十幾歲了，接觸過的女性只有兩人：一個是生他養他的母親，另一個就是從小在一起長大的游春英。在燈光幽暗樂聲四起的舞場上，他看見男的摟抱女的，女的依偎男的，腦瓜裡就會飛攪起種種不該有的的雜念，心理上就感到沉重的壓力，因而一見到舞池，他就有一種上刀山下油鍋的恐懼。然而，他一旦跨進舞廳，這舞廳又像一個巨大的磁場把他吸引住。他的興趣不在跳舞，也不在別的姑娘，而是把一顆心牢牢地繫在游春英身上。自從有了舞會，自從春英學會了跳交誼舞，游春英就從醜小鴨變成金鳳凰，就從默默無聞的分篩工成為年輕人崇拜的偶像。她一在舞會上出現，立即有如明月高懸萬眾景仰。她既能跳快三步的華爾茲，連續旋轉像一只快鞭抽打著的陀螺；她也能跳慢四步的布魯斯，微微偏著腦瓜子窈窕的身影像一隻蜻蜓在水面上起起伏伏地漂過去，竟有一種西方女子優雅的古典情調。她還很快學會了節奏快速瀟灑自如的迪斯科，跺腳、甩手、擺胯、扭腰，旋轉著一頭長髮像黑色的鷹隼在舞廳上空飛翔，兩隻豐乳像兩團肉凍顫悠悠的抖動。她的形體每一個部位都傾瀉著神秘的舞蹈語言，兩眼燃燒著熾烈的青春的火焰。她成為公認的舞會皇后。她一上舞場就休想有片刻的喘息。

開頭游春英也陪著長根跳過一兩支曲子，但是丘長根像木頭人那樣呆板而機械，鯰魚頭大皮鞋又老是踩她的腳，再加上小伙子們爭先恐後地擁到她跟前發出邀請，她就顧不上這個和她自小一起長大的好朋友了。從此丘長根只有站在圈外袖手旁觀的份兒。他眼裡冒出氣恨恨的火光，湧出酸溜溜的淚水，終於狠狠地跺一跺腳，想離開樂聲悠揚人頭躦動的舞場。

但是，當丘長根沉重的雙腿移到門口時，黃京芝叫住了他：「丘長根，慢走！我來陪你跳一曲好不好？」

丘長根站住了。表情木然地讓黃京芝牽下舞池。黃京芝極有耐性地數著拍子，引導著丘長根跳著進進退退的慢四步。

因為黃京芝和游春英是同室好友，丘長根和游春英之間的秘密就瞞不過她那一對聰明的眼睛。這幾個月來，儘管游春英已經漸漸地移情別戀，另攀高枝，丘長根對她的心思可是渾然不覺，自幼至今的那份痴情仍然始終不渝。一到節假日，他總是輕輕地怯怯地敲響游春英和黃京芝的房門。有時拎來一些可口的水果，有時幫著她們拖拖地板，有時和她們一起甩幾把老K，有時和游春英一塊兒去吉普賽酒店幫她父母做一些雜事。這一來，京芝和丘長根也成了頗為熟悉的朋友。黃京芝覺得，丘長根是天下少有的忠厚老實心靈手巧的小伙子，但他對游春英的忠心耿耿一片痴情，不像是一位有獨立個性的男朋友，而更像是一個唯命是從的奴僕。黃京芝和游春英開過玩笑：「春英姐，有長根這麼個好男人，你這一輩子可有清福享了！」游春英撇一撇嘴：「沒打結婚證，誰跟誰都很難說，你千萬不能胡說八道！」黃京芝逮著游春英這句話，在夜深人靜時分翻來覆去琢磨過好多回，斷定游春英和丘長根之間已經出現裂痕，而把主攻方向轉向程光華。她自己對程光華也是頗有好感的，便不願在這方面多說什麼。後來，她看出丘長根和游春英之間果然有些彆彆扭扭的。丘長根來她們房間的時候，春英不那麼熱情了，一張不冷不熱的臉蛋擱在那裡，弄得丘長根沒有什麼話說；慢慢的，丘長根來的次數也就少了。特別是辦起周末舞會以來，游春英被人家寵著捧著忙得連軸兒轉，幾乎忘了還有丘長根這個人。但是，富有同情心的黃京芝卻還記得他，並且從他的眼裡看見憂傷和痛苦，看見淚水和妒火。黃京芝第一回教丘長根操練，丘長根在無意中踩了她的腳，爾後落荒而逃，黃京芝不僅沒有責怪，而且一直深感歉疚。今晚從丘長根灰敗沮喪的臉色，她早看出他的情緒壞到了極點，便毫不猶豫地向他伸出友誼的手。

「對，就這樣走——一、二、三四、二、二、三四。你跳得不賴嘛！」黃京芝一邊指點丘長根，一邊不斷給他鼓勁兒。丘長根果然就稍稍有了自信心，僵硬的胳膊腿兒便輕鬆自如得多，步子也大都能跟上樂曲的節奏。

游春英一上舞場仍然是忙得不亦樂乎。一會兒是公司總部的頭頭們請她跳，一會兒是日本工程技術人員請她跳，入道不久膽子又小的工人小伙子，很少有機會能得到她的恩寵。但是，游春英今晚彷彿有什麼心事，眼睛老是瞟著舞廳的大門口，懶洋洋的，心不在焉。

原來今天程光華出差回來了。游春英和他當面有約，要他今晚到舞廳陪她跳舞。程光華說，晚上可能沒有空。游春英就把好看的小嘴撅起來，表示大大的不滿：這個舞廳還是在你的倡議下辦起來的，我辛辛苦苦折騰了一個多月，才有這樣一個舞廳，你連看都不來看看像話嗎？光華只好點頭答應了。游春英又叮囑一句：「哥，準七點，我在舞廳等你！」程光華又連連應諾。可是，現在已經八點多鐘，程光華連人影兒也見不到，這是怎麼回事？

別看游春英人見人愛，對每一個男人嘴上都塗著蜜，臉上都開著花，但是她心裡真的裝得下誰，只有她自己知道。自從辦起了舞會，丘長根那土老冒的勁頭暴露無遺，任你怎麼點撥怎麼教導，他都毫無長進，游春英就愈來愈覺得他猥猥瑣瑣窩窩囊囊，和自己站在一起，像一棵菊菊草和一支玫瑰花插在一個花瓶裡，是那麼不般配。可他們好了太久又感情深篤，游春英實在不忍心當面與他點破。龍經天這個人嘛，春英原是處處防著他的，但最近因為辦了舞會，人家在舞場上光明正大地請她跳舞，那是沒有理由拒絕的，一來二去，她也就覺得他並不那麼可厭。特別是，他對女人的善解人意，知冷知熱，曾經叫她有幾分感動。比如說，游春英因為腳大，在流香溪買不到合腳的高跟鞋，第一次上舞場穿著那雙款式又老又難看的平底皮鞋，龍經天就把此事看在眼裡記在心上，他出差去福州回來，特意給她買來一雙棕黃色的高跟皮鞋，送到吉普賽酒店。她一穿，不大不小，非常合腳，游春英要給他錢，他怎麼也不肯收，一轉身就走了，連她母親大奶媽都對他有了好印象，說他不像個大官的兒子，也不像工程部長，一點架子都沒有。再說，游春英怎麼的也得記著人家把她弄到流香溪來的這份恩典，在大面上就和他糊得滴溜溜圓，兩人好像已經是十分親密的朋友，可游春英是啞巴吃湯丸，心裡有數的；再怎麼好，人家也是有婦之夫，只能與他虛與委蛇，逢場作戲罷了。最為有趣的是日本大個子牛部春房，自從她賞臉與他跳過幾次舞以後，他竟對她表現出一種特別的熱情，常常要送她一點日本帶來的小玩藝兒，比如「隨身聽」呀、高級護膚霜呀、石英錶呀什麼的，開頭游春英婉言相拒，牛部春房還使出他的牛勁兒，哇啦哇啦糾纏不休，她也只好照收不誤。多陪人家跳兩圈舞，臉上多添幾分笑，這筆人情債也就一筆勾銷。年輕男女之間的交往，女人特別是漂亮的女人，總是占了某種便宜，她們嫵媚的笑，甜蜜的話，陪著跳兩圈舞，看一場電影，這種輕而易舉又不花一個本錢的事兒，在許多時候都可能轉化為一種有價值的物質和禮品，給人以一種回報。游春英就是這樣對待龍經天、牛部春房和許多向她獻殷勤的男士的。

此外，向游春英寫情書的，遞條子的，托人牽線說合的，有兜裡揣著學士、碩士文憑的年輕工程師，有多次獲獎的技術尖子，有肥得流油腰纏萬貫的供銷員、採購員……游春英從小龍門小工地一下子到了重點工程流香溪大工地，好像是忽然從大漠荒灘飛到百里錦繡的花園裡的一隻小鳥，真不知棲息在哪一棵花樹上更好了。

然而，真正叫游春英魂牽夢縈記掛於心的，還是工地副總指揮程光華。自從與程光華拉了勾認做乾兄妹，她覺得在光華面前更親切自如了，有時還敢在程光華面前撒撒嬌，賣賣乖，程光華也把她當作親妹妹似的，處處都呵護她。但是，她明白程光華是個講哥們義氣的人，只要丘長根這個關係沒有斷，他是絕不肯背叛朋友做下對不起人的事。因此，她就對丘長根採取漸漸疏遠、冷淡的態度，最好讓丘長根自己提出分手。她也知道，這對丘長根來說，也太心狠太殘酷了。但是，有什麼辦法？強扭的瓜不甜麼！我既沒和他上過床，沒打過結婚證，就不允許我有選擇自由？另一方面，她向程光華發起大膽勇猛的進攻。一到星期天和節假日，她總是把光華哥拉到自己的酒店去吃飯，程光華不肯賣面子，她就特意把好吃的送到他的宿舍。她還幫他縫縫補補洗洗刷刷，把一間房間收拾得井井有條，窗明几淨。而程光華不知是個木頭人，還是故意裝成個糊塗蛋，雖然口口聲聲哥呀妹呀叫得很親熱，卻始終保持清清純純的友誼關係，不肯越雷池一步。

游春英好像一個在戰場上殺紅了眼的猛將，既急得心如火燎，又時時窺視著發起進攻的戰機。一個千載難逢的時刻終於來到了。那是一個晚霞染紅了流香溪的黃昏，游春英和許多姑娘小伙子在青龍潭游泳。暮色四合時分，人們陸續上岸回工地營區去。而這時程光華卻因為工地上的雜務纏身，獨個兒姍姍來遲。游春英的眼睛對男性的識辨特別敏銳，遠遠望見一個高高的年輕人晃晃悠悠向溪邊走來，一下子就認出他是她晝思夜想的程光華。她又踅回水中佯裝游興未盡，作安詳的仰泳狀，像一片漂浮在墨黑水面的梨花瓣。她不是憑她的視覺、聽覺而是僅僅由於她的第六感官，就知道程光華快速地脫去外衣短褲，知道他瀟瀟洒洒地做了幾個體操動作，知道他一步一步地沒入水中，知道他怎樣掄著有勁的胳膊箭似射向深潭中心。她突然直立起來，兩腳踩水，露出大半截堆雪凝脂似的酥胸戳在深潭中，好像突然發現眼前竟有一個人似的，驚乍乍地叫了起來：

「哎呀，光華哥，怎麼是你呀？」

程光華倒是一點兒也不驚訝。游春英幾乎天天要下水泡一陣，這時在水中遇到她，毫不奇怪。

太陽完全墜下西山，水面上暮色更加濃重了。深潭裡除了程光華和游春英，再找不出第三個人。在水中已經泡了一個多小時的游春英毫無倦容，倒是愈游愈來勁了，她陪著程光華又玩了好一會兒，蛙泳、蝶泳、自由泳什麼姿式都來兩手，好像要和程光華剽著勁兒比一比，賽一賽。程光華也是一個弄潮好手，當然也興致勃勃地和游春英一塊兒玩。兩個人游著游著，游春英忽然「哎呀」叫了一聲，兩隻手吃力地在水面撥拉著，掙扎著，身子像秤砣一樣墜下去，頭部時沉時浮，頃刻嗆了好幾口水。有經驗的程光華一看就知道游春英準是小腿抽筋了，便急忙游過去把她從水中托起來，然後把她往岸邊拖。程光華很是沉著，游春英也沒有驚慌失措，雙手配合著划水，程光華沒花多大力氣就把她拖上了岸。

夜色已經完全籠罩流香溪畔，溪風陣陣拂來，頗有幾分涼意。

程光華寬心地吁了口氣：「哎呀，你在水中泡得太久，傍晚的溪水又涼冰冰的，準是腳脖子抽筋了吧？」

「是嘛，我渾身發冷，小腿都伸不直了，你幫我揉一揉吧！」游春英躺在有如席夢思一樣潔淨柔軟的沙灘上，呢呢喃喃地呻吟。

淡淡的月光從有些涼意的夜空洒下來，程光華瞥見游春英濕漉漉的長髮攤放在沙灘上，像黑色鬱金香的花瓣兒，攏裹著她那有些蒼白的臉龐；雙手抱著腦殼，胸脯高高隆起，兩條長腿並攏伸直，那半裸的身子在朦朧的月下閃著幽幽的青光，煞似一尾可愛的美人魚。程光華不禁有些神思恍惚，一時竟答不上話。良久，他抬起頭，看見遠處工地上燈光閃爍，又有機器的轟鳴聲頻頻傳來，腦子才清醒了些，輕聲說道：

「我們回去吧，時候不早了！」

「哎喲，我的心口悶得好慌！」游春英在沙灘上蜷曲著半裸的身子，更加痛苦地叫喚起來，「我的媽呀，我透不過氣來了。哥，求求你，把我的胸口揉一揉吧！」

程光華遲疑片刻，彎下身子，一隻大手怯生生地向前伸去，剛剛觸摸到游春英豐滿柔軟的胸脯，又像觸電似地收了回來。游春英又低聲呻吟，娥眉緊蹙，面容愁苦。程光華只好在她的胸口上輕輕撫揉。她的呻吟戛然而止，舒舒坦坦躺著，她覺得體內火苗突突將有燎原之勢。那一霎時，她忽然想起少女時代透過杉木壁板窟窿，看見路路通趴在阿媽身上，發出讚美詩一樣的呼叫：「哇，多白多肥的一對大奶子呀！」她幾乎要大聲歡呼起來：「光華哥，我這一對白生生的大奶子就給了你吧！」

憑她一個姑娘家敏銳的目光，不，憑她一個漂亮小女子的特異功能，她看到光華哥眼裡已經燃燒起灼人的火焰，感覺到他那雙大手在劇烈顫抖，她幾乎要慶幸自己小小的陰謀立即就要奏效，自己發動的攻勢就要大獲全勝；但是，在這裡她犯了一個戰爭當事者常犯的錯誤，就是只看到有形的武器，而未能看到無形的人心。是的，在科技高度發達的今天，大到星球宇宙，小到原子中子粒子，都是可以探測的，唯有人心，唯有人的內宇宙，哪一個聰明透頂的科學家都看不透。面前這個親親的光華哥，面對躺在沙灘上有所期待的俏妹子，面對這個雪白的胴體閃灼著誘人光芒的小女子，的確不會無動於衷，的確蠢蠢欲動，他畢竟是個活生生的大男人！然而，他心中的火苗子撲突突躥起一會兒就熄滅了。因為這時安裝在他心頭的「滅火器」，不僅有一個丘長根，還有一個楊淨蓮。這一點，游春英美麗的丹鳳眼即使有X光和超聲波的功能，也是看不清看不透的呀！

游春英發現程光華那雙伸向她呼吸急促的胸脯的大手，僅僅走了極其有限的路程，立即鳴金收兵。她對她的對手大惑不解，禁不住又低聲地痛苦地呻吟起來，哎喲哎喲叫著。她說，她的肚子裡肯定灌滿了水，在咕嚕咕嚕叫呢，她要求光華哥給她壓一壓，做一做人工療法。程光華那雙法力無邊的手，開始在她小腹部撫摸、輕壓、游動，她覺得異常舒服，停止叫喚，她覺得已經化作一攤泥，一溪水，她心頭春潮暴漲即將泛濫成災。她聽一位權威女士說，漂亮女人的一根頭髮絲，就能牽動一個大男人。她決不相信，她就不能治服你這個也是肉身凡胎的程光華？

然而，光華哥那雙親愛的手又停住了，輕聲說道：「你的肚子癟癟的，有什麼水呀？天全黑了，我們快快回去吧！」

程光華把她慢慢扶起來。

她全身的筋骨好像被人剔光了似的，軟綿綿地倚在程光華身上，喃喃說：「我渾身沒勁，走不回去了。」

溪風颯颯吹來，程光華打了一個寒噤：「那怎麼辦？我們總不能在溪灘上過夜。」

她靠在程光華結實的胸脯上囁囁嚅嚅道：「哥，你記得嗎？好幾年前，福州閩劇團來我們南工局演出《白蛇傳》。你看過沒有？」

「看過。」

「你記得嗎？許仙被白娘子嚇死後，白娘子怎麼把他救活的？」

「白蛇和青蛇一起去盜仙草。」

「還有呢？」

「不記得了。」

「還有更重要的一招，就是……就是……白娘子對著許仙的嘴巴吹了一口仙氣。」她說完就勇敢地昂起頭，用火灼灼的目光去勾攝程光華的魂魄。程光華一聲不吭，直挺挺地站著像一個石頭人。她聽到他厚實的胸腔裡，急速的心跳像炮聲震蕩原野，像悶雷滾過天空，像大潮拍擊海岸。她實在不能理解，這個敢於指揮幾千人施工的工地副總指揮，在姑娘面前怎麼如此膽怯而窩囊？

這種尷尬的沉默足足持續三分鐘，她聽見光華哥終於鼓起勇氣幽默地說：「好吧，我來學一學白娘子那功夫吧！」

她把鮮紅的嘴唇微微張開，期待著那個盼望已久的時刻。

但是，程光華僅僅以飛快的速度在她光潔的額頭吻了一下，輕輕地笑了：「好了，好了，我總算把你救活了！」

這哪像白娘子呀？充其量只是從外國電影上學來的王公貴族應付貴婦人的紳士派頭。

游春英不好意思有進一步的要求，讓程光華牽著手，走上沙灘，走上公路。快到工地營區時，程光華在不知不覺中摔開了她的手，扯開大步在前頭走了。她怎麼跟也跟不上。即使如此，她仍覺得這是一個小小的勝利，一個大大的滿足。這天夜裡，她躺在床上，身上臉上總有些異樣的感覺，老覺得有溫熱的嘴親吻著前額，有溫柔的手撫摸著胸脯和腹部。

她覺得，這個秋夜特別溫馨，特別漫長，特別值得回味。

一支史特勞斯圓舞曲驟然響起，像涼爽的風，以舒緩活潑的節奏吹送到舞池的每一個角落，把稍事休息的舞迷們的好興致重又激發起來，成雙成對地步下舞池。幾盞不斷旋轉的球形燈，把橘紅的、橙黃的、暗綠的光斑，不斷流瀉地洒向翩翩起舞的人們。這吉普賽舞廳便充滿了浪漫而歡樂的情調。

游春英和一個年輕工程師結伴起舞。工程師大概是在大學裡打下紮實的舞功，這會兒好不容易撈到一次機會，就跳得格外認真而賣力，不止是手腳身段合拍合韻，連臉上的眉眼表情都富有節奏感。然而，游春英跳得並不認真，仍在想著自己的心事：你這個程光華也架子太大了吧？專誠請你跳舞你也不肯賞臉。我這大半個月，一得空兒就不斷操練，還不是希望有機會陪著你玩玩嗎？你兜裡揣一張大學文憑有什麼了不起？你當個工地副總指揮有什麼了不起？你就眼睛長到天上看不起我游春英？不約你七點鐘見面嗎？到這會兒還不見你的人影，你到底躲到哪兒去了呢？

忽然，游春英滴溜溜滿場飛飄的丹鳳眼，終於瞟見程光華出現在舞廳的門口。這小子今晚顯然經過一番精心打扮，上身一件雪白的短袖衫，塞進淺灰色的西褲，顯得愈發的高挑挺拔。游春英覺得門口忽然閃現一道白光，眼前一陣暈眩，心頭一陣喜悅。但是，她的興奮稍縱即逝，一片熱情立即降到了冰點。她看見程光華身後很快跟著走進一個娉娉婷婷的年輕姑娘。她上身穿一件月白色的T恤衫，下身著一條質地很好的西裝套裙，通體素潔，氣質高雅。這不是H市派到香溪鄉來協助工作的女幹部麼？他們什麼時候好起來的？她和光華哥是如此親密！看，她一進來就和光華哥肩挨肩地站著，光華哥還主動去牽她的手。游春英覺得一陣心慌意亂，腳步好幾次踩錯了拍子，這於她簡直是不可思議的。她好容易熬到一曲終了，連那年輕工程師給她點頭致謝也不予理睬，便倉皇退出舞池。

程光華和楊淨蓮在圈外靜靜坐著，並不急於下舞池跳舞。

當又一支曲子響起時，游春英再也按捺不住，急慌慌走到程光華跟前，對楊淨蓮連眼角也不瞟一瞟，就對程光華點點頭：「光華哥，我請你跳一輪，好嗎？」她把「光華哥」三個字叫得很響亮很親切，彷彿要向全世界宣告她和他可不是一般的關係。

程光華用徵詢的目光瞅了瞅楊淨蓮，楊淨蓮寬宏大度地微微一笑，程光華便站起來，跟著游春英步下舞池。一上場，游春英便變被動為主動，根本不聽程光華的引導，很快把程光華拉扯到離楊淨蓮遠遠的另一個角落。她沉下臉開始興師問罪：

「你怎麼搞的？這會兒才來，讓我等了多久呀？」

「我有事耽擱了。」

「和那個女人約會吧？」

「你怎麼說得這麼難聽。」程光華有些生氣了。「她叫楊淨蓮。是……」

「是，是什麼？」游春英用驚恐的目光等著下面的答案。

程光華想了一下說：「是H市庫區辦的副主任，專門下來做動員移民搬遷工作的。我在工作中和她有許多聯繫，我們已經認識很久了。」

「哦……」游春英有千百個問題要質問程光華，但她心亂如麻，毫無頭緒，而且舞廳裡灌滿了樂曲的音響，又眾目睽睽，顯然不是說知心話的地方，只好忍著不便發作，臉色陰沉地陪著程光華跳完一支曲子。

程光華說：「我介紹你和楊淨蓮認識一下吧！」

游春英彷彿什麼也沒聽見，把頭一扭，急匆匆走出舞廳，衝進女衛生間，眼淚像潮水似湧出來。她把上下都留著空檔的小門關上，坐在抽水馬桶上傷心傷意地哭了好久，才讓心情稍稍平靜下來。她擦乾眼淚洗淨手，蹣蹣跚跚重新走回舞廳門口時，翩翩起舞的人們已經沉醉在另一支舞曲優美悅耳的旋律中。她美麗的丹鳳眼往影影綽綽的人群飛快一掃，一下子就看見穿著素淨衣裙的楊淨蓮和程光華翩翩起舞。她的舞姿莊重而高雅，和程光華一直保持著三分之二手臂的距離，臉上的表情既不呆板也不輕佻，塗過些許口紅的櫻桃小嘴半翕半張，始終不見開口說話，但她清亮嫵媚的眼睛定定地盯著程光華剛毅含笑的眼睛。游春英憑一個姑娘的直覺就看出來，那四隻脈脈含情的眼睛肯定代替著嘴的功能，正傾訴著外人聽不見的悄悄話。

游春英把嘴巴皮咬出血印子，才沒有讓盈滿眼眶的淚水掉下來。她猶豫著要不要離開舞廳的時候，龍經天笑容可掬走到她跟前。她像個木偶人那樣被龍經天牽下舞池。樂曲像活潑的跳躍的山溪歡快地流淌著。一會兒工夫，龍經天和游春英「漂流」到緊挨著程光華和楊淨蓮的地方。游春英高傲地昂起頭，把冷峻的目光投向遠方，連眼角也不肯瞟一瞟程光華。但是，她的耳朵卻機敏地豎起來，濾去充盈舞池的音樂之聲，而逮住了程光華和楊淨蓮零零碎碎的喁喁細語：

「那姑娘好漂亮，是你的親妹妹？」

「不，是從小一塊長大的好朋友。」

「也在你的指揮部裡當技術員？」

「不，她是我們南工局的分篩工……」

游春英好像當頭挨了一棒，立即頭暈目眩，天旋地轉，好在有龍經天扶持著，才沒有栽筋斗。這一支曲子沒有跳完，游春英就扔下龍經天，走出舞池，衝出舞廳，像一隻發瘋的小山羊，啪噠啪噠，一溜煙從五層樓奔下一層樓。

第十一章

老獵手與小山羊

龍經天像一個老謀深算的老獵手，潛伏在一個岔路口，輕而易舉地逮住了游春英這隻離群迷路的小山羊。

游春英憤然離開吉普賽舞廳，原想早早回到自己的宿舍大哭一場，可是鬼使神差，她暈暈乎乎地走到了男職工宿舍樓，又莫名其妙地登上四層樓梯，一看，她非常熟悉的程光華住的房間就在眼前。要在往常，她準是懷著激動的心情去敲門了。她的敲法很特別：敲三下一個小停頓，再敲兩下一個大停頓，髹著米黃色油漆的門板發出有節奏的橐橐聲，好像是她親切地呼叫著：「光華哥，開門！光華哥，開門！」程光華對她的敲門聲也很熟悉，連問都不要問，就知道是誰駕到；於是總要磨蹭片刻，穿好衣褲，拾掇好床鋪，才開門讓春英進房間。然而，今晚這個房間不但房門緊閉，而且黑乎乎的。游春英這才想起程光華還在舞廳摟著楊淨蓮盡情起舞，咬緊牙關忍著的一泡淚水，終於淌了下來。這兩三個月來，她和童年時代的鄰居好友程光華舊誼重續，好得像親兄妹似的。在她看來，要把程光華那顆捉摸不透的心完全攥在自己手裡，不過是個時間問題，萬萬沒想到，他不知什麼時候已經投入另一個女人的懷抱。這個打擊是沉重而致命的。她在心裡把自己和那個楊淨蓮反反覆覆作了掂量：論長相，我絕不會沒有她漂亮；論溫柔論情感，我就差沒有把一顆心掏給你程光華呀！可是你為何還是選擇了她而不是我？百思不得其解的時候，她耳畔響起程光華對楊淨蓮說的那句話：「她是我們南工局的分篩工！」天呀，就是這分篩工，分篩工，配不上你這大工程師和總指揮呀！

驀然，游春英聽見樓下響起腳步聲，急忙抹乾眼淚，若無其事地走下樓梯。但是，剛走到樓前的空坪草地上，她的腳步又躊躇不前了。她真不情願就這麼回自己的宿舍去，她要在這裡等著程光華。

空坪上有一個圓形的小花圃，幾株夜來香正釋放著廉價的刺鼻的俗氣和濁香；花圃四周有幾棵梧桐樹，濃密而肥碩的樹葉遮擋著路燈的燈光，投下一片黑乎乎的陰影。游春英在樹蔭下的石凳上坐下來，那一雙淚痕未乾妒火猶熾的丹鳳眼，直勾勾地盯著鋪滿昏黃燈光的施工公路。她想，你程光華總有個回來的時候，我非得當面鑼對面鼓問個明白不可！

流香溪畔的秋夜很不安靜。溪灘上，那些喝足了露水的雄性蟋蟀，叫得震天價響；稻田裡，蛤蟆們也敲打得十分熱鬧，咕——嘎——嗵——噠，嘿，有板有眼的像擂鼓一樣。游春英從一張小報上看到，說這些小動物一到夜間就這麼起勁歌唱，是一種求偶的呼喚，是一種發情的宣泄。嘿，你們這麼沒羞沒臊得意洋洋地聒噪，也是他媽的第三者插足怎麼的？也是勾引異性而且宣告勝利怎麼的？你們是有意要把我活活氣死怎麼的？游春英把耳朵捂起來，想拒絕一切大自然的天籟。可是，不行！這一來她又怕聽不到腳下公路上的動靜。罷、罷、罷，對於許多客觀的現實，你是不想面對也得面對的。她就在這一片雜亂無章的蛙鼓蟲鳴中，把眼睛睜得大大的，一會望著遠處吉普賽舞廳色彩繽紛的霓虹燈，一會盯著前面灰蒙蒙的公路。她覺得，這段時間幾乎長得沒有盡頭。

一望之遙，從舞廳窗戶流瀉出來的彩色燈光終於熄滅了。一會兒，前面公路上出現三三五五的人影。伴著人影漸漸走近，傳來咭咭呱呱的人聲，飄來幾聲動聽和不動聽的流行歌曲。對許多年輕人來說，舞會簡直是一種興奮劑，進出舞廳的前後，心情都是格外歡愉激動的。游春英卻愈加惱恨，聽得見自己的心跳加劇，怦怦響著。她隱蔽在梧桐樹蔭裡，張望公路上陸續走過的行人。流香溪工地的年輕人談情說愛的還不多，大都是男的走成一伙，女的走成一堆，嘻嘻哈哈回到各自的宿舍去了。前面的公路又恢復平靜，空蕩蕩的不見人影，游春英沒有看見急於要見到的程光華。這是怎麼回事？她六神無主，像遊魂似的從黑乎乎的樹蔭裡飄出來。驀然間，聽見有人喚她的名字：

「春英！」

游春英吃了一驚，抬頭看見龍經天從男工宿舍樓長廊下走出來。

「你別傻等了，人家早走了！」龍經天走到她跟前悄聲說。

「你說什麼？」游春英更加驚異。如果在平常，游春英從龍經天既關切又詭譎的目光中，一定能猜到他躲在暗處已不是一時半刻了。但這會兒她滿腦子霧水，以為是偶然碰上他。

龍經天不動聲色地盯著驚惶失措的游春英：「你要等的那個人和他的女朋友，走到前頭的岔路口，就拐上青龍橋，去香溪村過夜去了。」

「啊……」游春英臉色煞白，一陣眩暈，幾乎站立不穩了。

「咦，你怎麼啦？」龍經天佯裝萬分吃驚。其實他在游春英流血的傷口上撒上一撮鹽，就是盼著她暈死過去。

「我，我，我要回宿舍去！」游春英跌跌撞撞往前走。

「不行！你怕是病了吧！」龍經天趕忙攙扶她，「走，到我房間去歇一歇吧！」

龍經天和程光華住在同一幢宿舍樓。程光華住四層，龍經天住三層。以往游春英來找程光華，路過三層樓時，往往會在無意中遇到龍經天。龍經天曾多次向她發出熱情的邀請，可是游春英只在他的房門口站一站，或是進房間稍稍坐一坐，又很快找一個冠冕堂皇的藉口匆匆離去，然後兜個圈子繼續登上四樓，一頭紮到程光華房裡久久不見出來，讓龍經天氣恨得差點把牙根都咬斷了。今晚卻不同，游春英走到三層樓樓梯口時，雖然習慣地準備繼續往上走，可是當龍經天扯扯她的衣袖，輕輕招呼一聲，她便跟著他乖乖地走進了他的房間。

龍經天和程光華雖然都是住同樣面積同樣規格的套間，而兩人房間的設備和擺設卻有天壤之別。程光華房裡只有木板凳，龍經天房裡有大沙發；程光華房裡裝滿快熟麵的小菜櫃還是用肥皂箱自己釘的，龍經天房裡有裝滿各種飲料食品的小冰櫃；程光華房裡只有電風扇，龍經天房裡裝著窗式空調。程光華房裡只裝著一盞六十支光的電燈泡，龍經天房裡裝著吊燈、床燈、壁燈。游春英一走進龍經天的房間，就感到深秋的涼意，大賓館的舒適，房裡只開著兩盞低亮度的藍寶石似的壁燈，更給人夢幻似的感覺。

龍經天牽著游春英的手，讓她在一張鋪著竹涼墊的皮沙發上坐下來。他很快從冰櫃裡拿出一聽可口可樂，啪地一下打開來，遞到游春英面前說：

「快喝點水，解解渴，消消氣！」

游春英過去嫌可口可樂有一種難聞的怪味兒，一向不愛喝，今晚可顧不得這許多，一仰脖子，咕嚕咕嚕把一聽可口可樂喝個精光。黑褐色的可樂汁從她的嘴唇流向白皙的脖子，而後稀稀拉拉滴滿胸前的衣襟。

龍經天非常及時地送來一條濕毛巾：「擦一把臉吧，看，你的臉煞白煞白的！」

游春英擦過一把臉，揩淨嘴邊和脖子上粘乎乎的可樂汁，覺得舒服了些。但她仍然臉白如紙，心亂如麻，出氣不勻，胸口像塞滿了棉花堵得慌。

龍經天搬過一張藤椅，坐在游春英跟前，輕聲細語地安慰著：「算了，算了！感情這檔子事，是一點也勉強不得的。他程光華雖然長得挺帥，雖然各方面條件都棒，可是人家和那位女主任早早就好上了，你難道一直蒙在鼓裡？」

「他們早就好上？我一點都不知道。」游春英盯著腳下一塵不染的拼木地板。

「咳，他和你都好到那個份上，真不該瞞著你的。」龍經天說，「早兩個月，公司總部派他到鄉裡去了解移民搬遷工作的情況，他和那位女主任一見鍾情，後來，兩個人常常在流香溪畔散步，我都碰到好幾回。這一個月來，更不像話了，嘿，他這個人，怎麼會變成這樣……」

游春英看見龍經天欲言又止，追問道：「他怎麼啦？」

龍經天把聲音壓得更低了：「這事我只對你說，你千萬別傳出去，懂嗎？好歹他是我們小時候的好朋友呀！」

游春英點點頭。

龍經天一臉的神秘兮兮：「我已經注意他好些日子了。他一得空就往香溪村跑，有好幾個晚上，透夜透夜的沒有回來。你看看，他們的事，不就差一張結婚證了？」

「哦！」游春英臉色愈加慘白。

「你看這會兒都幾點了？」龍經天抬起手腕看了看錶。「哦，快十二點了，你來看看他的窗戶，準是黑乎乎的。」

龍經天打開一扇玻璃窗，叫游春英探頭往上瞧了瞧，四層樓程光華住的那一間房子的窗戶果然一片漆黑。游春英踉踉蹌蹌奔回大沙發坐下來，兩手使勁把一頭長髮往腦後一甩，捧著氣歪了的臉蛋兒痛苦地呻吟著：「我的天呀，我什麼都不知道！」兩行淚珠兒從她的腮幫上徐徐滾落。

龍經天從冰箱裡拿出一瓶朱子家釀和一碟丁香魚、一碟花生米，擱在沙發前的大理石茶几上，輕輕拍著游春英的肩膀說：「別難過，別難過！我陪你喝兩杯，寬一寬心，讓那些不愉快的事都見鬼去！」

游春英原是個滴酒不沾的姑娘，但是當她希望破滅心頭滴血的時候，覺得這芳香四溢的杯中玉液實在是個好東西。三杯白酒下肚，她便酩酊大醉，像一攤爛泥癱倒在沙發上。

龍經天插上門閂，關上一盞壁燈，把一塊黑絲絨窗帘放下來，房裡只剩下一片幽暗的微光。他絞了一條熱毛巾，把游春英臉上的淚水酒漬擦拭乾淨。游春英渾然不覺，睡得像死去一樣。她漆黑的睫毛可真長呀，輕輕粘合在一起，像兩隻翅膀貼合在一起的黑蝴蝶，安詳地佇立在挺直的鼻峰上頭；她不勝酒力，臉蛋兒泛起兩朵紅雲，像是玻璃紙兒包著的鮮花，哪怕輕指一彈，也會碎裂，也會溢出芬芳的血來。龍經天如痴如醉地盯著她，聞到她身上淡淡的酒味和女人體香，頓時熱血沸騰，欲火燃燒，一雙手顫顫抖抖伸出去，輕輕地幫她脫去喬其紗連衣裙，解下蕾絲花邊胸罩，褪去肉色長統尼龍襪，剝去薄如蟬翼的真絲三角褲，然後，把她抱了起來，輕輕地放在鋪著篾席的床鋪上。

獵獲的小山羊就在腳下，狼吞虎嚥完全沒有必要。龍經天像一個獻身藝術的人體畫家，認認真真地打量和欣賞他的模特兒。對於男女情事，他不僅是過來人，而且放蕩不羈，頻頻得手，見過女人的胴體不在少數，可他盯住一絲不掛的游春英仍是怦然心動，驚嘆不已！她的肌膚白皙，在幽暗的燈光下放著冷冷的微光，像一根水嫩水嫩的蔥莖兒；也許是常在野外風吹日晒的緣故，那橢圓的臉蛋，細長的脖頸和圓圓的雙臂，有點兒粉中泛紅，像將熟未熟的李子，比起嬌生慣養的女子來，那膚色多了幾分陽光和青春的氣息；而那從來沒有晒過太陽的軀體，則像黑夜中的雪地閃爍著潔白的光芒；胸脯和乳峰巍峨而挺拔，峰巔托起兩顆飽滿的櫻桃兒；蜂腰圓臀，雙腿勻稱而修長，那山隱水伏去處，更是神秘莫測，無限風光。他跪在她的一側，頂禮膜拜了許久許久，才開始像盲人閱讀盲文似的，用撫摸來閱讀她這本神秘的書。他感到指尖在精美絕倫的真絲綢緞上輕輕滑過，心裡便撲進一股和煦的風，流淌著清洌的泉。然後，他從她光潔的前額、微閉的眼睛、高高的鼻梁、豐盈的嘴唇、渾圓的雙肩、深深的乳溝、結實的小腹……一路吻將下去，直到欲火焚燒陣陣戰慄而不能自已，才開始攀登那縹縹緲緲雲霧繚繞的神女峰。恍惚間，他聞到花的奇香，聽到鳥的歌唱，深澗裡傳來流水潺潺，藍天上飛過七色彩虹，而他自己則化作一片輕盈的羽毛，被一片白雲輕輕托起，冉冉地升上九霄宮闕！

龍經天悄悄迷上游春英已非一日兩日。早在今年夏天，他到小龍門水電站工地選拔技術尖子那時候，一見到前來報名的游春英，就被她勾去了三魂和七魄。

龍經天比游春英整整大十二歲。他離開南工局到閩北大山區插隊那一年，游春英還是一個長年穿著補釘衣服而且老是拖著清鼻涕的黃毛丫頭。五六十年代，「沿江吉普賽人」不管在哪個電站工地施工，也不管你是大幹部的兒女還是小工人的子弟，大家住在一條山溝溝裡，一樣的茅草房、乾打壘，幹部和工人打成一片，過的都是「貧困的共產主義」生活，也分不出什麼第一、第二和第三「世界」，孩子們也平等相處，親親熱熱。但說實在話，那時他龍經天只把眼睛盯著中學裡幾個長得有幾分姿色的女同學，悄悄地給她們遞過條子，卻壓根兒沒有把游春英這個毫不起眼的黃毛丫頭放在心裡。後來，他招工回到南工局，又讀了兩年函授大學，混到一張大專文憑，從小技術員到工程師，從小職員到科長、副處長，平步青雲，一直生活在「第一世界」上層社會圈，幾乎把游春英忘得乾乾淨淨。十多年後再見到游春英，她已經出挑成一個光彩照人的大姑娘了。接過她的報名表看清她和她父母的名字，再抬頭把她盯了片刻，龍經天立時驚乍乍叫起來：

「你就是游春英呀，都長這麼大了！」

「你不比我長得更大了麼，還當大官了呢！」游春英有一張可愛的伶牙利嘴。龍經天當時就有這個感覺。

他們還想繼續攀談，十多年不見的兒時朋友，有許多話說，但是，後面排著長長的報名隊伍，游春英只好把位子讓給下一個。龍經天記得，她倒退著身子離開報名室窗口時，美麗的大眼睛撲扇撲扇地飛了他幾眼，接下來他與其他報名者對話時便有些心猿意馬，向對方提出的問題出了些笑話。他當時很是後悔，剛才怎麼忘記約人家來招待所聊聊呢？

還好還好，當晚八時許，龍經天正在招待所的單人間裡複查那一百多張報名表格時，有人輕輕地敲開了他的房門，進來的正是游春英。她一手拎著一大包染血一般的紅菇，一手提著一大包雪白的銀耳。禮品上都貼上一張紅紙條。龍經天喜出望外，高興得叫起來：

「哎呀呀，你這是幹什麼哩？」

游春英說：「是我爸我媽叫我送來的。他們說，你爸龍局長離開南工局十多年了，在省裡當了大官，沒得空回來看看，我爸我媽老惦著他老人家，這一點點土特產，是我爸我媽煩勞你帶給龍局長的。」

龍經天心頭大悅。他倒不是看上這一點禮品。在八十年代末期，游春英家送禮的份量和方式，都大大過時而落伍了。我一個選拔組組長，南茂公司的欽差大臣，幾個電站工地跑下來，收的如果都是大包小包的紅菇、銀耳、筍乾之類的山區土特產，不得雇上幾輛大卡車當運輸隊長嗎？笑話，笑話！這是我「文化大革命」當知青那會兒，給公社、縣知青辦頭頭們打通關節的小打小鬧呀，你們如今想玩得轉哪！現今的就業門路雖然多了，可一份好的工作，一個好的機遇，可不是幾斤紅菇銀耳能換得來的。聰明人決不會這麼幹。這一路上，有人悄悄給他一條香煙，打開來卻夾著三五張「四老頭」；也有人只送他一小盒福州餡餅，咬一口卻咬出一根細細的金項鏈。啊，這種送禮的方式，才神不知鬼不覺又富有創造性刺激性和戲劇性呀！要是別人送來兩大包鼓鼓囊囊又不值幾個大錢的紅菇銀耳，那正是他龍經天表現黨性原則性和馬列主義堅定性的好機會，他非擺出道貌岸然正氣凜然纖塵不染當代活包公的架勢不可，他那兩個因為抽多了香煙而煙氣熏人的鼻孔哼哼兩聲，就會把他媽的不識時務的傢伙轟出去！然而，這是他破天荒第一次沒有發火，而且笑容滿面，格外殷勤地給游春英倒茶搬凳子。

「哎喲，太謝謝了！你阿爸阿媽真有心，還念著我的老爸。他現在在省裡當個大頭頭，管著全省老百姓生老病死吃喝拉撒雞毛蒜皮的事，實在沒空下來看看老部下。可我在家的時候，他總是常常提起南工局的老水電工的，連你爸叫游金鎖，你媽叫……叫什麼來著？哦，叫、叫大奶媽？不，不，叫梁三妹，對吧？」這兩個名字他是剛剛在游春英報名表格上看到的，但他就敢這樣胡謅，「我老爸他都還記得呢！我就代表他向你爸你媽問一聲好吧！」

游春英受寵若驚，連聲感謝，心裡熱乎乎的，便斗膽問道：「經天大哥，我……報名去流香溪……有沒有希望？」

龍經天沉吟一下說：「咳，你們小龍門總共只收十二名，可報名的——」他指了指桌上碼得高高的一大疊報名表，「看看，一百五十七人呢！」

游春英心往下一沉：「我的天，這麼說，我……」她嚇得臉色驟變。

龍經天看看把純樸的姑娘作弄夠了，然後作出悲天憫人的樣子說：「罷罷罷！誰叫你是我小時候的好朋友呢，我就冒一點風險，你的事由我來特殊處理吧。」

游春英高興得從椅子上蹦了起來：「經天大哥，你真好，往後我一定好好報答你！」

再聊了些別的，游春英又支支吾吾地問起丘長根的事，說他的駕駛技術怎麼怎麼好，人怎麼怎麼老實，家裡怎麼怎麼困難，又是「六一七」殉難職工的後代，還是他們家的老鄰居……

這個丘長根給龍經天的印象很深刻，小龍門工程處的推薦表上赫赫然排在第一名，又獲得過全省駕駛員技術標兵稱號，而流香溪目前最缺的就是駕駛員，這種人不收還收誰？況且，丘長根也托人給他悄悄地送來一份厚禮哩。但是，龍經天仍然佯裝十分為難的樣子，眉頭皺了許久，才勉勉強強說：

「好吧，好吧！我好人做到底，看在你春英的面上，這個丘長根我也收了。」

游春英第一回「走後門」，就大獲全勝，真是喜出望外，千恩萬謝，起身告辭。

龍經天把她按在椅子上說：「忙啥呀？十多年不見的老朋友，碰在一塊兒多不容易，再聊會兒吧！」

游春英只好老老實實坐下來。龍經天問起游春英家裡的情況，問起童年時代許多在一起玩過泥巴捉過蟋蟀的朋友，問起哪些人成家哪些人還在熬光棍？誰娶了誰？誰嫁給誰？誰生了男孩還是女孩？最後，就問到游春英有沒有男朋友？

「沒有，沒有！我才二十出頭哩。」游春英臉紅紅地說。

「沒有也好。」龍經天臉上陰雲驟起，唉聲嘆氣道，「唉，像我，就一直懊悔結婚太早了。」

「怎麼會呢？你……」游春英本來想說「你都三十多歲了」，但她忽然想起中年男子一般不喜歡女人道破他們的年齡，話到嘴邊又止住了。

「你不知道，一家都有一本難念的經。我的婚姻很不如意。」

「哦？」

「我和我那口子是在『文革』下鄉插隊時好起來的，那時兩個人都年輕，幹完一天活，累得腰酸腿疼的，總得找個人聊聊天吧，男男女女十七八歲就談情說愛了，結婚那年，我才十九，孩子今年都小學五年級了。」

游春英忍俊不禁：「哦，你真有福氣，孩子都那麼大了，嫂子在哪工作？」

「在華東電力開發總局的分黨委當頭頭。」龍經天深深嘆了口氣。「咳，我那老婆本來脾氣就怪，自從生過孩子後，脾氣愈來愈怪，怪得叫人無法忍受，怪得叫我很怕回那個家。」

「哦！」還是姑娘家的游春英，對人家的家庭隱私既想聽又不好意思聽，便慢慢地剝開一粒巧克力，放進嘴裡咀嚼著，掩飾著不知應對的窘態。

龍經天接著說：「說來你也許不相信吧？除了節假日回家看看孩子，我幾乎不回那個家了。」

他尷尬地乾笑起來：「哈哈，我是個無家可歸的人哪！」

游春英也被逗得笑起來：「那怎麼會呢？」

龍經天陡地嚴肅起來，幾乎是對天起誓了：「你不相信？你往後到了流香溪就知道了，我是一年到頭都住在工地，吃在工地，簡直以工地為家了。」

游春英不敢笑了，很是同情地說：「哎喲，這樣下去，也不是個辦法呀！」

龍經天突然站起來說：「是的，我還年輕，我不會向命運低頭的，總有一天，我會衝出那個鐵籠子。」

游春英不敢答話，頭還是低著。她瞥見對面的白粉牆上，燈光投射著一個巨大的黑影，幾乎占去大半爿牆，像一座山似的壓得她喘不過氣。

「我總有一天要衝出那個鐵籠子的。」龍經天進一步加重了語氣，「我今年才三十出頭，應該還來得及重新創建一個家庭，來得及重新安排自己的生活，你說對嗎，春英？」

游春英連連點頭：「那當然，那當然！」

龍經天說：「可是，我的工作一直很忙，整天都和工程技術打交道，總是碰不上理想的姑娘。」

游春英略一抬頭，瞥見龍經天眼睛一眨不眨地盯著自己，心裡暗吃一驚，連忙又埋下了頭。

龍經天掏出一支煙，打火機一連打了好幾下，才竄起暗藍色的火苗子。他點著煙默默吸著，好一會沒有吱聲。床頭上一架石英小鬧鐘的達的達的聲音變得十分清晰。游春英的心跳加快起來。她撮起一粒巧克力，放在手心上觀賞著，摩挲著，一會兒把錫箔紙剝開，一會兒又把錫箔紙包上，好像要把巧克力研究出一個究竟。她始終不敢抬頭，但她感覺得到龍經天兩隻滾燙的目光，正噴射著紅紅的火焰，把她渾身燒灼得燥熱不安，鼻翼兩邊滲著細細的汗珠。

龍經天忽然放低嗓門，聲音顫抖地說：「春英，我們是小時候的朋友，你可不要見怪，我說句玩笑話吧，你這兒有沒有合適的姑娘，請你給我介紹一個。」

「我，能給你介紹嗎？」游春英低下頭說，「這山溝溝裡有你看得上的嗎？」

「我要求的條件不高，」龍經天死死地盯著游春英，「只要能碰上像你這樣又漂亮又能幹的姑娘，我一定會喜歡死了！可是，我沒這個福份。」

游春英看見對面白粉牆上的巨大的人影忽然壓了過來，心裡不由打了個寒顫。隨即，龍經天伸出兩個粗短的指頭，輕輕托起她的下巴。

「咦，你怎麼不說話呀？」

游春英慢慢抬起頭，看見龍經天色迷迷的眼裡閃著綠瑩瑩的光，忽然想起因為冰天雪地的圍困而餓壞了的狼，禁不住渾身觳觫起來。她叫也不敢叫，跑又無處跑，急得快要哭起來。

這時候，走廊上傳來女服務員尖厲的呼叫聲：「龍處長，你的長途！龍處長，你的長途！」

房間裡緊張得快要爆炸的空氣頓時得到緩和。龍經天異常惱火地大聲應道：「來啦，來啦，叫，叫，叫，叫魂呀！」又壓低聲音對游春英說：「你先坐會兒吧，我去去就來。」

游春英這才從夢魘中猛醒過來，囁囁嚅嚅說出兩個字：「不！不！」

龍經天接完電話回到房間，已不見游春英的蹤影，只留下她身上淡淡的餘香。他一連抽了好幾支煙，暗自咒罵那個不合時宜的長途電話，咒罵那個叫魂一樣叫他的女服務員。

幸好，只過半個多月，游春英等一批技術工人就來流香溪報到了。龍經天想方設法和游春英套近乎。游春英好像是驚弓之鳥，對他總是豎起一根警惕的神經，在公開場合，在大庭廣眾，對他還親親熱熱，應付應付；一有單獨待在一起的機會，她只和他周旋一會兒，就千方百計溜之大吉。而且，龍經天很快發現，丘長根總像影子似地跟著她；那個程光華又和她好得像親兄妹似的。他們和她的那份親熱勁兒，常常把他氣得眼裡噴火牙根咬斷。而這個游春英到了流香溪後，一是自己和家境都大大改觀，二是這大工程大工地匯集著南來北往的年輕人，和上海、福州等大城市比起來，最新潮的服裝衣著、最高級的女性化妝品，也只慢那麼半拍一拍，游春英又是最會趕時髦的小囡子，一下班或是節假日，總愛梳妝打扮，穿上緊包屁股的牛仔褲，或是其短過膝的超短裙，再配上一件T恤衫，在天生麗質中又增添了許多摩登色彩現代氣息，更是把他撩撥得心裡癢癢欲火中燒。然而，這小囡子像天邊的彩虹，高空的明月，總讓你看得見摸不著，攪得龍經天整日心緒煩亂，丟魂失魄。

近來工地上辦起吉普賽舞廳，龍經天和游春英常常在舞場上見面，那顆漸漸冷卻的心陡地又熱絡起來。他頻頻出擊，邀她跳舞，游春英也不好意思拒絕。今晚舞會一開場，龍經天就發現游春英心緒不寧，若有所失，斷定她有什麼心事。果然，程光華偕同楊淨蓮姍姍來遲時，游春英的情緒變化全都寫在臉上了：她的驚喜、疑惑、嫉妒、痛苦、憤恨等等，一絲一毫都沒有逃過龍經天精明的眼睛。游春英忽然離開舞廳，他立即緊隨其後。游春英潛伏在梧桐樹的陰影裡，龍經天則關在自己的房間，從窗戶中監視游春英的動靜。開頭，他不過出於一種窺私癖，期盼著游春英和程光華之間能鬧出點什麼笑話來，好為他空虛的靈魂帶來一點無聊的刺激。他萬萬沒有料到，舞會散場後，程光華沒有及時回來，這真是千載難逢的良機。他像一個老謀深算的老獵手，潛伏在一個岔路口，輕而易舉地逮住了游春英這隻離群迷路的小山羊。

龍經天一切都做得小心翼翼，有條不紊。他像一個發掘地下文物的考古工作者，深怕一不小心毀損了極其珍貴的千年古董，手中的钁頭下力很輕很輕，一分一毫地往地層深處探索。然而，他終於把游春英弄疼並且驚醒了。游春英好像驀然從惡夢中醒來，慢慢抬起兩片黑蝴蝶一樣的長睫毛，睜開惺忪矇矓的睡眼，發現身上趴著一個狼一般的怪物，尖厲地啊了一聲，便手打腳蹬，竭力想擺脫身上的重壓。

龍經天急忙用熱乎乎的嘴吻住她冷冰冰的嘴，身下的動作也加重加快了，同時喃喃地耳語道：「啊，我的小親親，實在對不起，我……太喜歡你了！自從你來到流香溪，我就吃不下飯，睡不好覺，你……讓我想死了！你……要救我一條命呀！」

龍經天一邊說著，一邊親吻著游春英嫩生生的臉蛋。他發現，她不再叫喚了，渾身柔軟得像一團棉花，像一片浮雲。他再也顧不得會不會毀損那千年古董了，更加肆無忌憚地往地層深處掘進。游春英身上開始暖和，熱血開始沸騰，肌肉也繃緊而且恢復彈性。從酒醉中醒來，她忽然想起她心愛的程光華，這會兒也許他正投身於另一個女人熱烈的擁抱之中，便像小時候和一個玩伴吵翻之後有意慪著一肚子氣，和另一個並不喜歡的玩伴卻格外親昵起來。不知不覺間，她兩隻有力的手臂環繞到龍經天的背上，慢慢地把他抱緊了。她開始流淚，她開始冒汗，她開始呻吟。她像浮在風波浪裡的一條船，顫抖著，顛簸著，駛向雲霧縹緲的神秘世界。

恍惚間，游春英彷彿聽到了風聲、雨聲和驚天動地的滾雷。「沙沙沙——嘩嘩嘩——格啦啦——轟隆隆」，這不是和風細雨，也不是春風春雨，而是三伏盛暑天色驟變突然降臨的特大暴風雨。游春英已經當了六年分篩工和軋石工，長年累月站在軋石機旁，聽著沙石料在自動傳送帶上源源不斷地流淌，看著其大如碗如斗如籮的石頭，被軋石機軋成齏粉，鋼鐵與岩石的撞擊，火光迸濺，石破天驚，山搖地陷。一年到頭，不分晝夜，她的耳畔總是風雨大作，電閃雷鳴。這會兒，她又聽到遠處傳來風聲、雨聲和雷聲。

哦，這是一場前所未見的暴風雨！一場驚天動地的暴風雨！

暴風雨過後，龍經天發現篾席上漫漶著一攤粘吱吱黑乎乎的血。他不由輕聲驚叫起來：

「啊，這是什麼？你……原來……」

游春英霍地一下坐起來，盯著篾席上一大攤穢物，頓時大驚失色。她愣了片刻，猛地撲到龍經天身上，在他大汗淋漓的肩膀上狠狠咬了一口，然後唾出又鹹又腥的鮮血，痛徹肺腑地哭起來：

「我的天哪，你叫我怎麼見人呀！」

龍經天像一個罪人似地懺悔著：「春英，親親，我該死！我該死！對不起！對不起！……我真沒想到，你和丘長根、程光華他們，好了那麼久，好到那個地步，怎麼會……」

游春英兩個拳頭像擂鼓似地捶打龍經天的胸脯：「他們，都是真心愛我……只有你，是大流氓！大流氓！」

龍經天也不躲閃，任游春英打了個痛快。其實，游春英也還沒有完全喪失理智，雨點般落下的拳頭並不十分厲害。她打著打著，雙手無力地癱軟下來，又傷心傷意地抽泣起來。

龍經天把她攬在懷裡，吻著她的臉蛋，啜飲著她的眼淚：「乖乖！親親！別哭了，再哭，我的心都要碎了！我是個七尺男子漢，堂堂一個共產黨員，我一定會對我的行為負責。我早對你說過，我和我那口子已經分居多年，條件一成熟，我就和她離了，娶你做我的妻子……親親呀親親，別哭，別哭！別看我比你大十多歲，一個成熟的男子漢更懂得愛他的小妻子。掏心裡話跟你說吧，局黨委已經把我排上『第三梯隊』哩，再過三年五載，南工局局長、副局長的金交椅，少不了有我龍經天的份哩，那時候呀，我就不讓你再當那個破分篩工了。他媽的，整天轟隆隆，嘩啦啦，再這麼熬幾年，你非變成一個聾子不可！等到我坐上局座的金交椅，我才捨不得我的乖乖你去受那份活罪呢，我要讓你去進修，去學習，要讓你去管電腦，去當幹部，親親呀，你放一百二十個心吧，別說我老爸是省裡的大老板，就靠我自己的本事，我準能讓你過好日子！」他一邊說，一邊把游春英的小臉蛋親得叭吱叭吱響。

龍經天這些親親熱熱軟軟綿綿絮絮叨叨的話，好像是一副甚是有效的鎮靜劑，游春英的哭泣漸漸止住了。她腦中一片漿糊，心頭一團雲霧。她眼前忽而升起一片絢麗的曙光，忽而又裂開一個深不見底的黑洞。她真不知道腳下的路今後該怎麼走下去。

第十二章

月明星稀

程光華和楊淨蓮第一次品嘗到人類自身擁有的那一口深井中非常甘洌芳香的泉水。那是比任何「天下第一泉」更解渴、更涼爽、更甘美、更富營養而且是更能激活生活熱情和創造力的生命之泉。

舞會散場後，程光華陪楊淨蓮回香溪村。

過了青龍橋，走上田間小路，田野顯得空曠而寧靜。天上無雲，藍湛湛的，一輪滿月掛在當空，彷彿離人間格外高遠。從青龍橋到香溪村有兩里多田間小路，路邊長滿了狗尾草、矢車菊和蒲公英，兩旁稻田裡的晚稻，到了孕穗揚花季節，灌了漿的禾葉沉甸甸的，也披灑到小路上來。小草和禾葉上已經沾滿露水，在楊淨蓮一晃一晃的手電筒光柱照射下，像珍珠似的熠熠閃光。他們有時碰落串串露珠，颯颯有聲，打在腳背和小腿上，有一種涼颼颼的愜意。夜霧有如粉末從天上篩下來，空氣異常潮濕而清新，深深地吸幾口，能把人的五臟六腑洗滌得乾乾淨淨。蛙們的鼓聲，蟋蟀的鳴叫，都有些怠倦了，稀稀拉拉撒在田野上和溪灘上，與潺潺水聲摻和在一起，在曠野上流瀉在夜空中彌漫。秋已經快走到季節的盡頭，溪灘上的小昆蟲們也將走到自己生命的盡頭，它們的鳴唱就不再那麼昂奮高亢了。在楊淨蓮聽來，這些小昆蟲的嘶叫，似乎是對這個即將沉入湖底的古老山村的輓歌，是對這個將永遠從地球上抹去的古老山村的留戀，心裡也就有些莫名其妙的淒愴，腳步便有些懶洋洋的。

「你是參加競走比賽怎麼的？慢點不行嗎？」楊淨蓮扯了扯程光華的衣袖說。

程光華笑了，放慢了腳步。楊淨蓮發出這樣的警告已經好幾次，程光華走著走著，腳步就不知不覺快起來。這也難怪，在工地上幹活走路，他都這樣風風火火。在夜深人靜時分，陪一個姑娘走在田野上，他還是第一次，於是他就有一種異樣的新鮮感和幸福感。微風吹來，把楊淨蓮的長髮拂到程光華的臉上肩上，程光華的大腦皮層就受到一種從未有過的刺激，心裡美滋滋樂滋滋的。可是，他不能斷定這種信息是出自有意還是出自無意，是夜風的作弄還是楊淨蓮親昵的表示，所以和她始終保持兩個拳頭的距離。說實在的，自從認識這位女主任以來，他對她的喜愛與日俱增，但他未能揣測她對自己是否有同樣與同等的回應。於是他就始終不敢越雷池一步。不肯輕易放下一個堂堂男子漢的自尊心。

程光華這種自尊和矜持，楊淨蓮早就察覺到了，她非但不反感，還打心眼裡喜歡。她交過的男朋友也不算少了，可是，才約會那麼一兩次，就開始動手動腳，她便心裡發毛，好像見到嗜血的蒼蠅那麼厭惡，揮揮手就跟人家「拜拜」了。在流香溪工地，她認識龍經天比認識程光華要早得多。那也是為移民搬遷的事，她在工作上和龍經天有過幾次接觸。有一天，龍經天請她吃過晚飯，已經九點多鐘，龍經天堅持要送她回村，她不好拂他的好意。也是走在這條小路上，龍經天大談父親龍紹雲是省裡的一名高官大員，母親某某某是副廳長，在福州還有一套高級公寓房，一年的工資獎金有多少多少，等等，等等。說著說著，那隻不安分的手，便繞到人家的腰背上。楊淨蓮忽然站住，豎起兩道細長的眉毛，冷冷地說：「謝謝！你請回吧。這條路我走得很熟，絕對不能讓你往前走了！」從此，楊淨蓮即使在移民搬遷工作上遇到天大的困難，也不敢去找南茂公司，許多事情就這樣拖下來。

楊淨蓮和程光華接觸後，覺得他和龍經天完全是兩種不同氣質的人。他熱情卻不輕浮，忠厚卻不迂腐，才華出眾卻不恃才自傲。她想，他也許就是她從少女時代開始久久等待的那個人了，就是為著他而讓母親十月懷胎含辛茹苦地把她生下來的那個人了。她好像一葉漂泊的小舟，而他卻是一灣風平浪靜的港灣。他靜臥在那裡，極有耐性地等候在那裡，有幾個世紀了？她有如一隻漫天飛翔的紅嘴相思鳥，而他卻是一株綠蔭如蓋的香楓樹。他真誠地挺立在那裡，有千年萬年了吧！人們不是說「千里姻緣一線牽」嘛，我和他，也許從出生那一天起，就有一根看不見的紅絲線聯結在一起了。這樣想著，她就覺得月色格外皎潔，稻香特別醉人，靜夜中的溪水是多麼悅耳，為漆黑的輪廓分明的群山護衛著的家鄉的田野是何其美麗！

兩人各想各的心事，都緘口不語，默默地走了好一會，楊淨蓮忽然噗哧一聲笑起來。

程光華傻乎乎問道：「咦，你笑什麼呀？」

「笑你這個人真有意思。平時談起工作來，口若懸河，滔滔不絕，今晚兩人走在一起，最有談話的時間，也最有談話的心情，你卻沒有話了。」

程光華也輕輕地笑了：「談點什麼呀？」

「你出差去福州十多天，就不能講點新鮮事給我聽聽嗎？我已經兩三年沒上省城去了。」

「哦，福州這兩年變化可大了，光五四路那一帶，二十幾層的高樓大廈就起了十幾幢，三星級、四星級的大賓館有好幾家，裝修豪華的大舞廳燈火輝煌，通宵達旦，有人說，真可以和廣州、深圳比一比了。」

「喲，真的發展這麼快！我什麼時候得去看看。」

「可是問題也不少。」光華沉吟片刻道，「各種賓館、髮廊、舞廳，『水兵』也不少。」

「什麼『水兵』？水兵還會住賓館逛舞廳？」

「哈哈！」程光華開心地笑起來：「你和我一樣，傻不愣登！我這回到福州，人家第一次和我講『水兵』，我也以為是海、陸、空的海軍呢，人家就笑話我鄉巴佬，告訴我，『水兵』就是野雞，就是妓女。她們沒有固定住處，漂來漂去，哪裡有錢掙就往哪裡漂，所以人家就叫她們『水兵』。」

「哦，真是一個新名詞。」楊淨蓮臉紅紅地說。

沉默片刻，程光華接著說：「聽說『水兵』們的生意還做到我們流香溪工地來哩！南茂公司駐福州辦事處的同志告訴我：每到周末或節假日，就有許多的士、巴士開到我們工地來，把許多日本佬接到H市甚至福州市去旅遊度假，我們一直以為他們是到福州去逛西湖、登鼓山，玩玩卡拉OK什麼的，這回我才聽說，來接他們的，大都是『水兵』。」

「難怪，難怪！一到周末，青龍橋頭總是停著許多的士、巴士。」楊淨蓮深深嘆了口氣。「唉，真是真是，現今的社會風氣，怎麼會到了這個地步！」

晒秋的晚稻田裡忽然響起一陣窸窸窣窣聲，楊淨蓮有些害怕，往程光華的肩膀靠攏過來。程光華伸出大手把楊淨蓮的腰肢輕輕攏住，說：「別怕，別怕！這一帶深山密林裡，再沒有什麼大山獸了。工地上整天機器轟響，放炮炸石，黑熊呀，豺狗呀，山豬呀，早不知逃到哪裡去了；就剩下些野兔野貓穿山甲，慢慢的把膽子練大了，夜間還敢出來活動活動。」

那窸窸窣窣的聲音滑過稻田而遠去了，楊淨蓮也就放下心來，又與程光華保持著兩個拳頭的距離。

程光華接著剛才的話題說道：「從『文化大革命』以來，舊的傳統道德幾乎掃蕩得蕩然無存，新的道德新的秩序一時又建立不起來，金錢，既迷人又害人的金錢，把各種壞東西都誘發出來，把人性中潛伏的醜惡的東西都誘發出來，你說怎能不世風日下呢？」一片灰褐色的浮雲飄過來，夜色變得幽暗，他的聲音也變得憂心忡忡：「咳，我真擔心，我們物質文明的建設，將要付出沉重的道德滑坡的代價，付出民風敗壞的代價。打個比方吧，我們這些人——當然也包括你——辛辛苦苦地築大壩，建電站，經過千辛萬苦，有一天把攔河大壩築起來了，能夠抵擋特大的暴雨洪水，可是人們精神上的大壩，卻早被沖得稀里嘩啦；經過十年八載的奮鬥，電站也建成了，各種華麗的燈光把城市和鄉村照耀得一片輝煌，而我們民族的文化和道德，卻漸漸變得黯然無光，變得無足輕重，最後將在世界上失去自己的位置……」

楊淨蓮截斷程光華的話說：「你說得太好了，你這種擔憂我早就有。不過只是朦朦朧朧的，經你這麼一說，我茅塞頓開，理得更加清楚了。也許就為這個原因，我爺爺和我，盡量想多多保留祖先留下的老古董，倒也不光是為我們楊氏家族光宗耀祖，為我們香溪村青史留名。不，即使有這種想法，也不是最主要的出發點。我爺爺自幼鑽在古書堆裡，對中國的歷史和古典文學深有研究，他那麼執著地想編撰一部香溪村志，讓村子裡的許多老古董傳之後世，最大的心願，是想讓子孫後代能知道我們祖先曾經有過的輝煌，並且從這輝煌中吸取一些有用的東西。」

「小楊，恕我直言，我也不能完全同意你和你爺爺的意見。」一談起中國的古文化，程光華又喜歡鑽牛角尖，為此他們之間已經有過多次爭辯。「我以為，把一些老古董保存下來，供子孫後代作科學的研究，這是非常必要的。但是，今天已經是二十世紀八十年代，是科學技術高度發達的信息革命時代，是商品經濟大潮席捲全世界的時代，如果還想用你們老祖宗儒學理學那一套來規範我們的道德，來衡量我們的價值觀念，那是絕對行不通的。比如說，理學大師朱熹主張『存天理，滅人欲』，這怎麼行？這實質上就是主張『餓死事小，失節事大』麼，千百年來，戕害了多少可憐的婦女？禁錮著多少自由的靈魂？」

「你這個看法我只能表示部分的贊同。我們當然不能全盤照搬老祖宗那一套。比如，儒家有許多迂闊、陳腐的觀點，自然是不可取的。但是，我們傳統文化和傳統道德中的精華部分，是不應該輕易拋棄的。比如，儒學或者理學，講究自我修養，講究行為自律，講究內心的自省，講究用理性來約束人類的本能，講究和諧的寬容的人際關係，講究一個人對家庭、對社會、對國家應盡的責任……這些好的方面，對今天新道德新風氣的重建都是有益無害的……」

這時月亮又從灰褐色的雲層中鑽了出來，像一輪突然擰大了亮度的圓形弧光燈，把清洌明淨的光輝灑遍了寂靜的曠野。流香溪泛著青幽幽的微光緩緩流著，溪畔的柳樹林受到月光照射的一面，像是垂掛著千絲萬縷綠茸茸的真絲穗子，再遠處，便是一層層模模糊糊的梯田和黑黝黝的鋸齒形的山巒的輪廓，拱衛著這一片明淨湛藍的夜空。山坡上，有幾戶人家或是護秋的竹寮，亮著三三兩兩的燈火，升起一縷縷燒山灰積基肥的白煙……這一切是如此和諧地置於安謐的秋夜，簡直像列維坦的風景油畫〈農村中的月夜〉那麼生動而優美。程光華在東北上大學的時候，在一個蘇聯畫展上見過這幅油畫，而且在畫前痴愣愣地欣賞了十多分鐘，所以至今記憶猶新。

「哦，月色多麼美！」程光華慨嘆道，「我們在這麼美好的月夜，大談這麼枯燥乏味的儒學、理學，是不是辜負了這麼美好的月光？」

「不！」楊淨蓮固執地堅持道，「你既然已經提到這個問題，我就不能不多說兩句。也許我是中我爺爺的『毒』太深了，也許是因為我自幼生長在武夷山這塊土地上，我對我們老祖宗的一些東西，實在有些偏愛。」

「罷了，罷了，這些問題還是留給理論家們去爭論吧！」程光華再次掛起免戰牌。

兩人邊走邊說，不覺到了楊家大院門口。

楊淨蓮卻捨不得分手，聲音柔柔地說：「時候還早，我再陪你往回走一段吧！」

程光華自然也依依不捨，但嘴上卻說：「這怎麼行？等會兒你一個人怎麼敢回來？」

「沒事，平時我在鄉裡開會，哪天不是深更半夜回家的。」楊淨蓮說著，已經踅轉身往回走。

香溪村在靜夜的懷抱中安息了。程光華和楊淨蓮從村街走過時，能聽到木板房裡傳出村民們均勻的鼾聲和牛們在牛欄裡吃稻草的咀嚼聲。有好些農家門口焚燒著漚了許久的田基肥，在欲明欲滅的火光中飄散著乾牛糞的臊臭味和稻草、蘆萁的芳香氣息。

程光華和楊淨蓮再次走在田間小路上時，溪風更加強勁，夜霧更加濃重，氣溫幾近深秋的寒冷。程光華和楊淨蓮便有意無意地膀挨膀肩挨肩地走著。

「哦，今晚的月色果然很美！」楊淨蓮已不再糾纏那些枯燥的理性探討，也開始欣賞起山野的夜色。

「是的，真是太美了！」程光華附和著。「你看，一絲雲彩都沒有，整個天空像洗滌過一樣。」

「月光特別明亮的夜晚，星星總是隱沒不見的。是什麼人說的？『月明星稀，烏鵲南飛。』」

「這是曹操的〈短歌行〉，後面好像還有兩句：『繞樹三匝，何枝可依？』」

「你的記性還真不賴呀！」

「見笑，見笑！」程光華謙虛地笑了笑。「今夜這個月光，和曹操見到的那個月光多麼相似！也是月明星稀，烏鵲南飛。真是『今人不見古時月，今月曾經照古人』呀！」

「月光是永恆的，山川也是永恆的，不過今人古人對同樣的月光的理解，絕不會一樣的。」

「怎麼不一樣？」

「比如說，曹操所說的『繞樹三匝，何枝可依？』很可能是暗示他的歸宿，他的事業，也就是說，在三國鼎立的年代，他所時時關心和操心的，是他能不能占領更大的地盤，能不能得天下，能不能稱王稱霸做皇帝。」

「高見，高見！這真是獨樹一幟的見解。那麼，今人對這兩句詩該怎麼理解呢？」

楊淨蓮沉吟一下說：「在今人眼裡，『繞樹三匝，何枝可依？』同樣也可以是指一種歸宿，不過這種歸宿，很可能是一個人的事業，也可能是一個人的終身所託……」

我的天！她終於接觸這個敏感的問題。程光華的心忽然劇跳起來，他真想問她：你的歸宿在哪裡？你的終身所託是誰？可是，他仍然沒有開口的勇氣。而這時他們已經走出很遠了。

程光華說：「你不能再往前走了，我再送你回家吧！」

楊淨蓮並不反對，用手電筒一晃一晃照著灰撲撲的田間小路，緊挨著他的膀子繼續往回走。

又是楊淨蓮先開口：「光華，我能問你一個你個人的問題嗎？」

「怎麼不可以？我洗耳恭聽。」程光華激動得每一根神經都興奮地顫慄著。

「你有沒有找到你的歸宿——你的終身所託呀？」

程光華毫不猶豫地回答：「我想是找到了。」

「在哪裡？」

「遠在天邊，近在眼前。」

楊淨蓮突然站住，側過臉來，怔怔地盯著他，也激動得聲音有些兒嘶啞：「這是你的真心話嗎？」

「當然，我一輩子沒有說過假話，更不會欺騙我心愛的人！」程光華也反問道：「那麼，你的歸宿呢？」

「我早就認定了，你就是我的高枝，你就是我的大樹！」楊淨蓮喃喃著，撲在程光華寬厚的胸脯上，仰起臉來，期待著一個莊嚴的時刻。

程光華正要俯下頭來時，突然抱著楊淨蓮後退了一大步，同時驚叫了一聲：「蛇！老蛇！」

楊淨蓮用手電筒往前頭的路面照了照，果然看見橫貫路面躺著一條扁擔那麼長的長蟲。黑褐、灰白和米黃三色構成的橢圓形鱗片，在手電光下顯得十分清晰，好像一條非常美麗的錦帶。

「這是一條五步蛇。」程光華輕聲耳語著，緊攬著楊淨蓮又悄悄退後好幾步。

「我的媽，這是武夷山下一種最毒的毒蛇！」

「別怕，別怕！長蟲這玩意兒，既是聾子又是瞎子，聽覺和視覺都很遲鈍。我們離它兩三丈遠，它發現不了。」

楊淨蓮倚在程光華身上戰戰兢兢地輕聲叫道：「咦，這條長蟲怎麼有兩個頭？」

程光華早就看出來了，但他不便說。楊淨蓮既然也看出了這種怪事，他只好挑明了說：「它們也在談情說愛——它們在交配。」

「哦。」楊淨蓮的心怦怦劇跳著。

在月光和手電筒光柱的朗照下，兩條卿卿我我纏纏綿綿的長蟲做那種天經地義的事肆無忌憚得意忘形，翻滾著，纏繞著，死死地攪成一股麻花繩。如此折騰了足足有三分鐘，才戀戀不捨地分了開來，頭並頭地跳著蛇的舞蹈，蜿蜒婀娜地爬往正在曬秋的稻田中去了。

楊淨蓮猛地一下撲到程光華懷裡，怎麼也不肯鬆手。她輕聲地呻吟著，驚叫著，像一個尋求保護的孩子。程光華低下頭來，吻著她的前額，吻著她的眼睛和鼻子，最後終於找到她火燙而濕潤的嘴唇，熱烈地吻著吮著。他和她，第一次品嘗到人類自身擁有的那一口深井中非常甘洌芳香的泉水。那是比任何「天下第一泉」更解渴、更涼爽、更甘美、更富營養而且是更能激活生活熱情和創造力的生命之泉。

清香四溢的稻田裡，響著吱巴吱巴細碎的聲音，那是即將成熟的秋莊稼正在分蘗孕穗；偶而有一雄一雌的小野兔在田野上追逐嬉戲，掠過禾葉草叢發出沙沙的響聲；水圳中有魚兒暢游，巴達巴達的接喋聲清晰可聞。月娘娘已經脫下那一身橘紅橙黃的盛裝，換上一套潔白淡雅的衣裳，端坐在那間永遠屬於她的閨閣，斜倚著那個無限遼闊的窗口，俯瞰著這個紛繁擾攘瞬息萬變的世界。她的娥眉微蹙，臉上似乎有淡淡的哀愁。她永無終止的那份惆悵，到底是為著自己，還是為著下界的芸芸眾生呢？

啊，一個多麼靜謐、美麗而神秘的秋夜！

程光華回味著與楊淨蓮初次幽會的甜蜜，在床上輾轉反側好長時間，才昏昏然睡去。清晨，擱在床頭的小鬧鐘一響，他就蹦起來。盥洗、吃飯和換上工裝，整個過程不超過半個小時，他已經跨上他的「本田１２５」，直奔南茂公司大樓。他今天要去Ｈ市探望老母親，在公司門口也許能搭上去H市的便車。

走出二三百米，程光華看見前面走著一個姑娘，從她那高高爽爽的背影，他一眼就認出她是游春英。他的「本田」在她身邊停下來。

「春英，你怎麼走路去上班？」

游春英轉身一看是程光華，頓時心頭像針扎似的一陣疼痛，眼裡就淚水汪汪的。可她竭力忍住了，支支吾吾回答道：「昨晚我睡不好，起得遲了，上工地的班車早開走了。」

「快上我的車吧，我送你去！」

游春英跨上大「本田」的後座，程光華打開油門，摩托車噗噗歡叫，風馳電掣向前奔去。

昨夜從舞廳出來，在遇到龍經天之前，游春英一門心思要找程光華興師問罪。她要問他，是哪裡突然鑽出一個楊淨蓮？你交了女朋友怎麼不給我透一點兒風聲？我不是聲明過，未經我鑑定通過的嫂子我決不承認麼？你倒好，把一個已經摟過親過而且一起睡過覺的女人突然領到我跟前，叫我怎麼受得了喲！嘿，嘿，我游春英到底哪一點不如那個姓楊的？我把一顆心都掏給了你，難道你一點也看不見嗎？但是，現在這一連串的質問全都一筆勾銷了。在龍經天房裡度過瘋狂之夜後，她覺得她忽然成為一個徹底破產的富豪，一個削職為民的高官，一個被小偷扒走錢包的旅人，一個家裡被強盜洗劫一空的農戶。她最珍貴最自傲的財富，已經一去不返，她在小伙子特別是程光華面前，只剩下悔恨和自卑。

游春英搭乘程光華的摩托車，也不是一回兩回了。以往她一上車，兩隻胳膊絞成一個圈兒把程光華緊緊抱著；在路上無人的時候，還敢悄悄地把臉蛋兒貼著程光華肌肉堅實的後背上，嗅著男人氣息和汗臭的瞬間，她心花怒放，醺然欲醉，生出多少妙不可言的夢想呀！

而今天，她一跨上摩托車，雙手自然而然抓著後座下的把手，身子也和程光華保持著一定的距離。程光華對昨夜發生的事情應是一無所知的，他不會拒絕她的親近。但是，她自己覺得不該玷污這個親愛的好人。這種自覺的疏遠是怎樣的無奈呀，她恨不得趴在他的背脊上痛哭一場。

隨著社會的發展，游春英的擇偶標準有過多次變化。當她還是沒有工作的小姑娘時，因為家境貧寒，她只想找個正式工，能養活自己就算福氣不小了。待她當上工人能夠自己掙錢後，就把眼睛瞄著那些有技術掙大錢的技術工了。八十年代初，福州有個民諺：「要問如今哪個最闊氣，一司機，二醫生，三宰豬。」瞧瞧，一個汽車駕駛員，掙錢比當醫生開肉鋪還要多哩，她自然就看上和她一塊兒長大的鄰居的孩子丘長根。來到流香溪後，她掙錢多了，家境也大大改觀了，而這時「科技是第一生產力」，「知識就是力量」，大會小會報紙電臺叫得震天價響，她的目光自然又轉向那些年輕有為的技術員和工程師。程光華是這些人中的人尖子，熬到三十歲出頭還是童身一個光棍一條，而且又是小時候的鄰居，這不是月老爺爺用一根紅繩把他們拴緊了的好姻緣嗎？誰料到，半路忽然殺出一個楊淨蓮！她比我漂亮？比我溫柔？比我更有女性魅力？不，不，不！讓我和那個女子站在一起，我是決不會甘拜下風的。程光華居然看上了她，還不是因為她是國家幹部、知識分子，口袋裡揣著一張大學文憑，在找對象爭男人的較量中也勝我一籌嗎？這是什麼年頭呀？不講知識的時候，文憑還抵不上一張大便紙；一講知識，文憑幾乎成了地位和工資的等價物。難道我少讀幾年書，就永遠不能從「第三世界」躍進到「第二世界」和「第一世界」嗎？

游春英這麼胡思亂想著，眼淚撲簌簌地掉下來。

摩托車碰到一條小小的溝坎，撲通一個顛簸，把游春英掀起老高又摔下來。

程光華稍稍偏過頭來說：「抱緊！抱緊！你今天是怎麼啦？」

游春英伸出兩隻胳膊把程光華抱緊了，嫩生生的臉蛋貼在他堅挺的脊背上。她又聞到程光華身上特有的氣息了，多麼誘人而醉人呀！這不是普通男人的脊梁，是一棵可供女人避風歇涼的挺拔的大樹，是一座值得一個女人終生依靠的巍峨的大山。可是，從今以後，這大樹和大山，將永遠屬於另一個女人。

游春英愈想愈傷心，淚水把程光華的工裝打濕了一大片。

程光華把游春英一直送到軋石機房門口。游春英跳下摩托時，程光華看見她的眼睛紅紅的，關切地問道：「咦，怎麼啦？你的眼睛……」

「大概是風沙吹的吧！」游春英轉身想走進機房。

「等等，我給你看看！」程光華脫下手套，用兩隻食指，掰開游春英的眼皮，看過一隻又看另一隻。他做得小心翼翼，既細致又認真。程光華今天離她多麼近，幾乎是臉貼著臉，他那特有的男子漢的氣息，鑽進她的鼻孔撲進她的口腔湧進她的血液流遍她的全身，她像喝過一杯衝勁特足的烈酒，頓時暈暈乎乎。她多麼想撲在他結實的胸脯大哭一場呀，可是，她覺得永遠沒有這個權利了。

「兩隻眼睛都好好的，什麼也沒有。」程光華說，「不過，你今天的臉色很不好看，幹活時多多小心呀！」

「我自己知道的。謝謝，光華……哥！」游春英輕聲回答道，轉身又想走。

程光華又叫住她：「等等，我還有話說呢。」

游春英心裡格登一下，以為昨晚的事被他知道了，臉色更加蒼白。

程光華說：「我等會兒就要去H市，要我給你買點什麼嗎？」

游春英說：「喲，你還是專門送我來上班的？」

「沒事，這一路上便車多的是，我隨時跳上車就能走的。」

「光華哥，你……」游春英叫了一聲，再說不出話，眼裡早已淚水盈盈。

昨晚在舞廳上游春英失態的表現，程光華心裡自然有些覺察，他以為她的傷心就是這個緣故，便支支吾吾道：「春英，還有件事，我，想向你，解釋一下。」

游春英痴痴地站著，沒有吱聲。

程光華一徑說下去：「昨晚你也見到了，那個楊淨蓮，是我的女朋友，我們才好了一個多月，我早該讓你知道的，可是……」

游春英慘白的腮幫上滾落兩行淚珠：「請別說了，我……什麼都明白了……」

「你對我好，我心裡怎能不明白？可是，你和長根的關係幾乎是人人都知道的……」

「別，別，請別說了！」

「我和淨蓮也才認識個把月，昨晚，我就是想介紹你們認識的。」

「別，別，你別說了……」

「春英，小妹！」程光華的聲音今天聽來特別親切而溫柔。「你可以對我有一百條意見，可是，千萬不能在這個問題上對我有意見。也不是我不喜歡你，可是，你和長根都是我的好朋友，要不……咳！不說了吧！不管怎麼樣，請你理解我，原諒我！你永遠是我的小妹妹，好妹妹……」

游春英再也按捺不住心頭的悲痛和激動，雙掌捂著臉龐，哇地一聲哭起來，奔進機聲隆隆的軋石機房中去了。

也不知從哪一天起，龍經天宿舍緊挨公路朝北的窗臺上，擱上一盆花斑萬年青。這盤萬年青長勢很旺，肥碩墨綠的葉片上橙黃色的線條和色塊，描繪出許多美麗的圖案。遠遠望去，好像那高高的窗臺上擺著一個綠色的圓球，給這一家住戶挽住一片春色，增添幾分雅趣。

其實，這是龍經天和游春英幽會的暗號。當這盆萬年青沒有出現在朝北的後窗臺，說明主人沒有發出邀請或是不具備幽會的條件；如果這盆萬年青一旦擱在朝北的後窗臺上，那就是主人一種熱切的呼喚，而且具備萬無一失的幽會條件。諸多條件中最為重要的一條，是同一座宿舍樓的程光華必須出差、值夜班或者在公司總部開通宵達旦的重要會議，游春英在夜色掩護下潛入龍經天的房間，有百分之百的安全係數。

自從那一回在龍經天房間裡度過荒唐而銷魂的一夜，游春英一直陷入悔恨、懊惱、狂躁和痛苦之中。然而，龍經天對付這一類女子的心計可是綽綽有餘的。他的甜言蜜語，他的溫存體貼，他的地位和金錢的誘惑，把游春英心頭的血跡慢慢舔乾，讓她心頭深深的創傷漸漸愈合，而後結疤並且長出老繭，以至於神經麻痺失去正常的知覺。她終於無奈地想道：談對象找男人，就像逛商店買時裝，既然口袋裡的票子不多，買不起最新潮、最漂亮、最稱心滿意的衣服，便降格以求，能買到稍稍次一點的，也該心滿意足了。龍經天已經多次向她賭咒起誓，他很快要和老婆離婚，她能夠補上這位處長夫人的空缺，比起跟一般工人過一輩子，自然要強得多。因此，她也就心甘情願地和龍經天在一起鬼混了。

這天傍晚，游春英打從男職工宿舍樓前面那條公路路過時，抬頭一望，又見到那高高的窗臺上，擱著一盆生氣勃勃水綠水綠的萬年青。她心裡怦然一動：哦，這傢伙又約我去會他哩！她心裡盤算一下，程光華說有一周的假期，回H市去探望老母親。今天是他走後的第六天，今晚不去會龍經天，往後就有許多不便了。她心頭彷彿燃起一把火，忽地一下全身熱烘烘的。

游春英全然無心辦其他事情了。她回到宿舍，痛痛快快沖了個澡，換上一件深黑色的細絨衫和一條緊包屁股的牛仔褲，身上洒了些許奧利斯高級香水，在鏡子前瀟瀟洒洒打了一個旋子，顧盼著鏡中的自己對同室好友說：

「京芝，你看我這一身衣服怎麼樣？」

「棒，棒！你有一身白嫩的皮膚，穿黑色藍色的衣服裙子最好看了。」黃京芝把她上上下下打量好幾眼，嘖嘖讚嘆道，「打扮得這麼漂亮，去約會呀？」

「約什麼會呀？到我媽店裡去幫忙。」游春英笑笑，說得鬆鬆爽爽，好像真是那麼回事。女人到了敢偷男人和男人到了敢偷女人的地步，再撒什麼謊也不會臉紅了。

九點鐘，工地營區慢慢安靜下來。游春英很快閃進男職工宿舍。樓道上的燈光暗淡幽微，游春英那一身深色的衣裙，便不大搶眼，她像一隻黑色的蝙蝠，一下便溜進龍經天房門虛掩的屋子裡。

龍經天的房裡仍然只開著兩盞淺藍色的小壁燈，空調機滋滋響著，一股森森涼意和浪漫情調撲面而來。龍經天穿著柔軟的絲綢睡衣，早已恭候多時。一待游春英幽靈似地閃進來，馬上關上房門，回身一傢伙就把游春英緊緊抱住了。那煙氣薰人的嘴迫不及待地迎了上來，喃喃說道：「親親，乖乖，你真讓我想死了！」說著，就在游春英身上搓著揉著撫摸著。

「哎喲，把我的衣服弄皺了，你就饞成這樣！」游春英嬌嗔著往一邊躲閃。

龍經天抱著游春英親吻幾下，才暫時煞住熾熱的欲火。他把壁燈旋亮了些，從衣櫥裡拿出一個裝潢精美的禮品盒子，說：「英英，這是我給你買的衣服，穿穿看，合身不合身？」

游春英把紙盒打開來，那是一件鼠灰色的真絲三疊長裙，還來不及穿上哩，用手一摸，就覺得手感極好，涼冰冰的，滑膩膩的，好像嬰兒嫩生生的肌膚。游春英抖落開來，自頭頂往下套在身上。

龍經天幫她扣好背後的扣子，連連讚嘆道：「我的天！比劉曉慶還要漂亮一百倍呀！」

游春英對著穿衣鏡瞧了瞧，只見兩個肩包上兩朵壯碩的花朵燦然開放，胸口開到小腹以上，兩隻豐乳雲遮半月地欲露欲掩，腰肢紮得很緊，身材便更顯高挑而挺拔；下擺很長，又開出三朵蓮花瓣兒，走起路來，曳地有聲。游春英第一次穿上如此高檔的連衣裙，幾乎認不出自己來了。

「這叫什麼裙子呀？這麼怪裡怪樣的！」她一臉欣喜地歡叫著。

「這叫威尼斯吉普賽連衣裙，」龍經天說，「你不也是個吉普賽女郎嗎？穿上這裙子又浪漫又好看，在大街上一走，不知有多高的回頭率；在舞會上一站，把所有的姑娘都要比下去。」

游春英吃吃地笑著：「我不敢穿。我一個分篩工，怎麼忽然變成外國的大富婆了？」

龍經天說：「我的親親，哪一天，我接你到福州城去住，你就需要這種衣服了。」

「得多少錢？」

「你猜猜看？」

「兩百塊。」

龍經天笑笑：「在後面再加一個0。」

游春英把舌頭伸得老長好久縮不回去：「天呀！夠我幹三四個月的苦力活哩！」

龍經天說：「在北京、上海，許多超級商場，上萬塊的服裝滿鋪子掛著，照樣有人買有人穿。」

「他們哪來那麼多錢？」

「靠聰明的腦袋瓜子掙的唄！」龍經天坐在沙發上，抖著二郎腿說，「這年頭有錢人多啦！你沒聽說過：『萬元不算富，十萬才起步，百萬打基礎，千萬稱富戶。』這未來的世界哪，真個是，富人進天堂，窮人下地獄。」

游春英不禁觳觫一下，不寒而慄。她想：未來的世界真會是這樣嗎？我爸我媽和長根這些「第三世界」的窮人，還真的要下地獄麼？她覺得穿在身上的真絲長裙很不是滋味，便脫下來，折疊好放進紙盒裡。

「你收起來，我以後穿吧。」這高檔連衣裙脫是脫下來了，可游春英不能掩飾她的喜歡和留戀。「咦，怪了，怪了！你怎麼知道我的身材？你買的這衣服呀，不肥不瘦，不長不短，比我自己選的還合身。」

龍經天嬉皮笑臉道：「你的身材我還要比嗎？從你的頭頂到你的腳丫子，我不知親過多少回了呀！我的小乖乖！」

游春英一下子撲到龍經天身上：「小無賴，哎唷唷，你真是一個小無賴！」

「小無賴」是游春英對龍經天的昵稱。她第一回被他占有而從惡夢中醒來後，曾大罵他「大流氓」、「小流氓」，後來被龍經天的甜言蜜語胡弄住，而且她也愈來愈感到離不開他，便一直叫他「小無賴」。

為了那件昂貴的威尼斯吉普賽連衣裙，游春英覺得應當給他一個回報，便像蛇一樣纏在他身上，小嘴兒尖尖地撮起來，親著他胡茬兒刮得溜光的臉頰。把龍經天的欲火撩撥起來時，她又突然抬起頭，把龍經天煙氣烘烘的嘴巴距之千里之外。

「哎，我的話還沒有說完哩。你實話告訴我：你和你老婆什麼時候了結？」

龍經天說：「快哩，快哩！你給我半年時間，我總能把這事辦妥的。」

「你說話可要算數呀，再長時間我可不能等了！」

龍經天樂呵呵笑著：「該嘗到的你都嘗到了，不就差個手續嗎？就那麼急急慌慌想當新娘子？」

「去你的吧！看你壞！看你壞！」游春英啐了他一口又給他兩拳。「誰都知道，我和丘長根好了多少年了，人家三天兩頭催著我結婚哩！你不快辦妥這件事，我在長根面前無法交待。」

「好吧，好吧！下個月我就請個假和我那老婆子上法院。」

「咳，可是真到了那一步，我又想，我會非常害怕。我們這事鬧出去，我還有什麼臉見人？」

「那有什麼呀？都什麼年代了！人家北京、上海，年輕人隔了些日子見了面，第一句話總是問：『你們離了沒有？』或者問：『你又結了沒有？』結了離，離了結，就像小孩子『過家家』，家常便飯。」

游春英不由心裡打了冷戰：「這麼說，不用過多久，你也會把我當抹桌布扔了哩！」

龍經天把游春英摟緊了說：「這怎麼可能？你沒有看出來嗎？我那怕只離開你一天，我這一天也很難過下去。」

「可是，我還常常害怕，一是怕你那天不要我；二是怕你真的要娶我，我們這事一鬧出去，你叫我在南工局還怎麼待下去？」游春英偎依在龍經天懷裡，像一隻可愛溫順的貓。

「我可以對天起誓，我一定會娶你；既然娶了你，我一定會讓你幸福，怎麼能讓你難堪？」龍經天輕輕拍著游春英的肩膀，像一個大人哄著一個三歲孩子。

「我不信，我不信！真到那一天，全南工局，幾千雙眼睛盯著我，幾千隻手指在後頭戳我的脊梁骨，你叫我怎麼活？」

「連這點辦法都沒有，我還算一個男子漢？」龍經天在游春英的臉頰上親了一下。「我的小乖乖，放心，放心！真到那一天，我早把我那老婆子從我家裡趕出去了，我就把你接到福州去住，讓全公司人都去嚼舌根，你什麼也聽不見。好不好？我的小乖乖呀！」

「我在福州有什麼活好幹？給你當保姆？」

「怎麼會呢？我老爸是省裡的大老板，給他的兒媳婦弄個工作，還不容易？」

「就算有你老爸這棵大樹，我一個分篩工，能幹些什麼呀？」

「咦，你怎麼老瞧不起自己？」龍經天安慰道，「有你這麼漂亮的臉蛋，有你這麼好看的身材，只要往人材介紹所那麼一站，多少大公司，多少外資企業都會來搶哩！」

「喲，我倒成了寶貝蛋了，」游春英笑了起來，「人家把我搶去幹什麼？」

「做女秘書，做公關小姐，做推銷員，你的條件都挺不錯的。」

游春英就想起黃京芝前不久給她進行的關於女人的「啟蒙教育」，她說當今社會女人的美貌也是一種資本，她說她適合做禮儀小姐、時裝模特兒什麼什麼的，於是眼前就升起許多色彩紛繽的肥皂泡，對飛出山溝溝奔向大城市生出許多幻想，不由笑道：「真的，我還有那麼多事情好做呀，那你就快快把我弄到福州去吧！」

「乖乖，心急吃不得熱豆腐，你總得給我一點時間吧！」龍經天在游春英背脊上輕輕拍著的那隻手停了片刻，而後慢慢往下滑，往下滑，不得要領地拉扯著她繫得很緊的腰帶。

游春英吃吃笑起來，主動地解開了埋在牛仔褲褲頭裡層的暗扣。如果說龍經天和游春英第一次媾合，屬於一種出其不意的偷襲；而在此以後，他們之間的好戲已經配合得相當默契。游春英又幫著龍經天解開上衣鈕扣，一個，兩個，三個……他們摟抱著，纏繞著，如飢似渴地親吻著，一會兒，兩個肉蛋蛋從沙發上滾到硬梆梆涼冰冰的拼木地板上……

第十三章

包工頭的發家史

路路通燒香拜佛，攻關鋪路，果然買通了一些大大小小的頭頭腦腦，拿到一項不大不小的附屬工程，從此在南工局站住腳跟。

流香溪流域的閩北大山區，山民們愛養一種土雞。這種土雞從破殼而出，到長成母雞下蛋，總共一百天。當地山民就叫它做「百日雞」。這種「百日雞」個頭很小，最大的也不過兩斤來重，有橙黃的，有灰白的，有棕紅的，毛色不甚鮮亮，有些猥猥瑣瑣。如果把它們放在個頭高大羽毛斑斕一身錦繡的洋雞群中，那是毫不起眼的。但這種土雞有一個最大的好處，那就是有極強的生殖力，能夠一天不漏連續下二三十個蛋。一有賴孵抱窩的苗頭，你給它潑兩瓢涼水，再把它趕到野地裡轉上兩圈，醒一醒腦子，它又會堅持不懈地奉獻一粒粒粉紅鮮嫩的雞蛋。因而山裡人也有叫它做「生蛋機」的。它簡直不是一隻母雞，而是一臺會不斷製造雞蛋的機器。

包工頭路路通斂財攢錢的本領，比起「百日雞」、「生蛋機」，有過之無不及。從表面上看，他總是穿著髒兮兮縐巴巴的衣服，一雙鯰魚頭大皮鞋從來沒擦過油，根本分不清是什麼顏色。黑不溜秋的脖頸皺褶裡，貯滿了氣味很濃的污垢。刺蝟似的一頭亂髮，長年累月都蒙著灰不溜秋的塵土。外出進城辦事或洽談工程，他穿上一套廉價西裝，領帶繫得歪歪斜斜，皮帶紮得鬆鬆垮垮，褲腳挽得一高一低。任他刷上滿身金粉，也成不了如來菩薩，遠看近瞧都是一尊土裡土氣的土地公。

然而，就是這麼個土裡巴支的包工頭，掙起錢來賽過那極會生蛋的「百日雞」。中國建設銀行流香溪支行的營業員們都知道，幾天幾夜工夫，路路通就背著一個「文化大革命」年代流行的草綠色的仿製軍用挎包，到銀行領取大捆大捆人民幣。他掙錢、存錢、花錢、點錢，都有一套與眾不同的方式方法。南工局的老熟人中，盛傳著路路通關於錢的許多故事。

有一回，有人看見路路通背著一個破麻袋，乘坐火車去福州城。一上了車，他把破麻袋往車廂過道上一扔，因為列車的顛簸，破麻袋裡撒出幾片黑乎乎的番薯乾，他十分愛惜地撿了起來，拍了拍上面的塵土，吹了吹上面的灰塵，再一片一片裝進麻布袋裡，用麻繩把麻袋的破窟窿兒紮個結實。然後往座椅上一靠，呼呼大睡。到站後，他叫了一輛的士，直奔一家大銀行，從破麻袋裡掏出來的，全是一捆一捆五十元、一百元的人民幣。

又有一回，路路通到工地建行領取一筆巨款。營業員小姐一瞧，又是這個窩窩囊囊的路路通，大概有幾分膩煩加上幾分眼紅，便給他開了個小小的玩笑，搬出幾十捆壹元、兩元、伍元、拾元的人民幣，想讓他站在櫃臺前點個頭昏腦脹七竅生煙。可是，路路通一點不生氣，不著急，還說他給民工發工資正好用得上這些碎票子哩！他不慌不忙從兜裡掏出一把小鋼尺，認認真真地測量著一捆捆票子的厚度。最後挑出兩捆票子說：「對不起，小姐！這一捆少了伍元，這一捆少了拾元。」營業員小姐笑話他胡說八道，可是把那兩捆票子重點一遍後，老老實實給他補了十五元。營業員小姐們齊刷刷站起來，好像盯著一個神奇的怪物，目送路路通背著他那鼓鼓囊囊的仿製草綠色行軍包，不無得意地慢慢遠去，都異口同聲驚叫起來：「咦，神了！神了！這個傢伙！」

路路通就是如此樂此不疲千方百計地積累著自己的財富。他的存款到底是六位數、七位數還是八位數？誰也猜不透，只有鬼知道。

路路通在一九六二年「六一七」大坍方中僥倖揀回一條命，他對自己的小命兒就格外疼惜。「好死不如歹活著」，能夠活下來是多好呀！像師傅陳大坤那樣一命嗚呼，雖然轟轟烈烈名聲榮耀，可是，他還能抽煙嗎？還能喝酒嗎？還能看戲嗎？夜裡還能摟著婆娘子睡覺嗎？他媽的，我陸祿通才二十多歲呀，連女人的香味兒也沒嘗過哩！這份又髒又累又玩命兒的風鑽工可是再也不能幹下去了。他先是藉口經過那次大坍方後，患了頭暈症，不能再當風鑽工，局裡就安排他去看倉庫，過了一段神仙一般輕鬆的日子，到了閩江流域發生大飢饉，一個水電工一天吃不到一斤米，他實在熬不下去，就打了一份辭職報告，領到幾百元退職金，回到閩南老家討了個老婆過日子。他種過地，捕過魚，下過小海撈蝦摸蟹，做過石工造墓築屋。日子過得可不輕鬆。過了些年又生了一窩子女，加上老母是六口之家，常常是禾鐮掛上壁，就喝地瓜湯。

這麼苦煎苦熬直到八〇年代初，路路通才開始時來運轉。

路路通的家鄉閩南金三角，早從唐宋開始，泉州港與當時的亞歷山大港同樣聞名世界。港灣裡檣櫓如林，古城裡商旅如雲。精於算計的波斯人、阿拉伯人把穆斯林教義傳到東方的同時，也把經商理財的本領傳授給閩南人的祖先。是因為歷次政治運動嚇破了他們的膽子，是「文化大革命」中「割資本主義尾巴」割得他們屁股光光一貧如洗。一旦改革開放的春風吹開古老的國門，商品經濟大潮就在閩南金三角鋪天蓋地掀起來了。也不過是兩三年工夫吧，路路通家鄉有不少鄉親族戚，轉眼間就成了萬元戶、十萬元戶。他們把低矮陰暗的小石屋，稀哩嘩啦推倒耙平，建起了一幢幢小別墅；他們拋棄了用了幾輩子的犁耙鋤鎬，添購了運輸用的卡車和代步用的摩托車。一辦起紅白喜事，同時請來鄉間的土樂隊和城裡的洋樂隊，吹吹打打，熱熱鬧鬧，幾十桌上百桌流水席，能擺滿整個村子整條大街。人家這才叫做過日子呀！路路通看得眼花眼紅眼熱眼珠子突突的快爆出來囉！

那一年春節，路路通一位表哥從香港回鄉探親。這位表哥不只是路路通的近親，還是穿開襠褲時一起在土裡爬泥裡滾的玩伴。少年表哥，是村裡有名的天不怕地不怕的浪蕩鬼，因為偷摘生產隊的幾串龍眼，被戴上一頂壞分子的帽子，備嘗遊街批鬥苦頭。七○年代初，他一氣之下，冒著九死一生的危險，穿越深圳河畔的鐵絲網，再抱著一塊杉木板偷渡過深圳河，到了香港東躲西藏當打工仔。也不知怎麼搞的，才十來年時光，他就成了香港的億萬富翁。他近年來回閩南洽談的幾個項目，都是幾百萬幾千萬的投資。路路通當然不肯錯過這極好的機會，把家裡一點點老底挖了出來，辦了一桌像樣的酒席，請表哥來家作客。

路路通家鄉的風俗，有男性貴客來家，女人孩子是不准上桌的。這一張八仙桌上只有路路通陪著表哥入席。桌上的菜肴不算豐盛，但頗具家鄉風味，充滿著濃郁的鄉情，讓表哥勾起許多早年的回憶。路路通知道表哥貪杯，又忍痛放血買了一瓶茅臺酒。路路通那份殷勤熱情自不必說，頻頻舉杯，攀親敘舊。表哥雖然闊了，舊情猶在，談話間對表弟的家境表示關切。路路通見風使舵，話鋒一轉，向表哥提出一個小小的要求：能不能把他弄到香港去打工？或者，借他一筆錢做生意。他一個六口之家，守著八分薄田，實在是很難活下去了。

表哥一時沒有答話。他抿了一小口酒，把青瓷酒杯舉在手上，左轉右旋細細打量，似乎在欣賞這杯子上的彩釉花紋。其實，他是在心裡撥拉小算盤，怎麼回答老表弟出的這個難題。沉默好一會兒，表哥臉有難色說道：「去香港現在難了，聽說光我們縣，申請表就裝了好幾架櫥櫃，大幾千人，不知排到何年何月才能輪到你……」

路路通尷尬地賠著笑臉。他本來想說，如果有錢買通關節，也不一定需要排隊的。可是那個費用聽說相當驚人，久別重逢的表哥肯不肯花這個錢？他不敢貿然提出這樣的要求。

表哥接著說：「現在做生意倒是一條路，可是你能做什麼生意？」

路路通說：「我還沒有想好。有大本錢就做大生意；有小本錢，就做小買賣。」

表哥輕輕搖頭：「也不光是本錢，更重要的，是要有一個商人的膽量，商人頭腦，商人的經驗，商人的手腕。」

表哥見路路通一臉茫然，輕蔑地笑了一下：「我說的太深太玄，你是鴨子聽雷，什麼也不懂。我們兄弟倆好不容易見一次面，我今天就給你來個現身說法吧！」

路路通給表哥添滿了酒。表哥一飲而盡，臉頰酡紅，額頭放光，話盒子一打開滔滔不絕——

「我是一九七〇年初到香港的。那時候，大陸的『文化大革命』，正熱火朝天，差點兒把大陸的經濟搞得大癱瘓、大崩潰。而這時候，香港卻抓住時機大發展大繁榮。所以，那時香港勞力奇缺，我很快就找到工作。開頭，我在一家紙板製品廠打工。月薪一千五百港元。三個月後漲到二千港元，半年後又漲到二千三百港元。看得出來，這份優厚的工資，對大陸來的打工仔來說，夠他們心滿意足了。他們幹活非常賣力，連上廁所也提溜著褲兜一路小跑。我幹的活兒不算重。我負責把流水線上源源不斷湧來的一整張紙板，切割成一定規格的材料，哐當哐當扳動機器，一天到晚，一年到頭，重複一個單調的動作，聽著同一個單調的聲音，我真擔心自己會變成機器的一個零件。更主要的，我知道這份工資雖然不算低，可是，在香港要發達起來是萬萬不可能的。我幹了半年就跳槽了。我在香港東方服裝公司找到了工作。名片上印的是禮賓經理，和外交部禮賓司長同一個行檔。其實，這等於大陸的服務員，在舊社會叫做跑堂，是專門負責接待公司客戶的。這家公司名聲很大，老板卻很小氣，給我的月薪只有一千三百港元。朋友們都笑我是大傻瓜，怎麼找到一份這樣地位低收入少的工作？我卻從這裡看到了希望，好好幹，也許就是我時來運轉的起點。我整天忙得團團轉，要接待來自美國、歐洲、日本、韓國和東南亞的許多大客商，安排他們住賓館，替他們購買機票車船票，陪他們遊太平山，逛海洋公園，再說得難聽一點，他們想玩女人，我也得為他們拉皮條。總之，客商是上帝，我是信徒；客商是主子，我是奴才。兩三年下來，我就結識了遍及世界各國的許多服裝客商，不僅知道他們公司的規模和實力，知道他們亟需哪一路服裝，甚至，誰愛抽什麼煙，誰愛喝什麼酒，誰愛泰國靚妹，誰愛菲律賓女郎，我都一清二楚。經我接待過的客商，沒有不滿心歡喜的，臨走給我幾百上千美元小費那是家常便飯，更寶貴的，都給我一張名片，那上面寫著住址和電話。慢慢的，我就有了一張遍布世界的關係網；同時，我省吃儉用，也積攢下一大筆錢。到我羽毛豐滿之日，我突然對老板說了聲『拜拜！』老板說：『你嫌工資少？我馬上給你加薪！』我笑笑對他說：『對不起！我自己已經註冊一家藍孔雀服裝公司。』我把東方公司最好的服裝設計師和技術工人都挖到我的公司來，因為我肯出比東方更高的工資；我把東方原有的客商都拉到我的公司來，因為他們早就是我的朋友，我能在香港為他們提供一流的服務。而且，我的服裝批發價比東方要低得多。也就是六七個年頭吧，東方公司一蹶不振，我的藍孔雀卻飛遍了全世界！」

路路通像聽一個有趣的神話，兩隻瞪圓的眼睛一眨不眨。他給表哥再添滿杯中的酒，問道：「阿哥哎，我真不明白，香港那麼好掙錢，怎麼還有那麼多人擁到大陸來投資？」

「你看，你看，你這就叫沒有商人的頭腦！」表哥啜了口茅臺，溫和地批評表弟。「香港最易賺錢的年頭已經過去。而中國大陸的廣大市場，卻好像一個有待開採的金礦，遍地黃金，遍地黃金！人家怎麼不來這裡淘金？」

表哥看見路路通又是傻不愣登地瞪著眼睛，知道這種頗為複雜的問題不是三言兩語能說清楚的，便想用一些形象化的比喻，給他作深入淺出的解釋。

「你有沒有空酒杯？給我拿一套酒具來。」表哥說。

路路通拿來十個德化青瓷小酒杯。

表哥給每個杯子都斟上一些酒，有的小半杯，有的大半杯，然後說：「你看清楚了，這十個酒杯裡都有酒，就好比香港的十個資本家。他們如果都在香港做生意，就等於互相爭奪各人杯中的酒。誰都希望自己酒杯裡的酒愈來愈滿，這就必須把別人杯裡的酒搶過來，那種明爭暗鬥是非常激烈的。香港那種社會，又把一個個商人磨煉得鬼精鬼靈的，誰都死死守著自己杯中的酒，同時又眼巴巴地瞪著別人杯裡的酒。所以說，在香港賺點錢，現在是越來越困難了。」

表哥啜了一小口酒，吃了兩粒花生米，又接著說：「在大陸，情況卻完全兩樣。共產黨現在不搞以階級鬥爭為綱了，一心一意想把經濟搞上去。可是，真正懂經濟的人又少得可憐。港商、臺商和外國商人跟大陸經濟官員洽談生意，像一個九段棋手和一個初入棋壇的小學徒下棋，略施小技，就可以叫他們全盤皆輸，玩起來實在開心！當然，也不是大陸經濟官員智商太低，要害的問題還在於體制。我再給你打個比喻吧——」

表哥把十個杯子裡的酒全都倒進酒瓶裡。然後，他指著盛滿了茅臺酒的大酒瓶說：「這一大瓶茅臺酒，好比共產黨的錢袋和國庫。而國庫總是要人來掌握和管理的，這些人就是共產黨的經濟官員。」他用筷子噹噹噹敲響七個空酒杯，「吶，這七個空杯子，就好比共產黨的經濟官員，他們的錢袋裡空落落的，一個子兒也沒有。」

表哥給另三個空杯子斟上小半杯酒：「瞧，這三個酒杯裡有一點點酒，代表臺商、港商和外商，他們當然有一定資本。但是，他們來大陸投資主要還是看準大陸的市場，看準共產黨的錢袋——也就是說，他們（當然也包括我自己）一來就瞄準共產黨的國庫——」他把茅臺酒瓶噹噹敲了兩下，「也就是這瓶滿登登香噴噴的茅臺酒。但是，釣魚還得捨得放釣餌呀，偷雞還得蝕把米呀！」他撮起代表臺商、港商和外商的酒杯，給七個代表大陸經濟官員的空杯子，分別倒上一滴滴酒。「看到了吧，給這些一時還不太富裕的大陸官員一點點甜頭，他們就滿心歡喜，暈暈乎乎，紛紛上鈎，很快就會抓起這瓶茅臺酒——你該沒有忘記，這代表共產黨的錢袋和國庫——往這些代表外商的杯子裡倒酒。這樣，大陸官員（我要申明，決不是全部，清官我也碰到過），對了，只能說某些大陸官員的錢袋就開始滿起來，鼓鼓囊囊的了，而港商、臺商和外商，更是一本萬利，大發『土』財，許多人很快成為千萬富翁、億萬富翁。其中的奧妙，你聽懂了吧？」

路路通連連點頭：「懂了，懂了！阿哥，真是鼓不敲不響，燈不撥不亮，現在，我開竅多了！」

表哥說：「我要費這麼多口舌，無非想讓你明白，做生意，除了本錢，更重要的還是有沒有關係，有沒有門路，有沒有膽量，有沒有頭腦。」

路路通說：「阿哥，我懂了，關係，關係，不就是和當官的要有聯繫麼！我在南工局當了五六年工人，上上下下的頭頭腦腦總是認識一些的。我想起來了，他們手頭的工程，一年都在幾千上億元，那是一瓶滿滿登登的茅臺酒呀，我如果能去那裡當個包工頭，一準能分得一杯酒喝的！」

表哥高興地拍著路路通的肩膀：「行啊，你現在開始有一點商人的意識和商人的頭腦了。」他從兜裡掏出一張銀行支票往桌上一拍：「喲，這裡是一萬元，你拿去燒香鋪路吧！」

半個月後，路路通買了一大堆蟶乾、蚶乾、魷魚乾、桂圓乾、荔枝乾、魚翅、燕窩、海參等等閩南海濱的土特產，從老家殺回駐紮在閩北大山區的南工區，燒香拜佛，攻關鋪路，果然買通了一些大大小小的頭頭腦腦，拿到一項不大不小的附屬工程，從此在南工局站住腳跟。

路路通在南工局當了五六年包工頭，克扣民工，偷工減料，少做多報，偷用機械，每項工程的利潤都很可觀，很快便發了起來。他跟隨南工局轉場來到流香溪工地的時候，手下已經有一百多號人馬，自己添購了兩部解放牌卡車，五臺洪都牌拖拉機，真是今非昔比，鳥槍換炮了。

但他的事兒也不輕鬆。一到上工時間，不管刮風下雨、烈日暴晒，他都得跨上他的「嘉陵」輕騎，到他承包的工地去轉悠。挑土砸石這些重活當然無須他來動手。他的任務是像一個牧羊人看管羊群似地看管他的民工。他這兒走走，那兒瞧瞧。名曰檢查施工質量，其實是不讓民工們耍奸使滑偷懶磨洋工。誰小便次數太多，誰上茅房時間太長，誰站在樹蔭下抽煙聊天，誰的钁頭高高舉起輕輕放下……他都一一看在眼裡。這時候，他便威嚴而響亮地大聲咳嗽：「哎咳！哎咳！」好像患了傷風感冒或是嗓子眼癢癢。其實他什麼毛病都沒有。民工們心裡明白，這是包工頭發出特有的警告。如果誰敢不聽招呼，對不起！他路路通就炒誰的魷魚。

路路通在工地上轉悠，還得應酬許多大卡車、裝載車、推土機的駕駛員。他在南工局多年，和許多駕駛員廝混很熟。在他們裝車卸料那短暫的片刻，他鑽進他們的駕駛室，或者把他們拉到樹蔭下，三五牌香煙一支支扔過去。他和他們稱兄道弟，噓寒問暖，或者給他們講點工地內外葷葷素素的故事，那一套拍馬溜鬚的本領，能把一頭快要斷氣的騾子溜得也豎起尾巴來。這時候，他便冷不丁地問道：老弟，我工地上的活兒太緊，上頭又催得要命，你的裝載車、推土機能不能幫我跑兩趟？豪爽仗義的駕駛員們一般都不好意思拒絕，況且知道路路通給的紅包不會小。在工地現場管理人員眼睛看管不到的時候，為路路通跑幾趟車，推一會兒土，那簡直不算回事呀！然而，一輛載重四十五噸的裝載車跑一趟，夠解放牌卡車跑多少趟？五百馬力的推土機幹半個小時，夠一百個民工的洋鎬鋤頭挖多少工日？路路通心裡的算盤是撥拉得清清楚楚的。

相比起來，那些小小的施工員、質檢員和預算決算的審核員，要難侍候多了。這些剛剛跨出大中專學校校門不久的小傢伙，年輕得只配做他的兒子；可是因為他們手中掌握一定權力，又足夠當他的爺爺！丈量土石方時，他們手中的皮尺，繃得緊一點還是放得鬆一點；計算工程量時，他們手中的計算器，是加上百分之幾，還是抹去百分之幾，對於路路通工程利潤的影響，往往都是幾千幾萬幾十萬。而這些小子又往往擺出一副清高自傲的臭架子，不是幾瓶名牌酒和幾條高級煙打發得了的。他們父母和爺爺奶奶何年何月何日生日，女朋友喜歡什麼時裝高級化妝品，他都得費盡心機打聽清楚，孝敬起來才師出有名。實在輪不到這一類好機會，他甚至巴望他們家裡失竊被搶起火死了人，才有機會登門慰問送禮讓人家記住他路路通。

路路通像一根依附著一棵大樹的雞血藤，攀爬著大樹的枝幹，吸吮著大樹的血液，借助著大樹的威勢，伸展著肥嘟嘟翠生生的葉子，很快躥上半空中。這些年，他在南工局拿下一個又一個附屬小工程，又把那些駕駛員、施工員、質檢員、審核員、信貸員、稅收員、公安員……糊弄得舒舒服服，心甘情願為他提供種種方便。

然而，對付這些蝦兵蟹將，耍些小手腕玩些小花樣也就夠了。要奪取決定性的勝利，還在於瞄準甲方的司令部，也就是那些掌管工程大權的工程官。路路通轉場來流香溪承包兩公里護坡工程快兩年了，現在工程已經竣工驗收，可是，工程部副部長龍經天卻久久拖著不肯決算，三百餘萬的工程款好像畫在牆上的一個大餅，看得見還吃不著呢，把路路通急得像熱鍋上的螞蟻。

對龍經天這小子，路路通太熟悉了。他有幾根屌毛幾根鬍，路路通也清清楚楚。兩年前，龍經天主持兩公里護坡的公開招標事宜。當時有十多個包工隊參加競爭，拚得你死我活，頭破血流。路路通托了一位朋友，塞給龍經天一個五萬元的大紅包，他才把標底透了出來，路路通才壓倒各路強手，奪到了這項大幾百萬的工程。現在護坡砌好了，工程竣工了，驗收大員們在吃過一頓異常豐盛的酒宴又拿到一個沉甸甸的大紅包之後，在工程檢驗書上也痛痛快快地簽了字蓋了章，按說，那三百多萬尚未付清的工程款，早該轉到他的帳戶上。可他媽的龍大頭龍經天，卻躲著不肯照面，不肯決算，誰知道這小子葫蘆裡賣的什麼藥？

這天下午，路路通又到南茂公司大樓去找龍經天。一跨進工程部舒適堂皇的辦公室時，龍經天正在電話裡和一個女人聊閑天（路路通聽到從話筒中傳出尖尖脆脆嬌嬌滴滴的聲音，判斷對方準是個小妞兒無疑）。路路通看見龍經天那眼裡媚笑嘴裡流蜜興致勃勃的勁頭，這個電話不泡上十分鐘一刻鐘絕不會罷休，他便在一旁的椅子上坐下來，點上一支煙，準備打持久戰。龍經天坐在真皮老板大轉椅上旋過來轉過去，臉上的表情得意而愜意。他說他的話，連眼角也沒瞟路路通一下。路路通一點兒不介意，他在工程官員面前當孫子當慣了。他像一隻小貓守著一隻老奸巨猾的大老鼠，不敢發出一點聲音，守候得極有耐性。

龍經天終於眉飛色舞哇啦哇啦個夠，放下電話，好像忽然發現辦公室裡還坐著個大活人，不勝驚訝地「啊」了一聲：「咦，路路通，你是什麼時候溜進來的？」

「龍部長，我來了有好一會了！」

路路通把一個憋了許久的媚笑和一支三五牌香煙同時遞了上去。媚笑是親切而謙卑的，香煙卻悄悄地放在龍經天的寫字臺上。這是路路通碰了多次釘子後摸索出來的向工程官們敬煙的特有方式。那些工程官們，像程光華那樣一身正氣、刀槍不入的自然也有，但是許多人只會裝蒜。他們在大庭廣眾或辦公室裡，擺出一副兩袖清風、盛氣凌人的架子簡直會嚇死人，路路通敬上一支煙，人家不肯伸手且不說，還會用法官盯著行賄犯的目光盯住你。慢慢的，路路通就改成不聲不響地把香煙放在人家的辦公桌上，人家接過這支煙，下面的戲就好唱下去；人家不接這支煙，也不算丟面子。這會兒，龍經天果然又是如此，他好像壓根兒就沒瞅見那支煙，啪地打開賊亮賊亮的金屬煙盒子，掏出一支「萬寶路」，自顧自抽起來，同時扔過一句冷冰冰的話：

「呷，你這個人怎搞的？我不是說過了，你那點事，去找我下面的工程課就行了。」

路路通畢恭畢敬：「我去找過了。他們說，最後決算，要請你龍部長才能拍板。」

龍經天埋下頭來翻閱桌上一大堆報表：「你沒看見嗎？我這陣子實在太忙，你再過十天半個月來吧！」

「幹你老！我三百多萬元工程款放在銀行裡，再過十天半個月，光利息就是好幾萬呀！」路路通心裡狠狠罵道，嘴上卻苦苦哀求：「龍部長，你就拉我一把吧！一百多號民工天天跟我吵著要工資，要飯吃，你再拖下去，要逼我去上吊哩！」

龍經天陡地威嚴起來：「哇哈哈！你這是什麼話？該付的預付款，早給你要去了，民工要工資關我屁事！南茂是一家中日聯營公司，辦事有自己的章法，一道護坡砌完了，還要看看經不經得起暴雨洪水的考驗，大半年內辦完決算手續就算夠快的了。」

我的天！你這不是要我的命麼？再拖上大半年，光利息我也不知要虧多少哩！路路通嚇得差點哭起來：「龍部長，你行行好吧！我是你老爸的老部下，你不看僧面看佛面，看在你老爸的面子上，拉你老叔一把好不好？」

龍經天怕路路通一直纏下去，忽然放低聲音道：「我跟你說句實話吧，最近上頭的紀檢會和建設銀行派了工作組來，幫助我們查帳清帳，你一定要催著我們搞決算，你自個想想看，合適不合適？」

「哦！哦！」誰都知道紀檢會和建設銀行是工程官們的大剋星，同時也是包工頭們的大災星。路路通大吃一驚，諾諾連聲，急忙告退。

路路通跨上嘉陵牌輕騎，奔出一里多路，忽然又趄轉頭來，走進南茂賓館。他向總臺的服務員小姐獻上習慣性的恭敬的微笑：「小姐，我有一位省紀檢會的老朋友，叫×××（他臨時編了一個名字），來這裡開會，請你給我查查看是住在幾號房？」

服務員小姐把旅客登記簿翻了一遍，彬彬有禮地微笑道：「對不起，根本沒有你說的這個人。」

路路通使勁拍拍自己的腦袋，不好意思地自責道：「哦，我記錯了，這位同志已經調省建行工作了，請你看看這幾天，有沒有建行同志來這裡開會？」

服務員小姐又刷刷刷翻了一遍旅客登記簿，依然彬彬有禮笑著說：「對不起！還是找不到這個人。這些天根本沒有省裡的同志來這裡出差。」

這是怎麼回事？大凡上頭來了幹部貴賓，都是住在南茂賓館的。龍經天卻放了這樣一個煙幕彈！這天夜裡，路路通坐在自己的房子裡，點了一支煙使勁地吸著，還在細細琢磨這個疑團。他龍經天為什麼要放這個煙幕彈？是不是一種索要高價的信號？他前頭說過要再拖上大半年，是不是暗示把工程款折算成利息的一種價碼？後頭又無中生有地捏造一個紀檢會、建行工作組下來查帳清帳，是不是暗示幹他這種買賣有多大風險？龍經天這小子已經修煉得比那些掏慣了雞窩又不留下一絲爪痕的老狐狸還要狡猾。他既不會赤裸裸向你伸手，更不會公事公辦的給你好處。他那不陰不陽的談話中，常常埋幾個釘子，安幾個密碼。一旦你把這些密碼破譯了，你才有希望偷到一把鑰匙，打開通向那瓶「滿登登香噴噴的茅臺酒」——「共產黨的錢袋和國庫」——的大門。

路路通思前想後終於把這個疑團解開，禁不住咬牙切齒地罵了起來：「幹你老！龍經天，龍大頭，你獅子大開口，想把老子吞了呵！」

路路通正在為護坡工程決算發愁時，房外傳來篤篤篤的敲門聲。路路通沒好氣地大聲吼道：「進來，進來！敲，敲，敲！敲個鬼呀！」

門吱嘎一聲推開又很快掩上，走進一個白白胖胖的中年女人，竟然是他的老相好大奶媽。

「咿，怎麼是你？」路路通喜出望外，輕輕叫起來。

「怎麼不能是我？不歡迎是吧？看你惡聲惡氣狂吠！」大奶媽不再往前走，靠著門板站著，兩道彎彎的眉毛豎起來，一臉慍色。

「怎麼會呢？」路路通嬉皮笑臉地站起來，「我還以為又是哪個民工來要工資哩！」

「站著！不要再走過來！」大奶媽用憤怒的目光，把路路通釘在三步之外。

「哦？」

「我來問你，半個多月見不到你的面，哪個騷×臭奶把你迷住了？」

「啊哈哈！」路路通開心地笑起來。一想起他和大奶媽之間的開心事，他怎麼也忍不住要開心大笑。

大奶媽雖然徐娘半老卻風韻猶存。由於壯實得像一頭母牛，四十出頭的人了，對男女情事欲火熾烈，不減當年。游金鎖年輕時候還對付得了她，後來他患了風鑽工常患的職業病——矽肺病，血氣日衰，精氣日弱，行一次房事好像爬一次山，無不累得氣喘吁吁，大汗淋淋。儘管大奶媽不斷買什麼鞭什麼丸什麼腰子給他壯陽補氣，他辛辛苦苦撐到三十五六歲，就盡不了丈夫的責任，讓大奶媽長久拋荒守活寡。路路通回到南工局當包工頭，常到師兄家裡走動，慢慢地乘虛而入，代替師兄為師嫂提供特殊的服務。但是好景不長，路路通跟隨南工局轉場到流香溪來包工程，大奶媽又熬了一段飢荒，路路通才捎了信來，叫她來流香溪開酒店。這時候，兩個身強力壯的老情人的久別重逢，好像兩堆燒焦又被熄滅的乾柴，一旦重新燃燒起來其轟轟烈烈的威勢，任什麼風雨也難撲滅了。吉普賽酒店開業那天，晚上的酒宴一直鬧到深夜才散，客人們一個個走了，游金鎖累了一整天，也拖著快要散架的身子上床去安歇。大奶媽一個人在廚房裡刷鍋洗碗，路路通不知從哪裡突然鑽出來，一傢伙把大奶媽連抱帶拖拽到店堂裡，按倒在水泥地上，就幹起那驚天動地的事兒來。也顧不得那水泥地硬梆梆冷冰冰的，火燒火燎而又壯實得像公牛一樣的路路通，拿出當泥水工打樁築牆的勁頭，恨不得把大奶媽結結實實地夯到泥地裡去。大奶媽咬緊牙關才沒有叫出聲來，像野貓爪子一樣鋒利的指甲在老情人的脊背上掐出一道道血印子……完事之後，他們約定，逢五逢十，也就是香溪村的墟日，必會一次，雷打不動。一到墟日，大奶媽藉故這一天生意特別紅火，天蒙蒙亮就起來，燒火熱鍋，掃地抹桌，而路路通也必定如約而至。臥房裡的游金鎖或是鼾聲如雷，或是已經醒了，發出一陣陣窒息性的咳嗽，都不能阻止「天要下雨，娘要嫁人」。路路通有時把大奶媽頂在牆旮旯裡，有時把她按倒在鋪著一片塑料布的硬梆梆的地板上。他們那種行事的方式，如狼似虎，帶著原始的野性，既有很大的刺激，又有很多的遺憾。刺激留下的回憶無窮，遺憾又讓他們期待下一次新的冒險和新的嘗試。那是一片在愛河上漂流的竹筏子，繞過一山又一山，闖過一灘又一灘，欲罷不能，欲收難收，他們約定的媾合從未誤過。可是，最近連著三個墟日，大奶媽心急火燎盼到的卻是一條躺在灰蒙蒙晨霧中的冷清清空蕩蕩的街道。你說，大奶媽能不來興師問罪嗎？

路路通好不容易忍住笑，申辯道：「看你想到哪兒去了？有你一個好人擺在那裡，我疼還疼不過來呢，還會再到別處去討野食？這些日子，我碰上倒霉事了，沒有心思到你那兒去呀！」

「你別來蒙我！」大奶媽眼裡噴著火光。「你們當包工頭的，想玩幾個年輕女民工還不容易！」

「哎呀呀，我真的是碰到八輩子的倒霉事了！」路路通跺著腳，恨不得對天賭咒。

大奶媽這才稍稍把氣平下來：「真的碰到了倒霉事？」

「我承包的護坡完工兩個月了，南茂公司拖著不肯決算，我一直拿不到工程承包款，一百多號民工天天吵著要工資，逼得我差點兒去跳河！」

「哦，原來這麼回事。」大奶媽心裡一塊石頭落了地，有點兒同情地說，「我們倆真是拴在一起的螞蚱，要蹦一起蹦，要死一塊死，倒霉的事兒碰在一塊兒了。」

「你那爿酒店生意紅紅火火的，你活得滋滋潤潤的，有什麼倒霉事？」

大奶媽支支吾吾說：「我先來問你：對我的小囡春英，你聽到什麼沒有？」

路路通使勁搖搖頭：「沒有呀，什麼也沒有聽到。」

「咳，這個小囡子，真是把我氣死囉！」大奶媽長吁短嘆道，「這個事情我只對你說，你可不能胡亂傳呀！」

「你看你，春英是你的親閨女，也就是我的乾女兒，還不知道誰更疼她哩！你吞吞吐吐幹什麼？想把人急死怎麼的！」

大奶媽未曾開口先氣得臉色蒼白，顫顫抖抖說：「你說氣不氣？我今天清早到溪埠頭洗衣服，聽兩個姑娘吱吱咕咕……說他娘的龍經天和我們家春英相好哩！」

「啊！」路路通驚訝得眼睛快要爆出來：「會有這種事？龍經天大春英十多歲，孩子都上小學哩！」

「今天中午我把春英找來問了個明白，真沒想到，我剛提了個頭，她就認了。」

「哦，還真有這檔子事？」

「春英說，一天晚上，龍經天把她騙到房間去，又給她灌了許多燒酒，趁她醉得跟死人一般，那小子把我的小囡囡糟蹋了……」大奶媽嗚嗚哭起來。

「這個大流氓！趕快上法院去告他！」路路通既義憤填膺又心中竊喜。他很快把這事和工程決算聯在一起，心裡想：好哩！總說都是水桶掉在水井裡，今天倒了過來，水井掉在水桶裡囉，把你這條小辮子緊緊攥在我手上，看你還敢抖什麼威風？

大奶媽抹去鼻涕眼淚，臉上卻有了幾分笑意：「告什麼呀，我那賤貨還真的和他好上了……」

「哦？」

「他答應要和他老婆離婚，把春英娶過去。我是來問問你：這門親事成不成？」

路路通遲疑一會兒說：「龍經天這小子狡猾刁鑽著哩，他會不會編了個圈圈，把我們春英套住？」

大奶媽想了想說：「我也是這樣給春英提醒的，春英說不太像。她說他好多次給她對天發誓，還給她送了許多貴重的禮品：金項鏈啦，金手鐲啦，名牌錶啦……說都是訂親的禮物，加起來幾千上萬塊哩！」

「哦，這麼說，這門親還是可以做的。人家雖然年紀大一點，可是，這年頭，七八十歲的富翁娶十七八歲的姑娘多的是；再說，人家在南工局很吃得開，老爸又在省裡當大官，我們春英就要當上大官的兒媳婦，嘿嘿，這麼個高門大戶，打著燈籠也難找呀！」路路通說著，暗暗選定和龍經天打交道的策略。

「這麼說，我那小囡囡是摔個筋斗撿個金元寶囉！」大奶媽的臉色已經由陰轉晴，綻放出像將謝未謝的銀絲菊一樣的笑容。

路路通便涎著臉，慢慢地靠了過來，擁著大奶媽親了好一會，一隻手伸到大奶媽背後，悄悄把門拴上，把電燈關了。然後牽著大奶媽的手往床邊摸去。當兩個赤條條熱乎乎的軀體開始相擁相親的時候，路路通突然停止了動作，咬著大奶媽的耳朵說：

「親親呀，你那小囡攀上梧桐樹，可就要變成金鳳凰囉！」

「嗯！嗯！」大奶媽像蚊子似地哼哼。

「我想請春英幫個忙，你看行不行？」

「到底什麼事？」

「就是那工程決算的事呀！」

「她一個分篩工，能幫什麼忙？」

「你忘了？現如今，龍經天龍大頭，是你的未來女婿呀，工程決算剛好歸他管！」

「哦……行呀，行呀！你等會兒說不行嗎？」大奶媽像蚊子似的哼哼著。

……

一片賊亮賊亮的月光從窗口悄悄溜進來，窺視著路路通在高高隆起的雪山上歡快地漫步。

第十四章

婚姻與交易

于麗萍警告龍經天：「從今往後，你必須給我管好你那不安分的小老弟！你要是膽敢再去尋花問柳，不會有你的好果子吃！」

龍經天精心侍候那盆花斑萬年青有一個多月了。他天天給它灑上適量的清水，給它足夠的陽光。許多鵝黃色的嫩芽兒便相繼不輟地從粗壯的主幹分蘖出來，然後很快長成翠生生的葉子，即使到了寒冬臘月，也給主人心頭灑滿綠蔭，灑滿春意。他不止是侍弄一盆輕賤的小花小草，而是全心全意當作一個可人的小女子來供奉的呀！有些不明底細的朋友，稱讚龍經天變得高雅斯文起來，栽花種草竟著迷到這等程度。龍經天便暗自在心裡好笑：你們這會兒才知道呀，拈花惹草可是本公子一向的業餘愛好。

這天又輪到游春英上大夜班。白天，她打男職工宿舍大樓旁的公路上走過的時候，遠遠地望見龍經天窗臺上的那一盆萬年青，心中就禁不住激起一陣喜悅的狂跳。這盆鬱鬱蔥蔥的花斑萬年青，是山間酒店的一面迎風招展的酒旗，有多少回把她這個饑渴的酒徒招徠到這片酒店裡一醉方休呀；這盆綠光搖曳的花斑萬年青，是流香溪上的一盞航標燈，有多少回把她這個風流的船家女指引到那個銷魂的港灣裡去過夜呀。今晚，還不止是偷情幽會，而且有許多要緊話要對龍經天說，游春英的心情就更加急切了。這會兒，她的自行車騎出好遠好遠，還佯裝車子出了什麼毛病，跳下車來把前輪後輪敲打一陣，然後一抬頭，再認認真真地望了那盆萬年青一眼，證實它是千真萬確的存在之後，她再跨上車子往前走。這種事情好像革命黨人做地下工作，既要膽大又要心細，一點點兒都馬虎不得。

午夜十二點正，床頭的鬧鐘叮鈴鈴把游春英喊醒了。她匆匆跨上自行車去工地上夜班。路經男職工宿舍樓，她遠遠看見龍經天那間宿舍亮著燈光，自行車的輪子不覺間轉慢了。她像一個夜間活動的偵察員，既沉著又機警，豎起耳朵聽了聽四周的動靜，瞟了瞟路上有沒有行人。她判斷一切都平安無虞時，敏捷地在樹蔭下放好自行車，快速而輕盈地登上樓去。像往常一樣，她有些害怕，她覺得滿世界的眼睛都在瞅著她，黑夜裡有許多可怕而又可疑的聲音。但是這種害怕既伴隨著喜悅又富有戲劇性；所以她絕不退縮，她每一次都在冒險中獲得一種莫名其妙的快感。三層樓五十四級樓梯，她像一隻夜行的貓咪溜一下就躥了上去。龍經天那間房門事先約定總是虛掩著的，游春英輕輕一推便閃了進去。

龍經天照例躺在床上翻閱瓊瑤的言情小說。他像一個極有耐性的垂釣者，十拿九穩地等候著在暗流中活動的魚。其實，他的眼睛永遠停留在第一頁第一行的第一個字，心猿意馬的腦瓜子怎麼也不能集中到書上來，全身每一根興奮的神經都集中在兩隻耳朵，全力以赴地捕捉著房外每一個細微的聲音。一聽到房門被咿呀一下推開，他把瓊瑤的小說往空中一拋，一個鷂子翻身蹦下床。眨眼間，他期待已久的美人魚游春英，一下子便被他擁入懷抱之中。

游春英好容易透過一口氣，喘吁吁道：「看你急的，有話跟你說呢！」

龍經天放開手，笑道：「你會有什麼正經事？」

游春英整了整衣服坐下來：「路路通託我向你求個情。」

「哦，是為護坡工程的決算吧？」

「嗯啊。」

「這種事情怎麼會託到你的頭上？」

「你又不是不知道，」游春英臉紅紅的說，「路路通和我阿爸是師兄弟，和我們家關係很不一般的。」

「呵哈哈……」龍經天失聲笑起來，「是不一般，和你媽還是老相好，對吧？」

「去你的吧，看你胡說八道！」游春英生氣地啐了一口。

龍經天涎著臉開心逗樂：「瞧，還護著你媽哩！你以為我不知道，全南工局都傳遍了呢，說你媽和路路通相好，開初我還不大相信，現在看來是真有這回事了。你說是不是？」

龍經天對這類桃色緋聞總是極感興趣。他盯著游春英的眼睛，好像一個孩子期待著一個有趣的童話。

「去你媽個蛋！是又怎麼樣？」游春英從龍經天眼中看出了嘲笑與鄙夷，突然火冒三丈，沉下臉道：「我家前些年有多艱難，你知道嗎？我媽一直沒工做，靠我爸那幾個破工資，要養活一大家子人，差點沒餓死人！你們這些當官的，自然包括你和你老爸，什麼時候到過我家看一看，問一問？人家路路通，還算記著師兄弟的情份，隔三差五幫襯幾個錢，我們家才苦撐苦熬地過下來。呸，你們對『第三世界』窮工人的苦日子，到底了解多少呀，也配來說三道四的！」游春英說著，就彈落幾顆淚花兒。

龍經天連忙賠著不是說：「哎呀呀，何必認真哩！我也是聽人家這麼胡說八道的。」

游春英掏出小手絹印了印濕潤潤的眼瞼，餘怒未息地反擊道：「再說，我媽也算是個大活人吧，我爸年輕輕的就得了肺癆病，我媽三十多歲就守活寡，有個把相好犯什麼大罪呀！別人指指戳戳還情有可原，你龍經天是什麼東西？也不拿面鏡子照一照：家裡早有老婆孩子，還不照樣在外頭胡亂搞……」

游春英忽然把話剎住，這麼罵罵咧咧的不是把自己也罵進去了嗎？早些時候，她的確從骨子裡恨著路路通，也厭惡她媽和他那種偷雞摸狗的關係，但是，自從她和龍經天私通並且欲罷不能的時候，她就對母親有了新的理解和同情。誰如果膽敢在這方面對母親有所指責，第一個起來捍衛母親的就是她游春英。

「哎呀呀，有必要發這麼大的火嗎？」龍經天趕忙給游春英打開一瓶冰鎮橙汁，「來來來，消消氣，降降火，我們不談這個吧。你剛才說什麼的？路路通他要我幫他什麼忙？」

游春英喝了兩口橙汁，才慢慢冷靜下來：「哼，你還能不知道？人家的工程早做完了，憑什麼不給人家決算？」

「咳，你是不知道，我們工程部管著好幾十項轉包工程，光是督促進度，檢查質量，就忙得我團團轉，哪能他說決算就能決算得了的？」

「可你已經拖了人家三個月了呢！人家連工資都發不出去，急得要跳河了！」

「哈哈哈，路路通這個老狐狸！他哭什麼窮呀？我龍經天又不會揩他一點油，借他一分錢。」龍經天吸了兩口煙說，「可如今社會上辦事的規矩，他不會不知道。」

「他知道哩，他說事成之後，他一定不會虧待你。」

「他就交給你這樣一張空頭支票？」

「嘖嘖，你是一個多麼貪心的傢伙，果然被路路通看透了！我原來是不想為他給你帶什麼的，他硬要我帶。他說你這傢伙是不見好處不抬手，不見兔子不撒鷹的。果真是這樣！」游春英搖頭嘆息著，從兜兜裡掏出一張銀行存款單：「呶，這裡是八萬元，人家給你準備著一個大紅包！」

龍經天眼睛忽地一亮，接過那張存款單，把壁燈旋亮了些，對著燈光仔仔細細地辨認了一下，然後認認真真鎖進抽屜裡：「好吧，你給路路通捎話：看在你和你媽的面子上，三天之內，我會把他那項工程決算清楚，十天之內，把工程餘款轉到他的戶頭上。」

「嗚呀呀！」游春英輕輕地搖著頭，用萬分驚訝的目光盯著龍經天，「事情這麼輕鬆就辦成了！真是有錢能使鬼推磨呀！我今天才知道，你們這些當官的，心也真夠黑，一傢伙就收人家八萬塊，這不是拿刀子捅人嗎？」

「這算什麼？他路路通從我手上掙走的，起碼是這個數的五六倍。」龍經天吸著煙，輕輕鬆鬆說，「再說，這筆錢，又哪能都裝進我一個人的口袋？下面的小科長小幹事，都得把他們一個個的嘴巴糊得嚴嚴的，上頭還有不少頭頭腦腦，也得常常去叩頭燒香。要不然，我能在這裡站住腳？」

「這麼說，我也是見面有份囉！」游春英打趣笑道。

「這還用說嗎？我的小乖乖！」龍經天一下把游春英擄進懷裡，一邊親著一邊說，「我的就是你的，你想要什麼只要開口說一聲，就是天上的星星，我也能為你摘下來！可是，就是有一條，這事只能是你知我知，千萬不能說出去呀！」

「我又不是三歲小孩。」

「我的小乖乖，你能這麼懂事就好了！」龍經天又在游春英粉嫩嫩的臉蛋上親了一下，「其實，我要積攢這許多錢幹什麼？還不是為了我們倆往後能過好日子？有了一大筆錢，我就要在福州或者廈門買一幢小別墅，把你接到那裡去，讓你過貴婦人一樣的生活。」

游春英就咯咯咯地笑起來，她好像還想再說些什麼，龍經天已經把她吻得張不開口，只好任他抱到床上去。龍經天發現，這一夜游春英顯然缺乏往日火一樣的熱情，每個動作和步驟都是一種例行公事的應付。完事之後，他借著昏慘慘的床頭燈光，看見她臉色蒼白神情疲憊，不由吃了一驚，問道：

「咦，你怎麼啦，好像有什麼心事？」

「我們不能這樣不明不白鬼混下去了，唉！」游春英第一次發出憂心忡忡的嘆息。「你還不知道，已經有人在後面說我們的閑話了……」

「誰？誰敢胡說八道！」

「昨天清早，我媽在溪埠頭洗衣服，聽見人家嘰嘰咕咕說我們。」

「哦？」

「我媽隨即來問我，我也只好照直說了。」

「啊！」龍經天睜大了眼睛。「你真傻！怎麼就認了呢？」

「咦！你？」游春英終於從龍經天嚇得蒼白的臉上，看到了他心靈的膽怯和虛偽。「我都不怕，你倒先怕了！」

「也不是害怕！」龍經天為自己辯護著，「常言道：『捉賊捉贓，拿奸拿雙』，我們完全有理由不承認的。」

游春英豎起兩撇細柳眉，用從未有過的奇怪的目光盯住龍經天：「什麼？什麼？你以為我們僅僅是在『通奸』……」

「哎喲喲，不要這樣瞧著我！我是愛你的，不信，我對天起誓，好不好？」

「不要再來這一套，這些話我聽都聽膩了！」

「那你叫我怎麼辦？」

「我媽說了，我已經是你的人了，她要你快快娶了我。」

「你又不是不知道，中國結婚容易離婚難，離婚之難難於上青天！」

「那你就打算這樣一直拖下去？你把我當成什麼人？」

「怎麼會呢？我對天起誓……」

「看看看，又來這一套！」

「你要我怎麼樣？我把心掏出來給你看好不好？」

「我要你給我一個准信：你和你那一位到底哪天分手？」

龍經天遲疑一會兒說：「半年為期……」

「不，半年太久了！」游春英斬釘截鐵說，「再給你一個月。一個月過後，我還不能見到你們的離婚證書，我就不願再見到你！」

「哎呀呀，你也不能逼債一樣逼得這樣緊呀！」

游春英從床上爬起來，匆匆忙忙穿好衣服。龍經天看見她怒氣沖沖滿臉淚水，趕忙也跳下床抱著她溫存地親吻著，想用過去慣用的手段止住她的淚水和平熄她的火氣。但是，游春英猛地推開他，那美麗的丹鳳眼忽然變得冷峻而可怕：

「我再重複一遍：一個月後，你如果沒有拿到一張離婚證書給我看，你休想讓我再踏進你的房間！」

說罷，她像一頭狂怒的小獵豹，異常迅疾卻無聲無息地下樓而去，一會兒，就消失在月朦朧燈朦朧的工地之夜。

龍經天並非完全在玩弄游春英，他真的非常喜歡她。

龍經天今三十七歲，結婚已經十六年。他十九歲那年，在閩北農村「接受貧下中農再教育」。那一年年關臨近時，全村十八名知青陸陸續續回城去探親，只剩下他和另一名女知青于麗萍留在農村過「革命化春節」。他們倆的父母都是「走資派」，關在「牛棚」裡不能回家。因此，他們即使想回城過春節，也是無家可歸的。

于麗萍比龍經天還要大兩歲，相貌平常卻手腳麻利而且頗諳世事。平常日子，就像個大姐姐似地照顧龍經天。龍經天要縫個扣子，補件衣服，還有洗洗刷刷什麼的，她幾乎全包了。那年春節，整幢知青樓只剩下他們倆的時候，于麗萍更像個小母親似地照料他。龍經天記得，那年春節閩北山區天氣極冷，雨雪交加，滴水成冰，從後門山接泉水到知青樓的毛竹管全都叭啦叭啦凍裂了，家家戶戶的屋檐頭掛著玻璃棒似的冰柱子，他就整天無精打采地蜷縮在被窩裡，連起床燒飯吃飯的勁頭都提不起。幸好于麗萍是個極能幹的大姑娘，把兩人平時積攢下來的幾個工分錢攏到一堆來，向農民買了一隻兔子，上墟場割了一塊豬肉，又宰了自己飼大的一頭母雞，再到供銷社打來一壺糯米老酒，那個冷冷清清的春節就過得有了幾分活氣。

這一對同病相憐的年輕人在電力不足的昏昏慘慘的燈光下吃著年夜飯，喝了兩杯酒，都有了幾分醉意，就哀聲嘆氣咒罵自己的父母怎麼成了「走資派」，成了「牛鬼蛇神」，害得自己待在這山溝溝裡永世不得翻身。罵著罵著，就抱頭痛哭，就滾成一堆，怎麼也分不開了。熬到深更半夜，于麗萍就說不要哭了，快快睡吧。龍經天說，睡個屁，這個鬼天氣，鑽進被窩裡也和掉在冰窖裡差不多。于麗萍索性把自己的被子抱來，和龍經天合成一鋪睡。他們先斬後奏，過起像小夫妻一樣的小日子。

龍經天和于麗萍的父母「解放」後，很快作為革命領導幹部結合到革委會中去，他們也理所當然地調回城裡招工招幹。當他們提出要打結婚證的時候，龍經天的父母嫌于麗萍年齡偏大了些，而于麗萍的父母則從龍經天的臉相上看出他不是個正經後生。可是，這時于麗萍肚子裡已經有五個月的崽子，生米已經煮成熟飯，好在還算門當戶對，雙方家長也就點頭同意了。在那個年頭，他們突然的時來運轉，跳出苦海，曾經一度成為「老插」們羨慕和嫉妒的對象。

他們很快有了孩子；也很快有了裂痕。

龍經天發現于麗萍自從有了孩子後，眼角出現了魚尾紋，身材開始發胖，臉上的肌肉耷拉下來，原來就頗為粗壯的腰部變成圓圓的水桶。更可怕的，是他們的心理比外貌還要拉開更大的距離。他覺得她不像他的妻子，更像他的老大姐。他不願和她一塊上街，不願和她一起去看電影，更不願帶她一起參加各種宴會和舞會。他覺得她好像是六七十年代購買的一件中山裝，穿在身上是多麼不合時宜！但是，服裝不甚滿意可以時時更換；他龍經天的服裝從老氣橫秋的中山裝，到紳士風度的西裝、瀟洒倜儻的茄克、朝氣勃勃的牛仔褲牛仔服，已經換過好幾茬了。而妻子卻不易更換。好在他們不在一個城市工作，這倒給龍經天許多藉口和方便。他標榜他以單位為家，以工地為家；而在福州的那個小家，則成為他的臨時客棧，很久很久才回去略盡做丈夫和父親的義務。他的興趣是瞄準工地上那些年輕漂亮的女工，是招待所和賓館的服務員小姐。然而，以往的許多外遇，也都是逢場作戲，瞬間露水。只有對游春英，龍經天可是動了真情。她不僅年輕美麗，而且能歌善舞；特別是在男女獨處時，她不像有的女人是座冰雕，看倒好看，但是毫無熱情；也不像有的女人像一座火山，一旦爆發，會烤得你死去活來，會嚇得你丟魂失魄。她是一窟永遠保持在四十來度的溫泉，溫溫熱熱地簇擁著你，包圍著你，那份快活，那份幸福，無休無止，永無竟期。

他覺得他這一輩子是怎麼也不能離開這個女人了！

那一天，游春英宣布不見他的離婚證書不進他的房間，他還以為她不過是在氣頭上說說氣話，沒想到，她還真是說到做到。已經一個多月，盡管龍經天把那盆綠綠蔥蔥的萬年青一回又一回擱在窗臺上，向游春英發出信號，發出請求，游春英總是毫無回音。有一天，他趁陪同客人下工地參觀的機會，特意到軋石機房找過游春英。游春英在傳送帶前來回奔跑，連瞧也不瞧他一眼。他急了，想追到她跟前去。可是，軋石機房裡塵粉飛揚，泥水飛濺，他捨不得弄髒簇新筆挺的毛料西裝和油光可鑑的金泰來皮鞋，大聲喊道：

「春英，你過來一下！」

軋石機的軋石聲和皮帶機的轉動聲，轟轟隆隆，震天動地，比炮聲比雷聲還響。龍經天自己幾乎聽不到自己的聲音，哪裡能指望游春英聽得見呢？毫無辦法，他只好拎起褲管，小心翼翼地趟著滿地的泥水，追到游春英跟前，對著她的耳朵大聲喊道：

「晚上，你到我那兒去一下，好不好？」

滿身塵粉的游春英回過身來，似乎什麼也沒聽見，眼神裡充滿疑惑。

龍經天沒有辦法，提高音量再大聲嚷嚷：「晚上，你到我……那兒……去……」

游春英聽懂了，也不回話，向龍經天兩手一攤。她在軋石機房待慣了，知道語言在這裡毫無用武之地，大都用手勢來傳遞信號。

龍經天不明白她的意思，又大聲吼叫：「你說什麼？」

游春英這才對著龍經天的耳朵吼了一聲：「離婚證書！」

龍經天點點頭，表示明白游春英的意思，心疼地拎著西裝褲子狼狽逃竄。

接下去剛好是春節，有一周工休假，龍經天這才下了破釜沉舟的決心，回家和妻子攤牌。

龍經天踏進家門時，于麗萍正在廚房裡忙活。她粗粗的腰間繫了一條白圍裙，袖口挽得高高的，像許多在伙房裡被油煙熏胖熏黃熏得沒有光采的女炊事員，模樣兒既能幹又粗俗。兒子阿東穿著鼓鼓囊囊的羽絨衣，蹲在走廊裡拔雞毛。母子倆看見他背著大包小包的冬筍、香菇、木耳回家，歡天喜地。已經有他齊胸高的兒子阿東，一傢伙吊在他的脖子上，在客廳裡轉了一個圓圈，說：

「爸爸，你真不像話！今天都過大年了，才回家！」

妻子也在廚房裡數落著：「還不如打工仔顧家哩！叫你爸爸到全福州城轉一轉，看看有哪個在外打工的，還沒回家過年？」

「爸爸忙，實在太忙！」龍經天申辯道，「越到冬天越忙。大冬天乾旱少雨，河流乾涸，正是水電工程施工的黃金季節，很多一線工人還不讓回家過年哩！」

「啊！我的爸爸真偉大！」兒子歡呼著。

「是麼，要不，人家怎麼稱我們水電工是光明的創造者，是發光發熱的太陽神呢！」龍經天一邊脫去外套，一邊說。

「慢點，慢點，爸，你這話真有意思，我要記下來。」兒子回屋裡拿來紙和筆。

龍經天很納悶，問道：「你要幹啥？」

兒子認真答道：「老師布置的寒假作業中，要我們寫一篇作文，題目叫〈我的爸爸〉。我的爸爸是水電工程師，是光明的創造者，是發光發熱的太陽神，多麼偉大，多麼了不起，你跟我講講建電站的故事，我好寫這篇作文呀！」

于麗萍在廚房插話道：「阿東，別寫你爸爸，說不定你爸爸是什麼壞蛋呢！」

妻子也許是開一句無意的玩笑，龍經天卻格外神經過敏，臉一下沉下來：「什麼？什麼？你怎麼這樣教育孩子？」

于麗萍連忙說道：「開個玩笑嘛，你倒認真了！好，好，就算你是光明的創造者，是個好爸爸，讓阿東就寫你，讓你風光，讓你偉大，還不行嗎？」

龍經天已經興味索然，推說坐了一天車，要去洗個澡，不願和阿東再談什麼。

一家三口圍著一張小圓桌吃年夜飯時，妻子說了幾句吉利話，又不斷給龍經天挾菜斟酒，龍經天的情緒才慢慢好起來。看著滿桌色香味俱全的菜肴，看著玻璃窗擦得一塵不染，拼木地板拖得鋥黃溜光，看著每個房間都整理得井然有序，再看看阿東胖嘟嘟的小圓臉……龍經天心裡湧起幾分歉意：這個家多虧有了她！她還是像在農村插隊一樣勤勞而能幹……離婚，分手……他媽的，這種字眼我怎麼說得出口？

晚上照舊是一年一度的春節晚會。有馬季和姜昆的相聲，有李谷一、朱明瑛、蔣大為的獨唱，有京劇表演藝術家袁世海、馬長禮的演唱……節目精彩，氣氛熱烈，但是沒有幾個節目能夠叫龍經天發笑叫好的。他一門心思都在想著：攤牌呢，還是不攤牌？要攤牌又該如何攤牌？

晚會在下一點結束。阿東看到節目過半就睡著了，龍經天陪著妻子熬到下一點。

當小倆口回到自己的臥室時，也不知怎麼回事，龍經天竟然有點兒毫無由來的緊張，心頭撲通撲通跳著。是害怕闖不過分手這一關呢，還是擔心著別的事？他一時也理不出一個頭緒。從玻璃窗望出去，是這個城市最繁華的街區，色彩繽紛的霓虹燈，把一片夜空染成赭紅色；遠遠近近有連續不絕的喜炮聲傳來。我的天呀，選擇這樣的氣氛這樣的日子來攤牌，實在是大大的失策！

龍經天點著一支煙坐在床沿想心事的時候，于麗萍穿著臃腫的睡袍，像一個白色的小熊貓從衛生間蹣跚走出來。她顯然盥洗已畢，身上有香肥皂的氣息和護膚霜的香氣。

「睡吧，還坐著發愣幹什麼？」她說著，就鑽到被窩裡去了。

龍經天沒有吭氣，心裡想：天呀，這就是我的妻子和愛人嗎？要是游春英，她早像一頭波斯貓一樣膩過來了；而他呢，也早像餓虎撲食一樣撲過去了。可是面對這個結婚十多年的糟糠之妻，他怎麼引不起興趣燃不起熱情呢？他發現煙蒂灼傷手指時才捺滅在煙灰缸裡。他慢慢脫去衣服，遲遲疑疑地鑽進暖乎乎的被窩。于麗萍依然平躺著不轉過身來。他記得，她從來都缺乏熱情毫不主動。但她又不立即入睡，或找點家長里短的事跟你閑嗑，或就那麼靜靜地躺著輕輕地喘氣，表示她固執的要求和等待。

離婚？分手？我的天，這個時候說得出口嗎？龍經天也那麼靜靜地躺著，被這兩個可怕的字眼折磨得沒有一點力氣。

于麗萍卻側過身來把一隻肉墩墩的胳膊搭在他的胸脯上，同時把嘴擱在他的脖子根上呵著氣。龍經天竟有些吃驚和感動，她如此的溫柔和主動，簡直是破天荒第一次！在他的記憶裡，除了初戀的日子，她從未和他親吻過，更談不上狂吻、瘋吻、長吻那種如火如荼的愛情的燃燒。自從懷上孩子後，她不讓他的嘴接觸她的嘴。她怕不衛生，有什麼病菌傳染給肚裡的孩子。從此他們沒有接過吻。而游春英卻樂此不疲，總有一個長長的甜甜的撩人心魄的親吻，才慢慢過渡到快活的高潮……妻子的手指在他胸脯上搔撓著，臉頰在他的脖根上磨蹭著，他明白這是久旱的土地渴望淋漓的春雨，是涸澤的鯽魚祈盼涓涓的甘泉。他覺得難得夫妻一場，他應該最後一次盡丈夫的義務。他也轉過身來撫摸她鬆弛而臃腫的胸脯，吻她粗糙的有了皺紋的臉頰，我的天哪，我怎麼像讀一本枯燥乏味的言情小說，才粗粗瀏覽開頭幾行不堪入目的文字，就開始昏昏欲睡，什麼欲望也燃燒不起來。

「坐了一天車，你累了，睡吧！」妻子表示理解，轉過身去很快睡著了。

正月初一上午，龍經天帶著妻子、兒子去給父母拜年。下午，于麗萍帶著丈夫和兒子去給岳丈、岳母拜年。龍經天和于麗萍的父親都是高幹，過去于麗萍的父親比龍經天的父親職務還略高一點，他們每年拜年就先上于麗萍家；後來龍經天父親的官階闖到于麗萍父親前頭去了，於是他們給老人拜年的順序也相應作了調整。中國人過春節，向來是樂壞了孩子忙壞了大人。整天探親訪友，迎來送往，喝酒應酬，寒暄聊天，沒話找話，搓麻將打牌……玩得很累很累。每天深夜回家，龍經天都覺得無論如何要盡最後一次丈夫的義務。有過一次小小的快意之後，談話的氣氛也會好一點。他擁抱她，親吻她，撫摸她，她在他的懷裡激動得渾身顫慄，吱吱哼哼，而他卻老是想著與游春英相處的夜晚，好像吃慣了山珍海味的新貴暴發戶，面對一碟鹹菜和一盤窩窩頭，實在索然無味，難以下嚥。他費了很大的勁兒，始終不能讓自己的激情燃燒起來……

龍經天在黑暗中聽到妻子輕輕的抽泣聲。他撳亮床頭臺燈，看見她臉上糊滿渾濁的淚水，驚乍乍問道：

「怎麼了，你？」

于麗萍霍地坐起來，悲悲切切哽咽著：「你還好意思來問我，你問你自己……是怎麼一回事？」

龍經天也坐了起來，覺得這也許是個攤牌的好機會，期期艾艾說道：「我也不知道怎麼搞的，很可能是我們長期不能經常在一起……我們彼此都不能習慣，不能適應了吧！」

「你不要把我拉扯上。我哪兒不習慣不適應了？」

「好，好，好！就算我離家太久，我不習慣，我不適應，這不成了嗎？」

于麗萍的悲傷未能平息，無聲的哽咽成了有聲的抽泣：「好呀，你，過去，都能習慣，現在，就不能習慣？」

龍經天支支吾吾道：「書上說的，長期不過夫妻生活的人，就會從性壓抑變成性冷漠……」

于麗萍用可憐巴巴的聲音懇求道：「那你快快調回來工作吧，這個家我也快支撐不住了！」

「不！我放不下水電工作。」

「那就調到我們總局來吧，這裡同樣是搞水電工作。」

「哼，你這裡局長的椅子等著我來坐怎麼的？」龍經天用鼻子輕輕哼了一下，「南工局把我排上第三梯隊了呢！」

「哼，你這德性還想往上蹦哪你！」于麗萍用鼻音輕蔑地回答。

「不信你就等著瞧吧！」

「你就忍心看著這個家……」

龍經天點了一支煙，狠狠吸了好幾口，措詞艱難地說：「我也覺得……不能這樣長久……下去，一個家，分成兩半，總不像個家……」

于麗萍驚嚇地睜大了眼睛：「你……要怎麼的？」

龍經天終於鼓起勇氣說出那句在心裡說過千百遍的話：「麗萍，讓我們好好地分手吧！」

于麗萍哇地一聲哭起來，一邊抹淚一邊說：「我早就擔心你在外邊變壞了，你準是在外邊有人了吧！」

龍經天矢口否認。事情到了這個地步就沒有多少顧忌了，他十分平靜地說出他的建議：這個小家的財產全部歸她，孩子判給誰都可以，他願一直承擔撫養費；他另外還將付給她一筆巨款，作為她的感情補償。他向她提出的唯一要求，是放他一馬，給他自由，讓他去開闢新的生活……

于麗萍反而不哭了，靜靜地聽完龍經天的整個設想，冷冷地反詰道：「你的話說完沒有？」

龍經天說：「說完了。」

于麗萍用怒火灼灼的目光盯住龍經天，一字一句說道：「我可以明白告訴你，你將為你的行為付出沉重的代價：你失去了我，失去了這個家，你將要失去一切！其中也包括你所說的自由。」

龍經天驚愕地瞪大了眼睛：「你這話什麼意思？」

「請稍安勿躁，你很快就會明白的。」

于麗萍已經擦乾了眼裡的淚痕，彷彿面對一個違紀違法分子，臉上有一股威嚴肅殺之氣，說話的口吻也與在辦公室談公事的那個黨委幹部毫無二致。她打開鎖著的抽屜，取出一個信封，抖一抖，滑出一張挺括的凸板紙複印的信件。龍經天剛看一眼，就像被火灼了一下驚叫起來：

「這、這、這是哪來的？」

「這你就不用管了，」于麗萍冷冷地說，「為了這個你並不看重的家庭，我可是花了很大的代價才把它弄到手的。」

龍經天臉色煞白，聲音怯怯地說：「你別蒙我了，這種東西是用錢買得到的？」

「請別忘了，還有我老爸那棵大樹哩！」于麗萍聲音不高，卻綿中藏針。「人家要不是看顧他老人家的面子，我早要到監獄中去給你送飯了。」

龍經天撮著複印紙的手指不聽使喚地哆嗦起來，誠惶誠恐地看那封檢舉信。他的眼睛忽然老花而模糊了，怎麼也逮不住信上那些跳著迪斯可的字。好一會兒，他才好不容易把那些覺得時斷時續的句子連綴起來，弄明白檢舉信完整的意思：指控他龍經天在擔任南工局工程科長、工程處副處長和南茂公司工程部副部長期間，索賄受賄，貪贓枉法。信中還舉了好幾樁事實，比如在選拔技術工時接受紅包禮品，和包工頭交往中不明不白，與某某招待所女服務員關係曖味，等等。龍經天的腦袋瓜嗡嗡嗡響起來，像要炸開似的。他從煙盒裡摸出一支煙來點著了，狠狠吸了幾口，才慢慢鎮靜下來，再把信從頭看一遍，幸好還沒有提到路路通那一筆，也未涉及游春英那椿風流案。他的膽子又稍稍壯了些，好像蒙受不白之冤大聲叫屈：

「這不可能，不可能！是哪個王八蛋憑空捏造的？你別想弄了這麼個破東西來嚇唬我！」

「輕聲一點，你是怕阿東聽不見怎麼的？孩子他可是把你看做光明的創造者哩！」于麗萍平聲靜氣說，「我有必要來嚇唬你？你有沒有這些事，心裡沒個譜？」

龍經天臉色蒼白，癱軟地靠在床頭上，氣喘吁吁地一聲長嘆：「唉，我明白了，都怪我這些年發展太順利，一定有人陷害我。」

「你發展比較順利，這是事實；有人要陷害你，我看未必。像你我這樣的年紀，這樣的資歷，當個處長副處長沒有什麼了不起的，人家為什麼不來陷害我？」于麗萍說得不急不躁，平平和和，但話中卻包含自恃自傲的潛臺詞：我還是華東電力開發總局的黨委副書記哩，一個要害崗位上的正處級，我是比你少了斤還是短了兩嘛？

龍經天吸完一支煙時，已經把突如其來的事情大體理出個頭緒。這十多年很少和于麗萍在一起生活，忽然發現她居然變成了另一個人。她不再是十多年前那個淳樸老實的女知青，也不是只會一味順從丈夫的家庭婦女。她進步了，成熟了，已經具備一個行政官員的某些素質：外柔內剛，不動聲色，臨危不亂，工於心計。我的天，我在她面前，怎麼忽然從男子漢大丈夫變成一個階下囚了？

龍經天那一雙已經失去神采的眼睛，呆呆地盯著牆旮旯的一個塑料痰盂，有氣無力喃喃道：

「那你打算怎麼發落我？」

「如果你能將功補過，痛改前非，我們就這樣湊合過下去。」

「你是說，要我坦白交待，徹底退賠嗎？」

于麗萍冷笑一聲：「嘿，嘿，這種事，犯得著在床鋪上跟你談嗎？」

「你到底要我做什麼？快快說吧！」

「這些年，你在外面粘上多少破鞋、婊子、野雞、臭女人，我不是一點都沒聽到的，你如果還想當個黨員，當個副處長，還想維護這個家庭，你就老老實實的與她們一刀兩斷！」

「你如果想把這些道聽途說、捕風捉影的事情當成真的，你去揭發我吧！」

「我是一個黨委幹部，做這一類事可不需要別人指教。」于麗萍依然說得很平靜很耐心，「到了非這樣做不可的時候，我自然會這樣做。但是，目前我不得不考慮到我們的家庭，考慮到我們的兒子，更不能不考慮到我們的老父親。」

「你如果能把那封破信的原件弄來給我，我就什麼都依你。」龍經天的聲音開始變得有氣無力。

「黨的紀律不允許我這麼做。但是，只要你痛改前非，我能保證這封信永遠安安穩穩地躺在一個不會被人發現的角落。我在這裡工作多年，上頭總有幾個鐵心的好姐妹，你盡管放心好了。」

龍經天知道自己再也沒有反擊的力量，只有束手就擒當于麗萍的俘虜。他一聲不響地鑽進被窩，始終把冰冷的背脊對著于麗萍。

我們黨歷來的政策是優待俘虜。熟諳黨的政策的于麗萍對龍經天也這樣做。第一，她在兒子阿東和公婆、父母以及其他親友面前，臉上絕無異常表情，與龍經天還是相敬如賓；第二，頓頓美酒，餐餐魚肉，把龍經天當貴賓招待；第三，免得丈夫臉上掛不住，她不再提起這些不愉快的舊事。

這種優俘政策果然使龍經天大受感化。匆匆度過一周的探親假，在離家前夕的深夜，龍經天居然跪在大眠床上對于麗萍賭咒起誓，說他現在才知道，你于麗萍才是天底下最了解最理解我的人，也是最愛我最疼我的人，我今後還再去拈花惹草，一定要遭天打雷劈……

「你能好好待我就行哩，說這話有什麼意思？」于麗萍把他按倒床上，拖過大被子蓋個嚴嚴實實。

不知是懾服於某種威力，還是要報答妻子優俘之恩，前幾個夜晚在龍經天身上消失得蕩然無存的激情，今晚忽然像一堆撥拉開土灰的山火一樣，慢慢騰騰溫溫吞吞地復燃起來。於是，他們恍恍惚惚地回到了十多年前那一幢冷冷清清的知青小土樓，回到了幾乎忘卻殆盡的初戀的美好時光。

完事後，于麗萍自己盥洗已畢，給丈夫打來一盆熱水。她有潔癖，這是必須履行的手續。龍經天撅著屁股蹲在地板上擦洗的時候，于麗萍站在床沿上，居高臨下地盯著他輕聲笑道：

「這不是好好的麼？」

龍經天含義不明地嗯了一聲。

「往後必須一個月回來探一次家，聽見嗎？」

于麗萍見龍經天沒有回答，聲色立時嚴厲起來：「你以後為人做事，都給我檢點些。你要知道，我在你們南工局不是沒有心腹，不是沒有耳目，你打個噴嚏我也聽得見。從今往後，你必須給我管好你那不安分的小老弟，你要是膽敢再去尋花問柳，不會有你的好果子吃，記住了吧？」

龍經天提著褲子愣在那裡，冷不丁地打了個寒顫。

第十五章

柏拉圖的女弟子

黃京芝說：「我既然真心愛那個人，雖然他不愛我，如果他能擁有一個更加稱心如意的女子，能活得更愉快更舒服，我又有什麼理由去阻攔、嫉妒、記恨人家呢？」

清明過後，閩北大山區暖一陣，寒一陣，晴幾天，雨幾天，是古人說的那種乍暖還寒的天氣。雪是不下了，霜卻不斷。晴朗的日子，一整夜北風呼嘯，淩晨起來，準能看見瓦頂上、樹枝上和田野的草叢樹窠上，落滿一層厚厚的白霜。冰是化了又結，結了又化。大清早工人們搭乘大卡車上工地，從坑坑窪窪的公路上飛馳而過時，能聽見車轍水窪裡冰塊碎裂的喀啦啦聲。然而，最討厭的還是停停下下、下下停停、不大不小的雨。閩北的春雨是極有耐性的。一下起來，讓人懷疑天空已經破損成百孔千瘡，淅淅瀝瀝的細雨會下個沒完沒了。「沿江吉普賽人」

在野外幹活，整天泡在積水泥濘的工地上，縱使身穿雨衣腳套高統膠鞋，也還是一身雨水一身泥，一個個像土豬子似的。日本職工本來對自己的機械設備是極其愛護的，一個臺班的活兒幹下來，都得把車輛、鑽機沖刷得乾乾淨淨才移交給下一班。現在可顧不得這麼多了。每一臺大卡車、載重車、推土機、大門車和液壓鑽，全糊滿了污泥濁水，把日本人視為驕傲的「日立」、「豐田」、「三菱」等等牌號標誌塗抹得面目全非。最辛苦的還是那些澆搗工，雨天不能作業，可又不能不上班，只好躲在工棚裡下棋、甩老K；天一轉晴，則要連續澆搗幾天幾夜，有時忙得連水也顧不上喝飯也顧不上吃。

這個春天，游春英的心情和陰雨綿綿的天氣一樣，陰沉而鬱悶。龍經天回家過春節前，曾向她誇過海口：他這次從福州回來，什麼禮物都不會給她帶，但將給她帶回一件最最珍貴的禮物，那就是他和于麗萍的離婚證書。於是，她懷著熱切的希望度過一個陰冷的春節。但是，龍經天回工地後，卻一直躲著她。她又急又氣，徑直給龍經天的辦公室掛電話。龍經天老是給她打哈哈，東扯葫蘆西扯瓢，不給她一個明確的回答。游春英火了，一個夜晚，突然敲響龍經天的房門。她不肯進去，站在門口向他伸出手來說：

「拿來！」

龍經天抓住游春英的手，使勁往房裡拉：「站著幹嘛？快進來吧！外頭怪冷的。」也不知怎麼的，龍經天一見游春英就忘乎所以，當然也忘了于麗萍的警告。

「你別碰我！」游春英甩開龍經天的手。「拿來！快快拿來！」

龍經天瞪大眼睛，明知故問：「什麼呀？」

「你別裝蒜，你答應過什麼，你不會忘記。」

龍經天故意摸了摸腦殼：「噢，記起來了，對不起！這一回回家過春節，總共才八天，訪親會友，請客吃飯，甩老K搓麻將，時間很快就過去了，我怎麼來得及辦那種事……」

龍經天的話還沒有說完，游春英已經掄起手來，以迅雷不及掩耳之勢，摑了他一記脆生生的耳光。

游春英這大半年來的美夢，也被自己這一記有力的響亮的耳光摑得蹤影全無。改換一個好工種，到福州城去闖世界，有一套三室一廳的單元房，坐在寬敞的小客廳裡看電視，唱卡拉OK……總之，自己多年所嚮往的「第二世界」和「第一世界」應該享有的那種生活，在聽了龍經天多次許諾再加上自己的想像而被描繪得十分美麗的一幅圖畫，眨眼間，被命運的無情之手撕得粉碎了。

她好像大病一場，整天病懨懨的提不起精神。笑容在她臉上凋謝，歌聲在她喉間凍結，吉普賽舞廳再也見不到她的身影。她忽然喜歡孤獨，喜歡懶床，喜歡面對黑暗瞪大眼睛發愣。

「想開一點，英姐！」一天夜裡，游春英正在床上翻著燒餅的時候，睡在對面床鋪的黃京芝冷不丁的發出這樣的勸告，把她嚇了一跳。

「你胡謅些什麼呀?我有什麼想不開的?」游春英在黑暗中爭辯著。

「你失戀了!」黃京芝一針見血直奔主題。

游春英心裡暗吃一驚,以為和龍經天私通的事被京芝知道了,便故意轉移目標:「我失什麼戀呀,我和丘長根早就『拜拜』了,你又不是不知道?」

「這個我早知道,我指的是另一個白馬王子。」

「什麼白馬王子黑馬王子的,我現在是見著男人就討厭。天下烏鴉一般黑,男人沒有一個是好東西!」游春英忿忿然說著,鑽進被窩裡去。

「你還想對我保密呀,辦不到!我的眼睛可厲害啦,你的秘密早被我逮著啦!」黃京芝越說越來勁,竟啪地掀亮床頭燈,探出半截身子坐了起來。

「你是瘋了怎麼的?死囡子!你今晚不讓我睡覺呀!」游春英在被窩裡嘟噥著。

「實話對你說吧,你的秘密,我早早就發現了!還記得吧,去年秋天,我們同乘一輛大巴,來流香溪報到,在車上的時候,我就看出來了,你,對他,很有那個意思……」

「我的天,你到底說誰呀!」游春英真的被搞懵了。

「還有誰?我們年輕的副總指揮呀!」

「哦!」游春英輕輕地舒了口氣,提到嗓子眼的那顆心也就回歸原位。「我的天,你說程光華呀,我們是從小在一起長大的好朋友……」她說話的語氣比前會兒輕鬆多了。這個被全公司許多姑娘眼睛盯著的程光華，即使追不到手，即使栽在他的手裡，那不是恥辱，而是一種榮耀。

「你別嘴硬了，我發現，你一看見他，眼睛就放出特別的光彩，一笑起來呀，臉上的表情要多豐富有多豐富！」

「你還胡說！你還胡說！看我來撕爛你的嘴！」游春英好像十分生氣，其實是一點兒也不生氣，倒因為有人提起埋在心坎深處的那個人，而有幾分喜悅，有幾分心酸，覺得能找個人聊一聊，那也實在不壞。她氣咻咻說著，竟跳下床來，鑽進黃京芝的被窩，兩隻手在京芝的胳肢窩下亂抓亂撓，把黃京芝搗鼓得咯咯咯地縮做一團。

「哎唷唷，好英姐！饒了我吧，我不說了還不行嗎？」黃京芝氣喘吁吁地連連告饒。

游春英道：「饒了你也罷，你得向我坦白坦白你的秘密。」

「我初來乍到，又不認識幾個男人，能有什麼秘密？」

「我也發現，你看見程光華的時候，眼睛裡也有一種特別的光彩。」有一段日子，春英對京芝也總是豎起一根警惕的神經，她便開始轉入以攻為守。

「呵哈！算你猜對了！有人說，女人的眼睛對女人的眼睛是特別敏感的，你的眼睛也真厲害！」黃京芝是個純真得像水晶玻璃吹的小人兒，透明得可以袒露五臟六腑。經游春英一點破，她立即供認不諱。

「哈哈，這麼說，我是搶了你的心上人了。」游春英調侃一笑，繼續進攻。

「也不能這麼說，我對他，僅僅是一種敬慕，一種相思，一種沒有任何行動的暗戀……」

黃京芝細眯著眼睛陷入甜蜜的回憶。

「哦？」

「現在細細想來，女人，特別是不諳世事的年輕姑娘，愛上一個男人，簡直像愛上一件特別順眼的時裝，愛上一支特別對味口的歌曲，愛上一種從未嘗過的鮮草莓，有時僅僅憑第一眼印象，就會讓你神魂顛倒，一見鍾情！別的什麼是來不及多想的。」

「哦？」

「你還記得吧，去年秋天，我們一塊坐車來流香溪，我一上車就暈車，吐得我七葷八素。車上三四十人，沒有一個人來理我，只有一個程光華，表現出真正的紳士風度……」

游春英從被子裡坐了起來，樂得咯咯咯地笑著挖苦道：「哦，我知道了，人家給你一瓶礦泉水，一把濕毛巾，就輕輕鬆鬆把你俘虜了。」

「事情沒有這麼簡單，這僅僅是一個開頭……」

「噢，好戲還在後頭？」

「最讓我感動的，還是那一次他和日本佬雄田幫明的車技大比武，嚯！那才是真正的男子漢！他駕著那輛推土機，好像駕著他的水陸兩用坦克，爬上四十五度斜坡的小山頭，差點把我的魂兒都嚇丟了！可他順順當當地回來了，把雄田幫明遠遠甩在後頭，給咱們中國人爭了氣，露了臉呀！用座山雕的話說是——他就是：『老九啊，英雄！』」

「你就這麼愛上他了？」游春英緊張得聲音都有些變調了。天呀，那個夢寐以求的程光華，和這個小女子到底好到什麼程度？

「是的，我悄悄愛上了他。但是沒有任何行動。」

「說鬼話，我不相信！你們暗暗地遞條子了吧？你們到溪畔『鑽窠』去了吧？你們擁抱親嘴了吧？」

「不，不，我們之間什麼也沒有發生。」

「我不相信，你說鬼話！」游春英想起和程光華認識二十多年，僅只有在額頭上被他輕輕地吻了一下，心裡就有些酸酸的。而這個北京生的小女子，不知道和人家親到什麼地步了呢？

「真的，我不騙你。」黃京芝對女友的心情毫無覺察，自顧自徑直說下去，「我前頭不是說過了，女人對女人的眼睛是特別敏感的，我發現你的眼睛裡已經有了他，而且認為你和他，比我和他，要更適合，會更美滿。」

「為什麼？」

「因為你們是從小在一起長大的好朋友呀！」

「不，不，我不相信！」游春英把頭搖得像撥浪鼓，「找男人有你這樣忸忸怩怩畏畏縮縮的？你既然對他一片痴情，你就不會沒有表示，沒有行動，對不對？」

「我沒有給他寫過一個字，也從沒和他單獨見過一次面。如果說約會，只有一種情況，回想起來很有點詩意，也很有點滑稽……」

「喲？還很有詩意呢！快快從實招來，讓我分享一下！」游春英自己都聞到了，她的話中有一股酸醋的氣味，而天真無邪的黃京芝仍渾然不覺，只顧一味沉醉在甜蜜的回憶中。

「如果許久許久沒有機會見到他，我會想他想得要死，可又不敢給他寫信，更不敢和他約會，我就會來一個惡作劇——我打電話給他，說我們拌和樓有一個小部件出了點小毛病，或是那份生產進度表看不明白，要他到拌和樓來一趟。嘿，他老兄總是有求必應的，一會兒，就騎著摩托車趕來了。我屏聲斂息地注視著工作室裡的電視監視器的熒光屏，看見他的身影像矯健的雄鷹，兩級一跨，三級一跳，從窄窄的鋼板扶梯上蹭蹭蹭登上來……這時候，我的心差點兒停止跳動，暈暈乎乎的，像喝醉了酒。他猛地站在我面前時，我緊張得說不出話，好久好久才把拌和樓哪個小部件出了毛病說清楚。他，有時帶著個鉗工，有時自己動手，三下兩下就撥弄好了。接著，我又在電視監視器的熒屏上，眼看著他像一頭雄鷹，蹭蹭蹭地從鋼板扶梯上飛奔下去……」

黃京芝甜蜜的回憶戛然而止。

游春英心裡顯然受到不輕的震動，許久許久才驚愕不已地問道：「咦，快快說呀！」

「說完了。」

「說完了？」游春英不由長嘆一聲：「天呀！這就是你們的約會？」

「是的，每隔一兩個月，我總要找個藉口和他見上一次面；每一次見面，也沒有什麼話說，就那麼三五分鐘，我聽聽他那帶著磁性的男低音，看看他英氣勃勃的面孔，我就心滿意足了。兩個人面對面站著的時候，我能看清他是胖了還是瘦了；能看清他的眼睛是清澈明淨還是布滿血絲；說話的聲音是清清朗朗，還是因為疲勞、熬夜而有些沙啞；我雖然不能對他說些什麼或者暗示什麼，但只要有機會讓我和他這麼默默地站一會兒，我就心滿意足了。」

「天呀！這就是你們的約會！」游春英驚問道，「你為什麼不向他表白你的感情？你為什麼不向他發起進攻？」

「我前頭說過了，我早就發現你的眼睛裡有他。」

「可是，小妹子，你有多傻呀你！你就沒有發現，他的眼裡從來沒有我呀……」游春英痛苦萬分地說道，「嘿，你不知道，人家那個眼睛有多高，人家能夠看得上的，至少是什麼大學生呀，工程師呀……你口袋裡揣著大學文憑，你要是早早的勇敢一點，說不定他就是你的人了……」

「咳，」黃京芝嘆了一口氣，「等我動這念頭的時候，我發現另一女子眼裡已經有了他。」

「我知道，你說的是楊淨蓮，那個臭婊子！」

「不，不！春英姐，你失戀的心情我可以理解，但是，你這樣對待楊淨蓮是不公平的。」

「我就不明白那個狐狸精比我好到哪裡去！」游春英氣呼呼地轉過身子，把冷漠的背脊向著黃京芝。「還不是兜兜裡比我多一張大學文憑，當一個芝麻丁點大的破主任？」

黃京芝輕輕拍著游春英的肩膀：「英姐哎，我要說一句也許不該說的話，不知你愛聽不愛聽？」

「你儘管說唄，我聽著。」

「我覺得，程光華和楊淨蓮，不論從年齡、氣質、文化修養等等方面，都是很般配的，比和你和我，都更適合。英姐，你以為怎麼樣？」

「什麼般配不般配呀？你們這些幹部子弟，『第一世界』的寵兒，還不是講究門當戶對那一套！」游春英的嘴巴鼻子都氣咻咻地噴射著她的嫉妒和憤怒。

黃京芝卻還試圖說服她：「不，英姐，不論程光華，還是楊淨蓮，都不是那樣庸俗的人，他們倆就像是從同一個瓷窯裡燒製出來的一對青瓷花瓶，擺在一起，真是無可挑剔，再適合不過的。」

「嘖嘖，你只會自認倒霉！要是我也像你一樣兜兜裡有一張大學文憑，嘿，我游春英決不是現在的游春英！除了這，我姓游的，哪方面比她姓楊的矮一分瘦一厘？要我承認輸給那個姓楊的，我一輩子也辦不到！」

「英姐，這有什麼服氣不服氣的？為一個男人爭得死去活來，值得嗎？」京芝說，「我以為男女相愛只有適合不適合，沒有誰輸誰贏的問題。如果那樣看，就會看低了我們女人自己。比如，程光華選擇了楊淨蓮，只能說明程光華這樣選擇有他的理由，並不能說明楊淨蓮是個勝利者；反之，程光華沒有選擇你春英姐，也一定有他的理由，而不能說你是個失敗者。」

「我可沒有你那樣大的肚量。」游春英一想起程光華摟著楊淨蓮翩翩起舞，甚至在花前月下相擁相吻，就禁不住心如刀剜。剎那間，她心裡忽然生出一個自以為十分聰明的想法，便咬著京芝的耳朵悄聲說道，「哎，小妹子，姐跟你說句心裡話，姐說到底是個窮工人的女兒，口袋裡又沒有大學文憑，輸給她楊淨蓮也就罷了；可要讓你也輸在她的手下，妹子，姐真是一百二十個不服氣！你口袋裡也裝著大學文憑，也是幹部家庭出身的金枝玉葉，比那個姓楊的更年輕，更漂亮，怎麼就鬥不過她？喂，你看這樣好不好：你去寫一封親親熱熱甜甜蜜蜜的信，姐我保證給你遞到程光華手裡，姐我就不信那傢伙是個攻不下的堡壘……」

游春英的話還沒有說完，黃京芝就吃驚地從她懷裡扎脫出來，霍地坐起，使勁地搖著頭說：

「不，不！我怎麼能這樣做……」

游春英也跟著坐起不解地問道：「你怎麼這樣膽小？」

「也不是膽小，我覺得這樣做不合適。」

「有什麼合適不合適？如今是什麼時代了？他們男的敢追女的，女的怎麼就不敢追男的？」

黃京芝說：「我不是這個意思。我是想，我不能做出缺德的事。我既然真心愛那個人，雖然他不愛我，如果他能擁有一個更加稱心如意的女子，能活得更愉快更幸福，我又有什麼理由去阻攔、嫉妒、記恨人家呢？更何況，天下好男人多的是，我們又有什麼必要在一棵樹上吊死呢？英姐，想開一點吧，說不定你還能找到一個比程光華更出眾的如意郎君哩！……」

「天呀！天底下竟有你這樣的女人！沒出息，真沒出息！」游春英不能理解黃京芝，不願再談這個叫她傷心的話題，從黃京芝床上跳下來，回到自己鋪上去睡覺。

如果說黃京芝是愛情理想主義者，那麼，丘長根則是情場上的糊塗蟲。這大半年來，與他青梅竹馬一起長大的游春英，先是愛上程光華，後又與龍經天相好，他竟渾然不覺，一直矇在鼓裡。當然，這一方面要怪丘長根少個心眼，對曾與他對天起過誓的游春英絕對信任；另一方面，也要怪游春英太聰明，在他面前敷衍得滴水不漏。這些日子，丘長根發覺游春英悶悶不樂，臉色蒼白，心裡暗暗為她著急。一天從工地下班回職工營區，丘長根遠遠地看見前頭騎自行車的姑娘是游春英，大卡車攆到她跟前時，嘎地一聲剎住。他從駕駛室探出頭來喚道：

「春英，快上車！」

游春英下了車，偏過頭來答應道：「一會兒工夫就到哩，上上下下多麻煩。」

「還有好幾里路哩，你省下力氣歇會兒不好嗎？」丘長根也不等游春英同意，跳下車來，搶過她的自行車，像舉起一件小玩具，輕輕鬆鬆地擎到後車廂上去。然後，讓游春英舒舒服服地坐在車頭的座位上。

丘長根把大卡車開得很慢，未曾說話先嘿嘿笑了：「春英哪，你這陣子是不是身子骨不舒服？」

「沒有呵，好好的嘛！」

「我看你臉色不好，人也瘦多了。」

「鬼話！要你瞎操心？」

游春英最近和丘長根說話總是沒有好臉色好聲氣，但丘長根的熱情是不會因為游春英的冷淡而稍稍減退的，他婆婆媽媽地嘮叨著：「我留意好些日子了，你早先胃口有多好，你吃飯一頓要吃兩三碗，你吃饅頭一頓要吃三四個，如今你在工地上吃快餐，你常常吃了小半盒飯就放下了……」

「哎喲喲，你、你、你……你這人煩不煩！」游春英用兩個巴掌捂著耳朵。「你管我那麼多幹什麼？」

「春英哪，你可不能大意！明天就去工地醫院瞧瞧。好不好？」

「好吧，好吧，你真煩！」

「我用車子送你去。」

「一點點路，我騎自行車更方便。」

「我陪陪你。」丘長根嘿嘿笑道：「萬一檢查出什麼癌病絕症來，把你當場嚇暈過去，也好有人照顧呀！」

「呸！就你會說話！」游春英笑著啐了一口。「萬一我要進行婦科檢查哩，你站在一邊算什麼呀！」

「嘿嘿，我就說是你家屬唄！」

「呸！盡想占人家的便宜。」

說話工夫，卡車開到了女工宿舍門前。

丘長根把自行車交到游春英手上時，又輕輕叮囑：「你明天一定要到醫院去瞧瞧呀！」

游春英當時滿口答應，但她壓根兒就不想去醫院。她知道醫院根本治不了她的病。她唯一的辦法，是在夜深人靜時分，一個人躺在自己的床上，輕輕地舔著心靈的創傷，讓帶血的傷口和折斷的神經，一點一點地癒合，結疤，長成硬硬的老繭，像一個鈣化了的病灶永遠留在體內，不去碰觸就不會疼痛。

當她回首漫漫來路的時候，她有時會發覺自己對丘長根是於心有愧的。在她認識和結交的許多男朋友中，真心實意愛著她的，毫無疑問，只有他丘長根！而她給了他多少真情多少溫暖呢？說是補償也好，說是施捨也好，有一段時間，她和丘長根的交往又頻繁起來，熱火起來。

工休日，丘長根像以往一樣，常到吉普賽酒店幫著掃地涮鍋、宰魚洗菜，游春英和他有說有笑，打打鬧鬧。遇到難得放晴的夜晚，他們也相邀相約到曠野的小路上走走，到溪畔的樹蔭下「鑽窠」。快要漲滿的明月高高掛在藍湛湛的夜空，瀉下清洌洌白花花的銀光有些寒意；剛剛從冬眠中蘇醒過來的蛙們，叫得有氣無力，纏纏綿綿；流香溪畔那些金櫻子、野蟠桃，剛剛從新枝嫩葉中吐出一片花骨朵兒，那淡淡的幽香在清新濕潤的空氣中散逸開來，沁人心肺，令人陶醉。這個時候和游春英肩挨肩坐在草地上的丘長根，實在固守不了昔日的規矩。他粗壯的大手抓住她柔軟的小手，笨拙而小心地撫摸；濃髮蓬亂的頭殼也一點一點地試探性地靠過來。「心有靈犀一點通」，游春英很快明白他的要求。於是，便賞他一個擁抱一個吻。

丘長根是很能節制很易滿足的，僅僅片刻的溫存，就能緩解他感情的和生理的飢渴。他絕不向游春英提出過份的要求。他寧可在夜深人靜忍無可忍的時候，進行像他那個年齡的小伙子很難避免的自瀆；卻決不敢冒險去碰一碰他的女朋友。他對春英說過，兩個沒有辦過結婚手續的人，偷偷地生下一個孩子來，那還怎麼有臉見人呀！許多年後，游春英曾經認認真真想過：當時，丘長根如果有某種需求的暗示，她也許會毫不猶豫地順從他的。因為她知道她欠他很多很多，她對他是應當有所報答的。但是，丘長根總是在親吻的門前理智而謹慎地止步，他把繼續前進看得異常莊嚴而神聖。

丘長根每次得到感情的滿足後，便像一個醉漢似的喃喃自語：待流香溪水電站建成之後，他們攢夠了錢，就堂堂正正的結婚；他們將有一個溫暖的家，還有一個可愛的胖小子或是傻囡子；那時候，他要讓她多多的在家待著，養身子，帶孩子。「車軲轆一轉，抱個金飯碗；喇叭嘟嘟響，吃喝在四方」。他有一手一流的駕駛技術，還能讓你游春英餓著凍著過不上好日子？

這時候的游春英便有幾分欣慰幾分陶醉，囈語呢喃地向丘長根保證：我會嫁給你的！我的小傻瓜！

這天晚飯後，丘長根又約游春英到溪畔的林子裡「鑽窠」。這一回，丘長根的親吻擁抱特別長久特別熱烈，戛然而止時，他眉頭皺皺的，好像有什麼話要對游春英說卻又開不了口。

「你是怎麼啦？」游春英詫異地問道。

「我明天就要去廈門運進口大機械，開的是載重四十五噸的裝載車，要翻好幾座山過好幾道嶺，有許多路段只能過一輛大卡車，一天只能跑幾十百來里，這一去呀，少說也要二十多天個把月！」

「哦，原來是這麼回事！」

丘長根又吞吞吐吐說：「我還打算順路回一趟小龍門，去看看我的老娘和小妹。聽小龍門來的人說，我媽最近一直關節疼，我想帶她去醫院瞧瞧。」

「我的天！那得花一大筆錢呀，現今的醫院宰起人來凶得很！」

「那有什麼辦法？我媽那個老毛病，一到冬春兩季，寒天和雨天，腰腿就痛得下不了地，總要打幾盒針，服幾帖藥，才能闖過這一關。」

「哦！這麼說，你早就該回家看看去呀！」

「工地上這麼忙，我怎麼走得開？再說專門請一趟假，那得少掙多少錢？」

「哦，我記起來了，我們那小酒店開張到現在，你每個月都投上幾百塊，早該給你分紅哩，我叫我媽算算賬，讓你帶一筆錢回家給大媽治病用吧！」

「好吧，」丘長根如釋重負，他這人窮歸窮，可是從口袋裡往外掏錢向來慷慨大方，而再向人家把錢要回來卻不好意思開口，現在游春英主動說起此事，他也就放心了。

「你回家裡，代我向大媽問個好吧，」游春英說，「小時候，大媽可疼我哩！我到你家裡玩，老給我煨紅薯和炒栗子吃。」

「你還記得這些呀！」丘長根深深嘆了口氣：「咳，我媽要是沒災沒病，也到流香溪來開個小鋪子，那有多好呀！我們兩家老老小小斬斬勁勁幹它兩三年，不也能當上萬元戶，不也都有希望上升到『第二世界』和『第一世界』。」

游春英沒再吱聲。她知道長根這些話僅僅是一個引子，下面他會說些什麼她能猜得到。果不其然，丘長根又不緊不慢往下說：「去年你們家開的那爿店呀，生意一直很紅火，你媽攢的錢，少說也在五位數，光我投到裡頭的，起碼也有大幾千了，春英，你看，我這回回家是不是跟我媽說一說，我們就選個日子把那件事辦了呢？」

游春英仍不吱聲，她腦海裡現出丘長根媽那瘦骨伶仃、病病懨懨的模樣。小時候，她曾經和長根一起上山採草藥侍候過長根媽。過去，長根媽也是農村戶口只配當家屬，啥活也沒得幹。長根爸在「六一七」大坍方中喪生後，南工局這才讓她當上臨時工、季節工，長年在工地上砸石子，掙點小錢養活一家三口……我的天！丘長根天天嘮叨結婚結婚，到哪兒去結呀？她母親——大奶媽，堅決反對她和長根結合，這也是一條重要的理由。霎時間，她的心緒壞透了，在心裡悄悄對自己說：咳，實在也不好怨我媽哪，我媽這輩子可是窮怕了，苦怕了，她拚死拚活，苦爭苦鬥，一個可憐巴巴的希望，就是一心想從「第三世界」跨到「第二世界」乃至「第一世界」去哪！天呀！我是怎麼搞的？我難道還想從「第三世界」掉到地獄和苦海裡去嗎？

「嗯，你的意見怎麼樣？你說呀！」丘長根用胳膊肘碰了碰春英。

「咳——」游春英長長地嘆了口氣，「大媽正在患病，你家正在用錢的時候，我們那事怎麼能辦呢？我想我們年紀也不算大，就再熬那麼一年兩年，等兜兜裡的錢裝得滿滿的，再考慮這事也不遲呀！」

「好吧！」游春英說得在情在理的，丘長根沒有理由好駁她。

一片烏雲飄過來，把清輝凜然的月亮遮得不見蹤影；溪風簌簌吹來，很有幾分涼意。

游春英打了個寒顫，輕輕說道：「天不早了，我們回去吧！」

他們回吉普賽酒店，游春英把阿媽叫到裡間，將長根媽生病，家裡等著用錢的事說了一遍，要她把這大半年的紅利支給丘長根。大奶媽把鑰匙插進抽屜鎖裡開抽屜的時候，抽屜只開了一半，手下又停住了，擰起眉毛輕聲問女兒：

「嘿，英英，這事好像有點不對吧，當初我們只說向長根借錢，哪有要長根入股，他今天來分什麼紅？」

游春英想了想說：「媽，我向長根要錢的時候，我好像對他說過的，這個店鋪他也有一股的。」

「這事我腦子裡怎麼一點影子都沒有？」大奶媽又擰起眉頭想了許久。「英英呀，就算你說過這個話，可是生意場上的規矩，也得有個合同契約什麼的，現今口說無憑，讓人家來分我們的紅利，這不是太冤了嗎？」

「媽，你這人怎麼能過河拆橋！」游春英不高興地沉下臉來，「你想想，當初我們連買磚添瓦的錢都沒有，要不是長根月月給我們墊上幾百塊，這個酒店開得成嗎？你怎麼能賴這個賬？」

「小祖宗，你不能輕點聲？」大奶媽輕聲喝斥女兒，「你講的那檔子事，我實在記不起來了。長根是不該虧待的，我也是這個想法。我看這樣吧，長根他媽生病，家裡急著用錢，我們再拖著人家的錢不還也不好意思，不如一次把錢還清，銀行年息六厘六，我們付給他紅利一分，這不算虧待他吧？」

游春英仍然不大高興，撅著嘴說：「你自己去和他算吧，我不管你們的事。」

大奶媽掐著手指頭算細賬，一會兒工夫，把該付還給丘長根的本金和利息，分毫不差算了出來。她大字不識，又不會打算盤，可她那十個手指，抵得上算盤和計算器，就那麼掐來掐去，再複雜的數字，也能算個八九不離十。她取出一大疊鈔票，走到廳堂，交給丘長根，又給他說上一堆好話，戴上幾頂高帽，丘長根竟沒有一點意見；還惴惴不安地覺得大奶媽給自己算利錢而且是算過高的利息，實在是太見外了，一再推讓。大奶媽就佯作生氣說：

「呵嘿，你這個長根，怎麼這麼不懂事？現如今你媽生病，家裡要用大錢，這利錢就算大媽託你給你媽買點兒補品吃，你再三推四讓的，大媽可要不高興了！咳，過去我和你媽住在一個工地上，兩人好得像親姐妹一樣的，如今離得遠了，也抽不出身來去看望她，你就代我把這點錢捎給她，也算是我的一點心意，呵，你到底聽明白沒有？」

丘長根連連點頭，又感激又高興，推推搡搡地把錢收下來了。

自從南工局為香溪鄉提供一百萬元無息貸款，作為楊公祠拆遷重建和保護歷史文物之用，香溪鄉的移民搬遷工作可是大大加快了，庫區沿岸的許多古墓陸續遷走了，田裡的小麥、蠶豆和烤煙也搶收完畢，電站工程必需的用地便騰了出來。南茂公司總部召開了一次動員大會，方雲浦和茂林太郎都在會上講了話，強調在保證工程質量的前提下，要千方百計加快工程進度。

除了把開挖隊和澆搗隊的主力仍然放在大壩和廠房的主體工程上，程光華奉命帶領一支青年突出隊，開始在大壩南岸修築一條導流明渠。

「六月六，日頭曬得雞卵熟。」閩北大山區一進入伏天，天氣忽然變得異常燠熱，溪谷裡一絲風都沒有，工人們幹活極其辛苦。程光華一頭栽在導流明渠工地上，已經半個來月沒空去香溪村看楊淨蓮了，但他心裡總是牽掛著她，只要工地上能稍稍喘過一口氣，他就打開大哥大，向她問一聲好，和她聊幾句天。這些天，他要指揮一場定向大爆破，更是忙得連打電話的時間都沒有了。楊淨蓮放心不下，徑直找到工地上來。

程光華驚訝問道：「咦，你怎麼摸到這兒來呢？」

「我來參觀你們的定向大爆破呀！怎麼，不歡迎？」

楊淨蓮穿一件水綠色T恤衫，一條淺灰色半短裙，再撐著一把小花傘，像一朵鮮花開在沙漠上，很是惹人注目，有許多工人已經扭頭在打量她。

「楊主任親自前來視察，哪敢不歡迎？」程光華笑道，「我是說，工地上太陽這麼大，會把你曬暈過去的。」

「你以為我是蠟塑的糖捏的呀！」楊淨蓮嘴巴挺硬，兩隻腳卻不斷蹦蹦跳跳。沙礫地面上冒上的熱氣，已經烤得她有些受不了。

「我勸你還是快快回去吧，不把你曬暈，也會把你曬脫一層皮！」

「我的天！這裡果然像火焰山一樣！」楊淨蓮開始叫起苦來。她彷彿聞到腳下塑料涼鞋的焦臭味。

「你實在想看大爆破，走，快快跟我到臨時指揮所去吧！」程光華攥起楊淨蓮的小手，在岩石沙礫上小跑起來。

指揮所設在北岸的溪灘上，是一幢大石頭砌成的碉堡式的小房子，狹小而且低矮，裡頭已經蹲著兩位工程師，是程光華的助手；程光華和楊淨蓮再鑽進去，就覺得有些擁擠。窗戶根本不能算作窗戶，在齊脖子高的地方開了三個平排的小窟窿，那是供工程師們觀察情況的瞭望孔。裡頭同樣非常悶熱，只是炙人的太陽曬不到了，沒有灼痛皮膚的感覺。

程光華一鑽進指揮所，就摘下安全帽，脫去厚厚的工裝。楊淨蓮見程光華的安全帽瀝瀝啦啦滴下許多汗水，濕透了的背心緊貼著前胸和後背，黑黝黝的肌肉彷彿塗上一層油，就有些心疼，嘆道：

「哎呀，這鬼天氣，可把你們熱壞了！」

程光華的助手給程光華和楊淨蓮遞過一瓶礦泉水。楊淨蓮咕嘟咕嘟喝了幾口，她覺得好像是一瓢涼水潑在一盆冒煙的炭火上，渾身舒服多了，又說了一句：「嚯，你們這個活呀，真遭罪！」

「我們待在指揮所裡，還算好的了，你來看看我們的工人吧。」程光華說著，遞給楊淨蓮一臺望遠鏡，讓她向二三里外的一個小山包瞭望。

此時明晃晃的陽光，像火一樣燒烤著十多里長的流香溪河谷，河灘上生命力極強的狗尾草、馬鞭草和蘆葦，全被曬蔫了，垂頭喪氣地耷拉著腦殼。青龍橋下好幾頭水牛牯泡在水中歇涼，連大腦袋也懶得抬起來，兩三分鐘鑽出水面喘一次氣，噴起沖天的水珠。遠處光禿禿的山包上，有好幾個年輕的放炮工，在那裡埋炸藥，拉引火線，像猴子似的蹦來跳去。

楊淨蓮心裡就湧起一股崇敬之情：「我的天，你們『沿江吉普賽人』的活計真辛苦！」

大約過了半小時，炮工們把炸藥埋好了，引火線也拉好了，每隔三五百米的路段上，就有一個安全員舉起紅色的信號旗揮舞著，連聲不斷吹響警哨，霎時間，那方圓兩三公里的危險區內，一切車輛禁止行駛，一切行人都隱蔽起來。這山溝溝裡好像即將要發生大地震似的，充滿著扣人心弦的寧靜。程光華已經站在瞭望孔前的位置，一手拿著望遠鏡，一手拿著對講機，威嚴而沉著地下達著命令：

「十、九、八、七、六、五、四、三、二——放！」

楊淨蓮聽到遠處傳來一聲悶雷似的巨響，同時感到腳下的土地顫抖了一下，就望見那小山包上升起一團黑色的硝煙，急速擴散為一片灰濛濛的蘑菇雲。好一會兒，遠處恢復一片寧靜，天空又現出一片白花花的陽光。楊淨蓮覺得原來那座小山包忽然矮了許多，望遠鏡的視線無遮無攔，竟可以望見更遠處的莽莽森林了。

「嘿，估計效果不壞！」程光華放下望遠鏡，飛快鑽出指揮所，招呼兩個助手說，「快，到那邊去看看！」

三個男子漢在灼人的溪灘上跑起來。遠遠落在後頭的楊淨蓮不由失聲大叫：「咦，你們怎麼把我拉下了！」

「哎唷，你怎麼還在這裡？」程光華這才想起還有一個楊淨蓮，跑了回來，非常抱歉地說道，「對不起，對不起！我只一心想著這一炮炸得成功不成功，竟把你忘記了！」

楊淨蓮生氣地撅起小嘴：「當然囉，你心裡只有你的工地，哪裡還會有我呀！」

「哎呀呀，我怎麼和你說得清楚哩！」程光華急得直跳腳，「這一炮成功不成功，對工程進度可是太關鍵了！」

楊淨蓮噗哧一下笑起來：「看你急的，你不要管我了。你前頭走，我後面跟。」

程光華耐心勸說道：「這溪灘上坑坑窪窪的不好走，那邊小山包上又都是剛剛炸開的破岩碎石，火燙火燙的，你是萬萬不能去的。」

「好吧，好吧！」楊淨蓮很有幾分委屈，「你忙你的去吧！」

「那我這就走了，你快快回吧，太陽會把你烤焦了的。」程光華看見他的助手已經跑出老遠老遠，也在開闊的溪灘上奔跑起來。跑出百來步，又回頭大聲喊道，「今晚，我一定抽空去看你！」

「嗯哪。」

楊淨蓮應著，腳下卻沒有挪步，她看見程光華在燙得冒著白煙的溪灘上奔跑起來。眨眼間，那個灰撲撲的身影變成一個小黑點，融進遠處仍然彌漫著硝煙塵土的山坡上。她心裡一酸，淚珠兒撲簌簌掉下來。

第十六章

櫻花與橡樹

日本的〈櫻花謠〉唱道：「去看花，去看花，看花要趁早。」舒婷的〈致橡樹〉吟道：「我必須是你近旁的一株木棉，做為樹的形象和你站在一起。根，緊握在地下，葉，相觸在雲裡。」

程光華帶領他的青年突擊隊，僅用一個月零十天，就把十多米寬、三十多米長的導流明渠修築成了。接著，他們又用一種在洋人看來不可思議的土辦法，把一座三十米長的鋼橋，從北岸架到南岸。整個工程用了兩個月，這種施工速度，叫以茂林太郎為首的日本專家，和以約翰遜為首的國際銀行的英美聯合專家小組，都大為驚訝。他們在導流明渠的鋼橋上走了好幾個來回，都十分欽佩地伸出了大姆指：

「ＯＫ！ＯＫ！」

導流明渠鋼橋剪彩通車這天，南茂公司放了一天假，白天是規模盛大的慶功大會，晚上有專場電影、歌舞晚會和各類球賽、猜迷、摸彩等等娛樂活動，吉普賽舞廳自然更加熱鬧非凡。各個大大小小的食堂都有一次相當豐盛的會餐。晚飯後，「沿江吉普賽人」的少男少女們，全都興高采烈地奔赴各自喜愛的活動場所。

游春英梳妝打扮後，問還在穿衣鏡前比試一件無袖低胸襯衫的黃京芝：「看看你，左照右照，要到哪兒去登臺演出嗎？」

黃京芝還在穿衣鏡前端詳著自己：「輪得到咱們嗎？福州城都來了許多演員歌星哩！」

「我們今晚去哪兒玩？」

黃京芝已經穿好衣服，走過來摟著游春英旋轉起來：「去碰、恰恰，碰、恰恰，怎麼樣？」

游春英猶豫一下說：「好吧，我大概有半年多沒上舞廳了。」

游春英很長一段時間不上舞廳，一是沒有玩的情緒，二是擔心在舞廳碰到龍經天——她已經對他既厭惡又仇恨，最好是一輩子也不要見到他！

游春英心頭留下的傷口，經過一段時間的舔吮，已經慢慢地癒合而結疤了。她臉上又飄起青春的紅潤，發泄不完的精力又回到強健的肌體。她像流香溪畔的一株野蟠桃，春風吹來時節，不能不是花滿枝頭；她像一堆被死灰掩蓋著的炭火，只要用一根樹枝稍稍撥弄，就不能不躥起沖天的火苗。黃京芝只是提了個頭兒，她似乎就聽到吉普賽舞廳傳來曼妙輕快的樂曲聲而腳尖癢癢了。

然而，游春英今晚被黃京芝拽到舞廳上去，還是有幾分惴惴不安的。她想，萬一在舞廳上碰到龍經天，那就倒八輩子的霉了。自那一記響亮的耳光之後，她已經把這個偽君子的五臟六腑看個清清楚楚，這一輩子再不願見到他。萬幸萬幸，她踏進吉普賽舞廳時，把全場每一個角落瞟那麼一眼，並未發現那個油頭粉面可憎可厭的傢伙，心頭的忐忑不安才慢慢消失。

游春英許多日子未曾來過吉普賽舞廳，這舞廳似乎又有許多變化。她第一個感覺是大吊頂上的燈具更加花樣翻新，五彩繽紛的光柱、光斑、光點，像彩色的雪，紛紛飄舞；像彩色的雲，急速旋流；像彩色的雨，箭簇似地射落。那些在樂曲聲中翩翩起舞的少男少女們，臉色一會兒綠，一會兒黃，一會兒紅，一會兒是一抹的靛青色，愈加像在雲裡霧裡，既荒誕可笑又極富刺激性。她的第二個感覺是舞廳上的人比以往多得多。她想起了工友們給跳交誼舞、跳迪斯科編了一個順口溜的五步曲：「看不慣，旁邊站，試試看，一身汗，死了算。」南茂公司的職工雖然沒到「死了算」的地步，可許多人已是迷戀到家，連五六十歲的老頭半老頭也三三兩兩走進舞廳，躍躍欲試，其高漲的熱情比年輕人毫不遜色。

游春英雖然好久未進舞廳，步法並不生疏，跳起來仍是婀婀娜娜，風度不凡，再加上人材出眾，是女工堆裡人尖子，很快就被男士們眾星拱月似地推到舞會的中心位置。幾支曲子跳下來，她已經旋轉在日本佬牛部春房的懷抱中。牛部春房一米八五的個頭，游春英只能夠到他的肩膀，她得使勁踮起腳尖，高高舉起手臂，旋轉的時候在人家的胳肢窩下打轉轉，那樣子很彆扭很滑稽。但牛部春房很能體貼人，把胳膊放得低低的，大腦瓜兒也垂下來，一邊在灑滿滑石粉的水磨石地板上輕鬆自如地移動舞步，一邊用結結巴巴的中國話和游春英聊天：

「游小姐，好久不見你的跳舞了，為什麼？」

「我這陣子身體不好，不愛跳舞。」

「身體不好？什麼病的有？」

游春英莊重回道：「牛部先生，你是否問得太多了？請注意，你已經兩次踩我的腳。」

牛部春房誠惶誠恐，連連道歉：「嘿，嘿！對不起！對不起！」

游春英見牛部春房過分的彬彬有禮，不由心裡暗暗好笑。她已經有半年多時間沒和牛部春房在舞廳上見面了。舞廳剛開辦那些日子，牛部春房也是圍繞著她的「追星族」的一員。他不僅頻頻請她共舞，還不斷送她一些小東西。只是那些日子她被南工局的許多小伙子包圍著，特別是被龍經天龍大頭糾纏著壟斷著，沒有多少機會留給牛部春房。幾支曲子跳下來，牛部春房給游春英的印象還蠻好。他在中國姑娘面前不失紳士風度，交誼舞跳得既規範又規矩，右手五個手指攏成一把排刷，只用食指輕輕觸著游春英的腰際。一雙單眼皮的小眼睛，很溫和，很友善，從游春英頭頂平射過去，而不像龍經天那樣，總是色迷迷地盯著舞伴的臉龐和眼睛。

一曲終了，牛部春房一個九十度鞠躬，帶著一臉的微笑慢慢向後退去。

這是游春英結交的第一個日本人。

和往常一樣，一到星期天，游春英就去吉普賽酒店給媽媽做些雜務。大奶媽在流香溪畔做了將近一年生意，小酒店在這一帶已經頗有名氣。大奶媽不僅做得一手好菜，又總是臉上生花，嘴裡流蜜，一次品茶客回頭，二次飲酒客成友，這小酒店的老主顧便像滾雪球似的越滾越多。而更主要的，還是大奶媽有一個俊模俏樣的女兒，把工地上的工人，村子裡的村民，老遠老遠地吸引來。大奶媽已經充分認識女兒的特殊價值，寧可自己忙一點，也不讓她刷鍋洗碗，燒火劈柴，這些粗活重活只能指派小雜工去幹（她已經雇了兩名長相標致的小姑娘當女招待）。而游春英卻是一尊招財進寶的小仙女，她繫著一條白圍裙像一隻白蝴蝶，在店堂裡飛來飛去，讓那些風塵僕僕的老顧客，嘴上不忙眼睛忙，就著鹹菜喝稀飯，也樂意大把大把甩人民幣。所以一到星期天，吉普賽酒店就顧客盈門，生意爆滿。

人們對於金錢的占有，與癮君子抽大煙很相像。愈抽愈想抽，愈掙愈想掙。掙到了一千，就想掙一萬；掙到了一萬，又想掙十萬。欲壑難填，無休無止。大奶媽更不能免俗。這些日子來，大奶媽早把程光華為她定下的「人升我升慢慢升，人降我降快快降」的經營方針，置之腦後，宰起人來也相當厲害。

這一天傍晚，吉普賽酒店忽然踅進一位貴客，那就是日本司機大個子牛部春房。大奶媽一眼便瞄準這位財神爺。日本人雖然有錢，可是大都是「吝嗇鬼」。吉普賽酒店剛開張那陣子，茂林太郎、雄田幫明等日本佬都來光顧過，那都是醉翁之意不在酒，而在觀賞女工們在青龍潭沐浴。後來這種奇觀習以為常，日本佬們也就來得少了。牛部春房的突然出現，大奶媽當然是喜出望外。

大奶媽向女兒使了個眼色，游春英立即笑臉相迎，把牛部春房引到店堂後面臨溪的一張雅座。這種經營之道也是大奶媽前不久才從外地學來的新招。她在小店堂後面另闢一個布置幽雅的小房間，設了幾張雅座，凡是來了大款大亨大腕大老板，便恭恭敬敬地引到這裡，指派一名女招待端上香茶遞上熱毛巾，如果客人願意，那女孩子還坐在一旁斟酒挾菜陪著說話……但這樣一餐飯吃下來，沒有大幾十百來塊，那是跨不出店門的。

游春英把牛部春房引進雅座，原想把客人交給另一個小姑娘，沒想到牛部春房卻用熱切的目光挽留她：

「游小姐，你，能不能，喝酒，陪我？」

游春英一般都不願陪客喝酒，但牛部春房和她一起跳過舞，說不上朋友卻也算熟人了，不好拂客人的美意，便在那張鋪著雪白臺布又壓著玻璃板的小圓桌旁坐下來。

一杯朱子家釀下肚，牛部春房滿臉堆笑道：「你的跳舞，大大的好！」他在游春英面前豎起一個大拇指。

「不好，不好！你跳得好！大大的好！」游春英忍俊不禁笑起來。

「你們這裡的菜也好吃，大大的一流的好！」

「是嗎？」

「日本小餐廳的菜，不好吃。」

「是嗎？」游春英受寵若驚。她聽說專供日本專家職工進膳的日本小餐廳是特地從福州請了高級名廚來掌勺的，光月薪就得好幾千哩，我媽那兩下子能比得上他們嗎？

「我以後常常到你們酒店吃飯，歡迎嗎？」

游春英賠笑道：「歡迎，歡迎，非常歡迎！」

「謝謝！謝謝！阿琳阿哆苦查咦嗎斯！」牛部春房居然站起來給游春英鞠了個躬。

大奶媽給牛部春房上了好幾道可口的菜，游春英又頻頻給他篩酒，這一餐飯他就吃得特別愜意。酒到酣時話自多，他嘮嘮叨叨地向游春英談起他父親是東京的百貨商，超級商場有好幾家，鄉間別墅有好幾處……

「那你為什麼出來做工？」游春英納悶問道。

「我們日本人，獨立意識大大的強，一到十八歲，就想走出家門，靠自己的本事吃飯。」

「你在你父親的公司裡幹活不更好嗎？幹嘛要到中國來？」

「唔，不好不好！」牛部春房連連搖頭。「在我父親的公司裡的幹活，人家只會把我的當少爺，不會把我的當職工。我父親的信條是：只有當過孫子，才知道怎麼當爺爺；只有當過職員，才知道怎麼當老板。所以，我父親一定要把我送到這裡的來受苦。」

「你一個月拿幾千上萬元工資，還叫受苦呀？」

「錢多有什麼用？咳！」牛部春房長長地嘆了一口氣。「我們在這裡很孤獨的，很無聊的，沒有的女朋友……」

游春英見牛部春房已有八分醉意，說話開始無遮無攔，眼神也有些不對勁兒，便不大答話。牛部春房很是知趣，也就不好意思多說什麼了。

牛部春房搖搖晃晃站起來時，在小圓桌上放了兩張挺刮刮的「四老頭」。大奶媽把錢收進加著小鎖的小鐵箱時，眼角的魚尾紋刷地一揚，眼睛刷地一亮，又驚又喜地叫了聲：

「哇！這個日本佬！」

往後牛部春房果然成為吉普賽酒店老顧客，隔三差五就來這裡吃一頓飯。出手又是極大方的，不管有沒有上什麼名酒好菜，都是三百兩百往桌上扔，讓大奶媽高興得合不攏嘴，恨不得把他當財神爺供起來天天給他叩頭燒香。他每回一來，都上後頭的雅座，又要游春英陪著，一來二去，就混得相當熟悉了。見多識廣的大奶媽，那雙眼睛是能穿膛透肚的，早看出那日本佬來吃飯飲酒是假，追她的寶貝囡囡是真。有一回，牛部春房喝得油嘴紅臉的走後，大奶媽便撮起他扔下的六張五十元的人民幣，像玩撲克牌似的在手上攤成一個扇面，然後用手指刷拉拉彈了一遍，笑笑道：

「英英哪，說不定這是人家給你的定親錢，我暫且給你收著吧！」

游春英蹙起蛾眉想了想：「我也覺得這個日本佬有些古怪，幹嘛老給我們這麼多錢？下一回再這樣，多餘的該退回給人家。」

大奶媽眼珠子一瞪：「哎喲喲，有你這樣做生意的嗎？你怕錢燙手怎麼的？」

「我看他是想討好我們。」

「討好就討好唄，交一個有錢的日本朋友，也沒有什麼不好吧？」

游春英支支吾吾道：「他……他……老想邀我……出去走走……」

「哦，」大奶媽驚愕的眼睛睜得更大了，「用你們年輕人的話說，他，是在約你的會囉？」

游春英的臉頰紅紅的：「沒錯，這就算是約會了。」

「你答應了？」

游春英堅決地搖了搖頭。

「他幾歲了？」

「他說，他二十六。」

「他在日本有沒有娶過親？」

「他說，他在日本連女朋友都沒有。」

「哎喲喲，這不是蠻好的主嘛！」

「可是，可是……」

「可是什麼呀？你今天是舌頭打結嘴裡生瘡怎麼的？」

「我、我聽人家說，這傢伙挺風流的，常常去H市逛卡拉OK廳……」

大奶媽嘴巴一撇輕鬆地笑了：「那又怎麼樣？人家年輕輕的，在流香溪又沒家沒小，逛一逛卡拉OK，算個什麼呀！」

游春英覺得媽說得不無道理，也就不吭聲了。

「嘖，嘖！傻囡呀傻囡！」大奶媽又放低嗓門耐心勸說道：「放著這麼個好主兒，老子是日本大老板，自己一個月掙萬把塊，真是金山銀山就堆在你面前哩，你還不敢跟他去約那個會？」

女兒沉默大半晌才輕聲說：「我被這種事搞煩了，搞怕了！」

「也不能一回被蛇咬，三年怕草繩呀！」大奶媽教訓道，「傻囡呀傻囡，男大當婚，女大當嫁，那是逃也逃不了的。我看這個日本大個子，人還厚道，不像龍經天那小子刁鑽奸滑。你們呀你們，天天叫什麼解放呀，開放呀，一天真的開了，放了，還不敢跟人家去約那個會！」

「媽，你是怕我嫁不出去怎麼的，這事讓我自己想想好不好？」

大奶媽一聽「嫁不出去」這句話，倒是真的陡添了許多憂慮，便附在女兒耳根畔嘀咕道：

「囡呀，囡！你的事，媽翻來覆去思謀不知多少回了。論人品，論收入，你原是不難找到一個好人家的，都怪龍經天那小子壞了你的名聲……常言道，好事不出門，壞事傳千里……你那個事，日子一久，還能不傳遍流香溪，傳遍南工局……囡呀囡，你媽就不得不勸勸你囉，如果這個日本佬適合，對你這事，他一個外國佬，是不會知道一點點風聲的……」

「媽呀，你……」游春英哇地一聲哭起來。一說到什麼名聲不名聲，她脆弱的心尖尖就像被錐子錐了一下。她把一頭披肩長髮甩成一片烏雲，走了。

但是，游春英一個人靜下心來的時候，思前想後，掂量了又掂量，就不得不承認媽的憂慮可不算多餘。和大個子接觸多了，也覺得這個日本佬挺討人喜歡：黃皮膚，黑眼睛，不高不矮的鼻子，不薄不厚的嘴唇，整個模樣兒和中國人毫無差異，就是說中國話帶著濃重的鼻音，而且結結巴巴的，在笨拙中透出幾分可愛的滑稽。也算是熟能生情吧，慢慢的，他們相處得十分親熱了。有一天吃過晚飯，游春英終於答應陪牛部春房到外頭去走走。

正是初夏時節，流香溪畔一長溜擠擠挨挨的垂柳，已經是枝葉披撒，綠蔭如煙了。溪岸邊的水荇、苦艾、芒草、蘆菅也長到齊腰兒高了，草叢中綻放出的野花兒，在陣陣輕風中吹送著淡淡的幽香。那樣一條長長的花木簇擁的小道，彷彿是上帝專為青年男女們開闢的一處如詩如畫的伊甸園。

牛部春房走著走著，就和游春英挨近了，一條長長的手臂搭在游春英肩上，輕輕地把她攏了過來。游春英機警地從牛部春房的胳肢窩下溜出來，像一隻小山羊似地咯咯咯地笑著跳到一旁去。

「你的，對我，好像很害怕？」

「我總是不能相信你。」

「不相信的，對我？為什麼？」

「日本人一般都是早婚的。你二十六歲了，怎麼可能沒有結婚，沒有女朋友？」

「三年前，茂林株式會社就在流香溪中了標，我就知道，要來中國建電站的，我就想到中國的找女朋友……」

「為什麼？」

「人家都說，中國的花姑娘，大大的漂亮！」

「啊？」游春英嗔怒地叫起來，「這是老鬼子們教你的吧？」

「你的說什麼？」牛部春房不知所云。

「四十多年前，你們的祖先侵略我們的時候，老鬼子們就叫中國婦女做『花姑娘』。」

「呀稀！呀稀！對不起！對不起！」牛部春房使勁地拍打自己的前額，表示深深的懺悔。

「我是從畫報上、電影上的看到，中國姑娘的好漂亮，好漂亮！」

「哦？」

「真的！日本姑娘的，大都是單眼皮，個子又小小的，矮矮的……」

「哦？」

「電影名星山口百惠、栗原小卷，都是日本的大美人，可是她們都沒有你的高，沒有你的漂亮……」

「是嗎？」游春英咯咯咯地笑起來。要想討得一個年輕女子的歡心，恭維她的美貌大概是最靈驗的一招了。「你真會給人抬轎子！」

牛部春房一臉茫然，傻不愣登問道：「什麼轎子？你們老祖宗坐的那個……那個椅子嗎？我們日本沒有的，我沒抬過，我不會抬，真的。」

游春英把腰都笑彎了：「哈哈，哈哈！牛部呀牛部，你真笨，笨得就像一頭牛。我是說，你，咳，怎麼說呢？哦，我是說，你真會恭維我，吹捧我。你，聽懂了嗎？」

「哦，懂了，懂了。」牛部春房也天真地笑起來，一邊嘲罵自己，「我真笨，我真笨！我是一頭牛！」

春英覺得這個日本佬憨態可掬，很有幾分可愛，又禁不住咯咯大笑起來。

往後，牛部春房約游春英出來散步、聊天還有好幾次，或在古木參天的青龍山麓，或在雜花生樹的流香溪畔，他們盡量逃避人們的眼睛而尋找一個幽靜的世界。談話總是結結巴巴、疙疙瘩瘩的，他們就用手式，用眼神，同時還帶著紙筆，寫寫畫畫，兩顆年輕的心還算能夠溝通。

游春英看出來，這個日本大個子是個文化修養蠻高的年輕人。他看過許多中國文學作品，知道魯迅、茅盾、巴金；他喜歡唱歌，而且唱得蠻好。有一個星期天，牛部春房來吉普賽酒店吃午飯，坐在後院的涼棚下，看見溪畔有幾樹羊蹄子花開得正旺，綴滿枝頭的花骨朵兒如霜似雪，在晌午的陽光下閃灼著一片潔白的銀光，而溪風又一陣陣地吹送著羊蹄子花清幽幽的氣息，牛部春房不由觸景生情，說這羊蹄子花非常像櫻花，便想起遙遠的故鄉，哼起日本民歌〈櫻花遙〉。在流香溪工作的日本人很愛唱這支民歌，晚會上唱，工地上休息時唱，一個人發愣發悶思鄉想家的時候，更是常常唱。只要一個唱起頭，許多日本人都會跟上來，那種鄉思病就像傳染病一樣蔓延開來。游春英對這支歌也就相當熟悉了。她跟著牛部春房的男低音輕聲哼起來：

櫻花啊！櫻花啊！
暮春時節天將曉，
霞光照眼花英笑，
萬里長空白雲起，
美麗芳芬任風飄。
去看花，去看花，
看花要趁早。

牛部春房唱得很投入，很陶醉。游春英覺得，大個子唱頭一遍時，那份懷國思鄉之情是那麼深沉急切，蕩氣回腸。也不知怎麼的唱第二遍的時候，特別是唱到「去看花，去看花，看花要趁早」這兩句充滿惆悵重覆吟咏的疊句時，竟有些輕佻和挑逗的意味了。他把一隻手悄悄放到她的腿上來，游春英把那隻不安份的手悄悄地移了開去。

有了前一回的教訓，游春英和牛部春房交朋友是小心而謹慎的。她常常豎起女人貓一樣的耳朵，瞪大鷹一樣的眼睛，在一旁靜觀默察他。她發現，大個子自從和她結識之後，再不去福州或H市逛卡拉OK廳了，也不見他和南茂公司其他女人來往。而其他幾十名日本專家和技術工人，則大都有追逐女人的業餘愛好。一到星期天節假日，流香溪畔的大馬路上，就停泊著許多小的士和小巴士。當那些西裝筆挺的日本佬，從專家樓的林蔭道上緩緩走來的時候，許多濃妝艷抹妖妖冶冶的小妞們，便一擁而上，挽著各自主顧的胳膊附兒鑽進各自的車子裡去。證實大個子再也不去參加這一類活動，游春英對他也就再挑不出什麼大的毛病。

游春英憑一個姑娘家單純的直覺，認為牛部春房是可以依托和信賴的。他不像龍經天那樣，動不動就談到老爹如何如何。牛部春房的父親是日本的大富豪，而父親的億萬家產似乎和他沒有多少關係。他常常說到的，是電站建好之後，要把她帶到日本去，讓她上語言學校，然後再進一所專科學校，他們就有本事在社會上立足了。在日本那樣一個繁榮發達的社會，年輕人靠自己的聰明才智和一雙勤勞的手，建立一個幸福的小家庭，那是絕對不成問題的。

僅僅這些也就夠了。游春英和大奶媽早就聽說過，近年來有些小青年花了幾萬元去日本「留學」，其實學習只是一個幌子，打工掙錢才是主要的目的，洗碗筷、掃公廁、掏大糞、背死屍……什麼髒活累活都搶著幹，兩三年就能攢下大幾十萬哩！這些人不僅自己能過上好日子，而且福蔭全家，讓許多掙扎在「第三世界」的窮苦家庭，一下子闖進「第二世界」甚至「第一世界」的富裕圈子。

啊，那個遠隔重洋、遍地黃金的日出之國，是怎樣撩撥著一個剛剛從山溝溝走出來的「第三世界」的年輕姑娘的心呵！游春英因為受過重創而在心頭築起來的籬笆，不是鋼的鐵的，而是竹枝茅草編紮的，歷經幾番斜風細雨，便轟然倒塌。有一次，牛部春房和她坐在流香溪畔的柳樹蔭下聊著聊著，那熱乎乎的大嘴猛地湊近她美麗的小嘴，她只稍稍猶豫一下，便像一隻溫順的小貓依偎在有力的熱烈的擁抱之中……

在游春英和日本佬牛部春房「鑽窠」的同時，楊淨蓮也小鳥依人地倚在程光華結實梆硬的臂膀上。

程光華自從完成修築導流明渠的突擊任務後，工作稍稍輕鬆了些，和楊淨蓮約會的頻率也增多了。不過，他們的所謂「約會」，更多的也離不開談工作。楊淨蓮常常拿出香溪新村未來的規劃圖：道路的布局、河流的利用、山林的改造、荒坡的開發，等等，都一一向程光華請教。

程光華為這一帶新農村的遠景規劃，出了許多好點子。楊淨蓮對此很是感激。今晚他們可是徹底放鬆了，手拉著手來到流香溪畔的柳樹林中「鑽窠」。

新月如鉤，時隱時現地在灰白的雲海中漂游著，洒下的月暈就有些朦朧，大地上的山川樹木也只能看到一個灰褐色的輪廓。這種夜色是一種似有似無的屏嶂，讓那些在溪畔「鑽窠」的情侶們獨自享有一個小小的天地，心情就更加放鬆。程光華和楊淨蓮這麼相倚相偎地坐在樹蔭的草地上，已經天南地北地聊了許久，他們真希望時間永遠定格在這個幸福而歡愉的點上。

程光華和楊淨蓮這次約會是在緊張的工作中忙裡偷閒，不可能走得太遠。工地上的拌和樓和軋石機、推土機的隆隆聲，仍隱約傳來。好在柳樹林子濃蔭匝地，讓他們擁有一片相對的寧靜。更重要的是他們擁有年輕人熱戀時的心情，就能聽到鳥兒在樹梢頭扇翅的聲音和啁啾細語，聽到魚兒唿喇喇在水面跳躍，蛙鼓和蟋蟀的鳴叫，聽起來像是動人的樂曲。野花的幽香和艾草的氣息，在涼爽的溪風中吹散開來，讓他們在呼吸之間醺然欲醉。他們覺得，連那些飛來飛去的螢火蟲也挺快活，不像是忙著討生活，更像是一群活潑的孩子，舉著綠瑩瑩的小火炬，在舉辦它們的節日燈會，歡度這夏夜溫馨而美麗的時光。

楊淨蓮忽然問道：「光華，你們的電站，九三年準能建成嗎？」

程光華說：「按照目前的施工進度，那是不成問題的。」

「這麼說，再過四五年，我們坐著的這片草地，這一溜兒柳樹林，還有那古老的青龍橋、楊家祠、香溪村、老樟樹，就要永遠永遠沉到水底裡去了！」

「是的，青龍山山麓一百米以下的一切自然景物和建築物，都會被淹沒在一片汪洋之中。」

楊淨蓮不禁有些憂傷，有些惆悵：「難怪得，這些日子，我白天理直氣壯去動員群眾搬遷，夜晚卻常常夢見自己變成一尾小魚，在水庫中游來游去。有一晚，我還夢見我陪著爺爺回家，怎麼也找不到自己的家門，走到這邊是小溪，走到那邊是湖泊，最後看見一片白花花的大水漫過來，漫過來，嚇得我大哭一聲，從夢中驚醒了……」

程光華輕輕地拍著楊淨蓮的肩膀說：「哎呀，真可憐！你對故鄉的感情太深了！」

「咳，也不是我一個人，」楊淨蓮深深嘆了一口氣說，「全村父老，哪一個不是這樣？」

程光華安慰道：「人總得朝前看呀，電站建成後，這一帶鄉親的生活一定會過得更好的。」

「嘿，你這些話，我不知對鄉親們說過多少遍了！」楊淨蓮心頭還有許多無法排解的疑慮，「也許你的家鄉不在這裡，你就不像我們把事情想得那麼複雜，我倒要認真地問你：電站、水庫，難道就沒有一點負面影響？就不會帶來一些無法彌補的破壞性？」

「有生有滅，有破有立，這幾乎是一切事物的自然法則。」程光華說，「但從總的方面說，建水電站總是利多弊少的。它為人民提供電力能源這就不用說了。就從自然景觀和生態保護方面來說，也是利多弊少的。」

「何以見得？」

「我給你說個美國田納西河的例子吧。田納西河是美國東部一條大河。五十多年前，這是一條齷齪的河，可怕的河，每年都要發幾次大洪水，發生幾次森林大火災，那一帶水土流失非常嚴重，農民生活非常窮困，人均年收入只有一百多美元。一九三三年，總統羅斯福建議國會通過法案，對田納西河進行全面改造，建成三十二座梯級水電站和水庫。現在，田納西州成為花園式的一個州，成為美國著名的旅遊勝地，人均年收入達到一萬多美元。」

「我的天！」楊淨蓮高興地叫起來，「這麼說，電站和水庫，簡直能讓地獄變天堂囉！」

「事情也不是那麼簡單，」程光華說，「電站和水庫建成後，還有一個管理問題。田納西河就成立了一個管理委員會，還通過許多法令。比如說，誰要砍伐山上一棵樹，都得經過管委會的批准，否則，將會處以很重的罰款，甚至判處好幾年徒刑。這樣，他們才能把這一帶的自然生態保護好。」

「這麼說，我還是有許多疑慮不能完全解決。」淨蓮又變得憂心忡忡了。「這些年，流香溪流域森林砍伐相當厲害，又建了那麼多工廠，將來水庫的污染問題、淤積問題、防洪問題，都能解決嗎？」

「唉，你何必杞人憂天，想得那麼多？」

「好吧，好吧，總的說，我是個理想主義者，我希望我們的流香溪，成為中國的田納西。我相信，明天的生活一定比今天更美好，下一代的生活，一定比我們更美好！」楊淨蓮說著，抬起手腕看了看錶，「咦，不知不覺，已經快十二點了，我們該回去了吧？」

程光華說：「你忘了，還有最後一個節目呢！」

原來程光華和楊淨蓮約定，為了他們的約會不至於變得空虛而無聊，每次約會都得講一個故事或者朗誦一首詩。今晚的節目輪到楊淨蓮，她想了想說：「我來朗誦一首現代詩吧，舒婷的〈致橡樹〉，願意聽嗎？」

「很好，舒婷是我們福建的著名女詩人，我在省青聯會上和她一起開過會，覺得她蠻真誠，蠻平民化的。我挺喜歡她的詩，來，請你朗誦吧！」

楊淨蓮清了清嗓子，輕聲朗誦道：

我如果愛你——
絕不會像攀緣的凌霄花，
借你的高枝炫耀自己；
我如果愛你——
絕不學痴情的鳥兒，
為綠蔭重覆單調的歌曲；
也不止像泉源，

常年送來清涼的慰藉；
也不止像險峰，
增加你的高度，襯托你的威儀。
甚至日光。
甚至春雨。
不，這些都還不夠！
我必須是你近旁的一株木棉，
做為樹的形象和你站在一起。
根，緊握在地下，
葉，相觸在雲裡。

楊淨蓮稍稍喘息的間隙，程光華以他渾厚的男低音加入進去，非常和諧地和楊淨蓮的女高音融匯在一起，在流香溪畔的柳樹林中輕輕迴盪：

每一陣風過，
我們都互相致意，

但沒有人聽懂我們的言語。
你有你的鋼枝鐵幹，
像刀，像劍，
也像戟；
我有我紅碩的花朵，
像沉重的嘆息，
又像英勇的火炬。
我們分擔寒潮、風雷、霹靂，
我們共享霧靄、流嵐、虹霓；
彷彿永遠分離，
卻又終身相依。
這才是偉大的愛情，
堅貞就在這裡：
愛——
不僅愛你偉岸的身軀，
也愛你堅持的位置，足下的土地。

第十七章

痛打日本「牛」

丘長根知道「八格呀路」是日本的國罵，心中燃起怒火，一個棒槌似的拳頭咚地一下飛了出去，牛部春房撲通一聲來了個嘴啃泥。圍觀的群眾唱起〈大刀進行曲〉。

丘長根真是倒霉透了，到廈門碼頭跑長途拖運進口機械，碰上一號強颱風，車子跑著跑著，就被撂在半路上了。

因為連續下了幾天大雨，沙石路面的閩西北山區公路，早就被來來往往的車輛輾軋得遍地泥濘，百孔千瘡。丘長根駕駛著載重四十五噸的裝載車，好像騎著一頭笨拙的老毛驢，走得慢慢騰騰氣喘吁吁。不大不小的雨下個沒完沒了，儘管車頭的雨刷不停不歇地擺動著，刷洗著，前面的道路總是煙雨濛濛，能見度極低，丘長根不得不格外小心翼翼，如履薄冰。儘管如此，當丘長根發現前面出現一片模糊的水光時，猛然把方向盤向左一拐，車子前輪避過了一個大坑坑，而後輪則陷在一個深深的水窪裡了。他把油門加大到二檔三檔，車子發出獅吼虎嘯，全身不停地劇烈顫抖，怎麼也爬不上那個可怕的深坑。

丘長根是個有三十多萬公里安全行車經驗的駕駛員，車子的各個部位，好像都長著他的眼睛和耳朵，僅僅憑他的感覺，他就能知道車子哪裡出了毛病。現在他聽到後輪無力的呻吟聲，他判斷車子是陷在一個爛吱吱的泥坑裡不能自拔了。他如果加大馬力，再繼續讓後輪打空轉，毫無疑問，那個泥坑就會被那載重幾十噸的巨輪越轉越大，越掏越深，就越加沒有希望跳出那個可怕的陷阱。於是，他爬出駕駛室，從高高的鋼梯上溜了下來。我的媽呀！多可怕！小半個輪子已經陷在黃橙橙的泥水裡了，車子瘸著腿兒癱瘓在一片渾沌的風雨中。他連雨衣也顧不得穿，在附近尋找搬得動的大石頭，來回奔跑，一個一個往那個大水坑裡填。一會兒工夫，他淋成個落湯雞，那個泥水坑裡的石頭也填滿了，他片刻也不敢喘息，又攀著鋼梯爬上駕駛室，重新打火把車子發動起來，油門加到最大一檔，引擎又發威作勢地大聲咆哮起來。在後輪原地打轉的隆隆聲中，他聽到石頭被撥拉出水坑打在汽車底盤和檔板上的噹噹聲，聽到後輪旋起水花的嘩嘩聲，車子卻依然原地不動。由於過度用力和緊張，他踩著油門和離合器的雙腿僵直而且顫抖，硬撐了好一會兒，他感到車軲轆越陷越深，車身也傾斜得更加厲害。他媽的，這可怎麼辦呀！丘長根又疲勞又泄氣地把頭埋在方向盤上，絕望得幾乎哭起來。

在福建的霪雨季節跑長途運大件，是又髒又累又險的賣命活兒，沒有幾個駕駛員願意幹的。但是，工地副總指揮程光華徑直找到了丘長根，說這趟跑廈門運輸的新機械，都是流香溪工程最急迫的施工設備，少了這些玩藝兒，工程進度將大受影響。還有，如果把這些大傢伙撂在港口倉庫，一天的保管費就得交上千元，也是一筆可怕的損失。丘長根一向是個很聽話的好工人，何況向他下達任務的又是他的鐵哥程光華，他還有二話好說嗎？這二十多天風雨兼程曉行夜宿，他幾乎一天也沒有好好歇息過。

哦，歇倒是歇過兩天的，那兩天沒有跑車比跑車還要累！丘長根從流香溪出發，爬了一天山路，到了小龍門水電站工地，順道拐回去看望老母親。他停好車子邁著大步奔向工地一角的小山坡，那裡趴著一大片像羊圈、豬圈一樣的小窩棚，就是他的家了。在這裡棲身的全屬於南工局「第三世界」的工人。他們中的第一代，大都是五十年代南工局剛創建時，戴上支援工業的光榮花參加水電隊伍的農民，因為工地上男多女少，找不到對象，打熬到三十來歲，回老家討了個老婆，帶到工地上過日子，卻一輩子拿不到一個城市戶口，在工地上找不到工做，也沒有分房的權利，生下的子女也是沒有戶口的「黑人」，招工、參軍都有許多限制，於是就成為「沿江吉普賽人」中最為窮困的一部分。丘長根又是這許多貧困戶中最貧困的一戶。他老遠就看到了，他那用幾片破木板和油毛氈搭建起來的家，像一個低矮的鴿子籠那樣謙卑猥瑣地趴在那裡，他彎下腰，低下頭（這是絕對必要的禮儀，否則，你就是再大的人物也別想跨進那扇低矮的門框），鑽進家門，看見老娘蜷縮在狗窩似的床鋪上，已經瘦成一把骨頭，又立即聞到髒兮兮的稾荐、被窩散發出一陣陣尿臊味，丘長根鼻子一酸，趴在床沿上拉著老娘枯藤一般的手失聲痛哭起來。媽呀媽呀，你病成這個樣子，怎麼不給我捎個信呢？老娘就使勁擠出一個苦吱吱的笑臉，說，我這是老病了，年年都要躺幾天的，過了端午，轉晴轉暖，自己就會好的。可是不知道如今這一回是怎麼搞的，已經到了伏天，還不見好起來。丘長根就大罵妹妹是個大笨蛋，為啥不早早通知他。老娘就苦笑著說兒子：是我不讓你妹通知你的。傻囝呀傻囝，把你叫回來幹什麼？誤了一天工，就要丟了幾十塊呀，為娘怎麼敢把你叫回來？丘長根看見妹妹站在一旁偷偷抹眼淚。二十五六的大姑娘，因為家裡窮，因為沒有城鎮戶口，同時也就沒有一份正式工做，至今還找不到對象。丘長根看見兩行清淚沿著妹妹既黃又瘦的臉頰流下來，心裡就像貓爪子抓著一樣痛。都是自己搶先占了上面撥下的招工指標，害得妹妹至今找不到工作，把什麼都耽誤下了，我還有什麼權利責備她呢？長根一頭栽在老娘的懷裡哭起來。哭了好久好久，讓老娘給他輕輕地揩乾了眼淚，他才跌跌撞撞站起來，指揮小妹把亂糟糟的房間拾掇一番，又燒了一鍋熱水讓老娘擦身洗澡，換上乾淨的衣服。

兄妹倆把房間拾掇清楚，丘長根才想起把在流香溪買的一簍鮮荔枝從挎包裡拎出來，分給了妹妹幾顆，又挑了一顆最大最紅的，眯著眼兒剝了殼，撮起那水汪汪鮮嫩嫩的白瓤兒，送到老娘嘴裡去。老娘吃了一顆，直叫好吃，直叫香甜，就問兒子多少錢一斤買的。丘長根怕老娘怪他買貴了，本來是五塊錢一斤只敢報了兩塊錢。誰知老娘還是責怪丘長根不懂世事，買一斤荔枝能羅五斤米哩，這是「第三世界」窮人吃得起的麼？

丘長根就說，因為知道老娘有病，難得買這麼一回兩回讓老娘和妹妹嘗嘗鮮，也不算過分的。可是老娘執意不肯再吃第二顆了，她想了想說：「也好，這鮮果子在小龍門是極稀罕的，你們就給聶處長送去吧！這麼些年，你小妹能在小龍門攤到一份臨時工做，你又能到流香溪去掙大錢，多虧了他聶處長幫忙照應呀！娘是怎麼教你做人的——滴水之恩，當以湧泉相報！」

丘長根站著不肯動，脖子一擰說：「不！媽，這些荔枝你就留著自己吃吧！人家說，這果子是暖性的，吃了對你老那病有好處。聶處長的人情我會記著。下一回我回來，一定給他一份像樣的禮物。」

老娘就用嚴厲的目光和口吻給妹妹下達命令。小妹也只嘗了一顆荔枝，剛拿起的第二顆又放了回去。她聽媽的，拎起那一簍鮮荔枝走了……

第二天，丘長根和小妹送老娘去縣醫院。抱著老娘上下汽車的時候，丘長根覺得老娘輕得像一捆乾柴禾，又禁不住心裡酸酸的。給老娘看病的是一個慈眉善目的老中醫，仔仔細細地檢查一番後，臉色嚴肅地對丘長根說，小伙子，你是到哪兒逛去了？這個時候才把你老娘送到醫院來？丘長根嚇得臉色都變了，怎麼了，我媽？老醫生說，你要是再拖十天八天呀，你媽就沒救了！丘長根惶惶然盯著老醫生，現在呢，現在還有救嗎？救還是有救的。老醫生臉上開始有了笑容，寬慰丘長根，我不敢說根本治癒你媽這種頑固性的風濕性關節炎，但起碼能夠使她的病症得到緩解，換句話說，如果願意接受我的治療，你媽還有好多年好活，聽明白了嗎？小伙子！丘長根千恩萬謝，就去交了一千塊住院費，安排老母住院治療。他出了醫院，又給小妹留下兩千塊安家費，他的口袋裡只剩下七百塊了。到了廈門東渡港，交過五百多塊提貨手續費，兜兜裡只有十多張「工農兵」，這十多天來，他連旅店也捨不得住，渴了餓了，就在山澗裡灌一壺清泉水，啃幾塊冷饅頭；累了睏了，就把車子停在小城小鎮的街頭或公園裡，合上眼睛睡上一覺。好在車上裝的都是鋼鐵大傢伙，誰也不想要，就想要也搬不去；他睡在車上像睡在家裡一樣安穩。一覺醒來，他又打起精神繼續趕路。這一千多里路的奔波，半個多月的辛苦，讓他掉了十多斤肉，兩頰乾癟癟的，兩眼深凹凹的，加上一頭亂髮，鬍子拉茬，看去像個從兵荒馬亂中逃出來的小老頭。

丘長根埋在方向盤上打了個盹兒，聽見車前車後響起喇叭聲。他猛一抬頭，看見前頭煙雨茫茫中，停著一長溜大車小車拖拉機。兩個穿著雨衣的駕駛員奔到他的車下，用拳頭使勁砸著車頭的鋼板，衝著他大聲吼叫：

「喂，喂！伙計，怎麼搞的？你睡死了？」

丘長根從車頭爬下來時，才知道壞事了。這山區公路只有七八米寬，兩部大卡車迎頭相遇，只能擦肩而過，現在他這部巨型載重車往路當中一擺，等於卡斷了這條公路的喉嚨，南來北往的車輛全給堵死了。

「他媽的，我的車陷進大水坑，怎麼也爬不起來了。」丘長根兩手一攤，歉然不安地向同行們解釋。

幾個駕駛員圍著載重車走了一圈，十分驚奇地問道：「哇，什麼個大傢伙，是哪個單位的？」

「是流香溪水電站工地的。」丘長根一提起流香溪總有一股自豪感，沙啞的聲音壓過曠野的風聲雨聲，讓大伙兒都聽個明白。

流香溪水電站是全國重點工程，在福建幾乎是無人不知無人不曉的。駕駛員們瞧瞧一身泥水滿臉疲憊的丘長根，再看看癱在暴風雨中的龐然大物，在同情中又摻進了幾分敬慕。也不知是誰領的頭兒，好幾個小伙子已經伸出援助的手，搬石頭的搬石頭，拾柴禾的拾柴禾，還有人到路邊的灌木叢中砍來好幾捆樹枝，把載重車下的爛泥路填平填結實。

「來吧！伙計，再試試看！」同行們都給丘長根大聲地鼓著勁。

丘長根抖擻精神，攀著鋼梯爬上車頭去。這一回，他把油門掛到馬力最大的檔位，載重車一陣震天撼地的咆哮，居然從深深的水窪裡一躍而起。他徐徐開動車子時，看見幾十個同行們舉起手中棍棒、鐵鍬向他揮舞著送別。他從車窗裡探出頭來，噙著熱淚向同行們揮手喚道：

「謝謝啦！老哥們！有機會來流香溪跑車，別忘了找我！我叫丘長根，一問，準能找到我！」

丘長根把新購置的瑞典產的液壓鑽、壓風機等機械運到流香溪工地的時候，程光華伸出雙臂把他緊緊抱住：「長根呀長根，這一趟長途可把你累壞了，走走走，去吉普賽酒店，我要好好犒勞犒勞你！」

丘長根從程光華鐵箍似的胳膊中掙脫出來：「你饒了我吧，我已經二十多天沒洗過澡，沒換過衣服，三天三夜沒睡過覺哩！」

程光華把丘長根上上下下一打量：他瘦削的臉上，橫一道豎一道油污，一頭油膩膩的亂髮粘結成團團，撕扯成一掛一掛的工作服已經髒得看不出本色，老遠老遠就能聞到他身上的汽油味和汗酸味。我的天，不認識的人準會把他當成個叫化子！

程光華的淚花花在眼裡打轉轉，聲音沙啞地說道：「好吧，我放你三天假，立即派車子送你回營區，好好洗個澡，睡它個昏天黑地，就是發生十級地震打起第三次世界大戰，也不用你管了，懂嗎？」

丘長根回到工地營區，洗了個澡，狼吞虎嚥地扒拉下一大缸麵條，往床上一躺，像死過去一般，過了三十多個小時，才從甜夢中迷迷怔怔地醒過來。他上街理了髮，再換上一身乾淨的衣服，又顯得精神煥發了。他從櫥櫃裡拎出兩盒廈門鼓浪嶼餡餅，正準備出門時，他的同室好友臭嘴阿山叫住了他：

「長根，你到哪兒去？」

「嘿嘿！」丘長根沒有說話，黝黑的臉龐倒先紅了。

「你不說我也知道，又想去找你的老相好是吧？」

「你這個人怎麼這麼不會說話？什麼相好相好的，現今作興叫女朋友。」

「相好也罷，女朋友也罷，反正你是要去找游春英，對吧？」

丘長根又嘿嘿地憨笑著。

「我勸你還是不要去了！」阿山打著哈哈說，「你那兩盒鼓浪嶼餡餅呀，就留下給我咪稀咪稀吧！」

「為什麼？」丘長根一臉的驚訝和疑惑。

「咳，那個女人已經不是你的了。」

「他媽的，你給老子扯什麼蛋？」丘長根眼裡冒出咄咄逼人的火光。他想，老子跑長途的前一天晚上，還和她去「鑽窠」哩，還和她親嘴摟抱哩，你他媽臭嘴阿山怎能這樣污衊人？

「老弟呀老弟，不要光火，不要光火！你先聽我說嘛！」阿山拉著丘長根在床沿上肩挨肩坐下來，把丘長根走後這二十多天，日本佬牛部春房和游春英幾乎天天在一起吃飯，在一塊兒散步，一到周末，又一塊去「碰、恰恰」……如此這般加油加醋地說了一遍。阿山原名劉石山，長得五大三粗，一張黑炭頭一般的四方臉上，由於精力過剩荷爾蒙過多而長滿了粉刺，看起來有些嚇人，心地卻是極好的。只是三十大幾了，還是光棍一條，就牢騷滿腹，怪話連篇，對年輕男女間出的事情，更是樂於傳播，故而人家就叫他做臭嘴阿山。有他在一旁撩撥，就是一尊泥菩薩也會被他說得蹦起來。

「有這回事嗎？你他媽臭嘴可不要給我無中生有，往人家臉上抹黑呀！」丘長根黑黝黝的臉上已經燃起一絲絲硝煙。

臭嘴阿山說：「你如果不信，你再問問別的鐵哥們，這檔子新鮮事，整個流香溪，怕是無人不知，無人不曉囉！」

丘長根站起來又要往外走，不過這一回他不拎那兩盒鼓浪嶼餡餅：「我和游春英是對天起過誓的，我這就去問問游春英！」

臭嘴阿山一把拉住他：「長根呀長根，這種事能那麼魯莽嗎？你要是不見到棺材不落淚，好吧，我傍晚帶你去個地方，查不出個結果，砍下我的腦殼給你當板凳坐！」

這是一個久雨初晴的仲夏之夜，上弦月像一葉銀色的小舟，在灰濛濛的雲海裡悠悠漂游。大路小路上的泥濘，已經被一天的日照曬乾了，而樹林和草叢則被雨水洗滌得異常明淨，新枝嫩葉一派翠生生綠蔥蔥的，彌漫著清新甜潤的空氣。從沿海大城市吹來的開放自由之風，讓流香溪工地的小伙子和姑娘們空前的思想活躍個性解放了。也就是一兩年時光吧，在流香溪畔「山雞鑽窠」——談情說愛——的年輕人，就像從西伯利亞的鏡泊湖飛來閩北山溪裡過冬的鴛鴦鳥，數不勝數而且瀟灑大方。臭嘴阿山領著丘長根在一片頗為隱蔽的樹蔭裡坐下，一邊吸著煙，一邊聊著天，而最專注最忙碌的卻是那兩雙眼睛，滴溜溜地盯著從公路拐到溪邊來的那條必經的小徑，看著成雙成對的年輕情侶，或一前一後，或手牽著手，或摟摟抱抱，從那條花草紛披的小道慢慢走來，又向濃蔭匝地的神秘的樹林深處走去。他們像伏擊山獸的獵手，很有耐性地靜候了好長時間，也不知看著有多少青年男女從這條花香馥郁的小道上走過，卻怎麼也沒見到游春英和那高個子日本佬的影子。

「他媽的！你不會耍我吧？」丘長根不耐煩地嘟囔道。

「不要急呀！老弟，我偵察過好些日子了，最近那頭『牛牯』（這是南工局工人給牛部春房起的綽號）幾乎天天下了班就到吉普賽酒店吃晚飯，隨後就和游春英來流香溪畔『鑽窠』……不，用現在的新詞兒叫約會……再等一等吧，會有好戲瞧的。」

臭嘴阿山不急不躁，話說得慢慢悠悠的。他像個經驗豐富的老獵手，他斷定有什麼山獸打這條路上走過，十有八九不會撲空。

果然，他們含在嘴裡的第三支煙快燒到盡頭的時候，看見大個子牛部春房從公路邊的岔道口向溪邊小路走下來了。這傢伙穿著一條筆挺的西裝褲，上身是真料的鱷魚牌T恤衫，硬底皮鞋落地橐橐響，一邊走一邊打著響指哼著聽不懂的日本歌曲，看得出心裡暢快極了。大約相隔十來步遠，才閃出一個穿著嫣紅短衫的小妞兒，腳下穿著高跟鞋，走起路來扭著漂亮誘人的屁股花。丘長根對這個渾身都帶著女性魅力的小妞兒太熟悉了，只要她在天邊一閃，憑著他當駕駛員的一・五的視力，就能一眼瞧出她是游春英。看來她和一個老外「鑽窠」，心裡並不那麼踏實，和前面那頭「牛牯」總保持著一定的距離，走起路來也左顧右盼，好像老提防著什麼。可是，一進入樹林茂密的小徑，她的警惕性完全解除，追上前頭那頭「牛牯」，一下子就膀子挽著膀子，顯得非常親昵。那頭「牛牯」不知說了一句什麼有趣的話，把游春英逗得笑彎了腰，一串咯咯咯的笑聲撒向靜謐的叢林，讓一兩隻剛剛歇窩的鳥兒突然驚醒，回應著幾聲呱呱的叫聲。

臭嘴阿山輕聲問道：「怎麼樣？老弟！」

丘長根像個石頭人那麼站著，一聲不吭。

「咦，你到底看清了沒有？」臭嘴阿山用膀子撞了撞丘長根的膀子。

丘長根仍不吱聲，拔腿就向前面的叢林奔去。好在臭嘴阿山眼疾腳快，幾個箭步就追上了他：

「你瘋了你！你想幹什麼？」

「老子宰了那頭騷『牛牯』！」

「哎喲喲，你怎麼能做出這種蠢事？咱們回去慢慢計議。」

這天夜裡，丘長根和臭嘴阿山那間宿舍，成了丘長根一幫鐵哥們秘密議事的聚會處。阿山買來兩瓶二鍋頭和幾包花生米，讓哥們喝著吃著，一邊議論著牛部春房和游春英那檔子事。那些血氣方剛又帶著江湖義氣的年輕駕駛員，一個個義憤填膺，咬牙切齒，恨不能為丘長根兩肋插刀。

「我操他牛部的老祖宗！這頭日本騷牛牯，竟敢騷到我們中國人頭上來了！」

「我們南工局姑娘本來就少，自產自銷還不夠，容得他們日本佬來搶的嘛！」

「他媽的！他們日本佬有什麼了不起，不就是有兩個臭錢嘛，一到周末，大車小車跑H市，跑福州城，玩了多少中國姑娘數都數不過來呢！他牛部春房更會打算盤，還想不花一個子兒，就輕輕鬆鬆摘去我們南工局一枝花！」

「有些娘們也真賤，只要有錢，不管是誰，都可以脫了褲子跟人家上床睡覺！」

大伙兒議論著，臭罵著，從一件具體事情引發的不滿情緒，又擴展到對全體日本職工的不服、不滿和嫉恨。日本的水電建築業有什麼了不起的，不要說葛洲壩、三門峽這樣上千萬幾百萬千瓦的大水電站，就是像福建的古田溪、沙溪口這樣的中型水電站，他們又建過幾座？要是沒有南工局，他們能拿得下流香溪水電站？他們的澆搗工、開挖工、潛水工、放炮工那兩下子，我們南工局一抓一大把呀，可是，他們憑什麼一個月拿大幾千上萬塊工資，我們只拿幾百塊工資？憑什麼他們住小樓別墅，我們住吵吵鬧鬧的集體宿舍？憑什麼他們在小食堂吃香的喝辣的，我們卻要在大食堂排長隊買菜買飯？憑什麼他們的工程師和幹部，都能當上董事長、總經理、總工程師和各部的正部長，而我們南工局的幹部不管有多大能耐，卻只能排個副職？有幾位有識之士，還談到日本商品像潮水一樣可怕的湧入：日本的皇冠、豐田小轎車，幾乎征服了我們各級大小官們的屁股；日立、東芝和樂聲牌的電冰箱、電視機、音響和洗衣機，幾乎占據了中國所有「第一世界」和「第二世界」的家庭；日本料理和那些穿著和服的偽裝的東洋仕女，也開始在一些城市的大賓館大酒店占據一席之地。還有那叫人更加不能容忍的呢：日本文部省公然竄改歷史教科書，否認侵華戰爭和南京大屠殺；幾乎每一屆日本內閣政府，都有幾個好戰分子去參拜靖國神社，祭奠那些雙手沾滿了亞洲各國人民鮮血的劊子手……哎喲喲，中國當官的，為民的，難道還不到清醒的時候嗎？小日本四十多年前仗著飛機、大炮、機關槍在中國大地上橫行霸道，耀武揚威，最終被中國人轟了出去；可是在沒有硝煙炮火的今天，他們挾著鼓鼓囊囊的皮包來到中國，第一是瞄準中國的大市場，第二是瞄準中國的花姑娘，我們還能容忍他們再爬到我們頭上撒尿屙屎嗎？

人們七嘴八舌吵吵嚷嚷的時候，丘長根一聲不吭，只顧埋頭喝悶酒。可他們說的那些話他是一句不漏聽進去的。他越聽越氣，越氣就越喝，不多會兒，他酩酊大醉，像一灘爛泥癱在床鋪上了。鐵哥們用同情可憐的目光掃了老實巴交的丘長根一眼，輕手輕腳地告辭而去。

第二天，丘長根睡過一夜好覺慢慢醒來，雖然四肢軟綿綿的提不起精神，還是照常去工地上班。他當了七八年工人，還沒有請病假的紀錄，更別說在南茂公司請一天假就意味著要丟掉一大把人民幣。後生哥開起他的巨型載重車在公路上飛奔起來，方向盤把得不那麼穩，車子跑得搖搖晃晃。認得丘長根車子的伙伴們，知道他今天心緒不佳，老遠就閃到一邊躲開了。這天也是活該有事。牛部春房那小子也開著一輛載重車迎面駛來。牛部春房不知是出於心理原因還是技術原因，一向都愛把車子開在中線高速奔馳。要在往常，丘長根把車子靠邊讓一讓，兩部車子也就擦肩而過，相安無事。今天丘長根老遠望見牛部春房的車子又是沿著公路中線飛馳而來，他便覺得這頭日本「牛牯」那種驕橫霸氣實在忍無可忍。一腔熱血呼拉一下沖上腦門，丘長根兩眼點燃起兩團烈火，把方向盤握得緊緊的，既不減速也不靠邊，駕駛著巨型載重車衝了上去。五百米、三百米、二百米、一百米、八十米、六十米……兩部載重車像兩頭發瘋的公牛，各不相讓，在相距僅僅二十來米的地方才猛地來了個急剎車，而車子巨大的輪子卻繼續向前滑行，剎車閥尖利的慘叫切割煙塵滾滾的工地上空，兩頭狂怒的「公牛」，幾乎頭頂頭地牴在一起了。

兩個人都跳下車來，臉色煞白，滿頭大汗。

「八格呀路！你的車，怎麼的開的？」牛部春房倒先開口罵了起來。

「他媽的！你的車子怎麼開？你來看看，你的車子過了中線！」丘長根以牙還牙，也大聲吼道。

「八格呀路！你的怎麼不讓路？」牛部春房仍是一臉凶狠，哇啦哇啦狂叫。

多麼可惡的傢伙呀！他在上司雄田幫明面前，唯命是從、服服帖帖像頭哈巴狗；而對付中國人，卻凶狠狂暴得像一匹狼。

丘長根從許多反映抗日戰爭的電影上知道，這「八格呀路」是日本的國罵，是最骯髒最狠毒的一句話。許多日本侵略者就是一邊這樣臭罵著，一邊把刺刀捅進中國老百姓的肚子的。霎時間，「牛牯」摟著游春英在樹林中散步的鏡頭掠過他的腦屏，昨晚鐵哥們許多議論閃過他的耳畔，他胸中嘩啦啦燃起的怒火就到了不可遏制的地步。一個拙於言辭的人，由於笨嘴笨舌不能發泄自己的憤怒，往往只好用武力來代替語言。丘長根自己也不知怎麼回事，他只覺得窩在肚子裡的無名火憋得他難以忍受，一個棒槌似的拳頭咚地一下飛了出去。牛部春房打了個趔趄，一連退後好多步，才站穩腳跟。受到這突然一擊，這頭日本「牛」真像牛牯一樣瘋狂地撲過來。他滿以為他這一米八幾的大個頭，別說動手動腳，只要伸出一個手指頭，也能把小個子丘長根彈到老遠老遠去。但他萬萬沒有想到，從小就要上山砍柴禾扛樹筒養家糊口的丘長根，那一身鋼筋鐵骨卻要比他有力而且靈活得多。當他揮出一拳而撲空的眨眼之間，他的膝蓋骨又受到有力一擊，他便像個滿清官員朝拜皇帝那樣，撲通一聲來了個嘴啃泥。牛部春房更加惱羞成怒，一而再再而三發起進攻。丘長根始終以逸待勞，避實就虛，一次又一次把他輕輕鬆鬆放倒。

這場惡鬥進行了十來分鐘，牛部春房躺在地上再也起不來了。因為兩部大車堵在公路中間，許多車輛都無法通行，駕駛員們都下來看熱鬧，工地上正在施工的工人們也聞風趕來，一下子圍上大幾百人。其中有許多日本職工，而更多的是南工局的「沿江吉普賽人」。工地總指揮雄田幫明也趕來了。他看見自己的同胞和部下被打倒在地，滿身污泥，嘴角和鼻孔流著鮮血，不禁怒氣沖天，暴跳如雷。他學會的中國話一句也記不起來了，用日本話哇啦哇啦大叫大喊。南工局職工聽不懂他說些什麼，但他偏袒牛部春房而責罵丘長根是不言而喻的。雄田幫明平時管理極嚴，態度生硬，被他訓斥、處罰乃至炒了魷魚的中國職工不在少數，於是人們對他積壓已久的怨氣都在頃刻之間爆發出來。臭嘴阿山更是挺身而出，站在好友丘長根一邊與雄田幫明對罵。雄田幫明看到一張張憤怒的臉，也完全喪失理智，嘟嘟噥噥地罵著：

「八格呀路！開除開除的！八格呀路！開除開除的！」

臭嘴阿山也不知怎麼想的，竟領頭唱起〈大刀進行曲〉。許多中國工人也跟著齊聲唱了起來：

大刀向鬼子們頭上砍去，
全國武裝的弟兄們，
抗戰的一天來到了，
抗戰的一天來到了。
前面有東北的義勇軍，
後面有全國的老百姓，

咱們中國軍隊勇敢前進，

……

歌聲雄渾有力，大義凜然。唱歌的人當然知道雄田幫明、牛部春房和其他日本職工，和當年侵略中國的日本鬼子是截然不同的兩種人。但是，因為語言不能溝通，他們只能借助這支歌曲的旋律來表達自己的憤怒。幸好，雄田幫明等日本職工一點也聽不明白這支歌的含義所指，全像鴨子聽雷似的傻乎乎地愣著。上百名中國工人唱得正來勁時，被騎著摩托車風風火火趕來的程光華制止住了。

「住嘴！住嘴！你們想幹什麼？」

全體工人包括中國職工和日本職工，都給程光華的一聲斷喝鎮住了。

程光華走到雄田幫明跟前，誠懇而平靜地說道：「雄田先生，非常對不起！中國工人對日本朋友有失禮不敬的地方，我給你們道歉！」

滿腔怒火的雄田幫明這才冷靜下來，先給程光華彎了彎腰，說道：「程先生，有你的這個態度，什麼的問題都好解決。」

「丘長根和牛部春房暫時留下來，其他人立即回各自的崗位去工作。這裡的事情，由工地總指揮部來調查處理。」程光華說完，把頭轉向雄田幫明表示徵詢他的意見。雄田幫明點了點頭，同時用日語向日本職工說了同樣的意思，在場的中日雙方職工便迅即散去。

程光華和雄田幫明向鬥毆雙方詢問了情況。牛部春房說丘長根先動手打人，丘長根則說牛部春房先出口傷人。毫無疑問，牛部春房臉上的鼻血傷痕幫了他的大忙，丘長根先輸一分。但是，牛部春房那輛停在中線靠左的載重車，卻證明他橫行霸道和違反交通規則，也同樣輸了一分。雄田幫明和程光華回到指揮部對整個事件作了認真的研究，覺得這兩人雖然都有錯，可是兩人都是運輸隊的骨幹，平時幹活都十分賣力，也就手下留情，只給一頓嚴厲的批評，扣發一個月獎金，又給中日雙方職工分別做了一些安撫說服工作，這件惡性事件才算平息下來。

當晚九點多鐘，游春英獨自摸到日本專家居住的小白樓去找牛部春房。這一對異國情侶雖然才結交一個來月，可是已經相愛到形影難離的地步。在上萬人的南工局，一個美麗的姑娘家愛上一個外國佬，這還是第一個，游春英不能不對人們的議論有所顧忌，和牛部春房的來往便一直保持在遮遮掩掩的秘密和半秘密狀態。牛部春房曾經多次邀請游春英到他宿舍去玩玩，她一是擔心人們說三道四，二是曾經有過被龍經天釣魚上鉤的教訓，所以一直未敢去過。而今天她聽到工友們沸沸揚揚地說起中日雙方工人幹了一仗，尤其是聽說丘長根把牛部春房狠狠揍了一頓，丘長根如何如何的拳腳了得，那頭日本「牛牯」如何如何的不堪一擊，被揍了個頭破血流。她覺得，人們在她面前說起此事的時候，那種得意洋洋的語調和神氣，簡直是刮她的鼻子唾她的臉，不管人家是有意還是無意，她可是萬萬承受不了。一個中國女子愛上一個外國男人難道犯下彌天大罪？郭沫若、周作人不是也娶過日本女人做老婆嘛，陳沖、斯琴高娃不是也嫁了個洋人丈夫嘛，作家、明星做得的事情，普通女子就偏偏做不得？游春英窩了一肚子火，左想右想也想不通。她從小就有個認死理的牛脾氣，又一向服軟不服硬。閑言碎語又怎麼樣？白眼臭臉又怎麼樣？還能把我唬住不成？呸！我才不吃這一套哩！人家越說，她一顆心就越是飛向牛部春房，老記掛著他到底傷得怎麼樣？心情怎麼樣？他多次許諾她的那份愛會不會因此而動搖？這麼左思右想折騰到九點來鐘，她覺得不立即見到那頭日本「牛」，她簡直就活不到明天清晨！

這會兒，游春英沿著古樹森森的林蔭小道向日本專家的別墅區走去，一點也不畏縮，一點也不猶疑，那通通通的腳步，堅定得既不計後果又義無返顧。這條鋪滿落葉花香馥郁的石砌小徑，除了供日本職工來來往往，中國職工很少涉足。而一到夜間，更是沒什麼人走動。游春英原來鼓足了的勇氣，幾乎碰不上考驗的機會。她一路順順當當，平平靜靜，很快找到牛部春房多次和她說過的五號樓二層東頭的房間，用稍稍屈起的食指輕輕地敲響了房門。

房門開時，游春英看見探出身來的牛部春房的臉上塗著紅一塊紫一塊的碘酒、紅藥水，淚花兒一下湧出來，哽咽著說：「你，怎麼樣了？」

牛部春房說：「沒有的關係，一點皮的傷了的。咦，站著的幹什麼？你的請坐請坐。你能來看我的，我真高興，大大的高興。」他一邊說著，一邊給游春英搬出一大堆飲料、糕餅和巧克力。游春英的從天而降，讓他喜出望外。

游春英驚訝地問道：「人家都說你被打在地下爬不起來哩，你傷得厲害不厲害？」

「沒有的事的！」牛部春房給自己鼓鼓的胸膛通通通擂了幾拳，幽默地笑笑：「你看的，好好的。丘長根的，小小的個子的，我不讓他，一拳頭，就能把他打倒的！」

游春英看見牛部春房果然還是健壯如牛，精力旺盛，也就放心了。同時，她完全信了牛部春房的話：這個日本小伙子是通情達理很講文明的，要不是丘長根妒火燒心惹事生非，這個架打得起來嗎？人家日本朋友比你整整高出一個頭，要不是讓你三分，能不把你揍扁掐癟搓成一攤泥？這麼想著，她就有幾分瞧不起穿開襠褲的朋友丘長根，而更加疼愛眼前這個高大英俊的日本人。

牛部春房啪地打開兩聽雪碧，又撕開一筒蘇打餅乾，盛情萬分地招待游春英。游春英卻只顧笑著不動手。牛部春房就撮了一塊餅乾往游春英嘴裡塞。游春英張開嘴來，一口白牙雪花似的一閃，把那塊餅乾咬住了，卻又不吃，把那塊餅乾一翹，貼到鼻子上。那一副淘氣可人的模樣，讓牛部春房看得傻不愣登的。

「過去的時候，我好多次的，邀請你的，你都不肯來這裡。今天的自己，來了，你的不怕？」

「現在還有什麼好怕的？」游春英嚼著餅乾又啜了一口甜蜜蜜的雪碧，「很多人都知道我和你是好朋友。」

「哦?」

「你還一點不知道吧?你們今天打的這場架,和我多少有點關係。」

「哦,這是怎麼的說?那個丘長根的和你的要好?」

「倒也不完全這樣。我們南工局的男男女女,一向都是在本局本系統找對象。可是男的多,女的少,有一個女的要嫁到外面去,大家都反對,何況我要嫁給一個外國人!」

「怎麼會是這樣的?」牛部春房驚異地瞪大了眼睛。「你們中國留學生,在我們日本結婚的人大大的有的,男的和日本女子,女的和日本男子,大大的有,我們日本人可不反對,一點點的不反對!」

「你說的是日本人和中國的留學生。我們南工局人世世代代在一起建電站,在一起過日子,在一起結親家,幾乎成為一個封閉的部落。所以人家叫我們做『沿江吉普賽人』。我們的生活習慣和吉普賽人還真有許多相像的。你看過一部墨西哥電影《葉塞妮婭》嗎?」

牛部春房搖了搖頭:「沒有的看過。」

「這個葉塞妮婭呀,原來是個白人貴族的女兒,從小被吉普賽人抱去做孩子,就成為一個標準而且非常漂亮的吉普賽女郎。她長大後愛上一個白人軍官,全體吉普賽人都起來反對她!」

「為什麼?」

「大家都捨不得她離開自己的部落呀！」

「哦，我明白了，今天的爭吵，原來是為了你。」

游春英眨巴眨巴眼睛說：「我想，這至少是一個原因。」

牛部春房說：「哦，這讓我想起一個古老的故事。」

「什麼故事？」

「這是古希臘的故事。」牛部春房說，「兩千多年前，古希臘有個叫海倫的姑娘，大大的美麗的，是全世界最漂亮最漂亮的女子。她原來是斯巴達斯王的妻子，被特洛伊人的王子騙到伊利昂城去，特洛伊王子要娶她做妻子。為了爭奪這個美麗的女子，阿凱亞人和特洛伊人，發動了全面的戰爭，整整打了十年，死了幾百萬人。」

「哦，天下竟有這樣美麗的姑娘？」

「你也是你們南工局的海倫姑娘呀！」牛部春房得意地笑起來，「因為我愛你，全南工局的『沿江吉普賽人』都來反對我。可你的一點也不怕，勇敢地站在我一邊，真叫我的感動，大大的感動。」

游春英臉上飛起兩片桃花瓣兒，露出兩排雪白的牙齒璨然笑著，直勾勾地盯住牛部春房，嬌嗔道：「你胡說八道！」

「我是說的大大的實話的，你是我看到的最美麗的中國姑娘！」牛部春房被游春英那火辣辣水靈靈的目光撩撥得按捺不住，一下子把她攬到懷裡久久地親吻著。

游春英感到這個年輕的日本人的雙臂是有勁而溫柔的，在嘴裡攪動的舌尖是熱烈而瘋狂的，從兩個大鼻孔噴出的帶著煙味的氣息，有一種尼古丁的強烈刺激。她像喝了兩杯烈酒，很快神智模糊渾身無力。直到牛部春房的大手從她高高的乳峰移動到她結實的小腹，而且開始急躁地撕扯她打了死結的腰帶（自從被龍經天占了便宜，她一直保持這樣的防範措施）的時候，她才猛然驚醒，霍地掙脫出來。

「時候不早了，我得回去了！」游春英滿臉通紅，整理著被揉皺了的嫣紅色的短袖衫。

「才十點鐘。」牛部春房看了看手錶。「還早的，再玩一會兒吧！」

「這條小路一個人都沒有，我怕！」游春英扭著身子撒著嬌。

在這個冷清孤獨的單身空房裡熬了兩年多的牛部春房，好不容易見到一個標致的女子，怎肯輕易放過？他拉著游春英的手，把她強按到沙發上：「再玩一會吧，我保護你的送你回去。」

「那就再坐十分鐘吧，你有什麼好聽的，快快說呀！」游春英的去意其實不算堅決。一踏進這個鋪著紅地毯擱著彩電冰箱的小套房，她就好像流清鼻涕的小女孩，站在賣糖葫蘆的老頭兒跟前，那種甜美的滋味和斑斕的色彩，把她的心坎兒撩撥得癢絲絲的，她怎肯遽然離去？

「要聽有趣的事？有的，有的。」牛部春房輕輕地拍著腦門兒說，「哦，我放日本電視給你看吧！」

「這山溝溝裡能接收到日本電視？」游春英驚異問道。

「為了日本職工的文化生活，茂林株式會社專門給我們安裝了特殊的接收天線。日本的電視，好多好多的臺，都收得到，你一會兒看，很好看，很好看！」

一會兒工夫，牛部春房果然把日本電視調出來了，而且是夜間「兒童不宜」的特別節目。那是一個綠樹掩映風光優美的郊外歌舞廳，一個穿著薄如蟬翼的超短裙的舞女在舞臺上又唱又跳，一些西裝革履的年輕人在臺下喝酒聊天，也不知怎麼回事，燈光忽然全滅了。當幽幽暗暗的燈光重新亮起時，那些小房間裡的一男一女，已經裸得一絲不掛了。電視上再沒有聲音，沒有音樂，沒有對話，只剩下不堪入目的畫面。游春英羞得頭低低的，不敢看又很想看，而剛看上幾眼，就離不開那荒唐怪誕的熒屏。她的心中有一團野火在燃燒；她的身上有許多螞蟻在噬咬。她無力地癱軟在沙發上。牛部春房躡手躡腳走過來，再次擁抱她，親吻她，那隻慢慢下滑的大手終於所向無敵地解開了她腰帶上的死結……

日本電視的夜間特別節目，大概是專為夫妻、情人或是嫖客們助興而專設的，十分冗長，花樣翻新，反反覆覆，不厭其煩。因為受到電視畫面的不斷刺激，牛部春房摟著游春英從沙發上滾到地毯上，又從地毯上蹦到床鋪上。他們像兩頭精力過剩正在發情的公牛和母牛，追逐著，廝咬著，折騰著，翻滾著，似乎永遠不知疲倦。

游春英十分驚異：這個自稱尚未結婚的牛部春房，對於床第之歡的熟稔老到，比起染指過許多女人的龍經天有過之無不及。這也許是有電視和其他媒體不斷教化的緣故嗎？資本主義國家什麼都發達，什麼都先進，難道造愛的技巧和水平，比起古老中華的村夫山民也要勝過一籌嗎？日本，日本，那個謎一樣的日出之國呀，你到底是一個怎樣的國家？

日本夜間特別電視節目一直播放到拂曉，牛部春房和游春英也一直折騰到拂曉。電視上那些荒唐誨淫的鏡頭，像鴉片煙一樣使人麻醉，像興奮劑一樣使人興奮。兩個身強體壯的年輕男女，不僅模仿著電視上的所作所為，而且渴望有所創新，有所發明。游春英不再提起急著要回自己宿舍，牛部春房也不再提起送她回去。他們像兩頭剛鋸過鹿角而放乾了血的梅花鹿，除了喘息的力氣，再沒有可能站立起來。

游春英枕著牛部春房的胳膊，閉上眼睛昏昏入睡。在失去神智的最後一秒鐘，卻還記得天一亮就要去工地上班，囁囁嚅嚅說道：

「我太累了，讓我迷糊一個小時，親愛的，你一定叫醒我，我得趕去上班，好嗎？」

「好的，親愛的，我也是要上班的，我一定……」牛部春房一句話還來不及說完，突出的喉結開始上下蠕動，兩個多毛的大鼻孔扯起霍裡轟隆的風箱。

第十八章

「狼群」追趕「梅花鹿」

茂林太郎說：「嚴格的紀律就好比森林中的『狼群』，只對那些病『鹿』、懶『鹿』構成威脅，對那些壯『鹿』、強『鹿』卻是一種鞭策和激勵。」

燈火通明的南茂公司總部的大會議室裡，圍著一張橢圓形的會議桌坐滿了公司的頭頭腦腦：董事長兼總經理茂林太郎，副董事長兼副總經理方雲浦，總部各部的正副部長，工地現場正副總指揮，要員滿室，濟濟一堂。這是一次非同尋常的重要會議。

會議開頭，茂林太郎和方雲浦作了簡短的講話。他們說，今天上午，載重車駕駛員牛部春房和軋石班工人游春英，都整整曠工三小時零五十五分鐘，使整個生產線脫節受阻，造成的直接經濟損失至少在五十萬元人民幣。今晚的會議議題：一、討論對牛部春房和游春英的紀律處分；二、研究全公司的生產紀律整頓。

會場上的空氣一下子就凝固似地緊張起來。偌大的會議室裡鴉沒鵲靜，只能聽到幾盞白晃晃的熒光燈發出細微的蜂鳴聲。人們除了交換一下驚詫疑惑的目光，一時都不知說什麼好。

茂林太郎平素像老學究一樣和藹可親的目光，今天變得嚴厲而銳利，透過那副斯斯文文的金邊眼鏡，從與會者的臉上一一掃過，然後問道：「怎麼樣？各位先生，我想先聽聽你們對兩個違紀者的處理意見。」

會場上還是一片沉默，人們都不想搶先發表自己的意見。程光華坐在後排靠窗的一個不太惹人注目的座位上，使勁地吸著煙，然後又把煙圈兒大口大口吐出來，好像有意要躲進那灰濛濛的煙霧中，不讓人家看清他那寫滿了恥辱、痛惜和愁苦的臉。春英呀春英，我兒時的朋友，我的小妹，你這苦水裡泡大的姑娘，你怎麼會幹出這檔子見不得人的事呢？自從我和楊淨蓮好上以後，你就突然和我變得生分而且疏遠了。我不責怪你。我讓你失望讓你痛苦，你用狹隘的自尊和女性的嫉妒來對待我，一點也不算過分。我不能忘記，你曾經殷殷勤勤地善待過我，熱熱火火地期盼過我，而我們因為氣質和志趣的差異，我不能以同樣的感情回報你，我心頭總有一種淡淡的歉疚，也許你是永遠不能知道的。後來，我聽說你和丘長根熱一陣冷一陣，又和龍經天有些不清不白，我曾經想過要勸勸你，而你總是冷眼相對拒之千里叫我怎麼對你說呀！年輕人走上愛情之路，和小娃娃踉蹌學步大體是一回事，不摔幾個筋斗甚至跌得鼻青眼腫的人是極少極少的。可是我萬萬沒有想到，你這個筋斗栽在日本佬牛部春房的手裡，而且和嚴重違反生產紀律糾纏在一起，突然在全公司曝光，你還怎麼有臉做人呀！

「我建議給牛部春房和游春英最嚴厲的處罰——開除！」

程光華被這嚴厲的聲音嚇了一跳。他完全沒有料到，提出這個可怕建議的竟是龍經天！

方雲浦不動聲色地說道：「請說說你的理由和根據。」

「第一，游春英和牛部春房兩個不同國籍的職工，做出這種不光彩的事情，使南茂公司的聲譽受到了嚴重的損害。」龍經天說得義正辭嚴，臉上的表情和一個公正的法官差不多。「第二，他們違反生產紀律，在職工中產生很壞的影響，使公司在經濟上受到很大的損失。」

龍經天這番話像一枚重磅炸彈扔到會場上，引起一陣嘰嘰咕咕的議論。那些不了解內情的，都以為他為了公司利益而不徇私情，就用欽敬的目光瞅了瞅他。可是，在座有不少南工局幹部，對龍經天與游春英有過不清不白的關係，早有風聞。因而對龍經天這個堂而皇之的建議，不能不打上一個大大的問號。程光華更是萬分驚詫：別人踩游春英一腳還情有可原，你龍經天就是不念及與她有過一段私情，也下不了這樣的狠心呀！

龍經天說完話就掏出一支煙吸著。他吐出的煙圈是均勻的，舒緩的，人們從他臉上找不到一絲慌亂、愧疚和不安的表情。其實他內心的鬥爭卻是異常激烈的。自從聽說游春英昨天晚上在牛部春房那裡過夜，而且兩人雙雙曠了半天工，他恨不得立即拿刀子捅了這兩個狗男女。他春節回家找老婆攤牌鬧離婚，卻被于麗萍一番數落一番恫嚇鎮得老老實實，從此表面上不敢和游春英有什麼來往，但在他的心旮旯裡，怎麼也不能把這個俏女子一筆抹去，特別是在夜深人靜時分，他一想起她那雪梨似的雙乳，想起她那水蛇似的腰肢，想起以往許多銷魂的時光，他就抱著一個大枕頭在床上翻滾呻吟，常常折騰得通宵難寐。他曾經有過這樣的幻想，最好有一天于麗萍突然得了癌症，或是遇上車禍，或是乘坐的飛機出事，總之有一個突發事故讓她一命嗚呼，他另尋新歡的第一選擇，肯定無疑的是他的老情人游春英。但是幻想總歸是幻想，于麗萍一直好端端的，他也就苦煎苦熬的這麼過下來。他萬萬沒有料到，那個常常出現在他夢境中的姑娘，怎麼會一下子栽到一個日本佬的懷裡？一想到那個原來歸他專有並盡情享受的美人兒被別人染指，一股妒火就燒昏他的腦殼。他那個可怕的建議，就是這樣脫口而出的。再一個原因，是在游春英和他「拜拜」之後，他倒不擔心她向別人透露他們之間的「秘密」而來訛詐他，除非是極其下作無恥的女人，一般總是把自己的名聲看得比金錢更重要。但是，路路通給他一個八萬元的大紅包，經過游春英的手，就成為龍經天的一塊心病，老是擔心她在忍無可忍的時候會引爆這枚「定時炸彈」。於是，在游春英另尋新歡的時候，他就想乘機把她攆出南茂公司，以徹底消除隱患。現在他悠悠然吸著煙，悄悄地打量與會者的臉色。儘管有些人吱吱咕咕，他一點也不懊悔。他認定他的意見是適時而聰明的。既可以堵住人家的嘴，洗刷他與游春英的一些流言蜚語，又能夠在總部領導面前擺出一副鐵面無私的臉孔，唯有他才把公司的利益奉為至高無上。再則，把這兩個狗男女逐出南茂公司，也可解他心頭之恨。真是一箭三雕！

「各位先生，請靜一靜！」茂林太郎威嚴地舉起一隻瘦骨嶙峋的手掌，會場上的竊竊私語立即平息下去。「我以為，龍先生說的第一點，不是我們處罰職工的依據。我們公司是生產部門，只管生產，只管施工。職工上班時應當絕對的無條件的對公司負責，下班之後的一切行為，則要遵守貴國的一切法律。不管中國職工，還是日本職工，都是如此。任何男女職工的自由交往，都是他們個人的自由，本公司不加干預。所以，龍先生說的第一條，不能成立。」

程光華不禁為游春英輕輕地鬆了一口氣。其他人也覺得茂林太郎的高論多麼新鮮，在中國人看來傷風敗俗大逆不道的事，他卻覺得不值一提。整個會場的氣氛也就稍稍地有了緩和。而龍經天則繃緊了神經瞪大了眼睛，期待著這個日本老頭究竟想怎樣處置這兩個狗男女。

茂林太郎又不緊不慢說下去：「龍先生說的第二條理由，倒是完全正確的。一個現代化的大型企業的工人，事先不請假，竟敢無故曠了半天工，使公司的生產受到重大損失，這是前所未有的。僅僅根據這一條理由，我同意龍先生的建議——應當開除這兩個職工。」

茂林太郎的幾句話，聲音不高，分量很重，會場上的氣氛又緊張起來。

南工局一方的管理人員，多數對茂林太郎的意見在理性上完全擁護，而在感情上卻一時無法接受。牛部春房一個日本職工，在這裡丟了工作回日本很快能找到事做；游春英一個姑娘家被逐出公司，就等於砸了飯碗，叫人家怎麼活？這妹子是大家看著長大的。她父親是個老實巴交的開挖工，一條老命差點交給了南工局；母親又人緣極好，在座的幾乎都在她的吉普賽酒店吃過飯喝過酒；就是看在她父母的面子上，老「沿江吉普賽人」也不能不為游春英留下一條後路呵！再說，游春英自從來到流香溪工地，刻苦好學，吃苦耐勞，技術上是個尖子，幹起活來風風火火，幾乎每個季度都評上先進；她又長得模樣出眾，能歌善舞，每一回出現在吉普賽舞廳，都有一種勾魂攝魄的魅力，全局上上下下沒有不喜歡她的。她今天栽了這個筋斗，一傢伙就把她攆出南茂公司，很多人實在下不了這個決心。

「怎麼樣？各位先生，如果沒有別的意見，總部就要作決定了。」茂林太郎銳利的目光透過斯斯文文的金邊眼鏡，又在會場上睃了一遍，最後落在方雲浦臉上。他是副董事長兼副總經理，是中方的總代表，茂林太郎作出重要決定之前，總是要徵詢他的意見。

「我基本上同意茂林太郎先生的意見。」方雲浦說得很緩慢，他在斟酌用什麼理由來說服茂林太郎，並且稍稍修正他的意見。「但是，我們處分一個職工的時候，還是應當考慮到他們的一貫表現。據我了解，游春英和牛部春房一向在生產上都是很出色的。我建議把處分定為留職察看，讓犯錯誤的人有一個改正的機會，你們看呢？」他把目光投向雄田幫明和程光華，顯然希望得到他們的支持。「你們在現場負責指揮，對他們是最了解的。」

雄田幫明簡捷回答道：「是的，副總經理先生，據我了解，這兩個職工平時的幹活，都是大大的好的。」

雄田幫明和牛部春房私交不錯，牛部春房與丘長根幹架的事件，他和程光華已經是大事化小、小事化了，明顯地保他過關，沒想到這小子這一次摔得更慘！而對全工地最漂亮的姑娘游春英，他也有一種特殊的好感，就在他發言的這個時候，他似乎還看見她那嫵媚的眼睛美麗的臉蛋，聽到她那富有感染力的咯咯笑聲。他不能設想，一個窮鄉僻壤的水電站建築工地，長年累月幹著又苦又累的活兒，連一個美麗的姑娘都看不到，那是一種多麼難耐的寂寞！所以，他的意見明顯地傾向於方雲浦。

程光華陳述了和雄田幫明相同的意見。他在介紹游春英和牛部春房平日的出色表現後，還打了個有趣的比喻：就是一頭勇猛的老虎，也有偶爾打盹的時候，但是，我們不能因為這頭老虎打過一個盹兒，就把它看成一頭根本無用的懶豬。

還有好幾位中方部長發表了支持方雲浦等人的意見。這樣，主張從輕處理的意見慢慢占了上風。程光華心頭升起了一絲希望的曙光，他想，有這麼多人為游春英和牛部春房講話，他茂林太郎總該手下留情網開一面吧！

但是，大家沒有料到，這個茂林太郎卻是一個不好商量的倔老頭。他既有聽取不同意見的耐心，更有固執己見的魄力。他並不急於否定對方的意見，依然平平靜靜說道：「中國是個有悠久的儒學和佛教傳統的國家，方先生和程先生都有一副寬容大度、與人為善的菩薩心腸，我是能夠理解的。但是，我要給大家講一個故事：本世紀初，美國西部有一片郁郁蔥蔥的凱巴伯森林。當時這片森林裡起碼生存著四千多頭梅花鹿。凡是到凱巴伯森林來旅遊的人，看到生性善良毛色斑斕的梅花鹿來溪邊喝水，在草地上嬉戲，自然是非常喜愛的。可是，在凱巴伯森林裡同時還生存著好幾千匹狼。大家知道，狼總是以弱小動物為食的，它們當然不會放過和它同住在一片森林中的梅花鹿。當時的美國總統羅斯福，為了保護這些梅花鹿，不讓狼群傷害它們而最後把它們吃光，便下令把所有的狼一匹不留地槍殺了。這麼一來，梅花鹿的威脅完全解除了，好鹿懶鹿同時並存，壯鹿病鹿同時雜居，梅花鹿的素質就大大下降，數量就大大增加，沒過多久時間，梅花鹿就把整個凱巴伯森林的樹葉和草叢啃個精光。它們再找不到什麼食物充飢，有許多梅花鹿活活餓死，剩下的都是病鹿懶鹿，最後，這個很大的鹿群也瀕臨滅絕。羅斯福的決策原是出於一片好心，要保護那些可愛的梅花鹿，卻萬萬沒有料到，他犯了一個可愛的錯誤。正是他的決定，促使梅花鹿走向死亡——他下令捕殺的狼不僅是森林的保護神，而且在客觀上維護著梅花鹿的健康生長，因為狼吃掉的都是失去競爭力的羸弱的病鹿，從表面上看，鹿的數量減少了；從本質上看，危害鹿的病疫得到抑制，使許多健康的鹿得到保護，得到鍛煉，它們要逃脫狼的追逐，就必須比狼跑得更快！」

茂林太郎娓娓動聽講完這個故事後，停頓了一兩分鐘，留給頭頭們足夠的思考時間，然後神色嚴肅地強調指出：「我想，這個美國故事，對於所有現代企業的管理者應當有著非常深刻的啟發：一，一個現代企業必需有嚴格的紀律；二，一個現代企業必需有激發員工創造力和主動性的競爭機制。嚴格的紀律就好像森林中的『狼群』，只對那些病『鹿』、懶『鹿』構成威脅，對那些壯『鹿』、強『鹿』卻是一種鞭策和激勵。時時有狼的追趕，會把梅花鹿鍛煉得更加堅強而跑得更快，好的競爭機制能讓職工們拚命工作幹得更加出色。一個現代企業如果沒有嚴格的紀律，同時也就失去了競爭機制。大家都能安安穩穩過日子，幹好幹壞一個樣，幹多幹少無區別，職工的素質就要大大下降，企業就要走向滅亡。這就是我主張嚴厲懲罰曠工者的理由。」

茂林太郎喝了口茶，稍稍喘了口氣，又接著說：「我們南茂公司的紀律已經鬆懈到叫人不能容忍了；在誓約會上宣誓的誓詞，被許多人拋在九霄雲外去了。我很早就想找個機會整頓整頓。可是一直沒有找到適合的事例。這一回可是很好的機會，既有南工局的職工，又有茂林株式會社的職工，我不會護著誰，也不想打擊誰，我們處罰違反生產紀律的職工，不僅僅針對犯錯誤的人，更重要的是為了維護整個公司的根本利益。我想，各位先生只要認識到這一點，應該都能理解、支持我的決定。」

會場上再度陷入可怕的肅靜。大家面面相覷，誰也不再吱聲。因為茂林太郎的決心是不可動搖的，他的立論也是無懈可擊的。即使對被處罰者充滿同情，也不能以犧牲公司的利益而與公司的責任方最高權威相抗衡！

程光華猛抽一口冷氣，一顆無奈的心呼呼啦啦往下沉。他似乎看見，游春英正從高高的懸崖上掉下去，掉下去，下面是一個黑洞洞的萬丈深淵……

第二天上午，程光華帶著總部的處分決定來通知游春英。他看見游春英頭髮蓬亂地斜靠在床鋪上，一時竟不知怎麼開口好。

同房間的黃京芝看見程光華滿面愁霜，就想到事情不妙，給程光華沏了一杯茶，說：「程總，你喝口水吧！」

心地善良的姑娘知道事態嚴重，手指有點兒顫抖，把滾燙的茶水洒在程光華的褲腿上，又連忙拿了塊乾毛巾給程光華擦拭，嘴上不斷地說著：「對不起！對不起！」

黃京芝已經請假兩天沒有上班，她擔心游春英受不了沉重的打擊而發生什麼不測，一直守在她身邊照看她。

程光華喝了幾口茶，仍不知如何開口好，又掏出一支煙默默地吸著，吸著，煙燒去了一大截，還是說不出一個字。他覺得，游春英之所以走到這一步，和他多多少少是有點關係的，因而他心裡就充滿了痛惜和歉疚。他們一起從山溝溝裡走出來，都是「沿江吉普賽人」的後代，她一直把他當作親哥哥看待，可自己對她的關心是多麼不夠呀！恍惚間，他耳畔似乎還響著前些時候游春英要認他做哥哥，兩人拉勾時唱的童謠：「拉勾拉勾，結成金鉤；你好我好，一好到頭！」還響著游春英對他說的話：「哥呀，現今你就是我的親哥了，我不管出了什麼事，你都要護著我呀！」可是，現在，我有什麼能力保護你呢？

游春英受不了這種遲遲捱捱的折磨，倒是先開口了：「聽說總部昨晚開會了，要拿我怎麼處置？快快說吧！」

「實在沒有辦法……」程光華期期艾艾說，「南工局的人，包括方局長，都想竭力保你的，可是日本人……不肯留你了……」

游春英只覺得腦袋嗡地一聲響，眼前一片黑，一下子就跌倒在床鋪上。她腰背朝上，胸脯朝下，把頭深深埋在被窩裡，很久很久沒有一點聲息。但從她不斷聳動的肩背上，程光華和黃京芝知道她是在痛苦地無聲地抽泣著。

程光華知道自己在這裡呆下去於事無補，悄聲對黃京芝說：「小黃，你好好的照看她，有什麼事情，就跟我聯繫，好嗎？」

黃京芝咬緊嘴唇點點頭。程光華再瞥了游春英一眼，走了。

黃京芝坐在游春英床頭，輕輕地推她，叫她，她仍直挺挺躺著，一動不動，像死了一般。黃京芝在房間裡急得團團轉，束手無策。最後，她彎下身子伏在游春英耳畔輕聲說道：「英姐，別哭！別哭！事到如今，你再哭也無濟於事！我現在只問你一句話：那個日本佬，對你到底是真好還是假好？」好一會兒，游春英才側轉身子來。黃京芝掏出兩張紙巾，給她擦乾臉頰上的淚水，又追問一句：「你倒是開口呀，你們是真好還是假好？」

游春英一顫一顫地哽咽著：「真好怎麼樣？假好又怎麼樣？」

「如果是假好，你只好自認倒霉，趕快離開南茂公司另謀生路；如果是真好，那個日本佬應該對自己的行為負責，立即把你帶到日本去。」

「我這樣一個小工人也去得了日本？」

「現在日本勞動力奇缺，許多初中生、高中生都能辦成去日本留學。只要大個子願意找個有經濟實力的日本人為你擔保，你再託人去搞一張高中畢業證書，辦妥去日本的手續是不成問題的。」

「哦！」游春英想了好一會說，「我也只剩下這條路了，我這就去找他！」她淚水盈盈的眼睛裡飄起一片希望的霞光，慢慢坐起來，就要往外走。

「慢著，英姐，我跟你去！」黃京芝叫住游春英，又無限憐惜地盯著她：「你看你，就這樣邋裡邋遢地出門呀！」

游春英苦笑一下，走到穿衣鏡前一照：裡面那個人兒是自己嗎？蒼白的臉上淚痕漣漣，眼睛腫得像紅桃似的。她趕緊洗了一把臉，梳了梳頭，換上一身乾淨的衣服，這才和黃京芝出了門。

一路上，人們都用陌生的目光打量游春英，有的人還害怕瘟疫似地遠遠地躲著她。她禁不住又心酸欲淚，把頭埋得低低的。黃京芝卻和她手挽手肩並肩地走著，顯得特別親昵。她同時把頭抬得高高的，朝那些冷眼相看的人勇敢地投去輕蔑的一瞥。彷彿說：看，有什麼好看的？

年輕人嘛，誰能保證不摔幾個筋斗？游春英心裡就有一種熱乎乎的感覺：整個南茂公司只有這個小妹妹最富有同情心了！

她們走進牛部春房房間時，這個也同樣遭到革職厄運的日本佬，正在打點行裝。席夢思小床翻了起來，大衣櫥裡的衣服全顛了出來，地板上扔滿了舊書刊破紙片。他顯然在作回國的準備。他看見游春英時，先是一愣，伸出雙手想做一個親熱的動作；繼而又看見黃京芝，一雙剛舉起的手便吃驚地僵在空中，半晌才像突然折斷的樹枝垂下來，一臉羞慚地訕笑著：

「你們好！請坐請坐！有事的？」

游春英站在一邊不吱聲，黃京芝擋在她的前面搶先質問道：「我們是想來問問你：事情到了這個地步，你這場戲打算怎麼收場？」

牛部春房兩手一攤：「戲？什麼戲？這樣的時候，我們看戲的沒有興趣。」

黃京芝看見牛部春房一臉茫然，知道他顯然聽不懂這句話，忍俊不禁笑了一下，立即又板起了臉孔：「我是問你，你害游春英小姐砸了飯碗，丟了工作，你打算把她怎麼辦？」

「這個？這個？」牛部春房愣在那裡，他顯然壓根兒沒有想過這個問題。

黃京芝覺得滿腔怒火突突突地直躥腦門，臉色立時變得鐵青，話一出口像一串機槍子彈：「牛部春房先生，我可告訴你：按照我們中國道德，一個男子漢和一個姑娘睡了覺，他就必須對這個姑娘負責。你倒好，也不來看看游春英小姐，卻忙著收拾行李，想一走了之？」

牛部春房支支吾吾辯解道：「我還沒有走呀，我還在這裡。」

「可你至今也沒有說，要把春英小姐帶回日本去。」

「她願意跟我去日本？」

站在一旁靜靜聽著的游春英，氣得臉色煞白，不知說什麼好，直到這時才插上話：「你真健忘！你和我散步的時候，是怎麼說的？」

「我怎麼說啦？」牛部春房嚇得倒退兩步，眼裡盡是驚惶和疑惑。

「你忘啦？你有沒有說過：要把我帶到日本去，要和我結婚，要讓我上日本語言學校，要給我找一份工作。」

「說過的。」牛部春房老實承認。

「這就得了。」黃京芝的臉色變得比較平和了。「我再跟你說得清楚一點吧，春英小姐是我的好朋友，她因為你，已經被開除出南茂公司。在你們日本，這樣的女子命運將會如何，我不知道；在我們中國，一個姑娘出了這樣不幸的事情，要再找一份工作是很困難的。所以，你必須對你的行為負責，對我的好朋友春英小姐負責。我可以負責告訴你：我的好朋友游春英，不僅是一個漂亮的姑娘，而且是一個非常勤勞非常賢慧的姑娘，你和她結婚，一定會很幸福的。你做得到嗎？」

「這也是我的願望呀！」牛部春房想了一會兒說道，「黃小姐，請你的大大的放心的，我是愛她的，我想我的父母也會喜歡她的，我一定把她帶回日本去！我們一定會大大的幸福！」

牛部春房一臉誠懇憨厚的表情，讓兩個姑娘有些感動，心頭的重負已卸下不少。

黃京芝向游春英使了個眼色，而後把臉轉向牛部春房：「牛部春房先生，我希望你立即為春英小姐辦理去日本的手續。」

牛部春房說：「我馬上給日本駐上海領事館打電話，那裡有我的好朋友。」

黃京芝說：「很好，那我們回去了。春英小姐還得跟家裡說一說，有許多準備工作要做。」

牛部春房點頭哈腰送到樓梯口：「謝謝！謝謝！阿琳阿哆苦查咦嗎斯！阿琳阿哆苦查咦嗎斯！」

黃京芝又回過頭來正色道：「牛部春房先生，最後我還想提醒你一句：在流香溪這塊地盤上，在中國這片土地上，你如果膽敢再做出什麼對不起春英小姐的事情，她的朋友們可不會袖手旁觀的，你將會受到你意想不到的懲罰。」

「呀稀，呀稀！黃小姐的話，我大大的明白了的！」牛部春房誠惶誠恐，又一個九十度鞠躬。

游春英也許覺得黃京芝的話說得有些生硬，有些過頭，下了幾步樓梯還回眸一笑，扔給牛部春房一點諒解和寬慰。

回到宿舍時，游春英的情緒已明顯好轉。她萬分感激地對黃京芝說：「嗬，京芝！過去真沒看出來，你是多聰明，又多厲害！」

「我也是給逼出來的！」黃京芝說，「我不能看著我的好朋友被日本佬欺侮。」

游春英眼裡淚花閃閃，緊緊地擁抱黃京芝：「好妹妹，苦命的姐姐只有依靠你了！」

游春英受到開除處罰，一直瞞著老爹老媽。到了第三天，大奶媽和游金鎖才偶爾從一個來酒店吃飯的工人嘴裡，聽到這個可怕的消息。夫妻倆頓時傻了一般，飯不做了，菜不炒了，生意火爆的吉普賽酒店一下子變得鍋清灶冷。游金鎖把店門一關，指著大奶媽的鼻子就罵開了：

「都是你幹的好事，天天把那個日本佬招到店裡來喝酒，還要英英陪著，才鬧出這種事來！」

「你快給老娘閉上你的臭嘴！」大奶媽把桌子一拍，吼得比老公更凶，「那個日本佬大把大把扔鈔票的時候，你說過一個不字？你現在來放什麼屁？噴什麼蛆？」

「我是本本分分做生意，」游金鎖向來怕老婆三分，調門一下子低了八度，「我不像你，慫恿英英去陪人家喝酒、散步。」

「陪著喝酒散步又怎麼啦？如今年輕人提倡自由『亂愛』，我哪能料到，他們『亂愛』會『亂』到這個地步！」

游金鎖不吭氣了，他知道他是永遠吵不過母老虎一樣的老婆的。

大奶媽坐著生了會悶氣，霍地站起來說：「他媽的，我去找那個小鬼子算賬！」

游金鎖一把拉著她：「我的老祖宗呀，你還嫌自家的茅坑攪得不夠臭呵！」

大奶媽頹然退回，撲在床上嗚嗚哭起來。游金鎖也不知怎麼辦好，蹲在地角頭長吁短嘆。夫妻倆不吃不喝，在房裡關了一天一夜。

天地間做爹做媽的，尿一把屎一把的把一個小囡囡拉扯成水靈可人的大姑娘，誰不想為她尋個如意郎君找個高門大戶？可是正當那牡丹花兒迎風綻放芬香四逸的時候，卻被人悄悄地掐了花心兒，而且這個採花的賊，還是一個日本佬，你說，這不是掏了人家的心剜了人家的肉嗎？大凡遇上這一類事，哭不能哭，嚎不能嚎，去找不是，不找也不是，就是找到了，罵不能罵，打不能打，輕話重話都不知怎麼說好，還得防著囡囡一時想不開，跳溪上吊抹脖子喝敵敵畏。你說，這不把大奶媽和游金鎖活活氣昏憋死嗎？

直到第三天夜裡，游春英才悄悄回到家裡來。

大奶媽冷笑一聲問道：「你還有臉回來呀？」

游春英也鐵青著臉回答道：「有臉沒臉，還不是你教出來的。」

大奶媽被女兒一句話撞到南墻頭，氣得話都說不出了。她順手操起一把掃帚頭，高高揚起要大動干戈。

游金鎖撲過去把她死死抱住：「昏了頭了你！嫌這個家……還亂得不夠呀你？……」一陣激烈的咳嗽把他想說的話噎在喉嚨裡，他伏在桌子上像拉風箱似的喘粗氣。他的矽肺病已經到了第三期，皺紋密布的老臉像一個風乾了的黃旦柚。

大奶媽把掃把頭往地下狠狠一摜，便傷心傷意哭起來：「真是天報應呀，我怎麼會養一個丟人現眼的孽種！」

游春英才兩三天未曾回家，見阿爸忽然瘦成一個老猴，阿媽那本來光鮮福態的臉龐，也像麻袋片一樣鬆鬆垮垮掛下來；再想到自己很快就要遠走高飛，漂洋過海，不能朝朝夕夕見到阿爸阿媽，心裡不禁痛一陣，酸一陣，眼淚撲撲簌簌掉下來。那一瞬間，她想起小時候，家裡常常窮得揭不開鍋，即使只有兩塊紅薯，一碗稀粥，阿爸阿媽也是先端到她的跟前，自己常常喝點野菜湯騙騙肚子。父母把她拉扯成人多麼不易呀！她懶洋洋地彎下腰，拾起那個掃把頭，遞到母親跟前說：

「阿媽！你如果打我一頓，心裡會痛快些，你就狠狠打我一頓吧！」

大奶媽卻呆呆地愣在那裡，不去接那個掃把頭。

游春英又淚水漣漣地說：「阿爸，阿媽！你們疼我也好，恨我也罷，我在爸媽跟前沒有幾多日子了！」

游金鎖夫妻倆同時吃了一嚇，驚乍乍問道：「什麼什麼？傻囡呀傻囡，你說什麼？」

游春英抹著眼淚鼻涕說：「過個十天半個月，我就要去日本。」

大奶媽問道：「是大個子要你去？」

「是的。」游春英回答得很肯定。她漂亮的丹鳳眼裡淚光猶在，卻已閃爍著幾分輕鬆的笑意。「他說，他是真心愛我的，他答應很快要帶我回日本去。先上兩年日本語言學校，再給我找一份工作。他老爸和日本大成建築株式會社的董事長是好朋友，我們在日本的水電建築業找一份工作很容易。活兒又輕，掙的錢又多，他們家的別墅大樓又是現成的，我再也不要做『沿江吉普賽人』了……」

「囡呀囡，他會不會耍你呢？」游金鎖一百二十個不放心。

「不會的。他昨天就給在日本駐上海領事館工作的一位朋友打了長途，請他幫我辦理去日本留學的手續。」游春英從黑色皮革小坤包裡掏出一大捆人民幣：「喏，這是一萬塊錢，說是按著中國習慣，給我們家的一筆訂婚聘金。阿爸阿媽要是同意了，他要親自上門拜見你們哩！」

大奶媽見到那一大捆人民幣，眼睛倏然一亮，心想真是駝子翻筋頭，拾個金元寶。一肚子憂愁火氣也就煙消雲散了。

游金鎖看那一大捆錢好像是一捆草紙，提不起什麼興頭，冷冷地甩出一句話：「英英她媽，就是有這筆錢，你也不要去動它一分一毫；英英漂洋過海，上學讀書，能少用錢嗎？」

「傻蛋呀傻蛋！」大奶媽不屑地撇了撇嘴，把那一大捆鈔票鎖進抽屜裡。「人家大個子的老爸是大老板，還少這幾個錢？」

過了幾天，牛部春房在日本駐上海領事館的朋友果然來了電話，說游春英的出國手續已經辦妥。牛部春房和游春英很快就要離開流香溪，經福州、上海飛往日本。大奶媽決定辦一桌順風酒，給女兒女婿餞行。

游金鎖對於女兒找了一個洋姑爺，怎麼也高興不起來。自從南工局成立到如今，在山溝溝裡打轉轉的「沿江吉普賽人」的囡囡，嫁給州府省城的也沒幾個呀！英英可好，一傢伙要漂洋過海，嫁到老遠老遠的日本國去。自己這樣一個癆病鬼，活一天算一天的，父女一分手，就不知道還有沒有相見的日子了。可是女兒已經丟了飯碗，壞了名聲，在南工局這塊地盤怕也難以立足，他也就不敢阻攔，只好聽天由命吧！

自從游春英出了事，丘長根再不來吉普賽酒店走動了。大奶媽失去一個得力的幫手，這一桌酒辦下來可夠她忙的。老公游金鎖老是病病怏怏，洗菜怕水冷，劈柴掄不動斧頭，只有蹲在灶頭燒火看鍋的份兒。泡了一個雨季雨水的柴禾濕氣特別重，灶肚裡火苗兒不旺，灶口裡卻一個勁冒煙。游金鎖本來就窩著一肚子苦水，那一雙血絲密布的眼睛，被嗆人的煙火一熏，渾濁的淚珠兒大顆大顆掉下來。

大奶媽也覺得今天出了鬼著了魔，往日的手腳麻利腦瓜子靈光都沒有了，砧板灶頭上的活做得顛三倒四，手忙腳亂，而且屢屢出錯。該灑味精的她灑了鹽巴，該倒老酒的她倒了白醋，該加白糖的她加了胡椒，煮的變成煎的，煎的成為炒的，炒的焦成煳的……這一桌菜是個什麼滋味，她自己也說不上了。有什麼辦法呀，她操練了大半輩子才有的案板鍋勺上的功夫，今天不知跑到哪兒去了。她拿起刀也好，操起勺也好，腦子裡總是想著她的囡囡游春英要去日本留學的事。大奶媽是個心性好強的人，她一輩子都盼著女兒飛上彩雲天，攀上梧桐樹。可是，現今女兒真的要遠走高飛漂洋過海，這些天她心裡又總是空落落的，好像五臟六腑都被人掏空了似的，怎麼也提不起勁兒來。

大奶媽正忙得不亦樂乎，客人們卻應約而至。

主賓當然是洋姑爺大個子牛部春房。他和游春英的桃色新聞喧鬧過一陣後，人們也就見怪不怪了。更何況人們知道游春英已經辦妥了出國留學的手續，許多人都說她是因禍得福呢！今天游春英穿著一套牛部春房剛剛給她買的真絲襯衫和西裝套裙，挽著風度翩翩的牛部春房從容不迫地從大街走過的時候，人們冷漠嘲笑的目光，竟都換成了羨慕親切的目光，有幾個和游春英玩在一起的小姐妹，還主動過來寒暄說笑，問他們什麼時候去上海辦理簽證，什麼時候能夠吃他們的喜糖喝他們的喜酒？他們那檔子見不得人的事兒好像壓根就沒有發生過。游春英和一個有錢的日本佬走在一起，再不必羞羞答答躲躲閃閃，而是合理合法堂堂正正風風光光。世事的瞬息萬變，眼花繚亂，讓游春英大惑不解，猶在夢中。

游春英陪著牛部春房一道走進吉普賽酒店時，應邀前來作陪的好朋友程光華、黃京芝已經在店堂裡恭候。

游春英在南工局曾經要好過的朋友不在少數。但時間的流逝和命運的變故，像一張巨大的鋼篩，許多朋友都被篩到情感的篩孔下面去了。比如龍經天，這個第一個掠奪游春英處女寶而且信誓旦旦要娶她的傢伙，不僅證明他的一切甜言蜜語是一個騙局，在她倒霉的時候，還居然落井下石，恨不能置她於死地而後快。對這個大流氓，游春英可是一輩子也不願見到他了。再比如丘長根，游春英和他原是青梅竹馬，從小一塊兒長大，他一直把她當作小妹妹呵護備至，幾乎是傾盡全部生命的熱情在愛著她，卻始終循規蹈矩，不敢越雷池一步，可是她卻暗暗地背叛了他。在她受到開除處分後，他不怨她，不罵她，曾悄悄到她宿舍和吉普賽酒店看過她兩回，她一直躲著不敢相見，由她媽和黃京芝傳達的幾句深情寬慰的話，使她灑過不知多少羞慚、痛悔的淚水。這樣的朋友，她一輩子也不會忘記，同時也一輩子無顏相見。細細想來，朋友的交往也像商場上的貿易，有時是別人欠自己很多很多；有時是自己欠別人很多很多。感情債務的不能大體持平，相互見面總會有些尷尬，有些歉疚，還不如不見的好。

還有好些所謂朋友，在她出事之前和出事之後，以及在她受到處分而因禍得福突然有了出國的機會，不斷變換著友好、親熱、冷漠、嘲笑、羨慕、諂媚的臉孔的那些人，她一律視為戲臺上不斷變換臉譜扮演不同角色的演員，無須認真計較，也沒有時間與之周旋，當然不會請他們來作客。

今天特邀的貴賓黃京芝和程光華，都是游春英的莫逆之交，游春英即將離開流香溪這片土地時，她對他們實在有些難捨難分，是不能不促膝一聚的。

俗話說：「烈火煉真金，患難見真情。」黃京芝就是患難中見真情的好朋友。在游春英的許多女友中，黃京芝是給她最多同情保護的一位。她出事後，黃京芝除了對她的無故曠工稍有微詞，對於男女之間的交往和如何交往，她認為那純屬個人自由，如果橫加干涉，簡直是狗逮耗子。游春英關在房裡不敢出門的那一天一夜，是她悄聲細語跟她聊天，講了許多古今中外的故事寬慰她，把她從痛不欲生的懸崖上硬拽了回來。此後不管是到牛部春房那裡提出強硬的要求，到公司總部領取職工遣散費，到H市辦理赴日申請，她都像她的保護人一樣緊隨其後，而且敢於對那些圍上來看熱鬧的人怒目而視，大聲喝斥。游春英發現，這個剛出校門、身材纖細的女大學生，為朋友不畏人言赴湯蹈火的熱情和膽量，實在叫她打心裡感激。她想，她將記黃京芝一輩子。

至於對程光華，游春英內心的感情要複雜微妙得多。他們是童年時代的鄰居和朋友，自從去年秋天他們久別重逢同車來到流香溪，他一直是她心目中的白馬王子和崇拜偶像。當程光華和楊淨蓮的戀愛成為一樁新聞在流香溪傳開後，游春英怨他，恨他，遠遠地躲著他，然而卻永遠無法驅逐他盤踞在她心頭的影子。即使她先後投入龍經天和牛部春房的懷抱，甚至與他們擁抱、親吻、造愛的時候，程光華那英氣勃勃的臉龐和武夷水杉一樣挺拔的身姿，也時不時會突然闖入她的心坎出現在她眼前。她曾經幻想過，只要他願意把雙方曾經發生過的一切事情悄悄抹去，向她輕輕地招招手，她肯定會毫不猶豫地向他奔去。但是，幻想總歸是幻想，這輩子是無法實現了。然而程光華並不嫌棄她，鄙視她，她出事後，他多次悄悄到她宿舍來看她，沒有一句重話，沒有一句批評，只說要她帶著他的一封信，去H市找他老母親。他老母親在H市有許多老朋友，一定能幫她找到一份新的工作。她滿臉羞慚地告訴他，非常感謝他的幫助，但她不願在生她養她的閩北熱土待下去了，她很快要去日本。他問，他可靠嗎？她知道是指牛部春房，回答道，可靠的！他又問，去日本留學是件十分麻煩的事，人家的手續都要辦個一年半載的，她怎麼能辦得這麼快？她回答說，大個子在日本外務省有熟人，在日本駐上海領事館有朋友，所以一切都辦得很順利……程光華不再說什麼，衷心為他們祝福！後來又從別人那裡聽說在公司總部會議上，他曾為她的處分問題據理力爭，她就更加感到這份友誼的可貴！她相信，她這輩子可能和許多男人有過交往，甚至和許多男人上床，但她真正珍藏心中的只有這個不能愛她也未曾愛她的男人。一個人對於異性的愛到了崇拜的程度，大概就到了愛的極致，再也不能從心頭抹去了。她曾經非常極端地想過，一旦她走到生命的盡頭，如果她眼裡閃過一絲依戀，一絲微笑，一絲遺憾，一絲懷念，那麼，她不可能想起別人，而一定是想起這個她欲愛不能欲罷不能卻又始終在心坎深處陪伴著她的程光華！

看看，很有心計的游春英選擇的陪客，是這樣兩個對她既理解又同情的朋友，是這樣兩個願為她兩肋插刀的朋友，這個小小的聚會，便感情融洽氣氛和諧。菜肴美酒已經退到極其次要的位置，最為珍貴的是這份難捨難分的友情。便宴自始至終，籠罩著一種依依惜別、惆悵蒼涼的氛圍。黃京芝看她的好友游春英寡言少語，眼睛濕潤，想把席間的空氣活躍起來，便反客為主給游春英頻頻挾菜：

「吃呀，春英姐，你怎麼不動筷子？你不多吃點你媽媽親手做的菜，過兩天，你就得吃日本料理了。」

「我不是吃了很多嗎？」游春英黛眉微蹙地苦笑著，「你自己快快吃呀！」

黃京芝又問牛部春房道：「日本也有中餐館嗎？」

牛部春房說：「有的。中餐的有，西餐的有，日本料理的常常吃的有。」

「我的天呀！」黃京芝說，「春英姐，日本料理還常常吃的有！我擔心你一定吃不慣：生魚片、生牡蠣，還有活蝦、活蟹，一隻一隻都活蹦亂跳的，吃起來多殘忍，多嚇人！」

牛部春房就用他那半通不通的中國話解釋生魚片、生牡蠣、活蝦、活蟹怎麼吃法，怎麼衛生，怎麼好吃，怎麼有營養。他還皺起鼻子解釋說，沾生魚片吃的芥末有一種特殊的刺激性……席間的氣氛便慢慢活躍起來。

黃京芝又提議說：「牛部春房先生，你現在是中國人的女婿了。按著中國習慣，一對男女訂了婚，就該叫妻子的父母做爸爸、媽媽了。你們明天就要離開這裡了，該叫一聲爸爸、媽媽呀！」

牛部春房便嘿嘿笑著，衝著游金鎖和大奶媽捲著大舌頭叫了一聲：「爸爸！媽媽！」
大奶媽大大方方應了聲：「嗯！」
游金鎖緊繃著臉沒有吱聲。
黃京芝像一個出色的導演，又提示說：「好，再用日本話叫一遍！」
牛部春房又用日語親切地叫道：「唧唧！哈哈！」
黃京芝忍俊不禁大笑起來：「你叫什麼呀？你們日本人就這樣稱呼父母親的？嘻嘻，哈哈，咳，像開玩笑似的。」
大家也哄然大笑。大奶媽彎下腰來咯咯地笑，像一隻剛下蛋的老母雞；游金鎖風乾了的柚皮臉，好像剛灑過一些露水，稍稍地有了點生氣；游春英雪白的牙齒燦然一亮，多少天來她陰雲密布的臉上，第一次升起亮麗的陽光。
牛部春房卻一板正經地說：「一點不錯，我們日本人就是這麼稱呼父母的。爸爸叫『唧唧』，媽媽叫『哈哈』。」
黃京芝強忍住笑，若有所思地說：「怪了，怪了，不是說世界上所有不同的語言，叫媽媽都是同一個發音嗎？就你們日本人古怪，對媽媽卻是這樣一個古怪的叫法！」
程光華整個席間一直微微蹙起眉頭，莊重神色中透出幾分憂慮。臨近終席時，他瞅著牛部春房舉起了酒杯，用蒼鬱的男低音緩緩說道：「牛部春房先生，你和游春英小姐很快就要離開流香溪去日本了。我們很有些捨不得。我們共事快一年了，我不但和日本職工在工作上都配合得很好，而且和你們都成了好朋友。你說對嗎？包括你——牛部春房先生，都是我的好朋友！」

牛部春房被程光華一番嚴肅的話說得嚴肅起來，頻頻點頭，表示在洗耳恭聽。

「我國有一句古話說：『千里搭涼棚，沒有不散的筵席。』好朋友也總有分別的時候。」程光華用充滿悲愴的聲音接著說，「我，作為你和春英小姐共同的朋友，有一句十分重要又十分誠懇的話要對你說——春英小姐一離開祖國，除了你，就沒有別的朋友和親人了。她的爸爸媽媽，還有我，還有小黃小姐，就把她，拜託給你了，希望你一定要好好善待她。她生活上有不習慣的地方，你要多多幫助；她的性格不能與你完全協調的地方，你要多多諒解；希望你們做一對好夫妻，和和美美過日子！」

「好的，好的！呀唏，呀唏！」牛部春房誠誠懇懇答應著。

大概依依惜別之情在程光華胸間已經由細密漣漪暴漲成大波狂瀾，他的聲音竟有些哽咽而喑啞了：「牛部春房先生，今後我們雖然遠隔千里，我們的心總是連在一起的。現代的交通十分方便，通訊又非常發達，今天的世界已經變成一個地球村，我們再次見面的機會總是有的。即使我沒有機會見到你，南工局也總會有人有機會見到你；要是南工局的職工沒有機會見到你，十二億中國人總有人有機會見到你。那時候，我希望你能夠毫不慚愧地對中國朋友說，『我是對得起游春英小姐的，我是對得起中國朋友的。』那時候，我，還有我們大家，都會感謝你！

但是，如果萬一你虧待了春英小姐，你欺負了春英小姐，嘿，你也就沒臉再見中國人了！牛部先生，我說得對不對？」

牛部春房在程光華含威不露的目光逼視下，心裡暗暗打了個冷戰，不由連連點頭稱是：「對、對、大大的對！我一定會對春英小姐大大的好！」

程光華說：「那我就放心了！來吧，祝願你們幸福，乾杯！」

大家都舉起杯來與牛部春房和游春英碰杯。

游金鎖、大奶媽和黃京芝聽了程光華一番語重心長的話，早已淚水盈眶，只是怕掃了大家的興，都咬著嘴唇不讓淚水流下來。而最能掂出這番話分量的，是游春英。她明白，光華哥這番話，既是講給牛部春房聽的，也是講給她聽的。而歸根結蒂，他是為她的出國遠行，一百二十個放心不下呀！她聽出他聲調中的沉重和苦澀，她看出他目光中的柔情和關愛，不禁心中大慟，掩面而泣。她突然起身離席，跌跌撞撞地奔到臥房裡去。

第十九章

天堂大酒店第十八層

游春英說：「我今天走到這一步，是你們男人坑害了我，是窮困的生活逼迫著我。比起許多不法商人、貪官污吏，我要乾淨得多，清白得多……」

自從女兒游春英跟著日本佬牛部春房離開流香溪，大奶媽做生意已了無心緒。她一天燒幾把火，開幾次鍋，接待幾個吃飯喝酒的顧客，掙下幾十塊小錢，便早早關門大吉。這個斗大的字不識一籮的山裡女人，原來根本不知道書信電報電話為何物。她那在高高的武夷山大竹嵐上的雙親大人和一大堆姐妹，早在六十年代的大飢荒中接二連三地奔赴黃泉，在這個世界上，她無須借助現代通訊工具和別人發生什麼聯繫。可是自從女兒去了日本，書信——這個用文字來表達感情和傳遞信息的工具，對她忽然變得親切而重要了。她覺得，那個叫做信的神秘而神聖的玩藝兒，就是女兒可愛的面容，動人的聲音，她是多麼渴望這個她屎一把屎一把拉扯大的嫩囡仔，像樹枝上的花翎翠鳥一樣，忽然從天而降出現在她面前呀！那個穿著綠衣綠褲背著綠色兜兜騎著綠色腳踏車的鄉郵員後生哥，和她已經成了老熟人。他每次騎著腳踏車從水泥大街上遠遠駛來的時候，無須大奶媽過來和他打招呼，便用充滿同情的聲音對她說：

「大媽，真真對不起，還是沒有你的信！」

十多天熬下來，原本風韻猶存忽然變得憔悴衰老的大奶媽，便自言自語地哼了一聲：「怎麼會呢？我囡囡走了有十七天囉嘞。」汪著一泡淚水的眼睛，直勾勾地望著鄉郵員慢慢遠去，似乎帶走了她的希望，帶走了她的命根，那顆乾涸的心便愈發掏得空落落的惶惶然不可終日。

女兒走後，老伴游金鎖的病情日重一日，已經送往南工局後方基地「水電村」矽肺病職工療養院，游春英的好朋友程光華、黃京芝等人對女兒的事雖然也十分操心，可是他們畢竟太忙，隔天來吉普賽酒店打聽打聽消息，寬慰寬慰她大奶媽幾句，也就匆匆走了。來得最為勤快的倒是丘長根。這個憨厚的後生哥，每天下了班，臉來不及洗，衣服來不及換，總要來酒店坐上幾分鐘。他臉膛黑黑的，眼神呆呆的，分明是想打聽游春英的下落，卻閉口不提「春英」兩個字；只是這裡瞅瞅，那裡瞧瞧，灶間沒柴，就給大奶媽捎來幾捆柴；水缸裡沒水，就給她挑來幾擔水；幫著燒燒火，掃掃地，那更是常有的事。大奶媽覺得欠著這個老實巴交的後生哥一筆債，那是一輩子也還不清的。丘長根幫她做事的時候，便拉拉扯扯地來制止他：

「哎呀呀，你歇著，歇著！你累了一天，還能讓你幹活？」

丘長根說：「累什麼呀，我年輕輕的，力氣像窟活泉水，用了又會來，怕什麼呢？」

有一天，丘長根從工地上回來，大卡車嘎地停在酒店門前，從車上馱下好幾捆黜黜烏的雜木柴。這顯然是剛從那片火燒山上砍下來的。大奶媽見丘長根一身汗水，滿臉煙灰，胳膊腿上劃破好幾道傷口，淌著污黑的血水，禁不住心頭一酸，一串熱淚飛迸而出，驚乍乍說道：

「哎呀，長根呀長根，你這是何苦來？你不怪春英，不怪我大媽，還對我這樣好，好得我真真受不了囉嘞！」

丘長根是最見不得人家流眼淚說好話的，一看大奶媽涕泗橫流，把柴禾一扔，便奪門而出，落荒而逃。

這樣，能和大奶媽說說心裡話的，只剩下她的老情人路路通了。為了掩人耳目，路路通大白天很少來吉普賽酒店，而一捱到天色斷黑關上店門，路路通便從後門摸進店來和大奶媽作伴。礙手礙腳的師兄游金鎖已經住醫院去了，按說這正是他們肆無忌憚地尋歡作樂的好時光，可是，自從女兒跟那日本佬走了以後，大奶媽對床上的事情是一點兒也提不起興趣了。路路通纏得她實在無奈而又勉為其難的時候，她也禁不住在路路通身子底下發出長吁短嘆，給路路通兜頭澆下一瓢涼水，讓他呼呼焚燒的欲火猝然熄滅，興味索然地戛然而止。

「咳，有你這樣做媽媽的？囡囡走了才十幾天，就把你愁成這個樣子！」路路通有些不快地數落大奶媽。

「我愁，我能不愁嗎？春英已經整整走了十八天了，一點音訊都沒有，叫我怎麼放心得下！」

「你還以為是到福州、上海逛一趟哩，人家是去外國，去日本，日本在哪裡你知道嗎？在很遠很遠的地方，在太平洋那一邊，被太平洋的大波大浪包圍著，離我們中國十萬八千里。再說，人家剛到日本，得安家住下來，得找工作掙飯吃，哪有得空閒給你寫信呀？」

路路通總是找出種種理由寬慰大奶媽，言談和神情中充滿了同情。可他的心窩裡頭，著著實實為游春英的出國感到高興。他高興的不是為著游春英能到日本去混出一個活路，高興的是自己到底去了一塊心病。去年秋天，他託游春英捎給龍經天一張八萬元的支票，常常在心裡敲著鼓兒。他怕游春英嘴巴不牢，漏了風聲。現在好了，游春英被開除出南茂公司，又去了迢迢萬里的日本國，他和龍經天之間的那檔子買賣，除了大奶媽略知一二，便將成為一個永久的秘密。

大奶媽說：「人家牛部春房老子是個大闊佬，大公司、大商店開了好幾家，兒子媳婦回去，還用愁住愁穿愁吃飯？」

「那就是春英剛到了日本，給那個花花世界搞昏了頭，牛部春房那小子帶她逛公園，逛大街，一時還抽不出空來給你寫信。」

「一到了外頭就玩昏了頭，連給爺娘寫信都忘了，還要這樣的囡囡做嘛用囉！」大奶媽憤然嘆息。

路路通伸過胳膊來圈住大奶媽的脖子：「算啦算啦，你整天囡囡長囡囡短，就不能賞我一個笑臉嗎？」

「去去去！」大奶媽使勁把路路通推了開來，生氣地啐道：「不是你身上掉下的肉，你怎麼會心疼！」

路路通側過身子，乖乖躺著，好久好久，才在大奶媽的念叨和嘆息中迷迷乎乎睡熟了。

轉眼又過三天，大奶媽才得到一點關於女兒的消息，而且是讓人迷惑讓人揪心的消息。那天傍晚，丘長根下了班，便急急慌慌跑了來，告訴大奶媽，游春英並未去日本，還在省城福州。大奶媽把眼睛瞪得圓溜溜的：「怎麼會呢？他們走了半個多月了，還在福州？你是聽誰說的？」

「今天，跑福州運鋼材的臭嘴阿山剛回來。他說，他在天堂大酒店的大門前，遠遠的看見過春英……」

大奶媽有一種不祥的預感，追問得更急了：「臭嘴阿山有沒有看見，春英是不是和大個子在一起？」

「我也這樣問他了，他說沒有看見那個日本佬。」

「那她和誰在一起?」

「人家支支吾吾的，我沒有再多問他。」丘長根心裡好像藏著什麼話，臉上有點不大自然。

「我的天！我那苦命的囡囡呀，莫不是給人甩了喲?」大奶媽說著就哭起來。

丘長根勸慰大奶媽說：「事情還沒有弄清楚，千萬別著急。明天，我剛好要去一趟福州，我說什麼也要找到春英，把事情搞個水落石出，然後幫你大媽拿個主意。」

大奶媽百般無奈，也只好千恩萬謝拜託丘長根了。

次日一早，丘長根駕著他的十輪大卡車風馳電掣地上路了。

這是南方伏天的雨季，雲塊壓得低低的，天空陰陰沉沉，大卡車迎風急馳，丘長根也覺得甚是悶熱。一路上，他以每小時六十公里的速度快速行進，趕到福州，才下午三點來鐘。他把車子在南茂公司駐榕辦事處院子裡停好，按臭嘴阿山提供的線索，上街去尋找游春英。長根坐了三站公交車，便到了那家富麗堂皇的天堂大酒店，扯開大步徑直往裡頭走。

「喂，站住！」一個戴著大蓋帽的年輕門衛攔住他，「你想幹什麼?」

丘長根看見那個門衛警惕而輕蔑的目光，像審視一個小偷似地盯著他，只覺得脊梁溝上淋下一瓢冷水，渾身涼颼颼的。他結結巴巴回答道：「我，我，我想進去找一個人。」

門衛舉起戴白手套的手，懶洋洋地往旁邊一指：「你看看，這牌牌上寫著什麼?」

丘長根這才認出豎在一旁的牌牌上寫著八個大字：

衣冠不整，謝絕入內！

丘長根臉上刷地一下泛起豬肝紅，愣了片刻，掉頭就走。這個開著大卡車走南闖北的「沿江吉普賽人」，壓根兒就不知道在當今的中國，一個人的服裝和儀表，已經成為某些高級場所的通行證。走出五百米開外，他驚魂甫定，看看自己身上穿著一套皺巴巴髒兮兮的灰不溜秋的工裝，腳下是一雙踢倒山翻毛大皮鞋，頓時覺得自己的穿著是多麼寒磣！寒磣得和這個高樓林立的大城市很不協調，和滿街熙來攘往的紅男綠女很不協調，和一望之遙那家大酒店十八層高的氣勢逼人的摩天大廈更不協調。他媽的，這可怎麼好呀？進不了那道玻璃大門，就別想找到游春英。丘長根這麼懊惱地想著，又慢慢踅回那家賓館的大門前。這裡有一個籃球場般大小的噴水池。池中矗立著三座長滿青苔嶙嶙峋峋的假山，清粼粼的池水中幾尾紅鯉魚優哉游哉，三座假山的山頂和山腰間，噴射出三股高高的噴泉，直愣愣的水柱和焰火一樣噴灑開的水花，在盛夏驕陽的映照下，幻化出紅綠黃靛青藍紫七色彩虹，煞是好看，挽住了許多過往行人的腳步，扭過臉來欣賞這喧囂鬧市中突兀而起的奇觀。對於「沿江吉普賽人」來說，丘長根真山真水青山秀水怪山奇水也不知見過多少了，然而，他還是在噴水池前駐足踟躕。他不是留戀這種模擬自然卻充滿虛假的畫幅，他在噴水池畔傻不愣登佇立著，目光卻瞟著前頭那扇玻璃大門，期盼著游春英的突然出現。

丘長根開著大卡車進福州城運機械材料，也記不得有多少回了。唯有這一回，他才認認真真觀察，有權進出這類豪華大賓館的高等人士，其穿著打扮大款氣派，真叫他瞠目結舌！那都是一些活得多麼滋潤多麼快活的幸運兒：有衣著雍容華貴、濃妝艷抹的太太小姐，有西裝革履、油頭粉面的富商大賈，還有不少高鼻子、藍眼睛、棕紅頭髮的「老外」們。他們一律都乘坐漂漂亮亮的小轎車，沿著一條單向斜坡車道，像一陣風貼著地面呼隆一下刮到那道玻璃大門前。丘長根對城裡有錢人身上穿戴的名牌西裝、旗袍、筒裙、皮鞋、領帶等等，一無所知，而對各類豪華轎車卻了若指掌，他無比驚異地發現，開到這家大賓館裡來的，不僅有常見的豐田、皇冠、奔馳和奧迪，而且有在那個年頭還十分稀罕的藍鳥、尼桑、林肯和勞斯萊斯。當這些豪華轎車像高貴的仙鶴翩然而至的時候，站在賓館門前的儀表堂堂、衣冠楚楚的門衛們，便迎了上去，開車門，一鞠躬，二擺手，三微笑，彬彬有禮地把貴賓們迎進那道玻璃大門。丘長根還發現，門衛們待客的禮儀隨著各類轎車的車型尊卑貴賤而發生著種種微妙的有趣的變化：如果這會兒開來的是一輛皇冠3.0或是車牌上標著特殊標誌的大奔馳，門衛們便一溜小跑趨向前去，謙卑的身子彎成一張弓，臉上的媚笑甜得擰得出一桶蜜，一手幫著打開車門，一手封著車門的上端，不管是老人還是年輕人，都唯恐讓人碰傷了腦殼；若是開來一輛桑塔那或是馬自達，門衛們臉上的笑容和身子的彎度，都將大大地打個折扣，即使過來幫助打開車門，也是敷衍了事無精打采的；如果這會兒開來的是一輛土面包或是出租的士，那麼，對不起，車門你就自個兒開吧，門衛站在遠處，用淡漠的目光注視著車上的司機，舉起戴著白手套的手，不大耐煩地揮一揮，那意思是此地不可久留！丘長根不太靈光的腦子裡便有了一個聰明的想法：這個世界可是大大的變了！在長年生活在窮鄉僻壤的「沿江吉普賽人」群落，錢掙得多一點和掙得少一點，「第一世界」和「第三世界」，那種懸殊和區別，人們常常談論的，可能是你家裡有沒有彩電呀，有沒有冰箱呀，是否能分到一套三間一室的單元房呀，能不能供子女上大學呀……而在這個光怪陸離的大城市，有錢和沒錢，貴族和平民，那種懸殊可是高山和平地，天上和地下，而且還不僅僅限於看得見摸得著的東西，更為可怕的，是在某些長在額頂上的勢利眼中，已經不把衣衫襤褸的勞動者還當作一種人！坐著土面包和小夏利前來的三等客人，在門衛眼中也視而不見哩，我一個衣著不雅土里巴嘰風塵僕僕的「沿江吉普賽人」，還能走進那金碧輝煌眼花繚亂的大堂裡去嗎？

丘長根這麼看著想著，黃昏和烏雲同時降臨這座城市，天色驟然黑下來，而且更加悶熱難受。他媽的，怕是要下大雨了，丘長根想。大街和商店紛紛亮起電燈、彩燈、霓虹燈，天堂大酒店立時大放光明華燈閃爍。噴水池前漸漸行人冷落，丘長根始終看不到游春英的影子，肚子卻咕嚕咕嚕響起來。當了七八年駕駛員，總是飽一頓饑一頓，他早落下個老胃病，這會兒已經餓得肚子裡好像有許多蟲子啃咬似的，疼得他緊緊地擰起眉頭。他這才記起打自清早五點吃的早飯，到現在已經過去一整個白天。他便拐到附近的一家小吃店，吃了五個蠣餅和三碗鼎邊糊。

他付完錢，又把所有的口袋掏了一遍，還好，還好，他目前可供支配的流動資金居然有兩百一十五元人民幣，那原是準備給老娘買些進口祛濕驅風油的。老娘長年患風濕性關節炎，用這玩藝兒抹一抹能稍稍減輕痛苦。現在也顧不得這許多了，當務之急，是必須有一套稍稍看得過去的行頭，穿戴起來，才能跨進那道神秘兮兮的玻璃大門裡頭去，找到他急於要找到的游春英。這麼想著，他信步走到一條小商品街，仔仔細細地看了幾家小地攤，買了一件的確良白襯衫，一條出口轉內銷的低檔西褲，一雙火箭似的尖頭皮鞋，再回到南茂公司駐榕辦事處，沖過澡，洗過頭，換上一身新衣服，對著鏡子照了照，哈，竟像換了個人，差點不認識自己了。他不禁輕鬆地笑了一下。嘿，真是「人要衣裝，馬要鞍裝」麼，我這麼稍稍打扮打扮，和別的後生哥比起來也不至於輸到哪裡去！

丘長根再次出現在天堂大酒店門前的時候，就不那麼猥猥瑣瑣了。他仿效著那些大城市裡的高等公民，大模大樣，目不斜視，朝著那扇大得像一堵透明墻壁似的玻璃大門逕直走去。嘿，他愚蠢得多麼可笑呀，走近玻璃大門的一霎間，他差點兒要伸出手來去推那兩扇關閉著的玻璃大門呢。可是，眼前的情景就像《西遊記》神話一樣神奇，也許有一個看不見的孫悟空念念有詞，那兩扇玻璃大門竟自動徐徐打開了。丘長根一走進酒店大堂，立時驚訝得連嘴也合不攏了！這個大堂簡直大得像一個大禮堂，容得下幾百上千人看電影哩！地面鋪著赭紅色的花崗岩，走在上面好像在冰場上滑冰，丘長根不得不小心翼翼；四根大銅柱兩個人也合抱不過來，金光閃亮，丘長根對著它們瞅了一眼，裡頭現出他那被拉長了的奇形怪狀的影子。大堂高高的天棚上面，還有許多美麗的仙女騰雲駕霧，有許多仙鶴彩鳳淩空飛翔，丘長根知道那是一種雕塑藝術，可這些木雕也惟妙惟肖到足以以假亂真的地步了。丘長根在大堂裡邊走邊看，突然發現一個穿著緊身旗袍的小姐用警惕的目光盯著他，他又頓時心裡發怵，覺得再這麼傻不愣登地瞅下去，說不定又要被人當作嫌疑犯看待。於是，他逕直走向服務總臺，向那個穿著天藍色工作服的小姐打聽游春英住在哪個房間。那位小姐翻了翻旅客登記簿，說，壓根就沒有這個人。丘長根不信，請那位小姐再查查看，那位小姐再翻了翻登記簿，還是說沒有這麼個人。丘長根無奈，只好怏怏然離開了服務臺。他想，難道臭嘴阿山提供的情況不確實？不，人家可是說得有鼻子有眼的呀。管他哩，既然已經跨進這家大酒店，我就不能輕易出去了。他看見大堂的東南角，排著許多小桌子小椅子，以為那是一間可以供人們隨便坐坐的休息室，便移步走了過去，拉過一張椅子，用半個屁股坐下來，仍然把臉朝向大堂，定定地盯著在大堂裡穿梭來往的人們。他想拿出守株待兔的牛勁，非在這裡逮到游春英不可！

可是，他還沒有坐上一分鐘，身後就響起一個又甜又脆的聲音：「先生，請問，您要什麼飲料？」

丘長根扭轉臉來，看見一位穿著白襯衫繫著藍圍裙的小姐站在桌子旁邊。他還沒有回過神來，不知怎麼回答好。那位小姐又問了一聲：「請問，你要什麼飲料？」大概是從丘長根黧黑的臉膛而猜出他的身分，小姐的聲音沒有剛才那麼溫柔動聽了，免去了「先生」，而且把「您」改稱為「你」。

丘長根這才知道這塊風水寶地不是可以隨便坐坐的，大概是屬於咖啡廳那樣一個去處。已經坐下，什麼都不喝就走開，那也太讓人瞧不起了，接著將遭到怎樣的白眼真不可預料。罷、罷、罷！他猶豫片刻，硬著頭皮要了一杯咖啡。

丘長根好歹活到二十大幾了，一向都是喝白開水、山泉水解渴，大模大樣坐在咖啡廳裡喝咖啡這還是第一次哩！他覺得這咖啡遠遠不及山泉水清洌、甘甜、解乏，甜膩中帶點兒苦澀和焦臭味，喝這一杯咖啡實在大大的不值！但令他稍稍寬慰的，現在總算有一個地方可以堂而皇之地坐著等候游春英了。他多麼希望那一杯咖啡變成一杯取之不盡的甘泉，極其斯文極其吝嗇地慢慢啜飲著，一對滴溜溜的眼睛毫不懈怠地注視著大堂上的過往行人。這麼耗了半個多小時，那個玻璃杯裡的咖啡終於點滴不剩了。服務員小姐及時過來收款。丘長根抖抖擻擻掏出兩塊錢來，服務員小姐瞟了一眼說：

「你開什麼玩笑？兩塊錢怎麼夠？」

「那你說要多少？」丘長根吃驚地睜大眼睛。

「十塊！」

「多少？」丘長根不能相信自己的耳朵，直到那位漂亮的小姐把這個數字重覆兩遍後，他才極不情願十分痛苦地把一張皺皺巴巴的「大團結」狠狠地拍在咖啡桌上。

「你還想要點什麼別的東西嗎？」小姐很不耐煩的聲音聽起來竟有些刺耳了。

「不，不，不了！」丘長根斬釘截鐵回答道。

「那麼，先生你請便吧！」小姐毫不客氣地下了逐客令，「這裡的位子，要接待喝咖啡的客人。」

丘長根紅著臉慢慢踱出咖啡廳的時候，心裡憤憤地想，城裡人簡直是拿小刀子宰人呀！一小杯咖啡十塊錢，足足夠我老娘那樣的山裡工人農民過十天半個月！他想起一個多月前，他回家看望老娘的時候，捎回一簍鮮荔枝給久病臥床的老娘吃，那荔枝五元一斤他只敢報兩元一斤，老娘就說他太奢侈，太浪費，怎麼也捨不得吃，最後還拿去進貢小龍門工程處的聶處長。要是讓老娘知道我花了十塊大鈔喝了一小杯咖啡，還不知要多心疼哩！咳，咳，在這裡傻等游春英是一個多麼愚蠢的錯誤！喝一杯咖啡都得十塊錢，那麼在這裡吃住一天得多少花銷，游春英她掏得起這個腰包？哎喲喲，快快離開這裡吧，這裡是找不到游春英的。

可是，就在丘長根快快不樂地邁出那道玻璃大門的時候，他看見停在門口的一輛紅色的士車門打開來，車上走下一個年輕輕的小女子，覺得她是那麼面熟，再細細瞅了一眼，他一個箭步便撲了上去，驚喜地叫道：

「春英，你是春英吧？」

這個穿得花枝招展的小女子果然是游春英。她上身穿著湖藍色的真絲襯衫，下身著一條淺灰色的彈力短裙，緊緊地裹著小屁股蛋；胳膊上挎著個玲瓏小巧的坤包，臉上薄施脂粉，唇邊塗著蔻丹，眼圈和眉毛都細細描畫過，脖子上和手腕上戴著珠光寶氣的首飾，比在南茂公司時更加摩登，更加俏麗；同時，卻顯得有些憔悴，有些疲憊，眼圈下面有一抹淡青色的黑暈，臉蛋也好像瘦了些兒。丘長根瞄了好一會也不敢認。

游春英見到丘長根也愣了一下，囁囁嚅嚅問道：「咦，你怎麼在這裡？」

丘長根說：「我是專門來尋你的。你爸你媽得不到你的消息，都快急瘋了哩！就叫我來福州找你。你離家半個多月了，到底有沒有去日本？還是一直都待在福州？你怎麼也不給家裡寫個信……」

丘長根深怕游春英像小鳥似地一下子飛走，把一連串問題噼哩啪啦扔過去。可是他的話還沒說完，紅色的士裡又鑽出一個個子高高的「老外」，走過來插斷他的話衝著游春英說：「小姐，我們快到裡面去用餐吧，我的時間是很寶貴的。」

丘長根把這個「老外」細細瞅了一眼：高鼻子，藍眼睛，棕紅色的長髮直披雙肩，一副不男不女的怪樣子，顯然是屬於白色人種的西方人。長根心裡納悶：那個日本佬牛部春房呢？怎麼又粘上這麼個怪物？便輕聲問道：

「咦，他是誰？」

「哦，剛認識的一位朋友。」游春英瞟了那位「老外」一眼。

「快快跟我回去吧，你爸你媽想死你了！」丘長根急得提高了嗓門。

游春英竟然鎮定自若地笑了一下：「這位先生要請我吃晚飯，我總不能掃人家的興呀！這樣吧，你晚上十點鐘，再到這家酒店大門口來吧，我在這裡等你。」

丘長根還想纏著游春英尋根究底，可是游春英沒讓他多問下去，一邊挎著那個「老外」的膀子，一邊扭著屁股花兒，飛快閃進自動開合的玻璃門裡去了。

烏雲愈壓愈低，天氣愈來愈悶熱，今晚要來一場暴風雨是肯定無疑的了。

丘長根心緒煩亂地在大街上逛了兩個多小時，九點半就回到天堂大酒店大門前等候游春英。他心裡懊惱地想：我前會兒怎麼輕易放她走了呢？說不定這是她的脫身之計，八成她是不會再來見我了！心裡正咚咚敲著小鼓的時候，他看見那道大得像一堵牆似的玻璃大門無聲地打開了，游春英裊裊婷婷地走了出來，衝著他微笑道：

「你早就到了，讓你久等了吧？」

丘長根苦笑一下說：「有什麼辦法，我從來都是要比你早到許久的。」

游春英說：「跟我來，我們到裡頭找個地方說說話吧。」

丘長根有些猶豫。他本想告訴游春英，這家大酒店可不是隨便好呆的，一小杯咖啡就得十塊錢哩！但他還沒有把這個意思說出口，游春英就攙著他的手走進了那道玻璃大門。隨後，他們穿過燈光燦爛、四壁生輝的大堂，乘坐電梯上到十八層樓，進入一間既豪華又舒適的房間。

室內的燈光柔和而幽暗，帶著幾分神秘而浪漫的情調。丘長根萬分驚詫的目光眯了好一會兒才適應過來，從暗紅色的地毯，貼著米黃色牆紙的牆壁，鋪著潔白床單的席夢思床，二十一吋大彩電……一一那麼瞟了過去。他像劉姥姥進了大觀園，坐不是，站不是，連手腳也不知如何擺弄好。

「坐呵，坐呵，傻不愣登站著幹嘛？」游春英朝一張皮沙發上擺了擺手，笑笑說。

「這就是你住的房子？」丘長根在沙發上落了坐。

「對呀，我就住在這裡。」

「你那個日本佬呢？」

「他呀，早滾回日本去了！」

丘長根聽出來，游春英的話音中有一種壓抑著的憤怒，便十分驚訝地問道：「你們不是早說好的嘛，他要帶你回日本去結婚？」

「哈哈，哈哈！」游春英尖聲怪氣地大笑起來，「他要和我結婚，他要和我結婚，你也相信他放他媽的狗屁？算我瞎了眼睛，把這個日本佬當作一個人！哈哈哈……」她狂笑時，粉嫩嫩的臉頰上滴下幾滴晶瑩的淚珠。

「哎呀呀，你們到底是怎麼回事？你快快說麼！他敢欺侮你，我找那王八蛋算賬！」丘長根已經完全忘記游春英對他的背叛，不覺間又想為青梅竹馬的女友充當衛士。

游春英很長時間生活在被矇騙被欺凌的幻境裡，已經很久很久沒有聽見這種貼心仗義的話了，便勾起許多傷心事，悲悲切切地抽泣起來。霎時間，臉上薄薄的脂粉，被沖成兩條五彩繽紛芬香馥郁的小河。

丘長根不知怎麼辦好。他驀然想起孩提時代，游春英手上的一根苞米棒被一個愣小子搶了去，那會兒游春英也哭得很傷心，他便拿出男子漢的英雄氣概，硬是把那根被吃了一半的苞米棒搶了回來，物歸原主，游春英才破涕為笑。可是，眼前的事情卻要比一根苞米棒複雜而且嚴重得多，咳，我能給你幫上什麼忙呢？

游春英輕聲啜泣了好一會，才慢慢止住。她抽出一張紙巾，在臉蛋上印了印，臉上的小河便漾成兩朵淡淡的桃花瓣。這半個多月來，她在人生的路上，再一次栽了個大筋斗，作為一個姑娘，而且是面對自己青梅竹馬的男朋友，她該如何啟齒？

她能告訴丘長根，那個和她好得死去活來的牛部春房，帶她到福州閒逛了三天之後，就突然消失得無影無蹤嗎？她能告訴他，那個日本高級流氓壓根兒就沒有想和她結婚，他和她好，不過是像一個最精明的購物能手，花最少的錢，買到一件最價廉物美的商品嗎？她能告訴他，那個日本大騙子手，用甜言蜜語把她糊弄得暈頭轉向，直到要飛往東京的頭一天夜裡，簡直像一匹欲壑難填的狼，是怎樣一遍又一遍地蹂躪她如花似玉的軀體嗎？她能告訴他，那天清晨，她一覺醒來，突然不見那個日本四腳獸，而且沒給她留下一塊錢，害得她連房租也交不起嗎？她能告訴他，她在萬念俱滅的時候，曾經想用一根尼龍繩結束自己的生命，卻被人救了下來，從此只好用肉體來換取醉生夢死行屍走肉的活著嗎？不能，不能！一萬個不能！我的天呀，這一切簡直像一場惡夢，她也許將永遠留在記憶的深處，任何時候一想起來都刀剜錐刺似的疼痛、流血，卻怎麼也無顏啟齒向別人那怕是自己的至親骨肉如實訴說了。

游春英這麼左思右想，愈發傷心悲泣起來，臉上的脂粉沖刷得一塌糊塗，掛下兩幅水彩山水畫。丘長根好勸歹說，才讓她慢慢地止住哭。她一邊用紙巾揩著淚一邊說：「唉，算了，算了！只怪我命苦，才落到這個地步……」

丘長根看到游春英欲言又止悲悲切切的樣子，知道她肯定有難言之隱，不便多問，只是一個勁寬慰說道：「算了，算了！過去的事就讓它過去。你現在就收拾收拾東西，和我一起回南工局。」

游春英苦笑兩聲：「嘿嘿，我現在還回得了南工局？」

「就算南茂公司不要你，可你還是南工局的人呀，讓光華給局頭頭們說說情，總能給你找一份活兒幹。」

「你別來哄三歲小孩了，像我這樣的人，南工局還會收留我？」

「就算找不到一份正式工作做，你還是得回流香溪。你的父母親人都在那裡，再沒有活幹，幫你媽看那個酒店，也夠你忙乎了。」

一提起流香溪，一提起游春英的親爹和親媽，游春英又眼睛紅紅的，問道：「我走了以後，我爸我媽怎麼樣了？」

丘長根把金鎖叔為女兒操心得病情加重，住進了醫院，大奶媽天天盼著女兒的音訊，急得快成瘋子的情況說了一遍，游春英又傷心傷意哭起來。

丘長根倒了一杯熱茶，端到游春英跟前，一邊細聲細氣地勸慰著：「別哭，別哭啦！你快跟我回去，你爸你媽就會放心了，日子不照舊過下去。」

「不，不，你千萬別說在福州見到了我，就算我爸我媽沒有我這個女兒吧！」游春英斷斷續續抽泣著。

「這怎麼成？你不是好好的麼？」

「就當我死了唄！」

這時候，擱在床頭茶几上的電話忽然響了起來。游春英連忙止住哭泣，抓起電話聽筒聽著。丘長根聽見聽筒裡傳出一個男人淫聲浪氣的聲音：

「喂，您是麗麗小姐嗎？」

游春英輕聲應道：「嗯，嗯。」

丘長根心裡納悶，游春英怎麼變成了麗麗小姐？難怪在旅客登記簿上查不到她的名字。他又聽到電話裡那個男人的聲音：

「您可讓我想死了！」

「……」游春英急忙捂著電話聽筒，而且把臉偏到一邊去，但是電話那頭男人的聲音仍肆無忌憚地傳過來：

「真的，您讓我想死了，您今晚能夠陪陪我嗎？我的小親親！」

游春英尖聲叫起來：「不，不！我今晚身體不舒服。」

「那更要去看看您！」

「不，不，你千萬不要來！」

「我這就去，就去，今晚見不到您，我就活不到明天了！」

游春英滿臉緋紅，生氣地把話筒擱下了。

老實巴交的丘長根因為驀然知道了游春英的秘密，而且知道得如此具體，不禁滿臉通紅，連看也不敢看游春英，傻不愣登站著，不知說什麼好。做下醜事而見不得人的彷彿不是別人，而是他自己。

游春英尷尬片刻，就從窘迫中擺脫出來，放下臉來冷笑道：「嘿嘿，丘長根，我的事你都知道了，你罵我吧，唾我吧！你啞啦，死啦，怎麼不說話？」

丘長根抬起頭來，已是滿臉淚水，拉著她的手哭求道：「春英，你快快跟我回去吧！你何必這樣作賤自己？」

「回去？我是被公司趕出來的人，還有誰看得起我？」

「我看得起你！我看得起你！」

「真的，你還會愛一雙破鞋？」

「我求求你了，春英！你何必還這樣瞧不起自己？」

「你還會愛我？」

「愛你，愛你，我永遠愛你！」丘長根抱著她大聲喊叫著，「你快跟我回去吧，讓我們老老實實和和美美平平安安過一輩子！」

游春英似乎被感動了，像貓一樣溫順地依偎在丘長根懷裡，喃喃問道：「真的？你還看得起我？還愛我？」

「真的，我從來沒說過假話！」

游春英從丘長根眼裡看見了他一如既往的忠誠，心裡的感動又添了幾分，問道：「你願意和我過一輩子，可是，就靠你那幾個工資，我們怎麼過法？」

「我一個月工資七八百，再加上獎金上千塊，還愁養不活你？」

「如果我們再添個孩子呢？」

「緊巴一點也能過。」

「不要忘記，你還有個病病怏怏的老母親呢！還有一個沒有工作的小妹，你媽她最近身體怎樣？」

「我把我媽送到醫院治了二十多天，她那老毛病大體上好了。我媽和我妹省吃儉用慣了的，能花銷多少錢？」

一聽長根媽還去住醫院，游春英心裡更是格登了一下，蹙起眉頭說：「算了吧，那緊緊巴巴的日子，我已經過怕了。」

「你也有一雙手，也可以在工地上養豬、種菜、打小工，攢下一筆錢，也可以開一爿小店……」

游春英像被火灼著似的從長根懷裡扎脫出來：「唔，我明白了，你是要我像我媽那樣苦苦嘰嘰過一輩子。」

丘長根生氣了：「就算我們那個活法苦一點，總比你現在這個活法乾淨，清白，比你現在更像個人樣兒吧！」

游春英一把推開了丘長根，眼裡倏地一下迸射出冷峻的火光：「還說像以前一樣愛我呢？在你的眼裡，我已經不像個人了！」

丘長根急得不知說什麼好：「哎呀呀，我，我，我哪裡是這個意思？」

游春英壓抑在心頭的火焰，像機槍子彈噴射出來：「我不乾淨？我不清白？是的，我游春英比起你丘長根來，也許要低了一頭；可是，你以為這個世界上的人就都那麼乾乾淨淨清清白白？我今天走到這一步，是你們男人坑害了我，是窮困的生活強迫著我。比起許多不法商人、貪官污吏，我要乾淨得多，清白得多。我出賣的是我自己，他們出賣的是人民大眾的利益，其中也有你和我這些幹苦力活的人的利益。你難道沒有看到，連龍經天那樣的小貪官，也不知要侵吞多少國家的錢財，吸吮多少人民的血汗呢？」

「過去一年的陳穀子爛芝麻，還提它幹嘛？」

「不，我不是心疼送他兩包紅菇、白木耳和幾百塊錢。現在，那點小東西，給他填牙縫還嫌少哩！嘿嘿，我跟你說吧，路路通給他的大紅包，一次就是八萬元！」

丘長根把眼睛瞪成兩個大燈泡，比聽到有人大白天在大街上持刀殺人還要吃驚：「你怎麼知道？」

「這你就不要問了。」春英依舊玩世不恭地笑著，「我知道的事情還多著，抛一點點小材料，是為了讓你的木頭腦瓜開開竅。你有沒有發現，連清粼粼的流香溪水都開始變渾了呢，你還以為這個世界還像原來那麼乾淨？」

「你也不要以為『天下烏鴉一般黑』呀！」長根說，「我們南工局那些兄弟姐妹，天天日出做到日落，雞叫做到鬼叫，獻了青春獻子孫，世世代代在山溝溝裡建電站，難道能說他們也都變壞了嗎？」

「是的，我比起你，比起程光華，當然自愧不如。你罵我吧，唾我吧，我是『沿江吉普賽人』中的敗類，好不好？」游春英把腦袋歪向一邊，還是玩世不恭地笑著。「但是，比起這個世界上的許多人，我還是乾淨多了！」

「春英，我求求你，快別說了，好不好？」丘長根用驚愕無措的目光瞅著她，覺得她是那麼陌生，那麼遙遠。「反正我不會看不起你，你爸你媽不會看不起你，你就快快跟我回去吧！」

「不！我不會跟你回去的，你快快走吧！這個世界上，已經沒有一個男人能讓我信得過了。我今天走到這一步，就是被你們男人拉下水的。現在，我要給你們男人一點小小的回敬：我要讓他們一個個拜倒在我腳下，像哈巴狗一樣來舔我的腳趾頭；我要讓他們一個個為我掏空錢袋，鬧得家破人亡；我要讓他們一個個成為貪污犯、盜竊犯，最後一個個下地獄……」

丘長根睜大驚駭的眼睛，半天說不成一句話：「春英，你，你……」

「看，把你嚇壞了吧！」游春英揶揄地冷笑道：「我這裡很快就有魚兒來上鉤了，請你快快走吧！千萬別和我媽說見到了我，就當我已經死了，早早死了，你記清楚了吧？」

丘長根像根木頭樁子栽在那裡不肯動，游春英就過來推他搡他。這時候，門鈴「叮咚叮咚」響了幾聲，門外有人彬彬有禮地叫門。

「你快走，快走！」游春英一邊推著丘長根，一邊就對著案頭牆壁上的大鏡子，梳了梳頭，抹了抹臉，整了整容，霎眼間又光鮮嫵媚起來。她開開門，走進房來的是個衣冠楚楚的人，一頭梳得溜光的頭髮，很可能是高級染髮水的神奇功效，竟然濃密黝黑得像個少年頭。但臉上鬆垮得像絲瓜瓤子一樣的肌肉，眼帘下兩個垂掛下來的肉袋子，都透露出他那一大把年紀，做游春英他爸也綽綽有餘。他看見丘長根時驀地愣了一下，有點尷尬而生氣地說：

「哦，麗麗小姐，原來你這裡已經有客了！」

游春英忙賠笑道：「不，這是我哥，剛從老家來看我，我這就送他走，劉先生，你請坐！我一會兒就來。」

丘長根兩個大拳頭攥得咯巴咯巴響，要不是礙著游春英的面子，他就要賞給那個劉先生兩個大燒餅，准能叫他臉上掛彩，七竅開花。但是，游春英已經扯著他的衣角往房外走。他邊走邊梗著脖子，向後投去異常厭惡、憤怒的目光，直至被游春英拖到電梯口，才萬分無奈而悲哀地連連嘆息道：

「咳，你這是……你這是……咳，你這是怎麼搞的麼？你、你還是跟我回去吧！」

電梯無聲地打開了，游春英拚著全身力氣把丘長根推了進去：「快走快走，你……你，就當我死了吧！……」

電梯又倏然關上，把游春英淚光閃閃的眼睛、悲悲切切的聲音，永遠隔絕在另一個世界。丘長根撲在涼冰冰的電梯鋼牆上，失聲痛哭起來。

這時，大酒店外面，已是風雨大作、雷聲隆隆的混沌世界。

第二十章 驚濤狂瀾

面對滔滔洪水，聽到雄田幫明建議決堤分洪，程光華驀然想起二十多年前，「沿江吉普賽人」含著眼淚炸毀自己親手築起的圍堰……

又急又大的雨點，像箭簇一樣射擊著流香溪。水面上響起一片炒豆子般的炸裂聲，濺起千點萬點水花兒；強勁的颶風裹挾著暴雨，掠過樹林梢頭，發出尖厲的唿哨。溪岸邊的蘆葦和灌木叢被刮得東倒西歪，一會兒全都匍匐在地屈膝降服了；半山腰的紅楓、香樟和水杉等等高大喬木，即使勉為其難地站立著，也葉落枝殘傷痕累累垂頭喪氣。眨眼之間，飛禽匿跡，走獸斂蹤，莽莽山野間只剩下風在奔走，雨在肆虐，到處籠罩著世界末日一般的恐怖。流香溪一改平日有如處子一般的溫順，忽然變得醜陋而猙獰，暴烈而狂躁。僅僅一夜工夫，溪水陡然暴漲了好幾倍。程光華站在上游圍堰上，看見不遠處的山岬口，棕褐色的滔滔洪水從天而降，像桀傲難羈的黑馬群，撒著野叫著歡狂奔急馳，倏地一下就竄到跟前。程光華覺得巍巍圍堰竟悠悠地晃了一晃，才站穩腳跟。被擋住去路的洪水，便捲起高過圍堰的驚濤，程光華覺得那是水做的馬群被陡地激怒了，高高揚起汗水淋淋的鬣髦，有些水珠兒灑在臉頰上，涼冰冰的，濕漉漉的，他禁不住悚然一驚，有一種大兵壓境的惶恐。

程光華像一截木樁子戳在上游圍堰上，已經有好一會工夫了。他在認真觀察水情，同時籌劃著下一步對策。暴雨飛蝗一般從雨衣與雨帽連接的縫隙，鑽進他的脖頸和前胸，襯衫、背心和褲衩兒全都濕透了，可因為橡膠軍用雨衣密不透氣，加上心情過分緊張，他不僅不覺得寒冷，還焐出一片汗水。腳下的高統雨靴，粘滿了一砣砣爛嘰嘰的泥濘，走起路來像戴著鐐銬一樣沉重。他瞥了一眼烏濛濛的天空，看這雨正在勁頭兒上，一時半日不會停歇，擰成一股繩兒的濃眉就怎麼也解不開了。他媽的，這場大雨下到什麼時候有個完呢？他在心裡咒罵著，對平日那麼秀麗可愛的流香溪，打心眼裡感到從未有過的憎惡。

怎麼會弄到這般措手不及倉皇應戰呢？也真得怪自己大意失荊州。這閩北大山區，每年端午前後，都要下幾天大雨，發一場洪水，誰不知道呀，山裡人稱這個短暫的雨季為關老爺潑下磨刀水。民間傳說關雲長的青龍堰月刀有三百六十五斤重哩，他磨一次大刀得用多少水？那關夫子又是個性子剛烈暴戾的人，磨完了大刀掀起木盆往下界狠狠一潑，這凡塵人間能不立即發一場大水嗎？只是今年夏天，關老爺不知是多喝了幾杯長醉不醒還是怎麼的，直到端午過後一個月，還是天天晴空朗朗，找不出一絲烏雲，便把人們麻痺得壓根兒忘記那個古老而蘊含著科學真理的民間故事。然而，大自然的小生靈卻比人類更富有遠見卓識。老農們早從蛤蟆們聲嘶力竭的鼓噪聲中，聽出了它們的不安和渴望；還有人看見流香溪畔的田鼠和長蟲們，拖兒帶女地往高山上搬家。這些不祥之兆，都是大汛將臨的信息。楊弗染老人曾把自己的經驗和預感告訴小孫女，楊淨蓮又把自己的憂慮告訴了程光華。可是，程光華因為被緊迫的施工進度壓得喘不過氣，一心撲在大壩和廠房澆搗工地上，對防洪抗洪的防範措施卻抓得不夠落實。不，也不能說他對防洪抗洪完全失去警惕性，他曾向雄田幫明講過這個故事。那傢伙看一看朗朗晴空，冷笑一下說，老百姓簡直是妖言惑眾。此事就這樣擱下來了。更要命的，是這時候南茂公司的最高領導茂林太郎和方雲浦，又偏偏不在工地現場，公司就亂成一鍋粥。程光華當即建議雄田幫明出來挑頭，把十多名中層幹部召集到流香溪畔的工地現場指揮部，開了一個緊急會議。

程光華覺得，這次在暴風雨中召開的緊急會議，本身也是一場驚心動魄的暴風雨。

雄田身穿草綠色的橡膠雨衣，腳蹬一雙高統雨靴，好像是個全身披掛的將軍。但是，這是個沒有經過大戰陣的末流將軍，看到渾濁的山洪鋪天蓋地滾滾湧來，一下子就嚇得沒了主意，驚恐萬分地哇啦哇啦叫喚著：

「完了完了的，這可怕的洪水，這可怕的大雨，這條上游圍堰怕是保不住了！圍堰一垮，大壩基礎和廠房基礎，還有許多機械設備，全都完了完了的……」

程光華卻很快鎮定下來。他明白，在大難臨頭的時刻，對一個工地總指揮來說，驚慌失措和束手無策，都將給工程帶來巨大的無可挽回的損失。

「雄田先生，情況雖然非常嚴重，但也沒有到完全絕望的地步。現在當務之急，是要盡快加高圍堰，千方百計保住圍堰。只要圍堰不垮，就有可能保住已經澆搗好的大壩基礎和廠房基礎。」程光華不急不躁地提出了他的主張。

雄田幫明連連搖頭：「不，不！程先生，我想提醒閣下，按照工程設計，這只是一條施工圍堰，不是一條防洪大壩，要擋住這場洪水，還有這可怕的不知道什麼時候完結的大雨，那是大大的不可能，希望的大大的沒有的！」

程光華問道：「雄田先生，按照閣下的意見，你看怎麼辦好？」

雄田不假思索回答道：「這個責任太大了，太大了！不應該由我們工地總指揮來說話的，要由總部的長官的來決策的。」

程光華說：「可是，現在總部的老總們遠在東京洽談購買電機設備，他們怎麼趕得回來決策？」

雄田幫明一屁股蹲在指揮部臨溪的長廊上，點了支煙吸著，好久好久，一言不發。他知道程光華說的話無可爭辯：茂林太郎和方雲浦早不走，晚不走，八格呀路！恰好在前天飛往日本東京，檢驗早就定購的十六臺機組的水輪發電機，那也是關係好幾億元的進口重頭設備，他們輕易不敢脫身；就是能夠抽身趕回來，由東京飛香港，再由香港飛上海，然後由上海再轉福州趕回流香溪工地，十條圍堰都將蕩然無存了，還能叫他們決什麼策？可是，此事要叫他工地總指揮來拿主意，萬一有個閃失，不要說斷送眼看步步高升的前程，就連飯碗也會砸了的，他敢輕易開口嗎？這麼瞻前顧後思量著，雄田幫明滿臉鐵青，急出一頭大汗。

程光華在雄田幫明身邊走來走去，大聲催促道：「雄田先生，請你快快拿個主意呀，老總們不在現場，身為工地總指揮，我們有不可推卸的直接責任。」

聽程光華這麼一說，雄田幫明又嚇得一下蹦了起來，破口大罵：「八格呀路！八格呀路！怎麼辦？怎麼辦？」他在原地轉了好幾圈，終於停下腳步說，「我看，只好在圍堰北段炸開一個口子，快快的分流泄洪，減輕圍堰的壓力，這樣，雖然要沖垮北岸的廠房基礎，但是，就能把圍堰的保住，把大壩基礎的保住。用貴國的一句話說，叫做丟卒保車，程先生，你看行不行？」

「不行，不行！」程光華連連搖頭，「要丟的這個卒子也太大了！沖垮廠房基礎，那是五萬多方混凝土，兩三億元投資呀……」

雄田幫明急躁地打斷程光華的話，把臉轉向龍經天：「龍先生，你的意見呢？你的是工程部長，技術方面你的是內行，我很想聽聽你的高見！」

「這個麼，這個麼……」龍經天半天說不出話，臉色驟然變得煞白煞白。他從南工局的工程科長到南茂公司的工程部副部長，已經幹了好多個年頭，但他更多的精力是放在工程的核算、決算和招標投標，與大大小小的包工頭打交道，而對工程技術本身，他其實沒有多少實際的經驗。他知道在這種關鍵時刻，只要說錯一句話，表錯一個態，萬一出了事故，將來都得吃不了兜著走，關係著個人的前程。所以，他支吾老半天也不知怎麼說好。

雄田幫明用錐子一樣的目光逼視著龍經天：「龍先生，你的變成啞巴了的？你的說話呀，我的非常想聽聽你的高見！」

「哦，這個這個……」龍經天囁嚅半天，終於說出一句完整的話：「我看，雄田先生你說的意見，也不失為一個辦法——把圍堰炸開一個口子，至少可以保住圍堰和大壩的基礎，這樣也可以減少損失。」

雄田幫明的目光從其他各位部長副部長的臉上掃過，一一徵詢他們的意見。所有的日方人員，全都無條件的支持雄田幫明的方案，而中方人員則有的點頭同意，有的不置可否，堅決反對者只有一個程光華。他非常固執地堅持說：

「我認為這個方案是不可行的。決堤分洪，我們當然會省事得多，整個工地被淹沒的危險也大大減少了，但是，由此而造成的經濟損失找誰負責？沖垮大壩基礎，起碼損失兩個億，再堵上那個圍堰決口又得幾千萬，這個損失由誰負責？」

程光華一直盯著雄田幫明，雄田幫明耷拉著腦袋裝糊塗，一聲不吭。程光華得不到回答，只好把自己的意見說得更明確些：「如果雄田先生要堅持這個方案，那只有在一種情況下，我也許可以同意。」

雄田幫明問道：「什麼情況？」

程光華說：「我們南工局和茂林株式會社要達成一個協議，立下一個字據：由於採取這個方案而造成的一切損失，要由中日雙方共同承擔。」

雄田幫明用異常驚愕的眼光盯住程光華：「奇怪奇怪的，大大的奇怪的！哪裡還有必要再搞什麼協議？貴國政府將這項工程向全世界建築業招標的時候，在標書上，不是寫得清清楚楚嗎？——『凡是遇到不可抗拒的自然災害所造成的經濟損失，將由甲方追加工程撥款』，這麼大的洪水帶來的損失，怎麼可能由南茂公司來承擔呢？」

程光華說：「標書上說的，是『不可抗拒的自然災害』，我們『抗拒』沒有呢？沒有，沒有，根本沒有盡最大的努力進行『抗拒』，就決定決堤分洪，由此而造成的損失，怎麼能由甲方追加工程撥款呢？」

程光華這一番話，把中方人員的心都撥亮了：別看這個雄田幫明五短身材，一臉戇相，那個大腦瓜兒卻是鬼精鬼靈的，他想鑽標書的空子，把洪水災害所造成的損失，輕輕鬆鬆地推給「甲方」——福建省電業局。作為一個中國人，怎麼能和日本人一樣，僅僅把自己只看作一個承包商呢？於是，大家都紛紛支持程光華的意見，表示自己的決心，要求雄田幫明快快發動全公司職工投入抗洪搶險。

雄田幫明卻用萬分訝異的目光瞅瞅程光華和所有的中方人員，嘆息道：「咦呀，咦呀！茂林株式會社和南方工程局是一個聯營體，一塊兒承包這項工程的，我的不明白，大大的不明白，在這個時候，程先生怎麼站在『甲方』立場來說話？」

程光華坦然一笑說：「嘿，雄田先生，不錯，茂林株式會社和南工局是一個聯營公司，都是同一個工程的承包商，但是，我們不會也不能忘記，我們還是中國人，我們就不能不站在公正的立場來說話。」

「呀希，呀希！」雄田幫明臉色非常難看，「我明白了的，我明白了的！但是，我要請問，如果按著閣下的方案來辦，萬一圍堰全線沖垮，造成更大的經濟損失，由誰承擔？」

「如果已經盡了最大努力，還保不住圍堰，造成經濟損失，按照標書規定，中國政府自然會考慮追加工程撥款的。」

雄田幫明那錐子一樣的目光向全體人員掃了一遍：「各位先生，程先生說的意見，大家都聽明白了的。如果按程先生的方案辦，出了事故，一切直接責任將由誰來負？」

程光華大聲回答道：「如果雄田先生不願負責，我願意負責！」

雄田幫明片刻無語，又吃驚又疑惑地上上下下打量程光華。他實在弄不明白，這個年輕輕的小伙子，有什麼必要來負這份責？憑什麼膽量來負這份責？難道他不怕砸了飯碗丟了前程甚至上法庭蹲監獄？

程光華敢於挺身而出，其實也沒有什麼秘密。他沒有像雄田幫明想得那麼多那麼複雜，他只一門心思想著要保住工程的已有成果，想著要保證電站按時竣工發電。當雄田幫明建議在圍堰北段炸開一個口子的時候，他甚至驀然想起二十多年前，「沿江吉普賽人」含著眼淚炸毀自己親手築起的圍堰，讓人民不計其數的血汗付之東流。這種歷史的悲劇難道還要重演一次嗎？當他想到這些的時候，他哪兒還有閑工夫考慮自己的名利得失功過榮辱呢？

雄田幫明雖然被程光華大無畏的氣魄鎮懾住，但仍不相信已經到了這個份上還能保住圍堰。他主張立即給遠在東京的兩位老總掛長途。長途掛通了，兩位老總顯然為這飛來橫禍而大感震驚，當時沒有對雄田和程光華的爭論作任何表示。他們放下電話，足足過了一刻鐘，想必是進行了緊急磋商，才回了個電話，表示同意程光華的方案，而且任命程光華代行總經理的職務，同時擔任抗洪護堤的總指揮，要他負起全面責任。雄田幫明把兩位老總的決定轉告程光華時，嘿嘿冷笑兩聲說：

「祝賀你，程先生！這場洪水幫了你的大忙了的，你的高升高升了的。我現在就等你分配任務了。」

程光華當然聽得出雄田幫明話中那種酸不啦嘰的味道，但是他不想跟他計較也無暇與之計較。他只是在心中暗暗佩服茂林太郎和方雲浦，他們才是有戰略眼光又知人善任的大企業家。你雄田幫明耍的那個小聰明，想邀功請賞怎麼的，人家茂林太郎還不買你的賬呢！程光華在心中對自己說：瞧，你們既然信得過我，我就要對得起你們，幹個樣子給你們看！情勢緊急，他也不當什麼謙謙君子了，立即開始行使總指揮的權力，他亮開嗓門大聲說：

「各位部長、副部長，各位指揮、副指揮，請靜一靜，我們現在可沒有時間爭吵了，救災如救火，我們必須立即行動起來。我命令：一、全線暫停施工，所有人員全力以赴抗洪搶險；二、由雄田幫明帶領二百餘人負責監護導流明渠和泄洪涵洞，及時清除雜物漂木，保證洪水分流的暢通；三、由工程部副部長龍經天負責，帶領部份開挖工、澆搗工和駕駛員，在兩小時內把一切機械設備從低窪地帶撤走；同時把所有的抽水機和水泵集中到廠房和大壩基礎的工作面，不斷排除積水，保證這兩塊工作面不能進水受淹；四、由工會主席負責，動員住在溪岸低處的職工家屬立即遷往高處安全地帶；五、由我帶領兩千職工，分成三個分隊和三個路段，負責上游圍堰的加高加固，人在圍堰在，絕對保證上游圍堰的安全。」

毫無疑問，這第五項任務，是整個工地抗洪搶險最最關鍵的一環，如果稍有閃失，圍堰決口，兩千多職工花了兩年多時間而且投入十多億元而建成的工程成果，便將毀於一旦，付之東流。

程光華乾脆俐落地說完這番話，一揮手，會散了。有的跨上摩托，有的上了卡車，盡快奔回各自的地段去部署任務。程光華很快把兩千多水電職工拉到長長的上游圍堰上來，和這場突如其來的特大洪水展開殊死的大搏鬥。

狂風依然嗚嗚刮著，暴雨依然嘩嘩下著，昏天黑地的溪岸上，一時間調來上百輛載重車、大卡車，匯集著上千人馬，往圍堰上運木樁、運沙包、運大石頭和木籠沉箱。打樁的號子聲與風聲雨聲摻和在一起，喇叭聲、馬達聲與驚濤拍岸的巨響攪成一塊，流香溪畔真像兩軍廝殺、萬馬奔騰的戰場一樣喧騰而緊張。經過一夜激戰，八百米長三米寬的上游圍堰，一下子躥上半人多高，把狂怒的流香溪暫時降服於腳下。它渾濁的浪濤極不甘心地蜷伏著，狂躁不安地打著轉轉，發出一聲聲嗥叫；同時張開可怕的大嘴，貪婪地啃噬著圍堰外圈的木籠和基石，妄圖沖開一個決口，奪路奔突而去。

程光華走出指揮部，站在面溪的長廊上，全神貫注地瞪著濁浪滔滔的洪水，在心裡盤算著洪水的流量和圍堰的承受極限。他覺得，他腳下的圍堰和正在加高加固圍堰的兩千多名職工，好像兩軍對壘中的麥克—馬洪防線，至少在眼下是堅不可摧的。可是「敵人」的「火力」是愈來愈猛烈了，拍岸的驚濤好像震天動地的炮聲，密集的雨點好像機槍的子彈。這一場大搏鬥到了白熱化的程度了，這可惡的雨還要下多久？山洪的流量還會增加多少？我們的抗洪大軍到底還能堅持多久？程光華緊張地思索著這些問題，任狂風撩起的雨衣，任雨點噼噼啪啪打在臉上，一動不動，像一根木樁栽在那裡。

他媽的！我昨天反對雄田幫明決堤分洪的方案，而堅決主張確保圍堰，是否太冒失太危險了！程光華焦躁不安地想著，萬一圍堰不能保住，工程受到巨大的損失，說不定我要丟了黨籍砸了飯碗進監獄哩！跟在雄田幫明後面隨大流，當然是最保險不過的，他是正職，按照他的意見辦，萬一出了事故，我能找出種種理由來推諉自己的責任。但是犧牲國家的利益而苟且偷安，這還算一個中國人嗎？他不由覺得有點臉熱，有點羞慚，不知怎麼的，他忽然想起二十多年前，在「六一七」大坍方中，他的親生父親是怎樣把自己的安危置之度外，讓活下來的機會留給許多工友……他又想起他的養父——南工局老局長程東亮，是怎樣獻出生命而保護了許多高級工程師……

一排排高高矗起的巨浪，像發起集團衝鋒的拿破侖軍隊那樣，前仆後繼地撲向圍堰，發出驚心動魄的巨響。一霎時，程光華覺得這巨響忽然變成刀光劍影的厮殺，變成轟轟隆隆的炮聲。他記得那時他不過十二三歲吧，南工局的「文化大革命」由「文鬥」發展到「武鬥」，由「武鬥」再發展到「全面內戰」。在一條山溝溝裡的成千上萬的水電工，分成誓不兩立的兩派，真刀真槍幹起來了，常常聽到槍炮聲，常常看見「造反派」抬著屍體遊行示威，最後有一派把履帶式推土機改裝成土坦克，便所向披靡，把另一派的「陣地」衝得稀哩嘩啦，造成死傷二十多人的流血慘案。「軍宣隊」進來軍管的時候，首要任務就是要查清土坦克的製造者，就是要揪出躲在幕後的策劃者。他們懷疑的對象，一下子就對準已經關進「牛棚」的「牛鬼蛇神」，特別是那些很有學問的高級工程師，因為除了他們，這種土坦克有誰能造得出來呢？於是，災難降臨到這些早就惶惶然不可終日的知識分子頭上，一個個拉去受審，一個個被整得遍體鱗傷，丟魂失魄。一連折騰一個多月，有幾個高級工程師簡直不想活了。就在這個時候，程東亮挺身而出承認這輛土坦克是他改裝製造的。他在坦白書上簽了字認了罪，於是，其他「牛鬼蛇神」全都得到解救，所有的火力用來對付程東亮。那一天，大概他的肉體和精神都到了承受的極限，他非常機敏地抓住放鬆對他監管的空隙，以飛快的速度登上局本部五層辦公大樓，眨眼間就站到了四面懸空的水泥欄杆上，然後對著地面上許多嚇傻了的像螞蟻一樣的人群大聲宣告：「你們千萬不要再追查迫害其他同志了，一切責任都由我來負吧！但是，歷史將會證明，我是沒有罪的！」他洪亮的聲音在崇山峻嶺間引起的回響還沒有消失，他已經像一個勇敢的高臺跳水運動員那樣，頭朝下腳朝上縱身一跳，那寶貴的生命就讓一個瀟灑而漂亮的弧線畫上一個悲慘的句號。父親的死，引起上級的重視，這才中止了這場無休無止的迫害，許多高級工程師才能夠得救而活下來。

呵，生父和養父的生命都是如此輝煌，他們面臨危難的時候有多少時間考慮自己呢？目前這場特大洪水突然襲來，如果沒有一個人敢於挺身而出承擔責任，這三年多來電站工程所取得的成果，投資十多億人民幣，說不定眨眼間就會被洪水捲入東海，沖向浩渺無際的太平洋。

我，一個「沿江吉普賽人」的兒子，一個共產黨員，個人的得失榮辱還有什麼好顧惜呢？

一幕幕悲壯的往事飛快掠過程光華腦際的時候，他猛然聽到背後有一個姑娘清脆的聲音傳來：「光華，你在這裡，讓我好找呀！」

來人雖然被一件紫蘿蘭色的塑料雨衣緊緊裹著，但是程光華憑他的第六感覺，就本能地猜到除了楊淨蓮決不可能是別人。他趕快回過身，扶著她走下驚濤駭浪撞擊著的溪岸，把她拉到離洪水稍稍遠一點的簡易工棚裡。隨後就衝著她大聲吼叫：

「哎呀呀，這裡是你來的地方麼？」

「怎麼，這裡是你的專有領地？」楊淨蓮摘下雨帽，臉色有些蒼白，水珠兒從濕漉漉的雲鬢沿著腮幫瀝瀝啦啦往下掉。

「我是抗洪護堰總指揮，我的崗位就在這裡。」

「哦，你是總指揮了，難怪口氣大得嚇死人！」楊淨蓮嘲笑道。

「哎咳，有什麼辦法，蜀中無大將，廖化當先鋒，兩位老總都在日本趕不回來，雄田幫明那小子只想保住他們老板那份利益，對抗洪搶險根本沒有信心，有什麼辦法？這裡只好由我暫時來負責了。」程光華略帶歉意地笑笑，口氣緩和下來了。

「叫你當先鋒也好，當元帥也好，總不能連飯都不吃吧？」楊淨蓮望著程光華疲憊不堪的臉色，既心疼又嗔怪。她從挎包裡掏出五個夾心麵包和兩聽青島啤酒，用不容商量的口吻命令道，「你現在的任務，就是把這些東西吃下去。」

「哎呀，我現在哪有時間吃飯？」

「瞧瞧，你還是這個勁頭！我聽說你已經絕食一天一夜了！」

「你聽誰說的？」

「工地上這麼多人，還能沒有人向我告密？」楊淨蓮說，「還聽說你現在脾氣大得嚇人，誰叫你吃飯，你就把誰轟走，還動不動克人，罵人，這可有失大將風度呀！」

「咳，這場大洪水實在把我整苦了，八百米圍堰隨時都有決堤過水的危險，你說我哪有心思吃飯呀！」

「你沒聽說過，陳毅元帥在戰火紛飛的戰場上，還鎮定自若地和人家下圍棋哩，你連吃飯的工夫都沒有，算什麼總指揮？」楊淨蓮不由分說，扯開麵包的包裝紙，打開啤酒的易拉罐，遞到程光華的鼻子下：「快把它們消滅光！」

程光華一見這些食物，胃腸引起一陣痙攣性疼痛，這才想起他真是好久好久沒有進食了。他抓起麵包和啤酒大吃起來。

楊淨蓮看著光華原本方方正正的臉龐，被這一場大洪水折騰得消瘦了許多，便心疼地問道：「光華，你看這場大洪水也真可怕，你們真的能擋得住？」

程光華咕嘟咕嘟一口氣就灌下一聽青島啤酒，抹了抹嘴巴說：「謀事在人，成事在天；三成冒險，七成把握。」

「把握何在？」

「就在南工局的水電工，就在這支『沿江吉普賽人』隊伍。我是在他們之中出生長大的，我對他們太熟悉太了解了。這支隊伍在平常日子，可能吊兒郎當鬆鬆垮垮，還可能牢騷滿腹整天罵娘；他們可能有這樣那樣的毛病，可是一到關鍵時刻，一到災難臨頭，他們一個個都是硬漢子，都會奮不顧身，把兩千多人拉到圍堰上，這條圍堰就能保得住。你看，才兩天兩夜工夫，八百米圍堰整整加高九十多厘米。我們已經贏得了第一回合。」

楊淨蓮望了望那屹立在波滔滾滾中的圍堰，顯然升高了不少，就有幾分欽佩，幾分寬慰，說：「你們真了不起，了不起！趁現在水勢比較穩定，我建議你是不是就在椅子上打個盹呢？」她把指揮部的一把竹椅子拉了過來，再鋪上工人值夜班用的髒兮兮的被子，說：「你太累了，就是坐下來稍稍歇一會兒也好呀！」

程光華落了座，舒舒服服伸了個懶腰，沉甸甸的眼皮瞌下來。可是，霎眼間，他又立即像被火灼著似的蹦起來：「不、不、不！我只要再坐一分鐘，我就會睡死過去，誤了大事，你還是讓我馬上回到圍堰上去吧！」他穿好雨衣踉踉蹌蹌往外走。

楊淨蓮又把他拖回來強按在竹椅上：「我給你看著錶，就讓你睡一刻鐘。睡這一小會兒，是為了對付更大的洪水。你就放心吧，絕對出不了事！」

「好吧，就睡十五分鐘，不，最多只能迷糊十分鐘。」他抬腕看了看手錶，「現在是一點五十分，一到二點五分，你一定要叫我醒呀……」程光華話還沒有說完，就合上眼睛，酣然入睡。

雨依然很大，風依然很狂，風聲雨聲雷聲浪濤聲攪和在一起，茫茫曠野上像千軍萬馬在吶喊拚殺。然而，大自然的歇斯底里的叫喊，楊淨蓮已經充耳不聞，她全神貫注諦聽著程光華輕微的均勻的鼾聲。我的媽呀，他實在太累了！他整整兩天兩夜沒合過眼，幾乎瘦成了另一個人！原來豐滿的國字臉，現在明顯的拉長了變尖了，光潔的高朗的前額，流淌著淺淺的水波紋；雙眼的眼角輻射出魚尾似的光芒，尖削的下巴長出一蓬亂草。咳，這一場百年不遇的特大暴風雨，快把他折騰成一個小老頭了！然而，在這一場天崩地裂般的大災難面前，他居然沒有嚇得趴下來。他那削瘦單薄的雙肩，居然能挑起千斤重擔，是怎樣一條硬漢子呀！

漆黑的夜空突然炸響一串驚雷，從指揮部外的溪灘上咔啦啦啦輾軋過去。楊淨蓮看見程光華的眼皮輕微地跳了一跳，又迅即合上了。楊淨蓮急得直跺腳，天呀天，你就不能安靜一會兒麼，你就不能開開恩，讓我的光華踏踏實實的迷糊一會兒麼？萬幸萬幸，雷公果然息怒斂威，有好一陣子黑漆漆的雨空上只有巨龍扇翼，閃爍著一道道白晃晃的光芒，卻不再有雷聲響起。在電婆眨巴著鬼眼向雷公大送秋波的時光，曠野間驟然一亮，如同白晝。楊淨蓮望見溪岸上人影綽綽，有的迎風冒雨往圍堰上運送沙石箱籠，有的喚起震天動地的號子，掄著大槌在圍堰上打樁。他們一個個都像剛從水中撈起來似的，赤裸的脊梁和濕透的衣服，在閃電中發出耀眼的亮光。

眨眼間，手錶上的指針就走到二點五分。楊淨蓮瞥了一下睡得很甜很甜的程光華，怎麼也不忍心把他叫醒。流香溪的浪濤雖然驚心動魄，而圍堰上的搶險也進行得轟轟烈烈，估計一時半刻出不了事情，還是讓他再睡一會兒吧！時間呵，在許多時候你都是在人們不知不覺中悄悄溜走的，而眼下，你的腳步是如此沉重而且扣人心弦！楊淨蓮專注地盯著手錶，連秒針移動的輕微聲音，也彷彿清晰可聞了。多麼好呵，這暴風雨中片刻的安靜是多麼難得，光華呵光華，你且莫怪我，我只讓你再睡五分鐘，十分鐘，就一定叫醒你……我心愛的人呀，你就放心睡吧！

第二十一章

斥鷄欺大鳥

龍經天方才還罵罵咧咧地詛咒可怕的暴風雨，這會兒卻暗自在心裡悄悄地祈禱：上天呀，你把雨下得更大，把風刮得更狂，讓洪水來得更加凶猛些吧……

龍經天跌跌撞撞闖進第五指揮所的簡易平房，脫去濕淋淋的雨衣，解開濕透了的襯衫的扣子，往藤椅上一坐，一邊擦著身上的汗水，一邊吁吁喘氣，累得像頭死豬。

「他媽的！這鬼天氣！這場倒霉的大雨要下到什麼時候呀？」他望著指揮所外不停不歇的暴風雨，嘟嘟噥噥地咒罵著。

龍經天遵照程光華的命令，帶著幾百名開挖工、澆搗工和駕駛員，把圍堰下游工地上的大型機械都安全撤走了。然後，程光華又給他一支兩百人的隊伍，不分晝夜地守在已經澆搗好的大壩基礎和廠房基礎，負責把不斷倒灌進去的積水排除乾淨。這項活兒雖然不像守護、加固圍堰的任務那麼繁重，那麼危險，但是，也同樣容不得稍稍的懈怠，只要水泵停開半小時，那些工作面立即進水受淹，時間一長，建在裡頭的腳手架，剛剛開出來的橫一條豎一條的坑道，就有可能轟然倒塌。因此，他龍經天也和工人們一道，在暴風雨中堅守了一個多晝夜，不敢輕易離開。

龍經天仗著他老爹是南工局的老領導和省裡現任的大頭頭，他自招工轉幹後，就一直待在局機關，基層崗位一天也沒待過，苦活重活從不沾邊。這回在積水過膝的工作面上堅持了一天一夜，有時還扛機器，打木樁，拉皮管，開水路，把他累得像孫子似的。如果僅僅是苦點累點，咬咬牙也就過去了，叫他萬分氣惱的，是程光華這小子一下子闖到他的前面去了。多少年來，他們兩個總是平起平坐，齊頭並進。他們幾乎同時評上工程師，同時當上副處長，同時被列入局領導班子的第三梯隊。龍經天早就在心裡盤算過，現有的局領導班子正副局長正副書記六個人，其中五個人都還年富力強，只有一位副局長靠近六十邊，也就說，金交椅只有一把，在後面排隊等候的有他和程光華，這種陣勢可真是有你無我呀！在程光華調來流香溪任工地現場副總指揮之前，他龍經天因為有他老子作靠山，青雲直上的可能性自然要比程光華大得多，但是自從程光華到了流香溪，有一個更大的舞臺施展才能，在工程施工上又頻頻立下汗馬功勞，連日本老板茂林太郎都十分器重，無論是在領導心中的天平還是在群眾眼裡的秤杆上，早已發生大大有利於程光華的傾斜。這場突如其來的暴風雨和大洪水，公司總部頭頭恰好不在家，更是為程光華創造了一個大出風頭的好機會。嘿，這小子一傢伙就登上抗洪搶險的總指揮，取代了雄田幫明的職位，日後龍登局長副局長的寶座，還會遠嗎？但是，他如果保不住圍堰呢？你程光華這個筋斗可就栽得慘囉！

龍經天一邊吸著煙，一邊思前想後，對於圍堰的安危，比起自己負責的這一項抽水排水任務，就更加關心更加重視了。要是圍堰上能出點兒小小的麻煩，嘿，你程光華就抖不起來。或者說，你小子至少不能對我吆五喝六；哼，昨天總部的兩位頭頭打來長途電話，讓你小子當總指揮，瞧你有多神氣！儼然一個高高在上的大頭頭，把二三十名中層幹部撥拉得團團轉，連我也得聽你小子的使喚，沒有一個人敢討價還價。目前你也只代行總經理的職務麼，要是真的讓你小子當上總經理，還有我龍經天的好日子過嗎？龍經天愈想愈煩躁，踱到指揮所門外的屋檐下，朝百米開外的上游圍堰眺望，嘿，僅僅一夜之間，圍堰躥上一人多高，竟紋絲不動地屹立著。看樣子最危險的難關是被程光華這小子頂過去了。龍經天不由有些焦躁起來，如果程光華這小子再贏得抗洪搶險這一分，自己再要往上爬可是沒戲唱了！

僅僅是眨眼之間，方才龍經天還罵罵咧咧地詛咒討厭的鬼天氣，詛咒可怕的暴風雨，而這會兒，他卻暗自在心裡悄悄地祈禱：上天呀，你把雨下得更大，把風刮得更狂，讓洪水來得更加凶猛些吧！最好一傢伙把上游圍堰沖開一個口子，給程光華這小子製造一點小小的麻煩。可是這老天似乎也向著程光華，這會兒雨偏偏漸漸地小了，風也漸漸地停了。

嘿，他媽的！程光華這一分可是贏定了，也就是說，自己這一分可是輸定了。龍經天好像是個在牌桌上牌運不佳的賭徒，他絕不甘心這樣的結局。他驀然想起上游小龍門水電站工程處處長聶子良是他的好得穿一條褲子的鐵哥們，他看看指揮所裡這會兒沒有旁的人，便急忙給他撥了個電話：

「喂，是子良嗎？噢，我是經天呀。我想問問，你們小龍門水庫的水情怎麼樣？……噢，已經超過警戒線一米八三。喂，我說，你們頂得住嗎？……噢，你們也在加高加固大壩！……如果雨再下它兩天兩夜，你們頂得住嗎？……什麼？頂得住！也許頂得住？可能頂得住？……你這個大笨蛋！這種玩命的事兒，能來什麼『也許』、什麼『可能』的？萬一出一點點差錯，你是工程處長，可得撤職查辦蹲大牢哩！……你問我怎麼辦？……你自己不會動動腦筋嗎？……你真是個大笨蛋！你們不能開閘泄洪嗎？……省裡不會同意，咳喲……你真是一頭蠢豬……如果你把水位多報幾十厘米，把險情報得嚴重一些，上頭不就會同意了？……什麼什麼？我們流香溪頂得住頂不住？我們人多，大型機械也多，很快就把圍堰加高加固了……你不要管我們。我倒是替你操心！誰叫你是我的小老弟，我不替你操心誰會操心？……這個年頭呀，誰辦事不為自己留後路呀！……什麼什麼？你怕方局長呀，他老人家在日本東京，哪管得了你呀！……眼下流香溪歸程光華那小子當家……對呀，他是總指揮，代行總經理職權。對啦，那小子前程無量，對，對，你總算聰明起來囉。不對，不是我有什麼想法，首先是為你打算……哦，哦，當然，當然，我多少也不大服氣！是的，我總不能看著那小子奔到我的前頭去呀！哎，哎，廢話少說吧，保住電站就保住你自己，你就快快拿主意吧！喂，喂，這是我們自家人說的心裡話，不管什麼時候，你可不要到外面去露半點兒風聲……好哩，好哩，你明白就好，謝什麼呀！好，再見，再見！……」

龍經天打完這個電話，心裡輕鬆多了。他再點起一支煙，坐在藤椅上，四肢舒舒坦坦伸展開來，想好好地眯一會兒，一個工人急慌慌跑進來報告說：

「龍部長，廠房下面灌滿水了，你快去看看吧！」

龍經天吃了一驚，只好穿上雨衣走出指揮所。

楊淨蓮盯著手上的坤錶，秒針的達的達移動著，一會兒工夫就過了二點五分，可她看見光華就那麼坐在椅子上，把腦袋瓜歪到一邊，睡得如此深沉而香甜，實在不忍心叫醒他。她想，圍堰反正已經加高了許多，現場上工人們還在緊張地打樁壘石，一時半刻出不了問題，還是讓他再多睡一會兒吧！秒針慢慢地走著，走著，過了二點十分，十五分，楊淨蓮還是不忍叫醒光華，你看他那瘦削的臉龐是多麼蒼白多麼疲乏，就是再讓他多睡三五分鐘也好呀！……

忽然，程光華身上好像有一隻蟋蟀不合時宜地瞿瞿瞿地叫了起來。楊淨蓮愣了一下，才明白是他揣在懷裡的大哥大響起來了。她猶豫著是否要把這隻討厭的「蟋蟀」掐死，程光華卻十分警醒地蹦了起來。他接通了電話，臉色刷地一下蒼白如紙。電話是上游一百多里的小龍門水電站工程處長聶子良打來的。聶子良說，小龍門水庫的蓄水量已經超過警戒線二點二三米，再也容納不了洶湧而來的山洪暴發了，如果硬頂下去，小龍門水電站眼看有淹沒泡湯的危險，經請示H市委市府，決定兩小時後開閘泄洪，要流香溪電站工程指揮部作好一切準備。程光華在電話中破口大罵起來，說聶子良不顧大局，是王八蛋狗娘養的，揚言要上告省委，上告中央，讓他上法庭，蹲監獄……可是，不管他怎麼吼叫，對方一直沒有回應。人家早把電話撂下了。

程光華把情況簡要地告訴了楊淨蓮，在工棚裡急得團團轉。他媽的，這可怎麼辦？流香溪電站工程眼看就要水漫金山了，上游水庫還要泄洪放水，這不是火上澆油，雪上加霜，要把岌岌可危的流香溪水電站的上游圍堰徹底摧垮麼！

「怎麼辦？怎麼辦？」楊淨蓮也為他心急如焚，「你是不是馬上向省委匯報，讓上級制止他們放水。」

程光華罵了一會兒，慢慢冷靜下來，搖頭嘆息道：「沒用的，沒用的，他說他已經向市委市政府報告過，這麼大的事，市裡當然要向省裡報告。我們再在電話裡吵架，不是白白耽誤時間嗎？我得趕快去布置任務，淨蓮，你快快走吧，你不能在這裡待下去了！」

楊淨蓮倔強地站著，問道：「為什麼？」

「我的姑奶奶，你還沒聽明白，上游水庫要開閘泄洪了，流香溪的水位很快要上漲許多，這裡隨時都有決堤過水的危險，你一個女同志……」

「女同志怎麼樣？」淨蓮生氣地盯著程光華，「告訴你吧，我這兩天都在田頭山壠裡跑，帶領群眾抗洪搶險，把鄉里的水塘水圳看得好好的。你以為我是下來吃閒飯觀山景怎麼的？」

「哎呀呀，你是地方上的幹部，你還是去管你們鄉里的事吧。」

「分什麼地方的、電站的，保護這個大工程，人人有責。你給我分派任務吧！」

「你現在最重要的任務，就是快快離開這裡！」

楊淨蓮想了想說：「我看你手下的這些工人，在工地守了兩天兩夜，一個個都累得不行了，現在上游水庫又要開閘泄洪，你們這裡人手就更緊缺了，我回村裡去，給你動員一支生力軍來，你看怎麼樣？」

「好，好！這倒是個好主意。」程光華居然高興地叫起來，「我怎麼把農民兄弟忘記了呢，南茂的職工也確實太累了，請你快快回去搬兵吧！」

楊淨蓮剛剛跨出指揮所，一個箭似飛來的大浪頭打在堤岸上，炸開的水花射出好幾丈遠，濺得她一頭一臉。楊淨蓮不由吃了一驚，回過頭來叮囑光華說：

「你在圍堰上走來走去，千萬得留神點呵！」

楊淨蓮回到鄉政府和幾位鄉主幹碰了個頭，大家都說支援電站抗洪護堰，是義不容辭的責任，二話沒說，就都搶著要上圍堰。他們分了分工，冒雨到各個自然村去動員群眾。很快，有幾百上千名穿著蓑衣戴著雨笠挑著畚箕扛著鋤頭的山民，爭先恐後奔向工地。楊淨蓮在香溪村動員了一批青壯勞力之後，又想起楊公祠裡還住著一支民工隊，便順道拐了進去。她萬萬沒有想到，儘管外面風雨大作，雷電交加，儘管圍堰上千軍萬馬，拚死拚活，而這楊公祠裡的民工營，卻是另一番清靜悠閒的世界：有的民工躺在地鋪上睡大覺，有的民工席地而坐甩老K，路路通則和幾個人圍著一張小方桌搓麻將，個個全神貫注，玩得那麼起勁，似乎外面堤崩堰垮發生七級地震燃起森林大火甚至打起世界大戰都和他們毫不相干！楊淨蓮在路路通對面靜靜地站了好一會兒，路路通竟然毫無覺察。楊淨蓮不由搖頭嘆息道：

「老陸師傅，外面發大水了，你們還有心思在這裡築長城？」

路路通抬頭瞟了楊淨蓮一眼，又埋頭盯著手上的骨牌：「哎喲，是你呀，楊主任！請坐，請坐！」他嘴上這樣說，卻不肯放下手中的牌。「咳，這老天爺怕是漏了底，一個勁下個不停歇，施工全面停止，我們沒有活幹，不打牌睡覺幹什麼呀？」

楊淨蓮冷笑一聲道：「嚯，水電站的圍堰都快沖垮了，你們就不想幫一把？」

路路通這才放下手中的牌：「南茂公司連個招呼都不打，我們能幹些什麼呀？」

楊淨蓮說：「流香溪水位超過警戒線一米多了，上游圍堰時時都有決堤的危險，人家南茂公司的工人們，已經在圍堰上守了兩天兩夜，一個個累得不行，我們把各村的農民也拉到圍堰上去了，你把你的民工召集起來，去工地上支援抗洪搶險吧！」

「哦，這一場大水這麼厲害！」路路通站了起來，探頭探腦地打量祠堂外面嘩嘩的暴風雨。「我們到工地上有什麼活幹呀？」

楊淨蓮說：「還看什麼？快快跟我走吧！」

「慢！」路路通磨磨蹭蹭站著不肯動，「我還有話說呢！」

「怎麼啦？」楊淨蓮困惑不解地望著路路通，「有話就快快說，救災如救火，一分鐘也不能耽擱的。」

路路通吞吞吐吐說：「楊主任，你……你……你是知道的，我們當民工的，靠打工吃飯，靠賣力氣養家糊口。我們總得先找他們公司講個工價吧！」

楊淨蓮氣得臉上變了色。我是不是聽錯了？她想，這難道是能夠直立起來的兩條腿的畜生說的「人」話麼？她愣了好一會兒，才強壓住滿腔怒火問道：「好、好、好，你先開個價吧，讓我和南茂公司去說說。」

「我的媽，多麼可怕的風，多麼可怕的雨呀！」路路通盯著外面的暴風雨，想了想說：「要在平常日子，一個粗工，我給他們開個十塊八塊也就可以了，這會兒，上圍堰護堤搶險，那是玩命的活，楊主任，你看看，我向他們要這個數——」路路通試探性的伸出一個巴掌，「總不算過分吧！」

「你是說一個工五塊錢？」楊淨蓮疑惑問道。

「我的好主任，你是跟我開玩笑吧，如今五塊錢還不夠買一包煙抽哩！這狂風暴雨的，一天沒有五十塊，誰也沒有辦法叫得動這些民工。」路路通來了個獅子大開口，不光是想趁「水」打劫，多撈幾個錢，更主要的，是二十多年前的「六一七」大坍方早把他嚇破了膽，從那以後，凡是遇到玩命的活兒他總是躲得遠遠的。

楊淨蓮只覺得一股熱血往上躥，腦瓜子嗡嗡嗡地響起來。她萬分驚訝地盯著路路通：「哎呀呀，陸師傅呀陸師傅！我今天算認識你了，這麼嚇人的工價，我可不敢向南茂公司開口，你們不願去就拉倒！」

楊淨蓮氣呼呼扯開大步往外走。可是沒走幾步，她又踅回來，用手把路路通輕輕撥拉到一邊，衝著在地鋪上睡大覺的、甩老K的那些民工大聲說：

「民工弟兄們聽著，我有幾句話要對各位說：這一場大雨下得十分厲害，流香溪的水位已經超過警戒線一點八米。現在，我以一個政府幹部的名義來動員你們民工隊，是去保護圍堰，抗洪搶險的，不是要你們去承包什麼工程項目，這有什麼工價好講的？難道看見人家家裡起了大火，參加救火之前，也得先談好價錢才肯去救火嗎？難道看見一個人掉到河裡快要淹死，下河救人之前，也得先談好價錢，才肯下水去救人嗎？你們的包工頭，掙錢也不看時候，一開口就要大價錢，一個工要人家五十塊，我實在替他害臊！民工弟兄們，流香溪水電站是國家重點工程，是屬於人民的，是屬於國家的，現在在工地上抗洪搶險的，不僅有水電工人，還有幾百上千農民兄弟，他們只一心想著怎麼保住圍堰，誰會在國家危急有難的時候，趁機大撈一把呢？請你們摸著心口想一想吧！這好多年來，你們都是依靠南工局這棵大樹，依靠流香溪這項大工程，才能養家糊口，才能掙錢發達的，在電站工地眼看要被大水沖垮的時候，你們能夠袖手旁觀嗎？好了，我的話就說到這裡，誰還有點兒做人的良心，誰願參加抗洪搶險，誰就跟我走！」

楊淨蓮的話音剛落，就有兩個工人扔下撲克牌站起來，接著是三個，四個，五個……霎眼間，幾乎所有民工都站起來要跟著楊淨蓮走。

這個局面把路路通搞得十分狼狽，他尷尬地笑著說：「嘿、嘿、嘿，楊主任哪，我是跟你開個玩笑哩，你倒當真的了。走、走、走，我們快快跟楊主任上工地！」

「你也願意去？」楊淨蓮臉帶微笑地打量路路通：「我再說一遍：這是一項義務支援，沒有工錢的，而且是玩命的活，你要想想清楚！」

路路通大聲喚冤叫屈：「哎呀，我的好主任！我不是說過了，我是隨便跟你開個玩笑，你就把我看扁了，我再怎麼的，也是南工局出來的一名老水電工呵，這場大水算什麼，小郎哥屙了一泡尿麼，我一個河裡淌水裡泡的人，抗洪搶險不知參加多少回了！走走走，大家還站著幹什麼？」他大手一揮，邁開大步前頭走了。一變方才磨磨蹭蹭的勁頭，他儼然已是一名雷厲風行的指揮者了。

楊淨蓮不由會心一笑。三生有幸，她今天竟能欣賞一個天才演員的精彩表演。

入夜時分，由水電工、民工和農民群眾組成的千軍萬馬，在流香溪八百米上游圍堰上擺開戰場，與狂風暴雨、驚濤駭浪展開更加激烈的殊死搏鬥。豆大的雨點，下得更密更急更凶猛了，打在水面上，掀起一片驚心動魄的鼓點；打在溪灘上，把泥濘黃沙砸得百孔千瘡，慘不忍睹。看不見影子的風暴，不停不歇地在群峰矗峙的溪谷中奔馳，把灰濛濛的雨幕捲起，折斷，然後又狠狠甩向大地，讓草叢、樹木、橋梁乃至巍巍矗立的山巒都簌簌顫慄。令人心悸的驚雷，一會兒在高空炸響，一會兒在地面上滾動；叫人目眩的閃電，一會兒爆出金光燦爛的花朵，在黑乎乎的山巔上燃燒，一會兒揮舞熾白的利劍，把黑夜切成無數碎片。洪水又上漲了幾厘米，像鬣髦高聳的黑馬群，不斷向圍堰發起凶猛的衝擊。圍堰呻吟著，搖晃著，眼看有些招架不住。由於風狂雨驟，雨笠一頂一頂從人們頭上飛走，穿在身上的蓑衣、雨衣也被撕裂開來，人們索性什麼雨具也不要了，一個個淋成落湯雞，有些嫌麻煩的後生哥，連衣服、褲子都脫光了，只穿一條短褲衩，赤條條的在溪岸上挖土，在圍堰上打樁，或者開著大卡車、載重車在工地上奔跑，坐在大吊車高高的駕駛室裡操作，把木樁石料沙袋沉箱運到風雨迷濛濁浪飛湧的圍堰上去。

程光華全身的衣服早濕透了，但身上仍然披著那件草綠色的軍用雨衣。他不是為了遮風擋雨，而是為了保護隨身攜帶的大哥大和對講機。他靠大哥大和省抗洪指揮部以及上游各中小電站、水庫保持聯繫，靠對講機向各個工程分隊下達命令。他的嗓子眼麻木得失去知覺。他使出渾身力氣喊叫，聲音沙啞得失去原有的男中音的亮色。但這沙啞的聲音始終是威嚴的、有力的，向工地四周輻射出去，把整個抗洪搶險的戰鬥指揮得既轟轟烈烈又井然有序。

這場極其緊張的戰鬥進行了兩個多小時，在小龍門水庫急泄而下的又一個凶猛的洪峰到達圍堰的前一刻鐘，八百米長三米寬的上游圍堰又加高了八十厘米，把從武夷山深處直奔而來的黑色巨龍制服在腳下！這時來到程光華身邊的雄田幫明，掏出捲尺打著手電彎下身子量了量水位，又興奮又吃驚地叫了起來：

「哇哈，只差二十厘米，洪水就要闖過圍堰了！哈哈，總算我們的勝利了的……」

雄田幫明的話還沒有說完，程光華壓低沙啞的嗓門極其嚴厲的制止了他：「雄田先生，請你不要大聲嚷嚷！」

雄田幫明說：「程先生，你的不相信？你自己的來測一測吧，真的只差二十厘米，洪水就要漫過圍堰了的。」

程光華說：「我不是不相信這個數字。可是，我們還不到可以向大伙宣告勝利的時候。」

「為什麼？」雄田幫明大惑不解。

程光華說：「中國古代的軍事家說過：『必死則生，幸生則死』。又說，『氣可鼓而不可泄』。抗洪搶險也是這樣的。如果讓大伙知道上游水庫已經開閘泄洪，我們已經擋住又一個洪峰，最大的危險已經過去，有些人就會麻痺大意，鬥志鬆懈。工人們已經苦戰三天三夜，一個個累得連眼皮都抬不起來了，誰還願意在這裡堅持下去呀！」

「呵哈！程先生，你的英明英明的。」雄田幫明無比欽佩地豎起一個大拇指，「你真是一個聰明的指揮員。你既懂天時，又明地理，還知人心，你的，大大的了不起，是一個大大的好統帥！」

「不，不，我不過是在水電工地上多幹了兩年活，憑我的經驗工作罷了。」程光華說，「抗洪搶險這種事，最重要的是一鼓作氣，堅持到底，在中途稍稍鬆一口氣，就會前功盡棄的。」程光華停了停又說，「雄田先生，請你馬上回到導流明渠和溢洪道那邊去吧，那邊的工作同樣一絲一毫也麻痺不得的，萬一導流明渠被漂木、樹根、雜物堵塞住，洪水不能分流出去，圍堰加得再高，也擋不住洪水的。」

「呀唏，呀唏！」雄田幫明不住點頭哈腰，一邊往北岸的導流明渠走去。他親身經歷這場他在日本從未見過的大洪水，被程光華制伏於圍堰腳下，一顆七上八下的心才稍稍安定下來；同時對這個比他年輕得多的副手佩服得五體投地，對他說的話可真是理解的執行，不理解的也認認真真去執行。

事實證明程光華暫時不讓全體職工了解抗洪和水情的情況是完全正確的。他只通過電線桿上的高音喇叭，不斷給人們鼓勁，告訴人們險情在時時加劇，而圍堰也在不斷加高，水漲一寸，堰高一分，道高一尺，魔高一丈，讓疲勞不堪的人們只看到浪飛濤湧的洪水在漆黑的夜中滾動，既不放鬆警惕，又不失去信心，挖土的，扛包的，打樁的，砌壩的……一個個都竭盡全力，不敢懈怠。有些人走著走著就閉上眼睛打瞌睡，有些人挖著挖著就倒在雨水泥濘中，還有些人被石頭砸傷了胳膊腿，皮開肉綻，鮮血淋漓。可是，沒有一個願意下「火線」的。這樣堅持到天明時分，雨，慢慢停了，風，慢慢止了，陰沉沉的天空，在青龍山東側峰巒之上，綻出一線灰濛濛的魚肚白，而這時廣播電台那個女播音員，也一改多日來充滿憂鬱喑啞的聲調，用一種喜悅而昂奮的像陽光一樣明亮的聲音，向全省人民報告：這一場持續三天遍及全省的災難性的特大暴風雨終於過去了，以下的日子將是由雨轉陰，再由陰轉晴。程光華立即奔到工地播音室，用嘶啞的嗓門向濕漉漉的人群、濕漉漉的群山、濕漉漉的田野和在狂風暴雨中戰慄了三天三夜的野草樹木大聲宣告：

「洪水擋住了，圍堰保住了，我們勝利了！我代表南茂公司和南工局感謝全體職工奮不顧身，連續作戰；感謝農民兄弟和民工兄弟，給我們無私的支援。現在，我宣布，除水情監測組留在工地輪流值班，監測水情，其他人員立即撤回營區，放假兩天，好好休息！」

一身泥水疲憊不堪的水電職工以及前來支援抗洪的農民與民工兄弟，立即發出震天動地的歡呼。他們並不想馬上回營區和回村休息，而是饒有興致地望著猛然加高了一人多高的上游圍堰，安然無恙地矗立在浩浩蕩蕩的洪波巨浪之中，說不出的快愉，又說不出的疑惑。這是神話還是真實？三天三夜工夫，他們幾乎在原有的圍堰上面又築起了一條八百米長的新圍堰，這才把從武夷山深處奔騰而來的黑色巨龍乖乖擒住。這場人與大自然的大決戰，勝利居然屬於人類，怎能叫他們不自豪而興奮呢？他們紛紛把竹笠拋上空中，像是一群又一群低飛的大雁；他們把鐵鍬钁頭敲得叮噹響，流香溪響起凱旋的樂曲；許多人激動得淚流滿面，抱著跳著，把嗓子都喊啞了。這時人們看見程光華沿著溪岸蹣蹣跚跚走來，也不知誰領的頭，竟一擁而上，有的攥手，有的抬腳，把他一下又一下拋向空中。程光華也激動得不能自已。他覺得愈飛愈高，愈飛愈高，耳畔風聲唿哨，地面人聲如潮，他覺得他忽然生出一對有力的翅膀，要飛上雲頭直上九霄，像宇航員那樣作一次又暢快又浪漫的太空遨游……

這時，身上紫羅蘭色雨衣已經被風雨撕裂許多口子的楊淨蓮，就走過來大聲制止說：「好啦，好啦，你們會把他整散架哩！」

工人們把程光華放下來，嘻嘻哈哈笑著說：「哎喲喲，我們的楊主任好心疼囉！」

龍經天站在遠處冷眼瞅著這一切，心裡很不是滋味。他媽的，看他們那個狂勁吧！清晨冷颼颼的溪風吹來，他打了一個很響的噴嚏，渾身上下都涼透了。他忽然覺得在場所有的人都是勝利者，賭輸了的只有他一個！他拖著疲憊的身子鑽進一輛吉普車，揮揮手，提前走了。

程光華和雄田幫明等幾個頭頭爬上一輛大卡車，下令抗洪大軍收兵回營。他的前頭和後頭，一支疲勞不堪衣衫襤褸的數千人的隊伍，或坐車或步行，也開始緩緩向前移動。他心裡一熱，盈盈熱淚在眼眶裡滾動。他覺得這一支可愛的「沿江吉普賽人」隊伍，和屹立於狂濤濁浪中的八百米圍堰一樣，是鋼打鐵鑄堅不可摧的！

他深深知道，不管他做了多少事情，作為個人，他總是非常非常渺小的。不管什麼年代，也不管建築什麼樣的水電站，暴風雨和大洪水總會常常遇到的，哪裡離得開圍堰和「沿江吉普賽人」隊伍呢！

第二十二章

家破人亡

大奶媽完全瘋了。她一見到日本人，就揮舞棍棒要敲死他們，撿拾河卵石要砸死他們。還端起棍棒當機槍掃射：「八格呀路，嘟嘟嘟！八格呀路！噠噠噠！」

一個個像泥猴兒一樣的水電工回到營區，一頓豐盛的早餐早等候著他們。公司事務部長和後勤課長到各個伙房跑了一趟，交待大師傅們要拿出看家本領，好好犒勞犒勞抗洪搶險凱旋的英雄們。每張飯桌上，都擺滿了香噴噴的肉包，熱騰騰的稀粥，黃橙橙的油條、油餅、油炸糕，還有燒雞、烤鴨、回鍋肉，要在平常日子，年輕的水電工們早就來個秋風掃落葉，把它們消滅得乾乾淨淨。可是，今天能趕來用餐的寥寥無幾。許多人沖過澡，衣服來不及穿好，頭髮來不及擦乾，往床上一躺，就呼呼大睡。程光華還算一條漢子，硬撐著扒了兩碗稀粥，也睏得不行，正想趕回宿舍睡覺，通訊員卻風風火火趕了來，說是丘長根犯了急病送往醫院搶救，要他快去看看。程光華悚然一驚，瞌睡勁兒不知跑到哪裡去了，跨上摩托車直奔工地醫院。

工地醫院三樓的手術室前，擠滿了運輸隊的駕駛員。有的伸長了脖子，想透過一片小小的磨沙玻璃往裡張望，有的在長廊上狂躁地走來走去，有的蹲在地角頭唉聲嘆氣，有的臉頰上掛著髒兮兮的淚水。程光華從伙伴們沮喪而絕望的情緒中，似乎聞到了死亡的氣息，心裡陡地往下一沉，就急慌慌問道：

「長根哩，長根他怎麼啦？」

運輸隊長趙元順一個箭步闖上前：「咳，你怎麼這個時候才來？就等著你簽字哩！」

「簽什麼字？」

「長根要動大手術，可他家沒有親人在工地，要你來簽字，醫生才肯開刀。」

「他犯的是什麼病，怎麼來得這麼凶險？」

趙元順結結巴巴的剛要回答，這時一個年輕醫生從手術室閃出來，把一張病歷卡遞到程光華面前。

程光華問道：「醫生，他到底犯的什麼病？有沒有生命危險？」

醫生很年輕，下巴頦下連一根毛都沒有，說話既不耐煩又不禮貌：「不危險還要動手術？你是公司負責人？快快簽字吧！」

程光華還是耐著性子輕聲問道：「你總得把病情告訴我，這個字我才能簽！」

醫生簡捷地說：「他犯的是胃穿孔大出血，還有嚴重的肺炎併發症，再不動刀就沒命！咳，你到底簽不簽？」

「手術有幾分把握？」程光華急切地盯著醫生。他腦子裡現出長根媽一臉的苦命相。她就這麼個兒子，這字可不是隨便好簽的！

「哎呀呀，你怎麼這樣嚕嗦！」年輕的醫生像訓斥兒子似的訓斥程光華，「病人已經奄奄一息，死馬當作活馬醫哩，大夫肯給他動手術，就是發揚革命人道主義了。你如果拖延時間，一切後果要你負責！」

「我簽！我簽！」程光華腦門上冒出豆大的汗珠，哆哆嗦嗦地在病歷卡上簽下自己的名字。

年輕的醫生閃入手術室後，程光華問起丘長根是怎麼得的病。趙元順等幾個駕駛員又心疼又抱怨甩鼻涕抹眼淚，都說：丘長根硬是自己把自己糟蹋到這個地步的，這傢伙幹起活來真是不把自己當個人！他不是去福州出了一趟長途嗎？冒著大雨連夜趕回工地，已經累成個熊樣，可他看見大伙都上了圍堰，也顧不上喘口氣扒碗飯，又馬不停蹄地趕到圍堰上參加抗洪搶險。他如果僅僅是開車運石，也還不至於累倒趴下。人家裝車卸車的空檔，他本來是可以躲在駕駛室裡打打盹，歇歇氣的；可他不！車子一停好，就和人家一塊兒挖土卸石頭，甚至一塊兒泡在水裡壘石頭打樁。真是一個人幹著好幾個人的活。他本來就是個老胃病，這麼連著折騰三天三夜，還能不累成胃穿孔大出血！可是他剛發病時還一聲不吭，硬是把車子開回停車場。臭嘴阿山看見他的車子在大場子中間打了兩個轉轉，忽然刹住了，把後面的車子堵了一大片。臭嘴阿山還以為是他的車子出了故障，跳下車來大吼大叫，他沒有吱聲。臭嘴阿山就爬上他的駕駛室，才看見他趴在方向盤上不會動彈，嘴巴張得大大的，吐出的鮮血染紅了那件剛從福州買來的白襯衫……

程光華這才注意到，臭嘴阿山身上也沾著許多血跡，趙元順和其他司機都還穿著髒兮兮濕漉漉的工作服。他們肯定是一下工地，就手忙腳亂地把他抬到醫院來了。

那個年輕的醫生又從手術室閃出來，臉上毫無表情地向著大家宣告：「各位請注意：手術還是動不了。病號失血太多，得先輸六百ＣＣ血。可是血庫裡的血漿用完了，你們得趕快組織自願獻血！」

好幾個後生哥爭先恐後說：「我來吧！我來吧！」

年輕醫生說，現在來不及一個一個驗血型了，如果有一個O型萬能輸血者，事情就會方便得多。年輕醫生話音剛落，程光華走前一步說：

「嘿，巧了，我就是O型萬能輸血者，讓我來吧！」

年輕醫生把程光華上上下下打量一下，猶豫著沒有點頭也沒有搖頭。

程光華急了，說：「一點不會錯的，我當兵時候，多次驗過血，我的血型確確實實是O型的。」

年輕醫生說：「也不是不相信你的血型，可是你看你瘦瘦巴巴的，頂得住嗎？」

趙元順等人也有這樣的擔心，但是，一時又找不到一個O型萬能輸血者，程光華又十分自信地堅持著，年輕醫生只好把他帶進手術室。

程光華看見丘長根被剝光了衣服赤條條躺在手術臺上，像一條快要死去的魚，連呼吸都很艱難。他伸出胳膊要醫生快快輸血。主刀大夫、麻醉醫生和幾個當助手的護士，大都認得程光華，看他那臉色蒼白精疲力竭的樣子，都遲疑著不肯動手，勸他快快出去另換一個人來。程光華就輕聲懇求道：

「再瘦的黃牛也有一桶血，我頂得住的。救人要緊，快快來吧！」

主刀大夫拗不過程光華，只好下達命令：「好吧，聽程總的，各就各位，準備輸血！」

一個護士先給光華抽了五CC血，立即進行化驗，一會兒就出示結果：果然不假，程光華是個O型萬能輸血者。

主刀大夫不再猶豫了，下令要護士從光華身上抽出六百CC鮮血。那位護士大約三十多歲，幹這些技術活是個老手，但是這時面對疲憊不堪的程光華，實在有些於心不忍。她在光華青筋暴起的胳膊上，抹了三遍碘酒，擦了兩遍酒精，撮起一根三號針筒，那白嫩的小手竟不聽使喚地顫抖起來，針頭在光華的胳膊上扎了兩三次也找不到血管。

「你的槍法本來很好的麼！」程光華竟幽默地笑了一下，「別慌，別慌，一慌，你就打不中靶子。」

醫生護士們也都笑起來，那護士緊張的神經稍稍放鬆了，再把那條箍在程光華胳膊上的皮管扎得更緊一些，他的血管更加醒目地暴露出來，護士把銳利的針頭瞄了一瞄，快捷順利地送了進去。醫生護士們一個個都把眼睛瞪得滴溜溜圓，看見程光華的大動脈像一條藍色的蚯蚓，臥在黃褐色的皮層裡面，而且隱約聽見鮮血嘩嘩流淌的聲音，宛如流香溪驚濤駭浪的喧嘩，愈來愈響充滿了手術室死寂的空間……

丘長根像一具骷髏擱在急救床上，已經一天兩夜。他雙眼閉合，臉色死灰，鼻孔、胳膊和大腿上，扎著各種各樣的管子，除了袒露的胸脯輕輕起伏一息尚存，幾乎看不到別的生命跡象。他的胃切除手術進行三個多小時，還算順利，可就是過於疲勞失血太多遲遲未能蘇醒。他的老娘丘二嬸在他身邊已經守了小半天，枯瘦的皺紋臉上淚痕斑斑。南茂公司給小龍門水電工程處打了電話，請他們派專人專車把丘二嬸連夜送了來。苦命的老寡婦瞅著可憐的兒子氣息奄奄，身上這裡裹著紗布，那裡扎著管子，心頭一陣陣錐扎刀剜的疼。她腦子裡閃過二十多年前「六一七」大坍方慘不忍睹的一幕。長根他爸從稀泥亂石中刨出來送往醫院搶救，也是氣息奄奄鼻孔胳膊上扎滿管子，整整拖了兩個晝夜，最後還是奔赴黃泉不見回頭。我苦命的囝呀，你年紀輕輕的可不能跟著你爸走呀！丘二嬸這麼想著，眼淚撲簌撲簌掉下來。

一直挽著丘二嬸手膀站在床前的大奶媽，也禁不住一塊兒抽泣落淚。除了看著後生哥生命垂危心中可憐，她還想起長根平日待她的許多好處，想起自己有許多對不起人家的地方，想起女兒春英至今下落不明生死未卜，便一把鼻涕一把淚，傷心的程度不下於丘二嬸。

忽然，丘長根的手腳輕輕抽搐一下，同時痛苦地齜了齜牙。丘二嬸和大奶媽都驚喜輕叫一聲：「囝呀，你醒過來了！」但丘長根隨即又靜靜地躺著，一點兒聲息都沒有。

其實，丘長根並沒有真正蘇醒過來。這陣子，不，這輩子，他活得太累太累！他覺得他像一頭犁了一輩子地又被趕進了屠宰場的老黃牛，已經被人家抽了筋放了血剔了骨剝了皮，一點點力氣都沒有了。他並不巴望快快活過來，他渴望痛痛快快睡一覺，睡他媽一百年一千年一萬年！

恍恍惚惚間，他變成一塊很沉很沉的大石頭，往一口枯井掉下去掉下去。這口枯井好深好深，黑古隆冬的，開初什麼都看不見，後來，在黑暗中開出一絲灰濛濛的亮光，他看見了許多妖魔鬼怪，牛頭馬面，他嚇得魂飛魄散，想跑跑不動，想喊喊不出，他的胳膊腿兒硬梆梆地抽起筋來，差點兒把輸液的皮管扯斷。

一會兒，他又變成一片很輕很輕的鵝毛，悠悠揚揚向天上飄去。天上的世界多麼遼闊，碧藍碧藍望不到盡頭。在這裡開大卡車多麼舒坦呀，他打到三檔四檔跑到一百邁一百五十邁，照舊打盹兒睡大覺也出不了屁事兒。後來，他看見許多美麗的彩雲，看見許多美麗的鮮花，他循著一條彩雲披紛鮮花似錦的大路跑到盡頭，看見一片密匝匝綠蔥蔥的灌木林，哎喲，怎麼有個小妹子在這裡割柴禾？這個小妹子不是別人，卻正是他晝思夜想的游春英。她揮動柴刀砍柴禾的動作是多麼利索，多麼漂亮！他想細細地看看她的臉蛋兒怎麼也看不到，她老是把渾圓的臀部和挺直的脊梁對著他。嘿，她身上那件花格子廠布斜襟短衫穿了多少年了呀，肩膀上補釘疊補釘，竟窄小得箍不住她那既苗條又壯實的身軀了。他看見她彎下身子割柴禾時，露出一大截白生生的脊梁，濡濕一大片汗水，在陽光下一晃一晃，晃得他既心慌又心疼，便走過去幫她割了一大捆柴禾。游春英非常感激，衝著他笑了！可是，她這一笑，臉上就蓋上一層胭脂水粉，洒下瀝瀝啦啦的淚珠，像雨打過的白粉牆，變得很醜很醜，像妖怪一樣……長根哎呀叫了一聲，終於蘇醒過來。

丘長根睜眼醒來的時候，程光華、雄田幫明和龍經天等中層幹部，正陪著公司的兩位老總方雲浦和茂林太郎跨進急救室，專程前來看望他。

人們看見，程光華身上穿著一件白色的病號服，走起路來趔趔趄趄的，他的女友楊淨蓮緊隨其後攙扶他。比起抗洪搶險之前，他是更加消瘦更加蒼白了。他在暴風雨中堅持了三天三夜，又輸給長根六百CC血，幾乎把全部精力消耗殆盡，像舒舒服服死了一回。他讓人抬回病房，掛了幾瓶葡萄糖，楊淨蓮又炖了雞，煮了蛋，熬了西洋參，讓他吃飽喝足，安安靜靜地睡了一天兩夜，居然又能下床走路了。多麼堅強的一條漢子呀！

人們還看見，方雲浦和茂林老頭一臉疲憊滿身風塵。這一場特大暴風雨，把南茂公司兩位最高領導也嚇壞了吧？他們剛從東京飛回福州，立即坐上專車直奔流香溪。他們看見被暴風雨洗劫過的田野一片淩亂、荒涼，蘆管芒草有氣無力地耷拉著腦袋，一時還緩不過氣來；有許多烏臼樹被連根拔起，有許多田壩決口坍方，到處懸掛著急流飛瀑。溪裡暴漲的洪水也還沒有退去，渾濁的山洪席捲著漂木雜草，在長長的彎彎的峽谷中洶湧奔騰，發出震天撼地的吼聲。然而，方雲浦和茂林太郎卻看見突然加高了一人多高的八百米上游圍堰，巍然不動地矗立在滔滔洪峰之上，圍堰下的大壩基礎和廠房基礎，除了貯著淺淺的積水，依然安然無恙，覺得這簡直是不可思議的奇蹟，是人對自然的勝利！於是，兩位老總就迫不及待地趕到醫院看望程光華。茂林太郎在程光華面前豎起一根大拇指：

「程先生，你真了不起，了不起！南茂公司和我本人，不知要怎樣感謝你！」

「不，茂林先生，這不是我個人的功勞，是全體職工還有流香溪村民的功勞。」程光華說，「我記得去年秋天，我剛來南工局，在新職工宣誓的誓約大會上，茂林先生你的講話中引用過一句中國成語——『眾志成城』。什麼叫眾志成城，瞧，這就叫做眾志成城！是流香溪全體工人農民的力量，在三天三夜的暴風雨中，築起了這條水上鋼鐵長城！」

「呵，太偉大，太偉大！」茂林太郎連連稱讚，又訝然問道：「哦，這裡的大暴雨連續下了三天三夜？」

「是的，連續下了三天三夜。我們的職工也在雨水中泡了三天三夜，沒有合過眼，沒有好好吃上一頓飯，有的人甚至累到胃穿孔，大出血，差點把命都搭上了！」程光華十分激動地說起了丘長根。

於是，方雲浦和茂林太郎看過程光華又來看望丘長根。他們手上各捧著一束鮮花，隨從人員還拎著許多水果和營養品。他們走進病房時，程光華先把他們領到丘長根的老娘丘二嬸跟前，介紹說這就是英雄的母親。茂林老頭對著丘二嬸畢恭畢敬地深深一鞠躬，行了一個十分標準的大和民族的大禮，豎起大拇指說：

「你的兒子，中國工人，非常優秀，非常優秀！」

方雲浦和茂林老頭走到丘長根床前，站了一會兒工夫，輕輕叫著他的名字。丘長根緊閉的眼睛竟吃力地慢慢地睜開一條縫……我的天，這個白晃晃的屋子裡怎麼站著這麼多人？丘長根驚訝地打量著站在床前的人，黯淡無神的困倦已極的目光，十分緩慢地從這個人的臉上爬向另一個人的臉上：哦，這是我的老娘吧，你怎麼到這裡來啦？你看你，頭上又添了許多白髮，臉上又添了好些皺紋，你在家那日子準是過得太苦太累了！媽呵媽，你老的關節炎還疼不疼？我這回去福州原來打算給你買幾瓶進口祛濕驅風油的，都怪天堂大酒店的門衛狗眼看人低，不讓我進那堵玻璃門，我把兜兜裡的錢用來買了新衣服，咳，這藥就沒買成……不過這沒關係，媽，過些天我託人去給你買。還有，我現在能掙大錢了，我早就想著要給你買臺十四吋黑白電視機，讓你和小妹在小茅屋裡也能看到小電影。可早些日子，我攢下的錢都借給大奶媽開酒店，前些日子大奶媽已經把錢還給我，我在銀行裡有一筆不小的存款哩，媽媽呀，等我病好出院，我一定給你們買一臺十四吋福日電視機，你放心吧，媽！憑我的本事，我一定讓您老過幾年舒心的好日子！哦，你聽懂我的話了，哈，你果真衝著我笑了……唉，怎麼搞的？你笑著笑著，竟嘩嘩啦啦地淌眼淚……

這一位是春英她老娘大奶媽吧，哎呀呀，大媽呀大媽！你要我把春英找回來，實在對不起！我有負你的重託，沒能把春英叫回來。唉，春英她，咳，我怎麼對你說哩大媽呀大媽，她要我跟你說，你就當是沒她這個女兒，你就當她已經死了，我怎麼能跟你撒這個謊呀！咳，想起春英我就恨不得地下裂開一條縫，讓我鑽進去，咳，我真是沒臉見人呀！我枉為一個男子漢，連自己心愛的姑娘都看不住！他媽的，那個日本佬牛部春房，你這頭無恥的「牛牯」，有一天讓我碰上，我不砸扁你的腦殼割了你的雞巴我就不算個人！大媽呀大媽，你眼睛定定的盯著我幹什麼？你問春英住在什麼地方？嘿，就住在天堂大酒店十八層樓。對啦，是十八層，不多不少十八層，那個房間可漂亮可舒服啦，是有錢人的天堂，而對我們的姐妹游春英，只能是一座活地獄，標準的十八層地獄！「沿江吉普賽人」的兄弟姐妹們呵，南工局的同志們呵，你們快快去救救她吧！

哦，這是光華吧，幾天不見，你怎麼瘦成個猴子精了？你那個破總指揮不好當吧，這場大洪水沒有把你嚇死也快把你累垮了吧？哦，流香溪的洪水退了沒有？我們的圍堰保住了吧？這是我們的命根子呀！咳，我怎麼就累倒趴下站不起來了？我的載重車呢？你們不要攔我，還是讓我去開車吧！

哦，這兩位不是方總方局長和日本老板茂林太郎嘛，你們兩位大官兒，怎麼有工夫和我閑嗑牙？茂林老頭呵，你好！你手上捧著一束鮮花站在我的床前幹什麼？你手下牛部春房在中國的土地上幹下不要臉的勾當，你還有臉來見我？呸，瞧你還齜牙咧嘴的，衝我哇啦哇啦什麼呀？你他媽小日本心真狠，明明是游春英受了你們日本佬的騙，你把游春英也一腳踢開，把一個弱女子逼到絕路上去。瞧，你還有臉笑，你他媽皮笑肉不笑的，叫我光火，叫我噁心，我真不想見到你……

丘長根這樣想著就把頭吃力地撇過一邊去。

接著又有許多聲音輕輕呼喚丘長根的名字。丘長根依然無力開口答話，便又慢慢轉過頭來。哦，我今天見著的人可真多，有老的有少的，有男的有女的，全都臉帶微笑又眼含淚珠，像過電影似的，一個個從我眼前移過去，移過去，這到底是怎麼回事？最後一個站在床前的是工程部副部長龍經天，這個白白胖胖的中年男人今天也特別和藹可親，微笑著彎下身子向他致敬問候。可是，丘長根覺得他的微笑特別虛假，特別可怕，特別厭惡。

龍經天留給丘長根的印象，從外形來說，絕對像一頭肥頭大耳的公豬。可是不知怎麼搞的，丘長根一直覺得他像一頭討厭的老鼠。最早產生這種聯想，是兩年多前，龍經天到各個小水電站選拔技術工人時，一路上收了許多人其中也包括他和游春英的紅包禮物，他就想到此人品質的某些方面，和不勞而獲偷竊成性的小老鼠是那麼相像。前些天，他從游春英嘴裡知道，龍經天收受路路通的賄賂，一次竟達八萬元巨款，他驚訝異常，就覺得他更像一頭貪得無饜的大田鼠。

丘長根對於田鼠的無比憎惡，可以追溯到遙遠的童年時代。那會兒，他多大年紀？他在水電職工子弟小學上二年級，大概只有八九歲吧。那時候，「三年困難」早過去了，可是「沿江吉普賽人」中屬於「第三世界」的那部分工人，家屬一般都是農業戶，沒有權利享受國家供應的糧食，總是過著半飢半飽的日子。丘長根和游春英家都是這樣的「第三世界」。那一年，早稻剛剛收割完，丘長根和游春英一塊兒去山壠裡拾稻穗。他們忽然在田坑上發現一個竹筒大小的田鼠洞，便用三角耙子慢慢往裡掏。田坑上的土質既乾燥又鬆軟，掏起來不大費勁，不多一會兒，就把小小的洞穴掏成籮筐那麼大，掏成圓桌那麼大，而且從裡面掏出許多飽滿的稻穗和金燦燦的穀子。他們把竹簍裝滿了，把兜兜裝滿了，那個深不見底的田鼠洞，好像是一個取之不盡的大糧倉，大耙小耙掏出來的糧食怎麼也裝不完。最後一大堆穀子掏出來時，只聽得轟轟隆隆一陣響，突然從洞穴深處竄出一大伙田老鼠，起碼有幾十頭，從他們腳踝上奔過去，從他們褲襠下闖過去，眨眼就無蹤無影，把他們嚇得驚叫不迭。可是，這些滾瓜溜圓毛光水亮的田鼠，以及它們竊取別人勞動果實的驚人絕招，還有那個貯滿了農民勞動果實的大「糧倉」，給他留下了一輩子也抹不去的印象……

再過十來年，丘長根成為一名水電工，跑過許多電站、水庫，見識過許多大壩和防洪堤。有些堤壩的滲漏和決口，都往往是由小小的螞蟻窩和老鼠洞引起的。他見過南方一些用沙包黃土夯實的防洪大堤上，田鼠們長年累月不停不歇所掏出的洞穴，有的大得可以鑽進一頭狗，裡面彎彎曲曲有幾十米長；有的大得能夠放下一張八仙桌，坐上四個人舒舒服服搓麻將也綽綽有餘。從裡頭掏出的稻麥菽黍薯豆瓜果，一個農民三年五載也吃不完。可以想像，那些修煉成精的鼠兵鼠將鼠霸鼠王們，在那些見不到陽光的老鼠王國裡，是過著怎樣的驕奢淫欲荒誕無恥的生活！而一座座防洪大壩，則往往在它們的鋼牙鐵爪之下而被漸漸掏空、掏漏，最後毀於一旦，轟然崩塌！

因而，丘長根對於那些不勞而獲貪婪成性的老鼠，早就在心頭種下不共戴天的深仇大恨。

這會兒，丘長根在迷迷糊糊中看見白白胖胖的龍經天，不由想起這小子偷偷摸摸睡了游春英，想起他輕輕鬆鬆拿了路路通八萬元人民幣，想起小時候見過的那些滾瓜溜圓毛光水亮的田鼠，想起被老鼠們掏空掏漏而轟然崩塌的防洪大堤。丘長根不由悚然一驚，虛汗淋漓，大叫一聲「老鼠！老鼠！」臉白如紙，猝然昏厥。

過了些天，丘長根熬過了危險期，闖過了鬼門關，神志漸漸清醒過來。他恢復記憶和語言能力的第一件事，就是找了個機會，要程光華單獨留在床前，把游春英怎麼墜入火坑的事說了一遍。他悲痛欲絕地叫著程光華的名字，要他快快去把游春英找回來！同時，他也沒有忘記說起游春英曾經告訴他：龍經天龍大頭一次就接受路路通八萬元賄賂，去年他下各個工程處選拔技術尖子的時候，還不知收了人家多少紅包。這頭餵得滾瓜流油的大老鼠，如果不早早除滅，南工局的倉庫總有一天要被掏空，南工局的大壩總有一天要轟然倒塌。丘長根說這些話的時候，兩隻瘦骨嶙峋的大手像老虎鉗一樣卡著程光華的手腕，要是他沒有一個明確的回話，他說不定就會這樣死死攥著他永不鬆手，而後同歸於盡。程光華聽了這些話既心疼又憤慨。他叫丘長根一百二十個放心，春英麼，他很快就會把她找回來；至於龍大頭的那些情況，他會立即向有關部門反映的。他相信，「天網恢恢，疏而不漏」，這頭大老鼠決不可能永遠逍遙法外。

丘長根壓在心頭的一塊大石頭終於落了地，鬆開手，衝著光華吃力地笑了笑，閉上眼睛安安靜靜地躺著歇息養神了。

丘長根病體漸漸復元後，來醫院探望的人也漸漸少了，只有他老母沒日沒夜守在他床前。二十多歲就開始守寡的丘二孀，對二十多年前「六一七」大坍方還記憶猶新，一想起生龍活虎般的丈夫霎眼間被砸得渾身鮮血死於非命，她就心驚肉跳，因此對病榻上的兒子就日夜守護寸步不離。幾天幾夜熬下來，兒子的傷口開始癒合，臉上慢慢有了血色，而她自己卻愈加枯瘦而蒼老了。但她內心的欣慰是空前沒有的。一伙又一伙工友給丘長根送來的慰問品已經堆積如山，小學生中學生送來的鮮花，捱著病房的牆根一直排到外頭的長廊上，鋪出一片五彩繽紛清香四溢的花圃，把一個病房裝點成花的世界。前些天，南茂公司還召開抗洪搶險表彰大會，方雲浦專程給丘長根送來一本紅皮鎦金的獎勵證書和三萬元獎金。面對這許多榮譽，丘二孀枯瘦的皺紋臉上，時不時綻出一絲不易覺察的微笑。她常常對著靜臥病榻的兒子在心裡嘀咕說：囝呀囝，娘沒有白生你！娘也沒有白守寡！我這個砸了一輩子石頭的砸石工也算活得值了！

大奶媽也常常來看望丘長根。有時熬一鍋雞湯，有時炖一隻老鱉。丘長根自幼被這個炎涼世界冷落慣了，也向來粗菜淡飯清苦慣了，就大有受寵若驚之感，總是忸忸怩怩的。大奶媽就像餵孩子似地餵他吃，逼他吃。那份殷勤那份慈愛跟他親媽差不了多少。先前她把丘長根看成天下最沒出息的窩囊廢，而今才知道他是一塊含金量很高的金礦石。他要是支持女兒和丘長根一直好下去，又何至於讓女兒離鄉背井現如今連人在哪兒都不知道呢？咳，她身邊沒有什麼親人了，一顆充滿母愛的心就全都放在丘長根身上。她要用她的殷勤來補償早先的過錯，她要用她的真誠來表白她深深的愧疚。當然，大奶媽常常來看望丘長根還有一個更重要的目的，就是要知道寶貝女兒現在的下落。但是，丘長根守口如瓶，始終不肯吐露一丁點兒秘密。有一天，他被大奶媽三番五次的盤問，搞得疲勞不堪，竟昏昏然睡去。一會兒工夫，便呢呢喃喃說起夢話來：

「春英呀春英，你，不能再過……這骯髒日子了，你不能再……這樣……糟蹋自己了！我求求你，快快跟我回去吧，呵?!你媽……你爸……咳，整天眼巴巴的等著你呀……」

大奶媽立時把丘長根搖醒。丘長根知道自己在夢中吐了真言，媽媽也一個勁勸他對大媽說真話，他守了多日的防線終於崩潰。他把到福州所看到的一切，竹筒倒豆子似的全都倒了出來。大奶媽當即嚇壞了，氣暈了，一雙大巴掌捧著臉龐大哭起來，同時破口大罵牛部春房是不要臉的公狗，是十惡不赦的騙子，是該下地獄的流氓，你他媽的八格呀路，是你把我的寶貝囡囡推下了火坑呀！

丘長根見大奶媽歇斯底里的樣子後悔不迭，只能百般勸解寬慰。他說，他已經囑託程光華去福州尋找春英，要他千方百計把游春英拉回來。程光華是個肯為朋友兩肋插刀的漢子，游春英又一向服他，不出三日五日，他準能把游春英動員回來的。你就放心吧，大媽！

大奶媽哭了好一會兒，漸漸被丘長根母子勸止住。她知道在醫院裡這麼哭鬧下去也哭不回個女兒來，只得抹乾眼淚去找程光華。程光華不在，他果然上福州找游春英去了。她心裡升起一線希望，在家裡靜候著女兒的消息。生意也沒臉做了，店門整天關閉著，她忽然怕見到工地上任何一個熟人，女兒幹起那樣沒臉沒臊的事，咳，你叫你媽怎麼見人哩！不錯，你媽也不能算個正經女人，你媽也偷人養漢，可我是出於無奈呀，而且我這輩子也只有一個丈夫，一個相好，那像你這樣成了千人騎的「馬」，萬人上的「公共汽車」。我的天，真是一報還一報，你叫你媽怎麼有臉做人呀！

老伴游金鎖仍然躺在後方基地「水電村」的矽肺病職工療養院，看來也是苦苦捱捱沒有多少日子好活了。她突然覺得這小小的酒店冷清得令人毛骨悚然。不管是白天還是晚上，她都很難合眼安睡。溪風從門縫窗洞鑽進來的時候，她老覺得屋子裡響起游春英清脆的甜甜的聲音；月光洒滿後院的時候，她老覺得女兒繫著白圍裙的苗條身影，在葫蘆瓜架下晃來晃去。可是，當她豎耳聆聽睜眼細看的時候，空蕩蕩的店鋪裡除了她自己，一個鬼也見不到。

大奶媽在期盼的深潭中苦苦熬過五天，程光華終於回來了。他聲音沙啞地說，他在福州待了五天，把南工局駐福州辦事處的職工們都動員起來，又找了市公安局許多朋友幫忙，幾乎把整個福州市像篦頭髮一樣篦過一遍，什麼賓館、酒店、酒家、旅社全查過了，還是見不到游春英的影子。有人說她可能去了上海，有人說她可能去了深圳，有人說她可能去了雲南邊境，有人說她可能去了海南島，還有人猜測她很可能去了剛剛開放的東北邊城黑河……中國九百六十萬平方公里的土地上，如今年輕女子敢冒險、能掙錢的地方多的是，誰能知道游春英去了哪裡？

大奶媽這回沒哭也沒鬧，眼睛木呆呆地望著遠方的天空，愣愣地坐了許久，一句話也不說。程光華當時也沒有太留神，安慰幾句也就走了。誰知大奶媽從這一刻起，就完全瘋了！

她雖然不再營業，卻天天把店門打開來，整天披頭散髮坐在店門口，見人就拉著盤問：「你見到我的春英沒有？」或者敞開沙啞的破嗓子拖腔拖調地吶喊：「英英呀，我的心肝我的囡，你回來呀快快回來！」要是見到年紀和個頭都和游春英相仿的姑娘，便三步兩步攆上來，拉著人家的手，笑嘻嘻地嘮叨著：「咦，你不是我的英英嗎？你滿天下跑，把心都玩野了吧，走，快快跟我回家！再不能幹那沒羞不臊的營生了……」把那些姑娘嚇得臉色煞白，厲聲尖叫，躲過她的攔截，飛快逃走，她就跟在姑娘們身後邊追邊哭，弄得路人看著也掉下不少同情的眼淚。

大奶媽犯病期間，南工局的老熟人方雲浦、程光華、丘長根等人都常來看望她。給她許多開導，許多安慰。她有時神志稍稍清醒，還能靜靜地坐著聽人家的勸說；要是正當神經錯亂，她就胡言亂語，破口大罵，甚至操起掃把把人家轟了出去。來得最勤的是包工頭路路通。這個老相好也還算是有情有義的人。大奶媽的丈夫游金鎖奄奄一息躺在職工療養院，家裡縱然大禍臨頭天塌地陷，也是不能回來看看的。路路通也就不再忌諱別人的閒言碎語，常常來吉普賽酒店幫著拾掇拾掇亂七八糟的房子，給大奶媽燒燒水，熬熬藥，烙烙餅，做做飯，陪著做個伴兒，免得有個三長兩短。

有一天，路路通陪大奶媽在房裡閑坐，一邊喝著茶，一邊有一句沒一句的和她聊天：「我說大奶媽，事情都過去一個多月了，你也不要再傷心煩惱了！」

這會兒大奶媽神志還算清醒，就撇了撇嘴說：「哼，你躺著說話不腰痛，要是你的女兒去當了婊子，你能吃得下飯，睡得著覺！」

路路通說：「咳，你不要婊子婊子的說得這樣難聽好不好？現如今，幹這營生的女子多得很。你只要一住進稍稍體面的大賓館，一過晚上十點鐘，一準有人給你打電話，都是嬌滴滴的女孩子的聲音：『老板，你要不要按摩？』『先生，你要不要特殊服務？』瞧，現如今這個營生就叫『按摩』，就叫『特殊服務』。」

大奶媽枯黃的臉孔慢慢就變青變白了：「呸，這樣千人騎，萬人摸，還不是婊子？」

路路通耐心開導說：「哎呀呀，你不要死心眼好不好？現如今，人家都說『笑貧不笑娼』，當了婊子又怎麼樣？這也是一種工作，一種職業，說不定哪一天，你的英英突然給你帶許多錢許多錢回來哩……」

路路通話還沒有說完，大奶媽的瘋病說犯就犯了，啪地一個耳光甩過來，路路通手中的茶杯砸在地上摔得粉碎。大奶媽伸出顫抖的手指，直戳路路通的鼻子：

「呸，你這個烏心賊，別對老娘放他媽的臭屁！錢，錢，錢！你的狗眼就認得一個錢字！有錢沒了人，又有什麼用呀！你來瞧瞧，如今老娘攢的錢還算少嗎？」

大奶媽嘩啦一下打開抽屜，路路通看見裡面藏著滿滿一抽屜人民幣，而且盡是五十元、一百元的大票子，一下子傻了眼。

「嘿，嘿！嘿，嘿！」大奶媽爆發出一陣可怕的獰笑，「你睜開狗眼瞧一瞧，老娘掙了多少錢？告訴你吧，老娘已經從『第三世界』爬到『第二世界』，老娘夠格做大款做老板了吧？

可是，我沒有了家，沒有了小囡英英，我要這麼多錢有屁用？」

大奶媽說著放聲大哭，抓起一大疊人民幣，一張一張捻出來，嘶啦一下撕成兩半，又嘶啦一下撕成兩半。

「我的姑奶奶，你這是怎麼啦？這是錢呀！不是草紙，這是錢呀！不是草紙。」路路通撲過去想制止大奶媽。

但是，大奶媽十分意外地像一頭雌貓一樣靈巧，躲閃著路路通的干擾，一會兒跳上床鋪，一會兒蹦上桌子，同時尖聲大笑，不斷把手中的人民幣一張一張撕成兩半，又像天女散花似的從空中撒下來。

路路通顧不得大奶媽，趕忙像狗一樣爬在地下，一張一張撿起那些被撕碎了的大票子。

春英久久不見歸來，大奶媽的病也就久久不能見好，而接踵而來的兩件事，又給她新的刺激，大大加重了她的瘋病。

第一件事，是她的老公猝然病故。游金鎖在南工局後方基地的職工療養院躺了一個多月，得不到女兒一點兒消息，終日不得安心，有一天，便拖著病重的身子，搭上一輛便車突然回到流香溪。一腳跨進門，就問起女兒有沒有來信，在日本日子過得怎麼樣？大奶媽也不知道保密，反而向丈夫要人：

「你還有臉來問我？一個做阿爸的，連自己的親囡囡都看不住？」

游金鎖就急慌慌問道：「我那囡囡怎麼啦？」

大奶媽冷笑一聲：「嘿，嘿，你老臉有光啦！你囡囡在整個福州城都有了名！」

游金鎖就急得臉色煞白煞白：「哎呀，到底怎麼啦？你爽快一點好不好！」

大奶媽兩手拍了個脆響的巴掌，向老公大聲宣告道：「嘿，你真想知道？你的好囡囡被那個日本佬騙到福州，人家甩甩手，回日本去了，你那囡囡就在福州做了臭婊子！」

游金鎖一屁股坐在椅子上，臉色由白轉青，由青轉紫，一陣劇烈的咳嗽弄得彎腰屈背五官挪了位，可是一口濃痰堵在塞滿了粉塵的肺部，怎麼也咳不出來，不到一分鐘工夫，便嚥了氣。大奶媽看著老公活活氣死，不知道叫人送醫院，就跳著叫著狂笑不止，一會兒也昏厥倒地，不省人事。

第二件事，是她的情人被捕入獄。她瘋了之後，路路通是唯一一個常到吉普賽酒店來照顧她的人。有一天，路路通正在廚房裡刷鍋燒水，想給她下點麵條吃。突然，她的店門口嘎地一聲停下一輛警車。車門打開，下來四個腰間別著手槍的警察，氣勢洶洶地闖將進來，一見到路路通，也不問青紅皂白，一個箭步竄上來，一傢伙就把路路通的雙手反剪到背後，卡嚓一下上了手銬。大奶媽還來不及說上一句話，四個警察把路路通押上了警車……大奶媽又是一陣狂笑，昏倒在地，不省人事。

此後，大奶媽就不梳頭，不洗臉，整天蓬頭垢面，穿著髒得不能再髒破得不能再破的衣服，在吉普賽酒店門前的水泥大街上晃來逛去。目光直直的，赤著雙腳，兩個乾癟得像兩隻麻布袋一樣的大奶子，從鈕扣丟得一粒不剩的竹布衫裡掛下來，那邋遢不堪猙獰可怕的模樣，就像一頭失去狼仔而狂躁不安垂死掙扎的母狼，叫人一看就心驚膽寒。她飯不會做了，水不會燒了，實在餓得不行，就拿著大把大把票子上街買點東西吃。票子大小已經認不得，一百元和一元，五角和五十元，對她來說全是一回事。就有許多小攤小販愛佔她的便宜，倒喜歡逗著她玩，時不時騙走她手中的錢。

大奶媽的瘋病如果僅僅到此為止，在流香溪也不至於無地容身。她瘋了一些日子，她的瘋病就由痴呆型轉為攻擊型。她一見到日本人，就揮舞著棍棒要敲死他們，撿拾路邊的河卵石要砸死他們，一邊在後面追著攆著，一邊像母狼一樣發出可怕的哀嚎：「你們這些殺千刀的，挨槍子的，快快還回我的囡囡來！」當那些日本佬落荒而逃跑遠了的時候，大奶媽猶不肯罷休，端起棍棒當作機槍，對準她的「敵人」一個勁掃射：「八格呀路，嘟嘟嘟！八格呀路，噠噠噠！」下自普通日本職工，上至董事長茂林太郎，全都遭遇過大奶媽的突然襲擊，把他們嚇得丟魂失魄，不敢打吉普賽酒店門前經過。

事情鬧到這個地步，不能不引起南工局領導的重視，就派程光華、丘長根等幾個年輕人，出其不意地把大奶媽突然擒住，又叫醫生打了一針麻醉劑，再用柔軟的布條把她捆綁得結結實實，然後開著車子把她送進H市一家瘋人院。

完成這項前人從未做過的艱巨任務之後，程光華、丘長根等人，到一家酒店悶聲不響地喝了兩瓶二鍋頭，而後酩酊大醉，抱頭痛哭，自個兒也好像瘋了一回。

尾聲

變奏

流香溪水電站建成了。第一臺機組運轉得安然無恙。程光華夫妻卻在腥臭黝黑的湖面上，看見許多翻著白肚皮的死魚。

三年後，也就是一九九三年的「五一」勞動節，按照預定計劃，流香溪水電站第一臺機組開機發電了。這一天，南茂工程公司和H市政府聯合召開盛況空前的慶祝大會。在一百米高程的巍巍大壩上，設有一個主席臺和觀禮臺。這時，程光華已經升任南工局副局長兼南茂公司副總經理，在茂林太郎和方雲浦之後，給他留著一個相當顯要的座位。但是，從大會開始至結束，這個座位一直空著。他到哪裡去了？人們莫名其妙。

程光華蓄意逃會，是和他的妻子楊淨蓮早就商量好的。他這人的脾氣既怪且倔，要他在工地上踏踏實實幹活或是指揮千軍萬馬，他都能充分發揮他的才能，幹得十分出色；而要他在大庭廣眾出頭露面，他會覺得比扛起幾百斤重的水泥包還要累人。他知道，來自北京、東京和省城的數十家報刊、電臺、電視臺的記者，將要出席今天的大會，只要他在哪裡露面，就會有許多電視攝像機和錄音話筒對準他，要他介紹事跡，談談經驗。他舉手投足都有許多鏡頭對準他；他想咳嗽、打呵欠或說句笑話，都極不自由。他還想到，事情決不會到此罷休；這些時候，他的照片和形象，將會出現在好些電視臺的電視熒屏上，出現在各種報紙和雜誌上。他也許會成為一個新聞人物，把他當作什麼英雄、模範而加以渲染，他擔心那個被拔高誇大了的程光華，已經不是本色的真實的程光華，他自己看著聽著都會渾身起雞皮疙瘩。於是，他下定決心逃會。

茂林太郎今天可是志得意滿了，他果然實現他在電站開工時誇下的海口，站在巍巍大壩上，發表了一篇熱情洋溢的講話。而這時候，程光華和楊淨蓮卻在青龍橋頭的水泥大街上，以一名普普通通的勞動者，融匯在狂歡的人山人海之中。他們看見工人隊伍走過來，農民隊伍走過來，中小學生的隊伍走過來，鑼鼓喧天，鞭炮齊鳴，還有許多紅的、綠的、黃的、紫的彩旗在空中揮舞著，那種熱烈歡騰的場面，在這遠山僻地的流香溪真是空前未有。

一會兒，程光華和楊淨蓮看見一支跳著蛇舞的隊伍緩緩走來。走在最前頭的一隊是五六十歲的長者，一律的赤腳和短衫短褲，每人手裡擒拿一條丈把長的烏梢蛇。蛇尾攥在左手，渾圓而烏黑的蛇身則穿過腋下繞過脖子，然後用右手高高地擎在頭頂。那些烏梢蛇都張開血紅的大嘴，吞吐著血紅的信子，樣子很有些嚇人。其實烏梢蛇是蛇類中最善良最老實的一種蛇。流香溪一帶，幾乎每個農家都像飼雞飼鴨似的豢養了不少這種蛇。它從不傷人，會逮老鼠、吃癩蛤蟆，蛇皮可製作漂亮的錢包，蛇肉是宴席上的美味，還可以做多種藥引子，真是百益而無一害。也許就念著烏梢蛇的這許多好處，一到迎神賽會，山民們便把各家各戶飼養得最壯最大的烏梢蛇請出來，在村街上遊行示眾一番，然後放歸山林，給它們徹底的自由。緊隨真蛇隊伍之後，是一些年輕的後生哥扮演蛇神而歡歌狂舞。他們下身穿著青、藍、灰、白各色綢褲，上身一律赤裸，掛滿圓形、棱形和橢圓形的金箔紙和錫箔紙，裝飾成各類長蟲色彩斑斕的鱗片，頭上紮著一根稻草繩，高高昂起，顫悠悠的抖動，那麗日朗照又硝煙彌漫的長街上，便出現一支迤邐前行蔚為壯觀的蛇的隊伍。

楊淨蓮是土生土長的香溪人，對這一帶的鄉風民俗自然比程光華知道得多。她一邊看，一邊向丈夫介紹說，武夷山上多蛇，自古以來，蛇就成為閩人崇拜的圖騰。八閩的「閩」字，是大門裡頭關著一條蟲，這就是閩越族和福建簡稱的由來。楊淨蓮還以神秘的口吻對程光華說，她爺爺活著的時候，曾經對她說過，自從盤古開天地，武夷山上的老蛇們都被關在大門裡，所以只能是些死氣沉沉的長蟲；現今開放了，武夷山的大門打開了，一條一條沉睡千年的老蛇們都醒過來，闖到廣闊天地，都變成活蹦亂跳的龍……

程光華就愈加興味盎然地欣賞著老「蛇」們的蹁躚起舞。令他喜出望外的，是他居然在長長的「蛇」陣中，看到了丘長根和臭嘴阿山。他們終於結束了熬光棍的日子，一個找電工隊的姑娘，一個相上香溪村的山妹子，在前不久都成了家。難怪這兩個傢伙都迸發出渾身的勁頭，扭著腰，擺著胯，頭上的稻草繩兒左晃晃，右晃晃，雙目閃著蛇那樣的冷光，紅褐色的舌頭一吞一吐，像蛇吐信子似的很有幾分嚇人。好傢伙，他們真賽似兩頭活靈活現的小龍！他們哪兒是在單純的舞蹈呢，他們的一蹦一跳，一扭一晃，無不在宣泄生命的活力，無不在抒發生活的激情！

在蛇舞隊伍的前後左右，簇擁著密密麻麻的細妹子小郎哥，蛇舞的扮演者又都是些快活大仙一般的人物，時不時把真的和假的蛇腦殼忽啦一下甩向左邊，忽啦一下甩向右邊，把摩肩接踵的人潮掀起一層層浪湧，發出一陣陣又驚嚇又歡悅的喧囂。

程光華有滋有味地觀賞蛇舞，想起一年前這裡曾經發生蛇族大遷徙的千古奇觀。去年夏天，水電站的巍巍大壩建成了，開始關閘蓄水。流香溪水位漸漸上漲，眼看著岸邊的汀藻蘆草一點一點沉入水中，而後是山下那些挺拔高大的柳樹、楊樹、水杉一寸一寸地變矮變小，最後只成為養在水中的玲瓏剔透的盆景的時候，工人們忽然大聲驚叫：「蛇！呵，蛇！」公路上的車輛全部停止行駛，工人們都停下手中的活，擁到路上來，肅立道旁行注目禮：啊，這是何等壯觀的蛇族大遷徙！不計其數的蝮蛇、錦蛇、青蛇、蟒蛇、眼鏡蛇、烏梢蛇、響尾蛇、赤練蛇……從溪岸邊的草叢中鑽出來，從山崖下的洞穴中鑽出來，從樹林梢頭溜下來，成群結隊地從寬寬的施工公路上穿過，向更高的山梁更密的叢林躥去。程光華當時看到這個奇觀，幾乎懷疑蛇類應該有班、排、連、營直至師團、軍團的建制，它們的隊列極其齊整，一條緊跟一條，首尾銜接，紋絲不亂。它們在公路上從容不迫地遊走的時候，目不旁騖，鎮定自若，畫出一連串S形的線條，那種婀娜柔美又極富音樂韻律的舞姿，真是令人嘆為觀止！這次蛇族的大遷徙，歷時半個小時，整個工地上，沒有一個人敢說話，連咳嗽的聲音也沒有。在那一霎那，人們對於蛇族的虔敬和崇拜到了登峰造極。不錯，人類是無比聰明的，但是在某些方面，很可能遠遠不如最最遠古的祖先。

這次蛇族的大遷徙，讓日本人也看呆了，嚇壞了。茂林太郎無比驚訝萬分虔敬地對程光華說：「武夷山真是蛇的王國，不，是龍的王國！我今天才看到龍是很有靈性的，是富有團隊精神的。你們中國人崇拜龍，所以有這麼多龍子龍孫！」

這次蛇族大遷徙後，弗染老人沐浴焚香，禱告上蒼，占卜一卦，然後揮動如椽巨筆，寫下八個有棱有角、刀劈斧砍的魏碑：

孔德之容，惟道是從。

他老人家掐指一算，三日後是黃道吉日，便發下話來，二百多戶一千餘口楊氏子孫，高高興興從香溪老村遷往香溪新村，誰也沒有一句怨言。隨後，流香溪人工湖的湖水便漸漸貯滿，上漲，一直溯溪而上湧到兩百多里外的H市的古城牆腳下，成為一個優美秀麗的山環水繞的旅遊勝地。

鑼鼓使勁地敲打著，嗩吶激越地吹奏著，肅立道旁的村民們，不斷燃放繽紛耀眼的煙花，炸響「百子千孫」的喜炮。程光華和楊淨蓮看見，一里多長的蛇舞隊伍，在五彩繽紛的幡旗指引下，在手執令箭和盾牌的武士們簇擁下，緩緩地擁進楊公祠去朝拜祖宗先賢。這個楊公祠已不是原先那個楊公祠。原先那個有七百多年歷史的楊公祠，因為位居大壩上游，連同古老的香溪村，連同那棵活了上七百多歲的老樟樹，全都沉沒於一片汪洋的人工湖底了。現今這座楊公祠，坐落在大壩下游的一壠小山坡上，是根據楊弗染老先生和村民們的請求，向南工局要來一百萬元無息貸款而拆遷重建的。其規模、格局乃至門斗上的磚雕和照牆上的壁畫，都和原來的楊公祠相差無幾。只是新磚、新瓦、新木料加上髹漆一新的鮮亮的彩漆，讓人有一種粉飾歷史的遺憾！程光華想，無論是對歷史還是對現實，都以原型的真實為珍貴，一經人為的粉飾和巧扮，總會引起人們對於虛偽的憎厭。但是，程光華和楊淨蓮覺得這座楊公祠仍是極有價值的，它將給這一帶的真山真水青山秀水增添難得的歷史文化景觀，也必定因此而招徠源源不斷的中外遊客。彌足珍貴的，是祠內珍藏著許多歷史文物，珍藏著弗染爺爺嘔心瀝血撰寫的《香溪村志》的親筆手稿。他們跟隨蛇舞的隊伍走進祠內，一見這些舊物，想起爺爺在寫完村志的最後一個字時，也為自己的一生畫上了一個輝煌的句號——他伏在案上想打個盹兒，卻再也沒有醒過來，未能看到他嚮往已久的水電站的建成，也未能看到武夷山下發生天翻地覆的變化。作為他的後人，程光華和楊淨蓮就難免有些惆悵，有些傷感。

整個慶祝活動結束，已是傍晚時分。歡騰的人群慢慢散去，程光華卻牽著妻子的手登上了青龍山。由於流香溪水庫的水位上升了六七十米，青龍山忽然變矮了。原來的半山坡，這會兒變成了山麓。這裡有「六一七」殉難者的集體墓地，有他親生父母的墓地，還有他養父程東亮和楊弗染老爺爺的安寢之所。弗染老先生是香溪村的楊氏子孫，生生死死都離不開這片熱土，那是天經地義的；程東亮老局長則是生前留下遺囑：他活著不能建成流香溪水電站，但他希望他死後長眠在青龍山上，他相信總有一天，他能看見巍巍大壩在「沿江吉普賽人」的子孫手上升起！於是，程光華便在電站建成的前夕，將他養父的骨骸移葬於青龍山上。

程光華帶著他的妻子，在先父先祖們的墓前，插上三炷高香，燒過幾疊紙錢，行過祭奠大禮，就在夕陽斜照的墓前臺階上坐下來，久久地沉默著，不說一句話。

妻子就問他：「你在想什麼？看你呆呆的。」

「我在想，二十多年前，這裡發生『六一七』大坍方，我親爹親媽就慘死在這山腳下。」程光華幽幽地說，那嗓音在呼嘯的晚風中甚是蒼涼。「我還想起我的養父程東亮，那實在是一名難得的好幹部，他幾十年東奔西跑，一心想在流香溪上建一座大電站，把老命都搭上了。」

「現在大電站不是建起來了！」妻子寬慰說，「你該高興才對呀！」

程光華又沉默了許久，才從牙縫裡擠出七個字：「可是我又要走了！」

「哦？」妻子不由吃了一驚。

「我今天帶你到這裡，是來向祖先們告別的。」

楊淨蓮愣了一會問道：「你又有新的任務？」

程光華說：「是的，我已經接到通知，要我帶一支工程隊，到閩西大山溝裡，去建一座更大的水電站。」

「你怎麼不早說？」妻子秀美的娥眉輕輕跳了一下。

「我……」程光華長長地嘆了一口氣，「咳，這事來得多麼突然，來得多麼不是時候……」

楊淨蓮默一默神說：「你就放心走吧，我既然選擇了你，當然也就選擇了『沿江吉普賽人』的生活。」

「可是，你這時候是多麼需要我呀！」

楊淨蓮知道丈夫是指她身上已經有了他們的孩子。前三個多月，她開始有些頭暈，常常嘔吐，在夜闌人靜時分，他就撫摸她光滑柔軟的小腹，猜測這個「沿江吉普賽人」的第四代，到底是個女孩還是個男孩？他或她將來能夠做些什麼呢？他或她的命運還是到處流浪不斷遷徙嗎？他或她是在「第三世界」艱苦拚搏呢？是在「第二世界」過著比較優裕的日子？還是在「第一世界」優哉游哉逍遙快活？抑或，那時的世界已經是一個由孫中山到毛澤東到鄧小平為之奮鬥了將近一個世紀而終於實現的大同世界？呵，人生的未來，未來的人生，只可幻想，不可神算，因為有許多時代的社會的偶然因素總是人們所始料不及。你想向東，卻偏而向北，你想向南，卻偏而向西，這是趕路人要十分留神的。於是，這個在孕育而躁動於母腹中的小生命，就給他們帶來許多欣慰和困擾，他們就在既充滿浪漫又非常務實的喁喁絮語中，互相慰藉，互相激勵，打發許多難眠的長夜。哦，這個時候，無論在生活上還是在精神上，一個年輕妻子是多麼需要丈夫的照拂和撫慰呀！

楊淨蓮憂戚的臉上仍然努力綻出一個粲然的微笑：「你看你，愁眉苦臉幹啥呀？你走你的，反正現在電話方便，交通方便，你就常常回來看看我唄！」

程光華的濃眉展了開來，寬心了些：「誰叫我是『沿江吉普賽人』呢？看來也只好如此了。」

程光華牽著妻子的手，一步一步從石砌小徑走下山。踏上湖畔公路的時候，他們忽然看到香溪水庫的湖面上，浮著一頭很大的翻著白色肚皮的死魚，不由大吃一驚。程光華指著那頭死魚對妻子說：

「看，那是什麼？」

楊淨蓮也看清了：「咦，魚，好大的魚，呶，那裡還有一頭，喲，這裡還有兩頭……可是，都是死的，這是怎麼回事？」

程光華叫苦不迭：「壞了，壞了！哪裡來的這麼多死魚？」隨即有一種不祥的預感襲上他的心頭。

這時，他們才第一次十分認真地向著浩浩淼淼的湖面望去，發現湖水再也不像早先那麼清澈明淨一片湛藍，更見不到早先漂滿水面的鮮花瓣兒，聞不到芬芳清新的氣息。如今的湖水是渾濁的，黑褐色的；有幾處被彎曲的山陬圈成的死角，湖水更是黑得像醬缸裡的醬油，還瀦留著一大片像雪花一樣的泡沫，漂浮著許多朽木枯草，山風起時，隱隱約約送來一種污穢的腥臭的空氣。

「壞了壞了！我們還來不及留意，流香溪就嚴重的被污染了！」楊淨蓮也不勝慨嘆。「你記得嗎？三年前，我們剛認識的時候，我就對你談過這個憂慮，你還說我是『杞人憂天』呢！」

程光華痛苦地呻吟著：「咳，怎麼能不污染？山上的樹木幾乎砍光了，植被破壞那麼厲害，上游沿岸又建起那麼多造紙廠、硫酸廠、水泥廠、化工廠……一天不知有幾十萬、成百萬噸的污水廢水和垃圾往河裡傾瀉哩！」

「可惜，可惜！這條流了幾千年的流香溪，再也不是百里流香的溪了！」

「唉，這條流香溪在慢慢死去！」

他們突然陷入悲痛、失望的沉默中。如果是死了一個至親至愛的人，他們當然要悲痛的，如今是一條美麗芬芳的溪，一條他們愛護備至又殫精竭力為之美化的溪，剛剛建成一座大型水電站，她立即患上癌症在慢慢「死去」，這無異於在他們心頭插上一把利刃，而且使勁地剜了幾下，慢慢地流出許多血，那種大悲痛大憂傷，如喪考妣。他們驚愕的目光忽然有些模糊了，因為淚水已經溢滿他們的眼眶。

灰蒙蒙的霧靄從湖面上冉冉升起來了。高山上的日出總是姍姍來遲，而夜幕的降臨卻在眨眼之間。程光華和楊淨蓮不敢再在山上流連，便繼續移步下山。他們邊走邊凝神諦聽，流香溪水電站第一臺機組運轉得安然無恙，機器的轟鳴聲在群山懷抱中輕輕地回蕩著，對一個把自己的汗水和心血澆鑄於巍巍大壩中的人來說，這無疑是最優美最動聽的交響樂。他們再放眼遠眺，電站的十里營區、青龍橋頭以及香溪新村一帶，華燈一盞一盞地亮了，像夏夜的繁星閃閃爍爍，燦爛輝煌。他們知道，那銀河一般的光帶之下，有寬敞的街道，有鱗次櫛比的商店，有初具規模的學校、醫院、影劇院和圖書館……一座新興的小城市的雛形，已經出現在流香溪之濱；好幾代建設者描繪的瑰麗藍圖，終於變成舉世矚目的現實。僅僅這些，就足以讓程光華夫妻感到欣慰並引為驕傲。但是，黝黑的湖面上突然浮上幾條暴死的魚，卻大大掃了他們的興。當程光華攙扶著妻子，走在環湖寬闊的沙石路上，從峽谷中有陣陣溪風撲面吹來，他們沒有聞到往年常有的鮮花的芳香，而是嗅到從湖面上刮來的濁臭的氣息，眉毛和鼻子便驟然皺起，腳步和心情頓時十分沉重。好像有一塊拌著雞毛的土疙瘩堵在他們胸口，叫他們出氣也不勻了。這是他們有生以來從未體驗過的。

後記

季仲

寫作《流香溪》花去我一年多業餘時間，而醞釀的時間則要長得多。一九八五年初夏，我去沙溪口水電站工地參加一項文學活動，適逢這裡剛剛遭受一場特大洪水的洗劫。我看見從總指揮、總工程師到每一個工人都是渾身泥漿，滿臉疲憊，連日奮戰而熬紅了的眼睛布滿血絲。然而，加高加固了的上游圍堰，卻屹立於滔滔洪水中巋然不動。當即，我便覺得這些水電建設者是多麼可愛可敬！後來，我又去過一些水電站，看見那些地方青山環抱，林莽蓊然，高峽平湖，激流飛湍，自然風光奇危而壯美。在畫家眼裡，這些地方都是宜於入畫的美山秀水；在詩人眼裡，也極易激發詩的靈感和找到詩的意境。一個寫小說的人，到了這些人跡罕到的地方，展開想像的翅膀，便揣測那些具有現代科技知識的工程師和技術工人，在這樣的窮鄉僻壤過著拓荒者的生活，準會發生一些有趣動人的故事吧。可是，當代作家涉足這一神奇的生活領域者寥寥無幾，這是不是文學的疏忽和失職呢？這樣一些朦朦朧朧的想法，就是我寫作這部長篇小說最早的起因。

從此，我和許多水電建設者交上朋友。他們在哪裡建電站，我就常到哪裡去走走。我到過十多個電站工地，蹚過十多條山溪大河。我聽到許多人稱水電建設者為「吉普賽人」，他們自己也以此為榮。我覺得這個稱呼對他們是很貼切的。他們與這個從印度走出而後在世界各地到處流浪的民族有些相似：居無定所，不斷遷徙，在一條山溝溝裡住上三年五載，剛建成一座水電站，又開始新的流浪，去建築另一座水電站。他們住過竹寮草棚，住過乾打壘的小土屋，直到八十年代後期，我在許多電站工地上，還看見他們住著極其簡陋的磚瓦平房和用板皮、油毛氈搭建的工棚。他們性格開朗、活潑、富於冒險精神。我在他們之中生活過不短日子，和他們在一個大食堂裡吃飯，在簡易的工棚裡住宿，跟著他們在工地上東跑西顛，和他們一起上山打獵，下河游泳，有時泡上一壺武夷正山小種，作徹夜長談。我發現，這些名副其實的「光明的創造者」中，有一小部份被稱為「第三世界」的工人，其艱辛的生存狀態，與他們為祖國和人民所作出的巨大貢獻，如果放在一架天平上是很難平衡的。我在熟悉他們並聽到他們的呼聲之後，不能無動於衷。於是，這十年間，我先後發表過短篇小說《圍堰》、報告文學《逐鹿閩江》、《閩江魂》、《閩江，逶迤東去》和《心繫黃河》。為創作以上作品所付出的艱辛勞動，也許是我不太經意地醞釀這部長篇小說的漫長過程。

八十年代末，南方一座中日聯營承建的大型水電站的上馬，則為這部長篇小說提供了宏大的背景。有了這個背景，中外文化的衝突，現代與傳統文化的撞擊，城鄉生存狀態的不同，以及由此產生的一系列虛構故事的展開，便有了合理的依據。小說完稿後，我卻發現題材已經不那麼重要。它只是人物生活的特殊環境，是人物表演的必要的舞臺。成功的小說和小說中成功的人物，不至於受這個環境和舞臺的制約，而將超越時空，給人留下美的享受和深沉的思索。

關於本書，我不想再多饒舌。需要稍作說明的，是我給尾聲擬了個標題：「變奏」。我想說，這個變奏，是進行曲中的變奏。我把這兩種不同的曲調組合在一起，很可能貽笑大方。但我自作聰明地以為，用這樣一句話來表達我對時代的認識，不無道理。自從可怕的「文革」成為惡夢般的歷史而翻過去後，從滿目瘡痍的土地上起步的改革開放的年代，是何其令人歡欣鼓舞！我們這一代知識分子，是這一革新浪潮的參加者、見證者和受惠者，對於日新月異的巨大變化，自然不能視而不見、充耳不聞。但是，當代社會中某些人的物欲橫流和精神墮落，又是何其令人憂心忡忡！這是一個嚴肅作家不容逃避的嚴峻現實。列寧說，俄國革命不是逛涅瓦大街。我想，中國的改革開放和四化建設也不是逛長安大街。世人只要有一雙稍稍聰慧的耳朵，難道不是在無時無刻聽到時代的進行曲的同時，也常常受到觸耳驚心、喧囂狂噪的變奏的困擾嗎？至於拙作是否和在多大深度上表現了我們時代的主題和非主題樂曲，或者，作品的意蘊恰恰在作者期望視野之外，我期待著評論家和讀者的嚴正批評。

三民叢刊書目

①邁向已開發國家　孫　震著
②經濟發展啟示錄　于宗先著
③中國文學講話　王更生著
④紅樓夢新解　潘重規著
⑤紅樓夢新辨　潘重規著
⑥自由與權威　周陽山著
⑦勇往直前
　・傳播經營札記　石永貴著
⑧細微的一炷香　劉紹銘著
⑨文與情　琦　君著
⑩在我們的時代　周志文著
⑪中央社的故事（上）
　・民國二十一年至六十一年　周培敬著
⑫中央社的故事（下）
　・民國二十一年至六十一年　周培敬著
⑬梭羅與中國　陳長房著
⑭時代邊緣之聲　龔鵬程著
⑮紅學六十年　潘重規著
⑯解咒與立法　勞思光著
⑰對不起，借過一下　水　晶著
⑱解體分裂的年代　楊　渡著
⑲德國在那裏？（政治、經濟）
　・聯邦德國四十年　郭恆鈺、許琳菲等著
⑳德國在那裏？（文化、統一）
　・聯邦德國四十年　郭恆鈺、許琳菲等著
㉑浮生九四
　・雪林回憶錄　蘇雪林著
㉒海天集　莊信正著
㉓日本式心靈
　・文化與社會散論　李永熾著
㉔臺灣文學風貌　李瑞騰著
㉕干儛集　黃翰荻著

㉖作家與作品　謝冰瑩著
㉗冰瑩書信　謝冰瑩著
㉘冰瑩遊記　謝冰瑩著
㉙冰瑩憶往　謝冰瑩著
㉚冰瑩懷舊　謝冰瑩著
㉛與世界文壇對話　鄭樹森著
㉜捉狂下的興嘆　南方朔著
㉝猶記風吹水上鱗
・錢穆與現代中國學術　余英時著
㉞形象與言語
・西方現代藝術評論文集　李明明著
㉟紅學論集　潘重規著
㊱憂鬱與狂熱　孫瑋芒著
㊲黃昏過客　沙　究著
㊳帶詩蹺課去　徐望雲著
㊴走出銅像國　龔鵬程著
㊵伴我半世紀的那把琴　鄧昌國著
㊶深層思考與思考深層　劉必榮著
・轉型期國際政治的觀察
㊷瞬　間　周志文著
㊸兩岸迷宮遊戲　楊　渡著
㊹德國問題與歐洲秩序　彭滂沱著
㊺文學關懷　李瑞騰著
㊻未能忘情　劉紹銘著
㊼發展路上艱難多　孫　震著
㊽胡適叢論　周質平著
㊾水與水神
・中國的民俗與人文　王孝廉著
㊿由英雄的人到人的泯滅
・法國當代文學論集　金恆杰著
51重商主義的窘境　賴建誠著
52中國文化與現代變遷　余英時著
53橡溪雜拾　思　果著
54統一後的德國　郭恆鈺主編
55愛廬談文學　黃永武著
56南十字星座　呂大明著
57重疊的足跡　韓　秀著
58書鄉長短調　黃碧端著
59愛情・仇恨・政治　朱立民著
・漢姆雷特專論及其他

- (93) 陳冲前傳　嚴歌苓著
- (94) 面壁笑人類　祖　慰著
- (95) 不老的詩心　夏鐵肩著
- (96) 雲霧之國　合山　究著
- (97) 北京城不是一天造成的　喜　樂著
- (98) 兩城憶往　楊孔鑫著
- (99) 詩情與俠骨　莊　因著
- (100) 文化脈動　張　錯著
- (101) 桑樹下　繆天華著
- (102) 牛頓來訪　石家興著
- (103) 深情回眸　鮑曉暉著
- (104) 新詩補給站　渡　也著
- (105) 鳳凰遊　李元洛著
- (106) 文學人語　高大鵬著
- (107) 養狗政治學　鄭赤琰著
- (108) 烟　塵　姜　穆著
- (109) 河　宴　鍾怡雯著
- (110) 滬上春秋　章念馳著
- (111) 愛廬談心事　黃永武著
- (112) 吹不散的人影　高大鵬著
- (113) 草鞋權貴　嚴歌苓著
- (114) 是我們改變了世界　張　放著
- (115) 夢裡有隻小小船　夏小舟著
- (116) 狂歡與破碎　林幸謙著
- (117) 哲學思考漫步　劉述先著
- (118) 說涼　水　晶著
- (119) 紅樓鐘聲　王熙元著
- (120) 寒冬聽天方夜譚　保　真著
- (121) 儒林新誌　周質平著
- (122) 流水無歸程　白　樺著
- (123) 偷窺天國　劉紹銘著
- (124) 倒淌河　嚴歌苓著
- (125) 尋覓畫家步履　陳其茂著
- (126) 古典與現實之間　杜正勝著
- (127) 釣魚臺畔過客　彭　歌著
- (128) 古典到現代　張　健著
- (129) 帶鞍的鹿　虹　影著
- (130) 人文之旅　葉海煙著

⑬1 生肖與童年　小　民著　喜　樂圖
⑬2 京都一年　林文月著
⑬3 山水與古典　林文月著
⑬4 冬天黃昏的風笛　呂大明著
⑬5 心靈的花朵　戚宜君著
⑬6 親　戚　韓　秀著
⑬7 清詞選講　葉嘉瑩著
⑬8 迦陵談詞　葉嘉瑩著
⑬9 神樹　鄭　義著
⑭0 琦君說童年　琦　君著
⑭1 域外知音　張堂錡著
⑭2 遠方的戰爭　鄭寶娟著
⑭3 留著記憶・留著光　陳其茂著
⑭4 滾滾遼河　紀　剛著
⑭5 王禎和的小說世界　高全之著
⑭6 永恆與現在　劉述先著
⑭7 東方・西方　夏小舟著
⑭8 嗚咽海　程明琤著
⑭9 沙發椅的聯想　梅　新著
⑮0 資訊爆炸的落塵　徐佳士著

⑮1 沙漠裡的狼

白樺 著

像在冷冽的冬夜裡啜飲著濃烈的茶，感受一種在蒼茫大地上，心海澎湃的震顫。那麼地古老、深沈，剎時間，恍若置身廣闊的大漠，一回首，就是長城。這是金鼎獎作家又一直指人性，內容深刻的作品，請您在一個適合沈思的夜晚，漫步中國。

⑮2 風信子女郎

虹影 著

一本能深刻引起讀者共鳴的小說，其必然與人世現實生活有著緊密的關連。本書作者秉持著對人的命運的關切，遠勝於對以往藝術形式的關注，賦予了文學創作的生命。從本書作者對人物刻劃描述的過程中，可窺知作者對此一理念的堅守。

⑮3 塵沙掠影

馬遜 著

生命的旅途中，有許多可掌握的機運，但似乎一半早已註定……。馬遜教授從故鄉到異國求學，最後來臺定居，繼而與佛結了不解之緣。滿懷豐富的情感，細膩的筆觸，深刻的寫下了旅赴歐美等地之點滴情事，而念舊懷恩之情愫亦時時浮現於文中。

⑮4 飄泊的雲

莊因 著

歲月的洗禮，在人們內心深處烙印著痛苦、悲哀、快樂與美好的回憶。由於時代的變動、戰爭的摧折，作者歷盡滄桑的輾轉遷徙，使那些漂流不定、幻化多變的過往，煥發出人生的智慧。就讓我們乘著飄泊的雲，領會「知足常樂，隨遇而安」的生活哲理。

⑮⑤ 和泉式部日記

林文月 譯・圖

本書為日本平安時代文學作品中與《源氏物語》、《枕草子》鼎足而立的不朽之作。書中以簡淨的日記形式，記錄了一段不為俗世所容的戀情。優美的文字，纏綿的情詩，展現出愛情生活中細膩的起伏感受與歡愁，穿越時空，緊扣你我心弦。

⑮⑥ 愛的美麗與哀愁

夏小舟 著

愛情之於女人，常常是引誘飛蛾撲火的明燈，是絢麗的毒花，可女人偏偏渴望愛情。作者列舉許多男女的愛情、婚姻故事，郎才女貌未必幸福，摯情摯愛未必有緣，只是男人與女人之間如同萬物的規則，一物降一物，鹵水點豆腐，魔高一尺，道高一丈。

⑮⑦ 黑月

樊小玉 著

丁小玎隨著所在的中國公司到國外做勞務承包。因為是公司的英語翻譯，加上辦事勤快，見了人又總是一個柔柔和和的笑，於是很快就引起當地大部分男人的注意；而小玎能否在心儀的外交人員與愛慕自己的餐廳老闆間找到最後情感的歸宿？……

⑮⑧ 流香溪

季仲 著

作者透過一群「沿江吉普賽人」在流香溪畔發生的動人故事，牽引出現代觀念與傳統文化的價值矛盾、中日文化的碰撞衝突、人與自然的挑戰，以及善與惡的拉扯等；全書行文時而如行雲流水，時而又如波濤洶湧，讀來意趣盎然，發人深省。

⑲ 史記評賞

賴漢屏 著

司馬遷《史記》一三〇篇，既是「究天人之際，通古今之變」的史學鉅著，也是我國古代傳記文學的精華。本書作者自幼即喜讀《史記》，從師學習，如今蘊藉已深，以其深厚的治學基礎，發為見解獨具的文采丰華，帶領讀者一探《史記》博雅的世界。

⑯ 文學靈魂的閱讀

張堂錡 著

文學的力量使孤寂的心靈得到慰藉，貧乏的人生變得富有，唯有肯駐足品味的人才能透晰其所傳達出最深藏的祕密。本書共分三輯，窺視文學蘊含的殷情深意；感受其求新求變以及對大環境的價值。各自激發不盡的聯想與深沈的感動。

⑯ 抒情時代

鄭寶娟 著

在平淡無奇的生活中，你可曾留意生命中點點滴滴不平凡的小故事？作者以其平實的筆觸，刻劃出看似平凡卻令人難以遺忘的人生軌跡，你我都可能身在其中。書中情節所到之處，或許平凡、或許悲傷，但卻也不時充滿著生命的躍動，值得細細體會。

⑯ 九十九朵曇花

何修仁 著

人生有多少夢境會在現實中重複出現？是山間的樵歌？白雲間的群雁？還是昔日遠方純樸、悠閒的鄉間漫步？作者來自屏東，以濃郁深摯的筆調，縷縷細述人生中最動人的記憶，伴隨你我，步履於南臺灣的舊日情懷，一同感受人間最純摯的情感。

⑯³ 說故事的人

彭歌 著

這是作者多年來觀察文壇、社會與新聞界的肺腑之言。輯一故事與小說自不同角度探討小說寫作；輯二人與文刻劃出許多已逝人物卓然不凡的風範；輯三海外生涯則寫遊記、觀賞職籃等旅居海外之觀感。讀了此書，彷彿親身經歷了一趟時空之旅。

164 日本原形

齊濤 著

從明治維新以來，日本的一舉一動都對世界有著深遠的影響，尤其對臺灣來說，其影響更是巨大。作者長期旅日，摒除坊間「媚日」或「仇日」的論調，以客觀的描述，剖析日本的現形。對想要了解日本時勢與脈動的人來說，是不得不看的一本好書。

165 從張愛玲到林懷民

高全之 著

作者以嚴謹誠虔的態度，客觀分析的筆調，來評論臺灣當代小說，深深讓讀者了解近代文學的特點，進而深入九位作者的作品中，提供一些深刻的創見，帶領你我欣賞文學的美與實，進而體驗文學對生命喜悅、悲哀等生動的描述。

166 莎士比亞識字不多？

陳冠學 著

莎士比亞識字不多！一直以來被誤認是個偉大的作者。讀過本書，應能還莎士比亞一個清白，他絕對不是一個掠美者。這把聖火在臺灣重新點燃，希望將來這聖火能夠由臺灣再度傳回英國，傳到世界各地，也好讓莎士比亞的靈魂得到真正的安息。

⑯⑦ 情思·情絲

龔華 著

「妳，像野薑花；清香，混合在黎明裏，催我甦醒。沒有妳，我睜不開眼睛，走進陽光的世界。她，是我在黃昏裏，永遠踩不到的影子。像夜來香，惑我走進黑夜的濃郁……」本書集結了龔華在〈中副〉發表的散文，篇篇情意真摯，意境深遠，值得細細品味。

⑯⑧ 說吧，房間

林白 著

一個是離婚、失業的中年婦女，一個是愛熱鬧的單身貴族。兩個背景、個性迥然不同的女子，為何會發展出一段患難與共的交情？且看兩個女子的心情告白。本書在作者犀利細膩的筆調下，深刻描繪出都會女子的愛恨情仇、悲歡離合，值得細細品味。

⑯⑨ 自由鳥

鄭義 著

六四事件的悲憤情緒才剛平復，對八九民運功過的批判聲音竟已隨之響起。對此，大陸流亡作家鄭義，以一幕幕民運歷程與鐵幕紀實，申訴著他的心痛與不平。文中流露對同胞的關懷和自由的嚮往，深深地牽引著每一個中國人心中的沈痛與感動。

⑰⓪ 魚川讀詩

梅新 著

詩是抒情的天堂，但並非每個人都能領會其中的意涵。本書是梅新先生的遺作，首創以雜文式的筆調評論詩作，不依恃理論，反而使篇章更形活潑，有就事論事的評述，也有尖銳的諷喻，語帶機鋒，趣味盎然。引領您一窺知性與感性的詩情世界。

⑰ 好詩共欣賞

葉嘉瑩 著

本書作者葉嘉瑩教授，融會西方接受美學、符號學及中國詩論，來解讀陶淵明、杜甫、李商隱的作品，分析了三人作品的形象、情意和其中所含的隱微深意，並從興發感動讀者的角度來詮釋作品的成功與否，是喜愛古典詩的讀者不可錯過的好書。

⑰ 永不磨滅的愛

楊秋生 著

現代人的生活壓力大，使得人生危機四伏，生活充滿徬徨、疲倦和無力感。如何化解此一危機？作者以多年學佛的體驗，以及和家人朋友互動的點點滴滴，而了解到愛的真義，並希望能將愛分享給每個人，以重燃信心和希望。

⑰ 晴空星月

馬遜 著

大崙山上，晴空萬里，夜色如銀，星月交輝。作者因佛緣，追隨曉雲法師的步履，出掌華梵大學，以發揚佛教教育為己任。本書除叮嚀青年學子的話語外，還有對社會大眾闡發佛法精神的演講。其智慧的話語，如醍醐灌頂，為淨化心靈的一帖良方。

⑰ 風　景

韓秀 著

韓秀，一個出生於紐約，卻長年往返於世界各地的奇女子。在雅典、在開羅、在布達佩斯、在臺北、在高雄、在北京，作者皆能以其敏銳的心觀察她所造訪過的每一寸土地，以其向具纖細的筆觸，使一幅又一幅的動人「風景」躍然出現在您的面前！

175 談歷史　話教學

張元　著

作者以二位高一新生對歷史課程的困惑為引子，藉著師生座談對話的方式，從北京人時代到西晉，針對高中歷史教材，試圖以「史料閱讀」的方法鮮明地建構各代的歷史圖像，在活潑的對白間既談歷史意涵又話歷史教學，相當適合高中教學的參考。

176 兩極紀實

位夢華　著

任何人想要親臨兩極之地恐怕都不是件容易的事。作者因從事研究工作之便，足跡跨越兩極，將在極地所見所聞之動物奇觀、自然景致乃至當地所受文明衝擊，或以幽默輕鬆，或以深沈關懷的筆調娓娓道來，是無緣親至極地的讀者絕不可錯過的佳作。

177 遙遠的歌

夏小舟　著

世上只有兩種人，男人和女人。然而男女之間的恩愛情仇，卻糾葛難解。本書作者以一篇篇幽默的短篇故事，道盡世間男女的愛恨嗔痴。在她細膩委婉的筆下，愛情的本質和婚姻的面貌都一一呈現，必可帶給你前所未有的感受與體悟。

178 時間的通道

簡宛　著

「人生，是一條時間的通道，每一個人所走的方向和目標雖然不一樣，但是經過的路程卻是相似的……」當人們沈溺於歲月不待人的迷茫和感嘆時，作者平實的筆調將帶著我們對生活多用一點心思和一點執著，會使我們的「通道」裏，留下一點痕跡。

⑰ 燃燒的眼睛

簡宛 著

作者以自身多年來在美國的異域生活為背景，輔之敏銳的觀察力、豐富的情感、濃郁深摯的筆調，從而幻化出一篇篇感人肺腑的故事。尤其對於旅居海外異鄉遊子們的心境描寫更是深刻動人，是一本值得再三玩味的小說。

⑱ 月兒彎彎照美洲

李靜平 著

沒來美國時還不知那生活啥款；來了才知樣──啊！真夭壽！ 來到美國，是穿梭在黑白紅黃人群間；還或在房裡看華語電視？是在壁爐邊吃耶誕大餐；還是窩伴著一桌熱火鍋？在忙碌的陽光下，可想起夜空裡一彎新月？月兒彎彎，訴說的又是誰的故事？

⑱ 愛廬談諺詩

黃永武 著

諺詩，是指用諺語聯成的詩，由於聯接巧妙加上意外組合，因此往往會有不可料想的妙趣出脫。如捉豬上板櫈，走馬看天花；成人不自在，做鬼也風流，等等。本書將帶你悠遊中國式幽默，探索諺語的源頭，喜愛好書的你，可千萬不能錯過！

⑱ 劉真傳

黃守誠 著

劉真，一位自四十年代開始影響國內教育最鉅的教育家。本書自劉真先生家學淵源寫起，隨著時間軌跡，記錄了他如何在風雨飄搖的年代裡為教育此類百年大業做出努力；因此雖然本書為劉真先生個人傳記，卻同時也是了解現今教育體制的最佳參照。

⑱③ 天涯縱橫

位夢華 著

以兩極生態氣候的研究為基礎，作者建構了此書的論理與想像世界。內容從極地景致、開拓艱辛及天文物理觀念，引申至有關宇宙天人及環保的許多想法，包容科學與文學，兼具知性與感性。讓您在詼諧而深切的筆調中，激發對地球的關懷與熱愛。

⑱④ 中國新詩論

許世旭 著

中國詩歌，無論新舊，是一座甘泉，若不掬飲，口渴神焦，……。作者係韓國人士，長年沈浸在中國文學之中，對於在中國新詩的源起及兩岸新詩風格的異同，均有獨到而精闢的見解。是讀者拓寬視野，更深入了解中國新詩之發展所必備的好書。

國家圖書館出版品預行編目資料

流香溪／季仲著. --初版. --臺北市：
三民，民87
面；　公分. --（三民叢刊；158）
ISBN 957-14-2790-X（平裝）

857.7　　87001419

網際網路位址　http://Sanmin.com.tw

© 流　香　溪

著作人　季　仲
發行人　劉振强
著作財產權人　三民書局股份有限公司
臺北市復興北路三八六號
發行所　三民書局股份有限公司
地　址／臺北市復興北路三八六號
電　話／二五〇〇六六〇〇
郵　撥／〇〇〇九九九八——五號
印刷所　三民書局股份有限公司
門市部　復北店／臺北市復興北路三八六號
重南店／臺北市重慶南路一段六十一號
初　版　中華民國八十七年四月
編　號　S 85407
基本定價　柒元貳角
行政院新聞局登記證局版臺業字第〇二〇〇號

ISBN 957-14-2790-X（平裝）